O TRONO
DE
DIAMANTE

DAVID EDDINGS

O TRONO DE DIAMANTE

LIVRO UM DO *ELENIUM*

Tradução
Marcos Fernando de Barros Lima

ALEPH

O TRONO DE DIAMANTE

TÍTULO ORIGINAL:
The Diamond Throne

PREPARAÇÃO DE TEXTO:
Opus Editorial

REVISÃO:
Ana Carolina Paul
Isabela Talarico
Hebe Ester Lucas

COORDENAÇÃO EDITORIAL:
Opus Editorial

LETTERING DE CAPA:
Pedro Inoue

ILUSTRAÇÃO DE CAPA:
Marc Simonetti

MONTAGEM DE CAPA, PROJETO GRÁFICO E DIAGRAMAÇÃO:
Desenho Editorial

ADAPTAÇÃO DOS MAPAS:
L. M. Melite

EDITORA ALEPH

Rua Lisboa, 314
05413-000 – São Paulo – SP – Brasil
Tel.: [55 11] 3743-3202
www.editoraaleph.com.br

DADOS INTERNACIONAIS DE CATALOGAÇÃO NA PUBLICAÇÃO (CIP)
(CÂMARA BRASILEIRA DO LIVRO, SP, BRASIL)

Eddings, David
O trono de diamante / David Eddings ;
tradução Marcos Fernando de Barros Lima. –
São Paulo : Aleph, 2015.

Título original: The diamond throne.
ISBN 978-85-7657-216-9

1. Ficção de fantasia 2. Ficção norte-americana
I. Título.

15-02663 CDD-813.5

ÍNDICES PARA CATÁLOGO SISTEMÁTICO:
1. Ficção de fantasia : Literatura norte-americana 813.5

Para Eleanor e para Ralph,
pela coragem e pela fé.
Confiem em mim.

Sumário

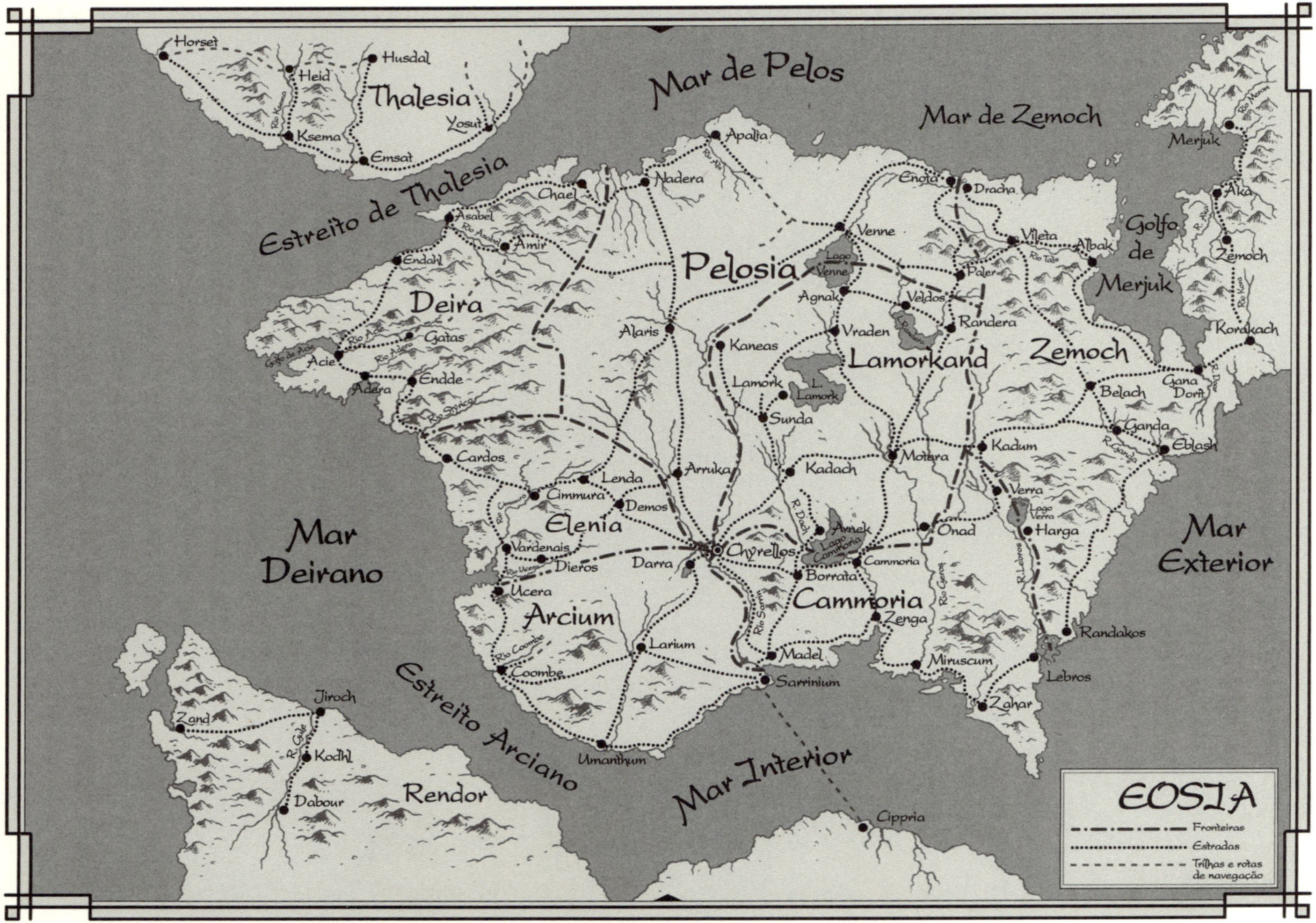
EOSIA
Fronteiras
Estradas
Trilhas e rotas de navegação
Mar de Pelos
Mar de Zemoch
Golfo de Merjuk
Mar Exterior
Mar Deirano
Mar Interior
Estreito de Thalesia
Estreito Arciano
Thalesia
Pelosia
Deira
Lamorkand
Zemoch
Elenia
Arcium
Cammoria
Rendor
Horset
Heid
Husdal
Ksema
Emsat
Yosut
Apalia
Nadera
Chael
Asabel
Amir
Endahl
Gatas
Acie
Adera
Endde
Cardos
Venne
Lago Venne
Enota
Dracha
Vileta
Albak
Paler
Agnak
Veldos
Randera
Vraden
Alaris
Kaneas
Lamork
L. Lamork
Sunda
Merjuk
Aka
Zemoch
Korakach
Belach
Gana Dorit
Ganda
Eblash
Kadum
Motera
Kadach
Arruka
Lenda
Cimmura
Demos
Vardenais
Dieros
Chyrellos
Darra
Amek
Lago Cammoria
Cammoria
Borrata
Onad
Verra
Lago Verra
Harga
Ucera
Larium
Coombe
Madel
Sarrinium
Zenga
Miruscum
Randakos
Lebros
Zahar
Umanthum
Jiroch
Zand
Kodhl
Dabour
Cippria

Prólogo

Ghwerig e a Bhelliom.
– Das lendas dos Deuses Trolls

Na aurora do tempo, muito antes de os ancestrais de Styricum caminharem encurvados, vestindo peles e portando clavas, desde as montanhas e florestas de Zemoch em direção às planícies de Eosia Central, um troll anão e deformado chamado Ghwerig habitava uma profunda caverna escondida pela neve perpétua do norte de Thalesia. Ghwerig era, então, um pária por conta de sua feiura e de sua cobiça incontrolável, e trabalhava sozinho nas profundezas da terra, à procura de ouro e gemas preciosas para aumentar sua reserva de tesouros a qual ele guardava com ciúmes. E finalmente chegou o dia em que ele alcançou uma galeria profunda, muito abaixo da superfície gelada da terra, e avistou sob a luz de sua tocha uma gema de um azul muito escuro, mais larga que seu punho fechado, incrustada na parede rochosa. Com seus membros retorcidos e nodosos trêmulos de exaltação, ele agachou-se no chão daquela passagem e admirou com avidez a grande joia, sabendo que seu valor era muito maior do que a soma de todos os tesouros que ele havia reunido por séculos. Então ele começou a cortar com muito cuidado a rocha que a cercava, lasca por lasca, para que pudesse retirar a pedra preciosa do local onde ela havia repousado desde a criação do mundo. E à medida que a gema emergia de seu leito, Ghwerig notou que ela possuía um formato peculiar, e uma ideia lhe ocorreu. Se fosse capaz de removê-la intacta, ele poderia, depois de muito esculpi-la e poli-la, realçar-lhe a forma, aumentando assim seu valor aos milhares.

Quando por fim retirou gentilmente a joia de seu leito rochoso, Ghwerig a levou sem demora para sua caverna, onde havia instalado sua oficina e sua reserva de tesouros. Com indiferença, estilhaçou um diamante de valor incalculável e confeccionou ferramentas a partir de seus fragmentos, para que pudesse entalhar e moldar a gema que havia encontrado.

Por décadas, sob a luz de tochas fumegantes, Ghwerig esculpiu e poliu com paciência, e durante todo o processo murmurou feitiços e encantamentos que conferiram à inestimável gema todo o poder dos Deuses Trolls, para o bem ou para o mal. Quando finalmente seu trabalho estava concluído, a pedra adquirira a forma de uma rosa do tom mais escuro de azul-safira. E ele a chamou Bhelliom, a flor-gema, e acreditou que, com o poder de tal artefato, tudo lhe era possível.

Mas ainda que Bhelliom possuísse toda a força dos Deuses Trolls, ela não cedia tal poder a seu horrendo e deformado dono que, em um acesso de raiva, golpeou o chão de pedra de sua caverna com seus próprios punhos. Ghwerig então consultou seus Deuses e lhes ofertou grandes quantidades de ouro e prata, e eles revelaram que havia uma forma de libertar o poder encerrado na joia para que fosse utilizado de acordo com os desejos de quem a portasse. Assim, os Deuses Trolls contaram a Ghwerig o que deveria ser feito para que ele conseguisse dominar a joia que havia criado. O troll-anão criou um par de anéis utilizando os fragmentos que haviam caído despercebidos na poeira a seus pés enquanto trabalhava na confecção da rosa de safira. Os anéis eram do ouro mais precioso e sobre cada um deles foi engastado um fragmento oval e polido da própria Bhelliom. Quando tudo estava concluído, ele colocou um anel em cada uma de suas mãos e levantou a rosa de safira. O azul profundo e radiante das pedras afixadas nos anéis escapou de volta para a própria Bhelliom, e as joias que adornavam suas mãos tortas tornaram-se tão pálidas quanto diamantes. E conforme segurava a flor-gema, Ghwerig sentiu uma onda de seu poder, e então regozijou-se ao saber que a joia que havia criado consentira submeter-se a ele.

Enquanto os incontáveis séculos se arrastavam, enormes eram as maravilhas que Ghwerig concebia com o poder da Bhelliom. Mas por fim os styricos chegaram às terras dos trolls. Quando os Deuses Anciães de Styricum tomaram conhecimento da joia, cada um deles a cobiçou em seu coração por causa do poder que ela continha. Mas Ghwerig era astuto e selou as entradas de suas cavernas com encantos para repelir aqueles que tentassem lhe tomar a Bhelliom.

Em uma determinada época, os Deuses Jovens de Styricum reuniram-se em conselho, pois estavam preocupados com o poder que a Bhelliom era capaz de conferir a qualquer deus que a portasse. Concluíram que tal força não poderia ser liberada sobre a terra. Decidiu-se que eles deveriam neutralizar o poder de tal pedra. De todo o seu panteão, a ágil deusa Aphrael foi escolhida para essa tarefa. Aphrael, então, viajou para o norte e, por conta de sua constituição franzina, conseguiu se esgueirar por uma abertura tão pequena que fora negligenciada por Ghwerig. Uma vez dentro da caverna, Aphrael ergueu sua voz em uma canção. Tão doce era sua melodia que Ghwerig foi totalmente cativado e não temeu sua aproximação. E assim Aphrael o ninou. Quando o troll-anão fechou os olhos, com um sorriso onírico em sua face, ela retirou o anel da mão direita da criatura e o substituiu por outro, incrustado com um diamante comum. Ghwerig levantou-se com um sobressalto quando sentiu o movimento; mas, ao olhar para a sua mão, um anel ainda estava em seu dedo, então reclinou-se novamente e se acalmou, deleitando-se com a canção da deusa. Quando seus olhos se fecharam novamente em doce devaneio, a ágil Aphrael removeu o anel da mão esquerda, recolocando um segundo anel incrustado com outro diamante. Novamente Ghwerig acordou, olhando preocupado para a sua mão esquerda, mas tranquilizou-se ao ver a presença de um anel que parecia idêntico àquele que havia confeccionado a partir dos fragmentos da flor-gema. Aphrael continuou a cantar até que ele finalmente caiu em um sono profundo. E assim a deusa fugiu com passos silenciosos, carregando os anéis que eram a chave do poder da Bhelliom.

Mais tarde, naquele mesmo dia, quando Ghwerig retirou a Bhelliom do estojo de cristal no qual ela repousava para realizar um grande feito por meio de seus poderes, Bhelliom não cedeu à sua vontade, pois ele não estava com os anéis que eram a chave do poder contido na joia. A ira de Ghwerig ultrapassava todos os limites, e ele percorreu as terras de cima a baixo em busca da deusa Aphrael para tomar dela os anéis; mas ele nunca a encontrou, apesar de procurar por séculos.

E assim foi enquanto Styricum dominou as montanhas e as planícies de Eosia. Mas chegou a época em que os elenos marcharam do leste e imiscuíram-se nesse local. Após caminhar sem destino certo por séculos, alguns de sua raça chegaram à região mais ao norte de Thalesia e expulsaram os styricos e seus deuses. Quando os elenos ouviram contos sobre Ghwerig e sua Bhelliom, eles buscaram as entradas para a caverna do troll-anão em todas as colinas e vales de Thalesia, e todos fervilhavam de cobiça para encontrar e possuir a fabulosa gema por conta de seu valor incalculável, uma vez que não sabiam do poder encerrado em suas pétalas cerúleas.

Coube a Adian de Thalesia, o mais poderoso e o mais engenhoso dos heróis da antiguidade, resolver esse enigma. Arriscando sua própria alma, aconselhou-se com os Deuses Trolls e fez oferendas a eles, que acabaram cedendo e contando que Ghwerig por vezes deixava suas terras em busca da deusa Aphrael de Styricum para reclamar dois anéis que lhe haviam sido roubados, mas o verdadeiro propósito dos anéis não foi revelado. E Adian viajou para o norte longínquo e lá aguardou Ghwerig a cada crepúsculo, durante seis anos.

Quando afinal o troll-anão apareceu, Adian apresentou-se sob um disfarce, dizendo que ele sabia onde Aphrael poderia ser encontrada e que revelaria a localização da deusa por tanto ouro quanto coubesse em seu elmo. Ghwerig deixou-se enganar e sem demoras conduziu Adian para a entrada escondida de sua caverna; e, tomando o elmo do herói, entrou na câmara onde guardava seus tesouros e o encheu até deixar que o ouro mais puro dele transbordasse. Então Ghwerig voltou de dentro da caverna, selando-a atrás de si. Ele devolveu o elmo a Adian, que enganou o troll novamente dizendo que Aphrael poderia ser encontrada no distrito de Horset, na costa oeste de Thalesia. E, arriscando mais uma vez sua alma, Adian implorou que os Deuses Trolls quebrassem os encantos de Ghwerig para que ele pudesse entrar na caverna. Os caprichosos Deuses Trolls consentiram e os encantamentos foram desfeitos.

Enquanto a rosada aurora fulgurava pelos campos nevados do norte, Adian emergiu da caverna de Ghwerig com a Bhelliom em suas mãos. Ele voltou à sua capital, Emsat, e lá moldou uma coroa para si, incrustando a Bhelliom em seu topo.

A humilhação que Ghwerig sentiu ultrapassava todos os limites quando retornou de mãos vazias à sua caverna, onde descobriu que não tinha apenas perdido as chaves para o poder da Bhelliom, mas que já não possuía mais a própria flor-gema. Desde então ele vagou durante as noites pelas florestas e campos que cercavam a cidade de Emsat, buscando uma forma de reclamar sua joia; os descendentes de Adian, porém, a protegiam com zelo e evitavam que o troll se aproximasse dela.

Enquanto isso acontecia, Azash, um dos Deuses Anciães de Styricum, que há muito desejava, do fundo de seu coração, a posse da Bhelliom e dos anéis que libertavam seu poder, enviou suas hordas de zemochs para tomar as joias por meio de força bruta. Os reis do oeste ergueram-se em armas ao lado dos Cavaleiros da Igreja para enfrentar os exércitos de Otha de Zemoch e de seu sombrio deus styrico, Azash. E o rei Sarak de Thalesia embarcou em um navio com alguns de seus vassalos e navegou em direção ao sul a partir de Emsat, deixando para trás uma ordem real para que seus condes o seguissem quando a mobilização de toda a Thalesia estivesse concluída. Entretanto, o rei Sarak nunca alcançou o grande campo de batalha nas planícies de Lamorkand, sendo morto por uma lança zemoch em um combate não documentado nas proximidades das margens do lago Venne, em Pelosia. Um de seus fiéis vassalos, apesar de mortalmente ferido, tomou a coroa de seu mestre que ali jazia e seguiu com dificuldades até a pantanosa margem leste do lago. Ali, acossado e agonizante, arremessou a coroa thalesiana nas águas escuras e repletas de turfa do lago, ao mesmo tempo que Ghwerig, que havia seguido seu tesouro perdido, testemunhava a cena com horror desde seu esconderijo em uma turfeira próxima.

Os zemochs que haviam assassinado o rei Sarak começaram a sondar de imediato as profundezas amarronzadas do Venne a fim de encontrar a coroa e entregá-la, triunfantes, a Azash; todavia, seus esforços foram interrompidos por uma coluna de cavaleiros alciones que rumavam desde Deira em direção à batalha em Lamorkand. Os alciones atacaram os zemochs e os dizimaram. Depois de sepultar o fiel vassalo do rei de Thalesia com as devidas honras, os cavaleiros seguiram adiante, sem saber que a fabulosa coroa de Thalesia jazia sob as águas turvas do lago.

Por vezes, em Pelosia, há rumores de que a sombria figura do troll-anão imortal assombra as bordas pantanosas do Venne nas noites desprovidas de lua. Desde então, por conta de seus membros defeituosos, Ghwerig não ousa entrar nas águas negras do lago para sondar suas profundezas, mas ele ronda as suas margens, ora lamuriando seu desejo intenso pela Bhelliom, ora dançando e uivando de frustração por ela não lhe responder.

Parte 1
Cimmura

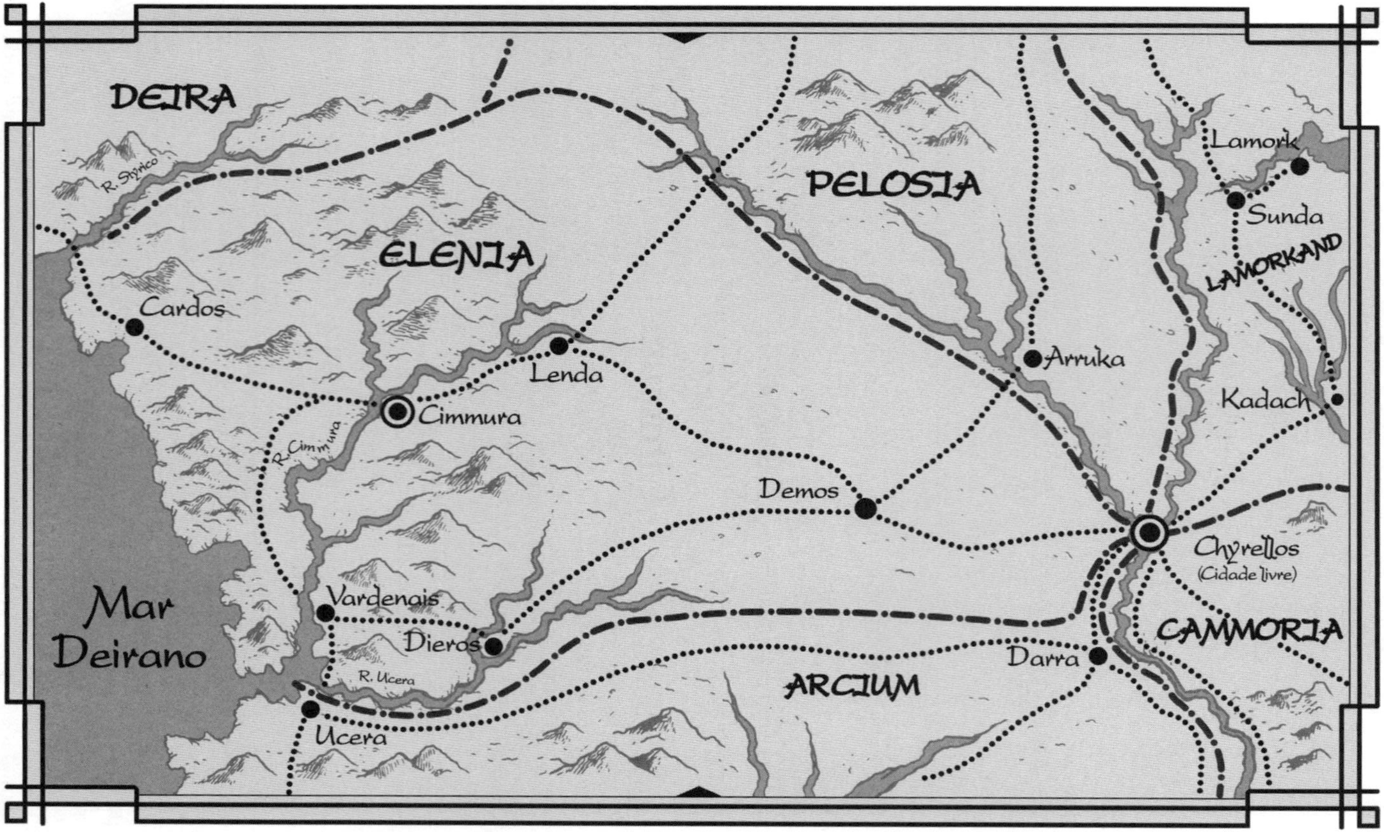
DEIRA
R. Syrico
ELENIA
PELOSIA
Cardos
Lenda
Cimmura
R. Cimmura
Lamork
Sunda
LAMORKAND
Arruka
Kadach
Demos
Chyrellos
(Cidade livre)
Mar
Deirano
Vardenais
Dieros
R. Ucera
Ucera
ARCIUM
Darra
CAMMORIA

Capítulo 1

Chovia. Um chuvisco suave e prateado caía do céu noturno e cobria as maciças torres de vigia da cidade de Cimmura, chiando ao atingir as tochas em cada um dos lados do amplo portão e fazendo com que os paralelepípedos da estrada que conduziam naquela direção parecessem negros e brilhantes. Um cavaleiro solitário se aproximava da cidade. Estava envolto em uma capa de viagem escura e pesada e montava um corcel ruano alto e desgrenhado, dotado de um longo e achatado focinho e olhos malévolos. O viajante era um homem grande, de uma grandeza composta por ossos largos e densos e por firmes tendões, não por carne. Seu cabelo era espesso e preto, e em algum momento de sua vida seu nariz havia sido quebrado. Cavalgava com leveza, mas com a atenção peculiar de um guerreiro treinado.

Seu nome era Sparhawk, um homem ao menos dez anos mais velho do que de fato aparentava, que carregava a erosão dos anos não apenas em sua cara surrada, mas também em uma série de pequenas enfermidades, desconfortos, hematomas e cicatrizes espalhados por todo o corpo, os quais sempre incomodavam em tempo úmido. Nesta noite em particular, entretanto, sentia toda a sua idade e ansiava apenas por uma cama quente em uma estalagem obscura, a qual era justamente seu destino. Sparhawk estava voltando para casa após viver uma década como outra pessoa, portando um nome diferente em um país onde quase nunca chovia – onde o sol era como um martelo fustigando uma bigorna branca composta de areia, rochas e barro esturricado, onde os muros das construções eram espessos e brancos para defender-se dos golpes do sol, e onde mulheres graciosas rumavam até os poços sob a luz prateada que banhava o começo das manhãs, carregando vasilhas de barro equilibradas em seus ombros e véus que escondiam suas faces.

O grande corcel chacoalhou-se casualmente, livrando-se da chuva em seu pelo desgrenhado, e, aproximando-se dos portões da cidade, parou no círculo rubro da luz das tochas diante da guarita.

Um guarda com barba por fazer, trajando uma armadura e um elmo manchados de ferrugem, com uma capa verde e remendada pendurada de maneira displicente sobre um dos ombros, saiu cambaleando da guarita e postou-se vacilante no caminho de Sparhawk.

– Diga-me seu nome – ele ordenou, com a voz embriagada.

Sparhawk olhou demoradamente para o guarda, abriu sua capa e mostrou a grande e pesada insígnia de prata pendurada em uma corrente ao redor de seu pescoço.

Os olhos do guarda semialcoolizado se arregalaram e ele deu um passo para trás, dizendo:

– Oh, perdão, milorde. Prossiga.

Outro guarda pôs a cabeça para fora da guarita.

– Quem é ele, Raf?

– Um cavaleiro pandion – o primeiro guarda respondeu, com nervosismo.

– E o que ele vem fazer em Cimmura?

– Eu não questiono os pandions, Bral – respondeu o homem chamado Raf. Então sorriu servilmente em direção a Sparhawk. – Novato – ele se desculpou, apontando com o dedão por sobre o ombro em direção ao seu companheiro. – Com o tempo ele aprende, milorde. Posso ajudar-lhe de alguma forma?

– Não – respondeu Sparhawk –, mas obrigado. É melhor você sair da chuva, vizinho. Vai pegar uma gripe se ficar aqui. – Entregou uma pequena moeda ao guarda com a capa verde e entrou na cidade, passando pela rua estreita e pavimentada depois do portão com o vagaroso ruído das ferraduras de seu corcel ecoando nas construções ao redor.

O distrito próximo ao portão era pobre, com suas casas sujas e miseráveis amontoadas umas ao lado das outras, com seus andares superiores projetando-se precariamente sobre a rua molhada e cheia de lixo. Placas rústicas presas por ganchos enferrujados rangiam ao balançar por conta do vento noturno, identificando que havia este ou aquele tipo de loja por detrás das janelas fechadas nos andares térreos. Um vira-lata ensopado e de aparência sofrida seguia infeliz pela rua com sua cauda desprovida de pelos entre as patas. Além dele, a rua estava escura e deserta.

Uma tocha ardia vacilante na interseção da rua por onde Sparhawk seguia com outra que a cruzava. Uma prostituta jovem e aparentando estar doente, magra e envolta em um esfarrapado manto azul tal um fantasma pálido e amedrontado, estava de pé, esperançosa, ao lado da tocha.

– Quer um pouco de diversão, senhor? – ela ofereceu, com um tom lamurioso. Seus olhos eram grandes e tímidos, e sua face era magra e faminta.

Ele parou, inclinou-se sobre sua sela e derramou um punhado de moedas nas mãos encardidas da jovem.

– Vá para casa, irmãzinha – Sparhawk murmurou gentilmente para ela. – É tarde, está um tempo muito úmido e você não vai conseguir fregueses esta noite. – Ele endireitou-se e continuou seu caminho, enquanto a prostituta o seguia com os olhos em grata perplexidade. O cavaleiro dobrou a esquina em uma rua lateral tomada pelas sombras e ouviu o som de pés apressados em algum lugar nas trevas chuvosas à sua frente. Seus ouvidos captaram uma conversa rápida e sussurrada nas profundezas das sombras em algum ponto à sua esquerda.

O corcel resfolegou e suas orelhas voltaram-se para trás.

– Não é nada para que você fique empolgado – Sparhawk disse ao cavalo. A voz do homem corpulento era muito suave, quase um sussurro rouco. Era o tom que as pessoas se viravam para escutar. Então ele falou um pouco mais alto, endereçando as palavras aos dois salteadores escondidos nas sombras: – Eu adoraria fazer esse favor a vocês, vizinhos, mas está tarde e eu não estou com o ânimo necessário para esse tipo de entretenimento casual. Por que vocês não vão assaltar algum jovem nobre e bêbado, e assim sobrevivem para roubar mais um dia? – E para ressaltar seu argumento, ele jogou sua capa encharcada para trás, revelando a bainha reforçada com couro da espada larga acomodada na lateral de seu cinto.

Pairou um breve e sobressaltado silêncio na rua escura, seguido pelo som agitado de pés fugindo.

– Essa era exatamente a minha opinião – Sparhawk concordou, recolocando a capa em torno de si. – Vamos continuar?

Eles chegaram a um largo ladeado com tochas que chiavam e onde a maioria de uma série das barracas estava com as lonas coloridas puxadas para baixo. Um punhado de entusiastas ainda estava aberto para negócios, esperançosos e desesperados, alardeando de maneira estridente suas mercadorias para transeuntes indiferentes que apertavam o passo em direção a suas casas no fim de uma noite chuvosa. Sparhawk puxou as rédeas de seu cavalo enquanto um grupo de nobres jovens marchava vacilante pela saída de uma taverna decrépita, embriagados e gritando uns com os outros enquanto cruzavam o largo. Ele aguardou pacientemente até que eles se perdessem por uma rua lateral e então olhou ao redor, não apenas com cautela, mas também alerta.

Se houvesse mais pessoas no largo quase deserto, até mesmo os olhos treinados de Sparhawk poderiam não ter notado Krager. O homem tinha altura mediana, usava roupas amarrotadas e cabelo despenteado. Suas botas estavam cheias de lama e trazia a capa marrom presa de modo descuidado em seu pescoço. Ele vacilava pelo largo, com seus cabelos molhados e sem cor emplastados para trás em sua cabeça estreita; seus olhos aquosos e míopes piscavam ao tentar enxergar algo naquela chuva. Sparhawk inspirou violentamente. Ele não via Krager desde aquela noite em Cippria, quase dez anos antes, e o homem havia envelhecido consideravelmente. Sua face estava mais cinzenta e tinha mais papadas, mas não havia dúvida de que aquele era Krager.

Sabendo que movimentos rápidos atraíam olhares, a reação de Sparhawk era calculada. Desmontou vagarosamente e conduziu seu grande cavalo até a barraca de lona verde de um vendedor de mantimentos, mantendo o animal entre ele próprio e o homem míope.

– Boa noite, vizinho – ele saudou o vendedor de mantimentos, que trajava roupas marrons, com uma voz terrivelmente baixa. – Eu tenho alguns negócios a tratar. Posso pagar, se você cuidar do meu cavalo.

Os olhos do vendedor mal barbeado subitamente iluminaram-se.

– Nem pense nisso – avisou Sparhawk. – O cavalo não vai te seguir, não importa o que você faça... mas *eu vou*, e você não iria gostar disso de jeito nenhum. Aceite o pagamento e desista de tentar roubar o animal.

O vendedor fitou o rosto sombrio do homem robusto, engoliu em seco e tentou fazer uma mesura desengonçada.

– Como quiser, milorde – ele concordou rapidamente, suas palavras atropelando umas às outras. – Juro que sua nobre montaria estará segura comigo.

– Nobre o quê?

– Nobre montaria... seu cavalo.

– Ah, sim. Isso seria ótimo.

– Posso fazer algo mais pelo senhor, milorde?

Sparhawk olhou através do largo na direção de Krager.

– Por um acaso você teria um pedaço de arame... mais ou menos deste tamanho? – Ele estendeu as mãos e mediu algo em torno de um metro.

– Talvez eu tenha, milorde. Os tonéis de arenque são amarrados com esse tipo de arame. Deixe-me ver.

Sparhawk cruzou os braços e os apoiou em sua sela, observando Krager por sobre os flancos do cavalo. Os últimos anos, o sol inclemente e as mulheres seguindo em direção aos poços sob a dura luz da manhã, tudo isso desapareceu e de maneira abrupta ele estava de volta aos currais nos arredores de Cippria, com o odor fétido de estrume e sangue em seu corpo, o gosto do medo e do ódio em sua boca e as dores de seus ferimentos deixando-o fraco enquanto seus perseguidores o caçavam com suas espadas em punho.

Ele afastou sua mente dessas lembranças, concentrando-se de modo deliberado no momento atual e não no passado. Torcia para que o vendedor encontrasse o arame. Arame era bom. Não fazia barulho, não fazia sujeira e, com um pouco de tempo, poderia ser retorcido e transformado em algo exótico – o tipo de coisa que se espera de um styrico ou talvez de um pelosiano. Não era tanto por conta de Krager, considerou enquanto uma agitação tensa crescia dentro dele. Krager nunca fora mais do que uma extensão obscura e débil de Martel; uma extensão, um par de mãos, assim como o outro homem, Adus, era apenas uma arma. Era o que a morte de Krager acarretaria a Martel – era isso o que importava.

– Foi o melhor que pude encontrar, milorde – o vendedor de avental encardido disse respeitosamente, saindo de trás da lona que cobria a parte posterior de sua barraca com um pedaço de arame mole e enferrujado em mãos. – Desculpe-me. Não é o que o senhor pediu.

– Vai servir direitinho – Sparhawk contrapôs, pegando o arame e esticando-o com vigor até o fio ficar teso. – Na verdade, é perfeito. – Virou-se para o cavalo e completou: – Fique aqui, Faran.

O corcel arreganhou os dentes para ele. Sparhawk riu de leve e começou a andar pelo largo, mantendo-se a uma distância segura de Krager. Se o míope fosse encontrado em algum umbral escuso, todo curvado para trás com um arame enrolando seu pescoço e seus tornozelos, com os olhos esbugalhados em seu rosto enegrecido... ou talvez com a cara enterrada em alguma latrina pública, isso deveria enervar Martel, magoá-lo ou até mesmo deixá-lo assustado. Talvez até fizesse com que ele saísse de seu esconderijo, e Sparhawk tinha aguardado anos pela chance de encontrar Martel em algum lugar aberto. Cauteloso, com as mãos ocultas em sua capa, ele começou a alisar as dobras de seu pedaço de arame enquanto perseguia sua presa.

Seus sentidos apuraram-se de modo sobrenatural. Ele era capaz de ouvir o ruído das tochas espalhadas pelo largo e notar o lampejo laranja refletido nas poças de água entre os paralelepípedos. Aqueles reflexos, por algum motivo, pareceram-lhe lindíssimos. Sparhawk sentiu-se bem – talvez até melhor do que havia se sentido nos últimos dez anos.

– Sir Cavaleiro? Sir Sparhawk? Poderia, de fato, ser o senhor?

Sobressaltado, Sparhawk virou-se rapidamente, murmurando um palavrão. O homem que o interpelara tinha longos cabelos loiros, encaracolados e elegantes. Vestia um gibão amarelo-alaranjado, calças de tons arroxeados e uma capa verde clara. Seus sapatos marrons e molhados eram compridos e pontudos e havia ruge em suas bochechas. A espada pequena e inútil ao seu lado e o chapéu de aba larga com uma pluma ensopada eram indicadores de que se tratava de um cortesão, um dos parasíticos funcionários mesquinhos que infestavam o palácio como insetos.

– O que o senhor está fazendo de volta a Cimmura? – o janota perguntou com sua voz aguda e afeminada. – O senhor foi banido.

Sparhawk olhou rapidamente para o homem que ele estava seguindo. Krager estava próximo à entrada da rua que se abria para o largo, e a qualquer momento ele estaria fora de seu alcance. Mas ainda era possível. Um golpe rápido e forte o suficiente lançaria a borboleta malvestida que estava à sua frente num sono profundo, e Krager ainda poderia ser interceptado. Então uma decepção quente amargou sua boca quando um destacamento da patrulha marchou em direção ao largo com passos pesados. Não havia mais como se livrar do almofadinha sem atrair a atenção deles. O olhar que Sparhawk dirigiu ao homem perfumado que barrava seu caminho era de puro ódio.

O cortesão deu um passo para trás com certo nervosismo, relanceando rapidamente para os soldados que se moviam pela frente das barracas conferindo os fechos que seguravam a lona daquelas que já estavam fechadas.

– Eu insisto que o senhor me diga o que está fazendo de volta a esta cidade – o cortesão insistiu, tentando empregar um tom autoritário.

– Insiste? Você? – foi a resposta de Sparhawk, carregada de desprezo.

O outro olhou novamente para os soldados e, reunindo alguma confiança, declarou com audácia:

– Estou levando-o sob custódia, Sparhawk. Exijo que se explique – ele esticou uma mão e segurou o braço do cavaleiro.

– Não toque em mim – Sparhawk cuspiu as palavras, removendo à força a mão que o segurava.

– Você me bateu! – o cortesão exclamou, segurando a mão machucada.

Sparhawk tomou o ombro do homem com uma mão e o puxou para perto de si.

– Se você puser as mãos em mim novamente, arranco suas entranhas. Agora suma da minha frente.

– Vou chamar a guarda – o janota ameaçou.

– E quanto tempo de vida você acha que vai ter depois que fizer isso?

– Você não pode me ameaçar. Tenho amigos poderosos.

– Mas eles não estão aqui, estão? No entanto, eu *estou* – Sparhawk empurrou-o para longe e, enojado, virou-se para cruzar o largo.

– Vocês, pandions, não vão se dar bem com esse comportamento arrogante por muito tempo. Agora nós temos leis em Elenia – o homem de roupa colorida guinchou na direção do cavaleiro. – Vou diretamente ao barão Harparin. Vou contar a ele que você voltou a Cimmura e sobre como me bateu e me ameaçou.

– Bom – Sparhawk respondeu sem se virar. – Faça isso. – Ele continuou a andar, sua irritação e sua frustração aumentando a ponto de ele cerrar os dentes para tentar manter o autocontrole. E então uma ideia lhe ocorreu. Era mesquinha (poderia até ser considerada infantil), mas por algum motivo pareceu apropriada. Ele parou e endireitou os ombros, murmurando para si mesmo no idioma styrico enquanto seus dedos traçavam formas intrincadas no ar. Ele hesitou um pouco, à procura do termo para "pústula". Acabou contentando-se com "furúnculo" e completou sua fórmula mágica. Virou-se o suficiente para poder ver seu oponente e lançou o feitiço. Então retomou sua caminhada e prosseguiu pelo largo, sorrindo para si mesmo. Foi, certamente, mesquinho, mas Sparhawk por vezes era assim.

Entregou ao vendedor de mantimentos uma moeda por cuidar de Faran, pôs-se de volta na sela e cavalgou pelo largo através da garoa nebulosa, um homem corpulento numa capa de lã rústica montado num corcel de cara feiosa.

Depois de passar pelo largo, as ruas tornaram-se novamente sombrias e vazias, com tochas chiando na chuva em cada interseção e lançando uma luz turva, baça e alaranjada. O som dos cascos de Faran parecia alto na rua deserta. Sparhawk reajustou-se em sua sela. A sensação era bem fraca, um comichão em suas costas, entre os ombros e logo abaixo do pescoço, mas ele a reconheceu de imediato. Alguém o estava observando, e quem estivesse na espreita não era amigável. Sparhawk novamente tentou se acomodar, de maneira a fazer com que a ação parecesse apenas o desconforto de um viajante que ficara sobre uma sela por muito tempo. Sua mão direita, entretanto, estava escondida por sua capa, indo em direção ao cabo de sua espada. A sensação opressiva de algo maligno aumentou, e então, nas sombras que estavam além da tocha vacilante da interseção próxima, ele avistou uma figura trajando um manto cinza-escuro com capuz que se confundia perfeitamente com a escuridão e com a garoa, fazendo aquele que o observava parecer quase invisível.

O corcel tensionou os músculos e suas orelhas se agitaram.

– Eu o vi, Faran – Sparhawk respondeu em voz baixa.

Eles seguiram pela rua pavimentada, passando por uma poça de luz laranja e em direção à rua sombria além. Os olhos de Sparhawk se acostumaram com a escuridão, mas a figura com o manto já havia desaparecido por algum beco ou através de alguma das portas estreitas espalhadas pela rua. A sensação de que estava sendo vigiado passou e a rua não lhe parecia mais um lugar perigoso. Faran prosseguiu, seus cascos fazendo barulho ao se chocar com os paralelepípedos molhados.

A estalagem para a qual Sparhawk se dirigia ficava em uma viela discreta. Possuía um portão que protegia o acesso ao pátio central com robustas tábuas de carvalho. Seus muros eram peculiarmente espessos e altos, e uma única lamparina baça brilhava ao lado de uma placa de madeira surrada pelo tempo que rangia de modo sofrido enquanto balançava para a frente e para trás de acordo com a brisa noturna e com a chuva. Sparhawk conduziu Faran até o portão, inclinou-se em sua sela e começou a chutar com força as tábuas enegrecidas pela chuva. Havia um ritmo característico em seus chutes.

Ele aguardou.

Então o portão abriu-se para dentro e, por essa abertura, a figura indistinta de um porteiro, com manto e capuz negros, olhou para Sparhawk. Ele acenou com a cabeça rapidamente e abriu o portão por completo para admitir sua entrada. O grande cavaleiro seguiu pelo pátio fustigado pela chuva e vagarosamente desmontou. O porteiro fechou o portão, trancou-o e então retirou seu capuz, revelando um elmo de aço; virou-se e fez uma reverência.

– Milorde – ele saudou Sparhawk respeitosamente.

– É tarde da noite para seguir com formalidades, Sir Cavaleiro – respondeu Sparhawk, também fazendo uma breve reverência.

– Formalidade é a essência da nobreza, Sir Sparhawk – o porteiro respondeu com ironia. – Tento praticá-la sempre que me é possível.

– Como queira – Sparhawk deu de ombros. – Você pode cuidar de meu cavalo?

– Claro. Seu criado, Kurik, está aqui.

Sparhawk acenou com a cabeça, desatando os nós que prendiam duas pesadas bolsas de couro da lateral de sua sela.

– Permita que eu carregue isso, milorde – o porteiro ofereceu.

– Não há necessidade. Onde está Kurik?

– Na primeira porta depois de subir as escadas. O senhor irá jantar?

Sparhawk meneou a cabeça.

– Apenas um banho e uma cama confortável. – Virou-se para o cavalo, que estava cochilando com uma das patas traseiras levemente dobrada, encostando apenas a ponta do casco no chão. – Acorde, Faran – ele disse ao animal.

Faran abriu os olhos e mirou-o com um olhar de poucos amigos.

– Vá com este cavaleiro – Sparhawk o instruiu com firmeza. – Não o morda, nem dê um coice nele, nem o empurre com seu flanco, prendendo-o na parede de sua baia... e também não pise no pé dele.

O grande corcel virou as orelhas para trás e resfolegou.

Sparhawk riu.

– Dê algumas cenouras a ele – sugeriu ao porteiro.

– Como o senhor consegue suportar esta besta com um temperamento tão odioso, Sir Sparhawk?

– Nós somos perfeitos um para o outro – Sparhawk respondeu. Então voltou-se para o cavalo e disse: – Foi uma boa viagem, Faran. Obrigado e boa noite.

O cavalo deu as costas para ele.

– Fique de olhos abertos, Sir Cavaleiro – Sparhawk avisou ao porteiro. – Alguém esteve me observando enquanto me dirigia para cá, e tenho a sensação de que era um pouco mais do que mera curiosidade.

O rosto do porteiro-cavaleiro ficou sério.

– Cuidarei disso, milorde.

– Bom. – Sparhawk voltou-se, rumou pelas pedras molhadas e reluzentes do pátio e subiu as escadas que levavam à galeria coberta no segundo andar da estalagem.

A estalagem era um segredo tão bem guardado que poucos em Cimmura tinham conhecimento dela. Apesar de não diferir de qualquer outra em aparência, o estabelecimento em questão era de propriedade dos cavaleiros pandions, oferecendo refúgio para qualquer um de seus membros que, por um motivo ou por outro, hesitavam utilizar as dependências de sua casa capitular, nos arredores a leste da cidade.

No alto da escada, Sparhawk deteve-se à primeira porta e bateu levemente com os nós dos dedos. Após alguns instantes, a porta se abriu. O homem que estava do lado de dentro era corpulento, com cabelos cinza-chumbo e uma barba espessa, mas bem aparada. Suas calças e botas eram de couro negro, bem como sua longa túnica. Uma adaga pesada estava presa em seu cinto, seus pulsos carregavam braceletes de aço e seus poderosos braços e ombros estavam descobertos. Ele não era um homem belo, e seus olhos eram tão frios como ágatas.

– Você está atrasado – ele disse, sem rodeios.

– Alguns contratempos no caminho – Sparhawk respondeu de maneira concisa, entrando no quarto aconchegante e iluminado por velas. O homem de ombros desnudos fechou a porta atrás de si e passou o trinco com um estrépito. Sparhawk olhou diretamente para ele. – Você tem passado bem, Kurik? – o cavaleiro perguntou ao homem que não via havia dez anos.

– Vou levando. Tire essa capa ensopada.

Sparhawk abriu um sorriso amplo, deixou seu alforje cair no chão e abriu o fecho que segurava sua capa de lã molhada.

– E como estão Aslade e os garotos?

– Crescendo – Kurik resmungou, pegando a capa. – Meus filhos estão ficando cada vez mais altos e Aslade cada vez mais gorda. A vida na fazenda lhe faz bem.

– Você sempre gostou de mulheres mais robustas, Kurik – Sparhawk lembrou seu escudeiro. – Por isso se casou com ela.

Kurik resmungou outra vez, lançando um olhar crítico sobre a figura esguia de seu amo.

– Você não tem comido direito, Sparhawk – acusou.

– Não me trate como uma criança – disse o cavaleiro, jogando-se em uma pesada cadeira de carvalho. Ele olhou ao redor. Tanto o chão quanto as paredes do cômodo eram de pedra. O teto era baixo, com fortes vigas de madeira negra a suportá-lo. O fogo na lareira arqueada crepitava, preenchendo o quarto com luz e sombras dançantes. Duas velas haviam sido acesas sobre a mesa, e dois leitos estreitos estavam encostados em paredes opostas. Entretanto, os olhos de Sparhawk estavam atraídos pelo suporte situado ao lado da janela de cortinas azuis. Nele estava disposta uma armadura completa, laqueada de preto brilhante. Encostado na parede, ao lado do suporte, um escudo negro e largo com o brasão de sua família, um falcão* com as asas abertas carregando uma lança em suas garras, reproduzido em prata na parte frontal. Ao lado do escudo, repousava uma poderosa espada larga com a empunhadura trabalhada em prata.

– Você se esqueceu de azeitá-los antes de ir embora – Kurik o acusou. – Levei uma semana para tirar a ferrugem. Levante o pé. – Ele se agachou, tirou uma das botas de cavalgar de Sparhawk e depois a outra. – Por que você sempre tem que caminhar na lama? – ele rosnou, arremessando as botas ao lado da lareira, e emendou: – Preparei um banho para você no cômodo ao lado. Tire a roupa, quero ver como estão essas suas feridas.

Sparhawk suspirou com resignação e cansaço, e se pôs de pé. Com a gentileza peculiar de seu rude escudeiro, ele se despiu.

– Você está ensopado até os ossos – Kurik observou, tocando as costas frias e úmidas com uma de suas mãos ásperas e cheias de calos.

– A chuva faz isso com as pessoas de vez em quando.

– Você foi a algum cirurgião para que ele desse uma olhada nessas feridas? – o escudeiro questionou, encostando levemente em uma das cicatrizes arroxeadas nas costas de Sparhawk, próxima do ombro esquerdo.

– Um médico examinou. Não havia cirurgião por perto, então tive de deixar que elas se fechassem por si sós.

– Dá para ver – Kurik concordou. – Entre na banheira. Vou buscar alguma coisa para você comer.

– Não estou com fome.

– Isso é problema seu. Você está parecendo um esqueleto. Agora que está de volta, não vou deixar que saia por aí desse jeito.

– Por que você está me provocando, Kurik?

---

* *Sparhawk* é uma contração de *sparrow hawk* (literalmente, pardal-falcão), uma espécie de ave nativa do continente americano que, no Brasil, é conhecida como falcão-americano ou ainda quiriquiri. [N. de T.]

– Porque estou bravo. Você quase me matou de susto. Desaparece por dez anos, quase nunca manda notícias... e quando manda são todas ruins. – Os olhos do homem rude suavizaram-se quase imperceptivelmente, e então ele segurou os ombros de Sparhawk com uma força que teria feito homens mais fracos caírem de joelhos. – Bem-vindo de volta a casa, milorde – ele emendou, com a voz embargada.

Sparhawk abraçou seu amigo com força.

– Obrigado, Kurik – ele disse, e sua voz também estava contida. – É bom estar de volta.

– Muito bem – Kurik resmungou, e sua fisionomia havia endurecido novamente. – Agora entre no banho. Você está fedendo. – Ele girou sobre os calcanhares e saiu pela porta.

Sparhawk sorriu e encaminhou-se para o cômodo ao lado. Entrou na banheira de madeira e mergulhou com gratidão em sua água fumegante. Ele havia sido outro homem, com outro nome – um homem chamado Mahkra –, por tanto tempo que tinha a certeza de que um simples banho não removeria essa outra identidade de si, mas era bom relaxar e permitir que a água quente e o sabão áspero retirassem de sua pele aquela terra seca e fustigada pelo sol. Entrando em uma espécie de devaneio longínquo enquanto ensaboava os membros magros e marcados, ele se lembrou da vida que levara como Mahkra na cidade de Jiroch, em Rendor. Recordava-se da pequena e fria loja na qual, como uma pessoa comum e sem títulos de nobreza, vendia jarros de bronze, doces, guloseimas e perfumes exóticos enquanto a luz do sol resplandecia nas paredes das construções do outro lado da rua, quase o cegando. Rememorou as intermináveis conversas na taverna de esquina, onde Mahkra frequentemente bebericava os ácidos vinhos rendorenhos enquanto sondava de maneira sutil e delicada por informações para retransmitir a seu amigo e colega pandion, Sir Voren – informações relacionadas às inclinações eshandistas em Rendor, aos estoques secretos de armas escondidos no deserto e também às atividades dos agentes do imperador Otha de Zemoch. Também se lembrou das noites suaves e escuras preenchidas pelo perfume de Lillias, a amante mal-humorada de Mahkra, além do começo de cada dia, quando ele se levantava e ia até a janela para observar as mulheres dirigindo-se aos poços na luz metálica de uma aurora ainda sem sol. Ele suspirou.

– E quem você é agora, Sparhawk? – perguntou-se suavemente. – Não o mercador de latão, de tâmaras adocicadas e de perfumes, certamente. Mas outra vez um cavaleiro pandion? Um mago? O campeão da rainha? Talvez não. Talvez apenas um homem cansado e surrado, com muita idade, muitas cicatrizes e um número ainda maior de batalhas em seu passado.

– Não lhe ocorreu proteger a cabeça enquanto esteve em Rendor? – Kurik perguntou da porta, com acidez. O escudeiro corpulento segurava um roupão e uma toalha grosseira. – Falar sozinho é um sintoma de quem se expôs ao sol mais do que devia.

– Só estava refletindo, Kurik. Passei muitos anos longe de casa, e vou levar um bom tempo para me acostumar novamente.

– Talvez você não tenha "um bom tempo". Alguém reconheceu você em seu caminho até aqui?

Sparhawk lembrou-se do janota no largo e fez que sim com a cabeça.

– Um dos lambe-botas do Harparin me viu no largo que fica próximo ao portão oeste.

– Então é isso. Você terá de se apresentar no palácio amanhã, ou Lycheas vai revirar Cimmura, pedra por pedra, procurando por você.

– Lycheas?

– O príncipe regente... filho bastardo da princesa Arissa com algum marinheiro bêbado ou com algum assaltante com quem ela foi para a cama.

Sparhawk endireitou-se na banheira, seus olhos tornando-se frios.

– Acho que é melhor você me explicar algumas coisas, Kurik – ele disse. – Ehlana é a rainha. Por que seu reino precisa de um príncipe regente?

– Onde você esteve, Sparhawk? Na lua? Ehlana adoeceu no mês passado.

– Mas não está morta, não é? – Sparhawk perguntou com um nó no estômago e um sentimento insuportável de perda ao se recordar da menina pálida e linda de olhos cinzentos, sérios e solenes de quem ele cuidara durante a infância e que, de um modo peculiar, ele aprendera a amar, apesar de ela ter apenas 8 anos de idade quando o rei Aldreas o enviou para seu exílio em Rendor.

– Não – Kurik respondeu –, ela não está morta, mas é quase isso. – Ele ofereceu a grande e grosseira toalha, ordenando: – Saia da banheira. Vou contar tudo enquanto você come.

Sparhawk concordou com a cabeça e se levantou. Kurik secou-o com vigor e então vestiu seu amo com o roupão. A mesa do quarto estava posta, pratos com pedaços de carne fumegantes nadando em molho, meio filão de pão preto rústico, um grande pedaço de queijo e um cântaro de leite frio.

– Coma – Kurik rosnou.

– O que está acontecendo por aqui? – Sparhawk quis saber enquanto sentava-se à mesa e começava a comer. Ele se surpreendeu ao descobrir que estava subitamente faminto. – Conte desde o começo.

– Muito bem – Kurik concordou, sacando sua adaga e cortando generosas fatias de pão do filão. – Você sabia que os pandions foram confinados em sua casa-mãe, em Demos, depois que você partiu, não sabia?

Sparhawk anuiu com a cabeça.

– Fiquei sabendo. O rei Aldreas não tinha muita afeição pelos pandions.

– Isso foi culpa de seu pai, Sparhawk. Aldreas era *muito* afeiçoado à própria irmã e foi seu pai quem o forçou a se casar com outra mulher. E isso acabou azedando a disposição dele para com a Ordem Pandion.

– Kurik, isso não é jeito de se falar do rei – Sparhawk o repreendeu.

– Ele está morto – Kurik contrapôs, dando de ombros –, então não vai lhe fazer mal algum e, de qualquer maneira, todos sabiam o que ele sentia pela irmã. Os pajens do palácio costumavam cobrar um bom dinheiro de qualquer um que quisesse bisbilhotar Arissa indo até o quarto de seu irmão como ela viera ao mundo. Aldreas era um rei fraco, Sparhawk. Ele estava totalmente sob o controle de Arissa e do primado Annias. Com os pandions confinados em Demos, Annias e seus subalternos começaram a fazer o que bem entendiam. Você teve sorte de não estar por aqui durante esse período.

– Talvez – murmurou Sparhawk. – De que Aldreas morreu?

– Disseram que foi mal de terra. Mas, em minha opinião, foram as prostitutas que Annias enviava ao quarto do rei que acabaram por esgotá-lo.

– Kurik, você fofoca mais do que uma velha.

– Eu sei – Kurik admitiu abertamente. – É um dos meus defeitos.

– E então Ehlana foi coroada rainha?

– Isso. E foi aí que as coisas começaram a mudar. Annias estava certo de que conseguiria controlá-la da mesma forma que manipulava Aldreas, mas a jovem rainha logo mostrou que ele estava errado. Ela convocou o preceptor Vanion, ordenando que ele deixasse a casa-mãe em Demos, e o fez seu conselheiro pessoal. Em seguida, disse a Annias que começasse os preparativos para um retiro em um monastério, a fim de meditar sobre as virtudes próprias de um membro do clero. Annias ficou furioso, é claro, e então começou a maquinar algo de imediato. As estradas entre Cimmura e o convento no qual Arissa havia sido confinada ficaram infestadas de mensageiros. A princesa e o primado são velhos amigos, e tinham interesses em comum. De qualquer forma, Annias sugeriu a Ehlana que se casasse com seu primo bastardo, Lycheas, mas ela riu na cara dele.

– Isso me parece bem característico – Sparhawk sorriu. – Eu a criei e ensinei a ela o que era apropriado. Qual é a doença que a aflige?

– Parece ser a mesma que matou o rei Aldreas. Ela teve uma convulsão e nunca recobrou a consciência. Todos os médicos da corte afirmaram que ela não sobreviveria nem mais uma semana, e foi aí que Vanion tomou as rédeas da situação. Ele adentrou a corte com Sephrenia e onze outros pandions, todos em armadura completa e com os visores de seus elmos abaixados. Eles dispensaram os serviçais da rainha, ergueram-na de sua cama, vestiram-na com suas roupas cerimoniais e colocaram a coroa em sua cabeça. Em seguida, levaram-na até o salão principal, puseram-na no trono e trancaram as portas. Ninguém sabe o que eles fizeram lá dentro, mas, quando as portas se abriram novamente, Ehlana estava sentada em seu trono, ambos encerrados em cristal.

– O quê? – Sparhawk exclamou.

– É translúcido como o vidro. Você pode ver cada sarda no nariz da rainha, mas não pode chegar perto dela. Um cristal mais duro do que diamante. Annias fez com que alguns criados o martelassem por cinco dias e eles não conseguiram sequer lascá-lo. – Kurik olhou para Sparhawk e então perguntou com curiosidade: – Você seria capaz de fazer algo assim?

– Eu? Kurik, eu nem saberia por onde começar. Sephrenia nos ensinou o básico, mas nós somos como bebês se comparados a ela.

– Bem, seja lá o que ela tenha feito, é isso que está mantendo a rainha viva. Você consegue ouvir o coração dela batendo. Ele ecoa pelo salão do trono como um tambor. Durante quase toda a primeira semana, o povo peregrinava até lá só para ouvi-lo. Houve até quem dissesse que aquilo era um milagre e que o salão do trono deveria virar um santuário. Mas Annias trancou a porta, convocou o bastardo Lycheas e o nomeou príncipe regente. Isso foi há duas semanas. Desde então, Annias ordenou aos soldados da Igreja que prendessem todos os seus inimigos. As masmorras sob a catedral estão abarrotadas. E essa é nossa situação atual. Você escolheu uma ótima hora para voltar. – Ele parou, olhando fixamente para o rosto de seu amo, e perguntou: – O que aconteceu em Cippria, Sparhawk? As notícias que chegaram até aqui foram bem incompletas.

– Não foi grande coisa – Sparhawk deu de ombros. – Você se lembra de Martel?

– O renegado de quem Vanion retirou o título de cavaleiro? Aquele com o cabelo todo branco?

Sparhawk fez que sim com a cabeça.

– Ele foi até Cippria com alguns lacaios, contratou uns quinze ou vinte mercenários para ajudá-lo. Eles me emboscaram em uma rua escura.

– Foi assim que você conseguiu essas cicatrizes?

– Sim.

– Mas você escapou.

– É óbvio. Assassinos rendorenhos ficam meio enjoados quando o sangue que escorre nos paralelepípedos e nas paredes é o deles. Depois de acabar com mais ou menos uma dúzia do bando, o resto ficou desmoralizado. Livrei-me dos outros e rastejei para os arredores da cidade. Fiquei escondido em um monastério enquanto minhas feridas cicatrizavam, depois peguei Faran e segui com uma caravana para Jiroch.

Os olhos de Kurik estreitaram-se com perspicácia, e ele perguntou:

– Você acha que há alguma possibilidade de Annias estar envolvido nessa história? Ele odeia a sua família, sabia? E eu tenho quase certeza de que foi ele quem convenceu Aldreas a te exilar.

– De tempos em tempos eu também acho isso. Annias e Martel já fizeram negócios no passado. De qualquer forma, acho que o bom primado e eu temos muitas coisas a discutir.

Kurik mirou-o com firmeza, reconhecendo o tom em sua voz, e então o avisou:

– Você vai se meter em confusão.

– Não tanto quanto Annias irá se eu descobrir que ele estava envolvido naquele ataque. – Sparhawk endireitou-se. – Terei de falar com Vanion. Ele ainda está aqui em Cimmura?

Kurik acenou positivamente.

– Ele está na casa capitular a leste da cidade, mas você não vai conseguir ir até lá a esta hora. Eles fecham o portão leste depois do pôr do sol. Eu acho que talvez seja melhor você se apresentar no palácio logo depois de o sol nascer. Não vai demorar até que Annias tenha a brilhante ideia de te declarar um criminoso por ter abandonado o exílio, e será melhor que você apareça por vontade própria, e não arrastado como um bandido qualquer. E ainda assim você terá de falar bem rápido se quiser evitar ser jogado na masmorra.

– Acho que não – Sparhawk discordou. – Tenho um documento com o timbre da rainha autorizando o meu retorno. – Ele empurrou o prato para a frente. – A caligrafia é meio infantil, algumas lágrimas caíram no papel, mas acho que ainda assim é válido.

– Ela chorou? Achei que ela não fosse capaz de chorar.

– A rainha tinha 8 anos de idade na época, Kurik, e por algum motivo ela gostava de mim.

– Você causa esse efeito nas pessoas. – Kurik olhou para o prato de Sparhawk. – Está satisfeito?

Sparhawk fez que sim.

– Então vá para a cama. Amanhã você terá um dia bem cheio.

Era muito mais tarde. O quarto estava parcamente iluminado pelos carvões alaranjados do fogo que se extinguia, e o som repetitivo da respiração de

Kurik vinha do leito na parede oposta. As irritantes e insistentes batidas de alguma persiana solta, que balançava ao sabor do vento a algumas ruas de distância, fazia com que algum cachorro acéfalo não parasse de latir, e Sparhawk, deitado e às voltas com seu sono, aguardava pacientemente que o animal ficasse ensopado o suficiente, ou cansado o suficiente de tanto latir, para buscar a proteção em sua casinha.

Uma vez que tinha sido Krager quem ele avistara no largo, não havia certeza absoluta de que Martel estivesse em Cimmura. Krager era uma espécie de garoto de recados e com frequência estava a um continente de distância de Martel. Se ele tivesse cruzado com o brutamontes Adus no largo, não haveria dúvida de que Martel estaria por perto. Era necessário manter Adus em rédea curta.

Não seria difícil encontrar Krager. Era um homem fraco, com os vícios e com a previsibilidade comum aos homens fracos. Sparhawk esboçou um sorriso frio na escuridão. Seria fácil encontrar Krager, e o homem saberia onde Martel poderia ser encontrado. Não seria um grande problema extrair essa informação dele.

Movendo-se silenciosamente para evitar acordar seu sonolento escudeiro, Sparhawk empurrou as pernas para fora da cama e cruzou o cômodo até a janela para assistir à chuva caindo no pátio deserto e iluminado por lanternas logo abaixo. Distraidamente, colocou a mão em volta do cabo de prata de sua espada larga que repousava ao lado de sua armadura formal. Era uma sensação boa, como segurar a mão de uma velha amiga.

De forma indistinta, como sempre, o som dos sinos ecoou por meio de suas memórias. Ele seguira os sinos naquela noite em Cippria. Doente, ferido e só, fora aos trambolhões pela noite infestada pelo cheiro de estrume dos currais, quase se arrastando em direção ao som dos sinos. Quando finalmente chegara ao muro, seguira por sua extensão tateando as pedras antigas com sua mão boa até finalmente alcançar o portão, onde acabou caindo.

Sparhawk meneou a cabeça. Isso tinha sido há muito tempo. Era estranho como ele conseguia se lembrar dos sinos de maneira tão clara. Permaneceu ali, com a mão em sua espada, olhando para os portões da noite, assistindo à chuva e lembrando-se do som dos sinos.

Capítulo 2

Sparhawk trajava sua armadura formal e, para que ela se assentasse, andava fazendo rangidos metálicos de um lado a outro do cômodo iluminado por velas.

– Tinha me esquecido de como é pesada – ele resmungou.

– Você está ficando mole – Kurik o repreendeu. – Precisa de um ou dois meses de treinamento para entrar nos eixos. Você tem certeza de que vai assim?

– É uma ocasião formal, Kurik, e ocasiões formais pedem vestimentas formais. Além do mais, não quero que as pessoas se confundam quando eu chegar lá. Sou o campeão da rainha, então espera-se que eu vista minha armadura e me apresente perante ela.

– Eles não vão deixar você vê-la – Kurik profetizou, pegando o elmo de seu amo.

– Não vão deixar?

– Não faça nada estúpido, Sparhawk. Você estará sozinho por lá.

– O conde de Lenda ainda está no Conselho?

Kurik confirmou com a cabeça.

– Ele está velho e não carrega a mesma autoridade de antigamente, mas é respeitado demais para que Annias consiga se livrar dele.

– Então terei pelo menos um amigo por lá. – Sparhawk tomou o elmo de seu escudeiro, ajustando-o em sua cabeça. Ele ergueu o visor.

Kurik foi até a janela para apanhar a espada e o escudo do cavaleiro pandion.

– A chuva está dando uma trégua – ele observou –, e temos um pouco de luz. – Ele voltou, colocou a espada e o escudo sobre a mesa e, pegando o sobretudo prateado, ordenou: – Estenda seus braços.

Sparhawk abriu bem os braços para que Kurik drapeasse seus ombros com o sobretudo, atando-o nas laterais. Cingiu o cinturão que seguraria sua espada, passando duas voltas em torno da cintura de seu amo. Sparhawk pegou sua arma embainhada, perguntando:

– Você a afiou?

Kurik lhe devolveu um olhar arrasador.

– Desculpe – Sparhawk murmurou, prendendo a bainha de sua espada em uma das tachas de seu cinturão, girando-o para que a arma ficasse em seu lado esquerdo.

Kurik prendeu a longa capa negra às ombreiras da armadura e, dando um passo para trás para examinar Sparhawk de alto a baixo, disse:

– Razoável. Vou carregar seu escudo. É melhor você se apressar. Eles se levantam cedo no palácio. Dá mais tempo para suas maquinações.

O porteiro-cavaleiro trouxe Faran dos estábulos e ele e Kurik soergueram Sparhawk para a sua sela.

– Cuidado ao entrar no palácio, milorde – Kurik o avisou, usando o tom formal que adotava quando eles não estavam a sós. – A guarda do palácio provavelmente ainda é neutra, mas Annias tem um destacamento de soldados da Igreja por lá. É provável que qualquer um com fardas vermelhas deva ser considerado seu inimigo. – Ele entregou o escudo negro e ornado.

Sparhawk colocou-o em seu lugar, perguntando:

– Você irá até a casa capitular falar com Vanion?

– Assim que eles abrirem o portão leste da cidade – Kurik confirmou.

– É provável que eu vá para lá assim que finalizar meus assuntos no palácio, mas talvez seja melhor você me esperar por aqui. – Sparhawk esboçou um sorriso. – Pode ser que tenhamos de sair da cidade com alguma pressa.

– Não se esforce para causar problemas, milorde.

Sparhawk tomou as rédeas de Faran das mãos do porteiro e proclamou:

– Muito bem, Sir Cavaleiro. Abra o portão para que eu possa apresentar minhas respeitosas saudações ao bastardo Lycheas.

O porteiro riu e abriu a entrada.

Faran prosseguiu trotando de forma orgulhosa e imponente, erguendo seus cascos exageradamente e levando-os de volta aos paralelepípedos molhados num sonoro *staccato*. O grande cavalo tinha uma peculiar inclinação para a dramaticidade e buscava se exibir de maneira ultrajante toda vez que Sparhawk o montava trajando sua armadura completa.

– Você não acha que estamos ficando velhos para esse tipo de exibicionismo? – Sparhawk perguntou secamente.

Faran o ignorou e continuou a ostentar seu trote.

Havia poucas pessoas de pé na cidade de Cimmura àquela hora – em sua grande maioria, artesãos desgrenhados e lojistas sonolentos. As ruas ainda estavam úmidas e o vento tempestuoso fazia com que as placas penduradas nas entradas das lojas balançassem e rangessem. Quase todas as janelas ainda estavam fechadas e nenhuma luz podia ser entrevista, apesar de que aqui ou ali podia-se ver o brilho dourado de velas marcando o quarto de algum madrugador.

Sparhawk notou que sua armadura começava a emitir aquele odor característico – uma mistura que vinha do aço, do óleo e das tiras de couro que haviam sido embebidas em seu suor por anos a fio. E quase se esquecera daquele cheiro nas ruas fustigadas pelo sol e pelo aroma das lojas de especiarias de Jiroch; essas características mais do que familiares de Cimmura finalmente o convenceram de que ele estava em casa.

Por vezes, um ou outro cachorro surgia para latir em sua direção enquanto passavam, mas Faran os ignorava com altivez, trotando pelas ruas pavimentadas.

O palácio estava situado no centro da cidade. Era uma construção grandiosa, muito mais alta do que as outras ao seu redor, com suas torres esguias e pontiagudas adornadas com flâmulas coloridas que balançavam ao sabor do vento. Era mantido separado do resto da cidade por muralhas com ameias. Em algum momento do passado, um dos reis de Elenia havia ordenado que o lado de fora das muralhas fosse revestido de calcário branco. Entretanto, o clima e a sempre presente cortina de fumaça que pairava sobre a cidade em certas épocas do ano tingiram o revestimento com um tom sujo e irregular de cinza.

Os portões do palácio eram amplos e guardados por meia dúzia de soldados trajando uniformes azul-escuros, que os distinguia como membros da guarnição palaciana.

– Alto! – clamou um deles enquanto Sparhawk se aproximava. O guarda postou-se no meio do caminho, segurando sua lança a meia altura. Sparhawk não deu sinais de que o tinha ouvido, e Faran continuou sua marcha sobre o homem. – Alto, eu disse, Sir Cavaleiro! – o guarda comandou novamente. Então um de seus colegas saltou adiante e, pegando-o pelos braços, puxou-o para longe do caminho do corcel.

– Esse é o campeão da rainha – exclamou o segundo guarda. – *Nunca* fique no caminho dele.

Sparhawk chegou ao pátio central e desmontou, um pouco desajeitado por conta do peso de sua armadura e por portar seu escudo. Um guarda se adiantou, com sua lança a postos.

– Bom dia, vizinho – Sparhawk cumprimentou-o com sua voz baixa.

O guarda hesitou.

– Cuide de meu cavalo – o cavaleiro o instruiu. – Eu não devo demorar. – Entregou ao homem as rédeas de Faran e começou a subir a ampla escadaria em direção à robusta porta dupla da entrada do palácio.

– Sir Cavaleiro – o guarda tentou chamá-lo.

Sparhawk não se virou, continuando a subir os degraus. Dois guardas trajando uniformes azuis estavam no alto da escadaria; homens de certa idade, ele notou, homens que ele pensou reconhecer. Um deles arregalou os olhos e esboçou um largo sorriso.

– Bem-vindo de volta, Sir Sparhawk – ele saudou, abrindo a porta para o cavaleiro na armadura negra.

Sparhawk deu uma piscadela e seguiu para o interior, suas botas e esporas tilintando nas pedras polidas. Logo ao cruzar a porta, encontrou um funcionário do palácio com o cabelo encaracolado cheio de pomada e vestindo um gibão amarronzado.

– Vim falar com Lycheas – Sparhawk anunciou em um tom inexpressivo. – Leve-me a ele.

– Mas... – o rosto do homem empalideceu um pouco. Ele se empertigou, sua expressão tornando-se pedante. – Como o senhor...

– Você não me ouviu, vizinho? – Sparhawk questionou.

O homem no gibão marrom encolheu-se visivelmente e gaguejou:

– Imediatamente, Sir Sparhawk. – Ele virou-se e seguiu pelo amplo corredor central. Podia-se ver seus ombros tremendo. Sparhawk notou que o funcionário não o estava conduzindo para o salão do trono, mas sim para a câmara do Conselho, onde o rei Aldreas costumava se reunir com seus conselheiros. Um breve sorriso surgiu nos lábios do grande homem quando ele deduziu que a presença da jovem rainha, sentada no trono em sua proteção de cristal, devia ter um efeito inibidor sobre as tentativas de seu primo de usurpar a coroa.

Chegaram à porta da câmara do Conselho e encontraram-na protegida por dois homens da igreja em uniformes vermelhos – soldados do primado Annias. Os dois cruzaram suas lanças de modo automático para barrar a entrada.

– O campeão da rainha para ver o príncipe regente – o funcionário anunciou com sua voz estridente.

– Não temos ordens para permitir a entrada do campeão da rainha – um dos soldados declarou.

– Agora vocês têm – Sparhawk disse a ele. – Abram a porta.

O homem no gibão marrom começou a se mexer, como se para fugir rapidamente, mas Sparhawk segurou-o pelo braço.

– Ainda não o dispensei, vizinho – ele murmurou. Então, olhou para os soldados e repetiu: – Abram a porta.

A situação ficou em suspenso por um longo momento enquanto os guardas olhavam primeiro para Sparhawk, depois um para o outro. Um deles engoliu em seco e, atrapalhando-se com sua lança, esticou a mão em direção à maçaneta.

– Preciso que você anuncie minha entrada – Sparhawk falou para o homem cujo braço ele segurava firmemente com sua mão enluvada. – Não queremos surpreender ninguém, não é?

Os olhos do funcionário estavam um pouco frenéticos. Ele atravessou a porta aberta e limpou a garganta.

– O campeão da rainha – despejou as palavras umas sobre as outras. – O cavaleiro pandion, Sir Sparhawk.

– Obrigado, vizinho – Sparhawk disse. – Você pode ir, agora.

O homem saiu às pressas.

A câmara do Conselho era muito larga, acarpetada e drapeada com tapeçarias azuis. Grandes candelabros estavam alinhados nas paredes e havia ainda mais velas sobre a mesa extensa e polida, posicionada no centro do cômodo. Três homens estavam sentados à mesa com documentos dispostos à sua frente, mas um quarto estava semierguido em sua cadeira.

O homem que havia se levantado era o primado Annias. O clérigo havia emagrecido desde a última vez que Sparhawk o vira, dez anos antes; seu rosto parecia mais acinzentado e encovado. Seu cabelo estava amarrado atrás de sua cabeça e tinha mechas grisalhas. Vestia um hábito negro e, pendurado em uma grossa corrente de ouro em seu pescoço, estava o pingente que denotava seu cargo de primado de Cimmura. Seus olhos estavam vidrados da surpresa sobressaltada produzida pela entrada de Sparhawk.

O conde de Lenda, um ancião de cabelos brancos por volta dos 70 anos de idade, trajava um gibão cinza-claro e sorria abertamente, os olhos azuis cintilando em sua face enrugada. O barão Harparin, um notório pederasta, jazia sentado com uma expressão de incredulidade. Suas vestes eram uma revolução de cores conflitantes. Ao seu lado, usando roupas vermelhas, estava um homem imensamente gordo que Sparhawk não reconhecia.

– Sparhawk! – Annias exclamou agudamente, recuperando-se da surpresa. – O que faz aqui?

– Soube que o senhor estava procurando por mim, Vossa Graça – respondeu Sparhawk. – Pensei que poderia poupá-lo do trabalho.

– Você descumpriu seu exílio – Annias o acusou, com raiva.

– Esse é um dos assuntos com os quais precisamos lidar. Soube que Lycheas, o bastardo, está atuando como príncipe regente até a rainha recobrar sua saúde. Por que o senhor não manda chamá-lo para que não tenhamos de passar por isso uma segunda vez?

Os olhos de Annias arregalaram-se por conta do choque e do ultraje.

– É isso o que ele é, não? – Sparhawk prosseguiu. – Suas origens não são nenhum segredo, então por que pisar em ovos? A corda do sino, se me lembro bem, fica logo ali. Dê um puxão, Annias, e peça a algum janota que traga o príncipe regente.

O conde de Lenda gargalhou abertamente.

Annias disparou um olhar cheio de ódio na direção do velhote e caminhou até as duas cordas que ficavam penduradas na parede oposta. Sua mão hesitou entre as duas.

– Não cometa nenhum engano, Vossa Graça – Sparhawk o avisou. – Muitas coisas podem dar errado se uma dúzia de soldados entrar por aquela porta em vez de um serviçal.

– Vá em frente, Annias – o conde de Lenda pediu. – Minha vida já está perto do fim, de um jeito ou de outro, e eu não me importaria que ela acabasse com um pouco de agitação.

Annias cerrou os dentes e puxou o cordão azul em lugar do vermelho. Depois de alguns instantes, um jovem uniformizado surgiu pela porta.

– Sim, Vossa Graça? – ele se apresentou, fazendo uma mesura para o primado.

– Diga ao príncipe regente que precisamos de sua presença aqui imediatamente.

– Mas...

– *Imediatamente*!

– Sim, Vossa Graça. – E o serviçal partiu com rapidez.

– Viu só, como isso foi fácil? – Sparhawk comentou com Annias. Então seguiu até o homem de cabelos brancos, removeu sua própria luva e tomou as mãos do conde de Lenda, dizendo: – O senhor parece estar muito bem, milorde.

– Você quis dizer que eu ainda estou vivo, não? – Lenda riu. – Como foi sua estadia em Rendor, Sparhawk?

– Quente, seca e poeirenta.

– Como sempre, meu garoto. Como sempre.

– Você vai responder à minha pergunta? – Annias exigiu.

– Por favor, Vossa Graça – Sparhawk contrapôs piamente, erguendo uma mão –, esperemos até a chegada do regente bastardo. Devemos nos lembrar de nossos modos, não é mesmo? – Então ele ergueu uma sobrancelha, acrescentando quase como se a questão lhe tivesse ocorrido naquele instante: – Diga-me, como está a mãe dele? Sua saúde, quero dizer. Não espero que um clérigo possa atestar a respeito dos talentos carnais da princesa Arissa... embora qualquer outra pessoa em Cimmura possa.

– Você está passando dos limites, Sparhawk.

– Quer dizer que você não sabe? Puxa vida, meu garoto, você realmente deveria tentar se manter atualizado.

– Que *rude*! – exclamou o barão Harparin para o homem gordo trajando vermelho.

– Esse é o tipo de coisa que você não entenderia, Harparin – Sparhawk disse a ele. – Dizem que suas inclinações pendem na direção oposta.

A porta se abriu e um jovem cheio de espinhas, cabelos loiro-amarronzados e lábios entreabertos, entrou. Vestia um manto verde ornado com arminho e uma pequena coroa de ouro.

– Você queria me ver, Annias? – Ele disse com sua voz anasalada, que mais parecia um choramingo.

– Uma questão de Estado, Vossa Alteza – Annias respondeu. – Precisamos que Vossa Alteza julgue um caso de alta traição.

O jovem piscou estupidamente em sua direção.

– Este é Sir Sparhawk, que violou deliberadamente as ordens de seu finado tio, o rei Aldreas. Sparhawk tinha sido enviado para Rendor, e só poderia retornar se recebesse uma convocação real. Sua mera presença em Elenia o condena.

Lycheas se retraiu visivelmente do cavaleiro de feições austeras que usava armadura negra; seus olhos se arregalaram e seus lábios frouxos se escancararam.

– Sparhawk? – Sua voz saiu como um piado.

– O próprio – Sparhawk confirmou. – Temo apenas que o bom primado, entretanto, tenha sido um pouco exagerado em sua denúncia. Quando assumi meu posto hereditário de campeão da coroa, fiz um juramento de defender o rei (ou a rainha) sempre que sua vida estivesse em perigo. Tal juramento tem precedência sobre quaisquer outras ordens, sejam elas reais ou não; e, como podemos ver claramente, a vida da rainha está em perigo.

– Isso é mera tecnicidade, Sparhawk – redarguiu Annias.

– Eu sei – concordou Sparhawk –, mas tecnicidades são a alma das leis.

O conde de Lenda pigarreou e interrompeu a discussão:

– Eu estudei tais assuntos legais, e Sir Sparhawk citou a lei de forma correta. Seu juramento de defender a coroa de fato tem precedência.

O príncipe Lycheas, que se posicionara do outro lado da mesa, distanciando-se de Sparhawk o máximo possível, declarou:

– Isso é absurdo. Ehlana está doente. Ela não corre nenhum perigo físico.

Em seguida, sentou-se na cadeira ao lado do primado.

– A rainha – Sparhawk o corrigiu.

– O quê?

– O título a ser utilizado é "Sua Majestade" ou, no mínimo, "rainha Ehlana". É descortês ao extremo chamá-la apenas pelo primeiro nome. Na teoria, sou obrigado a protegê-la tanto da descortesia quanto de quaisquer perigos fisicos. Não domino a lei nesses assuntos; então, antes de desafiar Vossa Alteza para um duelo, deferirei ao julgamento de meu velho amigo, o conde de Lenda, nesta questão.

A cor fugiu do rosto de Lycheas.

– Desafiar?

– Isso é pura idiotice – Annias declarou. – Nenhum desafio será feito ou aceito. – Os olhos de Annias estreitaram-se. – Todavia, o príncipe regente tem razão em um ponto: Sparhawk baseou-se em um argumento débil para violar seu banimento. A não ser que ele possa apresentar alguma evidência documental de que foi convocado, deve ser condenado por alta traição – concluiu o primado, esboçando um fino sorriso.

– Pensei que você nunca fosse pedir, Annias – Sparhawk disse. Retirou de debaixo de seu cinturão um pergaminho bem dobrado, amarrado com um laço azul. Ele desatou o nó e abriu o pergaminho; a pedra vermelho-sangue em seu anel refulgiu na luz das velas. – Parece que tudo está certo – ele murmurou, percorrendo o documento com os olhos. – Aí estão a assinatura da rainha e seu timbre pessoal. Suas instruções são bem claras. – Esticou o braço, oferecendo o documento ao conde de Lenda. – Qual a sua opinião, milorde?

O idoso tomou o pergaminho e o examinou.

– É o timbre da rainha – o conde confirmou –, bem como a caligrafia. Sua Majestade ordena que Sir Sparhawk apresente-se a ela imediatamente após sua ascensão ao trono. É uma ordem real válida, milordes.

– Deixe-me vez isso – Annias rosnou.

Lenda passou o documento por sobre a mesa para ele.

O Primado leu o pergaminho rapidamente, seus dentes cerrados com força.

– Isso nem está datado – ele acusou.

– Desculpe-me, Vossa Graça – Lenda o interrompeu –, mas não há requerimentos legais obrigando que um decreto ou uma ordem real sejam datados. Datação é uma mera convenção.

– Onde você conseguiu isso? – Annias perguntou a Sparhawk, estreitando os olhos.

– Está comigo há algum tempo.

– Obviamente isso foi escrito antes de a rainha ascender ao trono.

– Parece que sim, não é mesmo?

– Isto não tem validade alguma – o primado concluiu, pegando o pergaminho com as duas mãos, a ponto de rasgá-lo.

– Qual a pena por destruir um decreto real, milorde de Lenda? – Sparhawk perguntou, com um tom de voz brando.

– Morte.

– Era justamente o que eu pensava. Vá em frente e rasgue-o, Annias. Ficarei mais do que feliz em executar a sentença com minhas próprias mãos, para poupar tempo e as despesas com todos aqueles tediosos procedimentos legais. – Os olhos de Sparhawk estavam fixos nos de Annias. Depois de um breve instante, o primado jogou o pergaminho sobre a mesa, enojado.

Lycheas assistia à cena com um crescente olhar de aflição. Então ele deixou transparecer que percebera algo pela primeira vez.

– Seu anel, Sir Sparhawk – ele comentou com sua voz chorosa. – Ele serve como uma insígnia de seu posto, não?

– Pode-se dizer que sim. Na verdade, este anel e o que a rainha usa são o elo simbólico entre a minha família e a dela.

– Dê-me esse anel.

– Não.

– Eu acabo de lhe dar uma ordem real! – ele exultou, com os olhos saltando de suas órbitas.

– Não. Foi um pedido pessoal, Lycheas. Você não pode me dar uma ordem porque você não é o rei.

Lycheas dirigiu um olhar incerto ao primado, mas Annias meneou a cabeça discretamente. O jovem de rosto marcado por espinhas corou.

– O príncipe regente quer apenas examinar o anel, Sir Sparhawk – o primado atalhou com suavidade. – Procuramos o seu par, o anel do rei Aldreas, mas parece que foi perdido. O senhor teria ideia de onde poderíamos achá-lo?

Sparhawk abriu as mãos diante de si.

– Aldreas estava com ele em seu dedo quando parti para Cippria – respondeu. – Como não é costume tirarem-se os anéis, presumo que o rei ainda estivesse usando o dele quando morreu.

– Não, ele não estava com o anel.

– Talvez esteja com a rainha, então.

– Até onde pudemos averiguar, também não está com ela.

– Eu quero o outro anel como símbolo de minha autoridade – insistiu Lycheas.

– Que autoridade? – Sparhawk perguntou incisivamente, com um olhar de curiosidade estampado em sua face. – O anel é da rainha Ehlana, e se alguém tentar se apropriar dele, acredito que serei obrigado a lidar com a situação.

Subitamente ele sentiu uma comichão em sua pele. Parecia que as velas nos grandes candelabros perdiam sua luminosidade e que a câmara atapetada ficara visivelmente mais escura. Sem demora, Sparhawk começou a murmurar no idioma styrico, tecendo com cuidado o contraencantamento ao mesmo tempo que procurava nos rostos dos presentes indícios que denunciassem a origem daquela tentativa rudimentar de empregar magia. Quando lançou o contraencantamento, pôde ver Annias se retraindo, e então sorriu com frieza. O cavaleiro se endireitou e continuou rispidamente:

– Agora, vamos direto aos negócios. O que exatamente aconteceu com o rei Aldreas?

– Foi o mal de terra – respondeu o conde de Lenda, com um suspiro triste. – As convulsões começaram alguns meses atrás e foram ficando cada vez mais frequentes. O rei enfraquecia a cada dia que se passava, até que finalmente... – ele se arrepiou.

– Ele não sofria de mal de terra quando eu deixei Cimmura – Sparhawk observou.

– Foi um caso súbito – Annias retrucou friamente.

– É o que parece. E dizem que a enfermidade da rainha parece ser a mesma que afligiu seu pai.

Annias concordou com a cabeça.

– Toda essa história não parece um pouco estranha? Nunca houve um caso dessa doença em todo o histórico da família real, e não é curioso que Aldreas não tenha desenvolvido os sintomas até que chegasse aos 40 anos de idade, enquanto sua filha tenha contraído a doença logo após seu décimo oitavo aniversário?

– Não estudei medicina, Sparhawk – Annias respondeu. – Você pode interrogar os médicos da corte se quiser, mas duvido que conseguirá descobrir algo além do que já sabemos.

Sparhawk grunhiu. Olhou ao redor da câmara do Conselho e disse:

– Acho que já esgotamos tudo o que precisávamos discutir aqui. Agora vou ver a rainha.

– Claro que não! – contrapôs Lycheas.

– Eu não estou *pedindo* sua permissão, Lycheas – o grande cavaleiro redarguiu. – Poderia me passar isso? – ele apontou para o documento que jazia sobre a mesa à frente do primado.

Quando o documento chegou às suas mãos, Sparhawk percorreu-o com os olhos até achar o trecho que queria, então prosseguiu:

– Aqui está: "Ordeno que se apresente a mim imediatamente após seu retorno a Cimmura". Isso não dá margem a discussões, não é mesmo?

– O que você está aprontando, Sparhawk? – o primado perguntou, cheio de suspeitas.

– Estou apenas cumprindo uma ordem real, Vossa Graça. A rainha determinou que eu me apresentasse a ela, e é justamente isso que farei.

– A porta do salão do trono está trancada – Lycheas vociferou.

O sorriso que Sparhawk lhe retribuiu foi quase bondoso.

– Não tem problema, Lycheas. Tenho uma chave comigo – ele comentou, colocando a mão no cabo prateado de sua espada de maneira sugestiva.

– Você não ousaria!

– Experimente.

– Posso interromper, Vossa Alteza? – Annias disse, após limpar a garganta.

– Claro, Vossa Graça – Lycheas rapidamente concedeu. – A coroa está sempre aberta aos conselhos e sugestões da Igreja.

– A coroa? – Sparhawk questionou.

– Uma convenção, Sir Sparhawk – Annias atalhou. – O príncipe Lycheas fala pela coroa enquanto a rainha está incapacitada.

– Por mim, não fala, não.

Annias virou-se para Lycheas e começou:

– A Igreja aconselha que permitamos este pedido um tanto grosseiro da parte do campeão da rainha. Não devemos dar motivos para que *sejamos* acusados de incivilidade. A Igreja sugere também que o príncipe regente e os membros do Conselho acompanhem Sir Sparhawk ao salão do trono. Diz-se que ele é versado em certas formas de magia e, para proteger a vida da rainha, devemos evitar que empregue de modo precipitado tais artes sem antes consultar extensivamente os médicos da corte.

Lycheas fingiu considerar as palavras do primado por algum tempo. Em seguida, ergueu-se da cadeira e proferiu:

– Façamos como Vossa Graça aconselha. O senhor será conduzido por nós, Sir Sparhawk.

– Serei conduzido?

Lycheas ignorou o comentário e seguiu majestoso em direção à porta.

Sparhawk deixou que o barão Harparin e o homem gordo em trajes vermelhos passassem à sua frente, posicionando-se ao lado do primado Annias. Sorriu de maneira tranquila, mas havia pouco bom humor quando, entre dentes cerrados, disse em voz baixa:

– Não tente de novo, Annias.

– O quê? – o primado parecia surpreso.

– Sua magia. Para começo de conversa, você não é bom o suficiente, e me irrita ter de gastar minha energia anulando o trabalho de amadores. Além disso, clérigos são proibidos de usar magia, pelo que me lembro.

– Você não tem provas, Sparhawk.

– Não preciso de provas, Annias. Meu juramento de cavaleiro pandion seria o suficiente em qualquer tribunal, cível ou eclesiástico. Mas por que não deixamos tudo como está? Apenas não resmungue mais feitiços em minha direção.

Seguindo Lycheas, os membros do Conselho e Sparhawk atravessaram um corredor iluminado por velas até a ampla porta dupla do salão do trono. Quando chegaram a ela, Lycheas pegou a chave de dentro de seu gibão e a destrancou.

– Muito bem – disse o príncipe a Sparhawk –, está aberta. Vá se apresentar à rainha... se isso o deixa feliz.

Sparhawk ergueu sua mão, tomou uma vela acesa de um candeeiro de prata fixado na parede do corredor e entrou no cômodo escuro.

O interior do salão do trono estava gélido, uma espécie de frio úmido, e o ar viciado estava carregado de odor de mofo. Metodicamente, Sparhawk seguiu pelas paredes, acendendo as velas. Dirigiu-se, então, ao trono, alumiando os candelabros que o flanqueavam.

– Você não precisa de *tanta* luz, Sparhawk – Lycheas protestou com indignação a partir da porta.

Sparhawk o ignorou. Estendeu sua mão e experimentou tocar a estrutura sólida que envolvia o trono, sentindo a aura familiar de Sephrenia permeando o cristal. Lentamente, ergueu os olhos na direção do rosto jovem e pálido de Ehlana. A promessa que se apresentara nela quando criança havia sido cumprida. Não era apenas bonita, como tantas outras jovens eram: ela era belíssima. Havia uma espécie de perfeição radiante em sua face. Seus cabelos loiros eram longos e emolduravam seu semblante. Vestia seu manto formal e a pesada coroa do reino de Elenia descansava sobre sua cabeça. Suas mãos delgadas repousavam sobre os descansos de braço do trono e seus olhos estavam fechados.

Ele se lembrou de que, no começo, ficara amargamente ressentido com as ordens do rei Aldreas que o transformaram em protetor da jovem. Todavia, Sparhawk logo descobrira que ela não era uma criança leviana, mas uma menina séria dotada de uma mente ágil e retentiva, com uma curiosidade ilimitada sobre o mundo. Após um breve período de timidez, Ehlana começara a questioná-lo sobre o que ocorria no palácio e, quase acidentalmente, sua educação nas artes de governar e das políticas palacianas se iniciara. Em alguns meses eles se tornaram muito próximos, e logo Sparhawk percebeu que esperava ansioso por suas conversas com ela, as quais acabaram moldando a personalidade da garota e preparando-a para seu destino derradeiro: tornar-se a rainha de Elenia.

Vê-la em seu estado atual, trancada em um semblante fúnebre, sacudiu-lhe o coração, e Sparhawk jurou a si mesmo que, se fosse necessário, viraria o mundo do avesso para restituir-lhe a saúde e o trono. Por algum motivo, olhá-la o enchia de raiva, e ele sentiu um desejo irracional de destruir coisas, como se a pura força bruta fosse devolver a consciência a ela.

E então ele o ouviu e o sentiu. Parecia que o som crescia e tornava-se mais pronunciado, cada vez mais alto. Era um ruído regular e ritmado, não exatamente como as batidas de um tambor, pois não mudava ou vacilava, mas ecoava pelo salão, aumentando o volume como se para anunciar a qualquer um que entrasse que o coração de Ehlana ainda batia.

Sparhawk sacou a espada e saudou sua rainha com ela. Então prostrou-se em um de seus joelhos, um movimento que marcava seu mais profundo respeito e uma forma peculiar de amor. Inclinou-se para a frente e com ternura beijou o intransponível cristal, seus olhos se enchendo de lágrimas.

– Estou aqui, Ehlana – ele murmurou –, e vou fazer com que tudo fique bem novamente.

O batimento do coração ficou mais audível, como se de alguma forma ela o tivesse escutado.

Da porta, Lycheas soltou uma risadinha zombeteira, e Sparhawk prometeu a si mesmo que, quando surgisse a oportunidade, faria com que uma série de coisas desagradáveis afligisse o primo bastardo da rainha. Então ele se levantou e rumou novamente em direção à porta.

Lycheas estava parado e sorrindo para ele, ainda segurando em sua mão a chave para o salão do trono. Assim que Sparhawk passou por ele, estendeu a mão e tomou-lhe a chave, dizendo:

– Você não vai mais precisar disso. Estarei por aqui, portanto eu cuidarei dela.

– Annias – Lycheas reclamou, erguendo sua voz fina em protesto.

Annias, por sua vez, mirou a face austera do campeão da rainha e decidiu não insistir nesse assunto.

– Deixe que ele fique com a chave – ele respondeu.

– Mas...

– Eu disse para deixar a chave com ele – o primado cortou. – Não precisaremos mais dela, de uma forma ou de outra. Que o campeão da rainha guarde a chave do salão no qual ela repousa. – Havia uma insinuação vil contida na voz do clérigo, e Sparhawk tensionou os dedos enluvados de sua mão esquerda com violência.

– O senhor seguiria ao meu lado no caminho de volta à câmara do Conselho, Sir Sparhawk? – sugeriu o conde de Lenda, repousando levemente sua mão no antebraço do cavaleiro. – Meus passos por vezes vacilam, e é reconfortante ter um jovem forte a me amparar.

– Certamente, milorde – Sparhawk respondeu, relaxando a mão. Enquanto Lycheas conduzia os membros do Conselho de volta à câmara pelo corredor, Sparhawk fechou a porta e a trancou. Ofereceu, então, a chave a seu velho amigo.

– O senhor poderia cuidar disto para mim, milorde? – ele pediu.

– Com prazer, Sir Sparhawk.

– E se o senhor puder, mantenha as velas acesas no salão do trono. Não a deixe no escuro, por favor.

– Certamente.

Eles seguiram pelo corredor.

– Você sabe de uma coisa, Sparhawk? – perguntou o idoso. – Acho que deixaram muitas rebarbas em você enquanto tentavam te educar.

Sparhawk escancarou um sorriso.

– Você pode ser *realmente* ofensivo quando quer – Lenda concluiu, gargalhando.

– Eu tento, milorde.

– Tome muito cuidado aqui em Cimmura, Sparhawk – o idoso o aconselhou, sua voz séria e baixa. – Annias tem espiões em cada esquina. Lycheas não pode espirrar sem sua permissão, portanto o primado é a verdadeira autoridade aqui em Elenia, e ele te odeia.

– Eu mesmo não o tenho em grande estima. – Sparhawk pensou em algo. – O senhor foi um grande amigo hoje, milorde. Isso o colocará em algum tipo de perigo?

– Duvido – Lenda sorriu. – Estou muito velho e impotente para ser algum tipo de ameaça para Annias. Não passo de uma mera irritação, e ele é calculista demais para agir contra mim.

O primado os aguardava à porta da câmara do Conselho.

– O Conselho deliberou sobre sua situação, Sir Sparhawk – falou com frieza. – Ficou óbvio que a rainha não está em perigo. Seu coração bate com força e o cristal que a encerra é impenetrável. Ela não necessita de seu protetor neste exato momento. O Conselho ordena, portanto, que retorne à casa capitular de sua Ordem e por lá espere novas instruções. – Um sorriso gélido se formou em seus lábios. – Ou até que a própria rainha o convoque, é claro.

– É claro – Sparhawk repetiu, distraído. – Eu mesmo ia sugerir isso, Vossa Graça. Sou um simples cavaleiro e sinto-me muito mais à vontade na casa capitular com meus irmãos do que aqui no palácio. Eu realmente não me ambiento bem na corte – ele comentou, sorrindo.

– Eu havia percebido.

– Pensei que você tivesse reparado. – Sparhawk despediu-se do conde de Lenda com um breve aperto de mãos. Em seguida, olhou diretamente para Annias. – Até mais ver, Vossa Graça.

– Se nos virmos novamente.

– Ah, nós iremos nos ver novamente, Annias. Tenho certeza de que iremos.

Então Sparhawk girou sobre seus calcanhares e saiu pelo corredor.

Capítulo 3

A CASA CAPITULAR DOS CAVALEIROS pandions em Cimmura situava-se além do portão leste da cidade. Era, em todas as acepções da palavra, um castelo, com suas ameias sobre as altas muralhas e torres austeras em cada canto. Chegava-se a ela por meio de uma ponte levadiça que cruzava um fosso profundo, repleto de estacas afiadas. A ponte levadiça havia sido baixada, mas era guardada por quatro cavaleiros pandions com armaduras negras e montados em cavalos de guerra.

Sparhawk puxou as rédeas de Faran, parando-o à margem do fosso, e aguardou. Havia certas formalidades envolvidas antes de se entrar em uma casa capitular dos pandions. Sparhawk descobriu que ele não se irritava com esse tipo de formalidade, o que era estranho. Elas haviam sido parte de sua vida por todos os anos de seu noviciado, e a observância dessa cerimônia que vinha sendo praticada havia séculos parecia, de alguma forma, marcar uma renovação e reafirmação de sua própria identidade. Enquanto aguardava ansioso o desafio ritual, a imagem da cidade fustigada pelo sol de Jiroch e de suas mulheres que iam até os poços sob a luz acinzentada da manhã desvanecia em sua memória, tornando-se cada vez mais remota e tomando seu devido lugar ao lado de outras recordações.

Dois dos cavaleiros paramentados cavalgaram adiante numa marcha cerimonial, o casco de suas montarias ressoando nas tábuas espessas da ponte levadiça. Pararam bem em frente a Sparhawk.

– Quem és tu, que roga admissão na casa dos Soldados de Deus? – um dos cavaleiros entoou.

Sparhawk ergueu o visor de seu elmo, num gesto simbólico de intento pacífico, e respondeu:

– Sou Sparhawk, um Soldado de Deus e membro desta Ordem.

– Como podemos reconhecer tua pessoa? – o segundo cavaleiro questionou.

– Podeis reconhecer-me por meio deste emblema. – Sparhawk procurou a corrente por debaixo da gola de seu sobretudo e tirou o pesado medalhão prateado, preso em seu pescoço. Todos os pandions carregavam consigo uma insígnia semelhante.

Os dois pareceram examiná-lo atentamente.

– Este é, de fato, Sir Sparhawk, membro de nossa Ordem – declarou o primeiro cavaleiro.

– É bem verdade – concordou o segundo. – Devemos, então... hmmm – ele hesitou, franzindo o cenho.

– "permitir tua entrada na casa dos Soldados de Deus..." – Sparhawk recitou.

– Eu nunca consigo decorar essa parte – o segundo cavaleiro resmungou, fazendo uma careta. – Obrigado, Sparhawk. – Ele pigarreou e começou novamente: – É bem verdade. Devemos, então, permitir tua entrada na casa dos Soldados de Deus?

O primeiro cavaleiro estava sorrindo abertamente.

– É direito dele entrar livremente nesta casa, pois é um de nós. Salve, Sir Sparhawk. Por obséquio, adentre as muralhas desta casa, e que a paz resida contigo sob seu teto.

– Bem como consigo e com seu companheiro, onde quer que estejais – Sparhawk respondeu, concluindo a cerimônia.

– Bem-vindo de volta a casa, Sparhawk – o primeiro o cumprimentou, expansivo. – Você passou tempo demais fora daqui.

– Você reparou – Sparhawk brincou. – Kurik já chegou aqui?

– Há uma hora, mais ou menos – o segundo cavaleiro confirmou. – Ele conversou com Vanion e saiu novamente.

Os dois cavaleiros viraram seus cavalos e os três seguiram por sobre a ponte.

– Sephrenia ainda está aqui? – Sparhawk perguntou.

– Sim – informou o segundo cavaleiro. – Ela e Vanion voltaram de Demos logo depois de a rainha ficar doente, e ela não retornou à casa-mãe desde então.

– Bom. Também preciso falar com ela.

Os três chegaram ao portão do castelo.

– Este é Sir Sparhawk, um membro de nossa Ordem – o primeiro cavaleiro declarou aos dois que haviam ficado para trás. – Confirmamos sua identidade e asseveramos seu direito de adentrar a casa dos cavaleiros pandions.

– Pois então prossegue, Sir Sparhawk, e que a paz esteja contigo enquanto estiveres dentro desta casa.

– Agradeço-o, Sir Cavaleiro, e que a paz também esteja consigo.

Os cavaleiros deram-lhe passagem e Faran prosseguiu sem que Sparhawk precisasse lhe instigar.

– Você conhece esse ritual tão bem quanto eu, não é? – Sparhawk cochichou.

As orelhas de Faran se agitaram.

No pátio central, um aprendiz de cavaleiro que ainda não havia recebido sua armadura cerimonial nem suas esporas apressou-se na direção de Sparhawk e tomou as rédeas de Faran.

– Bem-vindo, Sir Cavaleiro – ele saudou.

Sparhawk amarrou seu escudo à sela e desceu de Faran, sua armadura fazendo barulho.

– Obrigado – ele respondeu. – Você tem ideia de onde posso encontrar lorde Vanion?

– Creio que ele esteja na torre sul, milorde.

– Novamente, obrigado – Sparhawk começou a rumar pelo pátio, mas deteve-se. – Ah, cuidado com o cavalo – avisou. – Ele morde.

O noviço olhou assustado para o grande e feio corcel, afastando-se um pouco, mas mantendo as rédeas firmes em sua mão.

O cavalo dirigiu a Sparhawk um olhar de poucos amigos.

– É mais educado dessa forma, Faran – Sparhawk explicou. Em seguida, subiu pelos degraus desgastados que levavam ao interior do castelo edificado havia séculos.

O interior da casa capitular era frio e escuro, e os poucos membros da Ordem com quem Sparhawk cruzou nos corredores usavam os hábitos encapuzados de monges, como era o costume quando se estava em uma casa segura, apesar de um ocasional tilintar de metal contra metal trair o fato de que, sob aquele traje humilde, os membros da Ordem vestiam cotas de malha e estavam inegavelmente armados. Ninguém o saudou, e os irmãos pandions que seguiam resolutos em seus caminhos para realizar suas tarefas o faziam com seus capuzes cobrindo as cabeças abaixadas e as faces sombrias.

Sparhawk estendeu sua mão aberta diante de um dos homens encapuzados. Não era costume entre os pandions se tocar.

– Perdão, irmão. Poderia me informar se Vanion ainda está na torre sul?

– Ele está – informou o outro cavaleiro.

– Obrigado, irmão. Que a paz esteja consigo.

– E consigo, Sir Cavaleiro.

Sparhawk seguiu pelo corredor iluminado por tochas até encontrar a estreita escadaria que espiralava para cima pela torre sul da maciça muralha de pedras não cimentadas. No topo das escadas havia uma porta sólida guardada por dois jovens pandions. Sparhawk não reconheceu nenhum deles.

– Preciso falar com Vanion – ele disse aos jovens. – Meu nome é Sparhawk.

– O senhor pode se identificar? – um deles perguntou, tentando fazer sua voz jovial soar rude.

– Eu acabei de fazer isso.

A situação ficou indefinida por algum tempo enquanto os dois jovens cavaleiros buscavam uma forma de prosseguir sem se envergonhar.

– Por que vocês não abrem a porta e avisam Vanion que eu estou aqui? – Sparhawk sugeriu. – Se ele me reconhecer, ótimo. Se não, vocês podem tentar me atirar escada abaixo. – Sparhawk não deu ênfase especial à palavra *tentar*.

Os dois se entreolharam e então um deles abriu a porta, desculpando-se:

– Mil perdões, milorde Vanion, mas há um pandion aqui que se chama Sparhawk. Ele diz que quer falar com o senhor.

– Ótimo, eu o estava esperando – a voz familiar soou de dentro do cômodo. – Deixe que ele entre.

Os dois cavaleiros, envergonhados, abriram caminho para Sparhawk.

– Obrigado, meus irmãos – Sparhawk murmurou para eles. – Que a paz esteja convosco. – E seguiu pela porta. A sala era ampla, com paredes de pedra, cortinas verde-escuras nas janelas estreitas e um carpete de um tom suave de marrom. Fogo crepitava na lareira em um canto e uma mesa no centro da sala era iluminada por velas e cercada por pesadas cadeiras. Duas pessoas estavam à mesa, um homem e uma mulher.

Vanion, o preceptor dos cavaleiros pandions, havia envelhecido consideravelmente nos últimos dez anos. Seus cabelos e barba estavam com um tom de cinza-chumbo. Havia mais rugas em seu rosto, mas nenhum sinal de fraqueza. Ele trajava uma cota de malha e um sobretudo prateado. Ao ver Sparhawk entrando, ele se levantou e deu a volta na mesa.

– Eu estava a ponto de enviar uma equipe de resgate ao palácio para te ajudar – ele disse, e segurou as placas da armadura no ombro de Sparhawk. – Você não deveria ter ido sozinho, sabia?

– Talvez não, mas as coisas correram relativamente bem. – Sparhawk retirou seu elmo e suas luvas, colocando-os sobre a mesa. Removeu a espada das tachas em seu cinturão e deixou-a ao lado das luvas. – É bom vê-lo novamente, Vanion – ele falou, tomando as mãos do homem mais velho entre as suas. Vanion sempre fora um professor rígido, que não tolerava falhas de conduta nos jovens cavaleiros que havia treinado para se tornarem pandions. Apesar de Sparhawk ter chegado bem perto de odiá-lo durante seu noviciado, ele agora considerava o preceptor que não tinha papas na língua um de seus amigos mais próximos; o aperto de mão dos dois fora amistoso, até mesmo afetuoso.

Em seguida, o grande cavaleiro virou-se para a mulher. Ela era pequena e de uma perfeição pura e peculiar, daquele tipo que se vê nas pessoas pequenas. Seu cabelo era negro como a noite, embora os olhos fossem azul-escuros. Suas feições deixavam claro que ela não era elena, pois trazia aquele matiz estrangeiro que a marcava como styrica. Ela vestia um manto branco e suave, e na mesa à sua frente estava um grande livro.

– Sephrenia – Sparhawk a saudou com afeição –, você parece estar muito bem. – Tomando as mãos dela, beijou ambas as palmas, seguindo a forma styrica de cumprimentar.

– O senhor esteve ausente por muito tempo, Sir Sparhawk – ela retrucou. Sua voz era doce e musical, carregada de uma cadência inusitada.

– Sua bênção, mãezinha? – ele pediu, com um sorriso estampado em seu rosto cansado. Ajoelhou-se na frente dela. A forma de tratamento era styrica, refletindo a íntima conexão pessoal que existia desde a aurora dos tempos entre tutora e pupilo.

– Com prazer. – Sephrenia estendeu as mãos, tocando a face do cavaleiro, e recitou a bendição ritual no idioma styrico.

– Obrigado – foi sua simples resposta.

Então, ela fez algo que raramente fazia. Com as mãos ainda em seu rosto, ela inclinou-se e o beijou.

– Bem-vindo de volta a casa, meu querido – ela murmurou.

– É bom estar de volta – ele concordou. – Senti sua falta.

– Mesmo que eu tenha te dado broncas quando você era pequeno? – ela perguntou, com um sorriso gentil.

– Broncas não doem tanto assim – ele riu. – E até delas eu senti falta, por algum motivo.

– Acho que fizemos um bom trabalho com este aqui, Vanion – ela comentou com o preceptor. – Você e eu criamos um bom pandion.

– Um dos melhores – Vanion concordou. – Acho que era alguém como Sparhawk que eles tinham em mente quando criaram a Ordem.

A posição de Sephrenia dentro da Ordem Pandion era curiosa. Ela aparecera nos portões da casa-mãe em Demos logo após a morte do velho tutor styrico que treinara os noviços naquilo que eles mesmos chamam de segredos. Ela não havia sido eleita nem convocada; simplesmente surgira e tomara o lugar de seu predecessor. Normalmente, os elenos desprezavam e temiam os styricos, um povo estranho e de uma natureza totalmente oposta que vivia em cabanas pequenas e rústicas nas florestas e nas montanhas. Os styricos adoravam deuses estranhos e praticavam magia. Histórias extraordinárias a respeito de ritos horrendos que usavam carne e sangue de elenos circulavam havia séculos, enganando os mais simplórios, e, por vezes, turbas de camponeses bêbados atacavam vilas styricas isoladas, massacrando sua população. A Igreja condenava veementemente tais atrocidades. Os Cavaleiros da Igreja, que acabaram conhecendo e respeitando seus tutores estrangeiros, deram um passo além do que a Igreja considerava apropriado, deixando claro que qualquer ataque sem justificativas a assentamentos styricos resultaria em retaliações rápidas e severas. Apesar da proteção de tal organização, qualquer styrico que entrasse numa vila ou cidade elena poderia esperar provocações, abusos e, o que não era incomum, receber uma saraivada de pedras e restos podres de comida. Portanto, a aparição de Sephrenia em Demos fora arriscada para ela. Seus motivos para tanto eram nebulosos, mas com o passar dos anos ela servira fielmente; todos os pandions a amavam e a respeitavam. Até mesmo Vanion, o preceptor da Ordem, frequentemente procurava seus conselhos.

Sparhawk olhou para o grande volume aberto na mesa diante dela.

– Um livro, Sephrenia? – ele fingiu surpresa. – Vanion finalmente conseguiu persuadi-la a aprender a ler?

– Você sabe qual a minha opinião a respeito dessa prática, Sparhawk – ela respondeu. – Eu estava apenas vendo as figuras – Sephrenia explicou, apontando as iluminuras brilhantes na página. – Sempre gostei de cores fortes.

Sparhawk puxou uma cadeira e se sentou, sua armadura rangendo.

– Você viu Ehlana? – Vanion questionou, voltando para seu assento do outro lado da mesa.

– Sim – Sparhawk respondeu e, virando-se para Sephrenia, perguntou: – Como foi que você fez aquilo? Quero dizer, selá-la daquela forma?

– É um processo complexo. – Ela parou e contemplou-o com um olhar penetrante. – Talvez você esteja pronto para isso – ela murmurou. Levantando-se e, indo até a lareira, ela emendou: – Venha aqui, Sparhawk.

Intrigado, ele se ergueu e a seguiu.

– Olhe dentro das chamas, meu querido – ela disse suavemente, empregando aquela inusitada forma de tratamento styrica que usava desde quando ele era seu pupilo.

Impelido por sua voz, Sparhawk guiou os olhos para o fogo. Indistintamente, ele ouviu Sephrenia sussurrando em styrico e passando as mãos devagar por entre as chamas. Sem pensar, ele caiu de joelhos e encarou a lareira.

Havia algo se movendo no fogo. Sparhawk inclinou-se para a frente e fixou seu olhar em uma pequena mancha azulada nas chamas, a qual dançava pelos feixes de carvalho carbonizados. A cor azul expandiu, crescendo cada vez mais e, dentro daquele nimbo azulado e reluzente, ele viu o que parecia ser um grupo de figuras que oscilavam conforme as labaredas tremeluziam. A imagem se tornou mais nítida, e ele percebeu que estava olhando para uma representação do salão do trono no palácio, a milhas de distância. Doze cavaleiros pandions devidamente paramentados cruzaram o piso de pedras polidas carregando a figura esguia de uma jovem. Ela era levada não sobre uma liteira, mas sobre a parte plana das espadas dos doze cavaleiros em armadura completa e com os visores dos elmos baixados, que a sustentavam sem vacilar. Eles pararam diante do trono, e a imagem de Sephrenia saiu das sombras. Ela ergueu uma mão, como se estivesse dizendo algo, embora Sparhawk não fosse capaz de discernir por conta do crepitar da lareira. Movendo-se com um espantoso solavanco, a jovem sentou-se. Sua face estava contorcida e seus olhos, brancos e vazios.

Sem pensar, Sparhawk estendeu o braço na direção dela, levando a mão diretamente às chamas.

– Não – Sephrenia exclamou rispidamente, puxando de volta a mão do cavaleiro. – Você só pode observar.

A imagem de Ehlana, tremendo de maneira incontrolável, pôs-se de pé com brusquidão, seguindo, ao que parecia, os comandos silenciosos da pequena mulher que trajava um manto branco. Imperiosa, Sephrenia apontou para o trono e Ehlana titubeou – tropeçou, para ser preciso – em direção aos degraus do estrado para assumir seu lugar de direito.

Sparhawk chorava. Outra vez tentou alcançar sua rainha, mas Sephrenia o impediu com um toque gentil que estranhamente lembrava correntes de ferro.

– Continue a assistir, meu querido – ela insistiu.

Os doze cavaleiros formaram um círculo ao redor da rainha sentada no trono e da mulher de branco que estava em pé ao seu lado. Com reverência, todos estenderam suas espadas, fazendo com que as duas mulheres ficassem rodeadas por aço. Sephrenia ergueu os braços e começou a falar. Sparhawk podia perceber claramente as marcas de um grande esforço estampadas em seu semblante conforme ela pronunciava as palavras do encantamento, termos que ele não conseguia nem imaginar quais eram.

A ponta de cada uma das doze espadas começou a brilhar, e brilhavam cada vez mais, banhando o estrado com uma intensa luz branco-prateada. A luz nas pontas das espadas pareceu coalescer ao redor de Ehlana e de seu trono. Então Sephrenia vociferou uma única palavra, baixando seus braços para marcar tal comando com um movimento que cortara o ar. No mesmo instante, a luz ao redor de Ehlana se solidificou, tornando-se aquilo que Sparhawk havia visto no salão do trono naquela manhã. A imagem de Sephrenia, entretanto, titubeou e despencou no estrado ao lado do trono encerrado em cristal.

Lágrimas corriam abertamente pelo rosto de Sparhawk, e Sephrenia envolveu a cabeça do cavaleiro entre seus braços, trazendo-o para perto de si.

– Não é fácil, Sparhawk – ela o reconfortou. – Olhar para as chamas nos abre o coração e faz com que emerja de nosso interior o que realmente somos. Você é muito mais gentil do que nos faz acreditar.

Ele limpou as lágrimas com o dorso de sua mão.

– Por quanto tempo o cristal a manterá viva? – Sparhawk perguntou.

– Enquanto as treze pessoas que estavam no salão do trono permanecerem vivas – Sephrenia respondeu. – No máximo um ano, de acordo com a forma como vocês, elenos, contam o passar do tempo.

Ele olhou para a pequena mulher, incrédulo.

– É nossa força vital que mantém o coração da rainha batendo – Sephrenia explicou. – Conforme as estações forem passando, um a um iremos sucumbir, e alguém dentre os que lá estavam terá de assumir o fardo daqueles que caírem. Até que, por fim, quando todos tiverem dado tudo o que puderem... a rainha morrerá.

– Não! – Sparhawk declarou com veemência. Então olhou para Vanion. – Você também estava lá?

Vanion fez que sim com a cabeça.

– Quem mais?

– Não te ajudaria em nada saber isso, Sparhawk. Todos foram até lá por vontade própria, sabendo o que aconteceria.

– Quem vai assumir esse fardo que você mencionou? – Sparhawk perguntou para Sephrenia.

– Eu.

– Nós ainda estamos discutindo a esse respeito – Vanion discordou. – Na verdade, qualquer um dos presentes pode assumi-lo.

– A não ser que modifiquemos o feitiço, Vanion – ela contrapôs, de maneira um pouco presunçosa.

– Veremos – ele murmurou.

– Mas do que isso vai adiantar? – Sparhawk reclamou. – Tudo o que vocês fizeram foi dar a ela mais um ano de vida a um custo horrível... e ela nem sabe disso.

– Se conseguirmos isolar a causa da doença e encontrar uma cura, o feitiço pode ser desfeito – Sephrenia respondeu. – Suspendemos a vida da rainha para que possamos ter mais tempo.

– E temos feito algum progresso?

– Fiz com que todos os médicos de Elenia procurassem uma solução – Vanion informou –, e convoquei outros tantos de todos os cantos de Eosia. Sephrenia está analisando a possibilidade de que a doença não tenha uma causa natural. Claro que encontramos alguma resistência. Os médicos da corte se negam a colaborar.

– Voltarei ao palácio, então – Sparhawk declarou com severidade. – Talvez eu consiga persuadi-los a ser um pouco mais prestativos.

– Nós já havíamos pensado nisso, mas Annias os mantém vigiados de perto por seus guardas.

– O *que* Annias está tramando? – Sparhawk explodiu com raiva. – Tudo o que queremos é salvar Ehlana. Por que ele está colocando tantos obstáculos em nosso caminho? Ele quer o trono para si?

– Acho que ele cobiça um trono ainda maior – Vanion apontou. – O arquiprelado Cluvonus está velho e sua saúde está se deteriorando. Não ficaria surpreso se Annias estivesse convencido de que a mitra da arquiprelazia cairia bem em sua própria cabeça.

– Annias? Arquiprelado? Vanion, isso é absurdo!

– A vida é cheia de absurdos, Sparhawk. Todas as ordens militantes se opõem a ele, claro, e nossa opinião ainda carrega um grande peso junto à hierocracia da Igreja; mas Annias está com o tesouro real de Elenia à sua disposição, e ele tem sido bem pródigo em suas propinas. Ehlana teria sido capaz de cortar seu acesso ao dinheiro, mas ela ficou doente. Esse deve ser o motivo de tanta falta de vontade em cooperar com a melhora da rainha.

– E ele quer colocar o filho bastardo de Arissa no trono para suceder Ehlana? – Sparhawk estava cada vez mais nervoso. – Vanion, eu me encontrei com Lycheas. Ele é mais fraco, e mais estúpido, do que era o rei Aldreas. Além disso, ele é ilegítimo.

Vanion estendeu as mãos diante de si.

– Uma moção do Conselho poderia legitimá-lo, e Annias controla o Conselho.

– Não *todo* o Conselho – Sparhawk retrucou entre dentes cerrados. – Tecnicamente eu *também* sou um membro do Conselho, e acho que consigo trazer alguns votos para o nosso lado caso chegue a esse ponto. Talvez um ou dois duelos públicos mudem a opinião do Conselho.

– Você está se precipitando, Sparhawk – Sephrenia o acusou.

– Não, estou furioso. E estou com uma ânsia incontrolável de ferir algumas pessoas.

– Ainda não podemos tomar nenhuma decisão – concluiu Vanion, com um suspiro. Então chacoalhou a cabeça e mudou de assunto, perguntando: – O que *realmente* está acontecendo em Rendor? Os relatórios de Voren chegam até aqui com muitos meandros, dada a possibilidade de caírem em mãos erradas.

Sparhawk levantou-se e foi até uma seteira transformada em janela, sua capa trançando entre seus tornozelos. O céu estava obscurecido por uma nuvem cinza-escura, e a cidade de Cimmura parecia se encolher sob aquela coberta como se estivesse se preparando para enfrentar mais um inverno.

– Lá é quente – ele parecia pensar alto –, seco e poeirento. O sol reflete nas paredes e castiga os olhos. À primeira luz do dia, antes de o sol se levantar e fazer com que o céu se assemelhe a prata derretida, as mulheres com véus cobrindo seus rostos e mantos negros seguem silenciosamente pelas ruas em direção aos poços, carregando vasilhas de barro em seus ombros.

– Eu te julguei mal, Sparhawk – Sephrenia confessou com sua voz melódica. – Você tem a alma de um poeta.

– Na verdade, não, Sephrenia. É que você precisa sentir Rendor para entender o que está acontecendo por lá. O sol é como os golpes de um martelo sobre sua cabeça, e o ar é tão quente e seco que não dá oportunidade para pensar. Os rendorenhos procuram respostas simplistas. O sol não permite que eles ponderem. Talvez isso explique o que aconteceu com Eshand, para começo de conversa. Um mero pastor com os miolos assados pelo sol não é um receptáculo lógico para qualquer tipo de epifania profunda. Acho que foi a revolta contra o sol que deu o primeiro empurrão para a Heresia Eshandista. Os pobres diabos teriam aceitado *qualquer* ideia, não importa quão absurda, apenas para ter a chance de sair do lugar... e talvez achar alguma sombra fresca.

– Acho que essa explicação é inédita para resumir um movimento que mergulhou toda a Eosia em três séculos de guerras – Vanion observou.

– Você tem que passar pela experiência – Sparhawk explicou, voltando a seu assento. – De qualquer forma, um desses entusiastas de miolos cozidos apareceu em Dabour há cerca de vinte anos.

– Arasham? – Vanion deduziu. – Nós ouvimos falar dele.

– É assim que ele chama a si mesmo – Sparhawk retrucou. – Apesar de que, provavelmente, tenha recebido um nome diferente de sua mãe. Os líderes religiosos têm a tendência de mudar de nome com alguma frequência, para se afinar com os preconceitos de seus seguidores. Pelo que pude reunir, Arasham é um fanático iletrado e imundo, e seu contato com a realidade é bem tênue. Tem por volta de 80 anos, ouve vozes e vê coisas. Suas ovelhas são mais inteligentes que seus seguidores. Eles atacariam com felicidade os reinos do norte... se descobrissem onde fica o norte. Esse é um dos assuntos mais sérios dos debates em Rendor. Eu vi alguns deles. Esses hereges que fazem os membros da hierocracia em Chyrellos tremer de medo em suas camas todas as noites não passam de dervixes uivando no deserto, mal armados e sem treinamento militar algum. Francamente, Vanion, eu me preocuparia mais com a próxima tempestade de inverno do que com qualquer ressurgência da Heresia Eshandista em Rendor.

– Isso foi bem direto.

– Eu gastei dez anos da minha vida com um perigo inexistente. Tenho certeza de que você vai me perdoar se eu estiver um pouco descontente com tudo isso.

– A paciência ainda lhe alcançará, Sparhawk – Sephrenia murmurou, sorrindo –, tão logo você amadureça.

– Achei que eu já tivesse amadurecido.

– Você não chegou nem perto.

Então ele escancarou uma risada e perguntou:

– Quantos anos você tem, Sephrenia?

O olhar da pequena mulher estava cheio de resignação.

– Que problema têm vocês, pandions, que os faz insistir nessa mesma questão? Vocês *sabem* que eu não vou respondê-la. Não podem simplesmente aceitar o fato de que sou mais velha do que vocês e deixar essa pergunta de lado?

– Você também é mais velha do que eu – acrescentou Vanion. – Foi minha tutora quando eu não tinha nem a idade dos rapazes que estão guardando a porta.

– E eu pareço tão velha assim?

– Minha querida Sephrenia, você é tão jovial quanto a primavera e tão sábia quanto o inverno. Você arruinou a vida de todos nós, sabia? Depois de a conhecermos, a dama mais bela não é capaz de nos encantar.

– Ele não é uma graça? – Sephrenia sorriu para Sparhawk. – Tenho certeza de que nenhum homem no mundo tem uma língua tão sedutora.

– Experimente falar com ele quando você acabar de errar uma passada com a lança de justa – Sparhawk respondeu com amargor. Ele mexeu os ombros, tentando reacomodar o peso de sua armadura. – O que mais tem acontecido? Fiquei longe por muito tempo e estou ávido por notícias.

– Otha está mobilizando suas forças – Vanion comentou. – As informações que vêm de Zemoch são de que ele está voltando os olhos para o Oriente, em direção a Daresia e ao império Tamul, mas tenho algumas dúvidas quanto a isso.

– E eu tenho mais do que algumas – Sephrenia concordou. – Subitamente os reinos do oeste estão apinhados com vagabundos styricos. Eles acampam nas encruzilhadas e regateiam mercadorias de Styricum, mas nenhum grupo de styricos locais os reconhece como membros de sua sociedade. Por algum motivo o imperador Otha e seu cruel mestre nos atulharam de observadores. Azash já enviou uma vez seus zemochs para atacar o oeste. Há algo escondido por aqui que ele cobiça desesperadamente, e ele não o encontrará em Daresia.

– Mas já houve mobilizações de zemochs antes, e nada aconteceu – Sparhawk discordou, recostando-se em sua cadeira.

– Acho que desta vez a situação é um pouco mais séria – Vanion argumentou. – Anteriormente, quando ele mobilizava suas forças, elas eram posicionadas na fronteira; tão logo as quatro ordens militantes se direcionavam a Lamorkand para enfrentá-lo, Otha debandava seu exército. Ele estava nos testando, nada mais. Mas desta vez ele está reunindo suas tropas atrás de suas montanhas, longe de nossas vistas, por assim dizer.

– Deixe que ele venha – Sparhawk disse, com austeridade. – Nós o detemos há quinhentos anos e o faremos novamente, se for necessário.

Vanion meneou a cabeça, explicando:

– Não queremos que se repita o que aconteceu após a batalha no lago Randera: um século de miséria, pestilências e um colapso social completo. Não, meu amigo, nós *não* queremos isso.

– *Se* conseguirmos evitar – completou Sephrenia. – Eu sou styrica, e sei muito melhor do que vocês, elenos, o quão totalmente mau o Deus Ancião Azash é. Se ele vier para o oeste novamente, ele *deve* ser detido... não importa o preço que tenhamos de pagar.

– É para isso que os Cavaleiros da Igreja estão aqui – Vanion retrucou. – Tudo o que podemos fazer neste exato momento é manter nossos olhos em Otha.

– Acabo de me lembrar de uma coisa – Sparhawk emendou. – Quando estava entrando na cidade, ontem de noite, eu vi Krager.

– Aqui em Cimmura? – Vanion questionou, parecendo surpreso. – Você acha que Martel pode estar com ele?

– Pouco provável. Krager costuma ser o garoto de recados de Martel. É Adus quem tem de ser tratado com a rédea curta. – Ele espremeu os olhos e perguntou aos dois: – O que vocês sabem a respeito do incidente em Cippria?

– Ficamos sabendo que Martel te atacou – respondeu Vanion. – É basicamente isso.

– Há um pouco mais além disso – Sparhawk contrapôs. – Quando Aldreas me mandou para Cippria, eu deveria me apresentar ao cônsul eleniano... um diplomata que, *por acaso*, é primo do primado Annias. Uma noite, bem tarde pelo que me lembro, ele me convocou. Eu estava a caminho de sua casa quando Martel, Adus e Krager, acompanhados por um número considerável de assassinos locais, investiram contra mim a partir de uma rua lateral. Não havia como eles saberem que eu passaria por ali, a não ser que alguém tivesse contado a eles. Agora, adicione a isso o fato de que Krager está de volta a Cimmura, onde há um preço por sua cabeça, e começamos a tirar uma série de conclusões interessantes.

– Você acha que Martel está trabalhando para Annias?

– É uma possibilidade, você não acha? Annias não ficou feliz com a maneira como meu pai forçou Aldreas a desistir da ideia de se casar com a própria irmã, e é possível que o primado tenha achado que teria mais liberdade aqui em Elenia se a família Sparhawk fosse extinta em algum beco sem saída de Cippria. Claro que Martel tem seus *próprios* motivos para me odiar. Eu realmente acho que você cometeu um erro, Vanion. Nós teríamos sido poupados de uma série de problemas se você não tivesse me ordenado a retirar o meu desafio.

– Não, Sparhawk – Vanion balançou a cabeça –, Martel fora um irmão de nossa Ordem, e eu não queria que vocês dois tentassem se matar. Além disso, eu não tinha certeza absoluta de quem ganharia. Martel é muito perigoso.

– Eu também.

– Não quero correr riscos desnecessários com você, Sparhawk. Você é indispensável.

– Bem, é tarde demais para nos preocuparmos com isso agora.

– Quais são seus planos?

– *Supostamente*, devo ficar aqui na casa capitular, mas acho que vou dar uma volta na cidade e ver se consigo topar com Krager novamente. Se eu conseguir ligá-lo a alguém que esteja trabalhando para Annias, poderei responder algumas questões prementes.

– Talvez seja melhor esperar um pouco – Sephrenia aconselhou. – Kalten está voltando de Lamorkand.

– Kalten? Não o vejo há anos.

– Ela tem razão, Sparhawk – Vanion concordou. – Kalten sabe sair de um aperto, e as ruas de Cimmura podem ser tão perigosas quanto os becos de Cippria.

– Quando ele deve chegar?

– Em breve, acredito eu – Vanion deu de ombros. – Talvez ainda hoje.

– Vou esperar que ele chegue. – Então uma ideia ocorreu a Sparhawk. Sorrindo para sua tutora, ele se levantou.

– O que você está fazendo, Sparhawk? – ela perguntou, suspeitando do comportamento de seu pupilo.

– Ah, nada – ele respondeu. Começou, então, a falar em styrico, entretecendo os dedos no ar à sua frente enquanto sussurrava. Quando concluiu o feitiço, Sparhawk o soltou e estendeu uma mão. Houve a vibração de um zumbido, seguida por um obscurecimento da luz das velas e uma diminuição da altura das chamas na lareira. Quando a luminosidade voltou ao normal, o cavaleiro estava segurando um buquê de violetas. Sparhawk se curvou e ofereceu as flores a Sephrenia, entoando: – Para ti, mãezinha, pois te amo.

– Ora, obrigado, Sparhawk – ela sorriu, pegando as flores. – Você sempre foi meu pupilo mais atencioso. Ainda assim, pronunciou *staratha* errado – ela acrescentou criticamente. – Você passou bem perto de encher suas mãos com cobras.

– Eu vou praticar mais – ele prometeu.

– Faça isso.

Ouviu-se uma batida respeitosa à porta.

– Sim? – Vanion exclamou.

A porta se abriu e um dos jovens cavaleiros entrou na sala.

– Um mensageiro do palácio está aqui fora, lorde Vanion. Ele diz que foi ordenado a falar com Sir Sparhawk.

– O que eles querem *agora*? – Sparhawk resmungou.

– É melhor você o deixar entrar – Vanion falou para o jovem cavaleiro.

– Imediatamente, milorde. – O cavaleiro fez uma curta mesura e saiu novamente.

O mensageiro parecia familiar. O cabelo loiro continuava elegantemente disposto em cachos. Seu gibão cor de açafrão, calça arroxeada, sapatos marrons e capa verde-clara ainda contrastavam horrendamente. O rosto do jovem janota, entretanto, apresentava um novo adorno. A ponta do nariz estava enfeitada por um furúnculo inchado que parecia doer muito. O rapaz tentava, sem muito sucesso, esconder a excrescência com um lencinho rendado. Curvando-se de maneira elegante para Vanion, ele começou:

– Milorde preceptor, o príncipe regente envia seus cumprimentos.

– E, por favor, envie os meus de volta a ele – Vanion respondeu.

– Tenha a certeza de que irei, milorde. – O moço elegante virou-se para Sparhawk, declarando: – Minha mensagem é para o senhor, Sir Cavaleiro.

– Prossiga, por obséquio – Sparhawk respondeu, exagerando na formalidade. – Meus ouvidos estão ávidos por sua missiva.

O janota ignorou o comentário. Ele retirou uma folha de pergaminho de dentro de seu gibão e leu com pompa:

– "Por decreto real, o senhor é obrigado por Sua Alteza a seguir diretamente para a casa-mãe dos cavaleiros pandions em Demos e lá se devotar às suas tarefas religiosas até quando Sua Alteza julgar apropriado convocá-lo novamente ao palácio".

– Muito bem – Sparhawk respondeu.

– O senhor compreendeu a mensagem, Sir Sparhawk? – o almofadinha questionou, entregando o pergaminho ao cavaleiro.

Sparhawk não gastou seu tempo lendo o documento.

– Ela é bem clara. O senhor completou sua missão de maneira exemplar – Sparhawk observou de perto o moço perfumado. – Se você aceitar uma sugestão, vizinho, acho melhor mostrar essa coisa no nariz a algum cirurgião. Se não for logo lancetada, vai crescer tanto que você não vai conseguir olhar ao redor dela.

O janota estremeceu ao ouvir a palavra *lancetar*.

– O senhor realmente acredita que chegue a esse ponto, Sir Sparhawk? – ele perguntou assustado, abaixando o lencinho. – Talvez uma compressa ajude...

– Não, vizinho – Sparhawk negou com falsa simpatia, balançando a cabeça. – Eu posso quase garantir a você que uma compressa não vai adiantar. Seja corajoso, homem. Lancetar é a única solução.

O semblante do cortesão tornou-se melancólico. Ele fez uma mesura e deixou a sala.

– Por um acaso *você* fez aquilo, Sparhawk? – Sephrenia perguntou, cheia de suspeita.

– Eu? – Sparhawk respondeu com os olhos arregalados e inocentes.

– *Alguém* fez. Aquela erupção não é natural.

– Ora, ora... imagine só – ele murmurou.

– E então? – Vanion questionou. – Você vai obedecer às ordens do bastardo?

– Claro que não – Sparhawk bufou. – Tenho muito a resolver aqui em Cimmura.

– Você vai deixá-lo bem irritado.

– E daí?

Capítulo 4

O CÉU TINHA SE TORNADO AMEAÇADOR novamente quando Sparhawk saiu da casa capitular e desceu com sua armadura ressoando pelos degraus que levavam ao pátio. O noviço surgiu vindo dos estábulos trazendo Faran, e Sparhawk olhou-o, pensativo. O jovem devia ter 18 anos e era bem alto. Seus punhos nodosos saíam das mangas da túnica cor de terra que era pequena demais para ele.

– Qual o seu nome, rapaz? – Sparhawk perguntou.

– Berit, milorde.

– Quais são suas tarefas por aqui?

– Ainda não recebi funções específicas, milorde. Tento ser útil no que for possível.

– Bom. Vire-se.

– Milorde?

– Quero medir você.

Berit pareceu intrigado, mas fez como havia sido ordenado. Sparhawk mediu os ombros do rapaz com as mãos. Apesar de aparentar ser esguio, Berit era um jovem bem encorpado.

– Você vai servir direitinho – Sparhawk falou.

Berit voltou-se para o cavaleiro, perplexo.

– Você vai fazer uma viagem – Sparhawk explicou ao jovem. – Junte o que precisar enquanto chamo o homem que o acompanhará.

– Sim, milorde – Berit respondeu, fazendo uma reverência respeitosa.

Sparhawk segurou o arção de sua sela e montou nas costas de Faran. Berit entregou-lhe as rédeas e o pandion cutucou o flanco do corcel para que ele começasse a andar. Cruzaram o pátio e Sparhawk retribuiu as saudações dos cavaleiros no portão. Então cruzou a ponte levadiça e o portão leste da cidade.

As ruas de Cimmura estavam movimentadas àquela hora. Trabalhadores carregavam grandes fardos cobertos com aniagem amarronzada, resmungando enquanto abriam caminho pelas travessas estreitas, e mercadores vestidos com suas tradicionais roupas azuis se postavam nas portas de suas lojas com seus produtos coloridos empilhados ao redor. Uma carroça ocasional passava com estrépito pelos paralelepípedos. Perto da interseção de duas ruas estreitas, um pelotão de soldados da Igreja, em seus uniformes vermelhos, marchava com uma precisão repleta de arrogância. Sparhawk não deu passagem, fazendo com que Faran abrisse caminho com um trote firme. De má vontade, os soldados se separaram e deixaram que Sparhawk passasse.

– Obrigado, vizinhos – disse o cavaleiro, amistoso.

Eles não responderam.

Sparhawk puxou as rédeas de Faran e insistiu:

– Eu disse "obrigado, vizinhos".

– De nada – respondeu um deles, contrariado.

Sparhawk aguardou.

– ... milorde – o soldado acrescentou, cheio de rancor.

– Muito melhor, amigo. – Sparhawk seguiu seu caminho.

O portão da estalagem estava fechado, então Sparhawk se inclinou e esmurrou as tábuas com sua mão enluvada. O porteiro que abriu o portão não era o mesmo que o recebera na noite anterior. Sparhawk desmontou e entregou as rédeas de Faran ao homem.

– O senhor precisará dele novamente, milorde? – o cavaleiro perguntou.

– Sim, voltarei logo. O senhor poderia selar o cavalo de meu escudeiro, Sir Cavaleiro?

– Certamente, milorde.

– Fico grato. – Sparhawk colocou uma mão no pescoço de Faran, dizendo: – Comporte-se.

Faran virou a cabeça, com expressão altiva.

Sparhawk subiu as escadas tilintando e bateu à porta no topo das escadas.

Kurik abriu a porta para ele, e logo perguntou:

– E então? Como foram as coisas?

– Nada más.

– Pelo menos voltou vivo. Você viu a rainha?

– Sim.

– Isso é surpreendente.

– Eu tive de insistir. Você não quer juntar suas coisas? Vai voltar para Demos.

– Você não disse "nós", Sparhawk.

– Eu vou ficar por aqui.

– Suponho que tenha bons motivos.

– Lycheas me mandou voltar para a casa-mãe. Estou inclinado a ignorá-lo, mas preciso andar por Cimmura sem ser seguido. Encontrei um noviço na casa capitular que é quase do meu tamanho. Vamos vesti-lo com minha armadura e fazer com que ele monte Faran. Então vocês dois poderão marchar para Demos, numa grande demonstração de obediência. Enquanto ele mantiver o visor abaixado, os espiões do primado vão achar que estou seguindo as ordens à risca.

– É factível, eu acho. Embora não goste da ideia de deixar você aqui sozinho.

– Não estarei sozinho. Kalten deve chegar entre hoje e amanhã.

– Assim é um pouco melhor. Kalten é confiável. – Kurik franziu a testa. – Pensei que ele havia sido exilado em Lamorkand. Quem ordenou que ele voltasse?

– Vanion não me disse, mas você conhece Kalten. Talvez ele tenha se cansado de Lamorkand e resolvido agir por conta própria.

– Por quanto tempo você quer que eu fique em Demos? – Kurik perguntou enquanto juntava seus pertences.

– Um mês, mais ou menos. É bem provável que a estrada esteja sendo vigiada. Eu mando uma mensagem. Você precisa de algum dinheiro?

– Eu sempre preciso de dinheiro, Sparhawk.

– Tenho alguma coisa no bolso daquela túnica – Sparhawk apontou para as suas roupas de viagem dobradas sobre o encosto de uma cadeira. – Pegue o que precisar.

Kurik escancarou um sorriso.

– Mas deixe *alguma coisa* para mim.

– Certamente, milorde – Kurik respondeu, com uma mesura jocosa. – Quer que eu junte seus pertences?

– Não. Vou voltar para cá quando Kalten chegar. Será difícil entrar e sair da casa capitular sem ser visto. A porta dos fundos que dá naquela taverna ainda está aberta?

– Até ontem, estava. Eu apareço por lá de tempos em tempos.

– Suspeitei que sim.

– Um homem precisa de alguns vícios, Sparhawk. Isso lhe dá algo para se arrepender quando ele vai à capela.

– Se Aslade souber que você anda bebendo, ela põe fogo na sua barba.

– Então temos de garantir que ela não fique sabendo, não é, milorde?

– Por que eu sempre acabo enrolado em suas confusões domésticas?

– Porque isso faz com que seus pés fiquem plantados na realidade. Arranje uma esposa, Sparhawk. Assim as outras mulheres vão parar de se sentir na obrigação de te dar atenções especiais. Um homem casado é seguro. O solteirão é um desafio constante para qualquer mulher.

Meia hora depois, Sparhawk e seu escudeiro desceram as escadas em direção ao pátio, montaram seus cavalos e marcharam pelo portão da estalagem. Seguiram sob o som dos cascos pelas ruas de paralelepípedos rumo à saída leste da cidade.

– Você sabe que estamos sendo observados – Kurik sussurrou.

– Eu sinceramente *espero* que sim – Sparhawk respondeu. – Odiaria ter que ficar andando em círculos até atrair a atenção de alguém.

Passaram pelo rito de admissão na ponte levadiça da casa capitular e em seguida ganharam acesso ao pátio. Berit estava à espera.

– Este é Kurik – Sparhawk o apresentou, ao desmontar. – Vocês irão até Demos. Kurik, o nome deste jovem é Berit.

O escudeiro mirou o acólito de cima a baixo.

– Ele é do tamanho certo. Terei de apertar algumas cintas, mas acho que sua armadura servirá quase na medida.

– Foi o que eu tinha pensado.

Outro noviço se apresentou e tomou as rédeas de suas montarias.

– Sigam-me, vocês dois – Sparhawk instruiu. – Vamos contar a Vanion o que pretendemos fazer e colocar a armadura neste meu sósia.

Berit parecia assustado.

– Você foi promovido, Berit – Kurik falou ao rapaz. – Viu como é rápida a ascensão na Ordem Pandion? Ontem você era apenas um noviço; hoje, é o campeão da rainha.

– Vou explicar a você quando nos encontrarmos com Vanion – Sparhawk tranquilizou Berit. – Não é uma história tão interessante assim para que eu tenha de contá-la mais de uma vez.

Já ia o meio da tarde quando os três passaram pela porta da casa capitular outra vez. Berit andava de maneira desajeitada por não estar acostumado a trajar armadura enquanto Sparhawk vestia apenas uma túnica e calças simples.

– Acho que vai chover – Kurik disse, espiando o céu.

– Vocês não vão derreter – Sparhawk observou.

– Não estou preocupado com isso – o escudeiro retrucou. – É só que terei de raspar a ferrugem da sua armadura outra vez.

– A vida é dura.

Kurik resmungou e os dois ergueram Berit para a sela de Faran.

– Você vai levar esse jovem até Demos – Sparhawk disse a seu cavalo. – Tente se comportar como se fosse eu quem o estivesse montando.

Faran dirigiu a Sparhawk um olhar questionador.

– Vai demorar demais até que eu explique tudo. Faça como quiser, Faran, mas ele está usando minha armadura; então, se você tentar mordê-lo, talvez acabe quebrando um dente. – Sparhawk virou-se para seu escudeiro. – Mande um olá para Aslade e para os garotos por mim.

– Certo – Kurik respondeu, subindo em sua sela.

– Não faça *muita* cena quando partirem – Sparhawk acrescentou –, mas certifique-se de que vocês sejam vistos... e garanta que Berit não levante o visor.

– Eu sei o que fazer, Sparhawk. Prossigamos, então, milorde – Kurik disse a Berit.

– Milorde?

– É melhor você se acostumar, Berit – Kurik explicou, dando a volta com seu cavalo. – Até breve, Sparhawk. – Em seguida, os dois cavalgaram para fora do pátio, em direção à ponte levadiça.

O resto do dia passou tranquilamente. Sparhawk ficou sentado na cela que Vanion lhe destinara, lendo um livro velho e bolorento. Quando o sol se pôs, ele se juntou a seus irmãos no refeitório para uma refeição simples, marchando em seguida até a capela, numa procissão silenciosa. As convicções religiosas não eram muito profundas, mas o retorno às práticas de seu noviciado trazia um sentimento de renovação. Vanion conduziu a missa daquela noite e alongou-se nas virtudes da humildade. Para fazer jus a seu histórico, Sparhawk começou a cochilar mais ou menos na metade do sermão.

Mas, uma vez terminada a prédica, a voz de um anjo o acordou. Um jovem cavaleiro com cabelos cor de manteiga e um pescoço que se assemelhava a uma coluna de marfim ergueu a voz pura de tenor em um hino de louvor. Sua face resplandecia e seus olhos estavam repletos de adoração.

– Fui tão chato assim? – Vanion murmurou, colocando-se ao lado de Sparhawk enquanto saíam da capela.

– Provavelmente não – Sparhawk respondeu –, mas não estou em posição de julgá-lo. Você usou aquele discurso sobre a simples margarida, que aos olhos de Deus é tão bela quanto a rosa?

– Você já o ouviu?

– Com frequência.

– Os mais velhos são os melhores.

– Quem era aquele tenor?

– Sir Parasim. Ele acaba de ganhar suas esporas.

– Eu não quero preocupá-lo, Vanion, mas acho que ele é bom demais para este mundo.

– Eu sei.

– Deus provavelmente vai chamá-lo para seu lado em breve.

– Isso é para Deus decidir, não, Sparhawk?

– Só me faça um favor, Vanion. Não me coloque em uma situação que poderá levá-lo à morte.

– Isso também é para Deus decidir. Durma bem, Sparhawk.

– Você também, Vanion.

Era algo em torno da meia-noite quando a porta da cela de Sparhawk abriu-se com um estrondo. Ele rolou rapidamente para fora de seu leito estreito, ficando de pé com sua espada empunhada.

– *Não* faça isso – disse em tom desgostoso um homem grande e loiro, a partir da porta. Ele estava segurando uma vela numa mão e um odre de vinho na outra.

– Olá, Kalten – Sparhawk saudou seu amigo de infância. – Quando você chegou?

– Meia hora atrás, mais ou menos. Por um momento achei que teria de escalar as muralhas. – Ele parecia contrariado. – Estamos em período de paz. Por que levantam a ponte levadiça toda noite?

– Força do hábito, provavelmente.

– Você não vai abaixar isso? – Kalten perguntou, apontando para a espada que Sparhawk ainda empunhava – Ou vou ter que beber isto tudo sozinho?

– Desculpe – Sparhawk murmurou, encostando a arma na parede.

Kalten colocou a vela numa pequena mesa no canto da cela, jogou o odre de vinho sobre a cama de Sparhawk e deu um abraço de urso em seu amigo, declarando:

– É bom te ver.

– Bom te ver também – Sparhawk retrucou. Enquanto se sentava na beirada de seu leito, apontou uma banqueta e disse: – Sente-se. Como foram as coisas em Lamorkand?

Kalten soltou um ruído indelicado, respondendo:

– Frias, úmidas e tensas. Os lamorks não estão entre meus povos favoritos no mundo. Como foram as coisas em Rendor?

– Quentes, secas e provavelmente tão tensas quanto em Lamorkand – Sparhawk informou, dando de ombros.

– Ouvi boatos de que encontrou Martel por lá. Você deu a ele um belo funeral?

– Ele fugiu.

– Você está ficando fora de forma, Sparhawk. – Kalten soltou a presilha de sua capa. Um tufo de pelos loiros e encaracolados se insinuava pela gola de sua cota de malha. – Vai ficar sentado sobre esse vinho a noite toda? – Ele perguntou, exageradamente.

Sparhawk resmungou, tirou a tampa e levou o odre aos lábios.

– Nada mau – ele comentou. – Onde conseguiu isso? – Sparhawk perguntou, entregando o recipiente a seu amigo.

– Em uma taverna na beira da estrada, a meio do caminho – ele informou. – Lembrei-me de que tudo o que se tem para beber nas casas capitulares dos pandions é água... ou chá, se Sephrenia estiver por perto. Costume idiota.

– Nós *somos* uma ordem religiosa, Kalten.

– Tem uma dúzia de patriarcas em Chyrellos que ficam bêbados como gambás todas as noites. – Kalten ergueu o odre e tomou um grande gole. Em seguida, balançou-o, resmungando: – Eu devia ter comprado dois. Ah, a propósito, Kurik estava na taverna com um moleque que usava a sua armadura.

– Eu devia ter adivinhado – Sparhawk murmurou com acidez.

– De qualquer forma, Kurik me avisou de que você estaria aqui. Eu ia passar a noite lá, mas, quando soube que você havia voltado de Rendor, cavalguei o resto do caminho.

– Estou comovido.

Kalten riu e devolveu o odre.

– Kurik e o noviço estavam se portando com discrição? – Sparhawk perguntou.

Kalten confirmou com a cabeça.

– Eles estavam em um dos cômodos dos fundos, e o rapaz estava com o visor do elmo baixado. Você já viu alguém tentar beber através do visor? É a coisa mais engraçada de se ver. Havia duas prostitutas por lá, também. Acho que seu jovem pandion deve estar aprendendo uma lição valiosa neste exato momento.

– Já não era sem tempo – Sparhawk observou.

– Fico me perguntando se ele está tentando fazer aquilo com o visor abaixado.

– Garotas como aquelas normalmente se adaptam à situação.

Kalten gargalhou.

– Bem, Kurik me contou como está a situação por aqui. Você realmente acha que consegue se esgueirar por Cimmura sem ser reconhecido?

– Estava pensando em algum tipo de disfarce.

– Talvez você devesse usar um nariz falso – Kalten sugeriu. – Esse seu bico quebrado faz de você um alvo fácil de se identificar na multidão.

– Você tem conhecimento de causa – Sparhawk resmungou. – Afinal, foi você quem o quebrou.

– Nós estávamos só brincando – Kalten retrucou, parecendo ficar na defensiva.

– Acabei me acostumando a ele. Amanhã de manhã nós falaremos com Sephrenia. Ela deve saber algo que sirva como disfarce.

– Soube que está aqui. Como vai ela?

– Igual. Sephrenia nunca muda.

– É mesmo. – Kalten tomou outro gole do odre e limpou a boca com o dorso da mão. – Sabe, acho que fui uma grande decepção para ela. Não importava o quanto ela se esforçasse para me ensinar os segredos, eu nunca consegui dominar o idioma styrico. Toda vez que tentava pronunciar *ogeragekgasek* eu quase deslocava o maxilar.

– *Okeragukasek* – Sparhawk o corrigiu.

– Que seja. Eu fico com a minha espada e deixo que os outros brinquem com magia. – Kalten inclinou-se para a frente em sua banqueta. – Ouvi dizer que os eshandistas estão se erguendo novamente em Rendor. Tem alguma verdade nesse boato?

– Não há perigo imediato – Sparhawk deu de ombros, reclinando-se em seu leito. – Eles uivam e ficam girando em círculos no deserto e recitam frases de efeito uns para os outros. Isso é o máximo que acontece. Há algo de interessante em Lamorkand?

– Todos os barões estão envolvidos em guerras privadas uns contra os outros – Kalten informou, bufando. – Todo o reino tem sede de vingança. Você acredita que há uma guerra motivada por uma picada de abelha? Um conde foi picado e declarou guerra ao barão cujos camponeses eram os donos da colmeia. Essa guerra já dura dez anos.

– Essa é a boa e velha Lamorkand. Algo mais acontecendo?

– Todo o país a leste de Motera está infestado de zemochs.

Sparhawk sentou-se rapidamente.

– Vanion me disse que Otha está mobilizando suas forças.

– Otha mobiliza seu exército a cada dez anos – Kalten contrapôs, entregando o odre a Sparhawk. – Acho que ele faz isso para que seu povo não fique indócil.

– Os zemochs estão fazendo algo de significativo em Lamorkand?

– Não pelo que pude determinar. Eles andam fazendo várias perguntas... principalmente sobre folclore antigo. Sempre se pode encontrar um ou dois zemochs em quase toda vila. Eles questionam as mulheres mais velhas e pagam bebidas aos velhos ociosos nas tavernas.

– Estranho – Sparhawk murmurou.

– Essa é uma descrição bem precisa de qualquer um vindo de Zemoch – Kalten observou. – Sanidade nunca foi particularmente valorizada por lá. – Ele se levantou e acrescentou: – Vou procurar um leito em algum canto. Vou trazê-lo para cá e podemos ficar falando dos velhos tempos até que os dois caiam no sono.

– Certo.

– Como daquela vez em que seu pai nos pegou naquela ameixeira – Kalten lembrou, com um sorriso de orelha a orelha.

– Tenho tentado esquecer isso há quase trinta anos – Sparhawk estremeceu.

– Seu pai tinha *mesmo* uma mão firme, pelo que me lembro. Não consigo me recordar de grande parte daquele dia... e as ameixas me deram dor de barriga. Já volto. – Ele se virou e saiu pela porta da cela de Sparhawk.

Era bom rever Kalten. Os dois haviam crescido juntos na casa dos pais de Sparhawk, em Demos, depois de a família de Kalten ter sido morta e antes de ambos começarem o treinamento de noviciado na casa-mãe dos pandions. De certa forma, eles eram mais próximos que irmãos. Era bem verdade que Kalten tinha seus defeitos, mas sua amizade tão íntima era uma das coisas de maior valor para Sparhawk.

Depois de um curto intervalo de tempo, o homem loiro e grande retornou, arrastando atrás de si um leito; os dois ficaram rememorando até tarde, deitados à luz baça da vela. Em resumo, foi uma ótima noite.

Bem cedo, na manhã seguinte, eles se levantaram e se vestiram, cobrindo suas cotas de malha com os hábitos encapuzados que os pandions usavam quando estavam em suas casas capitulares. Cuidadosamente evitaram a procissão que rumava para a capela, procurando a mulher que treinara gerações de cavaleiros pandions nas intrincadas artes que eles chamavam de segredos.

Encontraram Sephrenia sentada, tomando seu chá matutino em frente à lareira no alto da torre sul.

– Bom dia, mãezinha – Sparhawk a saudou da porta. – Se importa se nos juntarmos a você?

– De maneira alguma, Sirs Cavaleiros.

Kalten foi até ela, ajoelhou-se, beijou as palmas de suas mãos e pediu:

– Sua bênção, mãezinha?

Ela sorriu e colocou as mãos nas bochechas do cavaleiro. Em seguida, pronunciou sua bendição em styrico.

– Por algum motivo, isso sempre faz com que eu me sinta melhor – ele comentou, ao se levantar. – Mesmo sem entender tudo o que você diz.

– Vejo que vocês optaram por não ir à capela nesta manhã – ela observou criticamente.

– Deus não vai sentir muito a nossa falta – Kalten deu de ombros. – Além do mais, posso recitar todos os sermões de Vanion de cor.

– E o que vocês estão pensando em aprontar hoje? – ela perguntou.

– Aprontar, Sephrenia? – Kalten questionou, com inocência.

Sparhawk riu.

– Na verdade, não estávamos nem pensando em aprontar. Temos apenas uma pequena tarefa em mente.

– Na cidade?

Ele confirmou com a cabeça.

– O único problema é que nós dois somos bem conhecidos aqui em Cimmura. Pensamos que você poderia nos ajudar com algum tipo de disfarce.

Ela mirou os dois cavaleiros, sua expressão era fria.

– Estou captando um forte indício de subterfúgio em tudo isso. Em que exatamente consiste essa sua tarefa?

– Estávamos pensando em fazer uma visita a um velho amigo – Sparhawk respondeu. – Um camarada chamado Krager. Ele tem uma informação que talvez queira compartilhar conosco.

– Informação?

– Ele sabe onde Martel está.

– Krager não vai contar a vocês.

Kalten estalou os dedos de suas mãos, um som desagradável que lembrava o estalido agudo de ossos se quebrando.

– Gostaria de reformular essa frase na forma de uma aposta, Sephrenia? – ele sugeriu.

– Vocês dois nunca vão crescer? Parecem eternas crianças.

– É por isso que você nos ama tanto, não é, mãezinha? – Kalten abriu um amplo sorriso.

– Que tipo de disfarce você recomendaria? – Sparhawk questionou.

Ela franziu os lábios e olhou para os dois.

– Um cortesão e seu escudeiro, acho.

– Ninguém iria acreditar que sou um cortesão – ele objetou.

– Estava pensando justamente o contrário. Eu *quase* conseguiria fazer você parecer um honesto escudeiro, e depois de vestir Kalten num gibão de cetim e cachear essa cabeleira loura, ele se passaria por um cortesão.

– Eu *fico* bem em cetim – murmurou Kalten, com modéstia.

– Por que não dois trabalhadores comuns? – Sparhawk sugeriu.

Ela meneou a cabeça.

– Trabalhadores comuns são lisonjeiros e bajulam os nobres que encontram em seu caminho. Vocês conseguiriam ser lisonjeiros?

– Ela tem razão – concordou Kalten.

– Além disso, trabalhadores não carregam espadas, e não creio que qualquer um de vocês pretenda entrar em Cimmura desarmado.

– Ela pensa em tudo, não é? – Sparhawk observou.

– Muito bem, vejamos o que podemos fazer – ela concluiu.

Uma série de acólitos varreram a casa capitular à procura de um grande número de itens. Sephrenia levou cada um deles em consideração, selecionando alguns, descartando outros. Os homens que saíram, cerca de uma hora depois, lembravam vagamente os dois pandions que haviam entrado naquele cômodo. Sparhawk agora trajava vestes simples, que lembravam aquelas que Kurik usava, e portava uma espada curta. Uma ameaçadora barba negra havia sido colada em seu rosto e uma cicatriz arroxeada corria a partir de seu nariz quebrado em direção a um tapa-olho preto que cobria seu olho esquerdo.

– Essa coisa pinica – ele reclamou, levantando a mão para coçar a barba falsa.

– Não toque enquanto a cola não secar – Sephrenia o repreendeu, dando um tapinha em sua mão. – E coloque uma luva para cobrir esse anel.

– Você realmente acha que vou carregar este brinquedo? – Kalten resmungou, floreando uma rapieira leve. – Eu quero uma espada, não uma agulha de tricô.

– Cortesãos não carregam espadas largas, Kalten – Sephrenia o lembrou. Ela o avaliou criticamente. Seu gibão era azul brilhante, com um viés de cetim vermelho. Sua calça combinava com o viés, e ele usava uma espécie de meia bota, já que não fora encontrado nenhum par de sapatos pontudos da moda que coubesse em seus pés enormes. Também usava um chapéu de pala larga, adornado com uma pluma branca. – Você está lindo, Kalten – ela o elogiou. – Acho que vai enganar bem... depois de passar ruge nas bochechas.

– De jeito nenhum! – Kalten exclamou, afastando-se dela.

– Kalten, sente-se – Sephrenia ordenou com firmeza e, apontando para uma cadeira, pegou o pote de ruge.

– Eu tenho mesmo que passar isso?

– Sim. Agora, sente-se.

Kalten olhou para Sparhawk.

– Se você rir, nós vamos brigar, então nem pense nisso.

– Eu?

Uma vez que a casa capitular era vigiada dia e noite pelos agentes do primado Annias, Vanion encontrou uma solução que era em parte um subterfúgio, em parte funcional.

– Preciso transferir algumas coisas para a estalagem – explicou o preceptor. – Annias sabe que ela nos pertence, então não estaríamos revelando nada a ele. Esconderemos Kalten no estrado da carroça e transformaremos este bom e honesto camarada em um carroceiro – ele concluiu, apontando para Sparhawk com seu tapa-olho e sua barba falsa. – Onde foi que você encontrou essa barba da cor do cabelo dele? – Vanion emendou a pergunta para Sephrenia.

Ela abriu um sorriso.

– Da próxima vez que for aos estábulos, dê uma boa olhada no rabo do seu cavalo.

– *Meu* cavalo?

– Era o único animal preto disponível, Vanion, e pegamos bem pouco pelo.

– *Meu* cavalo? – ele repetiu, parecendo ofendido.

– Temos todos de fazer sacrifícios de vez em quando. Faz parte do juramento dos pandions, você se lembra? – a pequena mulher disse ao preceptor.

Capítulo 5

A CARROÇA ERA INSTÁVEL E O cavalo, esparavonado. Sparhawk estava displicentemente curvado no assento do cocheiro, segurando as rédeas em uma mão e aparentando prestar pouca atenção às pessoas que estavam na rua ao seu redor.

As rodas vacilavam e rangiam enquanto o veículo sacolejava pelos sulcos dos paralelepípedos.

– Sparhawk, você vai passar por cima de todos os buracos do caminho? – reclamou a voz abafada de Kalten, vinda de debaixo de caixas e fardos precariamente empilhados à sua volta na traseira da carroça.

– Fique quieto – Sparhawk murmurou. – Dois soldados da Igreja estão vindo em nossa direção.

Kalten resmungou algumas imprecações e então se calou.

Os soldados trajavam uniformes vermelhos e expressões de desdém. Conforme caminhavam pela rua movimentada, trabalhadores e mercadores com suas vestes azuladas abriam espaço para eles. Sparhawk puxou as rédeas de seu cavalo velho, parando a carroça exatamente no meio da rua, forçando os soldados a darem a volta.

– Dia, vizinhos – ele os saudou.

Eles o encararam, depois contornaram a carroça.

– Tenham um bom dia – Sparhawk exclamou enquanto os soldados seguiam seu caminho.

Eles o ignoraram.

– O que foi isso? – Kalten perguntou baixinho de seu esconderijo.

– Só estava checando meu disfarce – Sparhawk respondeu, agitando as rédeas.

– E?

– E o quê?

– Funcionou?

– Eles nem se deram ao trabalho de olhar para mim uma segunda vez.

– Quanto falta para chegar na estalagem? Estou sufocando aqui embaixo.

– Não está longe.

– Surpreenda-me, Sparhawk. Tente não passar por um ou dois buracos... só para variar.

Ao chegar ao portão fechado da estalagem, Sparhawk desceu da carroça e bateu nas tábuas usando o sinal ritmado. Depois de algum tempo, o cavaleiro que fazia as vezes de porteiro abriu o portão. Olhou cuidadosamente para Sparhawk e declarou:

– Desculpe, colega, mas a estalagem está cheia.

– Não vamos nos demorar, Sir Cavaleiro – Sparhawk respondeu. – Só trouxemos uma carga de suprimentos da casa capitular.

Os olhos do porteiro se arregalaram; ele observou de perto o grande homem e perguntou, incrédulo:

– É o senhor, Sir Sparhawk? Não o tinha reconhecido.

– Essa era a ideia. Não era para eu ser reconhecido.

O cavaleiro abriu a passagem e Sparhawk guiou o cavalo cansado pelo pátio.

– Pode sair daí – ele avisou Kalten enquanto o porteiro fechava o portão.

– Ajude a tirar isso tudo de cima de mim.

Sparhawk remanejou algumas caixas e Kalten se esgueirou para fora.

O cavaleiro-porteiro observou o grande homem loiro com um olhar de quem achava tudo aquilo divertido.

– Vá em frente, diga alguma coisa – Kalten falou com um tom de quem queria comprar uma briga.

– Eu jamais pensaria nisso, Sir Cavaleiro.

Sparhawk pegou uma caixa alongada e retangular da carroça, colocou-a sobre um ombro e instruiu ao porteiro:

– Peça a alguém que o ajude com esses suprimentos. O preceptor Vanion os enviou. Depois, cuide do cavalo. Ele está cansado.

– Cansado? Morto seria mais preciso – notou o homem, mirando o cavalo velho que parecia abatido.

– Ele só é velho. Acontece com todos nós, mais cedo ou mais tarde. A porta dos fundos da taverna está aberta? – Sparhawk perguntou, fitando a porta encravada na parede do outro lado do pátio.

– Ela sempre está aberta, Sir Sparhawk.

Ele deu um breve aceno com a cabeça e então atravessou o pátio com Kalten em seu encalço.

– O que tem nessa caixa? – Kalten perguntou.

– Nossas espadas.

– Engenhoso, mas não acha que vai ser meio difícil tirá-las daí?

– Não depois de jogar a caixa contra os paralelepípedos. – Ele abriu a porta, fez uma mesura e declarou: – Depois do senhor, milorde.

Passaram por uma despensa e chegaram a uma taverna de aspecto mal-cuidado. A poeira acumulada por quase um século estava colada à única janela do local, e a palha que forrava o chão estava cheia de bolor. O cômodo fedia a cerveja, vinho e vômito. O teto baixo estava repleto de teias de aranha, as cadeiras e mesas pareciam velhas e surradas. Havia apenas três pessoas ali, um taverneiro carrancudo, um homem com a cabeça apoiada nos braços, sentado à mesa que ficava perto da porta, e uma prostituta de rosto corado, trajando um vestido vermelho, encostada em um canto.

Kalten foi até a porta e deu uma olhada na rua.

– O movimento ainda está bem pequeno – ele resmungou. – Melhor tomar uma ou duas doses e dar tempo para a vizinhança acordar.

– Por que não tomamos o café da manhã?

– Foi o que eu disse.

Sentaram-se a uma das mesas e o taverneiro dirigiu-se até eles, sem dar sinais de que os tinha reconhecido como pandions. Esfregou a mesa de modo ineficiente para retirar uma poça de cerveja velha com um pano imundo.

– O que vão querer? – ele perguntou, mal-humorado e nada amistoso.

– Cerveja – Kalten respondeu.

– E traga um pouco de queijo e pão também – Sparhawk acrescentou.

O taverneiro grunhiu e foi providenciar o pedido.

– Onde Krager estava quando você o viu? – Kalten perguntou em voz baixa.

– No largo perto do portão oeste.

– É uma parte decadente da cidade.

– Krager é um tipo decadente.

– Acho que podemos começar por lá, mas isso talvez demore um pouco. Krager pode estar em qualquer buraco de Cimmura.

– Você tem algo mais importante para fazer?

A prostituta no vestido vermelho arrastou os pés pelo chão coberto de palha até a mesa dos dois.

– Por um acaso algum dos belos cavalheiros estaria interessado em um pouco de diversão? – ela perguntou num tom de voz de quem está entediado. Um dos dentes da frente da moça havia caído e o decote de seu vestido era bem insinuante. Mecanicamente, ela se debruçou sobre a mesa para oferecer uma melhor visão de seus seios flácidos.

– É cedo demais, irmãzinha – Sparhawk respondeu. – Mas obrigado mesmo assim.

– Como vão os negócios? – Kalten puxou conversa.

– Fracos. Sempre é fraco de manhã – ela suspirou e então perguntou, esperançosa: – Por um acaso vocês poderiam pagar uma bebida para a moça?

– Por que não? – Kalten deu de ombros. – Taverneiro! Traga uma cerveja para a dama também.

– Obrigada, milorde – ela retrucou. – Este lugar é lamentável – a prostituta emendou com alguma resignação em sua voz, olhando ao redor. – Eu mesma nunca viria aqui, mas não gosto de trabalhar nas ruas. – Ela suspirou novamente e prosseguiu: – Sabem de uma coisa? Meus pés doem. Não é estranho que isso aconteça a alguém nessa profissão? Era de se esperar que fosse minha coluna. E mais uma vez, obrigada, milorde. – Com isso, a mulher virou as costas e voltou para a mesa onde estava anteriormente sentada.

– Gosto de conversar com prostitutas – Kalten observou. – Elas têm uma maneira simples e descomplicada de encarar a vida.

– Um passatempo curioso para um Cavaleiro da Igreja.

– Deus me contratou para ser um soldado, Sparhawk, não um monge. Eu luto quando Ele me manda, mas o resto do meu tempo eu gasto como bem entender.

O taverneiro trouxe as canecas de cerveja e um prato com pão e queijo. Ficaram comendo e conversando em voz baixa.

Depois de quase uma hora, a taverna começou a atrair mais fregueses: trabalhadores fedendo a suor que fugiam de suas tarefas e alguns lojistas do comércio ao redor. Sparhawk se levantou e foi dar uma olhada pela porta. Embora a rua estreita não apresentasse uma movimentação fervilhante, havia pessoas o suficiente andando em ambas as direções para que ele e Kalten conseguissem passar despercebidos. Então voltou à mesa e, pegando a caixa, disse ao companheiro:

– Acho que está na hora de irmos, milorde.

– Certo – concordou Kalten. Ele terminou sua cerveja num gole só e se levantou, vacilando um pouco, com seu chapéu pendurado na parte de trás da cabeça. Tropeçou algumas vezes antes de chegar à porta, cambaleando um pouco enquanto rumava pela rua. Sparhawk o seguiu com a caixa novamente colocada sobre um ombro.

– Você não acha que está exagerando um pouco? – Sparhawk cochichou para seu amigo quando dobraram uma esquina.

– Estou fazendo como um genuíno cortesão bêbado. Acabamos de sair de uma taverna.

– Bem, ela ficou para trás. Se você fingir estar bêbado demais, vai acabar chamando a atenção das pessoas. Talvez seja a hora de uma recuperação milagrosa.

– Você está acabando com a graça disso, Sparhawk – Kalten reclamou, parando de oscilar e arrumando o chapéu.

Eles passaram por ruas movimentadas, Sparhawk seguindo respeitosamente seu amigo como um bom escudeiro faria.

Quando chegaram a outra interseção, Sparhawk sentiu o familiar comichão em sua pele. Ele baixou a caixa no chão e limpou o suor na testa com a manga de seu camisão.

– O que foi? – Kalten quis saber, parando também.

– A caixa está pesada, milorde – Sparhawk explicou com uma voz deliberadamente alta para que os passantes o ouvissem. Então ele murmurou de forma quase imperceptível: – Estamos sendo vigiados. – Seus olhos varriam todos os cantos da rua.

A figura com manto e capuz estava na janela do segundo andar de uma construção, parcialmente escondida por uma grossa cortina verde. Era muito semelhante àquela pessoa que o havia avistado nas ruas molhadas de chuva na noite em que Sparhawk retornara a Cimmura.

– Você o encontrou? – Kalten perguntou silenciosamente, fingindo arrumar o colarinho de sua capa cor-de-rosa.

Sparhawk grunhiu e ergueu a caixa, colocando-a no ombro mais uma vez.

– Janela do segundo andar, sobre a loja de velas.

– Prossigamos, então, homem – Kalten ordenou em voz alta. – O tempo está passando. – Conforme retomava seu caminho, ele lançou um olhar rápido e furtivo para a janela com a cortina verde.

Ao dobrar outra esquina, Kalten comentou:

– Figurinha estranha, não é? Quase ninguém usa capuz quando está dentro de casa.

– Talvez ele tenha algo a esconder.

– Você acha que ele nos reconheceu?

– É difícil dizer. Não tenho certeza, mas acho que é a mesma figura que encontrei na noite em que cheguei à cidade. Não consegui olhar bem para ele, mas tive o mesmo pressentimento.

– Magia poderia revelar nossos disfarces?

– Facilmente. A magia vê a pessoa, não o que ela veste. Vamos seguir por mais alguns becos e vejamos se o despistamos, caso ele queira nos acompanhar.

– Certo.

Era quase meio-dia quando chegaram ao largo próximo ao portão oeste, onde Sparhawk havia avistado Krager. Separaram-se, Sparhawk seguindo em uma direção e Kalten em outra. Começaram a interrogar os mercadores nas barracas coloridas e os lojistas menos exaltados, descrevendo

Krager detalhadamente. Do outro lado do largo, Sparhawk reencontrou seu amigo.

– Alguma sorte? – perguntou.

Kalten fez que sim com a cabeça.

– Aquele vendedor de vinho ali disse que um homem parecido com Krager vem três ou quatro vezes por dia para comprar um garrafão de vinho tinto arciano.

– É isso, essa é a bebida predileta de Krager – Sparhawk esboçou um sorriso. – Se Martel descobrir que ele está bebendo novamente, vai lhe enfiar a mão pela garganta e puxar o coração.

– Dá para se fazer isso com uma pessoa?

– Se seu braço for longo o suficiente e você souber o que está procurando... O mercador de vinhos deu alguma dica sobre a direção da qual Krager costuma vir?

Kalten assentiu com a cabeça novamente.

– Daquela rua ali – ele apontou.

Sparhawk coçou a barba de pelo de rabo de cavalo, pensativo.

– Se você soltar essa coisa, Sephrenia vai te colocar no colo de bruços e te encher de palmadas.

Sparhawk tirou a mão de perto do rosto.

– Krager já comprou o primeiro garrafão desta manhã? – ele perguntou.

– Há duas horas – Kalten respondeu.

– Ele deve acabar com o primeiro bem depressa. Se estiver bebendo como costumava, provavelmente acordará não se sentindo muito bem. – Sparhawk olhou para o largo movimentado ao seu redor. – Vamos para aquela rua ali, onde o movimento é menor, e esperaremos por Krager lá. Assim que acabar o seu vinho, ele virá buscar mais.

– Ele não vai nos ver? Afinal de contas, ele nos conhece muito bem, você sabe.

Sparhawk meneou a cabeça, explicando:

– Ele é tão míope que mal consegue ver a ponta do próprio nariz. E depois de um garrafão de vinho, não seria capaz de reconhecer a própria mãe.

– Krager tem uma mãe? – Kalten exclamou, fingindo surpresa. – Pensei que ele simplesmente tivesse surgido de um tronco de madeira podre.

Sparhawk riu.

– Vamos procurar algum lugar no qual possamos esperar por ele.

– Podemos espreitar? – Kalten perguntou com expectativa. – Faz anos que não espreito ninguém.

– Espreite à vontade, meu amigo – Sparhawk retrucou.

Foram até a rua que o mercador havia indicado. Após algumas centenas de metros, Sparhawk apontou a entrada estreita de um beco. – Acho que vai servir. Espreitemos bem ali. Quando Krager aparecer, nós o arrastamos para o fundo do beco e batemos um papinho em particular.

– Certo – Kalten concordou, com um sorriso maligno.

Cruzaram a rua e entraram no beco. Montes de lixo em estado de decomposição jaziam nas laterais, e vindo de algum lugar mais ao fundo podia-se sentir o fedor de uma latrina pública.

– Sparhawk, por vezes suas decisões deixam a desejar – Kalten reclamou, balançando uma das mãos na frente de seu rosto.

– Sabe de uma coisa, Kalten? Era disso que eu sentia falta quando você não estava por perto: esse fluxo constante de reclamações.

– Um homem precisa ter algo sobre o que falar – Kalten deu de ombros. Sacou uma faca pequena e curvada de debaixo de seu gibão azulado e pôs-se a afiar o gume no couro da sola de seu sapato. – Eu começo.

– O quê?

– Com Krager. Eu começo.

– De onde tirou essa ideia?

– Você é meu amigo, Sparhawk. Amigos sempre deixam os seus amigos começarem.

– Isso não vale para você também?

Kalten fez que não com a cabeça.

– Você gosta mais de mim do que eu de você. Claro que isso é natural: eu sou mais amável do que você.

Sparhawk o mirou por um longo tempo.

– É para isto que servem os amigos, Sparhawk – Kalten prosseguiu, lisonjeiro –, para nos apontar nossas pequenas imperfeições.

Esperaram, vigiando a rua a partir da entrada do beco. A rua não era particularmente movimentada, uma vez que não havia muitas lojas nela. Parecia concentrar armazéns e moradias.

Uma hora se arrastou, depois outra.

– Talvez ele tenha caído no sono depois de beber tanto – Kalten sugeriu.

– Krager, não. Ele é capaz de beber mais do que todo um batalhão. Ele logo vai aparecer.

Kalten espichou a cabeça para fora do beco e olhou para o céu.

– Vai chover – ele previu.

– Já tomamos chuva em outras ocasiões.

Kalten agarrou a borda de seu gibão espalhafatoso e rolou os olhos.

– Masss Ssssparhawk – ele ceceou descaradamente. – Vosssssê ssssabe como o sssssetim fica manchado quando molha.

Sparhawk quase caiu no chão de tanto gargalhar, tentando abafar o som. Eles esperaram mais, e outra hora se passou.

– Logo mais o sol vai se pôr – Kalten resmungou. – Talvez ele tenha encontrado outro vendedor de vinho.

– Vamos esperar mais um pouco – Sparhawk insistiu.

O ataque veio sem aviso. Oito ou dez homens fortes em roupas gastas investiram pelo beco com espadas em mãos. A rapieira de Kalten ressoou de sua bainha ao mesmo tempo que a mão de Sparhawk ia em direção ao cabo de sua espada curta. O homem que liderava o assalto caiu, dobrando-se no chão, assim que Kalten o atravessou com sua arma. Sparhawk colocou-se à frente de seu amigo enquanto este se reposicionava depois de sua estocada. Ele aparou uma espadada de um dos atacantes e em seguida mergulhou sua própria espada na barriga de seu oponente. Sparhawk torceu a lâmina conforme a puxava de volta, abrindo o ferimento o máximo possível.

– Pegue a caixa! – ele gritou para Kalten, enquanto aparava outro golpe.

O beco era demasiado estreito para que mais de dois atacantes o ameaçassem e, apesar de sua espada ser menor do que a de seus oponentes, Sparhawk era capaz de conter a investida. Atrás de si, pôde ouvir o estrondo da caixa se quebrando sob um chute poderoso de Kalten, que logo estava ao seu lado empunhando uma espada larga.

– Pode deixar comigo – Kalten disse. – Vá pegar sua espada.

Sparhawk girou sobre os calcanhares e disparou para a entrada do beco. Livrou-se da espada curta e recuperou sua própria arma dos destroços da caixa, voltando para a luta. Kalten havia despachado mais dois oponentes, e estava rechaçando os outros, passo a passo. Ainda assim, sua mão esquerda pressionava seu flanco, do qual sangue escorria pelos dedos. Sparhawk avançou, deixando Kalten para trás, brandindo sua espada pesada com as duas mãos. Abriu a cabeça de um atacante com um golpe e amputou o braço que empunhava a arma de outro. Em seguida, enterrou profundamente a ponta de sua espada no corpo de um terceiro, empurrando-o contra a parede enquanto sangue jorrava-lhe da boca.

Os atacantes remanescentes fugiram.

Sparhawk virou-se para seu amigo e viu Kalten retirando calmamente a própria espada do peito do homem cujo braço Sparhawk arrancara.

– Não deixe inimigos para trás dessa forma, Sparhawk – o homem loiro o repreendeu. – Mesmo um homem de um braço só pode te apunhalar pelas costas. Além disso, não é meticuloso. Sempre finalize um trabalho antes de começar outro. – Ele ainda segurava seu flanco com firmeza, usando a mão esquerda.

– Você está bem? – Sparhawk perguntou.

– É só um arranhão.

– Arranhões não sangram assim. Deixe-me dar uma olhada.

O corte na lateral de Kalten era considerável, mas não parecia ser profundo. Sparhawk arrancou a manga do camisão de uma das baixas do inimigo, enrolou-o e colocou sobre o ferimento de Kalten.

– Segure isso no lugar e pressione para estancar o sangue – Sparhawk ordenou.

– Eu já recebi cortes antes, Sparhawk. Você sabe bem disso.

Sparhawk olhou em volta, mirando os corpos amontoados distribuídos pelo beco.

– Acho melhor sairmos daqui – ele sugeriu. – Alguém na vizinhança pode ficar curioso e querer saber o que fez todo aquele barulho. Você notou algo estranho nesses homens? – Sparhawk acrescentou, franzindo o cenho.

– Eles eram bem ineptos – Kalten respondeu, encolhendo os ombros.

– Não foi isso que eu quis dizer. Homens que ganham a vida atacando pessoas em becos não costumam se preocupar com a própria aparência, mas esses camaradas estavam bem barbeados. – Sparhawk virou um dos corpos no chão e abriu com força o camisão de lona. – Olhe que *interessante* – ele comentou. Por debaixo do camisão, o cadáver trajava uma túnica vermelha, com um símbolo bordado sobre o peitilho esquerdo.

– Soldados da Igreja – Kalten grunhiu. – Você acha que, talvez, Annias não goste de nós?

– Não seria improvável. Vamos dar o fora daqui. Pode ser que os sobreviventes tenham ido buscar reforços.

– Para a casa capitular, então? Ou para a estalagem?

Sparhawk meneou a cabeça.

– Alguém nos reconheceu, mesmo estando disfarçados, e Annias deve estar esperando que voltemos para um desses lugares.

– Talvez você tenha razão. Alguma ideia?

– Eu conheço um lugar. Não é muito longe. Você consegue andar?

– Consigo ir aonde você for. Sou mais novo, você se lembra?

– Apenas por seis meses.

– Mais novo é mais novo, Sparhawk. Não vamos discutir sobre números.

Enfiaram suas espadas largas em seus cintos e se dirigiram para a entrada do beco. Sparhawk deu apoio a seu amigo ferido ao saírem.

A rua, conforme seguiam por ela, ficava cada vez mais miserável, e logo eles entraram num labirinto de vias interligadas e becos não pavimentados. As construções eram grandes e degradadas, e estavam repletas de pessoas maltrapilhas que pareciam indiferentes à miséria ao redor.

– É um buraco de ratos, não? – Kalten notou. – Falta muito até chegarmos a esse lugar? Estou ficando um pouco cansado.

– É do outro lado da próxima interseção.

Kalten resmungou e apertou seu flanco com mais força.

Eles prosseguiram. Os olhares que os habitantes do lugar lhes dirigiam eram inamistosos, até mesmo hostis. As roupas de Kalten o marcavam como sendo da classe dominante, e essas pessoas das camadas inferiores da sociedade tinham pouca serventia para cortesãos e seus criados.

Quando alcançaram a interseção, Sparhawk conduziu seu amigo até um beco enlameado. Na metade do caminho, um brutamontes com uma lança longa e enferrujada nas mãos saiu de uma porta para barrar o caminho.

– Aonde vocês pensam que vão? – ele perguntou.

– Preciso falar com Platime – Sparhawk respondeu.

– Eu não acho que ele queira ouvir qualquer coisa que você tenha a dizer. Se for esperto, você vai cair fora desta parte da cidade antes do anoitecer. Acidentes acontecem nestas bandas de noite.

– E às vezes até antes de o sol se pôr – Sparhawk declarou, sacando a espada.

– Posso chamar uma dúzia de homens aqui em duas piscadas de olho.

– E meu amigo de nariz quebrado pode arrancar sua cabeça com uma piscada só – Kalten se intrometeu.

O homem deu um passo para trás, apreensão estampada em seu rosto.

– O que vai ser, hein, vizinho? – Sparhawk perguntou. – Você vai nos levar até Platime ou vamos brincar um pouco?

– Você não tem direito nenhum de me ameaçar.

Sparhawk ergueu sua espada para que o homem pudesse dar uma boa olhada nela.

– Isto aqui me dá todos os direitos, vizinho. Encoste sua lança na parede e me leve até Platime... Agora!

O brutamontes se encolheu e cuidadosamente deixou a lança encostada na parede; virou-se e os conduziu até o fim do beco. Quando chegaram à sua extremidade, cerca de cem passos mais à frente, uma escadaria de pedra levava ao que parecia ser a porta de um porão.

– Lá embaixo – o homem disse, apontando.

– Vá na frente – Sparhawk ordenou. – Não o quero atrás de mim, amigo. Você parece ser do tipo de gente que toma decisões erradas.

A contragosto, o homem seguiu pelos degraus enlameados e bateu duas vezes na porta.

– Sou eu – ele disse. – Sef. Tem dois nobres aqui que querem falar com Platime.

Houve uma pausa, seguida pelo barulho de correntes. A porta se abriu e um homem barbado pôs a cabeça para fora.

– Platime não gosta de nobres – ele declarou.

– Posso mudar a opinião dele – Sparhawk retrucou. – Saia do caminho, vizinho.

O homem barbado reparou na espada na mão de Sparhawk, engoliu em seco e abriu mais a porta.

– Adiante, Sef – Kalten disse a seu guia.

– Venha conosco, amigo – Sparhawk ordenou ao homem barbado uma vez que ele e Kalten passaram pela porta. – Gostamos de bastante companhia.

A escada continuava a descer, ladeada por paredes de pedra cheias de bolor que transpiravam umidade. No final dela, abria-se um vasto porão com um teto abobadado também de pedra. Havia uma fogueira escavada no centro do cômodo, enchendo o ar com fumaça, e as paredes estavam apinhadas de leitos e catres cobertos de palha. Aproximadamente duas dúzias de homens e mulheres numa ampla variedade de trajes estavam sentados nesses leitos e catres, bebendo e jogando dados. Do outro lado do fosso onde o fogo queimava, um homem com uma imponente barba negra e uma barriga enorme estava recostado numa larga cadeira, com suas pernas esticadas em direção às labaredas. Ele vestia um gibão de cetim de um laranja desbotado, manchado e marcado na frente, e segurava uma caneca prateada em sua mão gorda.

– Aquele é Platime – Sef disse, com nervosismo. – Ele está um pouco bêbado, então é bom vocês tomarem cuidado, milordes.

– Pode deixar conosco – Sparhawk retrucou. – Obrigado por sua ajuda, Sef. Não sei como teríamos nos virado sem você. – Em seguida, ajudou Kalten a dar a volta na fogueira.

– Quem são essas pessoas? – Kalten perguntou, em voz baixa, olhando ao redor em direção aos homens e mulheres que ocupavam as laterais do porão.

– Ladrões, mendigos, provavelmente alguns assassinos... esse tipo de gente.

– Você tem uns amigos bem bacanas, Sparhawk.

Platime estava examinando minuciosamente um colar com um pingente de rubi. Quando Sparhawk e Kalten pararam à sua frente, ele ergueu seus olhos turvos e os avaliou de cima a baixo, prestando mais atenção nas roupas de Kalten.

– Quem são esses dois? – ele rugiu.

– Nós meio que fomos entrando, Platime – Sparhawk respondeu, recolocando a espada no cinto e virando o tapa-olho para cima, desobstruindo a visão.

– Bem, vocês meio que podem sair daqui.

– Temo que isso não seria conveniente neste exato momento.

O homem obeso no gibão laranja estalou os dedos e as pessoas que estavam acomodadas ao longo das paredes começaram a se levantar.

– Vocês estão em desvantagem numérica, meu amigo – Platime comentou, olhando de maneira sugestiva para o bando ao redor.

– Isso tem acontecido com certa frequência, ultimamente – Kalten resmungou, levando a mão ao cabo de sua espada larga.

– Suas roupas não combinam com essa espada – Platime observou, semicerrando os olhos.

– E eu me esforço para que meus trajes sempre combinem – suspirou Kalten.

– Quem são vocês? – Platime questionou, com suspeita. – Este aqui se veste como um cortesão, mas não acho que ele realmente seja uma daquelas borboletinhas que infestam o palácio.

– Ele enxerga a verdadeira natureza das coisas, não é? – Kalten comentou para Sparhawk. Olhando para Platime, ele respondeu: – Na verdade, nós somos pandions.

– Cavaleiros da Igreja? Eu bem que suspeitava. Então qual o propósito desses trajes?

– Somos bem conhecidos – Sparhawk interveio. – Queríamos andar por aí sem ser notados.

Platime olhou deliberadamente para o gibão manchado de sangue de Kalten e murmurou:

– Parece que alguém os notou mesmo com os disfarces, ou talvez vocês tenham frequentado o tipo errado de taverna. Quem te apunhalou?

– Um soldado da Igreja – Kalten deu de ombros. – Foi um golpe de sorte. Você se importa se eu me sentar? Por algum motivo, estou me sentindo um pouco fraco.

– Alguém traga um banquinho pra ele! – Platime gritou. Então, voltando sua atenção para os dois, perguntou: – Por que Cavaleiros da Igreja lutavam com soldados da Igreja?

– Política palaciana – Sparhawk resumiu. – Às vezes as coisas ficam um pouco nebulosas.

– Essa é a mais pura verdade. O que vocês fazem aqui?

– Precisamos de um lugar para ficar por algum tempo – Sparhawk disse. Olhando ao redor, emendou: – Este seu porão parece um ótimo lugar.

– Desculpe, amigo. Simpatizo com qualquer um que tenha suas desavenças com os soldados da Igreja, mas conduzo meus negócios aqui e não temos espaço para gente de fora. – Platime olhou para Kalten, que acabava de se jogar no banquinho que um mendigo maltrapilho trouxera. – Você matou quem lhe fez isso?

– Ele matou – Kalten apontou para Sparhawk. – Matei alguns outros, mas meu amigo fez a maior parte do serviço.

– Por que não vamos direto aos negócios? – Sparhawk interrompeu. – Creio que você deve uma coisinha à minha família, Platime.

– Eu não conduzo negócios com a nobreza – Platime argumentou –, exceto quando corto algumas gargantas, de tempos em tempos... então é bem improvável que eu deva uma coisinha à sua família.

– Essa coisinha não tem nada a ver com dinheiro. Há um bom tempo, alguns soldados da Igreja estavam tentando te enforcar. Meu pai os deteve.

– Você é Sparhawk? – Platime exclamou com surpresa, piscando os olhos. – Você não se parece muito com seu pai.

– É o nariz – Kalten explicou. – Quando se quebra o nariz de alguém, toda a aparência muda. Por que os soldados iam te enforcar?

– Foi tudo um mal-entendido. Eu esfaqueei um camarada qualquer. Ele não estava de uniforme, então não tinha como saber que era um oficial da guarda do primado – Platime parecia revoltado. – E tudo o que ele tinha nos bolsos eram duas moedas de prata e um punhado de cobre.

– Você reconhece o débito? – Sparhawk insistiu.

– Acho que sim – anuiu Platime, cofiando sua barba negra cerrada.

– Então vamos ficar por aqui.

– É só isso que você quer?

– Não exatamente. Estou procurando um homem... um camarada chamado Krager. Seus mendigos estão espalhados por toda a cidade, e quero que você peça para eles o procurarem.

– Justo. Você pode descrevê-lo?

– Posso fazer algo melhor que isso. Posso mostrá-lo a você.

– Isso não faz sentido nenhum, amigo.

– Fará, daqui a um minuto. Você poderia providenciar uma vasilha ou algo assim... e um pouco de água limpa?

– Acho que posso conseguir isso. O que você tem em mente?

– Ele vai projetar a imagem de Krager na água – Kalten explicou. – É um truque antigo.

– Eu tinha ouvido dizer que vocês, pandions, eram todos magos, mas nunca vi esse tipo de coisa antes – confessou Platime, parecendo impressionado.

– Sparhawk é melhor do que eu nisso – confessou Kalten.

Um dos mendigos trouxe uma vasilha lascada cheia de água ligeiramente turva. Sparhawk colocou a vasilha no chão e se concentrou por algum tempo, enunciando silenciosamente as palavras do encantamento em styrico. Em seguida, passou a mão vagarosamente sobre a vasilha, e o rosto inchado de Krager surgiu na superfície da água.

– Isso, *sim,* é algo impressionante de se ver – Platime exclamou.

– Não é muito difícil – Sparhawk confessou com modéstia. – Peça a seu pessoal para dar uma boa olhada nele. Não consigo mantê-lo indefinidamente.

– Por quanto tempo você consegue deixar isso aí?

– Por volta de dez minutos. Começa a se desfazer depois disso.

– Talen! – o homem gritou. – Venha aqui.

Um moleque de aparência encardida, com uns 10 anos de idade, arrastou-se em direção a eles. Sua túnica era suja e rasgada, mas ele trajava um colete longo de cetim vermelho que havia confeccionado cortando as mangas de um gibão. O colete apresentava, ainda, uma série de buracos produzidos por facadas.

– O que você quer? – o garoto perguntou de modo insolente.

– Você consegue copiar isso? – Platime perguntou, apontando para a vasilha.

– Claro que consigo, mas por que eu deveria?

– Porque, se você não copiar, eu arranco as suas orelhas.

– Mas você vai ter que me pegar primeiro, seu gordo, e eu corro bem mais do que você – Talen respondeu, abrindo um sorriso de orelha a orelha.

Sparhawk enfiou um dedo no bolso de sua jaqueta de couro, pegando uma pequena moeda de prata.

– Isso pagaria seus serviços? – ele perguntou, estendendo a moeda.

Os olhos de Talen brilharam de avidez.

– Por isso eu faço uma obra-prima – ele prometeu.

– Só quero que seja um retrato fiel.

– O que desejares, meu patrono – Talen fez uma mesura irônica. – Vou pegar meu material.

– Ele é bom mesmo? – Kalten perguntou a Platime logo depois que o garoto se dirigiu a um dos leitos encostados na parede.

– Não sou um crítico de arte – Platime deu de ombros –, mas ele gasta todo o tempo desenhando... quando não está mendigando ou roubando.

– Ele não é um pouco jovem para esse ramo de negócios?

– Talen tem os dedos mais ágeis de Cimmura – Platime riu. – Ele pode roubar seus olhos das órbitas e você nem iria reparar até que tentasse olhar algo de perto.

– Vou me lembrar disso – Kalten murmurou.

– Pode ser tarde demais, meu amigo. Você não estava usando um anel quando chegou aqui?

Kalten piscou, ergueu a mão esquerda ensanguentada e olhou para ela. Não havia anel algum em sua mão.

Capítulo 6

Kalten se retraiu.

– Vá com calma, Sparhawk! – ele exclamou. – Isso doeu *muito*.

– Tenho de limpar a ferida antes de colocar a bandagem – Sparhawk explicou, passando um pano úmido sobre o corte no flanco de seu amigo.

– Mas você tem que esfregar tão forte?

Platime bambaleou ao redor da fogueira fumacenta em direção ao leito onde Kalten estava.

– Ele vai ficar bem? – perguntou o homem gordo.

– Provavelmente – Sparhawk respondeu. – Não é a primeira vez que ele deixa o sangue fugir do corpo, e ele normalmente se recupera. – Jogou o pano de lado e pegou uma longa faixa de linho. – Sente-se – ele ordenou ao amigo.

Kalten grunhiu e se esforçou para sentar-se. Sparhawk começou a enrolar a faixa ao redor da cintura do amigo.

– Não tão apertado – Kalten se queixou. – Eu tenho que respirar.

– Pare de reclamar.

– Aqueles soldados da Igreja perseguiam vocês por alguma razão em específico? – perguntou Platime. – Ou eles só estavam atrás de diversão?

– Eles tinham seus motivos – Sparhawk respondeu enquanto atava a bandagem de Kalten. – Temos sido relativamente ofensivos aos olhos do primado Annias, nesses últimos tempos.

– Bom pra vocês. Não sei o que vocês, nobres, acham dele, mas a população em geral o odeia.

– Nós o detestamos moderadamente.

– Então é uma coisa que temos em comum. Há alguma chance de a rainha Ehlana melhorar?

– É nisso que estamos trabalhando.

– Acho que ela é nossa única chance, Sparhawk – suspirou Platime. – De qualquer outro modo, Annias vai mandar e desmandar em Elenia como ele bem entender, e isso seria péssimo.

– Patriotismo, Platime? – Kalten perguntou.

– Só porque sou um ladrão e assassino não quer dizer que eu seja desleal. Respeito a coroa tanto quanto qualquer um no reino. Eu até respeitava Aldreas, mesmo sendo fraco como ele era. – Os olhos de Platime tornaram-se maliciosos quando perguntou: – É verdade que a irmã dele tentou seduzi-lo? Ouvia-se todo tipo de boato.

– É difícil de dizer – Sparhawk deu de ombros.

– Você sabia que ela ficou absolutamente histérica quando seu pai forçou Aldreas a se casar com a mãe da rainha Ehlana, não sabia? – Platime comentou de maneira indecorosa. – Ela estava convencida de que se casaria com o próprio irmão e que, assim, controlaria o trono.

– Isso não seria ilegal? – Kalten perguntou.

– Annias disse que havia encontrado uma brecha na lei. De qualquer forma, depois do casamento de Aldreas, Arissa fugiu do palácio. Encontraram-na algumas semanas depois naquele bordel perto do rio. Quase todo mundo em Cimmura tinha provado de seus talentos antes de a arrastarem para fora daquele lugar. – Platime olhou-os de soslaio. – Afinal, o que fizeram com ela? Cortaram-lhe a cabeça?

– Não – respondeu Sparhawk. – Colocaram-na no convento de freiras em Demos. Elas são bem rígidas por lá.

– Pelo menos ela está descansando. Pelo que ouvi, a princesa Arissa era uma jovem muito ocupada. – Ele se endireitou e apontou para um leito adjacente. – Você pode usar esse aí, Sparhawk. Mandei todos os ladrões e mendigos de Cimmura procurarem esse tal Krager. Se ele colocar os pés na rua, saberemos em no máximo uma hora. Enquanto isso, é melhor vocês dormirem um pouco.

Sparhawk concordou com a cabeça e levantou-se.

– Você está bem? – ele perguntou a Kalten.

– Tudo certo.

– Precisa de alguma coisa?

– Que tal uma cerveja? Só para repor todo aquele sangue perdido, claro.

– Claro.

Era impossível dizer que horas eram, uma vez que o porão não tinha janelas. Sparhawk sentiu um leve toque e logo acordou, agarrando a mão que o tocava.

– Nunca tente roubar alguém quando se está tremendo – o garoto imundo, Talen, resmungou com uma expressão de desgosto. Ele passou a mão pela cara ensopada de chuva, acrescentando: – Está uma manhã particularmente horrível lá fora.

– Você estava procurando algo específico em meus bolsos?

– Na verdade, não... o que quer que aparecesse seria lucro.

– Você poderia devolver o anel do meu amigo?

– Ah, pode ser. Eu só o peguei para manter a prática, de qualquer maneira. – Talen colocou a mão dentro de sua túnica molhada e retirou o anel de Kalten. – Limpei o sangue dele – o garoto acrescentou, admirando a joia.

– Ele vai gostar disso.

– Ah, já que estou aqui, encontrei aquele camarada que você estava procurando.

– Krager? Onde?

– Ele está hospedado em um bordel na Rua do Leão.

– Um bordel?

– Talvez ele precise de carinho.

Sparhawk se sentou. Testou sua barba com a mão para verificar se ela continuava no lugar.

– Vamos falar com Platime – ele disse.

– Quer que eu acorde seu amigo?

– Deixe-o dormir. De todo modo, no estado em que se encontra, não sairia com ele na chuva.

Platime estava roncando em sua cadeira, mas seus olhos se abriram no mesmo momento que Talen encostou em seu ombro.

– O menino encontrou Krager – Sparhawk o informou.

– E suponho que você irá atrás dele.

Sparhawk concordou com a cabeça.

– Você acha que os soldados do primado ainda o estarão procurando?

– Provavelmente.

– Eles reconhecem a sua fisionomia?

– Sim.

– Então você não vai muito longe.

– Tenho que arriscar.

– Platime – interrompeu Talen.

– Quê?

– Você se lembra daquela vez em que tivemos de tirar o Doninha da cidade bem depressa?

Platime grunhiu, coçando sua barriga e olhando Sparhawk com curiosidade.

– Quão apegado você é a essa barba?

– Não muito. Por quê?

– Se estiver disposto a tirá-la, conheço um jeito de fazer com que ande por Cimmura sem ser reconhecido.

Sparhawk começou a arrancar chumaços de sua barba falsa.

– Você *realmente* não é apegado à sua barba, não é? – Platime gargalhou. Olhou para Talen e ordenou: – Vá pegar o que ele vai precisar da caixa.

Talen foi até uma grande caixa de madeira num canto do porão e começou a revirar seu conteúdo enquanto Sparhawk terminava de remover a barba. Quando o garoto voltou, carregava uma capa surrada e um par de sapatos que eram pouco mais do que duas sacolas de couro em estado de putrefação.

– Quanto mais de seu rosto pode ser retirado? – Platime perguntou.

Sparhawk pegou a capa de Talen e jogou um pouco de vinho em uma de suas pontas. Começou a esfregar o rosto vigorosamente, removendo os restos da cola e da cicatriz arroxeada de Sephrenia.

– O nariz? – Platime perguntou.

– Não. Ele é real.

– Como você o quebrou?

– É uma longa história.

Platime deu de ombros.

– Tire suas botas e essas calças de couro. Você vai vestir essa capa e aqueles sapatos.

Sparhawk retirou suas botas e puxou as calças. Talen atou a capa em torno dele, esticando em seguida uma das pontas para a frente e amarrando-a no ombro oposto para cobrir o corpo de Sparhawk, até pouco acima dos joelhos.

– Calce os sapatos e esfregue um pouco de sujeira nas pernas. Você está limpo demais – Platime comentou enquanto o examinava. Talen foi novamente à caixa e retornou com um gorro de couro gasto, um bastão longo e estreito e um pedaço de aniagem.

– Coloque o chapéu e amarre o pano em volta dos olhos – instruiu Platime.

Sparhawk obedeceu.

– Você consegue ver bem através dessa venda?

– Consigo distinguir as coisas, mas isso é tudo.

– Você não vai querer ver as coisas. Teoricamente você é cego. Pegue uma vasilha de esmolar, Talen. – Platime virou-se novamente para Sparhawk e disse: – Ande um pouco de um lado para o outro para treinar. Balance o bastão à sua frente, mas bata nas coisas de vez em quando e não se esqueça de tropeçar.

– É uma ideia interessante, Platime, mas eu sei exatamente aonde estou indo. Isso não vai fazer com que as pessoas desconfiem um pouco?

– Talen vai guiar você. Vocês serão uma dupla de mendigos comuns.

Sparhawk puxou seu cinto para cima e reajustou a espada larga.

– Você vai ter que deixar isso aqui – Platime comentou. – Dá para esconder uma faca debaixo da capa, mas uma espada larga fica um pouco óbvia.

– Acho que você tem razão – Sparhawk retirou a arma de seu cinto e entregou-a para o homem gordo no gibão laranja. – Não a perca – ele acrescentou. Em seguida, continuou a praticar o andar de um homem cego, batendo o longo e estreito bastão que Talen havia dado a ele no chão conforme seguia em frente.

– Nada mau – Platime disse após alguns minutos. – Você aprende rápido, Sparhawk. Acho que está bom o suficiente por enquanto. Talen pode te ensinar a mendigar no caminho.

O garoto voltou da grande caixa de madeira; com a perna esquerda grotescamente retorcida, ele mancava com a ajuda de uma muleta. Havia retirado o colete espalhafatoso e estava usando andrajos.

– Isso dói? – Sparhawk perguntou, apontando para a perna do menino com o bastão.

– Não muito. Tudo o que tenho a fazer é pisar com a lateral do pé e girar o joelho para dentro.

– Parece bem convincente.

– Claro. Tive muito tempo para praticar.

– Vocês dois estão prontos? – questionou Platime.

– Tão pronto quanto possível – respondeu Sparhawk. – Só não sei se conseguirei pedir esmolas.

– Talen pode te ensinar o básico. Não é muito difícil. Boa sorte, Sparhawk.

– Obrigado. Vou precisar.

Era o meio de uma manhã cinzenta e chuvosa quando Sparhawk e seu jovem guia emergiram do porão e seguiram pelo beco lamacento. Sef estava novamente de guarda protegendo-se da chuva sob a armação de uma porta. Ele não falou com os dois conforme passavam.

Quando chegaram à rua, Talen tomou em suas mãos a quina da capa de Sparhawk e o conduziu adiante. Sparhawk seguia atrás dele sondando o caminho com o bastão que batia nos paralelepípedos.

– Tem várias formas de mendigar – o menino explicou depois de percorrerem uma pequena distância. – Algumas pessoas preferem se sentar e estender a vasilha para a frente. Mas isso não traz muitas moedas... a não ser que você esteja do lado de fora da igreja quando o sermão é sobre caridade. Outros gostam de enfiar a vasilha na cara dos passantes. Esse jeito dá mais resultado, mas algumas vezes alguém se irrita e você pode acabar ganhando um soco na cara. Como você supostamente é cego, terá de usar outro método.

– Eu devo dizer alguma coisa?

Talen confirmou com a cabeça.

– Você tem que chamar a atenção deles. "Caridade" costuma funcionar bem. Não se tem tempo para longos discursos e, de qualquer jeito, as pessoas não gostam de conversar com mendigos. Se alguém resolver te dar alguma coisa, quererá se livrar disso o mais rápido possível. Faça com que sua voz soe totalmente sem esperança. Choramingar não é muito bom, mas se conseguir que ela fique embargada... como se você fosse chorar.

– Mendigar é uma arte, não é?

– É vender uma ideia, só isso – Talen deu de ombros. – Mas você tem que vender só com uma ou duas palavras, então coloque seu coração nelas. Você tem algumas moedas de cobre aí?

– A não ser que você tenha me roubado, sim. Por quê?

– Quando chegarmos ao bordel, você vai precisar de isca na vasilha. Coloque algumas moedas para parecer que você já conseguiu alguma coisa.

– Não estou entendendo aonde você quer chegar.

– Você quer esperar esse tal Krager sair, não é? Se você entrar atrás dele, é quase certeza de que vai dar de cara com os brutamontes que colocam ordem lá dentro. – O menino mirou Sparhawk de alto a baixo. – Pode até ser que você dê conta deles, mas esse é o tipo de coisa que faz muito barulho, e é provável que a cafetina mande chamar a guarda. Geralmente o melhor a se fazer é esperar do lado de fora.

– Muito bem. Acho que teremos de esperar, então.

– Vamos ficar ao lado da porta e mendigar até que ele apareça. – Depois de uma pausa, o menino perguntou: – Você vai matá-lo? Se for, posso assistir?

– Não. Só vou fazer algumas perguntas para ele.

– Ah – a voz de Talen parecia um pouco desapontada.

Começou a chover mais forte, e a capa de Sparhawk começou a pingar na parte de trás de suas pernas desnudas.

Os dois chegaram à Rua do Leão e viraram à esquerda.

– O bordel é logo ali na frente – Talen informou, puxando Sparhawk pela quina de sua capa ensopada. Então, ele parou subitamente.

– Qual o problema? – Sparhawk indagou.

– Competição – Talen respondeu. – Tem um homem de uma perna só encostado no muro ao lado da porta.

– Mendigando?

– O que mais ele estaria fazendo?

– E agora?

– Não tem problema. Vou falar para ele ir embora.

– E ele vai?

Talen fez que sim com a cabeça.

– Ele vai quando eu disser que nós alugamos esse lugar de Platime. Espere aqui. Já volto.

O menino mancou pela rua molhada de chuva até a porta vermelha do bordel e falou rapidamente com o mendigo de uma perna só que lá estava parado. O homem ficou imóvel por um tempo, encarando o menino, então sua perna miraculosamente se desdobrou de seu camisão e ele saiu andando, com a muleta debaixo do braço e resmungando consigo mesmo. Talen voltou até Sparhawk e o conduziu até a porta do bordel.

– Encoste no muro e estique o braço com a vasilha para quem quer que passe. Só não coloque na frente deles. Teoricamente você não consegue vê-los, então só estenda para um dos lados.

Um mercador que aparentava ser próspero apareceu, com a cabeça baixa e segurando com firmeza a capa à sua volta. Sparhawk estendeu a vasilha e disse em tom de voz suplicante:

– Caridade...

O mercador o ignorou.

– Nada mau – admirou Talen. – Mas tente deixar a voz embargada, como eu tinha dito.

– Foi por isso que ele não colocou nada na vasilha?

– Não. Mercadores nunca colocam.

– Ah.

Vários trabalhadores trajando camisões de couro apareceram subindo a rua. Eles falavam alto e pareciam vacilar.

– Caridade – Sparhawk rogou na direção deles.

Talen fungou, limpando o nariz na manga de sua roupa.

– Por favor, meus bons senhores – ele disse, numa voz engasgada –, os senhores poderiam ajudar meu pobre e cego pai e eu?

– Por que não? – um dos trabalhadores disse, bem-humorado. Ele procurou em seus bolsos, tirou algumas moedas e as contou. Pegou uma pequena moeda de cobre e jogou-a na vasilha de Sparhawk.

– Ele está tentando juntar o suficiente para entrar e se divertir com as garotas – outro trabalhador zombou.

– Isso é problema dele, não é? – o trabalhador generoso retrucou enquanto seguiam seu caminho.

– Primeira vitória – Talen parabenizou. – Agora coloque essa moeda no bolso. Não queremos que pensem que temos moedas *demais*.

Em uma hora, Sparhawk e seu jovem instrutor conseguiram pouco mais de dez moedas. Depois das primeiras tentativas, aquilo havia se tornado um desafio, e Sparhawk sentia uma breve onda de triunfo toda vez que conseguia uma moeda de um transeunte.

Então uma carruagem ornamentada, puxada por um par de cavalos negros, surgiu rua acima, parando em frente à porta vermelha. Um criado de libré saltou da traseira do veículo e, baixando uma escada lateral, abriu a porta. Um nobre em trajes de veludo verde desceu do coche. Sparhawk o conhecia.

– Acho que vou demorar um pouco, amor – o nobre avisou, tocando com ternura a face juvenil do criado. – Pare a carruagem mais adiante e espere por mim. – Ele deu uma risadinha feminina. – Alguém pode reconhecê-la, e eu certamente não quero que as pessoas pensem que ando frequentando lugares como *este* – ele concluiu, rolando os olhos e, em seguida, caminhou de maneira afetada em direção à porta vermelha.

– Caridade para o cego – Sparhawk suplicou, estendendo a vasilha.

– Suma da minha frente, patife – o nobre retorquiu, chacoalhando uma mão como se estivesse espantando uma mosca incômoda. Abriu a porta e entrou enquanto a carruagem partia.

– Esquisito – murmurou Sparhawk.

– Ele realmente era esquisito, não é? – Talen riu.

– Agora isso é algo que eu jamais pensei que iria ver... O barão Harparin indo a um bordel.

– Os nobres também têm suas vontades, não têm?

– Harparin tem suas vontades, certamente, mas acho que as garotas aí de dentro não conseguiriam satisfazê-lo. Por outro lado, ele poderia achar *você* interessante.

– Nem pense *nisso* – Talen exclamou, corando.

Sparhawk franziu o cenho e cogitou:

– Por que Harparin iria ao mesmo bordel em que Krager está se escondendo?

– Eles se conhecem?

– Acho que não. Harparin é um membro do Conselho e amigo próximo do primado Annias. Krager é um rato de quinta categoria. Se eles estiverem se encontrando aqui, eu daria um bom dinheiro para ouvir essa conversa.

– Então entre aí.

– O quê?

– É um lugar público, e cegos também precisam de carinho. Só não comece nenhuma briga. – Talen olhou ao redor com cautela. – Quando você estiver lá dentro, pergunte por Naween. Ela trabalha para Platime por fora. Fale que ele te mandou. Ela vai arranjar um lugar para você bisbilhotar a conversa.

– Platime controla toda a cidade?

– Só a parte de baixo. Annias dita as regras na parte de cima.

– Você vem comigo?

Talen meneou a cabeça.

– Shanda tem um senso deturpado de moralidade. Ela não permite que crianças entrem... pelo menos, não os meninos.

– Shanda?

– A cafetina desse lugar.

– Eu deveria ter adivinhado. O nome da amante de Krager é Shanda. Mulher magra?

Talen concordou com a cabeça. E indagou:

– Com uma boca suja?

– Ela mesma.

– Ela te conhece?

– Nos encontramos, há uns doze anos.

– As bandagens cobrem grande parte do seu rosto, e a iluminação lá dentro não é boa. Acho que você consegue enganar se mudar um pouco a voz. Vai lá. Vou ficar aqui fora, de olho. Conheço todos os guardas e espiões de Cimmura.

– Certo.

– Você tem dinheiro para bancar uma garota? Posso te emprestar um pouco se precisar. Shanda não deixa ninguém visitar suas prostitutas sem pagar primeiro.

– Acho que consigo me virar... a não ser que você tenha me roubado de novo.

– Eu faria isso, milorde?

– Provavelmente, sim. Pode ser que eu demore lá dentro.

– Aproveite. Naween é bem brincalhona... ou pelo menos é o que ouvi dizer.

Sparhawk ignorou o comentário. Abriu a porta vermelha e entrou.

Deparou com um corredor escuro, impregnado com o nauseante cheiro de perfume barato. Mantendo sua atuação de cego, Sparhawk balançou o bastão de um lado ao outro, batendo nas paredes.

– Olá – chamou numa voz aguda. – Tem alguém aí?

A porta no final do corredor se abriu, e uma mulher magra num vestido de veludo amarelo saiu. Seus cabelos loiros eram sem vida e sujos, tinha uma expressão de desaprovação no rosto e seus olhos eram duros como ágatas.

– O que você quer? – ela questionou. – Não pode mendigar aqui dentro.

– Não estou aqui para mendigar – Sparhawk respondeu. – Quero comprar... ou pelo menos alugar.

– Você tem dinheiro?

– Sim.

– Deixe eu ver.

Sparhawk colocou a mão dentro de sua capa rasgada e pegou diversas moedas em um bolso. Ele mostrou as moedas na palma de sua mão.

A mulher magra estreitou os olhos com malícia.

– Nem pense nisso – ele avisou.

– Você não é cego – ela acusou.

– Você notou...

– Muito bem, qual a sua preferência?

– Um amigo me falou de Naween.

– Ah, Naween. Ela tem sido bem requisitada, esses dias. Vou mandar chamá-la... assim que você pagar.

– Quanto?

– Dez peças de cobre... ou meio dobrão de prata.

Sparhawk deu à mulher uma pequena moeda de prata e ela desapareceu pela porta. Depois de algum tempo ela voltou com uma garota morena e robusta, de aproximadamente 20 anos de idade.

– Esta é Naween – Shanda apresentou. – Espero que vocês se divirtam juntos – ela deu um sorriso falso para Sparhawk que logo desapareceu de sua face. Virou-se e voltou pela porta no final do corredor.

– Você não é cego de verdade, né? – Naween perguntou, num tom sedutor. Ela estava envolta numa camisola vermelho-vivo malcuidada, e suas bochechas tinham sardas.

– Não, na verdade, não – Sparhawk admitiu.

– Bom. Eu nunca fiz com um cego antes, então não saberia o que esperar. Vamos subir, que tal? – Ela o conduziu por uma escada que levava aos cômodos superiores da casa. – Alguma coisa em especial que você queira fazer? – ela perguntou por sobre os ombros.

– No momento, quero escutar – Sparhawk disse.

– Escutar? O quê?

– Platime me enviou. Shanda está hospedando um amigo... um camarada chamado Krager.

– Homenzinho com cara de rato e de vista fraca?

– Ele mesmo. Um nobre usando roupas de veludo verde acabou de entrar aqui, e acho que ele e Krager estão conversando. Eu gostaria de ouvir o que eles estão dizendo. Você pode ajudar? – Sparhawk levou as mãos ao rosto e tirou a bandagem.

– Então você não quer...? – ela deixou a pergunta no ar, a parte inferior de seus lábios generosos fez beiço.

– Hoje não, irmãzinha – ele confirmou. – Tenho outras coisas na cabeça.

– Gosto de sua aparência – ela disse, com um suspiro. – Poderíamos nos divertir bastante.

– Um outro dia, talvez. Você pode me levar a algum lugar onde eu possa ouvir o que Krager e seu amigo estão falando?

– Acho que sim – ela suspirou novamente. – É lá no topo das escadas. Podemos usar o quarto da Pluma. Ela está visitando a mãe.

– A mãe?

– Prostitutas também têm mães, você não sabia? O quarto da Pluma é bem ao lado do quarto em que o amigo de Shanda está hospedado. Se você colocar a orelha contra a parede, consegue ouvir o que está acontecendo.

– Bom. Vamos lá. Não quero perder nada.

O quarto, que ficava no final do corredor do último andar, era pequeno e tinha pouca mobília. Naween fechou a porta e, em seguida, tirou a camisola e deitou-se na cama.

– Só para manter as aparências, caso alguém resolva nos interromper – ela sussurrou com malícia. – *Ou*, se você mudar de ideia, mais tarde – acrescentou, olhando-o de soslaio de maneira sugestiva.

– Qual parede? – Sparhawk perguntou em voz baixa.

– Aquela ali – ela apontou.

Ele atravessou o quarto e recostou a cabeça na superfície encardida da parede.

– ... para milorde Martel – uma voz familiar estava dizendo. – Preciso de provas de que você realmente representa Annias, e de que o que você está me dizendo vem dele.

Era Krager. Sparhawk exibiu um sorriso triunfante e continuou a escutar.

Capítulo 7

– O PRIMADO AVISOU QUE VOCÊ seria um pouco desconfiado – disse a voz afeminada de Harparin.

– Minha cabeça está a prêmio aqui em Cimmura, barão – Krager explicou. – Nestas circunstâncias, um pouco de precaução parece ser uma boa medida.

– Você reconheceria a assinatura do primado, bem como seu selo, se os visse?

– Sim – Krager respondeu.

– Bom. Aqui está uma nota em que ele me identifica. Destrua-a depois de ler.

– Acho melhor não. Martel pode querer ver a prova com seus próprios olhos. – Depois de uma pausa, Krager acrescentou: – Por que Annias simplesmente não escreveu suas instruções?

– Seja razoável, Krager – Harparin retrucou. – Uma mensagem pode cair em mãos erradas.

– Assim como o mensageiro. Você já viu o que os pandions fazem às pessoas que possuem informações que lhes interessam?

– Acreditávamos que você encontraria uma forma de evitar que eles o questionassem.

– Sem chance, Harparin – Krager riu ironicamente. – Minha vida não é grande coisa, mas é a única que tenho.

– Você é um covarde.

– E você é... o que quer que você seja. Deixe-me ver essa nota.

Sparhawk ouviu o som de papel trocando de mãos.

– Muito bem – a voz arrastada de Krager declarou. – Este é o selo do primado, devo concordar.

– Você andou bebendo?

– Com certeza. O que mais tem para se fazer em Cimmura? A não ser outras formas de entretenimento... algumas que posso até te contar.

– Você não me é muito caro, Krager.

– Eu também não gosto muito de você, Harparin, mas podemos viver com isso, não é? Transmita logo sua mensagem e vá embora. Seu perfume está me deixando enjoado.

Depois de um silêncio tenso, o barão, de forma precisa, como se estivesse falando com uma criança ou com um simplório, disse:

– O primado Annias quer que você diga exatamente isto a Martel: precisamos que ele reúna o maior contingente possível de homens e os vista com armaduras negras. Eles devem carregar os estandartes dos cavaleiros pandions... qualquer costureira pode falsificá-los, e Martel sabe muito bem como eles são. Em seguida, eles devem marchar com pompa até o castelo do conde Radun, tio do rei Dregos de Arcium. Você sabe onde fica?

– Na estrada entre Darra e Sarrinium, não é?

– Precisamente. O conde Radun é um homem devoto e ele permitirá que os Cavaleiros da Igreja entrem em seu castelo sem questioná-los. Uma vez dentro das muralhas, Martel e seus homens devem matar todos os residentes. Não haverá muita resistência, uma vez que Radun não mantém uma guarnição muito numerosa. Ele tem uma esposa e um grande número de filhas solteiras. Annias quer que elas sejam estupradas inúmeras vezes.

– Adus faria isso sem que pedissem – Krager riu.

– Pois bem, mas diga a ele para que não se contenha. Radun mantém um grande número de clérigos em seu castelo. Queremos que eles testemunhem tudo. Depois de Adus e os outros terminarem de se divertir com as mulheres, devem cortar as gargantas delas. Radun deverá ser torturado e, então, decapitado. A cabeça dele deve ser levada, mas deixem para trás as joias e as roupas para que ele possa ser reconhecido. Massacre todos os que estiverem no castelo, *menos* os clérigos. Depois de eles terem testemunhado tudo, deixe-os ir.

– Por quê?

– Para que eles contem sobre o ultraje para o rei Dregos, em Larium.

– Então, a ideia é fazer com que Dregos declare guerra aos pandions?

– Não exatamente... mas pode ser que isso também aconteça. Assim que tudo estiver acabado, mande um homem no cavalo mais rápido à disposição para que me avise aqui em Cimmura.

– Só um idiota carregaria esse tipo de mensagem – Krager riu novamente. – Ele seria apunhalado uma dúzia de vezes logo depois de entregá-la.

– Você é desconfiado, não é, Krager?

– Melhor desconfiado do que morto, e quem quer que Martel contrate para essa tarefa vai achar a mesma coisa. É melhor você me contar mais sobre todo o esquema, Harparin.

– Você não precisa saber de mais nada.

– Martel precisa. Ele não vai querer ser bode expiatório de ninguém.

Harparin soltou um palavrão.

– Pois bem, que seja. Os pandions têm interferido demais nas atividades do primado. Uma atrocidade como essa dará a Annias uma desculpa para confiná-los novamente na casa-mãe da Ordem, em Demos. Em seguida, ele mesmo irá levar o relato do ataque a Chyrellos, apresentando-o diante da hierocracia da Igreja e ao próprio arquiprelado. Eles não terão outra escolha a não ser dissolver a Ordem Pandion. Seus líderes (Vanion, Sparhawk e os outros) serão aprisionados nas masmorras sob a Basílica de Chyrellos, das quais nenhum homem na história saiu com vida.

– Martel vai adorar essa ideia.

– Annias tinha certeza de que ele adoraria. A styrica, Sephrenia, será queimada como bruxa, é claro.

– Já era tempo de nos livrarmos dela – Krager comentou. Depois de outra pausa, acrescentou: – Tem mais, não tem?

Harparin não respondeu.

– Não seja tímido, Harparin – Krager disse. – Se *eu* consigo perceber que há coisas que você não está me contando, pode ter certeza de que Martel também vai. Conte logo o resto.

– Muito bem – a voz de Harparin soava contrariada. – Os pandions, provavelmente, oferecerão resistência, e com certeza tentarão proteger seus líderes. A essa altura, o exército terá de ser mobilizado contra eles. Isso dará a Annias e ao Conselho Real a desculpa para declarar estado de emergência e para suspender certas leis.

– Quais leis seriam essas?

– As que se referem à sucessão ao trono. Elenia estaria tecnicamente em estado de guerra, e é óbvio que Ehlana não está em condições de lidar com a situação. Ela abdicaria em favor de seu primo, o príncipe regente Lycheas.

– O bastardo de Arissa? Aquele chorão?

– Legitimidade pode ser concedida por decreto do Conselho, e eu realmente tomaria mais cuidado ao falar de Lycheas, Krager. Desrespeito à pessoa do rei é alta traição e *pode* ser assim considerada retroativamente, sabia?

Silêncio outra vez, agora carregado de apreensão.

– Espere um pouco – Krager exclamou. – Ouvi dizer que Ehlana está inconsciente... e selada em algum tipo de cristal.

– Isso não é problema.

– Como ela pode assinar o instrumento de abdicação?

– Tem um monge no monastério perto de Lenda que vem praticando a assinatura da rainha há meses – Harparin riu. – Ele é muito bom.

– Engenhoso. O que acontece com ela depois da abdicação?

– Tão logo Lycheas seja coroado rei, daremos a Ehlana um funeral esplêndido.

– Mas ela ainda está viva, não está?

– E daí? Se for necessário, iremos enterrá-la com trono e tudo.

– Resta apenas um problema, não é?

– Não vejo problema algum.

– É porque você não está olhando direito, Harparin. O primado terá de fazer tudo isso bem rápido. Se os pandions descobrirem o plano antes de Annias chegar à hierocracia em Chyrellos, eles tomarão precauções para refutar as acusações.

– Sabemos disso. É por isso que você deve me enviar aquela mensagem assim que o conde e sua família estiverem mortos.

– Essa mensagem nunca vai chegar até você. Qualquer um que enviarmos perceberá que, tão logo entregue a mensagem, será um homem morto, e arranjará uma desculpa para ir a Lamorkand ou Pelosia. – Depois de um breve intervalo de tempo, Krager disse: – Deixe-me ver esse seu anel.

– Meu anel? Por quê?

– É um timbre, não é?

– Sim, é o brasão da minha família.

– E todos os nobres têm anéis como esse?

– É claro.

– Bom. Diga a Annias que preste atenção à coleta de ofertas aqui na catedral de Cimmura. Um dia desses aparecerá um anel entre as moedas. Ele trará o brasão da família do conde Radun. O primado entenderá a mensagem, e o mensageiro poderá escapar ileso.

– Não acho que Annias vá gostar disso.

– Ele não tem que gostar. Muito bem, quanto?

– Quanto o quê?

– Dinheiro. Quanto Annias está disposto a pagar a Martel por sua ajuda? O primado estará garantindo a coroa para Lycheas e o controle absoluto de Elenia para si mesmo. Quanto isso vale para ele?

– Annias me instruiu a propor a soma de dez mil dobrões de ouro.

– Acho que Martel vai querer negociar um pouco esse valor – Krager soltou uma risada.

– O tempo é um fator importante, aqui.

– Então Annias não deverá insistir tanto sobre o preço, não é mesmo? Por que você não volta ao palácio e sugere a ele que seja um pouco mais generoso? Eu poderia passar todo o inverno levando e trazendo propostas e contrapropostas entre Annias e Martel.

– Os recursos do tesouro são limitados, Krager.

– Nada mais simples, meu caro barão. Apenas aumente os impostos... ou faça com que Annias recorra aos fundos da igreja.

– Onde Martel está agora?

– Não estou autorizado a discutir isso.

Sparhawk soltou uma imprecação em voz baixa e tirou a orelha da parede.

– Foi interessante? – Naween perguntou, ainda estirada sobre a cama.

– Muito.

– Você tem certeza de que não mudou de ideia? – ela perguntou, se esticando com volúpia. – Agora que já cuidou de seus negócios?

– Desculpe, irmãzinha – Sparhawk insistiu –, ainda tenho muito a fazer hoje. Além disso, já paguei a Shanda por seus serviços. Para que trabalhar se você não precisa?

– Ética profissional, eu acho. Por outro lado, gostei de você, meu amigo de nariz quebrado.

– Sinto-me honrado. – Sparhawk levou a mão ao bolso interno, tirando uma moeda de ouro e entregando-a à moça. Ela o encarou com um misto de gratidão e perplexidade. Em seguida, o cavaleiro acrescentou, enquanto se preparava para partir: – Vou escapar pela porta da frente antes que o amigo de Krager resolva sair.

– Volte quanto sua mente não estiver tão ocupada – ela sussurrou.

– Vou pensar a respeito – ele prometeu. Amarrando novamente a bandagem ao redor dos olhos, Sparhawk abriu a porta e saiu pelo corredor. Desceu até a passagem mal iluminada no andar térreo e saiu para a rua.

Talen estava encostado contra a parede ao lado da porta, tentando evitar a chuva.

– Você se divertiu? – ele perguntou.

– Descobri o que precisava saber.

– Não foi isso o que perguntei. Ouvi dizer que Naween é a melhor em Cimmura.

– Eu realmente não saberia dizer. Estava lá a negócios.

– Estou decepcionado com você, Sparhawk – Talen disse, abrindo um sorriso descarado. – Mas, provavelmente, não tanto quanto Naween deve estar. Dizem que ela gosta do que faz.

– Você tem uma mente suja, Talen.

– Eu sei, e você não faz ideia de como eu gosto dela. – Mas, em seguida, o rosto do jovem ficou sério e, olhando ao redor, ele acrescentou: – Sparhawk, tem alguém seguindo você?

– É bem provável.

– Não estou falando de soldados da Igreja. Tinha um homem no finzinho da rua... pelo menos eu acho que era um homem. Ele estava vestindo um hábito de monge com o capuz cobrindo a cara, então não pude ter certeza.

– Há vários monges em Cimmura.

– Nenhum como esse. Fiquei todo arrepiado só de olhar para ele.

– Você já havia se sentido assim antes, Talen? – Sparhawk perguntou, incisivamente.

– Uma vez. Platime tinha me mandado ao portão oeste para encontrar uma pessoa. Alguns styricos estavam chegando à cidade e, depois que eles passaram por mim, eu não conseguia me concentrar naquilo que precisava fazer. Levou dois dias para que aquela sensação passasse.

Não havia motivos para Sparhawk contar a verdade sobre o assunto. Várias pessoas eram sensitivas, mas raramente passavam desse ponto.

– Eu não me preocuparia, se fosse você – Sparhawk aconselhou. – Temos essas sensações estranhas de vez em quando.

– Talvez – Talen retrucou, com um tom duvidoso.

– Acabamos por aqui. Vamos voltar ao porão de Platime.

As ruas chuvosas de Cimmura estavam um pouco mais cheias, repletas de nobres usando capas coloridas e chamativas, além de trabalhadores vestidos em tons mais comuns, como o marrom ou o cinza. Sparhawk acabou sendo forçado a tatear o caminho, balançando o bastão em sua frente para evitar suspeitas. Era por volta do meio-dia quando ele e Talen desceram pelos degraus em direção ao porão.

– Por que você não me acordou? – Kalten indagou, revoltado. Estava sentado na beirada de seu leito, segurando uma tigela de cozido com caldo espesso.

– Você precisava descansar. – Sparhawk tirou a bandagem dos olhos. – Além disso, está chovendo lá fora.

– Você viu Krager?

– Não, mas o ouvi, e isso foi o suficiente. – Sparhawk seguiu em direção à fogueira e, dando a volta no fosso, foi até onde Platime estava sentado. – Você poderia me arranjar uma carroça e alguém que pudesse conduzi-la?

– Se você precisar de uma. – Platime ergueu sua caneca de prata e sorveu ruidosamente, derrubando cerveja na frente de seu gibão laranja e manchado.

– Preciso – Sparhawk respondeu. – Kalten e eu temos de voltar à casa capitular. Os soldados do primado ainda devem estar nos procurando, então achei que poderíamos nos esconder na parte de trás de uma carroça para não chamar a atenção.

– Carroças não são muito velozes. Uma carruagem com cortinas não seria bem mais rápida?

– Você tem uma carruagem?

– Na verdade, tenho várias. Ultimamente, Deus tem sido bom comigo.

– Fico feliz em saber. – Sparhawk se virou e chamou: – Talen!

O garoto foi até onde os dois homens estavam.

– Quanto dinheiro você roubou de mim esta manhã?

– Não muito – Talen respondeu, seu rosto havia assumido uma expressão apreensiva. – Por quê?

– Seja mais específico.

– Sete moedas de cobre e uma de prata. Você é meu amigo, então coloquei as moedas de ouro de volta em seu bolso.

– Estou comovido.

– Suponho que você queira seu dinheiro de volta.

– Fique com ele... pagamento por seus serviços.

– És generoso, milorde.

– Mas ainda preciso de você. Fique de olho em Krager por mim. Acho que terei de sair da cidade por um tempo, e quero saber o que ele está fazendo. Se ele sair de Cimmura, vá até a estalagem na Rua da Rosa. Sabe qual é?

– Aquela que é controlada pelos pandions?

– Como você descobriu isso?

– Todo mundo sabe.

Sparhawk deixou o comentário passar em branco e voltou a instruir o garoto:

– Bata no portão três vezes, então pare. Em seguida, bata mais duas vezes. O porteiro vai abrir o portão. Seja educado, porque se trata de um cavaleiro. Diga a ele que o homem em que Sparhawk estava interessado deixou a cidade. Informe-o da direção que Krager seguiu. Você consegue se lembrar de tudo isso?

– Quer que eu recite de volta?

– Não será necessário. O cavaleiro-porteiro na estalagem vai te dar meia coroa pela informação.

Os olhos de Talen faiscaram.

– Obrigado, meu amigo – Sparhawk disse ao se virar para Platime. – Considere sua dívida paga.

– Eu já me esqueci dela – o homem gordo sorriu.

– Platime é muito bom em esquecer dívidas – Talen retrucou. – Pelo menos as dele...

– Algum dia, essa sua boca vai te meter em sérios problemas, garoto.

– Nada de que meus pés não possam me levar para longe.

– Vá dizer a Sef para atrelar os cavalos cinza à carruagem de rodas azuis e trazê-la até a porta do beco.

– E o que eu ganho com isso?

– Vou adiar a surra que estou a ponto de lhe dar.

– Parece justo – o garoto murmurou, rindo e virando-se para partir.

– Esse garoto é muito esperto – Sparhawk observou.

– É o melhor – Platime concordou. – Acho que vai me substituir quando eu me aposentar.

– Então ele é o príncipe herdeiro.

– Príncipe herdeiro do crime – Platime riu estrondosamente. – Soa bem, não é mesmo? Sabe de uma coisa, Sparhawk? Gosto de você. – E, ainda rindo, o homem gordo deu um tapa no ombro do cavaleiro. – Se eu puder fazer algo por você, é só chamar.

– Pode deixar, Platime.

– Faço ainda um preço camarada.

– Obrigado – Sparhawk respondeu, mordaz. Pegou sua espada que estava encostada na cadeira de Platime, voltou até seu leito e vestiu suas roupas.

– Como você está se sentindo? – ele perguntou a Kalten.

– Estou bem.

– Bom. É melhor você se aprontar para partir.

– Para onde vamos?

– De volta à casa capitular. Descobri algo que Vanion precisa saber.

A carruagem não era nova, mas era bem construída e estava com a manutenção em dia. As janelas eram cobertas por cortinas pesadas que efetivamente escondiam seus passageiros dos olhares curiosos. Os cavalos que puxavam o veículo eram um par de animais cinzentos que seguiam num trote rápido.

Kalten recostou-se em uma almofada de couro e comentou:

– É minha imaginação ou ser ladrão paga muito melhor do que ser cavaleiro?

– Não entramos nesse ramo pelo dinheiro, Kalten – Sparhawk lembrou o amigo.

– Isso é dolorosamente óbvio – Kalten retrucou, esticando as pernas e cruzando os braços, aparentando estar satisfeito. – Sabe de uma coisa? Eu poderia me acostumar a esse tipo de vida.

– É melhor não – Sparhawk aconselhou.

– Você tem que admitir que é bem mais confortável do que ter o traseiro massacrado em uma sela dura.

– Desconforto é bom para a alma.

– Minha alma vai muito bem, Sparhawk. É o meu posterior que está começando a ficar gasto.

A carruagem seguiu rapidamente pelas ruas e eles logo passaram pelo portão leste de Cimmura, em direção à ponte levadiça da casa capitular. Era uma tarde com garoa quando Sparhawk e Kalten desceram da carruagem e Sef manobrou o veículo sem demora, voltando à cidade.

Observando o ritual que admitia a entrada na fortaleza, os dois seguiram sem demora para o escritório do preceptor na torre sul.

Vanion estava sentado à grande mesa no centro do cômodo com uma pilha de documentos à sua frente, enquanto Sephrenia encontrava-se perto da lareira, com a sempre presente xícara de chá em sua mão. Ela olhava fixamente para as labaredas dançantes; seus olhos eram indecifráveis.

Vanion levantou o olhar e viu as manchas de sangue no gibão de Kalten.

– O que aconteceu? – perguntou.

– Nossos disfarces não funcionaram – Kalten deu de ombros. – Um grupo de soldados da Igreja nos encurralou num beco. Não foi nada sério.

– Alguém cuidou da ferida? – Sephrenia perguntou, levantando-se da cadeira e seguindo na direção dos dois.

– Sparhawk colocou uma bandagem.

– Por que você não me deixa dar uma olhada? Às vezes os curativos de Sparhawk são um tanto rudimentares. Sente-se e abra o gibão.

Kalten resmungou um pouco, mas fez como ela havia ordenado.

Sephrenia desatou a bandagem e examinou o corte no flanco do cavaleiro, franzindo os lábios.

– Você chegou a limpá-lo? – ela perguntou a Sparhawk.

– Passei um pouco de vinho.

– Oh, Sparhawk – ela suspirou. Em seguida, levantou-se, foi até a porta e pediu a um dos jovens cavaleiros do lado de fora que trouxesse alguns itens de que iria precisar.

– Sparhawk conseguiu algumas informações – Kalten contou ao preceptor.

– Que tipo de informações? – Vanion questionou.

– Encontrei Krager – Sparhawk começou, puxando uma cadeira. – Ele estava em um bordel perto do portão oeste.

– O que você estava fazendo em um bordel, Sparhawk? – Sephrenia perguntou, com uma das sobrancelhas levantadas.

– É uma longa história – ele respondeu, corando um pouco. – Algum dia desses eu conto tudo. De qualquer maneira, o barão Harparin apareceu no bordel e...

– Harparin? – Vanion parecia surpreso – Num bordel? Ele teria bem menos a fazer num lugar desse tipo do que você.

– Ele estava lá para se encontrar com Krager. Consegui entrar e me posicionar no quarto ao lado de onde eles estavam conversando. – Rapidamente Sparhawk recontou o plano intrincado do primado Annias.

Os olhos de Vanion semicerraram-se quando Sparhawk terminou seu relato.

– Annias é ainda mais impiedoso do que eu imaginava – comentou o preceptor. – Nunca imaginaria que ele chegasse a cogitar um assassinato em massa.

– Vamos detê-lo, não vamos? – Kalten perguntou enquanto Sephrenia limpava sua ferida.

– É claro que vamos – Vanion respondeu vagamente. Ele olhava para o teto, perdido em pensamentos. – Acho que descobri uma maneira de virar essa situação a nosso favor. – Voltando-se para Kalten, ele perguntou: – Você consegue cavalgar?

– Isto é só um arranhão – Kalten garantiu, ao mesmo tempo que Sephrenia apertava uma compressa sobre o corte.

– Bom. Quero que você vá até Demos. Reúna todos os homens que estiverem disponíveis e siga para o castelo do conde Radun, em Arcium. Evite todas as estradas principais. Não quero que Martel saiba o que você está fazendo. Sparhawk, quero que você lidere os homens a partir daqui de Cimmura. Junte-se a Kalten em algum lugar em Arcium.

Sparhawk discordou, balançando a cabeça:

– Se marcharmos em um único destacamento, Annias vai ter certeza de que estamos aprontando alguma coisa. Se ele suspeitar de algo, pode adiar toda a operação e atacar o castelo em alguma outra ocasião, quando não estivermos por perto.

– Isso é verdade – Vanion concordou, franzindo a testa. – Talvez você consiga esgueirar seus homens de Cimmura um pouco por vez.

– Isso levaria muito tempo – Sephrenia opinou, enquanto enrolava uma bandagem limpa ao redor da cintura de Kalten –, e esgueirar uma tropa atrai mais atenção do que fazê-la cavalgar abertamente. – A mulher franziu os lábios, concentrada. Então perguntou: – A Ordem ainda possui aquele convento na estrada para Cardos?

– Sim – Vanion respondeu, confirmando com a cabeça –, mas está em péssimas condições.

– Não seria uma excelente oportunidade para restaurá-lo?

– Confesso que não acompanhei seu raciocínio, Sephrenia.

– Precisamos de uma desculpa para fazer com que a maioria dos pandions de Cimmura saia cavalgando junta daqui. Se você se dirigisse ao palácio para informar ao Conselho que ordenou aos cavaleiros que fossem reparar aquele convento, Annias iria pensar que estaríamos facilitando o estratagema dele. Você até poderia mandar carroças cheias de ferramentas e materiais de construção para fazer com que a história pareça ainda mais verdadeira. Uma vez longe da cidade, vocês mudariam de direção sem que ninguém soubesse.

– Soa factível, Vanion – Sparhawk comentou. – Você virá conosco?

– Não – o preceptor respondeu. – Terei de ir diretamente a Chyrellos e alertar alguns membros da hierocracia, que são nossos aliados, sobre o plano de Annias.

Sparhawk balançou a cabeça em aprovação, então se lembrou de algo e avisou:

– Não estou completamente certo sobre isso, mas acho que há alguém em Cimmura me vigiando, e acho que ele não é eleno. – Então virou-se e sorriu para Sephrenia, acrescentando: – Fui treinado para reconhecer o toque sutil de uma mente styrica. De qualquer forma, esse observador parece ser capaz de me encontrar, não importa o disfarce que eu esteja usando. Estou quase certo de que foi ele quem enviou aqueles soldados da Igreja para atacar Kalten e eu, e isso implicaria supor que ele está conectado a Annias.

– Como ele se parece? – Sephrenia questionou.

– Não saberia dizer. Ele usa um manto com capuz e mantém a face encoberta.

– Ele não poderá se reportar a Annias se estiver morto – Kalten deu de ombros. – Arme uma emboscada para ele em algum lugar entre aqui e Cardos.

– Isso não é um pouco direto? – Sephrenia o censurou, amarrando a bandagem com firmeza.

– Sou um homem simples, Sephrenia. Complicações acabam me confundindo.

– Quero melhorar alguns detalhes – Vanion disse. Então, olhou para Sephrenia e continuou: – Kalten e eu seguiremos juntos, pelo menos até Demos. Você quer voltar para a casa-mãe?

– Não – ela respondeu. – Irei com Sparhawk, caso esse styrico que o vem observando tente nos seguir. Devo ser capaz de lidar com ele sem recorrer a assassinatos.

– Pois bem – Vanion concluiu, levantando-se. – Sparhawk, você e Kalten providenciam as carroças e o material de construção. Eu irei ao palácio mentir um pouco. Assim que eu voltar, partimos todos.

– E o que você quer que eu faça, Vanion? – Sephrenia perguntou.

– Que tal outra xícara de chá, Sephrenia? – o preceptor emendou, sorrindo.

– Muito obrigada, Vanion. Acho que seguirei seu conselho.

Capítulo 8

HAVIA ESFRIADO, E O CÉU DA tarde estava rabugento, cuspindo pelotas de neve enrijecida. Uma centena de cavaleiros pandions, trajando suas armaduras completas e capas, trotavam retinindo pela região de densa floresta próxima à fronteira de Arcium, com Sparhawk e Sephrenia à frente da coluna. Já vinham viajando havia cinco dias.

Sparhawk relanceou para o céu e puxou as rédeas do cavalo negro que cavalgava. O animal empinou, golpeando o ar com as patas da frente.

– Ah, pare com isso – Sparhawk o repreendeu com irritação.

– Ele é um entusiasta, não é? – Sephrenia observou.

– Mas não é muito inteligente. Ficarei feliz quando nos encontrarmos com Kalten e pegarmos Faran de volta.

– Por que estamos parando?

– Está anoitecendo, e aquela clareira ali parece relativamente livre de vegetação rasteira. É melhor armarmos as barracas para acampar por aqui. – Sparhawk ergueu a voz e chamou por sobre o ombro: – Sir Parasim!

– Sim, milorde Sparhawk? – O jovem cavaleiro de cabelos loiros perguntou com sua voz leve de tenor conforme avançava para encontrá-los.

– Vamos fazer uma parada para passar a noite – Sparhawk o informou. – Assim que as carroças chegarem aqui, monte a tenda de Sephrenia e faça com que ela tenha tudo o que precisar.

– Certamente, milorde.

O céu havia adquirido uma tonalidade arroxeada e fria quando Sparhawk terminou de vistoriar a montagem do acampamento e designou os vigias; caminhou por entre as tendas e as fogueiras acesas para preparar os alimentos até juntar-se a Sephrenia diante do pequeno fogo à entrada da tenda de sua tutora, que havia sido posicionada a alguma distância do resto do acampamento. Ele esboçou um sorriso quando reparou na sempre presente chaleira sobre as labaredas, sustentada por um tripé de metal.

– Algo interessante, Sparhawk? – ela perguntou.

– Não... nada de mais. – O homem corpulento olhou de volta para os jovens cavaleiros que se moviam em volta das fogueiras. – Eles parecem tão novos – ele murmurou, como se estivesse falando consigo mesmo –, pouco mais que garotos.

– Essa é a natureza das coisas, Sparhawk. Os mais velhos tomam as decisões e os mais novos as cumprem.

– Eu já fui tão jovem assim?

– Ah, sim, querido Sparhawk – Sephrenia respondeu, rindo. – Você não pode imaginar quão jovens você e Kalten eram quando vieram até mim para sua primeira lição. Achei que um par de bebês havia sido colocado sob meus cuidados.

– Acho que isso responde à minha pergunta, não é mesmo? – ele resmungou, com uma expressão amargurada em sua face. Em seguida, estendeu as mãos diante do calor do fogo. – A noite está fria. Acho que meu sangue afinou durante minha estadia em Jiroch. Desde que voltei para Elenia, não tenho conseguido me aquecer. Parasim trouxe o seu jantar?

– Sim. Ele é um bom garoto, não é?

– Ele provavelmente ficaria ofendido se a ouvisse chamá-lo assim – Sparhawk riu.

– Mas é a verdade, não?

– Claro, mas ele ficaria ofendido da mesma forma. Jovens cavaleiros se ofendem com muita facilidade.

– Você já o ouviu cantando?

– Uma vez. Na capela.

– Ele tem uma voz gloriosa, não tem?

Sparhawk anuiu com a cabeça, e comentou:

– Não acho que o lugar dele seja numa ordem militante. Um monastério comum provavelmente seria um pouco mais condizente com seu temperamento. – O cavaleiro olhou ao redor, então saiu do círculo de luz criado pela fogueira, arrastou um tronco de árvore caído para perto do fogo e o cobriu com sua capa. – Não é um banco confortável, mas é melhor do que se sentar no chão.

– Obrigada, Sparhawk – ela sorriu. – É muito gentil de sua parte.

– Tenho um pouco de boas maneiras, eu acho. – O olhar que ele dirigiu em seguida a Sephrenia era muito sério. – Temo que essa jornada seja difícil para você.

– Posso suportá-la, meu querido.

– Talvez, mas não corra riscos desnecessários para demonstrar coragem. Se você se sentir cansada ou com frio, não hesite em me dizer.

– Estarei bem, Sparhawk. Os styricos são um povo resistente.

– Sephrenia – ele disse, então –, quanto tempo vai demorar até que os doze cavaleiros que estavam com você no salão do trono comecem a morrer?

– Isso é impossível de se prever, Sparhawk.

– Você saberá... cada vez que acontecer, quero dizer?

– Sim. No presente momento, é para mim que as espadas serão entregues.

– As espadas?

– As espadas foram os instrumentos do feitiço, e elas simbolizam o fardo que deve ser transferido.

– Não teria sido mais sábio distribuir essa responsabilidade?

– Preferi não fazer assim.

– Talvez isso tenha sido um erro.

– Talvez, mas coube a mim cometê-lo.

– Deveríamos estar em busca de uma cura, em vez de cavalgar até o meio de Arcium – Sparhawk explodiu, começando a andar de um lado para o outro com passos raivosos.

– Isto também é importante, Sparhawk.

– Eu não suportaria perder você e Ehlana – ele confessou –, e nem Vanion.

– Ainda temos tempo, meu querido.

Sparhawk suspirou.

– Você está bem acomodada?

– Sim. Tenho tudo de que preciso.

– Tente ter uma boa noite de sono. Começaremos a cavalgar bem cedo. Boa noite, Sephrenia.

– Durma bem, Sparhawk.

Ele acordou com o raiar do dia, que espalhava sua luz por entre as árvores. Recolocou sua armadura, ajustando-lhe as faixas e tremendo quando sua pele tocava o metal frio. Emergiu da tenda que dividia com cinco outros cavaleiros e olhou ao redor do acampamento que, em sua grande maioria, ainda dormia. A fogueira em frente à tenda de Sephrenia já crepitava novamente, e seu manto branco cintilava à luz gélida da manhã e ao brilho do fogo.

– Você acordou cedo – Sparhawk disse, ao se aproximar dela.

– Você também. Quanto falta para alcançarmos a fronteira?

– Devemos chegar a Arcium ainda hoje.

Então, vindo subitamente de algum lugar da floresta, eles ouviram um som incomum, que lembrava uma flauta. A melodia era tocada em um acorde menor, mas não era triste; pelo contrário, parecia repleta de uma alegria perene.

Os olhos de Sephrenia se arregalaram e, em seguida, ela fez um gesto peculiar com a mão direita.

– Talvez seja um pastor – Sparhawk sugeriu.

– Não – Sephrenia contrapôs. – Não é um pastor. – Ela se levantou e ordenou: – Venha comigo, Sparhawk. – Em seguida distanciou-se da fogueira.

O céu ficava cada vez mais claro à medida que eles caminhavam seguindo o som da flauta, ao longo da campina que ficava ao sul de onde haviam acampado. Então se aproximaram de uma sentinela que Sparhawk havia ali posicionado.

– O senhor também ouviu, milorde Sparhawk? – o cavaleiro de armadura negra perguntou.

– Sim. Conseguiu ver quem é e de onde está vindo?

– Ainda não consegui distinguir quem é, mas parece que está vindo daquela árvore, no meio da campina. Gostaria que eu o acompanhasse?

– Não. Fique aqui enquanto investigamos.

Sephrenia já havia seguido na frente, rumando diretamente para a árvore que parecia ser a origem da melodia extraordinária.

– É melhor você deixar que eu vá primeiro – Sparhawk falou quando conseguiu alcançar Sephrenia.

– Não há perigo, Sparhawk.

Quando chegaram à árvore, o pandion olhou por entre os galhos sombreados e encontrou a musicista misteriosa. Era uma garotinha que aparentava ter cerca de 6 anos de idade. Seu cabelo era longo, negro e brilhante, e seus olhos eram tão escuros quanto a noite. Uma tiara feita de grama trançada adornava sua fronte, fazendo com que o cabelo não caísse sobre o rosto. Estava sentada em um dos troncos, transformando seu sopro em melodia por meio de um conjunto de tubos de diversos tamanhos, como os instrumentos usados por pastores de cabras. Apesar de estar bem frio, ela trajava apenas um camisão curto preso por um cinto, que deixava seus braços e pernas desnudos. Seus pés descalços traziam manchas esverdeadas de grama e estavam cruzados enquanto ela se dependurava no galho com uma segurança impassível.

– O que ela está fazendo lá em cima? – Sparhawk perguntou, intrigado. – Não há nenhuma casa ou vila aqui por perto.

– Acho que ela estava nos esperando – Sephrenia respondeu.

– Isso não faz sentido algum. – Ele ergueu os olhos e perguntou à garota: – Qual é o seu nome, menininha?

– Deixe que eu pergunte a ela, Sparhawk – Sephrenia sugeriu. – Ela é styrica, e nossas crianças tendem a ser tímidas. – Ela jogou seu capuz para trás e falou com a menina em um dialeto que Sparhawk não conseguia entender.

A garotinha baixou sua flauta rudimentar e sorriu. Seus lábios formavam um arco pequeno e rosado.

Sephrenia fez outra pergunta, com uma entoação curiosa e gentil.

A menina simplesmente balançou negativamente a cabeça.

– Ela vive em alguma casa na floresta? – Sparhawk questionou.

– Ela não tem moradia por perto – Sephrenia respondeu.

– Ela não pode falar?

– Ela prefere não falar.

– Bem, não podemos deixá-la aqui – ele disse, olhando ao redor. Estendendo os braços, emendou: – Venha aqui, menininha.

A garota sorriu para ele e desceu do galho para os braços do cavaleiro. Ela era muito leve e seus cabelos tinham fragrância de árvores e grama. Com confiança, a menina colocou os braços ao redor do pescoço de Sparhawk, e então torceu o nariz para o cheiro da armadura.

Ele a colocou no chão e a garotinha seguiu quase de imediato até Sephrenia, tomando as mãos da pequena mulher nas suas e beijando-as. Algo peculiar aos styricos se passou entre as duas, algo que Sparhawk não pôde compreender. Sephrenia tomou a menina nos braços e abraçou-a.

– O que faremos com ela, Sparhawk? – a pergunta de Sephrenia parecia carregada de um estranho significado próprio. Por algum motivo, a resposta parecia ser muito importante para ela.

– Teremos de levá-la conosco, eu acho... pelo menos até encontrarmos alguém para cuidar dela. Vamos voltar ao acampamento e ver se conseguimos encontrar algo para ela vestir.

– E um pouco de café da manhã, também.

– Você gostaria disso, Flauta? – Sparhawk perguntou à criança.

A garotinha sorriu e concordou com a cabeça.

– Por que você a chamou assim? – Sephrenia perguntou.

– Temos de chamá-la de alguma coisa, pelo menos até descobrir seu verdadeiro nome ... se é que ela tem um. Vamos voltar ao calor da fogueira – ele concluiu, virando e conduzindo-as de volta pela campina em direção ao acampamento.

Eles cruzaram a fronteira, entrando em Arcium nas proximidades da cidade de Dieros, novamente furtando-se do contato com os habitantes da região. Continuaram em paralelo à estrada que seguia a leste, evitando as vias mais movimentadas. A diferença entre os campos do reino de Arcium e de Elenia era visível. Ao contrário de seus vizinhos do norte, Arcium parecia ser um reino de muralhas. Elas acompanhavam as estradas ou cortavam campos de pasto, sem motivos aparentes. Eram espessas e altas, e Sparhawk com certa frequência se via obrigado a conduzir seus cavaleiros em longos desvios. Com certo desgosto, ele se lembrou das palavras de um patriarca da Igreja do século 24 que, após viajar de Chyrellos até Larium, se referiu a Arcium como "o jardim rochoso de Deus".

No dia seguinte, entraram numa extensa floresta de bétulas, desnudas pelo inverno. Conforme prosseguiam no frescor provido pela mata, Sparhawk sentiu o cheiro de fumaça e logo pôde ver uma nuvem negra pairando entre os troncos pálidos das árvores. Sparhawk ordenou que a coluna parasse e seguiu adiante para investigar.

Ele havia percorrido pouco mais de um quilômetro quando deparou com um conjunto de casas toscas construídas por styricos. Todas ardiam em chamas, corpos espalhados ao redor de suas ruínas. Sparhawk começou a soltar palavrões. Virou seu jovem cavalo negro e galopou de volta para o lugar onde havia deixado suas tropas.

– O que foi? – Sephrenia perguntou, percebendo sua expressão austera. – De onde vem essa fumaça?

– Tem uma vila styrica adiante – ele respondeu, sombrio. – Ambos sabemos o que a fumaça representa.

– Ah – ela suspirou.

– É melhor deixar a garotinha aqui até que consigamos dar um enterro decente aos aldeões.

– Não, Sparhawk. Esse tipo de coisa também faz parte do legado dela. Todos os styricos sabem que isso acontece. Além disso, talvez eu possa ajudar os sobreviventes... se houver algum.

– Como você quiser – Sparhawk disse, sem rodeios. Uma ira descomunal descera sobre ele e, com um gesto brusco, ordenou que a coluna retomasse a sua marcha.

Algumas marcas evidenciavam que os desafortunados styricos tentaram se defender, mas que haviam sido sobrepujados por uma força muito superior em número, carregando apenas armas rudimentares. Sparhawk começou a distribuir tarefas a seus homens: alguns abriam covas, outros apagavam os focos de incêndio.

Sephrenia caminhou em sua direção, cruzando o cenário desolador, sua face mortalmente pálida.

– Poucos corpos são de mulheres – ela informou. – Acredito que elas tenham buscado refúgio na floresta.

– Tente persuadi-las a voltar – Sparhawk disse, olhando para Sir Parasim, que chorava abertamente enquanto escavava a terra. Era óbvio que o jovem cavaleiro não estava apto a cumprir esse tipo de função. Sparhawk então ordenou: – Parasim, acompanhe Sephrenia.

– Sim, milorde – Parasim soluçou, deixando cair sua pá.

Quando os mortos finalmente jaziam sob a terra, Sparhawk murmurou uma breve oração elena sobre as sepulturas. Provavelmente não era o mais apropriado para os styricos, mas ele não sabia o que podia ser feito além disso.

Depois de quase uma hora, Sephrenia e Parasim retornaram.

– Tiveram sorte? – Sparhawk perguntou.

– Nós as encontramos, mas elas não sairão da floresta – Sephrenia respondeu.

– Não posso culpá-las por querer isso – ele retrucou. – Vamos tentar consertar pelo menos algumas das casas para que elas possam se abrigar do mau tempo.

– Não perca seu tempo, Sparhawk. Elas não voltarão para este lugar. Faz parte da religião styrica.

– Elas tinham ideia de que direção tomaram os elenos que fizeram isso?

– O que você tem em mente, Sparhawk?

– Uma ação punitiva. Faz parte da religião dos elenos.

– Não. Se é para isso que você quer saber para onde foram os agressores, não vou lhe dizer.

– Sephrenia, não vou deixar isso passar impunemente. Você pode me dizer ou não, como preferir. Consigo achar a trilha que eles deixaram sozinho, se for necessário.

Ela olhou para o cavaleiro corpulento de maneira impotente, mas em seguida adotou uma expressão perspicaz.

– Que tal uma barganha, Sparhawk?

– Sou todo ouvidos.

– Se eu disser para onde eles foram, você vai me prometer não matar ninguém.

– Está bem – ele concordou, contrafeito, sua face ainda tomada pela ira. – Para onde eles foram?

– Eu ainda não terminei – ela insistiu. – Você ficará aqui comigo. Conheço você muito bem, e sei que pode chegar a extremos. Mande alguém fazer isso.

Sparhawk encarou-a por um momento, mas acabou se virando e urrando:

– Lakus!

– Não – Sephrenia contrapôs. – Lakus, não. Ele é tão mau quanto você.

– Então quem?

– Parasim, creio eu.

– Parasim?

– Ele é um homem mais gentil. Se lhe pedirmos para não matar ninguém, sei que não cometerá nenhum deslize.

– Que seja – ele resmungou entre dentes cerrados. Virando-se para o jovem cavaleiro que ainda estava ali perto, cheio de pesar, Sparhawk ordenou: – Parasim, pegue uma dúzia de cavaleiros e persiga os animais que fizeram isso. Não mate ninguém, mas faça com que eles se arrependam, e muito, de ter concebido a ideia desse ataque.

– Sim, milorde – Parasim exclamou, seus olhos subitamente brilhando como o aço. Sephrenia forneceu a direção, e ele se dirigiu até onde os outros cavaleiros estavam reunidos. Antes de partir, arrancou pelas raízes um arbusto espinhoso. Segurando-o com as mãos enluvadas, brandiu-o com força contra uma bétula inocente, arrancando um pedaço considerável de sua casca.

– Puxa vida...

– Ele vai servir direitinho – Sparhawk riu, inclemente. – Tenho grandes planos para esse jovem, e muita fé em seu senso do que é apropriado.

Um pouco afastada, Flauta estava de pé ao lado das sepulturas dispersas. Ela soprava seu instrumento levemente, e sua melodia parecia expressar um sofrimento imemorial.

O clima continuou frio e desagradável, embora não tivesse nevado muito. Após uma semana de marcha constante, eles chegaram às ruínas de um castelo situado a cerca de 33 ou 45 quilômetros a oeste da cidade de Darra. Kalten e o corpo principal de cavaleiros pandions os aguardavam lá.

– Pensei que você tivesse se perdido – o homem loiro reclamou quando puxou as rédeas de seu cavalo diante de Sparhawk. Com curiosidade, ele observou Flauta sentada à frente da sela do amigo, com ambos os pés descalços balançando contra um flanco do pescoço do cavalo negro e com a capa do pandion envolvendo-lhe o corpo. – Você não acha que está velho demais para começar uma família?

– Nós a encontramos no caminho – Sparhawk explicou. Ergueu a menina e a entregou para Sephrenia.

– Por que vocês não colocaram sapatos nos pés dela?

– Nós colocamos. Mas ela os perde. Tem um convento de freiras do outro lado de Darra. Vamos deixá-la por lá. – Sparhawk olhou para as ruínas que se estendiam sobre a colina logo acima. – Há algum tipo de abrigo em algum lugar?

– Alguns. Pelo menos conseguimos escapar do vento.

– Então vamos entrar. Kurik conseguiu trazer Faran e a minha armadura?

Kalten concordou com a cabeça.

– Bom. Esse cavalo é meio rebelde e a armadura velha de Vanion me esfolou em mais lugares do que eu posso contar.

Cavalgaram em direção às ruínas e encontraram Kurik e o jovem noviço, Berit, aguardando por eles.

– Por que você demorou tanto? – Kurik perguntou sem rodeios.

– É um longo caminho, Kurik, e as carroças não se movem com velocidade – Sparhawk respondeu de modo defensivo.

– Você deveria ter se livrado delas.

– Elas estavam carregadas de mantimentos e equipamento reserva.

Kurik soltou um grunhido, e em seguida disse:

– Vamos entrar e sair desse tempo. Acendi uma fogueira no interior do que restou daquela torre de vigia ali. – Ele olhou de uma forma peculiar para Sephrenia, que carregava Flauta em seus braços, e saudou-a respeitosamente: – Senhora.

– Querido Kurik – ela respondeu afetuosamente. – Como estão Aslade e os meninos?

– Estão bem, Sephrenia – ele respondeu. – Todos estão muito bem.

– Fico feliz em saber.

– Kalten me avisou de que a senhora viria, então deixei água fervendo para seu chá – ele disse. Em seguida, olhou para Flauta, que estava com o rosto colado ao de Sephrenia. – Você tem escondido segredos de todos nós?

Sephrenia gargalhou, uma cascata ressoante de risadas.

– Isso é o que os styricos fazem de melhor, Kurik.

– Vamos entrar e nos instalar num lugar mais quente – ele concluiu, virando-se e abrindo caminho pelo pátio coberto de escombros das ruínas, deixando Berit cuidando dos cavalos.

– Foi uma boa ideia trazê-lo para cá? – Sparhawk perguntou, apontando o dedão por sobre o ombro em direção ao noviço. – Ele é um pouco jovem para um combate extensivo.

– Ele vai se comportar muito bem, Sparhawk – Kurik contrapôs. – Eu o levei até o campo de treinamento em Demos algumas vezes e o instruí pessoalmente. Ele sabe se defender muito bem e aprende rápido.

– Está bem, Kurik, mas, quando as lutas começarem, fique perto. Não quero que ele se machuque.

– Nunca deixei *você* se machucar, deixei?

– Não que eu me lembre – e Sparhawk escancarou um sorriso para seu amigo.

Passaram a noite nas ruínas e recomeçaram sua marcha bem cedo na manhã seguinte. As forças combinadas somavam pouco mais de quinhentos homens, que cavalgavam sob um céu ameaçador. Logo além de Darra assomava um convento de freiras, com seus muros de arenito amarelo e coberto por telhas avermelhadas. Sparhawk e Sephrenia deixaram a estrada e cruzaram a campina ressecada pelo inverno em direção ao edifício.

– E qual é o nome da criança? – perguntou aos dois a madre superiora, que trajava um hábito negro, quando entraram em um cômodo simples e austero, com apenas um pequeno braseiro a aquecê-lo.

– Ela não fala, madre – Sparhawk respondeu. – Ela vive tocando música em seu instrumento, então nós a chamamos de Flauta.

– É um nome inadequado, meu filho.

– A menina não se importa, madre – Sephrenia replicou.

– Vocês tentaram encontrar os pais dela?

– Não havia ninguém por perto quando a encontramos – Sparhawk explicou.

– A criança é styrica – a madre superiora comentou, olhando gravemente para Sephrenia. – Não seria mais apropriado colocá-la com uma família de sua própria raça e de sua própria fé?

– Temos problemas urgentes a resolver – Sephrenia comentou –, e os styricos podem ser bem difíceis de se achar quando querem.

– Você sabe que, se ela ficar conosco, vamos instruí-la na fé elena, naturalmente.

– Vocês vão *tentar*, madre. Creio que a senhora descobrirá que ela não é muito conversadeira. Vamos, Sparhawk?

Alcançaram a tropa e continuaram a rumar em direção ao sul, com o céu acima deles clareando, movendo-se primeiramente num trotar leve que cresceu até um galopar retumbante. Depois de cruzar um outeiro, Sparhawk puxou as rédeas de Faran com brusquidão, encarando Flauta com incredulidade; ela estava sentada com as pernas cruzadas sobre uma grande rocha branca, soprando seus tubos.

– Como você... – ele começou, mas desistiu. – Sephrenia... – ele chamou, mas a mulher de manto branco já estava desmontando. Ela se aproximou da menina, falando de maneira gentil naquele estranho dialeto styrico.

Flauta baixou seu instrumento, olhou para Sparhawk com uma expressão travessa e sorriu. Sephrenia gargalhou e tomou a garota em seus braços.

– Como foi que ela conseguiu passar na nossa frente? – Kalten perguntou, a perplexidade estampada em seu rosto.

– Quem sabe? – Sparhawk respondeu. – Acho melhor levá-la de volta.

– Não, Sparhawk – Sephrenia discordou com veemência. – Ela quer ir conosco.

– Que pena – ele replicou bruscamente. – Não vou levá-la para um campo de batalha.

– Não se preocupe, Sparhawk. Deixe que eu tome conta dela – Sephrenia disse, sorrindo para a criança em seu colo. – Cuidarei dela como se fosse minha. – A pequena mulher tocou os cabelos da garota com sua bochecha. – De certa forma, ela é.

– Como quiser – Sparhawk desistiu. Conforme virava Faran, ele sentiu uma onda de frio súbita, acompanhada pela sensação de um ódio implacável. Então, exclamou: – Sephrenia!

– Eu também senti! – ela respondeu, protegendo a garota com os braços e trazendo-a para perto de si. – Está direcionado para a menina.

Flauta começou a se desvencilhar do abraço de Sephrenia, que a colocou no chão. A expressão da garotinha estava fechada, parecendo mais aborrecida do que com raiva ou medo. Ela levantou o instrumento até seus lábios e começou a tocar. Desta vez, a melodia não era leve e num acorde menor, como ela havia tocado anteriormente. Era mais severa e peculiarmente ominosa.

Então, de algum lugar distante, ouviu-se um uivo súbito, repleto de dor e de surpresa. O som começou a diminuir, como se quem (ou o quê) o estivesse emitindo fugisse a uma velocidade inimaginável.

– O que foi isso? – Kalten indagou.

– Um espírito hostil – Sephrenia respondeu calmamente.

– E o que o fez fugir?

– A canção da menina. Parece que ela aprendeu a se proteger.

– Você entendeu alguma coisa do que aconteceu aqui? – Kalten perguntou a Sparhawk.

– O mesmo que você. Vamos prosseguir. Ainda temos dois árduos dias de viagem pela frente.

O castelo do conde Radun, tio do rei Dregos, situava-se no topo de um promontório rochoso. Como tantos outros castelos deste reino do sul, ele era cercado por poderosas muralhas. O tempo havia melhorado, e o sol do meio-dia estava a pino quando Sparhawk, Kalten e Sephrenia, que ainda levava Flauta à sua frente na sela, cruzaram uma ampla campina de grama amarelada em direção à fortaleza.

Conseguiram entrar sem ser questionados; foram recepcionados no pátio pelo próprio conde, um homem atarracado com ombros largos e cabelos grisalhos. Vestia um gibão verde-escuro com detalhes negros rematado com uma gola rufo branca engomada. A peça de vestuário saíra de moda em Elenia havia décadas.

– Minha casa tem a honra de receber os Cavaleiros da Igreja – o conde declarou com formalidade, depois das apresentações.

Sparhawk desceu das costas de Faran e respondeu:

– Sua hospitalidade é lendária, milorde, mas nossa visita não é inteiramente social. Há algum lugar em que tenhamos privacidade para conversar? Temos um assunto da maior gravidade para discutir com o senhor.

– Certamente – o conde respondeu. – Se todos puderem me acompanhar, por gentileza. – Eles seguiram o nobre, passando pelas amplas portas de seu castelo, e percorreram um corredor iluminado por velas e repleto de tapetes. No final do corredor, o conde sacou uma chave de bronze e destrancou uma porta. – Meu escritório particular – ele disse, com certa modéstia. – Devo dizer que sou um tanto orgulhoso de minha coleção de livros. Tenho cerca de duas dúzias.

– Formidável – Sephrenia murmurou.

– A senhora porventura deseja ler algum exemplar, madame?

– A dama não lê – Sparhawk o informou. – Ela é styrica e uma iniciada nos segredos. É de sua crença que a leitura possa, de alguma forma, interferir em tal habilidade.

– Uma bruxa? Deveras? – O conde questionou, olhando para a pequena mulher.

– Preferimos outros termos, milorde – ela respondeu com suavidade.

– Por favor, sentem-se – o nobre desconversou, apontando uma ampla mesa que estava posicionada sob a luz do sol, fria e invernal, que entrava no cômodo através de uma janela fortemente gradeada. – Tenho curiosidade de ouvir sobre esse assunto de grande gravidade.

Sparhawk retirou seu elmo e suas luvas, colocando-os sobre a mesa.

– O senhor conhece uma pessoa chamada Annias, primado de Cimmura, milorde?

– Ouvi falar dele – o conde respondeu com frieza, sua face tornando-se tensa.

– Presumo que conheça a reputação dele...

– Conheço.

– Bom. Por um incrível acaso, eu e Sir Kalten descobrimos um plano traçado pelo primado. Com sorte, ele não sabe que temos conhecimento de suas maquinações. O senhor costuma admitir a entrada de Cavaleiros da Igreja com facilidade em seu castelo?

– Certamente. Reverencio a Igreja e honro seus cavaleiros.

– Dentro de alguns dias, no máximo em uma semana, um grupo de tamanho considerável de homens em armaduras negras e portando os estandartes dos cavaleiros pandions se aproximará de seus portões. Aconselho com veemência que o senhor não lhe admita a entrada.

– Mas...

– Eles *não* são cavaleiros pandions, milorde – Sparhawk interrompeu o conde, erguendo uma mão. – São mercenários sob o comando de um renegado chamado Martel. Se o senhor permitir que eles entrem em seu castelo, irão assassinar a todos dentro de seus muros, exceto alguns clérigos, que serão poupados para que possam contar sobre esse ultraje.

– Monstruoso! – o conde arfou. – Que motivos o primado de Cimmura pode ter para me odiar tanto?

– O estratagema não é direcionado ao senhor, conde Radun – Kalten explicou. – Seu assassinato foi arquitetado para trazer desonra aos cavaleiros pandions. Annias espera que a hierocracia da Igreja fique tão consternada a ponto de dissolver a Ordem Pandion.

– Enviarei uma mensagem a Larium imediatamente – o conde declarou, levantando-se. – Meu sobrinho poderá nos enviar um exército em poucos dias.

– Isso não será necessário, milorde – Sparhawk contrapôs. – Tenho quinhentos pandions armados à minha disposição; pandions de verdade. Eles estão escondidos nas matas ao norte de seu castelo. Com sua permissão, trarei cem cavaleiros para o interior de sua fortaleza a fim de reforçar sua guarnição. Quando os mercenários chegarem, daremos alguma desculpa para não lhes permitir a entrada.

– Isso não parecerá estranho? – Radun perguntou. – Por conta de minha reputação hospitaleira, especialmente para com os Cavaleiros da Igreja.

– A ponte levadiça – Kalten comentou.

– Perdão?

– Diga que a catraca que opera sua ponte levadiça está quebrada. Então, informe-os de que seus homens estão tentando consertá-la e peça para que sejam pacientes.

– Eu não seria capaz de mentir – o conde argumentou, ofendido.

– Não há problema algum, milorde – Kalten asseverou. – Eu mesmo quebrarei a catraca de sua ponte, assim o senhor não estará mentindo.

O conde olhou para o cavaleiro por um momento, incrédulo; então, começou a gargalhar.

– Dessa forma, os mercenários permanecerão do lado de fora do castelo – Sparhawk prosseguiu –, e suas muralhas tolherão o espaço para manobras. Nesse momento, atacaremos pela retaguarda.

– Quando começarmos a pressioná-los de encontro ao seu contraforte, será quase como um ralador de queijo – Kalten sorria com crueldade.

– E também posso derrubar algumas coisas interessantes dos parapeitos – o conde acrescentou, também sorrindo. – Flechas, pedras enormes, piche ardente... esse tipo de coisa.

– Vamos nos dar esplendidamente bem, milorde – Kalten disse ao nobre.

– Obviamente providenciarei aposentos seguros para esta dama e a criança – o conde retomou.

– Não, milorde – Sephrenia discordou. – Acompanharei Sir Sparhawk e Sir Kalten de volta ao nosso esconderijo. Esse tal Martel, que Sparhawk mencionou, é um ex-pandion que mergulhou fundo demais nos conhecimentos secretos que são proibidos aos homens honestos. Pode ser necessário fazer oposição a ele, e sou a pessoa mais apropriada para essa tarefa.

– Mas certamente a criança...

– A criança deve ficar comigo – Sephrenia interrompeu com firmeza. E virando-se para Flauta, que estava quase abrindo um livro, ela ordenou, de maneira mais brusca do que provavelmente pretendia: – Não! – a pequena mulher levantou-se e tomou o livro das mãos da garotinha.

Flauta suspirou, e Sephrenia falou brevemente com ela utilizando aquele dialeto que Sparhawk não conseguia compreender.

Uma vez que não havia como saber quando os mercenários de Martel chegariam, os pandions não acenderam fogueiras naquela noite; e, quando a manhã seguinte raiou clara e fria, Sparhawk saiu de debaixo das cobertas e olhou com desgosto para sua armadura, sabendo que levaria pelo menos uma hora para que seu calor corporal se acostumasse com o frio inclemente da vestimenta. Decidiu que ainda não estava pronto para encarar essa tarefa, então acabou colocando a espada em seu cinturão, enrolou sua espessa capa ao redor dos ombros e afastou-se do acampamento, em direção a um pequeno riacho que corria pela mata em que ele e seus cavaleiros se escondiam.

Ajoelhou-se ao lado do riacho, bebeu dele com suas mãos em forma de concha e, preparando-se para o choque, jogou a água gelada em seu rosto. Levantou-se, secou o rosto na barra de sua capa e atravessou o riacho. O sol que acabara de nascer tingia de dourado as árvores desnudas, iluminando obliquamente seus troncos negros e dando um toque ígneo às gotas de orvalho reunidas tal colar de contas ao longo da grama a seus pés. Sparhawk continuou a caminhar pela mata.

Havia percorrido menos de um quilômetro quando avistou uma campina relvada por entre as árvores. Conforme se aproximou da campina, ouviu o trovejar de cascos de cavalo. Mais adiante, um único cavalo passeava pela grama alta num trote largo. Foi então que ele ouviu o som dos tubos de Flauta ressoando pelo ar da manhã.

Abriu caminho até a borda da campina, dividiu os arbustos com as mãos e espreitou.

Faran, com sua pelagem ruana reluzindo no sol da manhã, trotava tranquilamente em amplos círculos. Estava sem sela nem arreios, e algo em sua marcha denotava algo próximo a alegria. Flauta estava deitada em seu dorso, com o rosto virado para cima, os tubos de seu instrumento próximos aos lábios. Com a cabeça confortavelmente apoiada na cernelha de Faran, ela cruzara as pernas e marcava o ritmo de sua melodia batendo um de seus pezinhos na anca do cavalo.

Boquiaberto, Sparhawk fitou a cena, então caminhou pela campina e posicionou-se diretamente no caminho do enorme corcel. Abriu seus braços o máximo que pôde, e Faran diminuiu o passo até parar defronte a seu mestre.

– O que você pensa que está fazendo? – Sparhawk berrou para o cavalo.

A expressão de Faran tornou-se arrogante, e ele virou a cabeça.

– Você perdeu completamente o juízo?

Faran bufou e balançou o rabo. Enquanto isso, Flauta continuava tocando sua música. A garotinha batia o pé manchado de grama diversas vezes na anca do animal de forma imperiosa, até que ele deu a volta no ainda furioso Sparhawk e prosseguiu em sua marcha, enquanto a melodia de Flauta enchia o ar à sua volta.

Sparhawk soltou um palavrão e correu atrás deles. Após alguns metros, percebendo a inutilidade de seus esforços, ele parou, respirando com dificuldade.

– Interessante, não é? – Sephrenia comentou. Ela havia saído da mata e estava de pé na borda da campina, com seu manto branco brilhando ao sol da manhã.

– Você não pode fazer com que eles parem? – Sparhawk pediu. – Ela vai cair e se machucar.

– Não, Sparhawk, ela não vai cair – Sephrenia discordou, falando daquela maneira tão estranha com que às vezes se expressava. Apesar de todas as décadas em que vivera entre os elenos, Sephrenia ainda era uma styrica até o último fio de cabelo, e os styricos eram um mistério para os elenos. Os séculos de convivência entre as ordens militantes da Igreja Elena e seus tutores styricos, entretanto, haviam ensinado os Cavaleiros da Igreja a aceitar as palavras de seus instrutores sem questioná-las.

– Se você diz... – Sparhawk falou, ainda com algumas dúvidas conforme olhava para a grama alta na direção de Faran, que parecia haver perdido seu temperamento normalmente indócil.

– Sim, meu querido – ela insistiu, colocando afetuosamente uma mão no braço do cavaleiro, para reassegurá-lo. – Tenho certeza absoluta. – Ela olhou para o imenso cavalo e sua diminuta amazona divertindo-se ao descrever círculos pela campina orvalhada sob a luz dourada da manhã, e concluiu: – Deixe-os brincar um pouco mais.

Por volta do meio da manhã Kalten retornou do ponto de observação ao sul do castelo, onde ele e Kurik estavam vigiando a estrada que vinha de Sarrinium.

– Nada ainda – ele informou ao desmontar, sua armadura tilintando. – Você acha que Martel tentaria cortar através dos campos, evitando as estradas?

– Não é muito provável – Sparhawk respondeu. – Ele *quer* ser visto, lembra-se? Ele precisa de várias testemunhas.

– Acho que não pensei nisso – Kalten admitiu. – Você colocou alguém para cobrir a estrada que vem de Darra?

Sparhawk fez que sim com a cabeça, dizendo:

– Lakus e Berit estão de vigia.

– Berit? – Kalten parecia surpreso. – O novato? Ele não é jovem demais?

– Ele vai se dar bem. É ponderado e tem bom senso. Além disso, Lakus pode mantê-lo longe de problemas.

– Você provavelmente está certo. Sobrou algum pedaço daquele boi assado que o conde nos mandou?

– Sirva-se à vontade. Mas já está frio.

– Melhor carne fria do que carne nenhuma – Kalten deu de ombros.

O dia passou arrastado, como geralmente acontece nos dias ao longo dos quais se espera que algo aconteça; ao cair da noite, Sparhawk andava de um lado para o outro, a impaciência roendo-lhe por dentro. Finalmente Sephrenia saiu da tenda rústica que dividia com Flauta. Ela se postou no meio do caminho do robusto cavalheiro, colocou as mãos nos quadris e disse, contrariada:

– Você *pode* parar com isso?

– Isso o quê?

– Andar de um lado para o outro. Você ressoa a cada passo que dá, e o barulho é muito irritante.

– Desculpe-me. Vou ressoar do outro lado do acampamento.

– Por que você não se senta?

– Nervoso, eu acho.

– Nervoso? Você?

– Às vezes eu sinto umas pontadas.

– Bem, então vá sentir suas pontadas em outro lugar.

– Sim, mãezinha – ele respondeu, obediente.

Estava frio novamente na manhã seguinte. Kurik cavalgou silenciosamente até o acampamento antes do nascer do sol. Caminhou com cuidado por entre os cavaleiros que dormiam enrolados em suas capas pretas até onde Sparhawk havia esticado suas cobertas.

– É melhor você se levantar – ele sussurrou, tocando levemente o ombro de Sparhawk. – Eles estão vindo.

– Quantos? – Sparhawk perguntou, sentando-se com rapidez e tirando as cobertas.

– Eu diria que por volta de 250.

– Onde está Kalten? – Sparhawk indagou, levantando-se enquanto Kurik colocava a armadura negra nos ombros almofadados de seu amo.

– Ele quis ter certeza de que não haveria mais nenhuma surpresa, então foi se juntar a eles pela retaguarda.

– Ele foi *o quê*?

– Não se preocupe, Sparhawk. Eles estão todos trajando armaduras negras, então Kalten vai conseguir se camuflar direitinho.

– Você pode amarrar isso? – Sparhawk deu a Kurik um pedaço de fita vermelha brilhante, que cada cavaleiro deveria usar para poder ser identificado durante a batalha, uma vez que ambos os lados estariam trajando indumentárias da mesma cor.

– Kalten está usando uma fita azul. Combina com os olhos dele – Kurik comentou, atando a fita vermelha no braço de Sparhawk. Deu um passo para trás a fim de avaliar a figura de seu amo e, rolando os olhos para cima, comentou: – Adorável.

Sparhawk riu, deu um tapinha no ombro de seu amigo e, olhando ao redor para os cavaleiros, jovens em sua grande maioria, disse:

– Vamos acordar as crianças.

– Tenho uma má notícia para você, Sparhawk – Kurik murmurou, enquanto os dois passavam pelo acampamento chacoalhando os pandions para acordá-los. – Martel não está liderando a coluna.

– Quem está? – Sparhawk perguntou, enquanto uma onda quente de decepção percorria seu corpo.

– Adus. Ele tem uma mancha de sangue cobrindo todo o queixo. Acho que andou comendo carne crua novamente.

Sparhawk soltou um palavrão.

– Pense por este lado: pelo menos o mundo será um lugar mais limpo sem Adus, e acho que Deus vai querer ter uma longa conversa com ele, de um jeito ou de outro.

– Temos de fazer tudo o que pudermos para providenciar isso.

Os cavaleiros de Sparhawk estavam se ajudando mutuamente a colocar as armaduras quando Kalten apareceu no acampamento.

– Eles pararam além daquela colina, ao sul do castelo – Kalten informou, sem perder tempo desmontando.

– Será que Martel está escondido entre eles? – Sparhawk perguntou, esperançoso.

– Temo que não – Kalten respondeu, meneando a cabeça. Pôs-se de pé nos estribos, reajustou sua espada no cinturão e sugeriu: – Por que não vamos logo e os atacamos? Estou ficando com frio.

– Acho que o conde Radun ficaria decepcionado conosco se não o deixássemos participar da luta.

– Acho que isso é verdade.

– Há algo que devemos saber sobre esses mercenários?

– São uns medíocres... só que metade deles é rendorenha.

– Rendorenhos?

– Eles não cheiram bem, não é?

Sephrenia, que vinha acompanhada por Parasim e Flauta, juntou-se a eles.

– Bom dia, Sephrenia – Sparhawk a saudou.

– Qual o motivo de toda essa agitação? – ela questionou.

– Temos companhia chegando. Pensei que deveríamos cavalgar ao seu encontro.

– Martel?

– Não. Temo que seja apenas Adus... e alguns amigos – ele explicou, reposicionando o elmo que carregava debaixo do braço esquerdo. – Uma vez que Martel não os está liderando, e já que Adus mal fala elênico, muito menos styrico, não há ninguém ali que consiga formular uma magia capaz de enxotar uma mosca da parede. Acho que você fez esta viagem à toa, Sephrenia. Quero que permaneça aqui na mata, bem escondida e longe de qualquer perigo. Sir Parasim ficará com você.

O rosto do jovem cavaleiro encheu-se de decepção.

– Não, Sparhawk – Sephrenia discordou. – Não preciso de guarda-costas e esta é a primeira batalha de Sir Parasim. Não vamos privá-lo disso.

A face de Parasim refletia sua gratidão.

Kurik saiu da mata, de onde estava vigiando a estrada, e se aproximou.

– O sol está nascendo e Adus está conduzindo seus homens até o topo daquela colina – ele avisou.

– É melhor terminar nossos preparativos – Sparhawk concluiu.

Os pandions montaram em seus cavalos e moveram-se com cautela entre as árvores até chegarem à orla da extensa campina que cercava o castelo do conde. Ali aguardaram, observando os mercenários em suas armaduras negras cavalgando colina abaixo sob a luz dourada da aurora.

Adus, que normalmente pronunciava apenas grunhidos e arrotos, adiantou-se até o portão do castelo do conde Radun e leu de modo travado as palavras contidas num pedaço de papel que ele segurava à sua frente.

– Ele não podia improvisar? – Kalten perguntou, silenciosamente. – Afinal, é só uma permissão para entrar no castelo.

– Martel não gosta de arriscar – Sparhawk explicou. – Adus geralmente demora a se lembrar do próprio nome.

Adus continuou a ler sua solicitação. Ele teve problemas com a palavra *admissão*, uma vez que era composta por mais de uma sílaba.

Foi então que o conde Radun apareceu no parapeito para anunciar, com pesar, que a catraca que erguia e baixava a ponte levadiça estava quebrada, e pediu que eles tivessem paciência enquanto providenciava os reparos.

Adus ponderou essas palavras. Ele demorou bastante tempo. Os mercenários desmontaram e resolveram descansar na grama aos pés da muralha do castelo.

– Isso vai ser fácil demais – Kalten murmurou.

– Assegure-se de que ninguém vai escapar – Sparhawk o lembrou. – Não quero que ninguém consiga fugir para avisar Annias sobre o que *realmente* aconteceu aqui.

– Ainda acho que Vanion está tentando ser esperto demais sobre tudo isso.

– Talvez seja esse o porquê de ele ser o preceptor e nós apenas cavaleiros.

Um estandarte vermelho surgiu sobre a muralha do conde.

– Esse é o nosso sinal. As forças de Radun estão prontas – Sparhawk disse. Colocou seu elmo, segurou as rédeas de Faran e levantou-se em seus estribos, cuidando para que o corcel ficasse imóvel. Então ergueu sua voz e rugiu:
– Ataquem!

Capítulo 9

– Não há chance de salvá-lo? – perguntou Kalten.

– Não – Sparhawk respondeu com pesar ao recolocar o corpo de Sir Parasim no chão. – Ele se foi. – O campeão da rainha ajeitou o cabelo do jovem cavaleiro com a mão e, em seguida, fechou-lhe os olhos baços com as mãos.

– Ele não estava pronto para enfrentar Adus – Kalten murmurou.

– Aquele animal realmente conseguiu fugir?

– Temo que sim. Depois de derrubar Parasim, ele virou-se para o sul com cerca de uma dúzia de sobreviventes.

– Envie alguns cavaleiros para persegui-los – Sparhawk ordenou secamente, conforme esticava os braços e pernas de Sir Parasim. – Cace-os até o mar do sul, se for necessário.

– Quer que eu os lidere?

– Não. Nós dois devemos ir a Chyrellos – ele explicou e, em seguida, berrou: – Berit!

O noviço veio quase correndo. Trajava uma cota de malha velha, manchada de sangue, e um elmo dentado de infantaria, sem visor. Ele carregava um machado de batalha com um cabo longo, de aparência cruel.

Sparhawk olhou para o sangue na armadura do jovem e perguntou:

– Algo disso é seu?

– Não, milorde. É tudo deles – Berit respondeu, apontando para os mercenários mortos espalhados pelo campo.

– Bom. O que você acha de uma extensa cavalgada?

– Como milorde comandar.

– Pelo menos ele tem boa educação – Kalten observou. – Berit, pergunte "para onde" antes de concordar com tanta rapidez.

– Vou me lembrar disso, milorde Kalten.

– Quero que você venha comigo – Sparhawk disse ao noviço. – Precisamos falar com o conde Radun antes de partirmos. – Virando-se para Kalten, ordenou: – Reúna um grupo de cavaleiros para perseguir Adus. Não lhe dê trégua. Não quero que ele tenha oportunidade de enviar alguém a Cimmura com notícias do que aconteceu aqui. Diga ao resto dos homens para enterrar nossos mortos e cuidar dos feridos.

– O que faremos com esses aqui? – Kalten apontou para a pilha de cadáveres dos mercenários, próxima à muralha.

– Queime-os.

Sparhawk e Berit encontraram o conde Radun no pátio de seu castelo. Ele trajava armadura completa e segurava uma espada.

– Vejo que a reputação dos pandions é bem merecida – ele comentou.

– Grato, milorde – Sparhawk agradeceu. – Preciso pedir-lhe um favor... dois, na verdade.

– Qualquer coisa, Sir Sparhawk.

– O senhor é conhecido de algum membro da hierocracia em Chyrellos?

– De vários, devo dizer, e o patriarca de Larium é meu primo distante.

– Muito bom. Sei que é uma péssima época para viajar, mas gostaria que o senhor me acompanhasse em um pequeno passeio.

– Certamente. Para onde vamos?

– Para Chyrellos. O próximo favor é de cunho pessoal. Preciso de seu anel timbrado.

– Meu anel? – O conde levantou sua mão e olhou para o grande anel de ouro com o brasão de sua família.

Sparhawk fez que sim com a cabeça e prosseguiu:

– E o que é pior: não posso garantir que o devolverei ao senhor.

– Temo não conseguir entender o que me pede.

– Este jovem, Berit, irá levar seu anel a Cimmura e vai deixá-lo na coleta de ofertas na catedral. O primado Annias entenderá que seu estratagema teve sucesso e que o senhor e sua família foram assassinados. Ele irá correndo para Chyrellos a fim de denunciar os pandions perante a hierocracia.

– Mas, nesse momento, o senhor e eu iremos nos apresentar e refutar as acusações, correto? – o conde concluiu, esboçando um amplo sorriso.

– Precisamente – Sparhawk também sorriu.

– Isso poderia causar um sério embaraço ao primado – o conde observou, tirando o anel de seu dedo.

– Era isso o que tínhamos em mente, milorde.

– Então, o anel será perdido por uma boa causa – Radun comentou, entregando o timbre para Berit.

– Muito bem – Sparhawk disse ao jovem noviço. – Não mate de cansaço nenhum cavalo em seu caminho até Cimmura. Nos dê tempo de chegar a Chyrellos antes de Annias. – Ele pensou por algum tempo, semicerrando os olhos, e por fim concluiu: – Ofício matutino, creio eu.

– Milorde?

– Deixe o anel do conde na coleta de ofertas durante o ofício matutino. Deixemos que Annias tripudie o dia todo antes de partir para Chyrellos. Vista roupas comuns quando você for à catedral e ore um pouco... só para parecer convincente. Não chegue perto da casa capitular nem da estalagem na Rua da Rosa. – Sparhawk olhou para o jovem noviço com o sentimento de pesar retornando pela perda de Sir Parasim. Então emendou, com seriedade: – Não posso dizer que sua vida não estará em risco, Berit. Não posso ordenar que você faça isso.

– Não há a necessidade de ordens, milorde Sparhawk – Berit retrucou.

– Bom homem – Sparhawk murmurou. – Agora, vá pegar seu cavalo. Você tem um longo caminho pela frente.

Era quase meio-dia quando Sparhawk e o conde Radun saíram do castelo.

– Em sua opinião, quanto tempo o primado Annias levará até chegar em Chyrellos? – o conde questionou.

– No mínimo, duas semanas. Berit tem de chegar a Cimmura antes que Annias possa iniciar os preparativos para a sua viagem.

Kurik surgiu cavalgando e se aproximou deles, informando Sparhawk:

– Tudo está pronto.

– Acho melhor você ir buscar Sephrenia – Sparhawk sugeriu, com um aceno de cabeça.

– Isso é uma boa ideia, Sparhawk? As coisas podem fugir de controle quando chegarmos a Chyrellos.

– *Você* gostaria de dizer a ela para ficar para trás?

– Entendi seu ponto de vista – Kurik murmurou, retraindo-se.

– Onde está Kalten?

– Ali, na orla da mata. Ele está construindo uma grande fogueira, por alguma razão.

– Talvez ele esteja com frio.

O sol invernal brilhava forte no céu azul e frio quando Sparhawk e seu grupo partiram.

– Certamente, madame, a menina teria ficado a salvo no interior das muralhas de meu castelo – o conde objetou para Sephrenia.

– Ela não teria ficado por lá, milorde – Sephrenia respondeu, com a voz fraca. Ela repousava sua bochecha contra os cabelos de Flauta. – Além disso, a companhia dela me conforta. – Sua voz soava débil, e seu rosto parecia pálido e cansado. Em sua mão, carregava a espada de Sir Parasim.

Sparhawk conduziu Faran de modo a ficar ao lado da égua palafrém branca de Sephrenia, então perguntou:

– Você está bem?

– Na verdade, não – ela respondeu.

– O que aconteceu? – ele perguntou, subitamente preocupado.

– Parasim era um dos doze cavaleiros no salão do trono em Cimmura – ela suspirou. – Fui obrigada a tomar seu fardo, bem como o meu próprio – explicou, agitando sutilmente a espada.

– Você não está doente, está?

– Não da maneira como você pensa que estou. Só vai demorar um pouco até que me adapte ao peso adicional.

– Existe uma forma de eu carregá-lo para você?

– Não, meu querido.

– Sephrenia – Sparhawk começou, inspirando profundamente –, o que aconteceu aqui, hoje, foi parte daquilo que você havia me dito que ocorreria com os doze cavaleiros?

– Não há como saber, Sparhawk. O pacto que fizemos com os Deuses Jovens não foi tão específico – ela sorriu languidamente. – Ainda assim, se outro cavaleiro morrer durante esta lua, saberemos se isso foi mero acidente ou se foi parte do pacto.

– Um cavaleiro vai morrer todo mês?

– A cada lua – ela corrigiu. – Vinte e oito dias. É bem provável. Os Deuses Jovens tendem a ser metódicos nesses casos. Não se preocupe comigo, Sparhawk. Ficarei bem em breve.

A distância entre o castelo do conde e a cidade de Darra era de aproximadamente 290 quilômetros, e na manhã do quarto dia de viagem eles chegaram no alto de uma colina de onde puderam avistar, abaixo, as coberturas de telhas avermelhadas e centenas de chaminés que enviavam colunas de fumaça azulada verticalmente pelo ar imóvel. Um cavaleiro pandion os aguardava no topo da colina.

– Sir Sparhawk – o cavaleiro saudou, erguendo o visor de seu elmo.

– Sir Olven – Sparhawk respondeu, reconhecendo a face marcada do cavaleiro.

– Trago uma mensagem do preceptor Vanion. Ele o instrui a seguir diretamente para Cimmura, com toda a velocidade possível.

– Cimmura? Por que a mudança de planos?

– O rei Dregos está lá, e convidou Wargun de Thalesia e Obler de Deira a se juntar a ele. Dregos deseja saber mais sobre a doença da rainha Ehlana...

e sobre as justificativas para a nomeação do bastardo Lycheas como príncipe regente. Vanion acredita que Annias irá fazer sua acusação contra a nossa Ordem nesse conselho, para evitar questionamentos que lhe possam colocar numa situação embaraçosa.

Sparhawk soltou uma imprecação, emendando na sequência:

– Berit está muito mais avançado do que nós, agora. Todos os reis já estão reunidos em Cimmura?

Olven negou com a cabeça, explicando:

– O rei Obler está muito velho para viajar depressa, e provavelmente levarão uma semana para fazer com que o rei Wargun fique sóbrio antes que ele possa partir de Emsat.

– Não vamos nos arriscar – Sparhawk disse. – Vamos cortar caminho seguindo pelos campos até Demos e de lá marchamos diretamente à Cimmura. Vanion ainda está em Chyrellos?

– Não. Ele passou por Demos em sua marcha de volta a Cimmura. O patriarca Dolmant está com ele.

– Dolmant? – Kalten perguntou. – Isso é uma surpresa. Quem está tocando a Igreja?

– Sir Kalten – o conde Radun o repreendeu severamente –, a direção da Igreja está nas mãos do arquiprelado.

– Com seu perdão, milorde – Kalten contrapôs –, sei como os arcianos reverenciam a Igreja, mas sejamos honestos. O arquiprelado Cluvonus tem 85 anos de idade e dorme uma boa parte do dia. Dolmant não faz um estardalhaço sobre isso, mas muitas das decisões que partem de Chyrellos são tomadas por ele.

– Vamos cavalgar – concluiu Sparhawk.

Levaram quatro dias de cavalgada inclemente até chegar a Demos, onde Sir Olven se despediu dos companheiros e retornou à casa-mãe dos pandions; e precisaram de mais três dias para alcançar os portões da casa capitular de Cimmura.

– Onde podemos encontrar lorde Vanion? – Sparhawk perguntou ao noviço no pátio, que se apresentara para cuidar dos cavalos.

– Ele está em seu escritório, na torre sul, milorde... com o patriarca Dolmant.

Sparhawk acenou com a cabeça e conduziu os outros para dentro da casa capitular e escada acima.

– Graças a Deus que vocês chegaram a tempo – Vanion saudou-os.

– Berit já entregou o anel do conde? – Sparhawk perguntou.

– Dois dias atrás – Vanion confirmou, balançando a cabeça. – Eu havia colocado homens dentro da catedral para ficar de olho. – Ele franziu o cenho e comentou: – Pergunto-me se foi uma boa ideia confiar uma missão tão importante a um noviço, Sparhawk.

– Berit é um jovem confiável – Sparhawk explicou –, e também não é muito conhecido aqui em Cimmura. A maioria dos cavaleiros já investidos seria facilmente reconhecida.

– Entendo. Você estava no comando, Sparhawk. A escolha era sua. Como foram as coisas em Arcium?

– Adus liderava os mercenários – Kalten informou. – Não vimos nem sinal de Martel. Tirando isso, as coisas seguiram mais ou menos de acordo com o planejado. Ainda assim, Adus fugiu.

– Perdemos Parasim – Sparhawk disse com tristeza, depois de inspirar profundamente. – Perdoe-me, Vanion. Eu tentei evitar que ele participasse da luta.

Os olhos de Vanion nublaram-se com pesar.

– Eu sei – Sparhawk continuou, apertando o ombro do preceptor. – Eu também o amava. – Ele reparou na troca de olhares entre Sephrenia e Vanion. Ela acenou discretamente com a cabeça, para avisar ao preceptor que Sparhawk sabia que Parasim havia sido um dos doze cavaleiros. Em seguida, Sparhawk endireitou-se e apresentou o conde Radun a Vanion.

– Devo-lhe minha vida, lorde Vanion – Radun declarou ao apertar a mão do preceptor. – Por obséquio, diga-me como posso lhe retribuir.

– Sua presença em Cimmura já é toda a reparação de que precisamos, milorde.

– Os outros reis já estão com meu sobrinho? – o conde perguntou.

– Obler, sim – Vanion respondeu. – Mas o rei Wargun ainda está viajando por mar.

Um homem esguio vestido num hábito negro e severo estava sentado perto da janela. Aparentava beirar os 60 anos e tinha o cabelo grisalho. Seu semblante era ascético e os olhos, muito vivos. Sparhawk cruzou o cômodo e ajoelhou-se diante do homem.

– Vossa Graça – ele saudou o patriarca de Demos.

– Você parece estar bem, Sir Sparhawk – o clérigo respondeu. – É bom revê-lo. – Olhando por sobre os ombros do cavaleiro, Dolmant perguntou: – Você tem frequentado a capela, Kurik?

– Ah... sempre que possível, Vossa Graça – o escudeiro respondeu, corando um pouco.

– Excelente, meu filho – o patriarca murmurou. – Tenho certeza de que Deus sempre fica feliz em vê-lo. Como estão Aslade e os garotos?

– Bem, Vossa Graça. Obrigado por perguntar.

Sephrenia lançou um olhar crítico na direção do patriarca, e o repreendeu:

– Você não tem se alimentado direito, Dolmant.

– Às vezes eu me esqueço – ele explicou. Esboçando um sorriso ardiloso para ela, emendou: – Minha excessiva preocupação com a conversão dos hereges preenche todas as minhas horas de vigília. Diga-me, Sephrenia, *você* está pronta para renegar suas doutrinas pagãs e aceitar a verdadeira fé?

– Ainda não, Dolmant – ela respondeu, também sorrindo. – Mas foi muito simpático de sua parte perguntar.

– Pensei em já tirar essa pergunta do caminho para que pudéssemos conversar livremente, sem que ela ficasse pairando sobre nossas cabeças – ele riu. Olhou com curiosidade para Flauta, que perambulava pelo cômodo, examinando a mobília e perguntou: – E quem é esta bela criança?

– Ela foi abandonada, Vossa Graça – respondeu Sparhawk. – Nós a encontramos próximo à fronteira de Arcium. Como ela não fala, resolvemos chamá-la Flauta.

Dolmant olhou para os pés manchados de grama da menina e questionou:

– E vocês não tiveram tempo de banhá-la?

– Isso não seria apropriado, Vossa Graça – Sephrenia retrucou.

– Venha aqui, criança – o patriarca chamou, olhando novamente para a menina, desta vez com um olhar intrigado.

Flauta se aproximou com cautela.

– Você não vai falar... nem comigo?

Ela levou aos lábios os tubos de seu instrumento e soprou uma nota musical curta e questionadora.

– Entendo – Dolmant murmurou. – Pois bem, então você aceitaria a minha bênção?

Ela olhou gravemente para o patriarca e meneou a cabeça.

– Ela é styrica, Dolmant – Sephrenia explicou. – Uma bênção elena não significaria nada para ela.

Então, Flauta estendeu a mão e pegou a do patriarca, colocando-a sobre seu pequeno coração. Os olhos de Dolmant arregalaram-se subitamente e seu semblante tornou-se consternado.

– Em contrapartida, ela lhe dará sua *própria* bênção – Sephrenia disse. – *Você* a aceitaria?

– Acho que seria melhor não – Dolmant respondeu, com os olhos ainda arregalados –, mas, que Deus me ajude, aceito... com gosto.

Flauta sorriu para ele e beijou as palmas da mão do patriarca. Em seguida, ela começou a dar piruetas pela sala, seu cabelo negro esvoaçando e seu instrumento produzindo música com alegria. O semblante de Dolmant estava repleto de perplexidade.

– Creio que serei convocado ao palácio tão logo Wargun chegue – Vanion retomou. – Annias não vai perder a oportunidade de me confrontar pessoalmente. – O preceptor olhou para o conde Radun e questionou: – Alguém o viu chegar, milorde?

Radun balançou a cabeça, respondendo:

– Mantive meu visor abaixado, milorde Vanion, e, seguindo a sugestão de Sparhawk, cobri o brasão em meu escudo. Tenho certeza de que ninguém sabe que estou em Cimmura.

– Bom – Vanion escancarou um sorriso. – Não queremos estragar a surpresa para Annias, queremos?

A convocação que esperavam do palácio chegou dois dias depois. Vanion, Sparhawk e Kalten vestiram os hábitos simples que os pandions costumavam utilizar dentro da casa capitular, embora usassem por baixo cotas de malha e espadas. Dolmant e Radun estavam encapuzados em hábitos de monges. Sephrenia trajava seu manto branco de costume. Ela falara por um bom tempo com Flauta e, aparentemente, a menina concordara em ficar para trás desta vez. Kurik levava uma espada em seu cinturão.

– Apenas para o caso de termos problemas – ele grunhira para Sparhawk antes de deixarem a casa capitular.

O dia estava frio e úmido. O céu acinzentado e carregado era acompanhado de um vento gélido que sibilava pelas ruas de Cimmura enquanto Vanion os conduzia ao palácio. Sparhawk não tinha certeza se os cidadãos estavam dentro de casa por conta do tempo ou dos boatos de uma possível confusão.

Não muito longe do portão do palácio, um menino maltrapilho e manco mendigava, com a ajuda de uma muleta, em uma esquina onde ele tentava se proteger do mau tempo.

– Caridade, milordes, caridade – ele suplicava numa voz sofrida.

Sparhawk puxou as rédeas de Faran e procurou algumas moedas no bolso interno de seu hábito.

– Preciso falar com você, Sparhawk – o menino disse rapidamente, depois que os outros haviam prosseguido e não o podiam mais ouvir.

– Mais tarde – Sparhawk respondeu, inclinando-se sobre sua sela e colocando algumas moedas na vasilha de esmolar do garoto.

– Não muito mais tarde, espero – Talen resmungou, tremendo. – Estou congelando aqui.

Tiveram um pequeno contratempo nos portões do palácio, onde os guardas tentaram negar a entrada do séquito de Vanion. Kalten resolveu o problema com o simples expediente de abrir seu manto e, de forma ameaçadora, levar a mão ao cabo de sua espada. As discussões cessaram de maneira abrupta a essa altura, e o grupo seguiu em direção ao pátio, desmontando.

– *Adoro* fazer isso – Kalten disse, com jovialidade.

– Não precisa de muito para te deixar feliz, não é mesmo? – Sparhawk comentou.

– Sou um homem simples, meu amigo... com prazeres simples.

Prosseguiram diretamente para a câmara de cortinas azuis do Conselho, onde os reis de Arcium, Deira e Thalesia estavam sentados em cadeiras que pareciam tronos, flanqueando o boquiaberto Lycheas. Atrás de cada rei, um homem de armadura formal posicionava-se de maneira impassível. O brasão das ordens militantes ornava o sobretudo de cada um deles. Abriel, preceptor dos cavaleiros cirínicos de Arcium, postara-se com uma expressão severa atrás do rei Dregos; Darellon, preceptor dos cavaleiros alciones de Deira, assumira uma postura semelhante atrás do idoso rei Obler; e Komier, o robusto líder dos cavaleiros genidianos, colocara-se atrás do rei Wargun de Thalesia. Apesar de ser bem cedo, Wargun já estava com os olhos turvos. Ele segurava uma grande caneca de prata com a mão visivelmente trêmula.

O Conselho Real estava reunido em um canto da sala. O semblante do conde de Lenda demonstrava preocupação, enquanto o rosto do barão Harparin transparecia presunção.

O primado Annias trajava um hábito de cetim roxo, e a expressão em sua face emaciada era de uma espécie de triunfo gélido quando Vanion entrou no recinto. Entretanto, quando viu o resto da comitiva que acompanhava o preceptor dos pandions, seus olhos faiscaram de raiva.

– Quem permitiu a entrada de seu séquito, lorde Vanion? – ele exigiu. – A convocação não menciona acompanhantes.

– Não preciso de autorização, Vossa Graça – Vanion respondeu friamente. – Meu posto é toda a autoridade de que necessito.

– Isso é verdade – concordou o conde de Lenda. – As leis e os costumes apoiam a posição do preceptor.

– Como é reconfortante dispor do parecer de alguém tão versado na lei – Annias murmurou de maneira sarcástica, fitando o nobre idoso com rancor.

Em seguida, quando seus olhos caíram sobre Sephrenia, ordenou: – Retirem essa styrica de minha presença.

– Não – Vanion contradisse. – Ela fica.

Depois de se entreolharem por um longo espaço de tempo, Annias virou o rosto, declarando: – Muito bem, Vanion. Por conta da gravidade do assunto que trago às vossas majestades, controlarei minha natural repulsa à presença dessa feiticeira pagã.

– O senhor é muito gentil – Sephrenia murmurou.

– Vá direto ao ponto, Annias – o rei Dregos resmungou, irritadiço. – Estamos reunidos aqui para examinar certas irregularidades envolvendo o trono de Elenia. Que assunto urgente pode ser tão importante para afastar nossa atenção do problema que temos em mãos?

– A questão refere-se ao senhor diretamente, Vossa Majestade – Annias começou, endireitando-se. – Na semana passada, uma tropa de homens armados atacou um castelo na parte oriental de seu reino.

– Por que não fui informado? – o rei Dregos questionou, com os olhos ardendo.

– Perdoe-me, Vossa Majestade – Annias se desculpou –, mas a notícia desse incidente só chegou a mim há pouco, e acreditei ser melhor apresentá-la perante este conselho, e não o informar de antemão. Apesar de esse ultraje ter ocorrido dentro dos limites de seu reino, as implicações vão além de suas fronteiras, afetando todos os quatro reinos ocidentais.

– Desembuche logo, Annias – o rei Wargun rosnou. – Guarde a linguagem floreada para seus sermões.

– Como Vossa Majestade preferir – Annias respondeu, com uma mesura. – Há testemunhas desse ato criminoso e, creio, talvez seja melhor que vossas majestades ouçam os relatos diretamente em vez de ouvi-los recontados por mim. – Virou-se e fez um gesto para um dos soldados da Igreja uniformizados de vermelho que estavam alinhados junto à parede da câmara do Conselho. O soldado saiu por uma porta lateral e fez com que entrasse um homem que parecia nervoso, e cuja face ficou visivelmente mais pálida quando viu Vanion.

– Não tenha medo, Tessera – Annias falou ao homem. – Conquanto você diga a verdade, nenhum mal irá lhe incorrer.

– Sim, Vossa Graça – o homem ansioso murmurou.

– Este é Tessera – Annias o apresentou aos demais –, um mercador desta cidade que recentemente retornou de Arcium. Diga-nos o que viu por lá, Tessera.

– Bem, Vossa Graça, foi como lhe disse anteriormente. Eu estava em Sarrinium a negócios. Em meu caminho de volta fui pego por uma tempestade e me abriguei no castelo do conde Radun, que foi muito gentil em permitir minha entrada. – O tom de voz de Tessera tinha aquela entoação monótona à qual algumas pessoas recorrem quando estão recitando algo que foi decorado. – De qualquer forma, depois que o tempo melhorou, eu estava me preparando para partir, cuidando de meu cavalo nos estábulos do conde. Foi então que ouvi o barulho de muitos homens entrando no pátio, e espiei pela porta dos estábulos para ver o que estava acontecendo. Era uma tropa considerável de cavaleiros pandions.

– Você tem certeza de que eram pandions? – Annias se prontificou a perguntar.

– Sim, Vossa Graça. Eles estavam trajando armaduras negras e carregando estandartes dos pandions. O conde é conhecido por sua devoção à Igreja e a seus cavaleiros, então ele os admitiu sem questionamentos. Mas, assim que eles passaram pelos portões, sacaram suas espadas e começaram a matar a todos.

– Meu tio! – exclamou o rei Dregos.

– O conde tentou fazer-lhes oposição, claro, mas eles logo o desarmaram e o amarraram numa estaca no centro do pátio. Eles mataram todos os homens dentro do castelo, e então...

– *Todos* os homens? – Annias o interrompeu, com uma expressão severa.

– Eles mataram todos os homens dentro do castelo, e então... – Tessera hesitou. – Ah, quase me esqueci dessa parte. Eles mataram todos os homens dentro do castelo, *exceto* os clérigos, e então trouxeram a esposa do conde e suas filhas para o pátio. Em seguida, arrancaram-lhes as roupas e as violentaram na frente do conde.

– Minha tia e minhas primas – um soluço escapou do rei de Arcium, que lutava contra as lágrimas.

– Aguente firme, Dregos – o rei Wargun murmurou, colocando a mão no ombro do outro rei.

– Depois, quando as mulheres haviam sido estupradas diversas vezes, eles as arrastaram até o conde e começaram a cortar sua garganta. O conde chorou e tentou libertar as mãos, mas os nós estavam bem apertados. Ele implorou aos pandions que parassem, mas eles apenas riram e continuaram a carnificina. Quando finalmente sua esposa e suas filhas estavam mortas, jazendo em seu próprio sangue, o conde perguntou por que eles estavam fazendo tudo aquilo. Um deles, acho que foi o líder, disse que eram ordens de lorde Vanion, o preceptor da Ordem Pandion.

O rei Dregos ficou de pé em um pulo. Ele chorava abertamente e sua mão estava agarrada ao cabo de sua espada. Annias colocou-se na frente do rei e disse:

– Compartilho seu sentimento perante tal ultraje, Vossa Majestade, mas uma morte rápida seria muito piedosa para esse monstro que é Vanion. Terminemos de ouvir o relato deste homem honesto. Prossiga com sua história, Tessera.

– Não há muito mais a dizer, Vossa Graça – Tessera recomeçou. – Uma vez mortas todas as mulheres, os pandions torturaram o conde até ele quase estar morto e então o decapitaram. Finalmente, expulsaram todos os clérigos do castelo e saquearam o local.

– Obrigado, Tessera – Annias murmurou. Fez um gesto para um dos soldados, e o guarda foi à mesma porta de antes e deixou entrar um homem vestido com um camisão rústico. O camponês tinha um olhar furtivo e tremia visivelmente.

– Qual é o seu nome, camarada? – Annias o questionou.

– É Verl, Vossa Graça, e sou um servo da gleba do conde Radun.

– E por que você está em Cimmura? Um servo não pode deixar sua gleba sem a permissão de seu senhor.

– Eu fugi, Vossa Graça, depois do assassinato do conde e de sua família.

– Você pode nos dizer o que aconteceu? Você testemunhou tal atrocidade?

– Não diretamente, Vossa Graça. Eu estava trabalhando nos campos, perto do castelo do conde, quando vi um grupo numeroso de cavaleiros usando armaduras negras e carregando os estandartes dos pandions. Eles cavalgavam vindos do castelo; um deles levava uma lança e, em sua ponta, estava a cabeça do conde. Eu me escondi e pude ouvi-los rindo e conversando conforme passavam.

– O que eles diziam?

– Aquele que levava a cabeça do conde disse: "Devemos carregar este troféu para Demos e provar a lorde Vanion que cumprimos nossas ordens". Depois que eles foram embora, corri até o castelo e encontrei todos mortos. Eu tive medo de que os pandions voltassem, então fugi.

– E por que veio até Cimmura?

– Para denunciar esse crime ao senhor, Vossa Graça, e para colocar-me sob sua proteção. Tive medo de que, se ficasse em Arcium, os pandions pudessem vir atrás de mim e me matar.

– Por que você fez isso? – Dregos interrogou Vanion. – Meu tio nunca ofendeu sua Ordem.

Os outros reis também miravam o preceptor dos pandions de maneira acusadora.

Dregos se virou para encarar o príncipe Lycheas, urrando:

– Insisto que esse assassino seja acorrentado!

– Seu pedido é razoável, Vossa Majestade – Lycheas disse, com sua voz anasalada, tentando sem muito sucesso parecer um rei. – Ordenamos que Vanion, esse calhorda, seja posto...

– Ah... perdoem-me, vossas majestades – interrompeu o conde de Lenda –, mas por lei, lorde Vanion tem o direito de apresentar sua defesa.

– Que defesa pode haver? – Dregos questionou, num tom enojado.

Sparhawk e os outros haviam ficado nos fundos da câmara do Conselho. Sephrenia gesticulou discretamente, e Sparhawk se inclinou em sua direção.

– Alguém está usando magia – ela sussurrou. – É por isso que os reis estão aceitando tão facilmente essas acusações infantis contra Vanion. O feitiço induz a credibilidade.

– Você pode anulá-lo?

– Só se eu souber quem o está tecendo.

– É Annias. Ele tentou lançar um feitiço contra mim quando voltei para Cimmura.

– Um clérigo? – ela pareceu surpresa. – Muito bem, vou cuidar disso. – Os lábios da pequena mulher começaram a se mover e, com as mãos escondidas nas mangas do hábito, começou a gesticular.

– Então, Vanion – Annias escarneceu –, o que você tem a dizer em sua defesa?

– É óbvio que esses homens estão mentindo – Vanion respondeu com desprezo.

– Por que eles mentiriam? – Annias indagou, virando-se para os reis, sentados na frente da câmara. – Tão logo tomei conhecimento do relato destas vítimas, despachei uma tropa de soldados da Igreja para o castelo do conde a fim de verificar os detalhes desse crime. Aguardo uma posição deles em uma semana. Nesse meio-tempo, recomendo que todos os cavaleiros pandions sejam desarmados e confinados em suas casas capitulares para evitar novas atrocidades.

– Dadas as circunstâncias, creio que seja uma atitude prudente – concordou o rei Obler, cofiando sua longa barba cinzenta. Virando-se para Darellon, o preceptor dos cavaleiros alciones, comandou: – Milorde Darellon, despache um mensageiro para Deira. Ordene que seus cavaleiros venham para Elenia. Eles deverão auxiliar as autoridades civis no desarmamento e confinamento dos pandions.

– Será como Vossa Majestade deseja – Darellon respondeu, olhando enviesado para Vanion.

O rei idoso de Deira voltou-se aos reis Wargun e Dregos, concluindo:

– Sugiro que os cirínicos e os genidianos também enviem um contingente de suas forças. Devemos conter os pandions até que possamos separar inocentes de culpados.

– Providencie isso, Komier – o rei Wargun comandou.

– Envie seus cavaleiros também, Abriel – o rei Dregos ordenou para o preceptor dos cirínicos. Encarando fixamente Vanion, ele acrescentou com ódio velado: – Rezo para que seus subordinados tentem resistir.

– Mas que ideia esplêndida, vossas majestades – Annias comentou, fazendo outra mesura. – Gostaria de sugerir ainda que, tão logo recebamos confirmação dos assassinatos, vossas majestades viajem com estas duas honestas testemunhas até Chyrellos. Lá poderemos revelar todo o ocorrido à hierocracia da Igreja e ao próprio arquiprelado, com nossa recomendação fervorosa de que a Ordem Pandion seja dissolvida. A rigor, tal Ordem está sob a jurisdição eclesiástica, e apenas a própria Igreja pode tomar a decisão final.

– Correto – Dregos disse entre os dentes cerrados. – Que nos livremos dessa infecção pandion de uma vez por todas.

Um fino sorriso tocou os lábios do primado. Mas logo em seguida sua face tornou-se mortalmente pálida, quando Sephrenia lançou seu contrafeitiço.

Nesse momento, Dolmant adiantou-se. Jogou para trás o capuz que lhe cobria o rosto e pediu:

– Posso acrescentar algo, vossas majestades?

– Vo... Vossa Graça? – Annias gaguejou, surpreso. – Eu não sabia que o senhor estava em Cimmura.

– Não achei que soubesse, Annias. Como você bem citou, os pandions estão sob jurisdição da Igreja. Como ocupo o posto mais elevado entre os clérigos presentes neste recinto, creio ser mais apropriado que eu conduza esta investigação. Ainda assim, a maneira como conduziu a questão deve ser louvada.

– Mas...

– Isso é tudo, Annias – Dolmant o dispensou. Voltou-se para os reis e para Lycheas, que o encarava boquiaberto. Então, andando de um lado para o outro, com as mãos trançadas em suas costas, como se estivesse pensando profundamente, o patriarca começou: – Vossas majestades, as acusações aqui apresentadas são graves. Consideremos, primeiramente, o caráter dos acusadores. De um lado, temos um mercador sem títulos que o precedam; de outro, um servo que fugiu de sua gleba. O acusado é o preceptor de uma ordem de Cavaleiros da Igreja, um homem cuja honra sempre esteve acima de qualquer suspeita. Por que um homem da estatura de lorde Vanion cometeria tal atrocidade? De fato, ainda não recebemos quaisquer evidências de que o crime *realmente* tenha acontecido. Não ajamos de modo precipitado.

– Como mencionei anteriormente, Vossa Graça – Annias o interrompeu –, despachei soldados da Igreja para Arcium a fim de investigarem pessoalmente a cena do crime. Também ordenei que procurassem os clérigos que estavam no castelo do conde Radun e testemunharam os horrores que lá transcorreram, para trazê-los a Cimmura. Seus relatos não deixarão quaisquer dúvidas.

– Ah, sim – concordou Dolmant. – Nenhuma dúvida. Creio que possa, entretanto, poupar nosso tempo. Por sorte, trago comigo alguém que testemunhou todo o ocorrido no castelo do conde Radun e que, acredito, não possa ter seu testemunho questionado por qualquer homem. – Virou-se para a figura encapuzada do conde Radun, que havia se postado de maneira discreta no fundo da câmara, e sugeriu: – O senhor poderia vir até aqui, irmão?

Annias roía uma de suas unhas. Sua expressão transparecia claramente o desgosto por ter perdido o controle da situação e pelo surgimento da inesperada testemunha de Dolmant.

– O senhor poderia nos revelar sua identidade, irmão? – Dolmant pediu amavelmente, quando o conde se juntou a ele perante os reis.

Um sorriso controlado marcava a face de Radun conforme ele tirava o capuz de sua cabeça.

– Tio! – o rei Dregos arfou, com surpresa.

– Tio? – exclamou o rei Wargun, levantando-se bruscamente e derramando seu vinho.

– Este é o conde Radun, meu tio – Dregos explicou, com os olhos ainda arregalados de surpresa.

– Você parece ter se recuperado maravilhosamente bem, Radun – Wargun gargalhou. – Meus parabéns. Diga-me, como conseguiu colar sua cabeça de volta?

Annias ficou ainda mais pálido.

– Como você... – deixou escapar, encarando o conde Radun com descrença. Mas, em seguida, se recuperou. Olhou assustado ao redor por um instante, como se procurasse uma rota de fuga. Então pareceu recobrar o autocontrole e emendou: – Vossas majestades, fui iludido por falsos testemunhos. Peço o vosso perdão. – Ele suava em profusão. Voltou-se e apontou para Tessera e Verl, ambos tremendo de medo, e rosnou: – Prendam esses mentirosos! – Vários guardas de uniformes vermelhos rapidamente retiraram os dois da câmara.

– Annias se recupera bem rápido de um golpe, não é? – Kalten murmurou para Sparhawk. – Você quer apostar quanto que esses dois vão se enforcar misteriosamente em suas celas antes do pôr do sol... com uma certa ajuda, é claro.

– Eu não costumo apostar, Kalten – Sparhawk respondeu. – Pelo menos não em situações como essa.

– Por que o senhor não nos conta o que *realmente* aconteceu em seu castelo, conde Radun? – Dolmant sugeriu.

– Foi tudo bem simples, Vossa Graça – Radun respondeu. – Há algum tempo, Sir Sparhawk e Sir Kalten chegaram aos portões de meu castelo e me alertaram sobre um grupo de homens trajando armaduras dos cavaleiros pandions que planejava ganhar entrada utilizando subterfúgios e assassinar a mim e a minha família. Os dois traziam consigo um número considerável de cavaleiros pandions *genuínos*. Quando os impostores chegaram, Sir Sparhawk liderou seus homens contra os malfeitores e os rechaçou.

– Que afortunado – observou o rei Obler. – Qual desses valentes homens é Sir Sparhawk?

– Sou eu, Majestade – Sparhawk se apresentou, dando um passo à frente.

– Como você ficou sabendo desse esquema?

– Foi por acidente, Vossa Majestade. Ouvi por acaso uma conversa que detalhava o plano. Imediatamente, informei lorde Vanion, que ordenou que eu e Kalten agíssemos preventivamente.

O rei Dregos levantou-se e desceu do estrado, dizendo com a voz embargada:

– Cometi uma injustiça, lorde Vanion. Seus motivos eram os mais nobres e eu o acusei. O senhor me perdoa?

– Não há nada a se perdoar, Vossa Majestade – Vanion respondeu. – Sob tais circunstâncias, eu teria feito o mesmo.

O rei de Arcium tomou a mão do preceptor e a apertou com afeição.

– Diga-me, Sir Sparhawk, você foi capaz de identificar os conspiradores? – perguntou o rei Obler.

– Não fui capaz de ver seus rostos, Vossa Majestade.

– De fato, uma pena – suspirou o rei idoso. – Aparentemente, esse plano era bem extensivo. As duas testemunhas que se apresentaram aqui parecem fazer parte dele, e algum sinal combinado previamente deve ter sido disparado para que ambos apresentassem suas mentiras, obviamente combinadas com antecedência.

– O mesmo me ocorreu, Vossa Majestade – Sparhawk concordou.

– Mas quem está por trás de tudo? E contra quem esse golpe estava direcionado? Ao conde Radun, talvez? Ou ao rei Dregos? Ou até mesmo ao lorde Vanion?

– Talvez isso seja impossível de determinar... a não ser que as supostas testemunhas possam ser persuadidas a identificar seus colegas conspiradores.

– Uma excelente sugestão, Sir Sparhawk. – Então o rei Obler virou-se para o primado Annias, declarando: – Cabe a Vossa Graça garantir que o mercador Tessera e o servo Verl sejam detidos para interrogatório. Ficaríamos muito decepcionados se algo de natureza permanente acontecesse com qualquer um deles.

– Garantirei que ambos sejam atentamente guardados, Vossa Majestade – assegurou Annias, com uma expressão tensa estampada no rosto. Chamou um dos soldados com um gesto e murmurou alguma ordem para o homem, que empalideceu e saiu correndo da câmara.

– Sir Sparhawk – Lycheas vociferou –, o senhor recebeu ordens para ir a Demos e não sair de lá até receber permissão. Por que o senhor...

– Fique quieto, Lycheas – Annias redarguiu.

O jovem ruborizou lentamente, acentuando a face marcada por espinhas.

– Eu diria que você deve desculpas a lorde Vanion, Annias – Dolmant disse com firmeza.

Annias empalideceu e virou-se, empertigado, para o preceptor dos pandions, murmurando:

– Por favor, aceite minhas desculpas, lorde Vanion. Fui enganado por mentirosos.

– Claro, meu caro primado – Vanion respondeu. – Todos nós cometemos erros grosseiros de vez em quando, não é mesmo?

– Creio que isso conclua o assunto – Dolmant declarou. Olhou de esguelha para Annias, que parecia concentrar todas as energias para controlar suas emoções, então emendou: – Fique tranquilo, Annias. Quando eu informar a hierocracia em Chyrellos sobre o que aconteceu aqui tentarei expor a situação sob a luz mais caridosa possível. Tentarei fazer com que você não pareça um *completo* idiota.

Annias mordeu os lábios.

– Diga-nos, Sir Sparhawk, você foi capaz de identificar os homens que atacaram o castelo do conde? – questionou o rei Obler.

– O nome do homem que liderava os mercenários é Adus, Vossa Majestade – Sparhawk informou. – Ele é um bárbaro imbecil que faz tudo o que manda um pandion renegado chamado Martel. Muitos dos que o acompanhavam eram mercenários comuns. Outra parte era composta por rendorenhos.

– Rendorenhos? – questionou o rei Dregos, estreitando os olhos. – De fato, ultimamente *houve* tensões entre meu reino e Rendor, mas esse plano parece muito bem elaborado para ter saído de uma mente rendorenha.

– Podemos gastar horas especulando, Dregos – o rei Wargun comentou, estendendo sua caneca vazia para que um serviçal a enchesse de vinho novamente. – Cerca de uma hora na roda da masmorra deve persuadir o mercador e o servo a nos contar o que eles sabem sobre os conspiradores.

– A Igreja não aprova tais métodos, Vossa Majestade – Dolmant o repreendeu.

– Dizem que os melhores inquiridores do mundo trabalham na masmorra sob a Basílica de Chyrellos – Wargun bufou ironicamente.

– Essas práticas foram descontinuadas.

– Talvez – Wargun resmungou –, mas essa é uma questão de natureza civil. Não somos limitados pela sensibilidade eclesiástica, e eu, pelo menos, não quero aguardar que você consiga uma ou duas respostas por meio de suas orações.

Lycheas, que ficara ressentido com a censura quase distraída que Annias lhe havia dirigido, endireitou-se em sua cadeira parecida com um trono.

– Ficamos satisfeitos que essa questão tenha se resolvido de forma tão amistosa – ele declarou –, e nos regozijamos em saber que as notícias da morte do conde Radun provaram-se infundadas. Pessoalmente, concordo com o patriarca de Demos quando diz que podemos considerar o assunto como encerrado... a não ser que as excelentes testemunhas de lorde Vanion possam contribuir com novas evidências que desvendem a identidade daqueles que participaram dessa conspiração monstruosa.

– Não, Vossa Alteza – Vanion disse. – Não estamos preparados para tanto neste exato momento.

Lycheas virou-se para os reis de Thalesia, de Deira e de Arcium, tentando com parco sucesso parecer imperioso, e prosseguiu:

– Nosso tempo é curto, vossas majestades. Cada um de nós possui um reino para governar, e há outros assuntos que precisam de nossa atenção. Sugiro, portanto, que expressemos nossa profunda gratidão a lorde Vanion por sua contribuição no esclarecimento dessa situação, e que ele receba nossa permissão para se retirar a fim de que possamos nos dedicar às questões de Estado.

Os reis assentiram com a cabeça.

– O senhor e seu séquito podem se retirar, lorde Vanion – Lycheas disse, com pompa.

– Obrigado, Vossa Alteza – Vanion respondeu, com uma mesura tensa. Ficamos felizes em poder ser úteis. – Virou-se e começou a caminhar em direção à porta.

– Um momento, lorde Vanion – pediu Darellon, o esguio preceptor dos cavaleiros alciones. Ele deu um passo adiante e disse: – Uma vez que a atenção de vossas majestades será voltada para assuntos de Estado, creio que eu, lorde Komier e lorde Abriel também iremos nos retirar. Somos pouco versados nas minúcias da arte de governar e em nada contribuiríamos para vossas discussões. A questão que foi levantada agora pela manhã, entretanto, requer uma reunião de todas as ordens militantes. Caso conspirações dessa natureza voltem a ocorrer, precisamos nos precaver para lidar com elas.

– Bem colocado – concordou Komier.

– Uma ideia esplêndida, Darellon – anuiu o rei Obler. – Que não sejamos pegos desprevenidos novamente. Mantenha-me informado do rumo de suas discussões.

– Vossa Majestade pode contar comigo.

Os preceptores das outras três ordens marcharam pelo estrado e juntaram-se a Vanion, que os conduziu pela porta da ornada câmara do Conselho. Uma vez do lado de fora, Komier, o colossal preceptor dos cavaleiros genidianos, escancarou um sorriso, murmurando:

– Muito bem-conduzido, Vanion.

– Fico feliz que você tenha gostado – Vanion sorriu de volta.

– Acho que estava com minha cabeça nas nuvens esta manhã – Komier confessou. – Você pode acreditar que quase aceitei toda aquela asneira?

– Não foi totalmente sua culpa, lorde Komier – Sephrenia comentou.

Ele dirigiu a ela um olhar questionador.

– Deixe-me pensar um pouco mais sobre o assunto – ela comentou, franzindo o cenho.

– Foi Annias, não foi? – o thalesiano gigante palpitou astutamente olhando para Vanion, conforme caminhavam pelo corredor. – Todo o esquema, quero dizer.

Vanion concordou com a cabeça.

– A presença dos pandions em Elenia está atrapalhando suas maquinações – explicou. – Ele pensou que conseguiria nos eliminar usando esse golpe.

– A política em Elenia pode ser um tanto densa, de vez em quando. Somos muito mais diretos em Thalesia. Quão poderoso é o primado de Cimmura?

– Ele controla o Conselho Real – Vanion explicou, dando de ombros. – Isso faz dele uma espécie de governante do reino.

– E ele quer o trono para si?

– Creio que não. Acho que ele prefere manipular tudo por detrás dos panos. Ele está tentando elevar Lycheas ao trono.

– Lycheas é filho bastardo, não é?

Vanion novamente fez que sim com a cabeça.

– Então como pode um bastardo ser rei? Ninguém sabe quem é o pai dele.

– Annias provavelmente acredita que possa passar por cima dessa questão. Até a intervenção do pai de Sparhawk, o bom primado quase convencera o rei Aldreas de que era perfeitamente legítimo casar-se com a própria irmã.

– Isso é nojento – Komier estremeceu.

– Ouvi dizer que Annias alimenta certa ambição envolvendo o trono do arquiprelado em Chyrellos – Abriel, o preceptor grisalho dos cavaleiros cirínicos, comentou com o patriarca Dolmant.

– Também ouvi esses rumores – Dolmant respondeu calmamente.

– Essa humilhação trará um revés para ele, não? A hierocracia provavelmente terá um olhar desfavorável em relação a alguém que fez o papel de tolo em público.

– Esse mesmo pensamento cruzou minha mente.

– E seu relatório será bem detalhado, não é mesmo?

– É minha obrigação, lorde Abriel – Dolmant afirmou, piamente. – Sendo eu mesmo um membro da hierocracia, não poderia ocultar qualquer fato transcorrido aqui, poderia? Sou obrigado a apresentar *toda* a verdade para o alto concílio da Igreja.

– Não esperávamos outra atitude de Vossa Graça.

– Precisamos conversar, Vanion – disse Darellon, o preceptor dos cavaleiros alciones, com seriedade. – Dessa vez, o esquema foi direcionado a você e aos pandions, mas isso diz respeito a nós todos. Da próxima, qualquer uma das ordens poderia ser atingida. Há algum lugar seguro onde possamos discutir esse assunto?

– Nossa casa capitular fica na fronteira oriental da cidade – Vanion respondeu. – Posso garantir que ela é livre de espiões do primado.

Conforme cruzavam os portões do palácio, Sparhawk lembrou-se de algo e reduziu a velocidade até acompanhar Kurik na retaguarda da coluna.

– Qual o problema? – perguntou o escudeiro.

– Vamos abrir um pouco de distância. Quero falar com aquele menino que está mendigando ali.

– Isso não denota bons modos, Sparhawk – Kurik o repreendeu. – Uma reunião dos preceptores das quatro ordens militantes acontece uma vez a cada geração, e eles vão querer questioná-lo.

– Podemos alcançá-los antes que cheguem à casa capitular.

– O que você tem para falar com um mendigo? – Kurik parecia mais do que um pouco irritado.

– Ele está trabalhando para mim. – Sparhawk mirou bem seu amigo e perguntou: – O que está te incomodando, Kurik? Você está com uma cara de poucos amigos.

– Esqueça – foi a resposta curta de Kurik.

Talen ainda estava aguardando no canto onde duas paredes se encontravam. Havia se enrolado em sua capa e tremia de frio.

Sparhawk desmontou a uma curta distância do garoto e fingiu conferir as amarras de sua sela.

– O que você queria me dizer? – o cavaleiro falou em voz quase inaudível.

– Aquele homem que você pediu para que eu vigiasse... – Talen começou – O nome dele era Krager, não era? Bom, ele partiu de Cimmura mais ou menos na mesma época em que você foi embora, mas voltou, algo em torno de uma semana depois. Ele vinha acompanhado de outro homem... um camarada de cabelo todo branco. É uma figura bem marcante, já que ele não é tão velho assim. De qualquer maneira, eles foram à casa daquele barão que gosta de menininhos. Ficaram por lá algumas horas e depois saíram da cidade novamente. Cheguei perto o suficiente para ouvir a conversa deles com os guardas do portão. Quando um dos guardas perguntou para onde estavam indo, disseram que seguiriam na direção de Cammoria.

– Bom rapaz – Sparhawk o parabenizou, jogando um dobrão de ouro na vasilha de esmolar do garoto.

– Brincadeira de criança – Talen deu de ombros. Testou a moeda com os dentes e em seguida guardou-a no bolso interno de sua túnica. – Obrigado, Sparhawk.

– Por que você não avisou o porteiro na estalagem da Rua da Rosa?

– Ela está sendo vigiada. Achei melhor não arriscar. – Talen, então, olhou por sobre os ombros de Sparhawk e cumprimentou: – Olá, Kurik, faz tempo que não nos vemos.

– Vocês dois se conhecem? – Sparhawk se surpreendeu.

Kurik corou e pareceu sem graça.

– Você não acreditaria há quanto tempo dura a nossa amizade, Sparhawk – Talen comentou, com um olhar maldoso na direção de Kurik.

– Já chega, Talen – Kurik disse com rispidez. Em seguida, sua expressão se suavizou quando perguntou: – Como está sua mãe? – O tom de sua voz era estranho, quase saudoso.

– Ela vai muito bem, para falar a verdade. Quando reunimos o que eu consigo juntar com a quantia que você nos dá de tempos em tempos, ela fica bem confortável.

– Estou interrompendo algo? – Sparhawk questionou com ironia.

– É um assunto pessoal, Sparhawk – Kurik resmungou. Virando-se para o garoto, indagou: – O que você está fazendo aqui nas ruas, Talen?

– Estou mendigando, Kurik. Viu só? – exclamou o menino, estendendo sua vasilha. – É pra isso que esta coisa serve. Você não quer deixar nada aqui... em nome dos velhos tempos?

– Eu te coloquei em uma ótima escola, garoto.

– Ah, era uma escola ótima, mesmo. O diretor costumava nos dizer quão ótima ela era pelo menos três vezes ao dia... durante as refeições. Ele e os outros professores comiam rosbife, enquanto os alunos ficavam com mingau. Como eu nunca gostei muito de mingau, decidi frequentar um tipo diferente de escola – ele gesticulou de modo extravagante para a rua ao seu redor. – Agora esta é minha sala de aula. Você gostou? As lições que aprendo aqui são muito mais úteis do que retórica ou filosofia, ou aquela coisa chata de teologia. Se eu me empenhar bastante, posso juntar o suficiente para comprar meu próprio rosbife... ou qualquer outra coisa que eu queira, na verdade.

– Eu deveria te dar uma surra, Talen – Kurik ameaçou.

– Ora, pai – o garoto exclamou, arregalando os olhos –, isso é coisa para se dizer? – Então Talen gargalhou. – Além disso, você teria de me pegar antes. Essa foi a primeira aula que tive na minha nova escola. Quer ver quão bem eu a aprendi? – Ele pegou a muleta, a vasilha de esmolar e saiu correndo rua abaixo. Sparhawk teve de admitir que ele era, de fato, bem rápido.

Kurik começou a soltar palavrões.

– Pai? – Sparhawk perguntou.

– Eu já disse que isso não lhe diz respeito, Sparhawk.

– Mas não guardamos segredos um para o outro, Kurik.

– Você vai insistir, não vai?

– Eu? Só estou curioso, mais nada. Esse é um lado seu que nunca vi antes.

– Eu cometi uma indiscrição há alguns anos.

– Essa é uma maneira delicada de descrever as coisas.

– Dispenso os comentários sarcásticos, Sparhawk.

– Aslade sabe sobre isso?

– Claro que não. Isso só a deixaria infeliz. Não contei para poupá-la. Um marido deve isso à própria esposa, não?

– Eu compreendo perfeitamente, Kurik – Sparhawk assegurou. – E a mãe de Talen era tão bonita assim?

Kurik suspirou e sua expressão ficou estranhamente suave.

– Ela tinha 18 anos e parecia uma manhã de primavera. Não consegui me conter, Sparhawk. Eu amo Aslade, mas...

– Isso acontece, Kurik – Sparhawk o consolou, colocando um braço ao redor dos ombros do amigo. – Não se martirize. Por que não tentamos alcançar os outros? – por fim sugeriu, endireitando-se e subindo novamente em sua sela.

Parte 2
Chyrellos

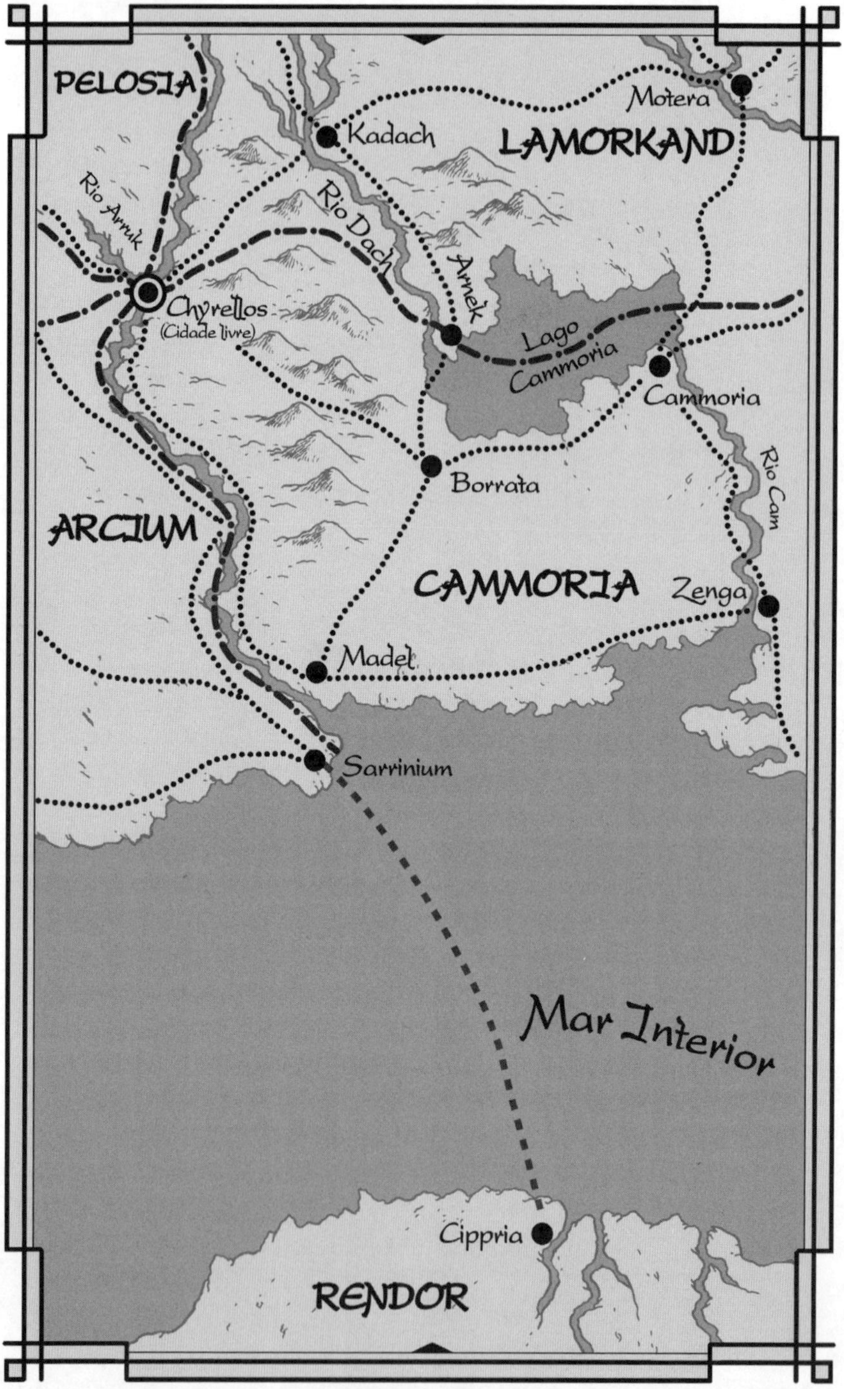
PELOSIA
LAMORKAND
Motera
Kadach
Rio Arruk
Rio Dach
Arnek
Chyrellos
(Cidade livre)
Lago
Cammoria
Cammoria
Borrata
Rio Cam
ARCIUM
CAMMORIA
Zenga
Madel
Sarrinium
Mar Interior
Cippria
RENDOR

Capítulo 10

Lorde Abriel, preceptor dos cavaleiros cirínicos de Arcium, estava de pé e olhava para a cidade de Cimmura pela janela de cortinas verdes do escritório de Vanion, situado na torre sul da casa capitular dos pandions. Abriel era um homem robusto, na casa dos 60 anos de idade e com cabelos grisalhos. Sua face enrugada, desprovida de humor, trazia olhos profundamente encavados em suas órbitas. Tirara a espada e o elmo quando ali chegara, mas ainda trajava sua armadura e seu sobretudo azul-claro. Como era o mais velho dos quatro preceptores, os outros davam-lhe precedência.

– Tenho certeza de que todos sabem o que está acontecendo aqui em Elenia – ele começou –, mas há certos aspectos que precisam de esclarecimentos, creio eu. Importar-se-ia se fizéssemos algumas perguntas, Vanion?

– De maneira nenhuma – Vanion respondeu. – Tentaremos responder quaisquer dúvidas que vocês tenham da melhor maneira possível.

– Bom. Tivemos nossas diferenças no passado, milorde, mas, em nossa atual situação, é melhor deixarmos isso de lado – Abriel, como todos os cirínicos, falou de maneira calculada, até mesmo formal. – Creio que precisamos saber mais sobre esse Martel.

– Ele era um pandion – Vanion respondeu, reclinando-se em sua cadeira, e sua voz trazia um pouco de tristeza. – Fui obrigado a expulsá-lo da Ordem.

– Isso é um pouco conciso, Vanion – Komier contrapôs. Diferentemente dos outros, Komier vestia uma cota de malha em vez de armadura formal. Era um homem de ossatura larga, com ombros poderosos e mãos grandes. Como a maioria dos thalesianos, o preceptor dos cavaleiros genidianos era loiro de sobrancelhas espessas, o que lhe dava uma aparência quase selvagem. Conforme falava, brincava com o punho de sua espada larga, que estava posta na mesa à sua frente. – Se esse Martel for nos causar problemas, é melhor sabermos tudo o que pudermos sobre ele.

– Martel era um dos melhores – Sephrenia explicou, com a voz baixa. Ela usava seu manto branco e encapuzado e estava próxima da lareira, segurando uma xícara de chá. – Ele era muito habilidoso nos segredos styricos. Foi isso, creio eu, que lhe trouxe a desgraça.

– Ele também era muito bom com a lança de justa – Kalten admitiu a contragosto. – Ele costumava me derrubar do cavalo com frequência no campo de treinamento. Acho que Sparhawk era o único que poderia ser considerado páreo para ele.

– Qual foi essa desgraça que você mencionou, Sephrenia? – perguntou lorde Darellon. O preceptor dos cavaleiros alciones de Deira era um homem esguio, próximo dos 50 anos de idade. Sua poderosa armadura deirana parecia pesada demais para sua figura franzina.

– Os segredos de Styricum são diversos – ela suspirou. – Alguns são bem simples, meros feitiços ou encantamentos. Martel os dominou rapidamente. Além da magia mais mundana, entretanto, jaz um reino muito mais profundo e perigoso. Aqueles que instruem os Cavaleiros da Igreja nos segredos não introduzem seus pupilos nesse nível de magia. Não é praticável e envolve coisas que colocam em risco a alma dos elenos.

– Muitas coisas colocam em risco a alma dos elenos, milady – Komier interrompeu, gargalhando. – Tive uma forte sensação de perigo na primeira vez que contatei os Deuses Trolls. Mas, pelo que entendi, esse seu Martel começou a experimentar coisas que ele não deveria, é isso?

– Sim – Sephrenia admitiu, suspirando outra vez. – Certa vez ele veio até mim, pedindo que eu o instruísse nos segredos proibidos. Sua curiosidade era muito intensa. Essa é uma das características de Martel. Eu me recusei, é claro, mas, assim como existem pandions renegados, há styricos renegados. Martel vem de uma família muito rica, de modo que pôde pagar pelas lições que queria.

– Quem descobriu o que ele estava fazendo? – Darellon perguntou.

– Eu – Sparhawk respondeu. – Estava cavalgando de Cimmura a Demos. Foi pouco tempo antes de o rei Aldreas me exilar. Há uma pequena floresta cerca de 14 quilômetros antes de se chegar a Demos. Era perto do anoitecer quando eu estava passando por essas matas, e percebi uma luz estranha ali. Fui investigar e vi Martel. Ele havia invocado uma criatura que brilhava. A luz que emanava daquela coisa era muito intensa... tão forte que eu não conseguia distinguir seu rosto.

– Acho que você não teria gostado de vê-lo, Sparhawk – Sephrenia objetou.

– Talvez não – Sparhawk concordou. – De qualquer forma, Martel estava falando com a criatura em styrico, ordenando que ela o obedecesse.

– Isso não parece nada fora do comum – Komier observou. – Todos nós invocamos espíritos ou fantasmas das mais diversas espécies de tempos em tempos.

– Mas a criatura não era precisamente um espírito, lorde Komier – Sephrenia explicou. – Era um Damork. Os Deuses Anciães de Styricum os criaram para que servissem como escravos à sua vontade. Os Damorks possuem poderes extraordinários, mas não são dotados de alma. Um deus pode invocá-los do lugar inimaginável onde eles residem e controlá-los. Entretanto, é tolice para qualquer mortal sequer tentar. Nenhum mortal pode controlar um Damork. O que Martel fez é completamente proibido por todos os Deuses Jovens.

– E os Deuses Anciães? – Darellon questionou.

– Os Deuses Anciães não conhecem regras, milorde... apenas vontades e desejos.

– Mas Martel é eleno, Sephrenia – Dolmant a lembrou. – Talvez ele não se sinta obrigado a respeitar as proibições dos Deuses de Styricum.

– Quando uma pessoa pratica as artes de Styricum, ela fica sujeita aos Deuses styricos, Dolmant – Sephrenia retrucou.

– Fico imaginando se não teria sido um erro dotar os Cavaleiros da Igreja de magia, além de armas convencionais – Dolmant pensou em voz alta. – Parece que acabamos nos envolvendo com algo que, talvez, devêssemos deixar de lado.

– Essa decisão foi tomada há mais de novecentos anos, Vossa Graça – Abriel o lembrou, voltando à mesa. – Se os Cavaleiros da Igreja não tivessem sido instruídos em magia, os zemochs teriam ganhado a batalha nas planícies de Lamorkand.

– Talvez – murmurou Dolmant.

– Continue com sua história, Sparhawk – Komier sugeriu.

– Não há muito mais a dizer, milorde. Eu não sabia o que era um Damork até que Sephrenia me explicasse, mais tarde; contudo, tinha consciência de que era algo vetado para nós. Depois de algum tempo a coisa desapareceu, e fui falar com Martel. Éramos amigos, e queria avisá-lo de que aquilo era proibido, mas ele parecia enlouquecido, de alguma forma. Ele berrou comigo e mandou que eu cuidasse da minha vida. Não tive outra escolha; cavalguei até a casa-mãe, em Demos, e relatei o que eu havia visto a Vanion e a Sephrenia. Ela me disse o que a criatura era e quais perigos incorreriam se ela fosse solta neste mundo. Vanion ordenou que eu liderasse um grupo de cavaleiros para deter Martel e trazê-lo até a casa-mãe a fim de que fosse questionado. Ele ficou totalmente insano quando nos aproximamos e sacou sua espada. Martel, que em ocasiões normais era muito habilidoso, parecia um selvagem por conta de sua loucura. Perdi dois amigos muito próximos naquele dia. Por fim, conseguimos sobrepujá-lo e o arrastamos até a casa-mãe, acorrentado.

– Pelos tornozelos, ao que me lembro – Kalten acrescentou. – Sparhawk pode ser bem direto quando está irritado. – Sorrindo para seu velho amigo, ele emendou: – Você não ganhou a afeição dele fazendo isso, Sparhawk.

– Eu não estava tentando. Ele tinha acabado de matar dois amigos meus, e queria dar a ele todos os motivos para aceitar meu desafio depois que Vanion tivesse concluído o interrogatório.

– De todo modo – Vanion o interrompeu, continuando a história –, quando trouxeram Martel de volta a Demos, eu o confrontei. Ele nem tentou negar o que estava fazendo. Ordenei que parasse de praticar os segredos proibidos, mas ele me desafiou. Não tive outra escolha naquele momento, então expulsei-o da Ordem. Despojei-o de seu título de cavaleiro, tomei sua armadura e enxotei-o pela porta da frente.

– Isso pode ter sido um erro – Komier grunhiu. – Eu o teria matado. Ele invocou a coisa novamente?

– Sim – Vanion admitiu, balançando a cabeça –, mas Sephrenia intercedeu junto aos Deuses Jovens de Styricum, e eles exorcizaram o Damork. Em seguida, removeram grande parte dos poderes de Martel. Ele fugiu, chorando e jurando vingança contra todos. Ele ainda é perigoso, mas pelo menos não pode mais invocar horrores. Martel deixou Elenia e tem empregado sua espada a serviço de quem lhe paga mais, em todos os lugares do mundo, pelos últimos dez ou doze anos.

– Então ele é um mercenário comum? – Darellon perguntou. O esguio preceptor dos alciones estava com uma expressão concentrada em seu rosto estreito.

– Não tão comum, milorde – Sparhawk discordou. – Ele teve o treinamento de um pandion e pode ter sido o melhor dentre nós, e o mais esperto. Martel tem contato com mercenários em toda Eosia; seria capaz de agrupar um exército rapidamente e, acima de tudo, é totalmente inescrupuloso. Creio que ele não acredite em mais nada.

– Qual é sua aparência? – Darellon questionou.

– Ele é um pouco mais alto do que alguém de estatura mediana – Kalten respondeu. – Tem mais ou menos a mesma idade que eu e Sparhawk, mas seu cabelo é todo branco... aliás, ele é assim desde os vinte e tantos anos.

– Talvez devamos manter os olhos abertos, atentos aos sinais de sua presença – Abriel sugeriu. – E sobre o outro homem que foi mencionado... Adus?

– Adus é um animal – Kalten disse. – Depois que Martel foi expulso da Ordem Pandion, ele recrutou Adus e um homem chamado Krager para ajudá-lo em seus negócios. Adus é pelosiano... ou talvez um lamork. Ele mal sabe falar, então fica difícil identificar seu sotaque. É um completo selvagem, desprovido de sentimentos humanos. Ele sente prazer em matar pessoas, bem devagar... e é bom nisso.

– E o outro? – indagou Komier. – Krager?

– Krager é muito inteligente – Sparhawk informou. – Ele é basicamente um criminoso: falsifica moedas, pratica extorsões, fraudes e coisas desse gênero; mas é fraco. Martel confia a ele tarefas que Adus não seria capaz de compreender.

– E qual a ligação entre Annias e Martel? – perguntou o conde Radun.

– Provavelmente, nada além de dinheiro, milorde – Sparhawk deu de ombros. – Martel é um mercenário sem fortes convicções sobre qualquer coisa. Há boatos de que ele tenha meia tonelada de ouro escondida em algum lugar.

– Eu estava certo – Komier comentou bruscamente. – Você devia tê-lo matado, Vanion.

– Eu me ofereci, mas Vanion não permitiu – Sparhawk emendou.

– Tive meus motivos – Vanion murmurou.

– Devemos considerar significativo o fato de que havia rendorenhos na tropa que atacou o castelo do conde Radun? – Abriel perguntou.

– Provavelmente, não – Sparhawk respondeu. – Acabo de voltar de Rendor. Eles possuem um vasto número de mercenários, assim como existe em Pelosia, Lamorkand e Cammoria. Martel recorre a eles sempre que precisa. Os mercenários rendorenhos não possuem convicções religiosas, eshandistas ou quaisquer outras.

– Temos evidências suficientes contra Annias para denunciá-lo à hierocracia em Chyrellos? – Darellon questionou.

– Creio que não – confessou o patriarca Dolmant. – Annias comprou a fidelidade de muitos membros do alto concílio da Igreja. Quaisquer denúncias que trouxermos contra ele deverão ter apoio e provas incontestáveis. Tudo o que temos é o relato de uma conversa entre Krager e o barão Harparin. Annias poderia se esgueirar com facilidade... ou simplesmente pagar para sair dessa situação.

– Acho que o patriarca acaba de apontar a peça-chave desse quebra-cabeças – comentou Komier, reclinando-se em sua cadeira e batendo um dedo contra o próprio queixo. – Enquanto Annias tiver acesso ao tesouro do reino de Elenia, ele pode financiar seus esquemas e continuar comprando o apoio da hierocracia. Se não formos cuidadosos, ele abrirá caminho para o trono do arquiprelado por meio de suborno. De uma forma ou outra, todos nós já estivemos em seu caminho, e creio que sua primeira ação como arquiprelado seria a dissolução de todas as quatro ordens militantes. Há alguma forma de cortar seu acesso ao tesouro?

Vanion balançou a cabeça, negando:

– Ele controla todo o Conselho Real... com exceção do conde de Lenda. Os outros votam em seu favor, garantindo-lhe o dinheiro de que precisa.

– E sua rainha? – questionou Darellon. – Annias a controlava também? Quero dizer, antes de ela adoecer.

– Nem um pouco – Vanion respondeu. – Aldreas era um rei bem fraco, que fazia tudo o que Annias dizia. Ehlana é um caso completamente diferente, e detesta o primado – então, deu de ombros. – Mas ela adoeceu, e Annias terá a liberdade de que precisa até que a rainha se recupere.

Abriel começou a andar de um lado para o outro, com uma expressão pensativa em sua face enrugada. Em seguida, disse:

– Este, então, parece ser o curso lógico que devemos seguir, cavalheiros. Devemos concentrar nossos esforços na busca de uma cura para a rainha Ehlana.

– Annias é muito astuto – Darellon observou, recostando-se e batendo os dedos contra a mesa polida. – Ele certamente adivinhará nosso plano e tentará nos atrapalhar. Mesmo que consigamos encontrar uma cura, isso não colocaria de imediato a vida da rainha em risco?

– Sparhawk é o campeão da rainha, milorde – Kalten retrucou. – Ele pode lidar com qualquer coisa... especialmente se eu estiver lá, cuidando de sua retaguarda.

– Vocês estão fazendo algum progresso na busca pela cura, Vanion? – indagou Komier.

– Todos os médicos locais estão perplexos – o preceptor dos pandions respondeu. – Enviei pedidos de ajuda para doutores de fora, mas a maioria ainda não chegou.

– Médicos raramente respondem a solicitações – Abriel o lembrou. – Isso pode ser ainda mais verdadeiro se o líder do Conselho Real *não* estiver interessado na recuperação da rainha. – Ele considerou o problema, então continuou: – Os cirínicos possuem vários contatos em Cammoria. Já foi cogitado levar a rainha até lá, para o departamento de medicina da Universidade de Borrata? Eles possuem a reputação de ser especialistas em enfermidades obscuras.

– Não ousamos desfazer o encantamento que a sustenta – Sephrenia argumentou. – Neste momento, é tudo o que a mantém viva. Ela poderia não sobreviver à viagem até Borrata.

– Talvez a senhora esteja certa, madame – o preceptor dos cavaleiros cirínicos concordou com a cabeça, pensativo.

– E não é só isso – Vanion acrescentou. – Annias nunca nos deixaria tirá-la do palácio.

Abriel anuiu novamente com a cabeça e considerou a questão por algum tempo.

– Há uma alternativa – ele, por fim, propôs. – Não é tão efetivo quanto levar o paciente para o médico examinar, mas por vezes funciona... pelo menos é o que ouvi falar. Um médico capacitado pode deduzir muito a partir de uma descrição detalhada dos sintomas. Esta seria minha sugestão, Vanion: escreva tudo o que se sabe da enfermidade da rainha Ehlana e envie um portador até Borrata com tais papéis.

– Eu irei – Sparhawk declarou, com sua voz baixa. – Tenho certos motivos pessoais para querer que a rainha recobre sua saúde. Além disso, Martel está em Cammoria, ou pelo menos é o que dizem, e tenho algumas coisas a discutir com ele.

– Isso suscita outra questão – Abriel prosseguiu. – Cammoria sofre com uma série de distúrbios, atualmente. Alguém tem insuflado o descontentamento civil naquela nação. Não é um dos lugares mais seguros neste mundo.

– O que os cavalheiros acham de uma demonstração de unidade? – Komier aventou aos outros preceptores, recostando-se novamente.

– O que você tem em mente? – questionou Darellon.

– Creio que todos nós tenhamos interesses neste caso – Komier explicou. – Nosso propósito comum é manter Annias fora do trono do arquiprelado. Todas as ordens possuem campeões que sobressaem a seus companheiros em habilidade e bravura. Acho que seria uma boa ideia se cada um de nós escolhêssemos tais campeões e fizéssemos com que eles acompanhassem Sparhawk até Cammoria. A ajuda não faria mal algum, e convenceria o resto do mundo de que os Cavaleiros da Igreja atuam em conjunto neste assunto.

– Muito bom, Komier – Darellon concordou. – As ordens militantes tiveram suas diferenças nos últimos séculos, e muitas pessoas acham que estamos divididos. – Virando-se para Abriel, ele perguntou: – Você tem alguma ideia de quem esteja causando problemas em Cammoria?

– Muitos acreditam que seja Otha – respondeu o cirínico. – Ele vem se infiltrando nos reinos centrais há aproximadamente seis meses.

– Sabem de uma coisa? – Komier disse. – Tenho a forte impressão de que um dia desses teremos de fazer algo com Otha... algo que seja permanente.

– Isso envolveria afrontar Azash, e não tenho certeza se é isso o que queremos – observou Sephrenia.

– Os Deuses Jovens não podem fazer algo em relação a ele? – indagou Komier.

– Eles escolhem não agir – Sephrenia explicou. – As guerras entre os homens já são bastante ruins, mas uma guerra entre os deuses teria consequências inimagináveis. – Ela olhou para Dolmant e sugeriu: – Dizem que o Deus dos elenos é todo-poderoso. A Igreja não pode apelar a Ele para confrontar Azash?

– Suponho que seja possível – o patriarca considerou. – O único problema é que a Igreja não admite a existência de Azash... ou de qualquer outra divindade styrica. É uma questão teológica.

– Mas que mente fechada.

– Minha querida Sephrenia – Dolmant retrucou, rindo –, pensei que você soubesse que esta era a natureza da mente eclesiástica. Encontramos uma verdade e a abraçamos. Então, fechamos nossos olhos para todo o resto. Isso evita confusões. – Olhando para ela com curiosidade, ele questionou: – Diga-me, Sephrenia, qual deus pagão *você* venera?

– Não tenho permissão para dizer – ela respondeu, com seriedade. – O que *posso* contar, em contrapartida, é que não é um Deus. Sirvo uma Deusa.

– Uma deidade feminina? Mas que ideia absurda.

– Apenas para um homem, Dolmant. As mulheres consideram isso bem natural.

– Há algo mais que devamos saber, Vanion? – perguntou Komier.

– Acho que conseguimos cobrir tudo, Komier. – Vanion virou-se para Sparhawk e indagou: – Quer acrescentar algo?

– Não – Sparhawk murmurou, meneando a cabeça. – Acho que não.

– E aquele styrico que mandou os soldados da Igreja atrás de nós? – Kalten questionou.

– Eu tinha quase me esquecido disso – Sparhawk admitiu com um grunhido. – Foi pouco depois de ouvir a conversa entre Krager e Harparin. Kalten e eu estávamos usando disfarces, mas havia um styrico que conseguia ver através deles. Logo em seguida, fomos atacados por alguns homens de Annias.

– Você acha que há uma conexão? – Komier perguntou.

Sparhawk concordou com a cabeça e acrescentou:

– Esse styrico tem me seguido há vários dias, e tenho certeza de que foi ele quem nos identificou para aqueles soldados. Isso o ligaria a Annias.

– É uma associação bem tênue, Sparhawk. Annias tem uma série de preconceitos contra styricos.

– Não tantos assim; ele os procuraria se acreditasse que o ajudariam no que precisasse. Em duas ocasiões o flagrei usando magia.

– Um clérigo? – a expressão de Dolmant era de espanto. – Isso é estritamente proibido.

– Bem como planejar o assassinato do conde Radun, Vossa Graça. Não acho que Annias esteja muito preocupado com as regras. Ele não é um bom mago, mas o fato de ele saber como se faz magia indica que teve um instrutor, e isso significa um styrico.

Darellon entrelaçou os dedos das mãos sobre a mesa à sua frente e observou:

– Há styricos e styricos. Como Abriel nos avisou, muitos deles estão atuando nos reinos centrais nos últimos tempos... muitos vindos de Zemoch. Se Annias entrou em contato com um styrico que o instruísse nos segredos, ele pode ter contatado o styrico errado.

– Acho que você está complicando demais a situação, Darellon – contrapôs Dolmant. – Nem Annias negociaria com Otha.

– Isso se presumirmos que ele *saiba* que está lidando com Otha.

– Milordes – Sephrenia os interrompeu, com a voz baixa. Seus olhos estavam concentrados. – Considerem o que aconteceu esta manhã. Algum dos senhores, ou dos reis aos quais os senhores servem, teria sido enganado pelas acusações diáfanas do primado Annias? Elas eram rudimentares, óbvias e até mesmo infantis. Os elenos são um povo sutil e sofisticado. Se suas mentes estivessem alertas, os senhores teriam rido das tentativas atrapalhadas de Annias para desacreditar os pandions. Mas os senhores não o fizeram. Nem seus reis. E Annias, que é tão sutil quanto uma serpente, apresentou suas acusações como se fossem um golpe de gênio.

– Exatamente aonde você está querendo chegar, Sephrenia? – perguntou Vanion.

– Acho que devemos levar em consideração a linha de raciocínio de lorde Darellon. A apresentação desta manhã teria deixado um styrico estupefato. Somos um povo simples, e nossos magos não teriam de se esforçar tanto assim para nos persuadir a concordar com seu modo de pensar. Mas vocês, elenos, são mais céticos, mais lógicos. Não são tão facilmente enganados... a não ser que sejam influenciados.

Dolmant inclinou-se para a frente; seus olhos expressavam a vontade de entrar num debate sobre a lógica do argumento.

– Mas Annias também é eleno – o patriarca contrapôs –, e possui uma mente treinada em disputas teológicas. Por que ele teria sido tão atrapalhado?

– Você está considerando que Annias falava com as próprias palavras hoje de manhã, Dolmant. Qualquer feiticeiro styrico, ou até mesmo uma criatura sujeita a um, apresentaria seus argumentos em termos que o mais simplório dos styricos pudesse compreender, e então confiaria na magia para induzir a crença em outrem.

– Alguém estava usando esse tipo de magia naquela câmara esta manhã? – Darellon perguntou, com uma expressão preocupada.

– Sim – foi a resposta direta de Sephrenia.

– Acho que estamos fugindo do assunto – Komier observou. – O que precisamos agora é começar os preparativos para a viagem de Sparhawk. Quanto mais rápido encontrarmos uma cura para a doença da rainha Ehlana, mais rápido nos livraremos das ameaças de Annias. Uma vez cortado seu acesso ao dinheiro do tesouro, não me importo com quem, ou com o quê, ele vá se associar.

– É melhor você se preparar para cavalgar, Sparhawk – Vanion disse. – Vou escrever os sintomas da rainha.

– Acho que isso não será necessário, Vanion – Sephrenia comentou. – Conheço as condições da rainha em maiores detalhes do que você.

– Mas você não sabe escrever, Sephrenia – Vanion a lembrou.

– Não preciso, Vanion – ela contrapôs, com afeição. – Posso relatar os sintomas aos médicos em Borrata pessoalmente.

– Você vai com Sparhawk? – Vanion parecia surpreso.

– Claro. Ele parece concentrar muitas coisas sobre si, e pode precisar da minha ajuda quando for a Cammoria.

– Eu vou junto – Kalten declarou. – Se Sparhawk encontrar Martel em Cammoria, quero estar lá para ver o que acontece. – Sorrindo para seu amigo, ele barganhou: – Deixo você ficar com Martel se você me der Adus.

– Parece justo – Sparhawk concordou.

– O caminho até Borrata passa por Chyrellos – Dolmant comentou. – Acompanharei vocês numa parte da viagem.

– Será uma honra termos Vossa Graça conosco. – Sparhawk virou-se para o conde Radun e perguntou: – Gostaria de se juntar a nós, milorde?

– Não. Ainda assim, obrigado, Sir Sparhawk. Retornarei a Arcium com meu sobrinho e com lorde Abriel.

– Não quero atrasar sua partida, Sparhawk – Komier disse, franzindo o cenho –, mas Darellon tem razão. Annias certamente será capaz de adivinhar qual será nosso próximo passo. Há poucas instituições de ensino de medicina em Eosia; se esse Martel já está em Cammoria e ainda recebe ordens de Annias, é quase certeza de que ele tentará evitar que você chegue a Borrata. Acho melhor você esperar em Chyrellos até que os cavaleiros das outras ordens lhe alcancem. Uma demonstração de força pode, por vezes, facilitar as coisas.

– Boa ideia – Vanion concordou. – Os outros podem se unir a ele na casa capitular dos pandions em Chyrellos e cavalgar juntos de lá.

– Então, está tudo combinado – Sparhawk disse e se levantou. Olhando para Sephrenia, perguntou: – Você vai deixar Flauta aqui?

– Não, ela vem comigo.

– Será uma viagem perigosa – ele avisou.

– Posso protegê-la se for necessário. Além disso, a decisão não é minha.

– Você não adora conversar com ela? – Kalten comentou. – Todo o exercício mental que temos de fazer para tentar entender o significado do que ela está dizendo.

Sparhawk o ignorou.

Mais tarde, no pátio onde Sparhawk e os outros terminavam os preparativos para seguir rumo a Chyrellos, o noviço Berit se aproximou deles.

– Há um pequeno mendigo manco nos portões, milorde – ele avisou a Sparhawk. – Ele diz que tem algo urgente para lhe contar.

– Deixe que ele entre – Sparhawk ordenou.

Berit parecia um pouco chocado.

– Conheço o garoto – Sparhawk explicou. – Ele trabalha para mim.

– Como desejar, milorde – Berit aquiesceu, fazendo uma mesura e virando-se para o portão.

– Ah, aproveitando, Berit – Sparhawk se lembrou.

– Milorde?

– Não ande perto demais do menino. Ele é um ladrão, e pode roubar tudo o que você tem antes que você chegue a menos de dez passos dele.

– Vou me lembrar disso, milorde.

Alguns minutos depois, Berit retornou, escoltando Talen.

– Estou com um problema, Sparhawk – o garoto falou.

– Ah, é?

– Uns homens do primado descobriram que eu estava te ajudando. Eles estão vasculhando toda Cimmura à minha procura.

– Eu avisei que você acabaria se metendo em uma enrascada – Kurik rosnou. Então o escudeiro olhou para Sparhawk e perguntou: – E agora, o que vamos fazer? Não quero que ele acabe nas masmorras da catedral.

– Podemos levá-lo conosco – Sparhawk sugeriu, coçando o queixo. – Pelo menos até Demos. – Subitamente, ele riu. – Podemos deixá-lo com Aslade e os garotos.

– Você ficou louco, Sparhawk?

– Pensei que você ficaria animado com a ideia, Kurik.

– Essa é a coisa mais ridícula que eu já ouvi em toda a minha vida.

– Você não quer que ele conheça os irmãos? – Sparhawk olhou para o menino. – Quanto você roubou do nosso amigo Berit? – ele perguntou bruscamente para o jovem ladrão.

– Na verdade, não muita coisa.
– Devolva tudo.
– Estou muito decepcionado com você, Sparhawk.
– A vida é cheia de decepções. Agora, devolva.

Capítulo II

Ia o meio da tarde quando saíram pela ponte levadiça rumo à estrada que levava a Demos e além. O vento ainda soprava, mas o céu estava limpo. A longa estrada que se estendia até Demos estava apinhada. Carretas e carroças rangiam, e os camponeses vestidos desmazeladamente, carregando fardos pesados sobre os ombros, penavam vagarosos em direção aos mercados de Cimmura. O vento úmido do inverno dobrava a grama amarelada ao lado da estrada. Sparhawk cavalgava alguns passos à frente dos outros, e aqueles que seguiam para Cimmura abriam-lhe passagem. Faran se exibia com petulância outra vez conforme cavalgavam em um trote acelerado.

– Sua montaria parece irrequieta, Sparhawk – observou o patriarca Dolmant, que se envolvera em uma pesada capa eclesiástica negra que cobria seu hábito.

– Ele só está se mostrando – Sparhawk comentou por sobre o ombro. – Faran acha que isso me impressiona.

– Isso dá a ele algo para fazer enquanto espera uma nova chance de morder alguém – Kalten riu.

– A besta é indócil?

– É da natureza dos corcéis, Vossa Graça – Sparhawk explicou. – Eles são criados para ser agressivos. No caso de Faran, isso foi longe demais.

– Ele já o mordeu?

– Uma vez. Em seguida, expliquei a ele que eu não gostaria que aquilo se repetisse.

– Explicou?

– Usei um graveto bem robusto. Ele entendeu a ideia quase imediatamente.

– Não vamos chegar muito longe esta tarde, Sparhawk – Kurik falou em voz alta desde sua posição costumeira na retaguarda da comitiva, de onde cavalgava com dois cavalos de carga. – Começamos muito tarde. Tem uma estalagem a uns seis quilômetros daqui. O que você acha de pararmos lá, ter uma boa noite de sono e continuar bem cedo pela manhã?

– Faz sentido, Sparhawk – Kalten concordou. – Eu não gosto mais de dormir no chão.

– Muito bem – concedeu Sparhawk. Olhou para Talen, montado num cavalo baio que aparentava cansaço ao lado do palafrém branco de Sephrenia. O garoto voltava-se com frequência para trás, apreensivo. Então comentou: – Você está quieto demais.

– Não é apropriado que os mais jovens falem na presença dos mais velhos, Sparhawk – Talen retrucou cinicamente. – Essa foi uma das coisas que me ensinaram naquela escola em que Kurik me colocou. Tento seguir as regras... desde que elas não sejam um grande inconveniente para mim.

– O garoto é atrevido – Dolmant observou.

– Ele também é um ladrão, Vossa Graça – Kalten o avisou. – Não chegue muito perto dele se o senhor estiver com pertences de valor.

Dolmant mirou o jovem com gravidade.

– Você sabia que a Igreja desaprova o roubo?

– Sim – respondeu o garoto. – Eu sei. A Igreja tem uma visão limitada sobre coisas assim.

– Olha essa boca, Talen.

– Não dá, Kurik. Meu nariz fica no caminho.

– Talvez a depravação do menino seja compreensível – Dolmant considerou, com tolerância. – Duvido que ele tenha recebido alguma instrução sobre doutrina ou moralidade. – E, suspirando, acrescentou: – Em vários aspectos, crianças pobres são tão pagãs quanto os styricos. – Ele sorriu maliciosamente na direção de Sephrenia, que cavalgava com Flauta; a menina parecia um pequeno fardo envolvido numa capa velha à frente dela.

– Para falar a verdade, Vossa Graça – Talen discordou –, frequento os ofícios da Igreja regularmente, e sempre presto muita atenção durante os sermões.

– Isso é surpreendente – comentou o patriarca.

– Não necessariamente – Talen objetou. – A maioria dos ladrões vai à igreja. O ofertório nos dá uma série de oportunidades esplêndidas.

Dolmant parecia chocado.

– Veja bem, Vossa Graça – o garoto explicou, com uma espécie de seriedade fingida –, a Igreja distribui o dinheiro entre os pobres, não é mesmo?

– Claro.

– Bem, eu sou pobre, então pego a minha parte conforme a coleta de ofertas vai passando. Poupa a Igreja do trabalho de ir me procurar para me dar dinheiro. Gosto de ajudar sempre que posso.

Dolmant o encarou, incrédulo. Então, começou a gargalhar.

Alguns quilômetros adiante, encontraram um pequeno grupo de pessoas trajando túnicas rústicas e caseiras, que as identificavam como styricas. Elas seguiam a pé, e assim que viram Sparhawk e sua comitiva, fugiram amedrontadas pelos campos ao redor.

– Por que estão com tanto medo? – Talen perguntou, intrigado.

– As notícias viajam rápido em Styricum – Sephrenia respondeu –, e ultimamente tem havido muitos incidentes.

– Incidentes?

Sparhawk contou superficialmente o que havia ocorrido com a vila styrica em Arcium. Talen empalideceu e exclamou:

– Isso é horrível!

– A Igreja tem tentado por séculos acabar com esse tipo de comportamento – Dolmant confessou, com tristeza.

– Creio que tenhamos acabado com isso completamente naquela parte de Arcium – Sparhawk garantiu. – Enviei alguns homens para lidarem com os camponeses responsáveis pelo ataque.

– Vocês os enforcaram? – Talen perguntou com ferocidade.

– Sephrenia não permitiu, então meus homens deram uma surra neles.

– Só isso?

– Eles usaram espinheiros para aplicar a surra. Os espinhos são bem longos em Arcium, e ordenei que meus homens fossem bem severos.

– Talvez essa tenha sido uma atitude um pouco extrema – Dolmant considerou.

– Parecia apropriada no momento, Vossa Graça. Os Cavaleiros da Igreja são muito próximos dos styricos, e não gostamos que maltratem nossos amigos.

O pálido sol invernal estava se afundando em uma massa espessa de nuvens roxas às costas de Sparhawk e de seu grupo quando chegaram a uma estalagem mal-ajambrada na margem da estrada. Fizeram uma refeição que mal poderia ser considerada adequada, composta de uma sopa rala e carne de carneiro engordurada, e foram cedo para a cama.

O tempo estava aberto e frio no dia seguinte. A estrada, completamente congelada, era margeada por sebes brancas tomadas pela geada. O sol brilhava forte, mas não trazia calor consigo. O grupo cavalgava com rapidez, cada qual envolto em sua capa para tentar se proteger do frio cortante.

A estrada ondulava por entre colinas e vales da região central de Elenia, passando por campos amarelados sob um céu invernal. Sparhawk olhava ao redor conforme cavalgava. Este era o lugar em que ele e Kalten haviam crescido, e experimentou uma peculiar sensação de volta para casa depois de passar tantos anos longe do cenário de sua infância. A autodisciplina, uma característica tão intrínseca ao treinamento de um pandion, normalmente faria com que Sparhawk suprimisse qualquer forma de sentimentalismo, mas, apesar de todos os seus esforços, certas coisas ainda tocavam seu íntimo.

Por volta do meio da manhã Kurik, da retaguarda, avisou-o:

– Tem um cavaleiro vindo ao nosso encontro. Ele está exigindo o máximo de seu cavalo.

Sparhawk puxou as rédeas de Faran e deu meia-volta.

– Kalten – ele chamou bruscamente.

– Certo – o robusto cavaleiro loiro respondeu, jogando sua capa para trás, abrindo caminho para sacar sua espada.

Sparhawk fez o mesmo, e os dois retrocederam algumas centenas de metros pela estrada para interceptar o cavaleiro que vinha na direção deles.

Suas precauções, entretanto, provaram-se desnecessárias. Quem acercava era o jovem noviço Berit, cujas mãos e pulsos estavam rachados pelo frio. Seu cavalo, em contrapartida, suava e produzia vapor contra o ar gelado. O jovem puxou as rédeas e se aproximou dos cavaleiros num andar curto.

– Trago-lhe uma mensagem de lorde Vanion, Sir Sparhawk – ele declarou.

– O que foi? – Sparhawk indagou.

– O Conselho Real legitimou o príncipe Lycheas.

– Eles fizeram *o quê*?

– Quando os reis de Thalesia, Deira e Arcium insistiram que um bastardo não poderia atuar como príncipe regente, o primado Annias convocou o Conselho em sessão, e acabaram declarando a legitimidade do príncipe. O primado apresentou um documento que comprova o casamento da princesa Arissa com o duque Osten de Vardenais.

– Isso é absurdo – Sparhawk protestou, enfurecido.

– Essa também é a opinião de lorde Vanion. Ainda assim, o documento parece genuíno, e o duque Osten faleceu há alguns anos, portanto não há como refutar tal alegação. O conde de Lenda examinou o pergaminho detalhadamente e até ele acabou votando pela legitimação de Lycheas.

Sparhawk soltou um palavrão.

– Conheci o duque Osten – Kalten comentou. – Ele era um solteirão inveterado. Não havia nenhuma chance de ele se casar. Ele odiava as mulheres.

– Algum problema? – perguntou o patriarca Dolmant ao se aproximar dos três, com Sephrenia, Kurik e Talen logo atrás.

– O Conselho Real votou pela legitimação de Lycheas – Kalten informou. – Annias apresentou um documento dizendo que a princesa Arissa havia se casado.

– Que estranho – Dolmant murmurou.

– E que conveniente – acrescentou Sephrenia.

– Tal documento poderia ter sido falsificado?

– Facilmente, Vossa Graça – Talen comentou. – Conheço um homem em Cimmura que pode apresentar provas irrefutáveis de que o arquiprelado Cluvonus tem nove esposas, incluindo uma troll e uma ogra.

– Bem... agora está feito – Sparhawk suspirou. – Temo que isso tenha deixado Lycheas um passo mais perto do trono.

– Quando isso aconteceu, Berit? – Kurik perguntou ao noviço.

– Ontem, tarde da noite.

– A princesa Arissa está confinada em Demos – Kurik murmurou, coçando sua barba. – Se Annias tramou esse plano há pouco tempo, ela pode não saber que é casada.

– Viúva – corrigiu Berit.

– Está bem, que seja... viúva. Arissa sempre se orgulhou de ter se deitado com quase todos os homens de Cimmura... peço seu perdão, Vossa Graça... e que ela o tenha feito sob suas próprias condições, sem nunca ter passado pelo altar. Se alguém a abordasse da maneira correta, não seria muito difícil fazer com que ela assinasse uma declaração alegando que nunca foi casada. Isso complicaria um pouco a situação, não?

– Onde você encontrou esse homem, Sparhawk? – Kalten perguntou. – Ele vale ouro.

– Legitimidade, ou ilegitimidade, é uma questão civil – Sparhawk disse, as ideias girando em sua mente –, uma vez que lida com heranças e coisas do gênero, mas a cerimônia de casamento sempre é religiosa, não é, Vossa Graça?

– Sim – Dolmant concordou.

– Se Vossa Graça e eu conseguíssemos essa declaração que Kurik mencionou diretamente de Arissa, a Igreja poderia emitir um documento atestando que ela é solteira?

Dolmant considerou a questão por algum tempo e então respondeu:

– É algo altamente irregular.

– Mas *pode* ser feito?

– Acredito que sim.

– Então Annias poderia ser obrigado pela Igreja a recolher seu documento espúrio, não poderia?

– Claro.

– Quem herdou as terras e os títulos do duque Osten? – Sparhawk perguntou, virando-se para Kalten.

– Seu sobrinho... um completo idiota. Ele ficou muito deslumbrado com seu ducado, e gasta mais dinheiro do que consegue arrecadar.

– Como ele reagiria se subitamente fosse deserdado, perdendo suas terras e títulos para Lycheas?

– Acho que daria para ouvir seus gritos em Thalesia.

Um sorriso começou a se esboçar lentamente no semblante de Sparhawk.

– Conheço um magistrado honesto em Vardenais, e o caso estaria sob sua jurisdição. Se o duque levasse a questão para litígio e apresentasse a declaração da Igreja para fortalecer sua queixa, o magistrado iria decidir em seu favor, não iria?

– Ele não teria outra escolha – Kalten abriu um sorriso de orelha a orelha.

– Isso não deslegitimaria Lycheas novamente?

Dolmant, que estava sorrindo, assumiu uma expressão virtuosa e declarou:

– Cavalguemos até Demos, meus caros amigos. Sinto uma súbita ânsia por ouvir a confissão de certa pecadora.

– Sabe de uma coisa? – comentou Talen. – Sempre achei que os ladrões fossem as pessoas mais ardilosas do mundo, mas nobres e clérigos fazem com que pareçamos simples amadores.

– Como Platime lidaria com essa situação? – Kalten perguntou ao garoto.

– Ele apunhalaria Lycheas – Talen respondeu, dando de ombros. – Bastardos mortos não podem herdar tronos, não é mesmo?

– Essa solução tem certo charme direto, devo admitir – Kalten riu.

– Você não pode resolver os problemas do mundo com assassinatos, Kalten – Dolmant comentou, em um tom desaprovador.

– Ora, Vossa Graça, eu não estava falando em assassinato. Os Cavaleiros da Igreja são soldados de Deus. Se Deus nos diz para matar alguém, é um ato de fé, não um assassinato. Vossa Graça acha possível que a Igreja dê seu consentimento a mim e a Sparhawk para que despachemos Lycheas... e Annias... e Otha também, aproveitando o ensejo?

– Claro que não!

– Era uma ideia... – Kalten suspirou.

– Quem é Otha? – Talen indagou.

– Onde você cresceu, garoto? – Berit o questionou.

– Nas ruas.

– Até mesmo nas ruas você deve ter ouvido falar sobre o imperador de Zemoch.

– Onde fica Zemoch?

– Se tivesse ficado na escola em que o coloquei, você saberia – Kurik grunhiu.

– A escola era chata, Kurik – o garoto reclamou. – Eles gastaram meses tentando me ensinar a ler e a escrever. Quando finalmente aprendi a escrever meu nome, achei que não precisava do resto.

– E é por isso que você não sabe onde fica Zemoch... ou por que Otha pode ser o responsável por sua morte.

– Por que alguém que eu nem conheço iria querer me matar?

– Porque você é eleno.

– Todo mundo é eleno... menos os styricos, é claro.

– O garoto tem um longo caminho pela frente – Kalten observou. – Alguém deveria ajudá-lo.

– Se for de vosso agrado, milordes – Berit interveio escolhendo cuidadosamente as palavras, em grande medida, Sparhawk achava, por conta da presença do patriarca de Demos –, sei que os senhores possuem assuntos mais importantes com os quais se preocupar. Nunca fui mais do que um mero estudante de história, mas posso me incumbir da instrução deste rapazote nos rudimentos dessa matéria.

– Adoro ouvir esse jovem falando – Kalten comentou. – Sua formalidade quase me alça às alturas em deleite.

– Rapazote? – Talen objetou em voz alta.

A expressão de Berit não se alterou. Com uma virada casual de braço, o noviço acertou Talen em cheio, derrubando-o de sua sela. Em seguida, emendou:

– Sua primeira lição, jovenzinho, é respeito para com seu professor. Nunca questione suas palavras.

Talen se levantou resmungando e com sua pequena adaga em mãos. Berit reclinou-se em sua sela, desferindo um chute preciso no peito do garoto, tirando-lhe o ar.

– Você não adora o processo de aprendizagem? – Kalten perguntou a Sparhawk.

– Agora, ponha-se de volta em sua sela e preste atenção – Berit ordenou com firmeza. – Vou testá-lo com alguma frequência, e é bom que suas respostas sejam corretas.

– Você vai deixar que ele faça isso? – Talen apelou a seu pai.

Kurik escancarou um sorriso em sua direção.

– Isso não é justo – Talen reclamou, subindo em seu cavalo. Limpou o sangue que lhe escorria do nariz e acusou Berit: – Viu só o que você fez?

– Pressione um dedo contra seu lábio superior – Berit sugeriu –, e não fale sem permissão.

– Como é que é? – Talen questionou, incrédulo.

Berit ergueu seu punho.

– Tá bom, tá bom – Talen anuiu, encolhendo-se para longe do gesto ameaçador. – Vá em frente. Estou ouvindo.

– Sempre admiro a sede de conhecimento dos jovens – Dolmant observou com brandura.

E assim começou o processo de educação de Talen, enquanto cavalgavam em direção a Demos. No começo ele ficou emburrado, mas depois de algumas horas ouvindo o que Berit dizia, o garoto começou a se envolver com a história.

– Posso fazer perguntas? – ele indagou depois de algum tempo.

– Claro – concordou Berit.

– Você disse que naquela época não havia reinos... só um monte de ducados e afins, não é?

Berit assentiu com a cabeça.

– Então como esse tal de Abrech de Deira conseguiu estabelecer seu domínio sobre todo o país no décimo quinto século? Os outros nobres não se opuseram a ele?

– Abrech controlava as minas de ferro na região central de Deira. Seus guerreiros tinham armas e armaduras de aço. Seus opositores eram armados com bronze... às vezes com instrumentos de pedra.

– Isso fazia toda a diferença, eu acho.

– Depois de consolidar seu domínio sobre Deira, ele marchou para o sul em direção ao que hoje é Elenia. Não demorou muito para que ele conquistasse toda a região. Seguiu até Arcium e repetiu seu sucesso. Depois disso, rumou para Eosia central, para Cammoria, Lamorkand e Pelosia.

– Ele conquistou toda a Eosia?

– Não. Foi nessa época que a Heresia Eshandista surgiu em Rendor, e a Igreja persuadiu Abrech a se dedicar à supressão daquele movimento.

– Já ouvi falar sobre esses eshandistas, mas não consegui entender no que eles realmente acreditam.

– Eshand era anti-hierárquico.

– E o que isso significa?

– A Hierarquia é composta por membros do alto escalão da Igreja: primados, patriarcas e o arquiprelado. Eshand acreditava que os clérigos, individualmente, deveriam decidir sobre assuntos teológicos para suas congregações, e que a hierocracia da Igreja deveria ser dissolvida.

– Agora consigo entender por que os clérigos do alto escalão o odiavam.

– De qualquer forma, Abrech reuniu um imenso exército composto por homens das regiões ocidentais e centrais de Eosia para marchar em direção a Rendor. Ele estava com os olhos fixos no paraíso; então, quando os condes e os duques pediram armas de aço (para lutar melhor contra os hereges, segundo eles), Abrech consentiu sem pensar nas consequências. Houve poucas batalhas, mas o império de Abrech se desintegrou subitamente. Agora que possuíam o armamento mais avançado, um segredo mantido havia tempos pelos deiranos, os nobres de Eosia central e ocidental não se sentiam mais obrigados a prestar deferência a Abrech. Elenia e Arcium declararam independência, enquanto Cammoria, Lamorkand e Pelosia coalesceram em reinos soberanos. O próprio Abrech foi morto em um confronto com os eshandistas no sul de Cammoria.

– E o que isso tudo tem a ver com Zemoch?

– Logo mais você irá entender.

– Sabe, essa é uma boa história – Talen comentou, olhando para Kurik. – Por que eles não a contaram na escola em que você me colocou?

– Provavelmente porque você não ficou tempo suficiente para dar a eles a chance de contá-la.

– Acho que isso é possível.

– Quanto falta para chegarmos a Demos? – Kalten perguntou, estreitando os olhos para observar o sol e estimar o horário.

– Um pouco mais que 57 quilômetros – Kurik informou.

– Não vamos chegar antes que a noite caia. Tem alguma estalagem ou taverna por estas bandas?

– Há um vilarejo mais adiante. Tem uma estalagem por lá.

– O que você acha, Sparhawk? – Kalten perguntou.

– Talvez seja melhor – o homem robusto concordou. – Não faria bem aos cavalos seguir a noite toda neste frio.

O sol estava se pondo quando seguiram uma longa ladeira colina acima até o vilarejo. Uma vez que o poente se dava atrás da comitiva de Sparhawk, suas sombras se projetavam alongadas à frente. O vilarejo era pequeno, as casas de pedra cobertas com sapé eram construídas umas próximas das outras em ambos os lados da estrada. A estalagem, que ficava na outra extremidade, era apenas um bar com acomodações para dormir no loft do segundo andar. O jantar que lhes foi servido, entretanto, provou-se de qualidade muito superior do que a parca refeição que haviam tido na noite anterior.

– Você vai até a casa-mãe quando chegarmos a Demos? – Kalten perguntou a Sparhawk assim que terminaram de comer no salão comunal, que era baixo e iluminado por tochas.

Sparhawk considerou a ideia por um instante e respondeu:

– Ela provavelmente está sendo vigiada. Escoltar o patriarca até Chyrellos nos dá uma desculpa para passarmos por Demos, mas eu preferiria que ninguém visse Dolmant e eu nos dirigindo ao convento para falar com Arissa. Se

Annias receber qualquer dica sobre o que planejamos, ele tentará nos atrapalhar. Kurik, há quartos sobrando em sua casa?

– Temos um sótão... e o celeiro.

– Bom. Vamos fazer uma visita.

– Aslade ficará encantada. – Então a expressão do escudeiro tornou-se preocupada. – Posso falar com você por um instante, Sparhawk?

Sparhawk afastou a banqueta em que estava sentado e seguiu Kurik até a outra ponta do salão com piso de lajotas.

– Você não estava falando sério sobre deixar Talen com Aslade, estava? – Kurik perguntou em voz baixa.

– Não, acho que não – Sparhawk admitiu. – Você estava certo quando disse que ela ficaria infeliz se soubesse de sua indiscrição, e Talen tem uma boca muito grande. Ele deixaria alguma coisa escapar.

– Então o que vamos fazer com ele?

– Ainda não me decidi. Berit está cuidando dele e garantindo que ele não se meta em confusões.

– Acho que é a primeira vez na vida que Talen encontra alguém que não tolera sua esperteza – Kurik comentou, sorrindo. – Talvez essa seja uma lição mais importante do que a história que ele está aprendendo.

– A mesma ideia cruzou minha mente – Sparhawk concordou olhando para o noviço, que estava falando de maneira respeitosa com Sephrenia. – Tenho a impressão de que Berit vai se tornar um excelente pandion. Ele tem personalidade e inteligência, e lutou muito bem, lá em Arcium.

– Ele estava lutando a pé – Kurik argumentou. – Saberemos melhor quando o virmos empunhar uma lança de justa.

– Kurik, você tem a alma de um sargento de treinamento.

– Alguém tem que prestar atenção nessas coisas, Sparhawk.

A manhã seguinte também estava fria, e o hálito dos cavalos produzia vapor no ar gélido quando partiram. Depois de percorrerem cerca de um quilômetro e meio, Berit recomeçou sua aula.

– Muito bem – ele disse a Talen –, conte-me o que você aprendeu ontem.

Talen, que estava enrolado em uma capa velha que fora de Kurik, cinza e remendada, tremia de frio, mas recitou com loquacidade o que Berit havia lhe ensinado no dia anterior. Até onde Sparhawk podia dizer, o garoto repetira palavra por palavra.

– Você tem uma ótima memória, Talen – Berit o parabenizou.

– É um truque – Talen respondeu, com uma modéstia incomum. – Às vezes eu levo mensagens para Platime, então tive de aprender a memorizar as coisas.

– Quem é Platime?

– O melhor ladrão de Cimmura... ou pelo menos ele era, antes de ficar tão gordo.

– Você se envolve com ladrões?

– Eu mesmo sou um ladrão, Berit. É uma profissão antiga e honrada.

– Dificilmente honrada.

– Isso depende do seu ponto de vista. Muito bem, o que aconteceu depois que o rei Abrech foi morto?

– A guerra contra os eshandistas acabou num impasse – Berit retomou sua história. – Aconteceram muitas incursões no Mar Interno e no Estreito Arciano, mas os nobres de ambos os lados tiveram de se concentrar em outros assuntos. Eshand havia morrido, e seus sucessores não eram tão fervorosos quanto ele tinha sido. A hierocracia da Igreja em Chyrellos tentou insistir com a nobreza para pressioná-los a continuar a guerra, mas os nobres estavam muito mais interessados em política do que em teologia.

– E quanto tempo isso durou?

– Cerca de três séculos.

– Eles levavam suas guerras a sério naquela época, não? Espere um pouco. Onde estavam os Cavaleiros da Igreja durante isso tudo?

– Estou chegando lá. Quando ficou óbvio que a nobreza havia perdido o entusiasmo pela guerra, a hierocracia se reuniu em Chyrellos para avaliar as alternativas. O que acabou surgindo foi a ideia de fundar ordens militantes para continuar com a luta. Os cavaleiros das quatro ordens receberam um treinamento muito superior a qualquer soldado comum; além disso, eles foram instruídos nos segredos de Styricum.

– O que é isso?

– Magia.

– Ah. Por que você não falou isso de uma vez?

– Eu disse. Preste atenção, Talen.

– Então os Cavaleiros da Igreja ganharam a guerra?

– Eles conquistaram Rendor e os eshandistas finalmente capitularam. Naqueles primeiros anos, as ordens militantes eram ambiciosas, então acabaram dividindo Rendor em quatro grandes ducados. Mas então surgiu um perigo muito pior no leste.

– Zemoch? – Talen arriscou.

– Exatamente. A invasão a Lamorkand começou sem qualquer...

– Sparhawk! – Kalten exclamou subitamente. – Ali em cima! – Ele apontou para o topo de uma colina próxima. Uma dúzia de homens armados apareceu subitamente galopando colina abaixo, diretamente pelo mato alto.

Sparhawk e Kalten sacaram suas espadas e esporearam seus cavalos para ir de encontro à investida. Kurik também avançou, distanciando-se para um dos lados soltando seu mangual da sela. Berit seguiu para o flanco oposto, empunhando seu grande machado de guerra.

Os dois cavaleiros de armadura encontraram seus oponentes bem no centro da investida. Sparhawk abateu dois deles em rápida sucessão, enquanto Kalten cortou outro de sua sela com uma ágil série de golpes selvagens. Um homem tentou flanqueá-los, mas caiu ao chão contorcendo-se depois que o mangual de Kurik acertou-lhe um lado da cabeça. Sparhawk e Kalten estavam no exato centro do combate, brandindo suas espadas largas em amplos arcos. Foi então que Berit investiu pelo flanco, seu machado triturando ruidosamente os corpos de seus oponentes. Após alguns instantes de violência conjunta, os sobreviventes viraram-se e fugiram.

– O que foi isso tudo? – Kalten questionou. A face do homem loiro estava avermelhada e ele ofegava por conta do esforço.

– Vou persegui-los e capturar um deles para interrogatório – Berit se ofereceu.

– Não – Sparhawk retrucou.

O rosto de Berit transpareceu seu descontentamento.

– Um noviço não deve se voluntariar, Berit – Kurik disse ao rapaz com seriedade. – Pelo menos, não até que ele seja proficiente com suas armas.

– Eu fiz um bom trabalho, Kurik – Berit protestou.

– Só porque esses fulanos não eram muito bons – Kurik contrapôs. – Seus golpes foram muito amplos. Você se abriu para um contragolpe. Quando chegarmos à minha fazenda, vou instruí-lo melhor.

– Sparhawk! – Sephrenia o chamou do pé da colina.

Sparhawk puxou as rédeas de Faran, virando-o rapidamente, e viu cinco homens, trajando camisões rústicos dos styricos, saindo a pé dos arbustos que margeavam a estrada e indo em direção a Sephrenia, Dolmant e Talen. Soltando um palavrão, esporeou os flancos de seu cavalo.

Em pouco tempo, ficou óbvio que os styricos queriam alcançar Sephrenia e Flauta. Sephrenia, entretanto, não era de todo indefesa. Um dos styricos foi ao chão, agarrando-se à própria barriga. Outro caiu de joelhos enquanto levava as mãos aos olhos. Os outros três vacilaram, o que se provou fatal, pois Sparhawk conseguiu alcançá-los. O cavaleiro decapitou um dos homens com um golpe certeiro de sua espada e, em seguida, mergulhou sua lâmina no peito de outro. O último styrico tentou fugir, mas Faran tomou as rédeas da situação, avançando com três passos largos e atropelando o homem, pisoteando-o com as ferraduras de suas patas dianteiras.

– Ali! – Sephrenia exclamou em voz alta, apontando para o topo da colina. Uma figura de manto e capuz estava montada em um cavalo pálido, observando-os. Tão logo Sephrenia começou a formular um encantamento, a figura se virou e cavalgou na direção oposta, sumindo de vista.

– Quem eles eram? – Kalten perguntou quando se reuniram na estrada.

– Mercenários – Sparhawk respondeu. – Fica claro pelas armaduras que usavam.

– Aquela figura no topo da colina era o líder? – questionou Dolmant.

Sephrenia fez que sim com a cabeça.

– Ele era styrico?

– Talvez... mas talvez fosse outra coisa. Pressenti algo familiar nele. Certa vez algo tentou atacar a garotinha. O que quer que tenha sido, naquela ocasião, foi afugentado. Desta vez, entretanto, ele arriscou algo mais direto. – O rosto de Sephrenia adotou uma expressão terrivelmente séria. – Sparhawk, acho melhor cavalgarmos até Demos o mais depressa possível. Este espaço aberto é muito perigoso.

– Podemos interrogar os feridos – sugeriu Sparhawk. – Talvez eles saibam algo sobre esse styrico misterioso que parece estar interessado em você e em Flauta.

– Eles não serão capazes de contar nada, Sparhawk – ela discordou. – Se aquela coisa que estava na colina for o que estou pensando, eles nem se lembrarão dela.

– Muito bem, então vamos cavalgar – ele decidiu.

Chegaram às extensas terras de Kurik, que ficavam nos arredores de Demos, no meio da tarde. A fazenda demonstrava que Kurik era atento até o último detalhe. As tábuas que formavam as paredes de sua grande casa haviam sido aplainadas e encaixavam-se precisamente, sem a necessidade de enchimentos. O telhado era de telhas de madeira sobrepostas. Havia diversos anexos e barracões de armazenagem, construídos na face lateral da colina que ficava atrás da casa, além do celeiro de dois andares de proporções consideráveis. A horta adjacente à cozinha era bem cuidada e guardada por uma cerca de arame. Um novilho branco e marrom estava próximo da cerca, olhando avidamente para as cenouras murchas e repolhos amarronzados por conta da geada.

Dois jovens que deveriam ter a mesma idade de Berit estavam cortando lenha no quintal, e dois outros, um pouco mais velhos, consertavam o telhado do celeiro. Todos vestiam camisões de couro curtido.

Kurik desceu de sua sela e se aproximou dos rapazes que estavam no quintal, questionando de maneira rude:

– Quanto tempo faz desde que vocês afiaram esses machados?

– Pai! – um dos jovens exclamou. Largando o machado, correu para abraçar Kurik fortemente. Ele era, Sparhawk notou, maior do que o pai pela diferença de uma cabeça.

O outro rapaz gritou para os irmãos no telhado do celeiro, que deslizaram até a beirada e saltaram lá de cima, sem temer por seus ossos.

Então Aslade saiu apressada da casa. Ela era uma mulher rechonchuda, trajando um vestido cinza caseiro e um avental branco. Seu cabelo estava ficando branco na região da testa, mas as covinhas em suas bochechas lhe conferiam um ar de menina. Ela abraçou Kurik com afeição e, por vários minutos, o escudeiro de Sparhawk ficou rodeado por sua família. Sparhawk observou-os quase com melancolia.

– Arrependimentos, Sparhawk? – Sephrenia perguntou, com gentileza.

– Alguns, eu acho – ele admitiu.

– Você deveria ter me ouvido quando era mais jovem, meu querido. Aquele poderia ser você.

– Minha profissão é um pouco perigosa demais para que eu tenha esposa e filhos, Sephrenia – ele suspirou.

– Quando a hora chegar, querido Sparhawk, você nem terá tempo de considerar essa hipótese.

– Acho que o tempo já passou há muito.

– Veremos – ela concluiu, misteriosamente.

– Temos convidados, Aslade – Kurik avisou sua esposa.

Aslade limpou os olhos mareados na barra de seu avental e seguiu até onde Sparhawk e os outros ainda esperavam montados em seus respectivos cavalos.

– Bem-vindos à nossa casa – ela os cumprimentou de modo simples. Fez uma mesura para Sparhawk e Kalten, os quais ela conhecia desde garotos, e disse formalmente: – Milordes. – Então ela riu e emendou: – Desçam já daí, vocês dois, e venham me dar um beijo.

Assim como dois garotinhos atrapalhados, eles desceram de suas montarias e deram um abraço na mulher de Kurik.

– Você aparenta estar bem, Aslade – Sparhawk murmurou, tentando recuperar um pouco de sua dignidade na presença do patriarca Dolmant.

– Grata, milorde – ela agradeceu, com uma mesura contida e irônica. Aslade os conhecia havia muito tempo para se ater a formalidades. Em seguida ela sorriu de orelha a orelha e, dando tapinhas nos seus quadris largos, acrescentou: – Estou ficando mais roliça, Sparhawk. Acho que é por conta de ficar experimentando tudo o que cozinho. Mas não se pode saber se tudo está certo se você não experimenta, não é mesmo? – ela deu de ombros. Finalmente, virando-se para Sephrenia, Aslade a cumprimentou: – Querida, querida Sephrenia, faz tanto tempo que não a vejo!

– Tempo demais, Aslade – Sephrenia respondeu, descendo de seu palafrém branco e envolvendo Aslade com seus braços. Ela disse algo para Flauta em styrico e a menininha avançou com timidez, tomando as mãos de Aslade e beijando suas palmas.

– Que criança mais linda! – Aslade exclamou. Olhando com malícia para Sephrenia, insinuou: – Você deveria ter me avisado, Sephrenia. Você sabe que sou uma ótima parteira, e estou um pouco ofendida por não ter me chamado para ajudá-la.

Sephrenia pareceu surpresa por um instante, então de repente começou a gargalhar.

– Não é nada disso que você está pensando, Aslade! – ela disse. – Há um parentesco entre mim e a criança, mas não esse que você sugeriu.

– Desça de sua montaria, Vossa Graça – Aslade falou, sorrindo para o patriarca. – A Igreja permite que nós nos abracemos... de maneira casta, obviamente? Em seguida, Vossa Graça receberá uma recompensa. Acabo de retirar cinco filões de pão do forno, e eles ainda estão quentinhos.

Os olhos de Dolmant faiscaram, e ele desceu do cavalo rapidamente. Aslade lançou os braços ao redor do pescoço do clérigo e beijou-o sonoramente na bochecha.

– Foi ele quem oficializou meu casamento com Kurik, sabia? – ela comentou com Sephrenia.

– Sim, eu estava lá, não se lembra?

– Lembro-me muito pouco da cerimônia – ela confessou, corando. Em seguida, acrescentou, esboçando um sorriso maldoso para Kurik: – Estava pensando em algo que aconteceria mais tarde, naquele mesmo dia.

Sparhawk tentou esconder um sorriso quando viu o rosto de seu escudeiro ficando visivelmente vermelho.

Aslade, então, olhou de modo inquiridor para Berit e Talen.

– O jovem forte é Berit – Kurik o apresentou. – Ele é um noviço na Ordem Pandion.

– Seja bem-vindo, Berit – ela o saudou.

– E o garoto é meu... hmmm... aprendiz – Kurik continuou de maneira atrapalhada. – Eu o estou treinando para ser um escudeiro.

Aslade avaliou o ladrãozinho de cima a baixo e comentou criticamente:

– As roupas dele estão um trapo, Kurik. Você não podia ter arranjado algo melhor para ele vestir?

– Ele se juntou a nós há pouco, Aslade – Kurik se apressou em explicar.

– Sabe de uma coisa, Kurik? – ela continuou, olhando Talen ainda mais de perto: – Ele se parece exatamente com você quando tinha a idade dele.

– Coincidência – ele murmurou, tossindo com nervosismo.

– Você acredita que eu corria atrás de Kurik desde os 6 anos de idade? – ela contou para Sephrenia, sorrindo. – Levou dez anos, mas consegui o que queria no final das contas. Desça desse cavalo, Talen. Tenho um baú cheio de roupas que ficaram pequenas demais para meus filhos. Vamos encontrar algo apropriado para você vestir.

A expressão no rosto de Talen era estranha, quase melancólica, à medida que desmontava, e Sparhawk sentiu uma pontada de simpatia quando imaginou o que o garoto, normalmente impudente, deveria estar experimentando. Suspirou e, virando-se para Dolmant, perguntou:

– Vossa Graça gostaria de ir agora até o convento?

– E deixar que os pães que Aslade acabou de tirar do forno esfriem? – o patriarca protestou. – Seja razoável, Sparhawk.

Sparhawk gargalhou e Dolmant, voltando-se para Aslade, perguntou:

– Por acaso você teria manteiga fresca?

– Batida ontem pela manhã, Vossa Graça – ela informou –, e acabei de abrir um jarro daquela geleia de ameixas de que o senhor tanto gosta. Vamos até a cozinha?

– Por que não?

Quase sem pensar, Aslade ergueu Flauta em seu colo e passou outro braço em torno dos ombros de Talen. Em seguida, com seus filhos a acompanhando de perto, ela os conduziu para dentro da casa.

O convento em que a princesa Arissa estava confinada era isolado por muralhas e ficava num vale estreito e cercado por árvores, do outro lado da cidade. Não era comum que homens recebessem permissão para entrar naquela comunidade estritamente feminina, mas o posto e a autoridade de Dolmant na Igreja garantiram admissão imediata. Uma pequena e submissa irmã, de pele judiada e olhos grandes e inocentes, conduziu-os por um pequeno jardim próximo à muralha sul onde encontraram a princesa, irmã do falecido rei Aldreas, sentada em um banco de pedra e banhada pela luz pálida do sol invernal, com um grande livro em seu colo.

Os anos haviam sido gentis com Arissa. Seu cabelo era longo e lustroso, de um tom escuro de loiro, e seus olhos eram de um azul pálido tão suave que pareciam com a coloração dos olhos de sua sobrinha, a rainha Ehlana, embora os círculos escuros em suas pálpebras indicassem longas noites insones, repletas de amargor e ressentimento incomensuráveis. Seus lábios eram finos, nada sensuais, e traziam dois vincos laterais que denotavam descontentamento. Sparhawk sabia que ela estava beirando os 40 anos de idade, mas sua aparência era a de uma mulher muito mais jovem. Ela não trajava hábito como as irmãs do convento, mas estava coberta por um manto vermelho de lã aberto na altura do pescoço, tendo a cabeça coroada por uma espécie de véu dobrado de maneira intrincada.

– Estou honrada com a vossa visita, cavalheiros – ela os cumprimentou com sua voz áspera, não se incomodando em levantar. – Recebo pouquíssimos visitantes.

– Alteza – Sparhawk a saudou formalmente. – Espero que Vossa Alteza esteja passando bem.

– Bem, mas entediada, Sparhawk. – Em seguida, olhou para Dolmant e comentou com rancor, fechando o livro: – Vossa Graça envelheceu.

– Mas Vossa Alteza, não – respondeu o patriarca. – A princesa aceitaria minhas bênçãos?

– Creio que não, Vossa Graça. A Igreja já fez mais do que o suficiente por mim. – Ela olhou ao redor para os muros cercando o jardim, e a recusa da bênção costumeira pareceu dar a ela algum prazer.

– Entendo – Dolmant suspirou, então perguntou: – Que livro Vossa Alteza está lendo?

Ela ergueu o volume para que ele visse.

– *Os sermões do primado Subata* – ele leu em voz alta. – Uma obra muito instrutiva.

– Esta edição em particular é ainda mais – ela sorriu de modo malicioso. – Encomendei-a especialmente para mim, Vossa Graça. Dentro desta capa de aparência inocente, a qual engana a madre superiora, que é minha carcereira, jaz um volume das poesias eróticas e salazes de Cammoria. Gostaria que eu lesse alguns versos para Vossa Graça?

– Não, princesa, obrigado – ele redarguiu com frieza, seus olhos endurecendo. – Vejo que Vossa Alteza não mudou.

– Não vejo motivos para mudar, Dolmant – ela argumentou, rindo para provocá-lo. – Apenas alterei minhas circunstâncias.

– Nossa visita não é social, princesa – o patriarca explicou. – Um boato surgiu em Cimmura de que, antes de ser confinada neste convento, Vossa Alteza teria se casado secretamente com o duque Osten de Vardenais. Vossa Alteza gostaria de confirmar este rumor... ou o negar?

– Osten? – ela gargalhou. – Aquele graveto velho? Quem, em sã consciência, se casaria com um homem daqueles? Prefiro meus homens mais jovens e mais fogosos.

– Então Vossa Alteza nega o boato?

– Claro que nego. Sou como a Igreja, Dolmant. Sou generosa com *todos* os homens... toda Cimmura sabe disso.

– Vossa Alteza assinaria um documento, declarando que tal boato é falso?

– Vou pensar no assunto. – Olhando para Sparhawk, ela questionou: – O que o senhor está fazendo de volta a Elenia, Sir Cavaleiro? Pensei que meu irmão o tivesse exilado.

– Fui convocado de volta, Arissa.

– Mas que interessante.

Sparhawk pensou por um instante e então perguntou:

– Você recebeu uma licença para ir ao funeral de seu irmão, princesa?

– Mas claro, Sparhawk. A Igreja foi bastante generosa ao me conceder três dias inteiros de luto. Meu pobre e estúpido irmão parecia imperioso deitado no esquife, trajando suas roupas formais. – E, examinando minuciosamente suas próprias unhas pontudas, acrescentou: – A morte melhora algumas pessoas.

– Você o odiava, não era?

– Eu sentia desprezo por ele, Sparhawk. Há uma diferença. Costumava me lavar sempre que eu o deixava.

Sparhawk estendeu a mão na direção da princesa, mostrando a ela o anel em seu dedo.

– Você se lembra se ele estava usando o par deste anel?

– Não – Arissa respondeu, franzindo a testa. – Para falar a verdade, ele não estava. Talvez a pirralha o tenha roubado depois de sua morte.

Sparhawk apertou os dentes.

– Pobre, pobre Sparhawk – ela murmurou, jocosa. – Você não consegue ouvir a verdade a respeito de sua preciosa Ehlana, não é mesmo? Costumávamos rir do quanto você se afeiçoara à princesa quando ela era criança. Você tinha esperanças, grande campeão? Eu a vi no funeral de meu irmão. Ehlana não é mais uma menina, Sparhawk. Agora ela tem quadris e seios de mulher. Mas está presa em diamante, não está?, e você nem pode tocá-la. Toda aquela pele macia e quente, e você não pode encostar nem mesmo um dedo nela.

– Não acho que precisemos insistir nesse assunto, Arissa – ele falou, estreitando os olhos. Na esperança de surpreendê-la e arrancar-lhe a verdade, ele perguntou subitamente: – Quem é o pai de seu filho?

– Como eu poderia saber isso? – ela gargalhou. – Depois do casamento de meu irmão, diverti-me em um certo estabelecimento em Cimmura – ela confessou, rolando os olhos para o céu. – Foi tão lucrativo quanto prazeroso. Juntei uma boa soma de dinheiro. A maioria das garotas de lá cobrava um preço alto demais por si mesmas, mas aprendi desde pequena que o segredo é vender barato para a maior quantidade de fregueses possível. – Olhando maliciosamente para Dolmant, ela acrescentou: – Afinal de contas, é um recurso renovável.

Dolmant empertigou-se e Arissa riu de maneira vulgar.

– Já chega, princesa – Sparhawk disse. E de maneira deliberada, na tentativa de extrair dela alguma revelação, ele perguntou: – Você não gostaria de arriscar um palpite sobre a identidade do pai de seu bastardo?

Os olhos de Arissa faiscaram de raiva por um momento, mas logo em seguida ela se inclinou para a frente no banco de pedra, ostentando um olhar de diversão voluptuosa. Levando as mãos à frente de seu manto escarlate, ela ofereceu:

– Estou sem praticar há algum tempo, mas acho que posso improvisar. Você gostaria de me experimentar, Sparhawk?

– Acho que não, Arissa – o tom de voz de Sparhawk foi inflexível.

– Ah, o famoso recato de sua família. Que pena, Sparhawk. Você me interessa desde quando era um jovem cavaleiro. Agora perdeu sua rainha, e nem mesmo o par de anéis prova a conexão entre vocês dois. Isso não significa que você não é mais o campeão dela? Talvez, se ela se recuperar, você possa estabelecer uma ligação mais próxima com ela. Ehlana compartilha o meu sangue, você sabe, e ele deve fluir tão quente pelas veias dela quanto corre pelas minhas. Se quiser me experimentar, será capaz de comparar e descobrir se isso é verdade.

Sparhawk se virou, enojado, e ela gargalhou novamente.

– Devo pedir que tragam um pergaminho e tinta, princesa, para que possamos rascunhar a negação dos boatos a respeito de seu casamento? – Dolmant perguntou.

– Não, Dolmant, acho que não – ela respondeu. – Esse seu pedido cheira a algo que interessa à Igreja, e como a Igreja não tem me favorecido ultimamente, por que eu deveria me manifestar em seu favor? Se o povo de Cimmura quer se divertir com boatos sobre mim, que seja. Eles lamberam os lábios ao saborear a verdade, agora que eles apreciem uma mentira.

– Essa é sua palavra final?

– Talvez eu mude de ideia. Sparhawk é um Cavaleiro da Igreja, e Vossa Graça é um patriarca. Que tal o senhor obrigá-lo a me persuadir? Algumas vezes, sou persuadida facilmente... algumas vezes, não. Tudo depende de quem tenta me persuadir.

– Acho que concluímos nossos negócios por aqui – Dolmant declarou. – Tenha um bom dia, princesa. – Girando sobre os calcanhares, ele seguiu em direção ao gramado do jardim, amarelado pelo inverno.

– Volte quando se livrar desse seu amigo enfadonho, Sparhawk – Arissa exclamou. – Poderíamos nos divertir.

Ele se virou sem responder e seguiu o patriarca pelo jardim.

– Creio que tenha sido uma perda de tempo – Sparhawk murmurou, com uma expressão nervosa e austera em sua face.

– Ah, não, meu rapaz – Dolmant contrapôs com serenidade. – Em sua pressa para nos ofender, a princesa esqueceu-se de um ponto importante da lei canônica. Ela fez uma confissão de livre e espontânea vontade na presença de duas testemunhas eclesiásticas: eu e você. Isso tem a validade de uma declaração assinada. Tudo o que precisamos fazer é um juramento de que ela realmente pronunciou tal confissão.

Sparhawk piscou por um instante e comentou:

– Dolmant, você é o homem mais ardiloso que eu já conheci.

– Fico feliz que você aprove, meu filho – sorriu o patriarca.

Capítulo 12

Eles deixaram as terras de Kurik na manhã seguinte, bem cedo. Aslade e seus quatro filhos se despediram a partir da porta, acenando conforme Sparhawk e os outros cavalgavam. Kurik ficou para trás, para se despedir de uma forma mais pessoal, prometendo que os alcançaria mais adiante.

– Vamos cruzar a cidade? – Kalten perguntou a Sparhawk.

– Acho que não – Sparhawk respondeu. – Podemos pegar a estrada que contorna pelo norte. Tenho certeza de que seremos vistos, mas não vamos facilitar para eles.

– Se importaria se eu fizesse uma observação pessoal?

– Provavelmente não.

– Você realmente deveria considerar a hipótese de deixar Kurik se aposentar, sabia? Ele está ficando velho e deveria gastar mais tempo com a família em vez de te seguir por todo canto. Além disso, até onde sei, você é o único Cavaleiro da Igreja que ainda tem escudeiro. O resto de nós aprendeu a se virar sem um. Dê-lhe uma boa pensão e deixe-o em casa.

Sparhawk estreitou os olhos em direção ao sol que estava nascendo sobre a colina coberta por árvores, a leste de Demos.

– Você provavelmente está certo – ele concordou –, mas como direi isso a Kurik? Meu pai o colocou a meu serviço antes de eu completar o noviciado. É algo ligado a ser o campeão hereditário da casa real de Elenia – explicou, sorrindo enviesado. – É um posto arcaico, que requer costumes arcaicos. Kurik é mais um amigo do que um escudeiro, e não vou magoá-lo dizendo que ele está velho demais para me servir.

– Isso é um problema, não é?

– É, sim – Sparhawk anuiu.

Kurik chegou galopando atrás deles conforme passavam pelo convento onde a princesa Arissa estava confinada. Sua face barbada estava um pouco entristecida, mas, então, endireitou os ombros e assumiu uma expressão de quem vai direto aos negócios.

Sparhawk mirou seu amigo gravemente, tentando imaginar sua vida sem ele. Meneou a cabeça. Era totalmente impossível.

A estrada que levava a Chyrellos passava por uma floresta perene onde o sol da manhã era filtrado pelas copas e iluminava o chão com uma luz dourada. O ar estava fresco e límpido, embora não houvesse geada. Depois de percorrerem cerca de um quilômetro e meio, Berit retomou sua narrativa.

– Quando os Cavaleiros da Igreja consolidaram suas posições em Rendor – ele contou a Talen –, Chyrellos recebeu a notícia de que o imperador Otha de Zemoch havia mobilizado um exército colossal e estava invadindo Lamorkand.

– Espere um pouco – Talen o interrompeu. – Quando isso tudo aconteceu?

– Cerca de quinhentos anos atrás.

– Então não era o mesmo Otha que Kalten mencionou outro dia, não é?

– Até onde sabemos, é o mesmo.

– Isso é impossível, Berit.

– Talvez Otha tenha 900 anos de idade – Sephrenia informou ao garoto.

– Pensei que isso fosse história real, não um conto de fadas – acusou o garoto.

– Quando Otha era garoto, ele encontrou o Deus Ancião Azash – ela explicou. – Os Deuses Anciães de Styricum possuem grandes poderes e não são controlados por nenhuma forma de moralidade. Eles podem conceder a seus seguidores a dádiva de uma vida amplamente estendida. É por isso que alguns homens estão dispostos a segui-los.

– Imortalidade? – Talen questionou, cético.

– Não – ela o corrigiu. – Isso não. Nenhum Deus pode concedê-la.

– O Deus eleno pode – Dolmant retrucou. – Em um sentido espiritual, claro.

– Mas que ponto teológico interessante, Vossa Graça – ela sorriu. – Temos que discutir sobre isso algum dia. De qualquer forma – Sephrenia continuou –, quando Otha concordou em venerar Azash, o Deus concedeu a ele enormes poderes, que o levaram a se tornar imperador de Zemoch. Os styricos e os elenos de Zemoch se casaram entre si; portanto, a rigor, um zemoch não pertence a nenhuma das duas raças.

– Uma abominação perante os olhos de Deus – Dolmant acrescentou.

– Os Deuses styricos acham a mesma coisa – Sephrenia concordou. Olhando para Talen novamente, prosseguiu: – Para compreender Otha e Zemoch, precisa-se entender Azash. Ele é a força mais completamente má em toda a face da terra. Os ritos consagrados a ele são obscenos. Ele se deleita em perversão e sangue e na agonia do sacrifício das vítimas. Ao venerá-lo, os zemochs tornaram-se inferiores aos seres humanos, e sua incursão a Lamorkand foi acompanhada por horrores indescritíveis. Se o exército invasor fosse composto apenas por zemochs, eles poderiam ter sido facilmente rechaçados por forças convencionais. Mas Azash o havia reforçado com criaturas do submundo.

– Demônios? – Talen perguntou, incrédulo.

– Não exatamente, mas o termo deve servir, acho. Levaria a manhã toda para descrever as mais de vinte variedades de criaturas não humanas que Azash tem sob seu comando, e você não gostaria das descrições.

– Essa história está ficando menos crível a cada minuto que passa – Talen comentou. – Gostei das batalhas e afins, mas, quando começam a me falar de demônios e fadas, vou perdendo o interesse. Afinal de contas, não sou mais uma criancinha.

– Depois de algum tempo você irá compreender... e acreditar – ela disse. – Continue com sua história, Berit.

– Sim, senhora. Quando a Igreja percebeu qual era a natureza das forças que invadiam Lamorkand, ela convocou os Cavaleiros da Igreja que ainda estavam em Rendor. Eles reforçaram as tropas das quatro ordens com outros cavaleiros e soldados comuns, até que as forças do oeste fossem tão numerosas quanto a horda de zemochs de Otha.

– Então eles lutaram? – Talen perguntou avidamente.

– A maior batalha da história da humanidade – Berit respondeu. – Dois gigantescos exércitos se encontraram nas planícies de Lamorkand, nas proximidades do lago Randera. A batalha no plano físico era de proporções incríveis, mas a luta sobrenatural que ocorria naquela planície era ainda mais estupenda. Ondas de escuridão e marés de chamas varriam os campos. Labaredas e relâmpagos caíam dos céus. Batalhões inteiros foram engolidos pela terra ou transformados em cinzas por uma súbita emissão de fogo. Trovões ribombavam perpetuamente de um horizonte ao outro e o próprio chão era vítima de terremotos e erupções de rocha líquida ardente. A magia dos sacerdotes de Zemoch era contra-atacada pelos esforços em conjunto dos Cavaleiros da Igreja. Por três dias os exércitos combateram, antes de os zemochs baterem em retirada. Sua fuga foi cada vez mais rápida, transformando-se numa verdadeira debandada. A horda de Otha finalmente se dispersou e correu para a segurança de suas fronteiras.

– Incrível! – exclamou Talen, empolgado. – E em seguida nosso exército invadiu Zemoch?

– Os homens estavam exaustos – Berit explicou. – Eles venceram o combate, mas a um custo muito alto. Metade do efetivo dos Cavaleiros da Igreja jazia no campo de batalha, e os exércitos dos reis elenos contavam seus mortos na casa das dezenas de milhares.

– Eles podiam ter feito *alguma coisa*, não?

Berit concordou com a cabeça, respondendo:

– Cuidaram dos feridos e enterraram os mortos. Então, voltaram para casa.

– Só isso? – Talen questionou, incrédulo. – Essa não é uma grande história, se foi só isso o que eles fizeram, Berit.

– Eles não tiveram escolha. Todos os homens capazes de empunhar uma espada foram convocados para a guerra, deixando os campos e plantações descuidados. O inverno estava se aproximando e não havia comida. Eles conseguiram sobreviver àquele inverno, mas muitos homens haviam sido mortos ou mutilados na batalha, e quando a primavera chegou, não havia mão de obra suficiente, fosse no oeste ou em Zemoch, para fazer o plantio. Por um século inteiro, a única preocupação em toda a Eosia foi com a alimentação. Espadas e lanças foram colocadas de lado, e os cavalos de guerra puxaram arados.

– Nunca contaram nada sobre isso nas histórias que ouvi até hoje – Talen contestou.

– Justamente porque elas eram apenas histórias – Berit argumentou. – Isso foi o que realmente aconteceu. De todo modo – ele prosseguiu –, a guerra e a penúria que a seguiu causaram grandes mudanças. As ordens militantes foram obrigadas a trabalhar nos campos ao lado da população comum, e elas começaram a se distanciar da Igreja. Perdoe-me, Vossa Graça – o noviço disse a Dolmant –, mas naquela época a hierocracia estava muito afastada dos interesses da população para compreender inteiramente o sofrimento pelo qual passavam.

– Não há necessidade de se desculpar, Berit – o patriarca respondeu. – A Igreja admite abertamente os equívocos cometidos naquela era.

Berit acenou com a cabeça e continuou:

– Os Cavaleiros da Igreja secularizavam-se cada vez mais. O intento original da hierocracia era de que os cavaleiros fossem monges armados, vivendo em suas casas capitulares quando não estavam guerreando. Esse conceito começou a mudar. As terríveis baixas entre seus membros durante a guerra fizeram com que as ordens buscassem uma nova fonte de recrutas. Os preceptores das ordens viajaram até Chyrellos e apresentaram seu problema para a hierocracia de maneira veemente. O maior empecilho para o recrutamento sempre foi o voto de castidade. Depois de muita insistência da parte dos preceptores, a hierocracia dispensou tal voto e os Cavaleiros da Igreja puderam, então, casar-se e ter filhos.

– Você é casado, Sparhawk? – Talen perguntou, subitamente.

– Não – o cavaleiro respondeu.

– Por que não?

– Ele não encontrou uma mulher tola o suficiente para aceitá-lo – Kalten retrucou, gargalhando. – Para começo de conversa, ele não é bonito. Além disso, tem um péssimo temperamento.

– Então esse é o fim da sua história? – Talen questionou Berit. – Uma boa história precisa de um fim, sabia? Algo como "e eles viveram felizes para sempre". A sua parece acabar sem chegar a lugar algum.

– A história continua, Talen. Não existe nenhum final. Agora, as ordens militantes estão envolvidas tanto em assuntos políticos quanto nas questões da Igreja, e ninguém pode dizer o que o futuro guarda.

– Isso é bem verdade – Dolmant suspirou. – Gostaria que as coisas tivessem seguido outro rumo, mas creio que Deus tenha Suas razões para que tudo tenha ocorrido dessa forma.

– Espera um pouco – Talen objetou. – Tudo isso começou quando você ia me contar sobre Otha e Zemoch. Ele saiu de cena há algum tempo nessa história toda. Por que se preocupar com ele agora?

– Otha está mobilizando seu exército novamente – Sparhawk respondeu.

– E estamos fazendo alguma coisa a esse respeito?

– Estamos observando. Se ele vier novamente, vamos encontrá-lo como da última vez. – Sparhawk olhou ao redor, para a grama amarelada reluzindo na brilhante luz do sol da manhã. – Se quisermos chegar a Chyrellos antes do fim do mês, teremos de nos mover um pouco mais rápido – ele disse, esporeando os flancos de Faran.

Cavalgaram para o leste por três dias, parando durante as noites em estalagens à beira da estrada. Sparhawk disfarçava uma certa dose de diversão condescendente por Talen que, inspirado pela história antiga recontada por Berit, bravamente decapitava a vegetação com um graveto enquanto seguiam o caminho. No meio da tarde do terceiro dia, seguindo pelo topo de uma colina alongada, avistaram o vasto complexo de Chyrellos, sede da Igreja Elena. A cidade não se localizava em reino algum, jazendo no ponto onde Elenia, Arcium, Cammoria, Lamorkand e Pelosia se encontravam. Era, sem sombra de dúvida, o maior aglomerado urbano de Eosia. Por ser um território da Igreja, era repleta de espirais e domos, e o ar ressoava com o som de sinos, conclamando os fiéis para orações. Entretanto, nenhuma cidade tão grande poderia ser devotada apenas à fé. O comércio, quase tanto quanto a religião, dominava a sociedade de Chyrellos, e os palácios dos abastados mercadores rivalizavam em esplendor e opulência com as residências dos patriarcas da Igreja. Apesar disso, o centro e o foco da cidade sagrada era a Basílica, uma imensa catedral abobadada de mármore refulgente, erigida para glorificar a Deus. O poder que emanava da Basílica era enorme, tocando as vidas de todos os elenos, desde as vastidões nevadas do norte de Thalesia até os desertos rendorenhos.

Talen, que até então nunca havia saído de Cimmura, admirava boquiaberto a enorme cidade que se espalhava à sua frente, reluzindo ao sol invernal.

– Bom Deus! – ele exclamou, quase numa reverência.

– Sim – Dolmant concordou. – Ele é bom, e este é uma de Suas obras mais esplêndidas.

Flauta, entretanto, não parecia impressionada. Sacou seus tubos e tocou uma música breve e jocosa para eles, como se dispensasse pouca importância a todos os esplendores de Chyrellos.

– Vossa Graça irá diretamente à Basílica? – Sparhawk indagou.

– Não – respondeu Dolmant. – Foi uma jornada cansativa, e preciso de todas as minhas forças quando apresentar a questão para a hierocracia. Annias possui muitos amigos nos altos concílios da Igreja, e eles não vão gostar nada do que tenho a dizer.

– Eles não podem duvidar de suas palavras, Vossa Graça.

– Talvez não, mas eles podem tentar distorcê-las. – Dolmant cutucou um lóbulo da orelha, pensativo. – Creio que meu relato terá mais impacto se tiver corroboração. Você é bom em aparições públicas?

– Só se ele usar a espada – Kalten contrapôs.

Dolmant esboçou um pequeno sorriso, instruindo:

– Venha à minha casa amanhã, Sparhawk. Vamos repassar seu testemunho juntos.

– Isso não é ilegal, Vossa Graça? – Sparhawk questionou.

– Não pedirei a você para mentir sob juramento, Sparhawk. Tudo o que quero fazer é orientá-lo sobre como formular suas respostas para certas questões. – Ele sorriu novamente. – Não quero que você me surpreenda quando estivermos diante da hierocracia. Odeio surpresas.

– Muito bem, Vossa Graça – Sparhawk concordou.

Desceram a colina em direção aos grandes portões de bronze da cidade sagrada. Os guardas saudaram Dolmant e permitiram que todos entrassem sem questionamentos. Além dos portões, uma rua larga os conduziu ao que só poderia ser chamado de bulevar. Casas imensas em ambos os lados pareciam ávidas por disputar umas com as outras a atenção exclusiva dos transeuntes. A rua estava repleta de pessoas. Apesar de alguns trajarem camisões amarrotados de trabalhadores, a grande maioria usava roupas sóbrias, do tom negro eclesiástico.

– Todos aqui são clérigos? – Talen perguntou. Os olhos do garoto estavam arregalados, tentando absorver toda a vista de Chyrellos, que o embasbacava.

Finalmente o jovem e cínico ladrão, vindo dos becos de Cimmura, tinha encontrado algo de que não conseguia fazer troça sem se impressionar.

– Dificilmente – respondeu Kalten –, mas, em Chyrellos, qualquer um que pareça afiliado à Igreja é mais respeitado, por isso todos vestem roupas pretas.

– Francamente, eu não me importaria em ver mais cores nas ruas de Chyrellos – confessou Dolmant. – Esse predomínio da cor preta me deprime.

– Por que Vossa Graça não começa uma nova moda? – Kalten sugeriu. – Da próxima vez que for à Basílica, use um hábito cor-de-rosa... ou talvez verde-esmeralda. Vossa Graça ficaria muito bem de verde.

– Acho que o domo cairia sobre minha cabeça se eu tentasse – Dolmant murmurou, contrariado.

A casa do patriarca, ao contrário dos palácios da maioria dos outros altos membros do clero, era simples e sem adornos. Ficava um pouco afastada da rua, e era cingida por arbustos bem podados e uma cerca de ferro.

– Iremos à nossa casa capitular, Vossa Graça – Sparhawk o informou conforme pararam na frente do portão de Dolmant.

O patriarca acenou com a cabeça e acrescentou para Sparhawk:

– E vejo você amanhã.

Sparhawk o saudou e conduziu os outros rua abaixo.

– Ele é um bom homem, não é? – Kalten comentou.

– Um dos melhores. A Igreja tem sorte de poder contar com ele.

A casa capitular da Ordem Pandion em Chyrellos era uma construção de pedra de aspecto austero, em uma das regiões menos frequentadas da cidade. Apesar de não contar com um fosso como a edificação de Cimmura, era cercada por uma muralha alta e sua entrada era guardada por um portão formidável. Sparhawk passou pelo ritual de admissão e todos desmontaram no pátio central. O superior da casa capitular, um homem corpulento chamado Nashan, veio descendo a escada da entrada para cumprimentá-los.

– Nossa casa está honrada em recebê-lo, Sir Sparhawk – o superior saudou ao apertar a mão do robusto cavaleiro. – Como foram as coisas em Cimmura?

– Conseguimos atrapalhar Annias – Sparhawk respondeu.

– E o que ele achou disso?

– Parecia um pouco contrariado.

– Bom. – Nashan virou-se para Sephrenia e a cumprimentou: – Bem-vinda, mãezinha – e em seguida beijou as palmas das mãos da pequena mulher.

– Nashan – ela respondeu seriamente. – Vejo que você não perde uma refeição.

Ele riu e deu um tapinha na barriga proeminente.

– Todo homem precisa de um vício ou dois – Nashan retrucou. – Venham, entrem todos. Contrabandeei um odre de vinho tinto arciano para a casa... pelo bem do meu pobre estômago, é claro... e podemos tomar uma tacinha ou duas.

– Você viu como as coisas funcionam, Sparhawk? – Kalten observou. – Regras podem ser burladas se você conhece as pessoas certas.

O escritório de Nashan tinha cortinas e tapetes vermelhos, e a mesa ornada que fazia as vezes de escrivaninha tinha detalhes em ouro e madrepérola.

– Uma afetação – ele se explicou apologeticamente, olhando sua sala conforme conduzia os visitantes. – Em Chyrellos, temos de dobrar os joelhos para esse tipo de opulência se quisermos ser levados a sério.

– Tudo bem, Nashan – Sephrenia retrucou. – Você não foi escolhido para ser o superior desta casa capitular por conta de sua humildade.

– Temos de manter as aparências, Sephrenia – ele argumentou e, então, suspirou, admitindo: – Nunca fui um bom cavaleiro. Com sorte, sou medíocre ao manusear uma lança de justa e a maioria dos meus feitiços tende a desabar na metade da formulação. – Inspirou profundamente, olhou ao redor e acrescentou: – Mas sou um bom administrador. Conheço a Igreja e suas políticas, e posso servir a Ordem e a Vanion nesta arena muito melhor do que poderia em um campo de batalha.

– Fazemos tudo o que podemos – Sparhawk disse. – Dizem que Deus aprecia nossos melhores esforços.

– Algumas vezes, acho que O desapontei – Nashan murmurou. – Bem lá no fundo, acho que poderia ter feito melhor.

– Não se atormente, Nashan – Sephrenia aconselhou. – O Deus eleno tem a reputação de ser o mais clemente. Você fez o melhor que pôde.

Sentaram-se à mesa ornada de Nashan e o superior convocou um acólito, que trouxe alguns cálices e o odre de vinho tinto de Arcium. A pedido de Sephrenia, ele também solicitou uma xícara de chá para a styrica e leite para Talen e Flauta.

– Não precisamos mencionar isso para lorde Vanion, não é mesmo? – Nashan disse a Sparhawk conforme erguia o odre para servi-los.

– Não abriria minha boca mesmo se fosse amarrado a cavalos selvagens, milorde – Sparhawk prometeu, estendendo seu cálice.

– Então, o que está acontecendo aqui em Chyrellos? – Kalten indagou.

– Tempos difíceis, Kalten – Nashan respondeu. – Tempos difíceis. O arquiprelado está muito velho, e a cidade inteira está prendendo o fôlego em antecipação à sua morte.

– E quem será o novo arquiprelado? – Sparhawk perguntou.

– A esta altura, não temos como saber. Cluvonus não está em condições de nomear seu sucessor, e Annias de Cimmura está gastando dinheiro feito água para comprar o trono para si.

– E quanto a Dolmant? – Kalten sugeriu.

– Temo que ele seja recatado demais – Nashan contrapôs. – Ele é tão dedicado à Igreja que não possui o senso pessoal necessário àqueles que aspiram ao trono dourado na Basílica. Além disso, ele tem inimigos.

– Eu gosto de inimigos – Kalten observou. – Eles nos dão motivos para afiar nossas espadas.

– Há algo acontecendo em Styricum? – Nashan perguntou, virando-se para Sephrenia.

– O que você quer dizer?

– A cidade foi subitamente invadida por styricos – ele respondeu. – Eles dizem que vieram em busca de instrução na fé elena.

– Isso é absurdo.

– Foi o que pensei. A Igreja vem tentando converter os styricos há quase três mil anos sem muito sucesso e, de repente, eles começam a peregrinar para Chyrellos de vontade própria, implorando para serem convertidos.

– Nenhum styrico em sã consciência faria isso – ela objetou. – Nossos Deuses são ciumentos e punem a apostasia severamente. – Os olhos de Sephrenia se estreitaram, e em seguida perguntou: – Algum desses peregrinos disse de onde vinha?

– Não que eu tenha ouvido. Todos parecem ser camponeses styricos comuns.

– Talvez eles tenham vindo de muito mais longe do que querem admitir.

– Você acha que podem ser zemochs? – Sparhawk questionou.

– Otha já infestou Lamorkand oriental com seus agentes – ela respondeu. – Chyrellos é o centro do mundo eleno. É um lugar óbvio para espionagem e insurreições. – Ela parou para considerar o assunto, observando na sequência: – Provavelmente, ficaremos aqui por alguns dias. Temos de aguardar a chegada dos cavaleiros das outras ordens. Acho que talvez possamos usar nosso tempo para investigar esses postulantes incomuns.

– Não posso me envolver demais nessa questão – Sparhawk discordou. – Tenho assuntos mais importantes na cabeça neste momento. Lidaremos com Otha e seus zemochs quando a hora chegar. Agora, tenho de me concentrar em fazer com que Ehlana se recupere e reassuma o trono, prevenindo a morte de alguns amigos. – Ele formulou a frase de maneira oblíqua, uma vez que havia mantido em segredo tudo o que Sephrenia lhe contara sobre o que acontecera no salão do trono em Cimmura.

– Tudo bem, Sparhawk – ela lhe assegurou. – Entendo sua preocupação. Vou levar Kalten comigo, e veremos o que podemos descobrir.

Passaram o resto do dia conversando tranquilamente no escritório ornado de Nashan; na manhã seguinte, Sparhawk vestiu uma cota de malha e um hábito encapuzado simples e cavalgou pela cidade até a casa de Dolmant, onde os dois repassaram cuidadosamente o que acontecera em Cimmura e em Arcium.

– Seria inútil fazer acusações diretas contra Annias – Dolmant concluiu –, então acho melhor omitir quaisquer referências a ele ou a Harparin. Apresentemos o caso como uma conspiração para desacreditar a Ordem Pandion, por ora. A hierocracia tirará suas próprias conclusões. – Ele sorriu brevemente, acrescentando: – A conclusão menos pior será a de que Annias fez papel de tolo em público. Pelo menos, isso pode ajudar a convencer alguns dos patriarcas neutros quando chegar a hora de escolher um novo arquiprelado.

– Isso já é alguma coisa – Sparhawk concordou. – Vamos apresentar a questão do suposto casamento de Arissa ao mesmo tempo?

– Acho melhor não – Dolmant respondeu. – Não é algo tão significante assim para trazer à consideração de toda a hierocracia. A declaração de solteirismo de Arissa pode ser apresentada ao patriarca de Vardenais. O suposto casamento ocorreu em seu distrito, portanto ele seria a escolha mais lógica para rascunhar um documento que negasse a realização de tal cerimônia. – Um sorriso tocou sua face ascética, e ele emendou: – Além disso, ele é meu amigo.

– Engenhoso – Sparhawk observou com admiração.

– Eu mesmo gostei da ideia – Dolmant disse, com modéstia.

– Quando iremos nos apresentar à hierocracia?

– Amanhã pela manhã. Não temos por que esperar. Isso só daria a Annias a oportunidade de alertar seus amigos na Basílica.

– Vossa Graça quer que eu venha até aqui e vá convosco até a Basílica?

– Não. Vamos separadamente. É melhor não darmos a eles nenhuma dica sobre o que estamos preparando.

– Vossa Graça é exímio nessa chicana política – Sparhawk comentou, escancarando um sorriso.

– Claro que sou. Como você acha que consegui chegar ao posto de patriarca? Vá para a Basílica por volta da terceira hora depois do nascer do sol. Isso deve me dar tempo para apresentar meu relatório e responder a todas as perguntas e objeções que os apoiadores de Annias provavelmente irão levantar.

– Muito bem, Vossa Graça – Sparhawk disse, levantando-se.

– Tome cuidado amanhã, Sparhawk. Vão tentar impedi-lo. E pelo amor de Deus, não perca a cabeça.

– Vou tentar me lembrar disso.

Na manhã seguinte, Sparhawk vestiu-se cuidadosamente. Sua armadura negra reluzia, sua capa e seu sobretudo prateado tinham sido bem passados. Faran havia sido escovado até que sua pelagem ruana brilhasse, e seus cascos receberam uma boa dose de óleo para ficarem lustrosos.

– Não deixe que te encurralem, Sparhawk – Kalten recomendou quando ele e Kurik içaram o homem robusto para sua sela. – Clérigos podem ser ardilosos.

– Vou ficar atento. – Sparhawk segurou as rédeas de Faran e o esporeou com os calcanhares. O enorme corcel empinou e partiu pelo portão da casa capitular para as ruas movimentadas da cidade sagrada.

A Basílica abobadada dominava toda a cidade. Fora construída numa colina baixa e elevava-se aos céus, reluzindo no sol invernal. Os guardas nos portais de bronze respeitosamente admitiram a entrada de Sparhawk, que desmontou diante da escadaria de mármore que levava às grandes portas. Entregou as rédeas de Faran para um monge, ajustou a cinta de seu escudo e subiu os degraus com suas esporas retinindo no mármore. No topo da escadaria, um jovem e oficioso clérigo trajando um hábito negro impediu sua passagem, protestando:

– Sir Cavaleiro, o senhor não pode entrar armado.

– Vossa reverência está equivocado – Sparhawk contrapôs. – Tais regras não se aplicam às ordens militantes.

– Nunca ouvi falar em tal exceção.

– Então acaba de ouvir. Não quero causar-lhe problemas, amigo, mas vim de acordo com a convocação do patriarca Dolmant e entrarei.

– Mas...

– Aqui temos uma ampla biblioteca, vizinho. Por que você não vai conferir as regras novamente? Tenho certeza de que irá descobrir que negligenciou algumas. Agora abra passagem. – Sparhawk afastou o homem no hábito negro e entrou na catedral, que estava fria e tomada pelo odor de incenso. Fez a mesura tradicional diante do altar encrustado de joias e seguiu pela larga nave central sob uma coluna multicolorida de luz que jorrava a partir de vitrais. Um sacristão estava polindo vigorosamente um cálice de prata no altar.

– Bom dia, amigo – Sparhawk o cumprimentou em voz baixa.

O sacristão quase derrubou o cálice.

– O senhor me assustou, Sir Cavaleiro – ele confessou, rindo nervosamente. – Não o ouvi chegando.

– São os tapetes – Sparhawk explicou. – Eles abafam o som dos passos. Os membros da hierocracia estão reunidos em sessão, não é mesmo?

O sacristão concordou com a cabeça.

– Fui convocado pelo patriarca Dolmant para testemunhar numa questão que ele apresenta agora pela manhã. O senhor poderia me informar onde eles estão reunidos?

– Na câmara de audiências do arquiprelado, creio eu. O senhor gostaria que eu lhe mostrasse o caminho?

– Sei onde fica. Obrigado, vizinho. – Sparhawk caminhou até a parte frontal da nave e saiu por uma porta lateral, ecoando pelo corredor de mármore. Tirou o elmo e colocou-o debaixo do braço, seguindo pelo corredor até chegar a um cômodo largo onde uma dúzia de clérigos estava sentada, triando pilhas de documentos em suas mesas. Um dos homens de hábito negro ergueu os olhos, viu Sparhawk e se levantou, perguntando:

– Posso ajudá-lo, Sir Cavaleiro? – Ele era calvo na parte superior da cabeça, mas ainda tinha tufos de cabelo nas laterais, que se projetavam sobre as orelhas como asas.

– Meu nome é Sparhawk, vossa reverência. O patriarca Dolmant me convocou.

– Ah, sim – anuiu o clérigo calvo. – O patriarca me avisou de que estava lhe esperando. Vou informá-lo de que o senhor chegou. Gostaria de se sentar enquanto isso?

– Não, muito obrigado, vossa reverência. Ficarei de pé. É um tanto incômodo sentar quando se carrega uma espada.

– Eu não saberia dizer – o clérigo murmurou, um pouco melancólico. – Como é?

– Ela é superestimada – Sparhawk respondeu. – Vossa reverência poderia informar o patriarca de que estou aqui?

– Imediatamente, Sir Sparhawk. – O clérigo virou-se e atravessou o cômodo até uma porta do outro lado, suas sandálias golpeando o chão de mármore. Depois de alguns instantes ele retornou. – Dolmant pede que o senhor entre imediatamente. O arquiprelado está com eles.

– Isso é uma surpresa. Ouvi dizer que ele estava doente.

– Hoje é um de seus melhores dias, creio eu. – O clérigo conduziu Sparhawk pelo cômodo e abriu a porta.

A câmara de audiências era flanqueada em ambos os lados por fileiras sobre fileiras de bancos com recostos altos. Os bancos estavam apinhados de clérigos idosos trajando hábitos negros, a hierocracia da Igreja Elena. Na parte frontal do cômodo, sobre um estrado, havia sido instalado um trono dourado e, sentado nele, estava o arquiprelado Cluvonus, vestindo um manto de cetim branco e uma mitra dourada. O ancião estava cochilando. Dolmant estava de pé no centro da câmara, diante de um ornado pedestal de leitura em cujo tampo inclinado repousava um maço de pergaminhos.

– Ah, Sir Sparhawk – ele exclamou. – Que gentil de sua parte se juntar a nós.

– O prazer é todo meu, Vossa Graça – Sparhawk respondeu.

– Irmãos, tenho a honra de apresentar a vós o cavaleiro pandion Sir Sparhawk – Dolmant proclamou para os outros membros da hierocracia.

– Ouvimos falar de Sir Sparhawk – um patriarca de cara afilada, sentado na primeira fileira da esquerda, disse com frieza. – Por que ele está aqui, Dolmant?

– Para apresentar evidências sobre o assunto que estávamos discutindo, Makova – Dolmant respondeu sem entusiasmo.

– Já ouvi o suficiente.

– Fale por si próprio, Makova – um homem gordo com feições joviais retrucou das fileiras da direita. – As ordens militantes são as forças armadas da Igreja, e seus membros são bem-vindos em nossas deliberações.

Os dois homens se encararam por alguns instantes.

– Uma vez que o papel de Sir Sparhawk foi fundamental para descobrir e evitar essa conspiração, creio que seu testemunho possa se provar esclarecedor – Dolmant acrescentou suavemente.

– Ah, acabe logo com isso, Dolmant – o patriarca de rosto afilado sentado à esquerda resmungou, irritado. – Temos assuntos muito mais importantes para tratar nesta manhã.

– Será como o estimado patriarca de Coombe deseja – Dolmant aquiesceu, com uma mesura. Dirigindo-se ao cavaleiro, perguntou: – Sir Sparhawk, como Cavaleiro da Igreja, o senhor nos dá seu juramento de que todo o seu testemunho será verdadeiro?

– Eu juro, Vossa Graça – Sparhawk afirmou.

– Por gentileza, conte à assembleia como o senhor descobriu a conspiração.

– Certamente, Vossa Graça. – Então Sparhawk recontou a maior parte da conversa entre Harparin e Krager, omitindo seus nomes, o do primado Annias e todas as referências a Ehlana.

– É seu costume bisbilhotar conversas privadas, Sir Sparhawk? – Makova o questionou, com um pouco de malícia.

– Quando envolve a segurança da Igreja ou do Estado, sim, Vossa Graça. Fiz votos que me obrigam a defender a ambos.

– Ah, sim. Havia me esquecido de que o senhor também é o campeão da rainha de Elenia. Isso não pode, por vezes, dividir sua lealdade, Sir Sparhawk?

– Até o presente momento, não, Vossa Graça. Os interesses da Igreja e do Estado raramente entram em conflito em Elenia.

– Muito bem colocado, Sir Sparhawk – o clérigo rechonchudo na fileira da direita aprovou.

O patriarca de Coombe inclinou-se para o homem de aspecto doentio ao seu lado e sussurrou algo.

– O que o senhor fez após descobrir sobre a conspiração, Sir Sparhawk? – Dolmant perguntou.

– Juntamos nossas forças e cavalgamos até Arcium a fim de interceptar os homens que liderariam o ataque.

– E por que o senhor não avisou o primado de Cimmura dessa suposta conspiração? – Makova indagou.

– O esquema envolvia um ataque a uma casa em Arcium, Vossa Graça – Sparhawk replicou. – O primado de Cimmura não tem autoridade lá, portanto a questão não lhe dizia respeito.

– Nem aos pandions, devo dizer. Por que não alertar os cavaleiros cirínicos e deixar que eles cuidassem do assunto? – Makova olhou ao redor com presunção, como alguém que desfere um golpe mortal contra seu oponente.

– A conspiração foi planejada para desacreditar *nossa* Ordem, Vossa Graça. Entendemos que isso nos dava razões suficientes para cuidar do assunto nós mesmos. Além disso, os cirínicos possuem suas próprias preocupações, e não queríamos atrapalhá-los com uma questão de menor importância.

Makova grunhiu com azedume.

– O que aconteceu em seguida, Sir Sparhawk? – Dolmant perguntou.

– As coisas ocorreram mais ou menos como nós esperávamos, Vossa Graça. Alertamos o conde Radun; então, quando os mercenários chegaram, atacamos pela retaguarda. Poucos escaparam.

– Vocês atacaram homens pelas costas e sem aviso? – Makova parecia ultrajado. – Este é o heroísmo de que os cavaleiros pandions tanto se orgulham?

– Você está se atendo a detalhes insignificantes, Makova – contrapôs o homem de aparência jovial do outro lado da nave. – Seu precioso primado Annias fez papel de tolo. Pare de tentar desviar a atenção do problema em análise atacando este cavaleiro ou de contestar seu testemunho. – Olhando para Sparhawk, ele indagou: – O senhor arriscaria um palpite sobre a origem dessa conspiração, Sir Sparhawk?

– Não estamos aqui para dar ouvidos a especulações, Emban – Makova redarguiu rapidamente. – Uma testemunha pode somente relatar o que sabe, não o que pressupõe.

– O patriarca de Coombe está certo, Vossa Graça – Sparhawk disse ao patriarca Emban. – Meu juramento me impele a dizer apenas a verdade, e palpites geralmente passam longe disso. A Ordem Pandion ofendeu muitas pessoas nos últimos séculos. Somos um grupo que, por vezes, pode ser severo, obstinado e inclemente. Muitos podem achar tais qualidades desagradáveis, e antigos ressentimentos tendem a persistir.

– Verdade – concordou Emban. – Entretanto, se a defesa da fé depende disso, prefiro colocar minha confiança na obstinação e na inclemência dos pandions do que em alguns outros que poderia nomear. Antigos ressentimentos, como o senhor bem colocou, tendem a persistir, bem como os mais recentes. Fui inteirado do que está acontecendo em Elenia, e não é muito difícil adivinhar quem poderia se beneficiar com a desgraça dos pandions.

– Você ousa acusar o primado Annias? – Makova exclamou, levantando-se num salto, com os olhos esbugalhados.

– Ora, sente-se, Makova – Emban retrucou, enojado. – Sua mera presença aqui nos contamina. Todos nesta câmara sabem quem é seu dono.

– Ousa *me* acusar?

– Quem pagou por seu palácio, Makova? Seis meses atrás você tentou me pedir um empréstimo, mas agora tem tudo o que precisa. Isso não é curioso? Quem o está subsidiando?

– Por que toda esta gritaria? – uma voz fraca perguntou.

Sparhawk olhou rapidamente para o trono dourado, que ocupava a parte da frente da câmara. O arquiprelado Cluvonus havia acordado, piscando em confusão enquanto olhava ao redor. A cabeça do homem idoso vacilava sobre seu pescoço esquálido e seus olhos estavam turvos.

– Uma discussão acalorada, santíssimo – Dolmant comentou suavemente.

– E agora vocês me acordaram – o arquiprelado resmungou com petulância –, e eu estava tendo um sonho tão bom. – Levantou a mão, tirou sua mitra e jogou-a no chão. Em seguida, recostou-se em seu trono, amuado.

– O arquiprelado gostaria de ouvir a questão que estamos discutindo? – Dolmant perguntou.

– Não, eu não gostaria – Cluvonus retrucou. – Então, pronto. – E, logo em seguida, começou a gargalhar, como se seu comentário pueril tivesse sido uma grande piada. A risada foi minguando e, encarando a todos, zangado, declarou: – Quero voltar ao meu quarto. Fora daqui, todos vocês.

A hierocracia pôs-se de pé e começou a sair da câmara, ordenadamente enfileirada.

– Você também, Dolmant – o arquiprelado insistiu, com sua voz estridente. – E peça para que a irmã Clentis venha até mim. Ela é a única que realmente se importa comigo.

– Como queira, santíssimo – Dolmant anuiu, com uma mesura.

Quando estavam do lado de fora, Sparhawk colocou-se ao lado do patriarca de Demos, questionando:

– Há quanto tempo ele está assim?

– Quase um ano – Dolmant respondeu, suspirando. – Sua mente vem decaindo há um bom tempo, mas apenas neste último ano sua senilidade chegou a esse nível.

– Quem é essa irmã Clentis?

– A guardiã dele... na verdade, sua babá.

– A condição do arquiprelado é conhecida por muitos?

– Há boatos, é claro, mas conseguimos manter em segredo sua verdadeira situação. – Dolmant suspirou novamente e emendou: – Não o julgue por seu comportamento atual, Sparhawk. Quando ele era mais jovem, honrava o trono do arquiprelado.

– Eu sei – Sparhawk anuiu, concordando. – Fora isso, como está sua saúde?

– Não muito boa. Ele está fragilizado. Não deve viver muito.

– Talvez seja por isso que Annias esteja agindo tão depressa. – Sparhawk ajustou seu escudo ornado em prata. – Ele tem o tempo a seu favor.

– Sim – concordou Dolmant, com uma expressão amargurada. – E isso faz com que sua missão seja ainda mais vital.

Outro clérigo veio ao encontro deles, dizendo:

– Bem, Dolmant, tivemos uma manhã muito interessante. Diga-me: quão profundamente Annias estava envolvido nesse esquema?

– Não mencionei nada a respeito do primado de Cimmura, Yarris – Dolmant protestou, com inocência fingida.

– E nem precisava. Tudo se encaixa perfeitamente. Não creio que qualquer membro presente no concílio tenha deixado passar o que você quis dizer.

– Conhece o patriarca de Vardenais, Sparhawk? – Dolmant perguntou.

– Nos encontramos algumas vezes. – Sparhawk inclinou-se levemente para o outro clérigo, sua armadura rangendo. – Vossa Graça.

– É bom vê-lo novamente, Sir Sparhawk – Yarris murmurou. – Como vão as coisas em Cimmura?

– Tensas – Sparhawk respondeu.

– Você sabe que Makova vai fazer um relatório completo sobre o que aconteceu esta manhã para Annias, não sabe? – o patriarca Yarris comentou, olhando para Dolmant.

– Eu não estava tentando manter um segredo. Annias fez papel de idiota. Considerando suas aspirações, esse elemento de sua personalidade é altamente relevante.

– De fato é, Dolmant. Você fez outro inimigo esta manhã.

– Makova nunca foi muito próximo, mesmo. Incidentalmente, Yarris, Sparhawk e eu gostaríamos de apresentar certa questão para sua consideração.

– Ah, é?

– Envolve outro estratagema do primado de Cimmura.

– Então vamos frustrá-lo, de qualquer forma possível.

– Esperava que você pensasse dessa forma.

– O que ele está planejando desta vez?

– Annias apresentou uma certidão de casamento espúria para o Conselho Real, em Cimmura.

– Quem se casou?

– A princesa Arissa e o duque Osten.

– Isso é ridículo.

– Foi praticamente o que disse a princesa Arissa.

– Você fará um juramento para confirmar isso?

Dolmant fez que sim com a cabeça e acrescentou:

– Assim como Sparhawk o fará.

– Devo supor que o objetivo de tudo isso é legitimar Lycheas?

Dolmant balançou a cabeça novamente.

– Então está bem. Por que não tentar frustrá-lo? Vamos falar com meu secretário. Ele pode rascunhar os documentos necessários. – O patriarca de Vardenais riu. – Eu diria que Annias está tendo um mês ruim. Isso fará com que dois de seus esquemas falhem consecutivamente... e Sparhawk esteve envolvido em ambas as ações. – Olhando para o robusto pandion, acrescentou: – Pode ser que Annias decida que seria melhor se você recebesse o cabo de uma adaga no meio das costas.

Após darem seus depoimentos sobre as declarações feitas pela princesa Arissa, Dolmant e Sparhawk deixaram o patriarca de Vardenais e continuaram pelo corredor até a nave da Basílica.

– Dolmant, você faz ideia de por que tem tantos styricos aqui em Chyrellos? – Sparhawk perguntou.

– Ouvi algo a esse respeito. Dizem que eles estão em busca de instrução em nossa fé.

– Sephrenia diz que isso é um absurdo.

– E ela provavelmente está certa – ele fez uma careta enviesada. – Tentei toda a minha vida e não consegui converter um único styrico sequer.

– Eles são muito apegados a seus Deuses – Sparhawk explicou. – Não quero soar ofensivo, Dolmant, mas parece haver uma relação muito mais íntima entre os styricos e seus Deuses. Talvez o nosso Deus seja muito ausente.

– Vou mencionar isso a Ele da próxima vez que conversarmos – Dolmant retrucou, sorrindo. – Tenho certeza de que Ele dá muito valor à sua opinião.

– Isso *foi* um pouco presunçoso, não foi? – Sparhawk concedeu, rindo.

– Para dizer a verdade, foi. Quanto você acha que vai demorar até sua partida para Borrata?

– Alguns dias, acredito. Odeio perder tempo, mas os cavaleiros das outras ordens têm uma longa jornada até chegar aqui em Chyrellos, e sou mais ou menos obrigado a esperá-los. E é essa espera que me deixa muito impaciente, mas temo que não haja remédio. – Ele franziu os lábios e emendou: – Acho que vou gastar esse tempo bisbilhotando por aí. Isso me dará algo para fazer, e todos esse styricos estão me deixando curioso.

– Tome cuidado nas ruas de Chyrellos, Sparhawk – Dolmant o advertiu com seriedade. – Elas podem ser muito perigosas.

– Ultimamente, o mundo todo anda perigoso, Dolmant. Irei mantê-lo informado sobre o que descobrir. – Então Sparhawk virou-se e prosseguiu pelo corredor, com suas esporas ressoando no chão de mármore.

Capítulo 13

Era quase meio-dia quando Sparhawk retornou à casa capitular. Cavalgara vagarosamente pelas ruas movimentadas da cidade sagrada, prestando pouca atenção na multidão ao seu redor. A deterioração do arquiprelado Cluvonus o deixara entristecido. Apesar dos boatos que estavam circulando, ver pessoalmente a condição do idoso reverendo tinha sido um choque profundo.

Parou diante do robusto portão e passou pelo ritual de admissão de maneira mecânica. Kalten, que aguardava no pátio, perguntou:

– E então? Como foi?

– Não sei se mudamos alguma opinião – Sparhawk respondeu, desmontando pesadamente e tirando seu elmo. – Os patriarcas que apoiam Annias continuam apoiando-o; os que se opõem continuam do nosso lado; e aqueles que são neutros ainda estão em cima do muro.

– Então foi uma perda de tempo?

– Acho que não inteiramente. Talvez seja um pouco mais difícil para Annias angariar os votos dos indecisos depois de tudo isso.

– Queria que você se decidisse, Sparhawk – Kalten resmungou, examinando atentamente o amigo. – Você está com um humor azedo. O que realmente aconteceu por lá?

– Cluvonus estava presente.

– Isso é uma surpresa. Como ele está?

– Terrível.

– Ele *tem* 85 anos de idade, Sparhawk. Você não poderia esperar que ele causasse boa impressão. As pessoas se desgastam, você sabe.

– Sua mente se foi, Kalten – Sparhawk explicou com tristeza. – Está infantil. Dolmant acha que ele não irá durar muito mais.

– Tão mal assim?

Sparhawk balançou a cabeça.

– Isso faz com que seja ainda mais importante que cheguemos logo a Borrata e voltemos depressa, não é?

– Urgente – concordou Sparhawk.

– Você acha que podemos ir na frente e deixar que os cavaleiros das outras ordens nos alcancem depois?

– Gostaria de fazer isso. Odeio pensar que Ehlana está sentada sozinha naquele salão do trono, mas não acho que devamos arriscar. Komier estava certo sobre uma demonstração de unidade, e as outras ordens podem ser sensíveis de vez em quando. Não vamos ofendê-los logo de cara.

– Você e Dolmant falaram com alguém sobre Arissa?

Sparhawk anuiu com a cabeça, explicando:

– O patriarca de Vardenais está cuidando do assunto.

– Então o dia não foi totalmente perdido.

– Quero me livrar disto aqui – Sparhawk grunhiu, batendo na placa metálica sobre seu peito com uma mão.

– Quer que eu tire a sela de Faran para você?

– Não, vou sair novamente. Sabe onde Sephrenia está?

– No quarto dela, eu acho.

– Peça para alguém selar o palafrém dela.

– Ela vai para algum lugar?

– Provavelmente. – Sparhawk subiu os degraus e entrou na casa capitular.

Cerca de um quarto de hora depois, Sparhawk bateu à porta de Sephrenia. Havia retirado sua armadura e agora trajava uma cota de malha por baixo de uma capa cinzenta comum que não trazia nenhuma insígnia de seu posto ou de sua Ordem.

– Sephrenia, sou eu – ele chamou do lado de fora da porta.

– Pode entrar, Sparhawk – ela disse.

Ele abriu a porta e entrou silenciosamente.

A styrica estava sentada em uma grande cadeira com Flauta em seu colo. A menina dormia com um pequeno sorriso de satisfação estampado no rosto.

– As coisas correram bem na Basílica? – Sephrenia perguntou.

– É difícil dizer – ele respondeu. – Clérigos são bons em esconder suas emoções. Você e Kalten conseguiram descobrir algo ontem, a respeito dos styricos aqui em Chyrellos?

Concordando com a cabeça, ela disse:

– Estão concentrados em um quarteirão próximo ao portão leste. Eles possuem uma casa que parece ser uma espécie de quartel-general. Mas ainda não fomos capazes de localizá-la.

– Por que não tentamos encontrá-la? – ele sugeriu. – Preciso fazer algo. Estou me sentindo um pouco irrequieto.

– Irrequieto? Você, Sparhawk? O homem de pedra?

– Acho que é impaciência. Quero seguir logo para Borrata.

Ela concordou com a cabeça. Em seguida, levantou-se e gentilmente colocou Flauta na cama. Com cuidado, cobriu a menina com uma coberta cinza de lã. Flauta abriu brevemente seus olhos escuros, sorriu e voltou a dormir. Sephrenia beijou a face da garotinha e, virando-se para Sparhawk, perguntou:

– Vamos, então?

– Você é muito apegada a ela, não é? – Sparhawk indagou, conforme os dois seguiam pelo corredor que levava ao pátio.

– Vai um pouco além disso. Talvez um dia você entenda.

– Você tem alguma ideia de onde fica essa casa styrica?

– Há um lojista no mercado próximo ao portão leste. Ele vendeu a alguns styricos uma série de peças de carne. O carregador que fez a entrega sabe onde a casa fica.

– Por que você não questionou o carregador?

– Ele não estava lá, ontem.

– Talvez ele vá trabalhar hoje.

– Vale a pena arriscar.

Sparhawk parou e olhou diretamente para a pequena styrica, dizendo:

– Não quero me intrometer em segredos que optou por não revelar, Sephrenia, mas você pode distinguir camponeses styricos comuns de zemochs?

– É possível, a não ser que eles tenham feito algo para esconder sua verdadeira identidade.

Desceram ao pátio onde encontraram Kalten, que os aguardava com Faran e o palafrém branco de Sephrenia. O cavaleiro loiro estava com uma expressão zangada.

– Seu cavalo me mordeu, Sparhawk – ele acusou.

– Você conhece Faran bem o suficiente para não dar as costas para ele. Chegou a sangrar?

– Não – Kalten admitiu.

– Então ele só estava brincando. Estava mostrando que gosta de você.

– Obrigado – Kalten respondeu sem entusiasmo. – Vocês querem que eu os acompanhe?

– Não. Acho que queremos ser mais ou menos inconspícuos, e há ocasiões em que você tem dificuldades para tanto.

– Por vezes, seu charme é de matar, Sparhawk.

– Juramos dizer apenas a verdade. – Sparhawk ajudou Sephrenia a subir em seu palafrém e, em seguida, ele montou Faran, dizendo a Kalten: – Devemos voltar antes do escurecer.

– Não se apressem por mim.

Sparhawk conduziu a pequena styrica pelo portão, em direção à rua lateral mais adiante.

– Ele transforma tudo em piada, não é? – Sephrenia observou.

– Quase tudo, sim. Ele ri do mundo desde que era garoto. Acho que é por isso que gosto tanto dele. Meu modo de ver as coisas tende a ser mais severo, e ele me ajuda a manter minha perspectiva mais ampla.

Cavalgaram pelas ruas apinhadas de Chyrellos. Apesar de muitos dos mercadores locais ostentarem vestes pretas e sóbrias como as dos clérigos, os visitantes não seguiam esse costume, e suas roupas coloridas sobressaíam em contraste. Os viajantes vindos de Cammoria, em particular, eram bem coloridos, uma vez que suas vestimentas costumavam ser de seda, que não desbotava com a passagem do tempo, preservando o vermelho, o azul ou o verde sempre vivos.

O mercado ao qual Sephrenia conduziu Sparhawk ficava a uma distância considerável da casa capitular, e demoraram cerca de três quartos de hora até chegar ao local.

– Como você encontrou esse lojista? – perguntou o cavaleiro.

– Há certos itens peculiares na dieta styrica – ela explicou. – Coisas que os elenos não comem com frequência.

– Pensei que o carregador havia entregado algumas peças de carne.

– Bode, Sparhawk. Elenos não apreciam carne de bode.

Sparhawk estremeceu.

– Como você é provinciano – ela comentou com suavidade. – Se não for carne de vaca, você não come.

– Acho que é assim que as coisas funcionam.

– Acho melhor entrar na loja sozinha – ela disse. – Você pode, por vezes, ser um pouco intimidador, meu querido. Queremos respostas do carregador, e talvez não as consigamos se você o assustar. Cuide do meu cavalo. – Sephrenia entregou as rédeas ao cavaleiro e seguiu pelo mercado. Sparhawk observou enquanto sua tutora atravessava o largo movimentado para falar com um homem mal-ajambrado num camisão de lona manchado de sangue. Depois de um curto período de tempo, ela retornou. Sparhawk desmontou e a ajudou a subir em seu palafrém.

– Ele te disse onde fica a casa? – o cavaleiro perguntou.

Ela fez que sim com a cabeça, dizendo:

– Não fica longe... perto do portão leste.

– Vamos dar uma olhada.

Quando começaram a cavalgar, Sparhawk fez algo impulsivo, que não condizia com sua personalidade. Estendeu as mãos, tomando as da pequena mulher, e murmurou:

– Eu te amo, mãezinha.

– Sim – ela respondeu calmamente. – Eu sei. Ainda assim, é muito bonito de sua parte dizer. – Em seguida, ela sorriu. Era um sorrisinho maroto que, de alguma forma, o fez lembrar de Flauta. – Outra lição para você, Sparhawk. Ao lidar com uma mulher, não se pode dizer "eu te amo" com muita frequência.

– Vou me lembrar disso. Essa regra também se aplica a mulheres elenas?

– Se aplica a todas as mulheres, Sparhawk. Gênero é uma distinção muito mais importante do que raça.

– Serei conduzido por ti, Sephrenia.

– Você andou lendo poesia medieval novamente?

– Eu?

Cavalgaram pelo mercado em direção a um quarteirão próximo ao portão leste de Chyrellos. Embora não se assemelhasse aos bairros pobres de Cimmura, aquela parte da cidade sagrada era bem menos opulenta do que o entorno da Basílica. Primeiramente, havia menos cor. As túnicas dos homens nas ruas eram pardas, em sua maioria, e alguns mercadores que se misturavam na multidão trajavam vestimentas puídas e desbotadas. Ainda assim, assumiam a expressão superior que os mercadores, fossem bem-sucedidos ou não, automaticamente adotavam. Então, na ponta oposta da rua, Sparhawk avistou um homem pequeno em um camisão amarrotado e sem cor de lã artesanal.

– Styrico – o cavaleiro sussurrou.

Sephrenia concordou com a cabeça, cobrindo-a com o capuz de seu manto branco para esconder a face. Sparhawk se endireitou em sua sela, assumindo uma expressão arrogante e condescendente, própria do servo de alguma personalidade. Passaram pelo styrico, que tomou o cuidado de sair de seu caminho sem prestar atenção neles. Como todos os membros de sua raça, o homem tinha cabelos escuros, quase negros, e a pele pálida. Era mais baixo que os elenos que passavam por ele na rua estreita, e os ossos de seu rosto eram proeminentes, como se, de alguma forma, não tivessem sido terminados.

– Um zemoch? – Sparhawk perguntou, depois de se afastarem do homem.

– É impossível dizer – Sephrenia respondeu.

– Ele estava escondendo a identidade com um feitiço?

– Não há como ter certeza, Sparhawk – ela contrapôs, abrindo as mãos exasperadamente. – Ou ele era um styrico ordinário de alguma região remota, pensando apenas em sua próxima refeição, ou era um mago muito sutil fazendo-se de simplório para bloquear qualquer tentativa de identificá-lo.

Sparhawk murmurou um xingamento e comentou:

– Isso pode ser mais difícil do que eu imaginava. Vamos em frente e ver o que conseguimos descobrir.

A casa que haviam indicado a Sephrenia ficava no fim de uma rua estreita e sem saída.

– Será difícil ficar à espreita sem deixar óbvio o que estamos fazendo – Sparhawk resmungou quando passaram pela entrada da ruela.

– Na verdade, não – Sephrenia discordou, puxando as rédeas de seu palafrém. – Preciso falar com o dono daquela loja na esquina.

– Você quer comprar algo?

– Comprar, não, Sparhawk. Acompanhe-me. Você vai ver. – Ela deslizou de sua sela e amarrou as rédeas de seu delicado palafrém branco a um poste do lado de fora da loja que ela havia indicado. Olhando ao redor e colocando a mão de maneira afetuosa no pescoço de sua montaria, ela perguntou: – Seu grande corcel desencorajaria qualquer um que tentasse roubar minha pequena e gentil Ch'iel?

– Vou falar com ele.

– Você faria isso?

– Faran – Sparhawk disse, virando-se para seu cavalo feio –, fique aqui e proteja o palafrém de Sephrenia.

Faran relinchou e suas orelhas apontaram para a frente, com entusiasmo.

– Seu velho tolo – Sparhawk comentou, dando uma risada.

Faran fechou rapidamente os dentes a poucos centímetros da orelha de Sparhawk, fazendo um estalido ruidoso.

– Seja bonzinho – o cavaleiro murmurou.

Dentro da loja, um cômodo repleto de móveis baratos à venda, a atitude de Sephrenia tornou-se bajuladora, e de uma estranha maneira, quase submissa.

– Bom mestre mercador – ela disse com um tom de voz incomum –, servimos a um ilustre nobre pelosiano que veio a Chyrellos em busca de consolo para a alma na cidade sagrada.

– Não negocio com styricos – o mercador retrucou de modo rude, encarando Sephrenia. – Já temos muitos pagãos sujos como você em Chyrellos. – O homem, então, assumiu uma expressão completamente enojada ao mesmo tempo que fazia gestos para afastar magia, os quais Sparhawk sabia serem completamente ineficientes.

– Olhe aqui, seu calhorda – o robusto cavaleiro disse de modo insultante, usando um sotaque pelosiano –, não tente ser mais do que você é. A castelã de meu mestre e eu devemos ser tratados com respeito, apesar de sua intolerância imbecil.

O lojista ficou irado com esse comentário.

– Ora, seu... – ele começou a resmungar.

Sparhawk estraçalhou o topo de uma mesa barata com um único golpe de seu punho. Em seguida, pegou o lojista pelo colarinho e puxou-o por sobre o balcão até que ficassem face a face.

– Estamos entendidos? – ele murmurou com uma voz terrível, que mal chegava a um sussurro.

– O que precisamos, bom mestre mercador – Sephrenia prosseguiu tranquilamente –, é de um bom conjunto de quartos que tenham vista para a rua. Nosso mestre sempre gostou de observar o fluxo das marés da humanidade. – A pequena mulher baixou os olhos com modéstia após o último comentário. – O senhor teria algo assim no andar superior?

O rosto do lojista transparecia o conflito de suas emoções conforme ele se virava para subir as escadas em direção ao andar de cima.

Os cômodos estavam descuidados – poderia até mesmo ser dito que estavam caindo aos pedaços. Em algum momento no passado, haviam sido pintados, mas a tinta verde, de um tom que lembrava sopa de ervilhas, havia descascado e agora jazia em longas tiras penduradas pelas paredes. Entretanto, Sparhawk e Sephrenia não estavam interessados na pintura. Era a janela suja na parte da frente do cômodo principal que atraíra seus olhos.

– Quer ver o resto, senhorita? – o lojista indagou, com mais respeito do que havia demonstrado anteriormente.

– Podemos conduzir nossa inspeção sozinhos, bom mestre mercador. – Sephrenia inclinou levemente a cabeça e comentou: – Por acaso esse ruído foi o passo de um cliente no andar de baixo?

O lojista piscou e saiu correndo escada abaixo.

– Desta janela você consegue ver a casa no final da rua? – Sephrenia perguntou.

– O vidro está sujo – Sparhawk resmungou, pegando a barra de sua capa para limpar o pó e a sujeira.

– Não – Sephrenia exclamou. – Styricos tem olhos aguçados.

– Tudo bem – Sparhawk contrapôs. – Vou olhar através da poeira. Os olhos elenos são tão aguçados quanto os styricos. – Virando-se para a pequena mulher, ele indagou: – Situações como essa sempre acontecem quando você sai por aí?

– Sim. Um eleno comum não é muito mais inteligente do que um styrico comum. Francamente, prefiro conversar com um sapo do que com qualquer um desses tipos.

– Sapos sabem falar? – Sparhawk parecia surpreso.

– Se você souber o que ouvir, sim. Mas eles não têm uma conversa muito estimulante.

A casa no final da rua não impressionava. O térreo era construído com pedras comuns, agrupadas de maneira rústica com cimento, enquanto o segundo andar era de tábuas de madeira serradas precariamente. Parecia, de alguma forma, destacada de suas vizinhas, como se tivesse a intenção de se isolar das outras. Conforme observavam, um styrico trajando um camisão de lã malfeito, que era o vestuário característico de sua raça, surgiu pela rua em direção à casa. Olhou ao redor furtivamente antes de entrar.

– E então? – Sparhawk perguntou.

– É difícil de dizer – Sephrenia argumentou. – É igual àquele outro que encontramos na rua. Ele pode ser tanto um simplório quanto alguém muito habilidoso.

– Isso pode demorar.

– Se eu estiver certa, só até escurecer – ela observou, puxando uma cadeira para perto da janela.

Nas horas seguintes, um grande número de styricos adentrou a casa, e, conforme o sol se punha num denso agrupamento de nuvens no horizonte ocidental, outros começaram a chegar. Um cammoriano vestindo manto de seda amarelo entrou na rua sem saída de modo furtivo e foi imediatamente admitido. Um lamork usando botas e um corselete de aço polido, acompanhado por dois homens de armas portando balestras, marchou com ar arrogante até a porta da casa, ganhando entrada quase tão rapidamente quanto o anterior. Então, quando o gélido crepúsculo invernal baixou sobre Chyrellos, uma dama num manto roxo-escuro, assistida por um criado imenso que trajava uma armadura de couro – tal como as comumente usadas por pelosianos –, moveu-se rigidamente, como se estivesse absorta em pensamentos. Seus olhos pareciam vazios e seguia aos supetões. Sua face, entretanto, trazia uma expressão de êxtase inebriante.

– Visitantes incomuns para uma casa styrica – Sephrenia comentou.

Sparhawk concordou com a cabeça, então olhou ao redor para o quarto escuro.

– Você quer um pouco de luz? – ele perguntou.

– Não. É melhor que não nos vejam aqui. Tenho certeza de que a rua está sendo vigiada a partir do andar superior daquela casa. – Então Sephrenia recostou-se em Sparhawk, enchendo as narinas do robusto cavaleiro com a fragância amadeirada de seu cabelo. – Por outro lado, você pode segurar minha mão. Por algum motivo, eu sempre tive um pouco de medo do escuro.

– Claro – ele anuiu, tomando a pequena mão de Sephrenia em sua própria. Ficaram sentados por talvez mais um quarto de hora, conforme a rua lá fora tornava-se cada vez mais escura.

Subitamente, Sephrenia ofegou como se estivesse agonizando.

– Qual o problema? – Sparhawk perguntou, alarmado.

Ela não respondeu de imediato; em vez disso, levantou-se, erguendo as mãos com as palmas voltadas para cima, sobre sua cabeça. Uma figura indistinta pareceu surgir diante dela, uma figura que mais se assemelhava a uma sombra insubstancial, e um brilho vago parecia se estender entre suas mãos enluvadas e abertas. Lentamente, moveu para a frente aquela luminosidade prateada. O brilho tornou-se momentaneamente mais forte e, em seguida, coalesceu ao estado sólido, conforme a sombra diante de Sephrenia desaparecia. A styrica caiu sobre a cadeira, segurando um objeto longo e delgado com uma espécie de reverência pesarosa.

– O que foi isso, Sephrenia? – Sparhawk questionou.

– Outro dos doze cavaleiros faleceu – ela explicou numa voz que era quase um lamento. – Esta é a espada dele, parte do meu fardo.

– Vanion? – ele indagou, quase sufocando com uma terrível sensação de medo.

Os dedos da pequena styrica percorreram a empunhadura da espada que segurava, sentindo na escuridão o timbre gravado no metal, então respondeu:

– Não. Foi Lakus.

Sparhawk sentiu um profundo pesar. Lakus era um pandion ancião, um homem de cabelos brancos como a neve e de feições duras que todos os cavaleiros da geração de Sparhawk reverenciavam como tutor e amigo.

Sephrenia enterrou o rosto nos ombros protegidos de Sparhawk e começou a chorar, lamentando:

– Eu o conhecia desde que ele era um garotinho, Sparhawk.

– Vamos voltar à casa capitular – ele sugeriu gentilmente. – Podemos fazer isso outro dia.

Ela ergueu a cabeça e limpou as lágrimas em seus olhos com uma mão, contrapondo com firmeza:

– Não, Sparhawk. Algo está acontecendo naquela casa esta noite... algo que pode não acontecer novamente por algum tempo.

Ele começou a dizer algo, mas sentiu um peso opressivo que parecia se localizar atrás de suas orelhas. Era como se alguém pressionasse a base das mãos contra a parte de trás de seu crânio, empurrando-o para dentro. Sephrenia inclinou-se para a frente, concentrada.

– Azash! – ela sibilou.

– O quê?

– Eles estão invocando o espírito de Azash – ela explicou, com um terrível tom de urgência em sua voz.

– Isso explica tudo, então, não é? – Sparhawk comentou, levantando-se.

– Sente-se, Sparhawk. Isso ainda não terminou.

– Não deve haver muitos lá dentro.

– E o que você vai descobrir se for até aquela rua e retalhar todos que estiverem na casa? Sente-se. Observe e aprenda.

– Sou obrigado, Sephrenia. É parte do meu juramento. É assim há cinco séculos.

– Esqueça o juramento – ela redarguiu. – Isto é mais importante.

Sparhawk despencou em sua cadeira, perturbado e incerto.

– O que eles estão fazendo? – ele perguntou.

– Eu já te disse. Estão invocando o espírito de Azash. Isso só pode significar que eles são zemochs.

– E o que aqueles elenos estão fazendo lá, então? O cammoriano, o lamork e a pelosiana?

– Recebendo instruções, creio eu. Os zemochs não vieram até aqui para aprender, mas sim para ensinar. Isto é grave, Sparhawk... mais grave do que você pode imaginar.

– E o que vamos fazer?

– Por enquanto, nada. Vamos sentar aqui e esperar.

Outra vez, Sparhawk sentiu aquele peso opressivo na base de seu crânio e, em seguida, um formigamento ardente que parecia correr por suas veias.

– Azash respondeu à invocação – Sephrenia explicou em voz baixa. – É muito importante ficarmos sentados e quietos, e temos de manter nossos pensamentos o mais neutros possível. Azash pode sentir a hostilidade direcionada a ele.

– Por que elenos participariam dos ritos a Azash?

– Provavelmente pelas recompensas que ele lhes dará por adorá-lo. Os Deuses Anciães sempre foram pródigos em suas recompensas... quando lhes convém.

– Que tipo de recompensa poderia valer a perda da própria alma?

– Longevidade, talvez – Sephrenia comentou, estremecendo quase imperceptivelmente na escuridão que parecia aumentar a cada momento que passava. – Riqueza, poder... e no caso da mulher, beleza. Poderiam ser outras coisas... coisas que não quero sequer pensar. Azash é perverso, e não demora muito até que aqueles que o veneram sejam pervertidos por ele.

Logo abaixo, na rua, um trabalhador com um carrinho de mão e uma tocha seguia ruidosamente pelos paralelepípedos. Pegou uma tocha apagada do carrinho, colocou-a em um anel de ferro afixado na parede da fachada da loja e a acendeu. Em seguida, prosseguiu com seu barulho.

– Bom – murmurou Sephrenia. – Agora podemos vê-los assim que saírem.

– Nós já os vimos.

– Temo que eles estarão alterados.

A porta da casa styrica se abriu e o cammoriano de manto de seda saiu para a rua. Quando ele passou pelo círculo de luz produzido pela tocha, Sparhawk viu que seu rosto estava muito pálido e seus olhos arregalados de medo.

– Esse não retornará – Sephrenia sussurrou. – É provável que passe o resto de sua vida tentando se redimir por sua incursão às trevas.

Alguns minutos depois, surgiu o lamork de botas. Seus olhos ardiam e sua face estava deturpada por uma expressão de crueldade selvagem. Atrás dele, seguiam seus homens empunhando as balestras.

– Perdido – Sephrenia comentou, com um suspiro.

– O quê?

– O lamork está perdido. Azash o possui.

Finalmente, a pelosiana deixou a casa. Seu manto roxo, aberto de modo displicente na parte frontal, deixava entrever que, por baixo, ela estava nua. Quando a mulher se aproximou da luz da tocha, Sparhawk pôde ver que seus olhos estavam vidrados e que seu corpo nu cobria-se de sangue. Seu criado imenso tentou fechar a frente do manto de sua mestra, mas ela sibilou, afastando a mão do homem, prosseguindo pela rua sem pudor, ostentando o próprio corpo.

– E essa está mais do que perdida – Sephrenia disse. – Agora ela é perigosa. Azash a recompensou com poderes. – Franzindo o cenho, ela acrescentou: – Estou tentada a sugerir que a sigamos e a matemos.

– Não tenho certeza se consigo matar uma mulher, Sephrenia.

– Ela nem é mais uma mulher... mas teríamos de decapitá-la, e acho que isso causaria furor aqui em Chyrellos.

– Teríamos de fazer *o quê*?

– Decapitá-la. É a única forma de se ter certeza de que ela realmente esteja morta. Creio que já vimos o suficiente, Sparhawk. Vamos voltar à casa capitular e falar com Nashan. Acho que amanhã teremos de avisar Dolmant sobre isso. A Igreja tem seus métodos para cuidar desse tipo de coisa. – Ela se levantou.

– Deixe que eu carregue a espada para você.

– Não, Sparhawk. Ela é *meu* fardo. Eu devo carregá-la. – Colocando a espada por debaixo de seu manto, ela seguiu até a porta.

Desceram as escadas e o lojista surgiu de detrás de seu balcão, esfregando as mãos.

– Bem, vocês vão ficar com os quartos? – ele perguntou avidamente.

– Eles são totalmente inaceitáveis – desdenhou Sephrenia. – Não colocaria o cão de meu mestre em um lugar como esse. – Seu rosto estava muito pálido e podia se notar que ela tremia.

– Mas...

– Apenas abra a porta, vizinho, e nós vamos embora – Sparhawk o interrompeu.

– Então por que demoraram tanto?

Sparhawk dirigiu ao homem um olhar frio e inexpressivo. O lojista engoliu em seco e foi até a porta, pescando a chave do bolso de sua túnica.

Do lado de fora, Faran estava parado de maneira protetora ao lado do palafrém de Sephrenia. Havia um pedaço de pano rústico nos paralelepípedos, bem embaixo de um de seus cascos.

– Problemas? – Sparhawk perguntou a seu cavalo.

Faran relinchou de maneira irônica.

– Entendi – o cavaleiro anuiu.

– O que aconteceu? – Sephrenia perguntou, com a voz cansada, quando Sparhawk ajudou-a a montar seu palafrém.

– Alguém tentou roubar seu cavalo – ele deu de ombros. – Faran persuadiu-o a desistir.

– Você realmente consegue se comunicar com ele?

– Sei mais ou menos o que ele está pensando. Estamos juntos há muito tempo. – Sparhawk jogou-se em sua sela e ambos cavalgaram para a saída da rua, em direção à casa capitular dos pandions.

Haviam percorrido cerca de um quilômetro quando Sparhawk teve uma premonição momentânea. Ele reagiu imediatamente, fazendo com que Faran se chocasse contra o palafrém branco. A pequena égua desviou para o lado no exato momento em que uma seta de balestra zuniu com petulância pelo lugar onde Sephrenia se encontrava havia apenas um instante.

– Fuja, Sephrenia! – Sparhawk berrou a ordem ao mesmo tempo que a seta colidiu contra as pedras da parede frontal de uma casa. Olhou para trás, sacando sua espada. Mas Sephrenia já havia golpeado com os calcanhares o flanco de sua montaria branca, prosseguindo rapidamente pela rua enquanto Sparhawk a seguia de perto, dando cobertura à pequena styrica com o seu próprio corpo.

Após cruzarem uma série de ruas, Sephrenia diminuiu o passo.

– Você o viu? – ela perguntou. Segurava a espada de Lakus em uma das mãos.

– Não precisava vê-lo. Uma balestra significa um lamork. Mais ninguém as usa.

– O mesmo que estava na casa com os styricos?

– Provavelmente... a não ser que você tenha saído por aí ofendendo lamorks. Azash ou algum de seus zemochs poderia ter sentido sua presença lá atrás?

– É possível – ela admitiu. – Ninguém pode ter certeza absoluta da extensão dos poderes dos Deuses Anciães. Como você soube que seríamos atacados?

– Treinamento, eu acho. Aprendi a perceber quando alguém me aponta uma arma.

– Pensei que estivessem mirando em mim.

– É quase a mesma coisa, Sephrenia.

– Bem, ele errou.

– *Desta* vez. Acho que falarei com Nashan sobre providenciar uma cota de malha para você.

– Você enlouqueceu, Sparhawk? – ela protestou. – Só o peso faria com que eu caísse de joelhos... e sem mencionar esse cheiro horrível.

– Melhor o peso e o cheiro do que uma flecha no meio das costas.

– Totalmente fora de cogitação.

– Veremos. Guarde essa espada e vamos continuar. Você precisa de descanso e quero chegar à segurança da casa capitular antes que mais alguém tente atirar em você.

Capítulo 14

No dia seguinte, por volta do meio da manhã, Sir Bevier chegou aos portões da casa capitular dos pandions em Chyrellos. Sir Bevier era um cavaleiro cirínico de Arcium. Sua armadura formal havia sido polida até adquirir um brilho prateado, e seu sobretudo era branco. O elmo não tinha visor, mas sustentava pesadas placas de proteção lateral e um formidável guarda-nariz. Ele desmontou no pátio, pendurou seu escudo e seu machado lochaber na sela de seu cavalo e removeu o elmo. Bevier era jovem e consideravelmente delgado. Sua pele era morena-clara e seus cabelos ondulados eram bem negros.

Fazendo uma demonstração cerimonial, Nashan desceu os degraus da casa capitular flanqueado por Sparhawk e Kalten para cumprimentar o recém-chegado.

– Nossa casa está honrada, Sir Bevier – ele saudou.

Bevier inclinou a cabeça formalmente, respondendo:

– Milorde. Fui encarregado pelo preceptor de minha Ordem a transmitir ao senhor seus cumprimentos.

– Obrigado, Sir Bevier – Nashan murmurou, pego de surpresa pela rígida formalidade do rapaz.

– Sir Sparhawk – Bevier cumprimentou Sparhawk, novamente com um aceno de cabeça.

– Nos conhecemos, Bevier?

– Nosso preceptor o descreveu para mim, milorde Sparhawk; o senhor e seu companheiro, Sir Kalten. Os outros já chegaram?

– Não – Sparhawk respondeu, meneando a cabeça. – Você foi o primeiro.

– Entre, Sir Bevier – Nashan, então, convidou. – Vamos designar uma cela para que possa tirar sua armadura, e pedirei à cozinha que prepare uma refeição quente.

– Se não for incômodo, milorde, eu poderia primeiramente visitar sua capela? Viajo há vários dias pelas estradas e sinto a necessidade premente de orar em um local consagrado.

– Claro – Nashan falou.

– Cuidaremos de seu cavalo – Sparhawk disse ao jovem.

– Grato, Sir Sparhawk. – Bevier mais uma vez inclinou a cabeça e seguiu Nashan, que já subia os degraus.

– Ah, ele será um companheiro de viagem divertidíssimo – Kalten observou ironicamente.

– Ele vai descontrair depois de nos conhecer melhor – Sparhawk comentou.

– Espero que você tenha razão. Ouvi dizer que os cirínicos são muito formais, mas acho que nosso amigo ali esteja levando tudo ao extremo. – Com curiosidade, Kalten soltou o lochaber da sela. – Já imaginou usar isso em alguém? – ele estremeceu. O machado lochaber tinha uma pesada lâmina de 60 centímetros sobreposta a um afiadíssimo gancho que se assemelhava ao bico de um gavião. Seu longo cabo tinha cerca de 1,2 metro. – Com isso aqui dá pra arrancar um homem de sua armadura como se tira uma ostra de sua concha.

– Acho que essa é a ideia. E é bem intimidante, não é? Guarde isso, Kalten. Não fique brincando com o brinquedo dos outros.

Após Sir Bevier ter completado suas orações e tirado sua armadura, ele se juntou aos outros no escritório ornamentado de Nashan.

– Deram-lhe algo para comer? – Nashan perguntou.

– Não há necessidade, milorde – Bevier respondeu. – Se tiver sua permissão, juntar-me-ei ao senhor e a seus cavaleiros no refeitório para a refeição do meio-dia.

– Claro – Nashan concordou. – Você será mais do que bem-vindo, Bevier.

Em seguida, Sparhawk apresentou Bevier a Sephrenia. O jovem curvou-se ostensivamente para a pequena styrica.

– Ouvi muito a seu respeito, milady. Nossos instrutores nos segredos styricos a têm na mais alta conta.

– É bondade sua, Sir Cavaleiro. Entretanto, minhas habilidades são o resultado da idade e da prática, não fruto de alguma virtude particular.

– Idade, milady? Certamente não. Não pode ser muito mais velha do que eu, e meu trigésimo aniversário ainda está distante alguns meses. A flor da juventude permanece em seu semblante, e seus olhos me absorvem por completo.

Sephrenia sorriu com afeição para o jovem e, em seguida, olhou criticamente para Kalten e Sparhawk, dizendo:

– Espero que vocês estejam prestando muita atenção. Um pouco de polimento não fará mal a nenhum dos dois.

– Nunca fui muito bom com formalidades, mãezinha – Kalten confessou.

– Percebi – Sephrenia comentou. E num tom que traía o cansaço, ela emendou: – Flauta, por favor, largue esse livro. Vou pedir novamente para que você não encoste neles.

Vários dias depois, Sir Tynian e Sir Ulath chegaram cavalgando juntos. Tynian era um cavaleiro alcione bem-humorado de Deira, o reino imediatamente ao norte de Elenia. Sua face era ampla e redonda, franca e amistosa. Seus ombros e seu tórax eram incrivelmente musculosos, resultado de anos trajando a armadura deirana, o tipo mais pesado do mundo. Sobre sua armadura maciça, vestia um sobretudo azul-cerúleo. Ulath era um imenso cavaleiro genidiano, mais alto do que Sparhawk pela medida de uma cabeça. Ele não usava armadura, mas trajava uma cota de malha comum e um simples elmo cônico. Sobre sua cota de malha usava um sobretudo verde. Carregava um grande escudo arredondado e um machado de guerra pesado. Ulath era um homem calado e reservado, raramente falava. Seu cabelo loiro pendia em duas tranças às suas costas.

– Bom dia, cavalheiros – Tynian saudou Sparhawk e Kalten conforme desmontava no pátio da casa capitular. Examinando o robusto pandion, emendou: – Você deve ser Sir Sparhawk. Nosso preceptor disse que você havia quebrado o nariz em algum momento da vida. – Ele escancarou um sorriso. – Não tem problema, Sparhawk. Isso não interfere no seu tipo de beleza.

– Vou gostar desse homem – Kalten comentou.

– E você deve ser Kalten – Tynian prosseguiu. Estendeu sua mão e Kalten a apertou, antes de perceber que o alcione havia escondido um rato morto em sua palma. Com uma imprecação de surpresa, Kalten puxou sua mão de volta. A risada de Tynian parecia um rugido.

– Acho que vou gostar dele também – Sparhawk murmurou.

– Meu nome é Tynian – o cavaleiro alcione se apresentou. – Meu amigo silencioso ali é Ulath, de Thalesia. Ele me alcançou há alguns dias. Não falou uma palavra desde então.

– Você fala o suficiente por nós dois – Ulath grunhiu, descendo de sua sela.

– Deus sabe que é a mais pura verdade – Tynian admitiu. – Tenho uma afeição incomensurável pelo som da minha própria voz.

Ulath estendeu sua enorme mão e saudou:

– Sparhawk.

– Sem ratos? – Sparhawk perguntou.

Um breve sorriso tocou a face de Ulath conforme apertavam as mãos. Em seguida, cumprimentou Kalten e os quatro subiram os degraus da casa capitular.

– Bevier já chegou? – Tynian perguntou a Kalten.

– Há alguns dias. Você já o conhece?

– Eu o vi uma vez. Nosso preceptor e eu fizemos uma visita formal a Larium, e fomos apresentados aos cirínicos em sua casa capitular. Achei-o um pouco formal e inflexível.

– Isso não mudou muito.

– Não achei que teria mudado. O que exatamente vamos fazer em Cammoria? O preceptor Darellon pode ser irritantemente lacônico em algumas ocasiões.

– É melhor esperar até que Bevier se junte a nós – Sparhawk sugeriu. – Tenho a impressão de que ele deve ser um tanto suscetível, então é melhor não ofendê-lo por começar a tratar de negócios sem a sua presença.

– É um bom raciocínio, Sparhawk. Esta demonstração de unidade pode não funcionar se Bevier ficar chateado. Ainda assim, devo admitir que ele é um bom combatente. Ele ainda carrega aquele lochaber?

– Ah, sim – Kalten respondeu.

– Coisa repulsiva, não é? Eu o vi treinando em Larium. Ele derrubou um poste tão grosso quanto minha coxa com um golpe enquanto galopava. Tenho a sensação de que ele pode atravessar um pelotão de infantaria e deixar uma trilha de corpos decapitados de uns dez metros de largura.

– Vamos esperar que não cheguemos a esse ponto – Sparhawk observou.

– Se essa for a sua postura, Sparhawk, você vai acabar tirando toda a diversão desta excursão.

– Eu *vou* gostar dele – Kalten comentou.

Sir Bevier uniu-se a eles no escritório de Nashan após completar o ofício do meio-dia na capela. Até onde Sparhawk podia determinar, Bevier não havia perdido um ofício desde que chegara a Chyrellos.

– Muito bem – Sparhawk começou, levantando-se quando todos haviam se reunido. – Esta é nossa situação atual. Annias, o primado de Cimmura, está de olho no trono do arquiprelado aqui em Chyrellos. Ele controla o Conselho Real de Elenia, que lhe dá acesso ao dinheiro do tesouro real. Annias está tentando usar esses recursos para comprar, junto à hierocracia, votos suficientes que lhe garantam a eleição após a morte de Cluvonus. Os preceptores das quatro ordens querem impedi-lo.

– Nenhum clérigo decente aceitaria dinheiro por seu voto – Bevier exclamou, e sua voz transparecia ultraje.

– Concordo com você – Sparhawk anuiu. – Infelizmente, muitos clérigos estão longe de ser decentes. Sejamos realistas, cavalheiros. A Igreja Elena está contaminada pela corrupção. Gostaríamos que a situação fosse diferente, mas temos de encarar os fatos. Muitos votos *estão* à venda. Agora... e isso é importante... a rainha Ehlana não está bem; caso contrário, ela não permitiria que Annias tivesse acesso ao tesouro real. Os preceptores concordam que a melhor forma de frustrar os planos de Annias é encontrar uma cura para a rainha e reconduzi-la ao poder. É por isso que vamos a Borrata. Há médicos na universidade de lá que podem ser capazes de determinar a natureza da doença que aflige a rainha, e encontrar uma cura.

– Levaremos a rainha conosco? – Tynian perguntou.

– Não. Isso seria impossível.

– Será um pouco difícil para um médico avaliá-la, não?

Sparhawk balançou a cabeça negativamente e explicou:

– Sephrenia, a instrutora dos segredos para os pandions, irá conosco. Ela pode descrever os sintomas da rainha Ehlana em detalhes, e pode conjurar sua imagem se o médico precisar examinar de perto.

– Parece um método um pouco sinuoso demais – Tynian comentou –, mas, se é assim que temos de fazer, então é assim que faremos.

– Ultimamente tem havido uma série de distúrbios em Cammoria – Sparhawk prosseguiu. – Os reinos centrais estão infestados de agentes zemochs, e eles estão criando todo tipo de problema de que são capazes. Além disso, Annias certamente preverá o que planejamos fazer; portanto, ele tentará interferir.

– Borrata é bem longe de Cimmura, não é? – Tynian contrapôs. – O alcance de Annias é tão grande assim?

– Sim – Sparhawk respondeu. – Há um pandion renegado em Cammoria que trabalha esporadicamente para Annias. Seu nome é Martel, e ele deve tentar nos atrapalhar.

– Só uma vez – grunhiu Ulath.

– Não vamos sair por aí procurando encrenca – Sparhawk aconselhou. – Nossa tarefa principal é levar Sephrenia em segurança até Borrata e depois voltar. Já houve pelo menos uma ameaça contra a vida dela.

– Temos de desencorajar esse tipo de coisa – Tynian comentou. – Vamos levar mais alguém conosco?

– Meu escudeiro, Kurik – Sparhawk informou –, e provavelmente um noviço pandion chamado Berit. Ele mostra sinais promissores, e Kurik precisará de alguém para ajudá-lo com as montarias. – Sparhawk pensou por alguns instantes e emendou: – Acho que levaremos um garoto, também.

– Talen? – Kalten exclamou, parecendo surpreso. – Essa é uma boa ideia, Sparhawk?

– Chyrellos já é corrupta o suficiente. Não acho uma boa ideia deixar aquele ladrãozinho solto pelas ruas. Além disso, acho que podemos encontrar utilidade para seus talentos especializados. A última pessoa que irá nos acompanhar é uma garotinha chamada Flauta.

Kalten o encarou com incredulidade.

– Sephrenia não vai deixá-la para trás – Sparhawk explicou –, e eu não tenho certeza de que *podemos* deixá-la para trás. Você se lembra de como ela fugiu facilmente daquele convento de freiras em Arcium?

– Acho que você tem razão – Kalten concedeu.

– Uma apresentação muito direta, Sir Sparhawk – Bevier aprovou com entusiasmo. – Quando partimos?

– Logo pela manhã – Sparhawk respondeu. – É um longo caminho até Borrata, e o arquiprelado envelhece a cada dia. O patriarca Dolmant diz que Cluvonus pode morrer a qualquer momento, e então Annias começará a executar seu plano.

– Então devemos fazer nossos preparativos – Bevier disse, colocando-se de pé. – Os senhores se juntarão a mim na capela para o ofício da noite?

– Creio que deveríamos – Kalten suspirou. – Afinal, nós *somos* Cavaleiros da Igreja.

– E um pouco da ajuda de Deus não nos fará mal, não é mesmo? – Tynian acrescentou.

No fim daquela tarde, entretanto, um destacamento de soldados da Igreja chegou aos portões da casa capitular.

– Trago uma convocação do patriarca Makova para o senhor e seus companheiros, Sir Sparhawk – o capitão que comandava o grupo de soldados disse, quando Sparhawk e os outros desceram até o pátio. – Sua Graça quer falar com o senhor na Basílica imediatamente.

– Vamos preparar nossos cavalos – Sparhawk respondeu. Ele conduziu os outros cavaleiros até os estábulos. Uma vez lá dentro, soltou um xingamento, irritado.

– Problemas? – Tynian questionou.

– Makova apoia o primado Annias – Sparhawk explicou, tirando Faran de sua baia. – Tenho uma forte suspeita de que ele irá tentar nos atrasar.

– Ainda assim, devemos responder à sua convocação – Bevier contrapôs, colocando a sela no lombo de seu próprio cavalo. – Somos Cavaleiros da Igreja e temos de obedecer aos comandos de um membro da hierocracia, não importa sua afiliação.

– E também tem aquele destacamento de soldados ali fora – Kalten acrescentou. – Eu diria que Makova não corre riscos desnecessários.

– Certamente o patriarca não pensaria que nós nos recusaríamos – Bevier exclamou.

– Você ainda não conhece Sparhawk muito bem – Kalten comentou. – Ele pode ser obstinado, às vezes.

– Bem, não temos escolha sobre esse assunto – Sparhawk murmurou. – Vamos à Basílica e vejamos o que o patriarca tem a nos dizer.

Eles conduziram seus cavalos até o pátio e montaram. Com uma ordem abrupta do capitão, os soldados entraram em formação ao redor dos cavaleiros.

O largo à frente da Basílica estava estranhamente deserto quando Sparhawk e seus companheiros desmontaram.

– Parece que eles estavam esperando ter problemas – Kalten comentou conforme subiam os amplos degraus de mármore.

Quando entraram na vasta nave da igreja, Bevier se ajoelhou e cruzou as mãos à sua frente.

O capitão e um grupo de seus soldados entraram logo em seguida.

– Não devemos deixar o patriarca esperando – ele disse. Havia certa arrogância em seu tom de voz que, por algum motivo, irritou Sparhawk. Entretanto, ele suprimiu esse sentimento e se ajoelhou ao lado de Bevier em devoção. Kalten escancarou um sorriso e também pôs-se de joelhos. Tynian cutucou Ulath com o cotovelo e os dois fizeram o mesmo que os outros cavaleiros.

– Eu disse... – o capitão começou, sua voz ficando um pouco mais alta.

– Nós ouvimos, vizinho – Sparhawk murmurou, interrompendo-o. – Nós o acompanharemos em breve.

– Mas...

– Você pode esperar logo ali. Não vamos demorar.

O capitão se virou e saiu batendo os pés.

– Belo toque, Sparhawk – Tynian sussurrou.

– Nós *somos* Cavaleiros da Igreja, afinal de contas – Sparhawk respondeu. – Não fará mal algum a Makova esperar um pouco. Tenho certeza de que ele vai apreciar a espera.

– Tenho certeza de que sim – concordou Tynian.

Os cinco cavaleiros permaneceram ajoelhados por cerca de dez minutos, enquanto o capitão andava de um lado para o outro impacientemente.

– Você está pronto, Bevier? – Sparhawk perguntou educadamente assim que o cirínico descruzou as mãos.

– Sim – Bevier respondeu, sua face transparecia devoção. – Sinto-me purificado, agora, e em paz com o mundo.

– Tente se apegar a esse sentimento. É provável que o patriarca de Coombe tente irritar a todos nós. – Sparhawk pôs-se de pé e emendou: – Vamos?

– *Finalmente* – o capitão resmungou assim que os cavaleiros se aproximaram dele e de seus soldados.

Olhando com frieza para o oficial, Bevier perguntou:

– O senhor tem algum título, capitão? Quero dizer, além de seu posto militar?

– Sou marquês, Sir Bevier.

– Excelente. Se nossa devoção o ofende, ficarei mais do que feliz em lhe dar satisfação. Pode enviar seus padrinhos de duelo para me chamar a qualquer momento. Estarei a seu completo dispor.

O capitão empalideceu visivelmente e se retraiu.

– Estou apenas cumprindo ordens, milorde. Não ousaria ofender um Cavaleiro da Igreja.

– Ah – Bevier murmurou com frieza. – Vamos prosseguir, então. Como o senhor mesmo declarou tão corretamente há pouco, não devemos manter o patriarca de Coombe aguardando.

O capitão conduziu-os por um corredor que seguia pela lateral da nave.

– Muito bem dito, Bevier – Tynian sussurrou.

Um breve sorriso estampou-se no rosto do cirínico.

– Nada como se oferecer para enfiar cerca de um metro de aço na barriga de alguém para lembrá-lo de ter bons modos – Kalten acrescentou.

A câmara para a qual o capitão os havia conduzido era grandiosa, forrada de cortinas e tapetes de um tom escuro de marrom, e as paredes eram de mármore. O patriarca de face delgada de Coombe estava sentado a uma comprida mesa, lendo um pergaminho. Ergueu os olhos quando os cavaleiros entraram, raiva estampada em seu rosto.

– Por que demorou tanto? – ele grasnou para o capitão.

– Os Cavaleiros da Igreja sentiram-se na obrigação de despender alguns minutos em devoção perante o altar principal, Vossa Graça.

– Ah. É claro.

– Posso me retirar, Vossa Graça?

– Não. Fique. Caberá a você executar as ordens que eu proferir aqui.

– Como queira, Vossa Graça.

Makova mirou os cavaleiros gravemente e comentou:

– Disseram-me que os senhores planejam uma incursão a Cammoria.

– Não fizemos segredo disso, Vossa Graça – Sparhawk contrapôs.

– Eu os proíbo.

– Poderia perguntar por quê, Vossa Graça? – Tynian perguntou inocentemente.

– Não. Não poderia. Os Cavaleiros da Igreja estão sob a autoridade da hierocracia. Explicações não são necessárias. Todos os senhores devem retornar à casa capitular dos pandions e lá devem permanecer até que eu encaminhe novas instruções. – Ele esboçou um sorriso gélido e acrescentou: – Creio que, em breve, todos irão regressar aos seus lares. – Então ele se aprumou e finalizou: – Isso é tudo. Os senhores têm a minha permissão para se retirar. Capitão, providencie para que estes cavaleiros não saiam da casa capitular dos pandions.

– Sim, Vossa Graça.

Todos fizeram uma mesura e saíram pela porta em silêncio, em fila indiana.

– Foi uma reunião curta, não foi? – Kalten comentou conforme seguiam pelo corredor, liderados pelo capitão bem à frente deles.

– Não havia motivos para complicar a situação com desculpas esfarrapadas – Sparhawk retrucou.

– Vamos cumprir essas ordens? – Kalten questionou, inclinando-se na direção do amigo.

– Não.

– Sir Sparhawk! – exclamou Bevier. – Certamente o senhor não vai desrespeitar as determinações de um patriarca da Igreja!

– Não, claro que não. Só preciso de ordens totalmente diferentes.

– Dolmant? – Kalten arriscou.

– O nome dele salta à mente, não é mesmo?

Os cavaleiros, entretanto, não tiveram oportunidade para uma pausa no caminho. O oficioso capitão insistiu em escoltá-los diretamente à casa capitular.

– Sir Sparhawk, o senhor poderia fazer a gentileza de solicitar ao superior desta instituição para que o portão permaneça fechado? – o capitão disse, assim que chegaram à rua estreita onde ficava a casa capitular. – Ninguém entra, ninguém sai.

– Pedirei a ele – Sparhawk respondeu. Esporeando Faran, cavalgou em direção ao pátio.

– Não achei que ele barraria o portão – Kalten resmungou. – Como iremos enviar uma mensagem para Dolmant?

– Vou pensar em algo – Sparhawk murmurou.

Mais tarde, conforme o crepúsculo caía sobre a cidade, Sparhawk andava de um lado para outro no parapeito da muralha que cercava a casa capitular, relanceando de tempos em tempos para a rua abaixo.

– Sparhawk, é você aí em cima? – questionou a voz áspera de Kurik vinda do pátio.

– Sim. Suba aqui.

Ouviu-se o som de passos subindo os degraus que levavam ao parapeito.

– Você queria nos ver? – perguntou o escudeiro quando ele, Berit e Talen saíram das sombras que ocultavam a escada.

– Sim. Há um destacamento de soldados da Igreja do lado de fora. Estão bloqueando o portão, e preciso enviar uma mensagem para Dolmant. Ideias?

Kurik coçou a cabeça enquanto considerava o problema.

– Dê-me um cavalo ágil e posso cavalgar por cima deles – Berit ofereceu.

– Ele dará um ótimo cavaleiro – Talen comentou. – Ouvi dizer que cavaleiros adoram investir contra seus oponentes.

Berit olhou rapidamente para o garoto.

– Nada de me bater! – Talen exclamou, retraindo-se. – Nós combinamos que não haveria mais surras. Eu presto atenção nas aulas e você não me bate mais.

– Você tem alguma ideia melhor? – indagou o noviço.

– Várias. – Talen olhou por sobre o muro. – Os soldados estão patrulhando as ruas ao redor da muralha?

– Sim – informou Sparhawk.

– Isso não é um problema, mas seria mais fácil se não estivessem. – Talen franziu os lábios enquanto pensava. – Berit, você é bom com arco e flecha?

– Recebi treinamento – o noviço respondeu de maneira inflexível.

– Não foi isso o que perguntei. Você é bom?

– Consigo acertar um alvo a 150 metros.

Voltando-se para Sparhawk, o garoto perguntou:

– Vocês não têm nada melhor para fazer? – Em seguida, virando-se novamente para Berit, ele emendou: – Está vendo aquele estábulo ali? – perguntou, apontando para o outro lado da rua. – Aquele com o telhado de sapé?

– Sim.

– Você consegue acertar uma flecha no sapé?

– Com facilidade.

– Talvez esse seu treinamento venha a calhar, no final das contas.

– Por quantos meses você praticou cortar bolsos? – Kurik contrapôs.

– Isso é diferente, pai. Há lucro envolvido.

– Pai? – Berit soou perplexo.

– É uma longa história – Kurik disse ao noviço.

– Qualquer homem no mundo presta atenção a um sino que toca por qualquer motivo que seja – Talen explicou, assumindo um tom professoral. – E todos os homens ficam boquiabertos olhando para um incêndio. Você consegue arranjar um bom pedaço de corda, Sparhawk?

– De que tamanho?

– O suficiente para alcançar a rua. Faremos o seguinte: Berit enrola em sua flecha um pouco de palha e coloca fogo nela. Em seguida, ele atira a flecha naquele telhado de sapé. Os soldados vão correr para essa rua a fim de assistir ao espetáculo. É aí que eu desço pela corda do outro lado da casa capitular. Posso chegar à rua em menos de um minuto sem ninguém me notar.

– Você não pode atear fogo ao estábulo de um homem – Kurik objetou, parecendo horrorizado.

– Eles vão apagar o incêndio, Kurik – Talen disse, com um tom de voz paciente. – Receberão um monte de avisos, já que estaremos por aqui gritando "fogo!" a plenos pulmões. Então eu desço pela corda muro abaixo, lá do outro lado, e estarei a cinco quarteirões antes que as coisas se acalmem. Sei onde fica a casa de Dolmant e posso dizer a ele o que vocês quiserem.

– Muito bom – Sparhawk aprovou.

– Sparhawk! – Kurik protestou. – Você não vai deixar que ele faça isso, vai?

– A manobra é taticamente estruturada, Kurik. Distração e subterfúgio fazem parte de qualquer bom plano.

– Você tem ideia de quanto sapé e quanta madeira tem nesta parte da cidade?

– Isso fará com que os soldados da Igreja gastem seu tempo de modo produtivo – Sparhawk deu de ombros.

– Isso é injusto, Sparhawk.

– Não tão injusto quanto a possibilidade de Annias sentar-se no trono do arquiprelado. Vamos buscar o que precisamos. Quero sair de Chyrellos antes que o sol nasça amanhã, e não seremos capazes de fazer isso com todos esses soldados acampados do outro lado dos portões.

Eles desceram as escadas para pegar a corda, um arco e uma aljava com flechas.

– O que vocês estão fazendo? – Tynian perguntou, quando ele, Kalten, Bevier e Ulath os encontraram no pátio central.

– Vamos mandar uma mensagem para Dolmant – Sparhawk o informou.

– Com isso? – Tynian olhou para o arco que Berit carregava. – Você não acha que é meio longe?

– É um pouco mais complicado do que parece – Sparhawk disse. Contou rapidamente o plano aos outros. Então, conforme subiram novamente as escadas, o robusto cavaleiro colocou uma mão no ombro de Talen, prevenindo-o: – Isso não vai ser a coisa mais segura deste mundo. Quero que você tome cuidado lá embaixo.

– Você se preocupa demais, Sparhawk – Talen retrucou. – Eu poderia fazer isso tudo de olhos fechados.

– Talvez você precise levar algum tipo de mensagem escrita para Dolmant – Sparhawk considerou.

– Você não está falando sério, está? Se eu for parado, posso inventar uma mentira, mas não se estiver com um recado em meu bolso. Dolmant me conhece e ele saberá que a mensagem vem de você. Deixe tudo comigo, Sparhawk.

– Não pare no meio do caminho para assaltar ninguém.

– Claro que não – Talen respondeu, insincero.

Sparhawk suspirou. Rapidamente disse ao garoto o que deveria ser passado ao patriarca de Demos.

O plano seguiu mais ou menos como Talen havia esquematizado. Assim que uma patrulha passou pela rua estreita, a flecha de Berit descreveu um arco flamejante e, como uma estrela cadente, mergulhou no telhado de sapé do estábulo. Ficou fincada por alguns instantes; então, subitamente, uma labareda azulada percorreu com rapidez a viga de sustentação, transformando-se primeiro numa chama alaranjada, depois ganhando um tom amarelo brilhante conforme o fogo se espalhava.

– Fogo! – Talen berrou.

– Fogo! – os outros ecoaram.

Na rua logo abaixo, os soldados da Igreja vieram marchando por uma esquina, encontrando o quase histérico dono dos estábulos.

– Bons mestres! – o pobre homem exclamou, retorcendo os dedos. – Meu estábulo! Meus cavalos! Minha casa! Meu Deus!

O oficioso capitão hesitou, olhando primeiramente para o fogo e depois para o ominoso muro da casa capitular, numa agonia de indecisão.

– Podemos ajudá-lo, capitão – Tynian ofereceu lá de cima. – Abra o portão!

– Não! – o capitão bradou de volta. – Fiquem aí dentro.

– Você pode perder metade da cidade sagrada, seu cabeça-dura! – Kalten urrou. – Esse fogo vai se espalhar se você não fizer algo imediatamente.

– Você! – o capitão rosnou, apontando para o proprietário do estábulo. – Vá buscar alguns baldes e me mostre onde fica o poço mais próximo. – Virando-se para seus soldados, ordenou: – Formem uma fila! Vão até o portão da casa dos pandions e tragam todos os homens de que pudermos dispor. – Ele soava mais decidido. Então, olhando de relance para os cavaleiros no parapeito, acrescentou: – Mas deixem um destacamento de guarda por lá.

– Ainda assim, podemos ajudar, capitão – Tynian ofereceu. – Há um poço profundo aqui dentro. Podemos organizar nossos homens e passar baldes para o seu pessoal do lado de fora dos portões. Nossa maior preocupação aqui é salvar Chyrellos. Todo o resto deve vir depois.

O capitão hesitou.

– Por favor, capitão! – A voz de Tynian ressoava com sinceridade. – Eu lhe imploro. Deixe-nos ajudar.

– Muito bem – concedeu o capitão. – Abram o portão. Mas ninguém deve sair do terreno da casa capitular.

– Certamente – Tynian concordou.

– Muito bom – Ulath grunhiu, congratulando Tynian com um tapa em seu ombro.

– Falar *pode* ajudar de vez em quando, meu amigo silencioso – Tynian sorriu para o thalesiano. – Você deveria tentar.

– Prefiro usar meu machado.

– Bem, acho que devo me despedir dos senhores – Talen comentou. – Há algo que queiram que eu lhes traga, uma vez que já estarei lá fora?

– Apenas se concentre no que deve fazer – Sparhawk disse ao garoto. – Vá falar diretamente com Dolmant.

– E tome cuidado – Kurik rosnou. – Por vezes, você é uma decepção de filho, mas não quero te perder.

– Sentimentalismo, pai? – Talen murmurou, fingindo surpresa.

– Na verdade, não – Kurik respondeu. – Apenas um senso de responsabilidade para com sua mãe.

– Vou com ele – Berit disse.

Talen olhou criticamente para o noviço alto e magro e retrucou:

– Esqueça. Você só me atrapalharia. Desculpe-me, honrado professor, mas seus pés são muito grandes e seus cotovelos se abrem demais para quem precisa se mover sorrateiramente, e não tenho tempo de ensinar como se esgueirar. – E, com isso, o garoto desapareceu nas sombras do parapeito.

– Onde vocês encontraram esse jovem incomum? – Bevier perguntou.

– Você não iria acreditar, Bevier – Kalten respondeu. – Você nunca iria acreditar.

– Nossos irmãos pandions talvez sejam um pouco mais seculares do que o resto de nós, Bevier – Tynian observou, sentencioso. – Nós, que mantemos nossos olhos firmados no paraíso, não somos tão versados neste lado degradado da vida como eles são. – Voltando-se com uma expressão virtuosa para Kalten, concluiu: – Ainda assim, todos servimos, e tenho certeza de que Deus aprecia seus esforços, não importa quão desonestos ou depravados eles sejam.

– Bem colocado – Ulath comentou, com uma expressão absolutamente impassível.

O fogo no telhado de sapé continuava a produzir fumaça e vapores enquanto os soldados da Igreja lançavam nele balde após balde de água, durante cerca de um quarto de hora. Aos poucos, por conta da insistência e do volume de água derramada sobre o telhado, as chamas foram controladas, deixando o dono do estábulo a lamentar que seu estoque de feno tivesse sido encharcado, mas prevenindo que o incêndio se espalhasse.

– Bravo, capitão. Bravo! – Tynian aplaudiu do alto da muralha.

– Não exagere – Ulath murmurou para ele.

– É a primeira vez que vejo esses camaradas fazerem algo de útil – Tynian protestou. – Acho que é o tipo de coisa que deve ser encorajada.

– Podemos causar mais incêndios, se você quiser – o imenso genidiano ofereceu. – Podemos continuar, fazendo com que eles carreguem água a semana toda.

Tynian puxou o lóbulo de uma de suas orelhas. Depois de um momento pensando, respondeu:

– Não. Eles podem acabar se entediando e deixar a cidade queimar. – Olhando para Kurik, perguntou: – O garoto conseguiu fugir?

– Tão rápido quanto uma cobra entrando em um buraco de ratos – o escudeiro de Sparhawk comentou, tentando esconder o orgulho em sua voz.

– Algum dia você vai ter de nos contar por que o garoto insiste em chamá-lo de pai.

– Talvez cheguemos a esse dia, milorde Tynian – Kurik murmurou.

Quando a primeira luz da aurora tingiu o céu oriental, ouviu-se a marcha ritmada de centenas de pés a alguma distância, vinda da rua estreita à frente do portão dianteiro da casa capitular. Então surgiu o patriarca Dolmant, montado numa mula branca, conduzindo um batalhão de soldados em uniformes vermelhos.

– Vossa Graça – exclamou o capitão que bloqueava a entrada da casa capitular, com a cara suja de fuligem, adiantando-se para cumprimentar o patriarca.

– O senhor está dispensado, capitão – Dolmant disse a ele. – O senhor e seus homens podem retornar ao seu quartel. – Inspirando profundamente, ele acrescentou em um tom reprobatório: – Diga-lhes para se lavarem. Eles parecem limpadores de chaminés.

– Vossa Graça – o capitão demonstrou dúvida –, recebi ordens do patriarca de Coombe para isolar esta casa. Posso enviar alguém a ele pedindo corroboração à contraordem de Vossa Graça?

Dolmant considerou o pedido e então retrucou:

– Não, capitão. Acho que não. Retire-se imediatamente.

– Mas, Vossa Graça!

Dolmant bateu as palmas de suas mãos ruidosamente, e as tropas concentradas atrás de si colocaram-se a postos, com as lanças abaixadas.

– Coronel – Dolmant começou com o tom de voz mais suave para o comandante de sua tropa –, o senhor poderia fazer a gentileza de escoltar o capitão e seus homens de volta a seu quartel?

– Imediatamente, Vossa Graça – o oficial respondeu com uma breve continência.

– E creio que eles devem ficar confinados até que estejam apresentáveis.

– Certamente, Vossa Graça – o coronel concordou de forma sóbria. – Eu mesmo conduzirei a inspeção.

– De maneira meticulosa, coronel... com toda a meticulosidade possível. A honra da Igreja é refletida na aparência de seus soldados.

– Vossa Graça pode confiar em minha atenção ao menor dos detalhes – o coronel assegurou. – A honra de nossos serviços também é refletida pela aparência do mais raso dos soldados.

– Deus aprecia sua devoção, coronel.

– Vivo para servi-Lo, Vossa Graça – o coronel fez uma grande mesura.

Nenhum dos dois sorriu ou piscou.

– Ah, antes que o senhor parta, coronel, traga até mim aquele garoto mendigo – Dolmant emendou. – Creio que o deixarei aos cuidados dos bons irmãos desta Ordem... como um ato de caridade, é claro.

– É claro, Vossa Graça. – O coronel estalou os dedos e um sargento corpulento arrastou Talen pela nuca até o patriarca. Em seguida, o batalhão de Dolmant avançou sobre o capitão e seus homens, efetivamente encurralando-os contra o alto muro da casa capitular com suas lanças. Os soldados do patriarca de Coombe, sujos de fuligem, foram rapidamente desarmados e conduzidos a marchar sob vigilância.

Dolmant esticou a mão com afeição e acariciou o pescoço esguio de sua mula branca. Olhando criticamente para o parapeito, perguntou:

– Você ainda não partiu, Sparhawk?

– Estamos fazendo nossos preparativos, Vossa Graça.

– O dia está passando, meu filho – Dolmant disse a ele. – O trabalho de Deus não pode ser concluído com preguiça.

– Lembrarei disso, Vossa Graça – Sparhawk concedeu. Estreitando os olhos, mirou Talen com uma expressão austera, ordenando: – Devolva.

– O quê? – a resposta de Talen veio carregada de angústia.

– Tudo. Até o último item.

– Mas Sparhawk...

– *Agora*, Talen.

Resmungando, o garoto começou a retirar vários tipos de objetos, pequenos e valiosos, de dentro de sua roupa, depositando-os nas mãos do assustado patriarca de Demos.

– Já está satisfeito, Sparhawk? – o menino perguntou um pouco emburrado, olhando torto em direção ao parapeito.

– Não completamente, mas é um começo. Vou ficar mais tranquilo depois de revistá-lo, quando você estiver aqui dentro.

Talen suspirou e percorreu vários bolsos escondidos, adicionando mais itens às mãos de Dolmant, que já estavam transbordando.

– Você irá levar este garoto consigo, Sparhawk? – Dolmant perguntou, colocando os bens dentro de seu hábito.

– Sim, Vossa Graça – Sparhawk respondeu.

– Bom. Dormirei melhor sabendo que ele não está rondando as ruas. Apresse-se, meu filho, e vá com Deus. – E dizendo isso, o patriarca virou sua mula e voltou rua acima.

Capítulo 15

– De qualquer forma – Sir Tynian continuou o relato, obviamente elaborado, de certa aventura de sua juventude –, os barões lamorks da região cansaram-se desses bandoleiros e vieram à nossa casa capitular para solicitar nossa ajuda para exterminá-los. Já estávamos cansados de patrulhar a fronteira de Zemoch, então concordamos. Para ser honesto sobre tudo isso, encaramos a situação como um evento esportivo: alguns dias de cavalgada pesada seguidos de uma boa e estimulante luta no final.

Sparhawk permitiu que sua atenção divagasse. A fala compulsiva de Tynian fora virtualmente ininterrupta desde que deixaram Chyrellos e cruzaram a fronteira para Cammoria, o reino logo ao sul. Apesar de as histórias parecerem divertidas a princípio, elas acabavam se tornando repetitivas. Em todas Tynian figurava de maneira proeminente nas lutas, principais ou secundárias, que ocorreram no continente de Eosia nos últimos dez anos. Sparhawk concluiu que o cavaleiro alcione não era um contador de vantagens inveterado, mas, sim, um contador de histórias engenhoso, que se colocava no centro da ação de cada narrativa para transmitir uma sensação de proximidade. Era, na verdade, um passatempo inofensivo e que ajudava a fazer com que os quilômetros passassem mais rapidamente conforme cavalgavam Cammoria adentro, na estrada que levava a Borrata.

O sol era mais quente ali do que em Elenia, e a brisa que passava acima deles, levando as nuvens pelo céu de um azul intenso, estava carregada de um odor que lembrava a primavera. Os campos ao redor, intocados pela geada, ainda estavam verdes, e a estrada se desenrolava como uma fita branca mergulhando nos vales e serpenteando as colinas verdejantes. Era um bom dia para cavalgar, e Faran estava claramente gostando.

Sparhawk já começara a avaliar seus companheiros. Tynian tinha quase o mesmo temperamento "no vai da valsa" de Kalten. O incrível tamanho da metade superior de seu torso, entretanto, e o modo profissional com que manuseava suas armas indicavam que ele seria um lutador formidável em combate, caso surgisse a necessidade. Talvez Bevier fosse um pouco mais sensível. Os cavaleiros cirínicos eram conhecidos por sua formalidade e devoção. E também eram melindrosos. Bevier deveria ser tratado com muito cuidado. Sparhawk decidiu ter uma conversa em particular com Kalten. O gosto por brincadeiras casuais de seu amigo deveria ser controlado quando Bevier estivesse envolvido. Apesar disso, o jovem cirínico também seria um recurso valioso em situações difíceis.

Ulath era um enigma. Tinha uma reputação incrível, mas Sparhawk não havia tido muito contato com os cavaleiros genidianos da longínqua Thalesia. Dizia-se que eram guerreiros temíveis, mas o fato de usarem cotas de malha no lugar das costumeiras armaduras de placas de aço o preocupava um pouco. Decidiu que deveria sondar o enorme thalesiano a esse respeito. Puxou levemente as rédeas de Faran, permitindo que Ulath se aproximasse.

– Bela manhã – ele disse, de maneira amistosa.

Ulath grunhiu. Persuadi-lo a falar seria, provavelmente, difícil. Então, para surpresa de Sparhawk, ele se predispôs a dizer algo.

– Em Thalesia, ainda temos cerca de 60 centímetros de neve no chão.

– Deve ser horrível.

– Você se acostuma – ele deu de ombros –, e a neve ajuda a caçar... javalis, veados, trolls, esse tipo de coisa.

– Vocês realmente caçam trolls?

– Às vezes. De vez em quando um troll fica louco. Se ele desce até um vale onde vivam os elenos e começa a matar vacas, ou pessoas, somos obrigados a caçá-lo.

– Ouvi dizer que eles são consideravelmente grandes.

– Sim. Consideravelmente.

– Não é um pouco perigoso lutar contra um troll usando apenas uma cota de malha?

– Na verdade, não é tão ruim. Eles só usam clavas. Pode-se até quebrar as costelas, mas isso é tudo.

– Trajar armadura completa não seria uma vantagem?

– Não se você tiver de atravessar algum rio... e temos muitos rios em Thalesia. É fácil tirar uma cota de malha se você estiver no fundo de um rio. Seria bem mais difícil segurar o fôlego por tempo suficiente para se livrar de uma armadura completa.

– Isso faz sentido.

– Foi o que pensamos. Tivemos um preceptor há algum tempo que achou que deveríamos usar armadura completa, como as outras ordens... para manter as aparências. Jogamos na água um de nossos irmãos usando cota de malha, no porto de Emsat. Ele se livrou de sua malha e emergiu em cerca de um minuto. O preceptor estava trajando armadura completa. Nós o jogamos em seguida, mas ele não voltou. Talvez ele tenha encontrado algo interessante para se fazer lá embaixo.

– Vocês afogaram seu preceptor? – Sparhawk indagou, incrédulo.

– Não – Ulath o corrigiu. – A armadura dele o afogou. Em seguida, elegemos Komier como preceptor. Ele tem bom senso suficiente para não fazer esse tipo de sugestão idiota.

– Vocês genidianos aparentam ser uma Ordem mais independente. Vocês realmente elegem seus preceptores?

– E vocês não?

– Na verdade, não. Enviamos uma relação de nomes para a hierocracia e deixamos que eles escolham.

– Nós facilitamos para eles. Mandamos só um nome.

Kalten veio ao encontro deles num trote largo pela estrada. O homem loiro e corpulento cavalgava cerca de 400 metros à frente como batedor para interceptar possíveis perigos.

– Há algo estranho adiante, Sparhawk – ele comentou, apreensivo.

– O que você quer dizer com "estranho"?

– Há uma dupla de pandions no topo da próxima colina – Kalten informou, com um tom de voz ligeiramente tenso, e podia-se ver que ele suava.

– Quem são eles?

– Não fui até lá para perguntar.

Sparhawk examinou atentamente o rosto de seu amigo e perguntou:

– Qual o problema?

– Não tenho certeza – Kalten respondeu. – Tenho uma forte sensação de que, por algum motivo, eu não deveria me aproximar deles. Acho que eles querem falar com você. Também não me pergunte de onde eu tirei essa ideia.

– Muito bem – Sparhawk disse. – Vou ver o que eles querem. – Sparhawk esporeou os flancos de Faran, que se pôs num galope ressoante pelo aclive da estrada em direção ao topo da colina. Os homens montados usavam armaduras negras dos pandions, mas não procederam aos cumprimentos costumeiros conforme Sparhawk se aproximava, e nenhum deles levantou o visor. Seus cavalos eram particularmente descarnados, quase esqueléticos.

– O que foi, irmãos? – Sparhawk questionou, puxando as rédeas de Faram a alguns metros da dupla. Por um instante, ele sentiu um odor desagradável, e um calafrio percorreu seu corpo.

Uma das figuras virou-se ligeiramente, apontando para o próximo vale com seu braço envolto por aço. Ele não falou, mas aparentou indicar um bosque de olmos desnudos pelo inverno de um lado da estrada, cerca de 800 metros à frente.

– Eu não... – Sparhawk começou a dizer; então captou um lampejo de luz do sol refletido em metal polido entre os galhos emaranhados do bosque. Levou uma mão à testa, protegendo sua visão, e esquadrinhou o grupo de árvores. Viu um leve movimento e outro lampejo de luz refletida. – Entendo – ele disse gravemente. – Obrigado, meus irmãos. Gostariam de se juntar a nós para desarmar esta emboscada?

Por um longo momento, nenhuma das duas figuras em armaduras negras respondeu. Então um deles inclinou sua cabeça, assentindo. Ambos se moveram, um para cada lado da estrada, onde esperaram, sentados em suas selas.

Intrigado com o comportamento estranho dos dois, Sparhawk cavalgou de volta para se juntar a seus companheiros.

– Temos problema adiante – ele informou. – Um grupo de homens armados está se escondendo num bosque no próximo vale.

– Uma emboscada? – Tynian perguntou.

– Geralmente as pessoas só se escondem quando estão pensando em aprontar algo.

– Conseguiu ver quantos eram? – Bevier questionou, soltando o lochaber de sua cinta na sela.

– Não.

– Só há um jeito de descobrir – Ulath comentou, alcançando seu machado.

– Quem são os dois pandions? – Kalten perguntou, com nervosismo.

– Eles não disseram.

– Eles te passaram a mesma sensação que me deram?

– Que tipo de sensação?

– Como se meu sangue tivesse congelado.

– Algo assim – Sparhawk concordou, anuindo com a cabeça. Em seguida, ordenou: – Kurik, você e Berit levem Sephrenia, Flauta e Talen para algum lugar bem escondido.

O escudeiro acenou brevemente com a cabeça.

– Muito bem, cavalheiros – Sparhawk disse aos outros cavaleiros – vamos ver o que eles querem.

Partiram num trote ritmado, cinco cavaleiros em armaduras montados em cavalos de guerra e portando uma variedade de armas de aspecto desagradável. No topo da colina, os dois homens silenciosos em armaduras negras se juntaram a eles. Mais uma vez Sparhawk sentiu aquele odor desagradável, e mais uma vez sentiu seu sangue enregelar.

– Alguém tem uma trompa? – Tynian indagou. – Deveríamos avisá-los de que estamos a caminho.

Ulath abriu um de seus alforjes e retirou de lá um chifre retorcido de algum tipo de animal. Era bem grande e tinha um bocal de latão em sua ponta.

– Que tipo de animal tem chifres assim? – Kalten questionou.

– Ogro – Ulath respondeu. Então, colocando o bocal em seus lábios, soprou um poderoso toque.

– Pela glória de Deus e pela honra da Igreja! – Bevier exclamou, levantando-se em seus estribos e realizando um floreio com seu lochaber.

Sparhawk sacou sua espada e esporeou os flancos de Faran. O grande corcel mergulhou avidamente adiante, suas orelhas viradas para trás e seus dentes escancarados.

Ouviram-se gritos de aflição vindos do bosque de olmos conforme os Cavaleiros da Igreja prosseguiam colina abaixo num galope que fazia com que as folhas de relva fustigassem as pernas de seus cavalos. Então, cerca de dezoito homens em armaduras e montados em cavalos saíram de seu esconderijo e marcharam em direção ao espaço aberto, para interceptar os atacantes.

– Eles querem uma briga! – Tynian gritou com contentamento.

– Prestem atenção quando nos misturarmos a eles! – Sparhawk precaveu. – Pode ser que haja mais no bosque.

Ulath continuou a tocar sua trompa até o último momento. Só então ele rapidamente guardou o instrumento de volta no alforje e começou a girar o grande machado de guerra sobre sua cabeça.

Três dos salteadores haviam ficado para trás; pouco antes de os dois grupos colidirem, eles se viraram e fugiram, cavalgando a toda velocidade, fustigando seus cavalos em puro pânico.

O impacto inicial pôde facilmente ser ouvido a 1,5 quilômetro de distância. Sparhawk e Faran estavam ligeiramente na vanguarda, com os outros dispostos em formação para trás e para os lados dele, como um grande triângulo. Sparhawk ergueu-se nos estribos para desferir golpes amplos vindos de cima, para a direita e para a esquerda, conforme colidia com os desconhecidos. Abriu o elmo de um deles, vendo pedaços de cérebro e sangue vertendo assim que o homem caiu rigidamente de sua sela. Em seu próximo golpe, sua espada atravessou um escudo erguido, e pôde ouvir um grito quando sua lâmina feriu o braço no qual o escudo estava afivelado. Atrás dele, podiam se ouvir outros golpes e guinchados à medida que seus companheiros o seguiam pelo campo de batalha.

A investida em direção ao centro do grupo havia deixado dez abatidos, mortos ou desfigurados, mas, conforme os cavaleiros viraram-se para atacar novamente, meia dúzia de novos agressores surgiu do bosque para pegá-los pela retaguarda.

– Vão em frente! – Bevier rugiu, virando seu cavalo. – Conterei estes enquanto vocês lidam com o resto! – Ergueu seu lochaber e investiu contra os novos salteadores.

– Ajude-o, Kalten! – Sparhawk pediu a seu amigo, e em seguida conduziu Tynian, Ulath e os dois estranhos contra os atordoados sobreviventes da primeira investida. A espada larga de Tynian tinha uma lâmina muito maior do que as dos pandions, portanto muito mais pesada. Este peso fazia com que a arma fosse eficiente em sua selvageria, e Tynian cortava carne e armadura com igual facilidade. O machado de Ulath, é claro, não tinha nenhuma finura nem sutileza. Ele cortava pessoas como um lenhador corta árvores.

Sparhawk viu de relance quando um dos dois estranhos pandions ergueu-se em seus estribos para desferir um amplo golpe vertical. O que o cavaleiro segurava em sua mão enluvada, entretanto, não era uma espada, e sim o mesmo tipo de luminosidade indistinta que havia sido dada a Sephrenia pelo fantasma insubstancial de Sir Lakus no surrado apartamento do segundo andar da loja em Chyrellos. A luminosidade parecia atravessar completamente o corpo do mercenário desajeitado que lutava contra o pandion. O rosto do homem tornou-se totalmente branco, e ele olhou para seu peito, horrorizado, mas não havia sangue, e sua armadura enferrujada continuava intacta. Com um berro aterrorizado, ele soltou sua espada e fugiu. Nesse momento, Sparhawk teve de desviar sua atenção para outro inimigo.

Quando o último dos salteadores havia caído, Sparhawk girou Faran para ajudar Bevier e Kalten, mas viu que era totalmente desnecessário. Três dos homens que saíram do bosque de olmos para um segundo ataque já haviam caído. Outro estava retorcendo-se sobre sua sela, com as duas mãos pressionando a barriga. Os dois remanescentes tentavam desesperadamente aparar os golpes da espada de Kalten e do machado lochaber de Bevier. Kalten fintou com a espada e emendou um suave contragolpe, tirando a arma da mão de seu oponente, enquanto Bevier decapitou seu adversário com um golpe de virada de mão quase casual.

– Não o mate! – Sparhawk gritou para Kalten quando o cavaleiro loiro ergueu sua espada.

– Mas... – Kalten protestou.

– Quero interrogá-lo.

O rosto de Kalten assumiu uma expressão desanimada e cheia de decepção conforme Sparhawk cavalgava em sua direção e na de Bevier pela relva repleta de corpos.

– Desça do cavalo – Sparhawk ordenou ao assustado e exausto prisioneiro, enquanto ele mesmo puxava as rédeas de Faran.

O homem desmontou. Tal como as usadas por seus companheiros caídos, sua armadura era uma confusão de peças que não combinavam. Mostrava-se enferrujada e dentada em vários locais, mas a espada que Kalten havia tirado de sua mão estava polida e afiada.

– Pelo que posso perceber, você é um mercenário – Sparhawk comentou.

– Sim, milorde – o homem gaguejou num sotaque pelosiano.

– Isso tudo não deu muito certo, não é mesmo? – Sparhawk observou num tom quase de camaradagem.

– Não, milorde – o mercenário riu nervosamente, olhando a carnificina ao seu redor. – Não foi como esperávamos.

– Vocês fizeram o seu melhor – Sparhawk contrapôs. – Agora, vamos precisar do nome da pessoa que o contratou.

– Não perguntei o nome dele, milorde.

– Então descreva-o para mim.

– N-não posso, milorde.

– Acho que esta entrevista vai ficar bem menos agradável – Kalten comentou.

– Coloquem-no no fogo – Ulath sugeriu.

– Sempre apreciei despejar piche fervente dentro de armaduras... lentamente – Tynian contrapôs.

– Quebre os polegares – Bevier disse, severamente.

– Vê como é, vizinho? – Sparhawk falou ao prisioneiro, que agora empalidecera visivelmente. – Você *vai* falar. Nós estamos aqui, o homem que o contratou não está. Ele pode ter te ameaçado com coisas desagradáveis, mas nós vamos fazê-las. Poupe-se de uma série de desconfortos e responda às minhas perguntas.

– Milorde – ele balbuciou –, eu *não posso*... mesmo se o senhor me torturar até a morte.

Ulath desceu de sua sela e se aproximou do cativo, que se encolhera.

– Ora, pare com isso – ordenou o genidiano. Erguendo uma mão com a palma estendida sobre a cabeça do prisioneiro, falou algo numa linguagem áspera e rude a qual Sparhawk não compreendia, mas inquietamente suspeitava não se tratar de uma língua humana. Os olhos do mercenário capturado tornaram-se baços e ele caiu ajoelhado. De maneira hesitante e sem qualquer expressão em sua voz, ele começou a falar no mesmo idioma que Ulath usara.

– Ele foi enfeitiçado – explicou o cavaleiro genidiano. – Nada que fizéssemos o teria feito falar.

O mercenário prosseguiu naquela linguagem terrível, formulando as palavras mais rapidamente.

– Ele foi contratado por dois homens – Ulath traduziu. – Um styrico encapuzado e um homem de cabelo branco.

– Martel! – Kalten exclamou.

– Muito provável – Sparhawk concordou.

O prisioneiro falou novamente.

– Foi o styrico quem o enfeitiçou – Ulath prosseguiu. – É alguém que não conheço.

– Acho que também não conheço – admitiu Sparhawk. – Veremos se Sephrenia sabe quem é.

– Ah – Ulath acrescentou –, tem mais uma coisa. Esse ataque foi direcionado a ela.

– *O quê?*

– A ordem dada a esses homens era matar a styrica.

– Kalten! – Sparhawk rugiu, mas o cavaleiro loiro já estava esporeando seu cavalo.

– O que fazemos com ele? – Tynian apontou para o prisioneiro.

– Deixe-o ir – Sparhawk gritou enquanto galopava atrás de Kalten. – Vamos!

Conforme cavalgavam sobre o topo da colina, Sparhawk olhou para trás. Os dois pandions estranhos não estavam em lugar algum. Então, logo adiante, ele os viu. Um grupo de homens havia cercado o outeiro rochoso onde Kurik havia escondido Sephrenia e os outros. Os dois cavaleiros de armaduras negras haviam posicionado tranquilamente seus cavalos entre os atacantes e o outeiro. Não faziam esforços para combater, apenas defendiam seu terreno. Enquanto Sparhawk assistia, um dos agressores arremessou uma azagaia que pareceu atravessar completamente o corpo de um dos pandions de armadura negra sem qualquer resistência.

– Faran! – Sparhawk bradou –, corra! – Era algo que ele raramente fazia. Recorreu à lealdade de Faran em vez de seu treinamento. O imenso corcel estremeceu por um breve instante e, em seguida, pôs-se a correr de forma que logo se distanciou dos outros.

Os atacantes contavam cerca de dez homens. Percebia-se que eles se afastavam dos pandions fantasmagóricos que bloqueavam o caminho. Logo um dos mercenários olhou ao redor e avistou Sparhawk descendo sobre eles seguido pelos outros cavaleiros, e gritou um aviso para seus companheiros. Depois de um momento de paralisia estupefata, os agressores desalinhados fugiram, correndo pela campina, de uma maneira que Sparhawk raramente via entre profissionais. O pandion galopou pela lateral do afloramento, com as ferraduras de Faran produzindo faíscas quanto golpeava as pedras. Pouco antes de chegar ao cume, ele puxou as rédeas.

– Todos estão bem? – ele perguntou a Kurik.

– Estamos bem – Kurik respondeu, olhando por sobre uma barricada de pedras que ele e Berit haviam erguido. – Ainda assim, foi complicado até aqueles dois cavaleiros chegarem. – Os olhos de Kurik ainda estavam um pouco frenéticos enquanto mirava a dupla que havia impedido o avanço dos mercenários. Sephrenia saiu de trás da barricada e sua face estava mortalmente pálida.

Sparhawk virou-se para os dois pandions estranhos.

– Acho que chegou a hora das apresentações, irmãos – ele disse –, e de algumas explicações.

Eles não responderam. Sparhawk os examinou mais de perto. Os cavalos sobre os quais eles estavam sentados pareciam ainda mais esqueléticos do que antes, e Sparhawk sentiu um calafrio quando reparou que os animais não tinham olhos, apenas órbitas vazias, e que os ossos apontavam de suas peles rasgadas. Então os dois cavaleiros retiraram seus elmos. Suas faces pareciam, de alguma forma, diáfanas e indistintas, quase transparentes, e eles tampouco tinham olhos. Um deles parecia ser muito jovem, com cabelos cor de manteiga. O outro era velho, e seu cabelo era branco. Sparhawk deu um passo para trás. Ele os conhecia; sabia que ambos estavam mortos.

– Sir Sparhawk – começou o fantasma de Sir Parasim, sua voz era vazia e sem emoção –, persiga teu objetivo com diligência. O tempo não esperará por ti.

– Por que retornastes da casa dos mortos? – Sephrenia questionou os dois num tom profundamente formal. Sua voz vacilava.

– Nosso juramento tem o poder de nos trazer das sombras em caso de necessidade, mãezinha – a forma de Lakus respondeu, sua voz também era vazia e desprovida de emoções. – Outros também cairão, e nossa companhia aumentará antes que a rainha recobre a saúde. – O espectro sem olhos virou-se para Sparhawk. – Proteja nossa amada mãe, Sparhawk, pois ela se encontra em grave perigo. Caso ela sucumba, nossas mortes não terão propósito, e a rainha morrerá.

– Eu a protegerei, Lakus – Sparhawk prometeu.

– Saiba de uma última coisa. Caso Ehlana morra, tu perderás mais que uma rainha. A escuridão espreita do portão, e Ehlana é nossa única esperança de luz. – Então, os dois tremeluziram e desapareceram.

Os quatro cavaleiros que haviam ficado para trás chegaram galopando pela ladeira pedregosa e puxaram suas rédeas. A face de Kalten estava pálida e ele tremia visivelmente.

– Quem eram eles? – ele perguntou.

– Parasim e Lakus – Sparhawk respondeu num sussurro.

– Parasim? Ele está morto.

– Lakus também.

– Fantasmas?

– É o que parece.

Tynian desmontou e retirou seu maciço elmo. Ele também estava pálido e suava muito.

– Já tive experiências com necromancia – ele confessou –, apesar de geralmente não ser por escolha minha. Na maioria das vezes um espírito deve ser invocado, mas pode acontecer de eles aparecerem por vontade própria... principalmente se deixaram algo importante inacabado.

– Isto é importante – Sparhawk disse com gravidade.

– Tem mais alguma coisa que você queira nos contar, Sparhawk? – Ulath perguntou. – Parece que deixou algumas coisas de lado.

Sparhawk olhou para Sephrenia. O rosto da styrica ainda estava mortalmente pálido, mas ela se endireitou e concordou com a cabeça.

Inspirando profundamente, Sparhawk explicou:

– Ehlana deveria estar morta, mas está sendo preservada graças a um feitiço que a mantém selada dentro de um cristal. O feitiço é fruto dos esforços combinados de Sephrenia e de doze pandions.

– Estive me perguntando sobre isso – Tynian murmurou.

– Mas há um problema nisso tudo – Sparhawk continuou. – Os cavaleiros morrerão, um de cada vez, até que reste apenas Sephrenia.

– E depois disso? – Bevier questionou, com a voz trêmula.

– Então eu também partirei – Sephrenia respondeu de maneira direta.

Um soluço abafado escapou do jovem cirínico.

– Não enquanto eu respirar – ele sussurrou, com a voz embargada.

– Entretanto, alguém está tentando adiantar as coisas – Sparhawk prosseguiu. – Este é o terceiro atentado contra a vida de Sephrenia desde que deixamos Cimmura.

– Mas sobrevivi a todos – ela retrucou, como se eles não tivessem tido importância. – Vocês conseguiram identificar quem está por trás deste ataque?

– Martel e um styrico – Kalten informou. – O styrico enfeitiçou os mercenários para evitar que eles falassem a respeito, mas Ulath quebrou o encantamento de alguma forma. Ele falou com o prisioneiro em uma língua que não entendi. O homem respondeu no mesmo idioma.

Ela olhou de maneira questionadora para o cavaleiro thalesiano.

– Falamos na linguagem dos trolls – Ulath respondeu, dando de ombros. – É uma língua não humana, portanto contornou o feitiço.

– Você invocou os Deuses Trolls? – Sephrenia perguntou atônita, olhando para ele horrorizada.

– Às vezes é necessário, milady – ele explicou. – Não é tão perigoso, se você tomar cuidado.

– Se for de seu agrado, milorde Sparhawk, cuidarei pessoalmente da proteção de lady Sephrenia – Bevier se ofereceu, com o rosto cheio de lágrimas. – Permanecerei constantemente ao lado desta destemida dama, e caso surjam novos encontros desta espécie, juro ao senhor por minha vida que ela não será molestada.

Uma breve expressão de horror passou pelo rosto de Sephrenia, e ela mirou Sparhawk com um olhar de súplica.

– Provavelmente, não é má ideia – ele considerou, ignorando a objeção não verbal da styrica. – Muito bem, Bevier. Fique ao lado dela.

Sephrenia fulminou seu pupilo com os olhos.

– Vamos enterrar os mortos? – Tynian perguntou.

Sparhawk chacoalhou a cabeça.

– Não temos tempo para bancar os coveiros. Meus irmãos estão morrendo um de cada vez, e Sephrenia está no final da lista. Se encontrarmos algum camponês, diremos onde os corpos estão. O espólio certamente mais do que pagará o enterro. Vamos continuar.

Borrata era uma cidade universitária que crescera ao redor dos edifícios imponentes da mais antiga e renomada instituição de ensino de Eosia. Em certas ocasiões do passado, a Igreja havia sugerido com insistência que a universidade fosse movida para Chyrellos, mas o corpo docente sempre resistira a essa ideia, desejando obviamente manter sua independência e evitar a supervisão da Igreja.

Sparhawk e seus companheiros alugaram quartos em uma das estalagens locais no final da tarde em que chegaram à cidade. A estalagem era mais confortável e certamente mais limpa do que as outras que haviam frequentado nas estradas de Elenia e ali mesmo, em Cammoria.

Na manhã seguinte, Sparhawk vestiu sua cota de malha e sua pesada capa de lã.

– Quer que a gente vá com você? – Kalten perguntou, assim que seu amigo desceu até o salão comunal no térreo da estalagem.

– Não – Sparhawk respondeu. – Não vamos transformar isso numa parada militar. A universidade não é muito longe daqui, e posso proteger Sephrenia no caminho.

Sir Bevier parecia querer protestar. Ele havia levado o papel autoproclamado de protetor de Sephrenia a sério, raramente afastando-se dela mais do que alguns metros durante a viagem a Borrata. Sparhawk olhou para o jovem cirínico e comentou:

– Sei que vigiou Sephrenia todas as noites. Por que não vai dormir um pouco, Bevier? Você não será de muita ajuda a ela, ou ao resto de nós, se cair de sua sela.

O rosto de Bevier ficou austero.

– Ele não quis ofender, Bevier – Kalten emendou. – Sparhawk ainda não compreendeu o significado da palavra *diplomacia*. Esperamos que um dia desses ele acabe entendendo.

Bevier sorriu brevemente e, em seguida, soltou uma risada e comentou:

– Creio que vou demorar a me acostumar a vocês, pandions.

– Encare essa situação como instrutiva – Kalten sugeriu.

– Você sabe que se tiverem êxito em encontrar a cura, é capaz de encontrarmos todo tipo de problema no caminho de volta à Cimmura – Tynian observou para Sparhawk. – É provável que deparemos com exércitos inteiros tentando nos deter.

– Madel – Ulath sugeriu de maneira enigmática –, ou Sarrinium.

– Não consegui acompanhar seu raciocínio – Tynian admitiu.

– Esses exércitos que você mencionou tentarão bloquear a estrada para Chyrellos a fim de impedir que cheguemos até lá, e depois em direção a Elenia. Se cavalgarmos para o sul, na direção de qualquer porto, poderemos fretar um navio e dar a volta até Vardenais, na costa ocidental de Elenia. De todo modo, é mais rápido viajar de navio.

– Vamos decidir isso depois de encontrarmos a cura – Sparhawk concluiu.

Sephrenia desceu as escadas com Flauta e perguntou:

– Tudo pronto?

Sparhawk fez que sim com a cabeça.

Ela falou brevemente com Flauta. A garotinha acenou com a cabeça e atravessou a sala até onde Talen estava sentado.

– Você foi escolhido, Talen – Sephrenia disse ao garoto. – Cuide dela enquanto eu estiver fora.

– Mas... – ele começou a objetar.

– Apenas faça como lhe foi ordenado, Talen – Kurik o interrompeu, com a voz cansada.

– Eu ia sair e dar uma olhada por aí.

– Não – o pai do rapaz contrapôs –, na verdade você não ia.

A expressão de Talen tornou-se contrariada.

– Tá bom – ele resmungou enquanto Flauta subia em seu colo.

Uma vez que o campus da universidade ficava bem perto, Sparhawk decidiu abandonar a ideia de seguirem a cavalo, e ele e Sephrenia caminharam pelas ruas estreitas de Borrata. A pequena mulher olhou ao redor e murmurou:

– Faz um bom tempo desde a última vez que estive aqui.

– Não posso imaginar qual interesse uma universidade possa despertar em você – Sparhawk sorriu –, considerando sua opinião sobre leitura.

– Eu não estava estudando, Sparhawk. Estava lecionando.

– Acho que eu deveria ter imaginado. Como estão as coisas com Bevier?

– Bem, exceto pelo fato de que ele não me deixa fazer nada sozinha... e de que ele insiste em tentar me converter à fé elena. – O tom de voz dela estava azedo.

– Ele está apenas tentando protegê-la... sua alma, assim como sua integridade física.

– Você está tentando ser engraçado?

Ele decidiu não responder a esse comentário.

O campus da Universidade de Borrata se assemelhava a um parque, e estudantes e membros do corpo docente caminhavam pensativos pelo gramado bem mantido.

Sparhawk parou um jovem que trajava um gibão verde-limão e perguntou:

– Com licença, vizinho, mas você poderia me dizer onde fica a escola de medicina?

– Você está doente?

– Não. Mas uma amiga minha está.

– Ah. Os médicos ocupam aquele prédio logo ali – o estudante apontou uma estrutura atarracada feita de pedras cinzentas.

– Obrigado, vizinho.

– Espero que sua amiga melhore logo.

– Nós também.

Quando entraram no prédio, encontraram um homem rotundo num manto negro.

– Com licença, senhor – Sephrenia disse a ele. – O senhor é médico?

– Sou.

– Esplêndido. O senhor tem alguns minutos?

O homem rotundo estivera observando Sparhawk minuciosamente.

– Desculpe-me – ele murmurou rapidamente. – Estou ocupado.

– Então o senhor poderia nos indicar algum de seus colegas?

– Tente qualquer porta – ele respondeu, abanando a mão e se afastando depressa.

– Atitude estranha para um médico – Sparhawk observou.

– Toda profissão tem sua cota de pessoas grosseiras – ela retrucou.

Cruzaram a antecâmara e Sparhawk bateu numa porta escura.

– O que é? – uma voz cansada questionou.

– Precisamos consultar um médico.

Após uma longa pausa, a voz cansada respondeu:

– Ah, está bem. Podem entrar.

Sparhawk abriu a porta e a segurou para Sephrenia.

O homem sentado atrás de uma mesa abarrotada, no cubículo, tinha olheiras escuras sob as pálpebras e parecia que havia negligenciado o barbear há algumas semanas.

– Qual a natureza de sua doença? – ele perguntou a Sephrenia, sua voz beirava a exaustão.

– Não sou eu quem está doente – ela respondeu.

– Você, então? – o médico apontou para Sparhawk. – Você parece bem robusto para mim.

– Não – Sephrenia repetiu. – Ele também não está doente. Estamos aqui por conta de uma amiga.

– Não faço visita em domicílio.

– Não estamos pedindo que faça isso – Sparhawk disse.

– Nossa amiga vive em um lugar bem distante – Sephrenia emendou. – Pensamos que, se descrevêssemos os sintomas, o senhor poderia arriscar um palpite sobre a causa de sua doença.

– Não dou palpites – ele retrucou com frieza. – Quais os sintomas?

– Muito semelhantes aos do mal de terra – Sephrenia o informou.

– Então, aí está. Você mesma já fez o diagnóstico.

– Entretanto, há algumas diferenças.

– Pois bem. Descreva as diferenças.

– Ela tem febre, bem elevada, e a paciente sua em profusão.

– Tais sintomas não batem, pequena dama. Com febre, a pele fica seca.

– Sim, eu sei.

– Você tem formação em medicina?

– Tenho familiaridade com alguns remédios populares.

Ele resfolegou.

– Minha experiência diz que remédios populares mais matam do que curam. Quais outros sintomas você notou?

Sephrenia descreveu meticulosamente a doença que deixou Ehlana comatosa.

O médico, entretanto, parecia não estar ouvindo, mas encarando Sparhawk. Seu rosto tornou-se subitamente alerta, seus olhos estreitaram-se e sua expressão fez-se furtiva.

– Desculpe-me – ele disse, depois que Sephrenia terminou. – Acho melhor você voltar e examinar novamente sua amiga. O que acaba de descrever não condiz com nenhuma doença conhecida. – Seu tom era abrupto, até mesmo brusco.

Sparhawk endireitou-se cerrando o punho, mas Sephrenia colocou uma mão sobre seu braço.

– Obrigado por seu tempo, douto senhor – ela agradeceu com suavidade. – Vamos indo – acrescentou para Sparhawk.

Os dois voltaram para o corredor.

– Duas, em sequência – Sparhawk resmungou.

– Duas o quê?

– Pessoas mal-educadas.

– Talvez faça sentido.

– Não entendi seu raciocínio.

– Há certa arrogância natural naqueles que ensinam.

– *Você* nunca demonstrou isso.

– Eu mantenho sob controle. Tente outra porta, Sparhawk.

Nas duas horas seguintes, falaram com vários médicos. Cada um deles, após examinar o rosto de Sparhawk, fingiu ignorância.

– Estou começando a ter uma impressão muito peculiar sobre tudo isso – ele rosnou depois de deixar mais um consultório. – Eles olham para mim e subitamente se tornam estúpidos... ou é só minha imaginação?

– Eu também percebi isso – ela respondeu, pensativa.

– Sei que meu rosto não é tão atrativo assim, mas nunca deixou ninguém mudo.

– É um rosto perfeitamente bonito, Sparhawk.

– Cobre a parte da frente da minha cabeça. O que mais pode se esperar de um rosto?

– Os médicos de Borrata parecem menos habilidosos do que sua reputação nos fez acreditar.

– Então desperdiçamos mais tempo?

– Ainda não terminamos. Não abandone a esperança.

Finalmente chegaram a uma porta pequena sem pintura, situada em um canto malcuidado. Sparhawk bateu e uma voz embriagada respondeu:

– Vá embora.

– Precisamos de sua ajuda, douto senhor – Sephrenia insistiu.

– Vá amolar outra pessoa. Estou ocupado me embebedando neste exato momento.

– Já chega! – Sparhawk explodiu. Pegou a maçaneta e empurrou-a, mas estava trancada pelo lado de dentro. Irritado, ele chutou a porta, despedaçando até o batente.

O homem no cubículo piscou. Ele era pequeno e miserável, corcunda e com olhos turvos.

– Você bate na porta bem alto, amigo – ele observou. Em seguida, arrotou. – Pois bem, não fique parado aí. Entre. – Sua cabeça vacilava para a frente e para trás. Estava vestindo roupas desgastadas e os fios de cabelo grisalhos apontavam em todas as direções.

– Tem alguma coisa na água deste lugar que faz com que as pessoas sejam tão grosseiras? – Sparhawk perguntou, acidamente.

– Eu não saberia dizer – o homem maltrapilho respondeu. – Eu nunca bebo água. – Ele sorveu ruidosamente de uma caneca surrada.

– Percebe-se.

– Vamos passar o resto do dia trocando insultos ou você quer me dizer qual é o seu problema? – O médico espremeu os olhos míopes, examinando o rosto de Sparhawk. – Então você é o tal – ele comentou.

– O tal o quê?

– O tal com quem não devemos falar.

– Você poderia explicar melhor?

– Um homem esteve aqui há alguns dias. Ele disse que daria cem peças de ouro a todos os médicos deste prédio se você saísse daqui sem nada.

– Como ele era?

– Tinha porte militar e cabelo branco.

– Martel – Sparhawk comentou com Sephrenia.

– Deveríamos ter adivinhado logo de cara – ela retrucou.

– Não desanimem, amigos – o homenzinho desarrumado disse a eles de modo expansivo. – Vocês encontraram o melhor médico de Borrata. – Então, escancarou um sorriso. – Meus colegas voam para o sul com os patos quando o outono chega, "quack, quack, quack". Vocês não conseguiriam uma opinião médica razoável de qualquer um deles. O homem de cabelos brancos disse que você descreveria alguns sintomas. Uma dama em algum lugar está doente, pelo que entendi, e seu amigo... esse Martel que você mencionou... prefere que ela não se recupere. Por que não o desapontamos? – Ele bebeu ruidosamente de sua caneca.

– O senhor é um exemplo para a sua profissão, bom doutor – Sephrenia elogiou.

– Não. Sou um velho bêbado com uma mente maldosa. Quer mesmo saber por que estou disposto a ajudar vocês? É porque eu vou adorar ouvir os gritos de desespero de meus colegas quando todo aquele dinheiro escapar por entre seus dedos.

– Esse é um motivo tão bom quanto qualquer outro, acho eu – Sparhawk murmurou.

– Exatamente. – O médico ligeiramente embriagado olhou para o nariz de Sparhawk e perguntou: – Por que você não o colocou no lugar quando ele quebrou?

– Eu estava ocupado com outras coisas – Sparhawk respondeu, tocando seu nariz.

– Posso consertá-lo se quiser. Tudo o que tenho de fazer é pegar um martelo e quebrá-lo novamente. Depois, coloco-o no lugar.

– Agradeço da mesma forma, mas já me acostumei com ele assim.

– Como quiser. Muito bem, quais são os sintomas que vocês vieram descrever?

Novamente, Sephrenia discorreu a lista para o médico.

Ele ficou sentado, coçando uma orelha e com os olhos estreitados. Então revirou uma pilha alta de entulho sobre sua mesa e puxou um livro grosso com uma capa de couro rasgada. Folheou por vários minutos e em seguida o fechou.

– Como eu pensava – ele exclamou, triunfante. Em seguida, arrotou novamente.

– E então? – Sparhawk perguntou.

– Sua amiga foi envenenada. Ela já morreu?

Um calafrio atingiu o estômago de Sparhawk.

– Não – ele respondeu.

– É só uma questão de tempo – o médico deu de ombros. – É um veneno raro, vindo de Rendor. É invariavelmente fatal.

Sparhawk cerrou os dentes.

– Vou voltar a Cimmura e vou estripar Annias – ele rosnou – com uma faca cega.

O pequeno e infame médico subitamente pareceu se interessar.

– Faça o seguinte – ele sugeriu. – Abra uma incisão lateral logo abaixo do umbigo. Em seguida, chute-o para trás. Nesse momento, tudo deve cair de dentro dele.

– Obrigado.

– Essa foi de graça. Se você vai fazer algo, faça da maneira correta. Devo assumir que esse tal de Annias é quem você considera o responsável?

– Sem sombra de dúvidas.

– Então vá em frente e o mate. Detesto envenenadores.

– Há algum antídoto para esse veneno? – Sephrenia indagou.

– Nenhum que eu conheça. Eu sugeriria a você falar com vários médicos que conheço em Cippria, mas sua amiga já estará morta antes que vocês consigam voltar.

– Não – Sephrenia discordou. – Ela está sendo mantida em suspensão.

– Gostaria de saber como você conseguiu isso.

– A dama é styrica – Sparhawk o informou. – Ela tem acesso a certos truques incomuns.

– Magia? Esse tipo de coisa realmente funciona?

– Às vezes, sim.

– Então, muito bem. Talvez vocês tenham tempo. – O médico desleixado arrancou a ponta de uma das folhas de papel sobre sua mesa e mergulhou uma pena em um tinteiro quase vazio. – Estes dois primeiros nomes são de médicos bem competentes em Cippria – ele explicou conforme escrevia. – Este último é o nome do veneno. – Ele entregou o pedaço de papel para Sparhawk, dizendo: – Boa sorte. Agora, caia fora daqui para que eu possa continuar o que estava fazendo antes de você chutar a minha porta.

Capítulo 16

– PORQUE VOCÊS NÃO PARECEM rendorenhos – Sparhawk disse aos outros. – Estrangeiros atraem muita atenção por lá... e geralmente de natureza inamistosa. Consigo passar por nativo, em Cippria. Kurik também. Mulheres rendorenhas usam véus, portanto a aparência de Sephrenia não será um problema. O resto de vocês tem de ficar para trás.

Eles estavam reunidos em um amplo quarto no andar superior da estalagem próxima à universidade. O cômodo não tinha mobília, apenas alguns bancos espalhados ao longo das paredes, e a janela estreita não tinha cortinas. Sparhawk relatou o que o médico embriagado havia dito e como Martel se valera de um subterfúgio desta vez, e não de um confronto direto.

– Podemos passar algo no cabelo para mudar a cor – Kalten protestou. – Isso não iria resolver?

– São seus modos, Kalten – explicou Sparhawk. – Eu poderia te pintar de verde e todos ainda saberiam que você é eleniano. Isso mais ou menos vale para todos os outros. Vocês têm modos de cavaleiros. Levaria anos para apagar isso.

– Você quer que fiquemos aqui, então? – Ulath perguntou.

– Não. Vamos todos a Madel – Sparhawk decidiu. – Se algo inesperado acontecer em Cippria, posso lhes mandar uma mensagem com mais rapidez.

– Acho que você está negligenciando algo, Sparhawk – Kalten disse. – Sabemos que Martel está por estas bandas, e ele provavelmente tem olhos por todos os cantos. Se sairmos juntos de Borrata em nossas armaduras completas, ele vai ficar sabendo antes de cobrirmos pouco mais de dois quilômetros.

– Peregrinos – Ulath resmungou, enigmático.

– Não entendi o que isso quer dizer – Kalten confessou, franzindo o cenho.

– Se guardarmos nossas armaduras em uma carroça e nos vestirmos com trajes mais sóbrios, podemos nos juntar a um grupo de peregrinos, e ninguém vai nos notar. – Olhando para Bevier, ele perguntou: – Você conhece bem Madel?

– Temos uma casa capitular lá – Bevier respondeu. – Costumo visitá-la de tempos em tempos.

– Há algum santuário ou lugar sagrado naquela região?

– Vários. Mas peregrinos raramente viajam no inverno.

– Viajam sim, se receberem dinheiro. Vamos contratar alguns... e um clérigo para cantar hinos pelo caminho.

– Tem boas possibilidades, Sparhawk – Kalten considerou. – Martel não sabe *qual* caminho seguiremos quando partirmos, então seus espiões vão estar bem espalhados.

– Como podemos reconhecer esse Martel? – Bevier questionou. – Digo, caso o encontremos enquanto vocês estiverem em Cippria.

– Kalten o conhece – respondeu Sparhawk –, e Talen o viu uma vez. – Então ele se lembrou de algo. Olhou para o garoto, que estava fazendo uma cama de gato para entreter Flauta. – Talen, você consegue fazer desenhos de Martel e de Krager?

– Claro.

– E também podemos conjurar a imagem de Adus – Sephrenia acrescentou.

– Adus é fácil – Kalten argumentou. – É só colocar armadura em um gorila e o retrato está feito.

– Muito bem, faremos então desse jeito – Sparhawk concluiu. – Berit.

– Sim, lorde Sparhawk?

– Vá procurar uma igreja em algum lugar... uma que seja bem pobre. Converse com o vigário. Diga a ele que vamos financiar uma peregrinação para os santuários de Madel. Peça que ele selecione cerca de uma dúzia entre seus párocos mais necessitados e que os traga aqui amanhã pela manhã. Queremos que ele também nos acompanhe... para ser o guardião de nossas almas. E diga a ele que vamos fazer uma contribuição significativa para sua igreja, caso ele concorde.

– Ele não irá perguntar quais são os nossos motivos, milorde?

– Diga que cometemos um terrível pecado e queremos expiá-lo – Kalten deu de ombros. – Só não seja muito específico sobre qual pecado.

– Sir Kalten! – Bevier disse, chocado. – O senhor mentiria para um clérigo?

– Não é bem uma mentira, Bevier. Todos nós cometemos pecados. Só nesta semana, eu os cometi pelo menos meia dúzia de vezes. Além disso, o vigário de uma igreja pobre não vai fazer tantas perguntas quando há uma contribuição em jogo.

Sparhawk pegou uma bolsa de couro de dentro de sua túnica. Balançou-a algumas vezes e um inconfundível tilintar surgiu de dentro dela.

– Muito bem, cavalheiros – ele falou, desamarrando a parte superior da bolsa –, chegamos à parte deste ofício da qual os senhores mais gostam: o ofertório. Deus aprecia os generosos, portanto não sejam tímidos. O vigário precisará de dinheiro para arrebanhar os peregrinos. – E passou a bolsa entre eles.

– Você acha que Deus aceitaria uma nota promissória? – Kalten perguntou.

– Deus aceitaria. Eu, não. Coloque algo na bolsa, Kalten.

O grupo que se reuniu no pátio da estalagem na manhã seguinte era uniformemente miserável: viúvas em trajes de luto esfarrapados, artesãos desempregados e vários mendigos famintos. Todos estavam montados em cavalos velhos ou mulas sonolentas. Sparhawk olhou-os da janela.

– Diga ao estalajadeiro para alimentá-los – ele pediu a Kalten.

– É um número considerável, Sparhawk.

– Não quero que desmaiem de fome a um quilômetro da cidade. Providencie isso enquanto eu falo com o vigário.

– Como quiser – Kalten deu de ombros. – Devo banhá-los também? Alguns parecem um pouco encardidos.

– Isso não será necessário. Alimente os cavalos e as mulas também.

– Não estamos sendo um pouco generosos demais?

– Você vai carregar quaisquer cavalos que desfaleçam.

– Ah. Vou providenciar o alimento imediatamente.

O vigário da humilde paróquia era um homem magro, com expressão angustiada e na casa dos 60 anos de idade. Seu cabelo grisalho era encaracolado e a preocupação vincara seu rosto fatigado com diversas rugas.

– Milorde – o clérigo cumprimentou, fazendo uma mesura respeitosa para Sparhawk.

– Por favor, bom vigário, só "peregrino" é o suficiente – Sparhawk disse a ele. – Somos todos iguais no serviço de Deus. Meus companheiros e eu desejamos apenas nos juntar à sua boa e devota congregação para viajar até Madel, onde poderemos orar nos santuários sagrados pelo conforto de nossas almas e confiantes na infinita misericórdia divina.

– Muito bem colocado... hmmm... peregrino.

– O senhor gostaria de se sentar à nossa mesa, bom vigário? – Sparhawk ofereceu. – Devemos percorrer muitos quilômetros antes de dormirmos esta noite.

Os olhos do vigário subitamente se iluminaram.

– Seria um prazer, milorde... hmmm, peregrino, quero dizer.

A alimentação dos peregrinos cammorianos e de suas montarias levou um bom tempo e causou um impacto considerável nos estoques da cozinha e do armazém do estábulo.

– Nunca vi pessoas comerem tanto – Kalten resmungou. Vestindo uma capa pesada e sem distinções, dirigiu-se à sua sela no lado de fora da estalagem.

– Eles estavam famintos – Sparhawk observou. – O mínimo que podemos fazer é garantir que tenham algumas refeições decentes antes de voltarem a Borrata.

– Caridade, Sir Sparhawk? – questionou Bevier. – Isso não destoa um pouco de sua personalidade? Os austeros pandions não são conhecidos por sua sensibilidade benevolente.

– Quão pouco o senhor os conhece, Sir Bevier – Sephrenia murmurou. Ela montou em seu palafrém branco e estendeu as mãos para Flauta, mas a garotinha meneou a cabeça, andou até Faran e esticou sua mãozinha. O grande corcel inclinou o pescoço para baixo e a menina acariciou seu nariz aveludado. Sparhawk sentiu um estranho calafrio percorrer o corpo de sua montaria. Então, com insistência, Flauta ergueu as mãos para o robusto pandion. Com seriedade, Sparhawk se curvou e a elevou, colocando-a em seu lugar costumeiro na parte dianteira da sela, cobrindo-a com sua capa.

O vigário, à frente da coluna, entoou uma oração breve, invocando a proteção do deus dos elenos durante a jornada, uma súplica marcada pelos trinados questionadores, até mesmo céticos, do instrumento de Flauta.

– Comporte-se – Sparhawk sussurrou para a menina. – Ele é um bom homem e está fazendo o que acredita que é certo.

Ela rolou os olhos para cima, de maneira maliciosa. Então, bocejou, aconchegou-se perto de Sparhawk e pegou no sono de imediato.

Cavalgaram para o sul de Borrata sob um céu matutino límpido, com Kurik e a carroça de duas rodas, que levava as armaduras e demais equipamentos, seguindo ruidosamente atrás deles. A brisa vinha em rajadas e fustigava os andrajos rasgados dos peregrinos, pacientes e sofridos, que seguiam seu vigário. Uma cadeia de pequenas montanhas ficava a oeste, tocada pela neve em seus picos, e a luz do sol reluzia naqueles campos brancos. O ritmo que empregavam parecia a Sparhawk tranquilo, até mesmo lânguido, apesar de as pobres montarias dos peregrinos estarem arfando e chiando, uma clara indicação de que os animais estavam sendo pressionados tanto quanto podiam.

Por volta do meio-dia, Kalten cavalgou adiante de sua posição na retaguarda da coluna.

– Tem um grupo de cavaleiros se aproximando de nós – ele avisou em voz baixa para evitar que os peregrinos mais próximos se alarmassem. – Eles estão fustigando suas montarias.

– Alguma ideia de quem sejam?

– Eles estão vestidos de vermelho.

– Soldados da Igreja, então.

– Repararam em como ele é perspicaz? – Kalten observou para os outros.

– Quantos? – perguntou Tynian.

– Parece ser um pelotão que recebeu reforços.

Bevier soltou o machado lochaber de sua cinta.

– Mantenha isso escondido – Sparhawk disse a ele. – Todos vocês, escondam suas armas também. – Erguendo a voz, ele chamou adiante: – Bom vigário, que tal um hino? Os quilômetros passam mais facilmente quando temos música sagrada como companhia.

O vigário pigarreou e começou a cantar numa voz rouca e desafinada. Exaustos, mas respondendo automaticamente à iniciativa de seu pastor, os outros peregrinos acompanharam.

– Cantem! – Sparhawk ordenou a seus companheiros, e todos ergueram suas vozes no hino que lhes era familiar. Conforme ululavam sua canção, Flauta erguia seu instrumento e tocava um contraponto zombeteiro.

– Pare com isso – Sparhawk murmurou para ela. – E se tivermos problemas, desça da sela e corra para aquele campo.

A menina rolou os olhos.

– Faça como eu lhe digo, mocinha. Não quero que você seja pisoteada se houver uma luta.

Os soldados da Igreja, entretanto, passaram trovejando pela coluna de peregrinos cantores de hinos sem lançar um olhar sequer, e logo se perderam na distância mais à frente.

– Tenso – Ulath comentou.

– De fato – Tynian concordou. – Tentar lutar no meio de uma multidão de peregrinos aterrorizados teria sido algo muito interessante.

– Será que eles estavam atrás de nós? – Berit questionou.

– Difícil dizer – Sparhawk respondeu. – E eu não ia pará-los para perguntar.

Continuaram seguindo para o sul, em direção a Madel, em etapas suaves, a fim de conservar as montarias judiadas dos párocos do vigário, chegando aos arredores da cidade portuária por volta do meio-dia do quarto dia depois de deixarem Borrata. Quando a cidade ficou visível, Sparhawk cavalgou para a frente, juntando-se ao vigário na liderança da coluna. Entregou ao bom homem uma bolsa cheia de moedas.

– Vamos deixá-los aqui – ele explicou. – Um assunto surgiu e precisa de nossa atenção.

O vigário dirigiu-lhe um olhar especulativo.

– Tudo isso foi um pretexto, não foi, milorde? – ele indagou. – Posso ser apenas o pobre pastor de uma capela miserável, mas reconheço os modos e a conduta de Cavaleiros da Igreja quando os vejo.

– Perdoe-nos, bom vigário – Sparhawk respondeu. – Leve seu rebanho para os lugares sagrados aqui em Madel. Conduza-os em oração e garanta que eles sejam bem alimentados. Em seguida, retorne a Borrata e use o dinheiro restante da melhor forma que o senhor julgar.

– E posso fazer isso com a consciência tranquila, meu filho?

– Tranquilíssima, bom pastor. Meus amigos e eu servimos à Igreja num assunto da mais grave urgência, e sua ajuda será apreciada pelos membros da hierocracia em Chyrellos... pela maioria deles, espero. – Em seguida, Sparhawk virou Faran e retornou a seus companheiros. – Muito bem, Bevier, leve-nos à sua casa capitular.

– Estive pensando nessa questão, Sir Sparhawk – Bevier argumentou. – Nossa casa capitular é vigiada constantemente pelas autoridades locais e por toda sorte de pessoas. Mesmo trajados desta forma, certamente seremos reconhecidos.

– Você provavelmente está certo – Sparhawk resmungou. – Pensou em alguma alternativa?

– Talvez. Acontece de eu ter um parente, um marquês de Arcium oriental, que possui uma *villa* nos arredores da cidade. Não o vejo há alguns anos (nossa família o repreende por ser um mercador), mas talvez ele se lembre de mim. É uma pessoa de boa índole, e, se eu abordá-lo da maneira correta, talvez consiga que ele nos estenda sua hospitalidade.

– Vale a pena tentar, eu acho. Muito bem. Mostre o caminho.

Deram a volta pelos arredores a oeste de Madel até uma casa opulenta, cercada por um muro baixo de arenito da região. A casa era afastada da estrada, com altas sempre-vivas à sua volta e gramados bem cuidados. Havia um caminho de pedriscos que levava até a entrada, onde eles desmontaram. Um servo em uniforme sóbrio apareceu e se aproximou, interrogando-os.

– Você poderia fazer a gentileza de informar ao marquês que seu primo em segundo grau, Sir Bevier, e vários amigos gostariam de falar com ele? – o cirínico inquiriu, educadamente.

– De imediato, milorde – o servo virou-se e entrou novamente na casa.

O homem que surgiu da casa alguns minutos depois era rotundo e tinha um rosto corado. Vestia um manto de seda colorido, comum na parte sul de Cammoria, em vez de gibão e calças arcianos, e recepcionou-os com um amplo sorriso.

– Bevier – ele cumprimentou seu primo distante com um afetuoso aperto de mão. – O que você está fazendo em Cammoria?

– Buscando refúgio, Lycien – Bevier respondeu. Seu rosto jovem e franco se anuviou por um instante. – A família não o tem tratado bem – ele admitiu. – Não posso culpá-lo se você virar as costas para mim e meus amigos.

– Bobagem, Bevier. A decisão de me tornar mercador foi minha. Sabia como o resto da família reagiria. Estou contente em vê-lo. Você mencionou refúgio?

Bevier confirmou com um aceno de cabeça.

– Estamos resolvendo um assunto da Igreja relativamente delicado – ele explicou –, e há muitos olhos atentos à casa capitular dos cirínicos na cidade. Sei que é pedir muito, mas poderíamos contar com sua hospitalidade?

– Mas é claro, meu garoto, mas é claro. – O marquês Lycien bateu palmas ruidosamente e vários cavalariços saíram dos estábulos. – Cuidem das montarias destes visitantes e de sua carroça – o marquês ordenou. Em seguida, colocou uma mão no ombro de Bevier. – Minha casa é sua. – Virou-se e conduziu-os pela entrada arqueada e baixa que levava ao interior de sua residência. Uma vez do lado de dentro, seguiram-no até um cômodo agradável e baixo, com móveis acolchoados e uma lareira onde vários feixes de lenha crepitavam e estalavam. – Por favor, amigos, sentem-se – Lycien convidou. Olhando-os de maneira especulativa, arriscou: – Esse assunto da Igreja de vocês deve ser muito importante, Bevier. Julgando pelas aparências, eu diria que seus amigos representam as quatro ordens militantes.

– Seus olhos são aguçados, marquês – Sparhawk comentou.

– Irei me meter em confusão por causa disso? – Lycien perguntou. Em seguida, escancarou um sorriso. – Não que eu me importe, que fique claro. Apenas gosto de estar preparado.

– Não é muito provável – Sparhawk lhe assegurou. – Principalmente se tivermos sucesso em nossa missão. Diga-me, milorde, o senhor tem contatos no porto?

– Muitos, Sir...

– Sparhawk – o pandion informou.

– O campeão da rainha de Elenia? – Lycien pareceu surpreso. – Ouvi boatos sobre seu retorno do exílio em Rendor; mas o senhor não está um tanto deslocado? Não deveria estar em Cimmura, tentando frustrar as tentativas do primado Annias de depor sua dama?

– O senhor é bem informado, milorde – Sparhawk comentou.

– Tenho uma rede de contatos comerciais bem espalhada – Lycien deu de ombros. Deu uma piscadela para Bevier e prosseguiu: – Foi o que me desgraçou aos olhos de minha família. Meus agentes e os mestres de meus navios recolhem muita informação enquanto cuidam de seus negócios.

– Pelo que entendi, milorde, o senhor não é muito afeiçoado ao primado de Cimmura.

– O homem é um patife.

– É exatamente o que achamos – Kalten concordou.

– Então tudo bem, milorde – Sparhawk concedeu. – Estamos envolvidos numa tentativa de conter a escalada de poder do primado. Se formos bem-sucedidos, deteremos seus planos. Gostaria de dizer mais, mas poderia ser perigoso para o senhor se soubesse de maiores detalhes.

– Agradeço ao senhor, Sir Sparhawk – Lycien aquiesceu. – Diga-me, em que posso ser útil?

– Três pessoas de nosso grupo precisam ir a Cippria – Sparhawk respondeu. – Para manter sua própria segurança, seria melhor se fretássemos o navio de algum capitão independente, em vez de uma de suas embarcações. Se o senhor pudesse nos indicar tal capitão e, talvez, nos fornecer uma carta de recomendação discretamente redigida, poderíamos cuidar do resto.

– Sparhawk – Kurik disse bruscamente, olhando ao redor do cômodo –, o que aconteceu com Talen?

Sparhawk virou-se com rapidez.

– Pensei que ele estivesse na retaguarda quando entramos.

– Eu também.

– Berit, vá encontrá-lo – Sparhawk ordenou.

– De imediato, milorde. – O noviço saiu apressado da sala.

– Algum problema? – perguntou Lycien.

– Um garoto indócil, primo – Bevier explicou. – Pelo que pude compreender, ele deve ser vigiado bem de perto.

– Berit irá encontrá-lo – Kalten riu. – Deposito muita confiança naquele jovem. Talen pode voltar com alguns galos e hematomas, mas tenho certeza de que será muito educativo para ele.

– Bom, se tudo está sob controle, então creio que avisarei a cozinha – Lycien disse. – Tenho certeza de que todos estão famintos. Enquanto isso, os senhores aceitam vinho? – Ele assumiu uma expressão virtuosa que era obviamente fingida. – Sei que os Cavaleiros da Igreja são abstêmios, mas um gole ou dois de vinho faz bem para a digestão, foi o que ouvi dizer.

– Também ouvi isso – Kalten concordou.

– Poderia solicitar uma xícara de chá, milorde? – Sephrenia pediu. – E um pouco de leite para a garotinha? Não tenho certeza se vinho seria bom para nós duas.

– Certamente, madame – Lycien respondeu com jovialidade. – Eu mesmo deveria ter pensado nisso.

Já era o meio da tarde quando Berit retornou, arrastando Talen atrás de si.

– Ele estava perto do porto – o noviço relatou, ainda segurando firmemente o garoto pela parte de trás da gola de sua túnica. – Revistei-o com cuidado. Ele ainda não tinha tido tempo de roubar nada.

– Eu só queria ver o mar – o garoto protestou. – Eu nunca tinha visto o mar.

Kurik estava retirando seu largo cinto de couro com um ar severo.

– Espere um pouco, Kurik – Talen exclamou, tentando se livrar de Berit. – Você não vai mesmo fazer isso, vai?

– Fique olhando.

– Eu consegui algumas informações – Talen emendou rapidamente. – Se você me bater, eu não vou contar. – Apelando para Sparhawk com os olhos, ele acrescentou: – É importante. Diga a ele para colocar o cinto de volta, e eu conto o que descobri.

– Muito bem, Kurik – Sparhawk disse. – Deixe estar... pelo menos por enquanto. – Olhando com seriedade para o garoto, ameaçou: – É bom que valha a pena.

– Vale, Sparhawk. Acredite em mim.

– Então fale logo.

– Bem, eu estava passando por uma rua. Como eu disse, queria ver o porto e os navios e essas coisas todas. De qualquer forma, quando passei por uma adega de vinhos, vi um homem saindo.

– Incrível – Kalten comentou. – As pessoas em Madel realmente frequentam adegas de vinho?

– Vocês dois conhecem esse homem. Era Krager, aquele que você pediu para que eu vigiasse em Cimmura. Eu o segui. Ele foi até uma estalagem caindo aos pedaços perto do porto. Posso levá-los lá se quiserem.

– Coloque o cinto de volta, Kurik – Sparhawk ordenou.

– Temos tempo para isso? – Kalten questionou.

– Acho que deveríamos gastar um pouco de tempo agora. Martel já tentou interferir conosco algumas vezes. Se *foi* Annias quem envenenou Ehlana, ele definitivamente tentará nos impedir de encontrar qualquer tipo de antídoto. Isso significa que Martel se empenhará em chegar a Cippria antes de nós. Podemos arrancar essa informação de Krager se conseguirmos pegá-lo.

– Nós vamos com você – Tynian ofereceu, com avidez. – Tudo ficaria mais fácil se conseguíssemos cortar as mãos de Annias aqui em Madel.

Sparhawk considerou, então meneou a cabeça.

– Acho melhor não – ele concluiu. – Martel e seus capangas conhecem Kalten e eu, mas vocês, não. Se nós dois não conseguirmos pegar Krager, vocês o procurarão aqui em Madel. Será muito mais fácil se ele não souber quem vocês são.

– Faz sentido – Ulath concordou.

Tynian parecia profundamente desapontado.

– Às vezes, você pensa demais, Sparhawk.

– É uma de suas peculiaridades – Kalten observou.

– Estas nossas capas atrairão atenção nas ruas de Madel, milorde? – Sparhawk perguntou ao marquês.

Lycien negou com a cabeça, explicando:

– Esta é uma cidade portuária. Tem pessoas de todos os cantos do mundo por aqui; portanto, dois estranhos a mais não se destacarão.

– Bom – Sparhawk murmurou. Seguiu em direção à porta, com Kalten e Talen logo atrás. – Não demoraremos muito – ele disse.

Deixaram os cavalos para trás e foram a pé até a cidade. Madel ficava situada num estuário, e a maresia, muito forte, era carregada terra adentro pela brisa constante que vinha do mar.

– Essa estalagem fica longe? – Kalten indagou.

– Não muito – Talen assegurou.

Sparhawk parou.

– Você conseguiu dar uma olhada ao redor depois que Krager entrou? – ele perguntou ao rapaz.

– Não. Eu ia fazer isso, mas Berit me pegou antes que tivesse a oportunidade.

– Por que você não faz isso agora? Se Kalten e marcharmos até a porta da frente e acontecer de Krager estar de vigia, ele sairá pelos fundos antes que consigamos entrar. Veja se você consegue achar a porta dos fundos.

– Certo – Talen disse, com os olhos cintilando de animação. Ele saiu em disparada, rua abaixo.

– Ele é um bom garoto – Kalten disse –, apesar de seus maus hábitos. – Franziu o cenho e perguntou: – Como você sabe que essa estalagem tem uma porta dos fundos?

– Todas as estalagens têm uma porta dos fundos, Kalten... por conta de incêndios, se não por outro motivo.

– Acho que eu não tinha pensado nisso.

Quando Talen reapareceu, ele surgiu correndo o mais rápido que podia. Havia cerca de dez homens perseguindo o garoto; na liderança, rugindo algo ininteligível, estava Adus.

– Cuidado! – Talen berrou enquanto passava voando por eles.

Sparhawk e Kalten tiraram num só movimento as espadas de suas bainhas e posicionaram-se ligeiramente afastados um do outro para enfrentar seus oponentes. Os homens que seguiam Adus estavam vestidos com desleixo e carregavam uma variedade de armas: espadas enferrujadas, machados e maças-estrela.

– Matem eles! – Adus berrou, diminuindo o passo e acenando para seus homens seguirem na frente.

A luta foi curta. Aqueles que investiram pela rua estreita pareciam ser rufiões comuns de cidades portuárias, e não eram páreo para dois cavaleiros treinados. Quatro deles já estavam no chão quando os outros perceberam que haviam cometido um erro tático. Mais dois caíram nas pedras sangrentas antes que os demais pudessem se virar para fugir. Então Sparhawk pulou sobre os corpos espalhados e correu atrás de Adus. O brutamontes aparou o primeiro ataque do cavaleiro, então segurou o punho de sua própria espada com as duas mãos e brandiu-a com selvageria contra Sparhawk, que facilmente evitou os golpes. Contra-atacando com destreza, o pandion infligiu dolorosos cortes e hematomas contra a armadura que cobria as costelas e ombros de seu oponente. Depois de alguns momentos, Adus fugiu, correndo muito e segurando seu flanco com uma mão coberta de sangue.

– Por que você não foi atrás dele? – exigiu Kalten, que chegou ofegando e com sua espada manchada de sangue ainda na mão.

– Porque Adus consegue correr mais rápido que eu – Sparhawk deu de ombros. – Sei disso há anos.

Talen voltou pela rua, respirando pesadamente. Ele olhou com admiração para os corpos mutilados e sangrentos que jaziam nos paralelepípedos.

– Bom trabalho, milordes – ele os parabenizou.

– O que aconteceu? – Sparhawk perguntou.

– Passei pela estalagem – Talen deu de ombros. – Então, dei a volta nela. O grandalhão que fugiu estava se escondendo no beco com esses outros. Ele tentou me pegar, mas eu me esquivei. Então, corri.

– Bem pensado – Kalten comentou.

– Vamos sair daqui – Sparhawk disse, embainhando sua espada.

– Por que não seguimos Adus? – Kalten questionou.

– Porque eles estão preparando armadilhas. Martel usou Krager de isca para nos atrair. Deve ser por isso que estamos sempre o encontrando com tanta facilidade.

– Isso não significa que eles também me reconhecem? – Talen parecia chocado.

– É provável – Sparhawk consentiu. – Eles descobriram que você trabalhava para mim em Cimmura, se lembra? Krager possivelmente sabia que você o estava seguindo e te descreveu para Adus. Adus pode não ter um cérebro, mas seus olhos são aguçados. – Ele resmungou um palavrão. – Martel é ainda mais esperto do que eu pensava, e ele está começando a me irritar.

– Já era tempo – Kalten murmurou conforme se viravam para voltar pela rua sinuosa.

Parte 3

Dabour

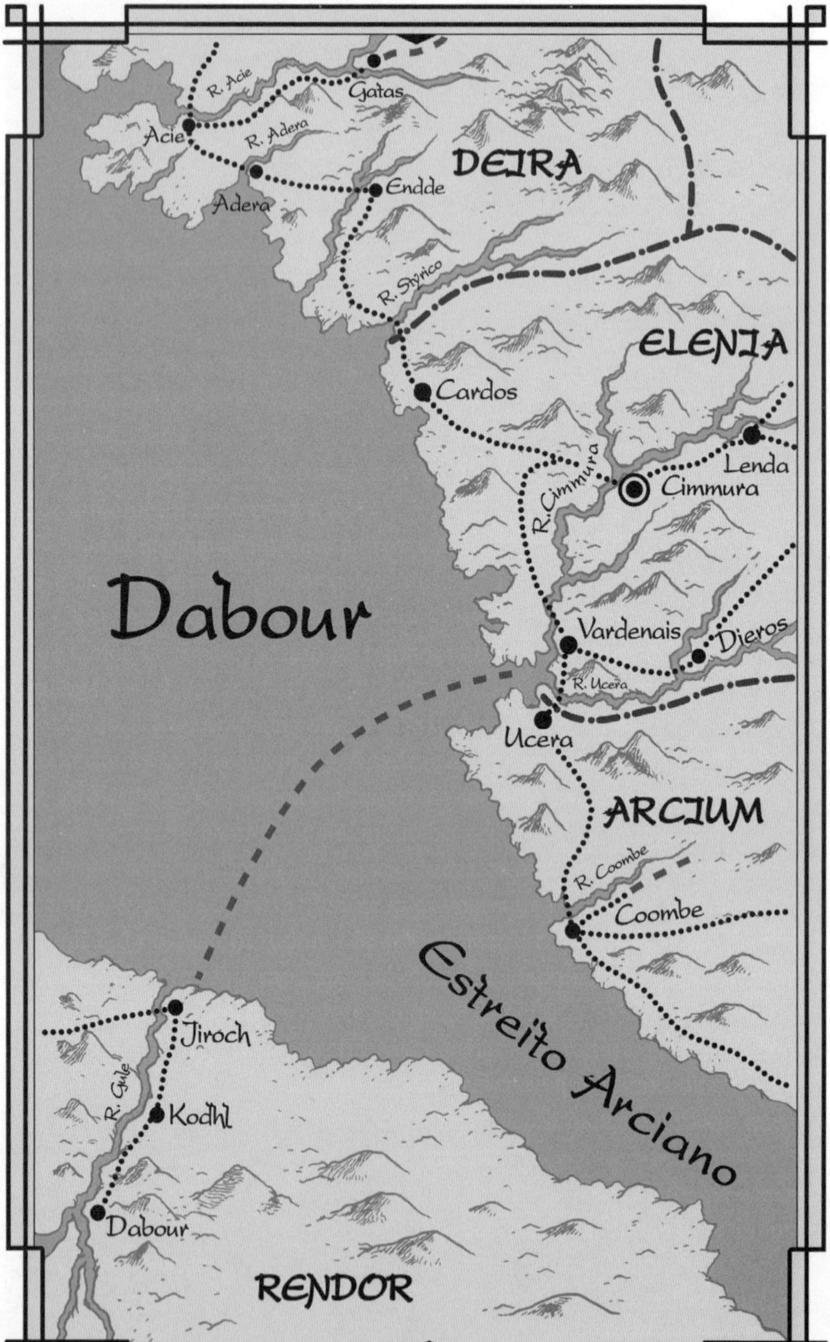

DEIRA
R. Acie
Gatas
Acie
R. Adera
Adera
Endde
R. Styrico
ELENIA
Cardos
Lenda
Cimmura
R. Cimmura
Dabour
Vardenais
Dieros
R. Ucera
Ucera
ARCIUM
R. Coombe
Coombe
Estreito Arciano
Jiroch
R. Gule
Kodhl
Dabour
RENDOR

Capítulo 17

Um crepúsculo arroxeado se instalava sobre as ruelas de Madel, e as estrelas estavam surgindo. Sparhawk, Kalten e Talen seguiam pelas ruas estreitas e tortuosas, com frequência dobrando esquinas e até mesmo, em certas ocasiões, dando a volta para despistar um possível perseguidor.

– Não estamos sendo um pouco cautelosos demais? – Kalten questionou depois de meia hora.

– Não vamos nos arriscar com Martel – Sparhawk respondeu. – Ele é completamente capaz de desperdiçar alguns homens apenas para ter a chance de nos caçar. Eu não gostaria de acordar no meio da noite e descobrir que a casa de Lycien está cercada por mercenários.

– Acho que você tem razão.

Atravessaram furtivamente o portão oeste de Madel conforme a luz ficava cada vez mais fraca.

– Por aqui – Sparhawk disse, ao passar por uma mata a alguma distância da estrada. – Vamos esperar aqui por algum tempo para ter certeza de que ninguém está tentando nos seguir.

Agacharam-se entre a vegetação rumorejante e observaram a estrada que levava à cidade. Um pássaro sonolento em algum lugar da mata resmungou, queixoso, e então um carro de boi com rodas que rangiam passou, sonora e lentamente, em direção a Madel.

– Não é muito provável que alguém deixe a cidade tão perto do anoitecer, não é? – Kalten questionou baixinho.

– É com isso que estou contando – Sparhawk respondeu. – Qualquer um que saia agora deve ter assuntos urgentes a tratar.

– E nós poderíamos ser um desses assuntos, certo?

– É bem possível.

Ouviu-se um rangido vindo da cidade, seguido por um baque surdo e o tilintar de uma corrente pesada.

– Acabaram de fechar o portão – Talen sussurrou.

– Era isso que eu estava esperando – Sparhawk disse, levantando-se. – Vamos embora.

Saíram da mata e continuaram pela estrada. Grupos de árvores assomavam pela escuridão em ambos os lados, e moitas de arbustos escuros marcavam os limites dos campos que se estendiam noite adentro. Talen manteve-se perto dos dois cavaleiros, apreensivo e com os olhos relanceando rapidamente de um lado para o outro.

– Qual o problema, garoto? – Kalten perguntou.

– Eu nunca saí para o campo depois do cair da noite – Talen explicou. – É sempre tão escuro assim?

– É por isso que se chama "noite" – o homem loiro deu de ombros.

– Por que ninguém coloca algumas tochas? – Talen reclamou.

– Para quê? Para que os coelhos enxerguem melhor para onde estão indo?

A casa de Lycien estava mergulhada nas sombras das sempre-vivas que a cercavam, com apenas uma tocha no portão. Talen ficou visivelmente aliviado quando entraram no pátio coberto por pedriscos na entrada.

– Alguma sorte? – Tynian indagou, emergindo da entrada principal.

– Tivemos alguns problemas – Sparhawk respondeu. – Vamos entrar.

– Eu disse que você deveria ter deixado todos irmos – o alcione de ombros largos repreendeu enquanto eles voltavam para a casa.

– Não foi *tanto* problema assim – Kalten assegurou.

Os outros aguardavam na espaçosa sala para a qual Lycien os havia conduzido. Sephrenia levantou-se e examinou atentamente as manchas de sangue nas capas dos dois pandions.

– Vocês estão bem? – ela perguntou, com um tom de preocupação na voz.

– Encontramos um grupo de camaradas brincalhões – Kalten respondeu com leveza. – O sangue é todo deles.

– O que aconteceu? – ela perguntou a Sparhawk.

– Adus armou uma emboscada para tentar nos pegar quando chegássemos à estalagem – ele informou. – Ele tinha um grupo de rufiões consigo. – Sparhawk parou, pensativo. – Sabe de uma coisa, temos esbarrado em Krager toda vez que nos viramos. Uma vez, talvez duas, seria pura coincidência, mas está começando a acontecer com muita frequência, e toda vez que tentamos segui-lo, encontramos algum tipo de armadilha.

– Você acha que é deliberado? – Tynian sugeriu.

– Está começando a parecer que sim, não é mesmo?

– Esse Martel colocaria um amigo em tamanho perigo? – Bevier parecia surpreso.

– Martel não tem amigos – Sparhawk retrucou. – Adus e Krager são capangas, nada além disso. São úteis, mas Martel não sente nenhuma afeição particular por eles. Não acho que ele derramaria muitas lágrimas caso algo acontecesse a Krager. – Ele começou a andar de um lado para o outro, olhando pensativamente para o chão. – Talvez consigamos virar o jogo. – Olhou para Kalten e sugeriu: – Por que você não se expõe nas ruas de Madel? Não se arrisque sem necessidade, mas deixe claro que você está na cidade.

– Por que não? – Kalten deu de ombros.

Tynian escancarou um sorriso.

– Martel e seus capangas não conhecem o resto de nós, então podemos seguir Kalten sem chamar a atenção. Essa é a ideia?

Sparhawk confirmou, acenando com a cabeça.

– Se acharem que Kalten está sozinho, é bem possível que saiam do esconderijo. Estou ficando cansado dos joguinhos do Martel; talvez seja a hora de jogarmos um pouco do nosso jeito. – Olhando para o primo de Bevier, perguntou: – Qual a reação das autoridades locais quando há brigas de rua, milorde?

– Madel é uma cidade portuária, Sir Sparhawk – Lycien riu. – Brigas de rua são inatas aos marinheiros. As autoridades não prestam muita atenção em suas escaramuças... só para tirar os corpos, é claro. Saneamento público, o senhor compreende.

– Bom. – Sparhawk olhou para seus amigos. – Pode ser que vocês não tenham a chance de pegar Krager ou Adus, mas talvez consigam dividir a atenção de Martel. Isso pode ser o suficiente para que eu, Kurik e Sephrenia consigamos embarcar sem ser vistos. Eu preferiria não ter que ficar olhando por sobre meu ombro quando chegarmos a Cippria.

– A única complicação será levar vocês até o porto sem que sejam vistos – Kalten observou.

– Não será necessário ir até o porto – Lycien interveio. – Tenho alguns armazéns na margem do rio a cerca de 8 quilômetros daqui. Um número considerável de capitães independentes entrega cargas para mim diretamente, e tenho certeza de que seu embarque pode ser feito sem que haja a necessidade de ir à cidade.

– Obrigado, milorde – Sparhawk disse. – Isso resolve um dos problemas.

– Quando você planeja partir? – Tynian perguntou.

– Não vejo por que demorar.

– Amanhã, então?

Sparhawk confirmou, balançando a cabeça.

– Preciso falar com você, Sparhawk – Sephrenia murmurou. – Se importa de vir ao meu quarto?

Ele a seguiu até a porta, um pouco intrigado.

– Há algo que não podemos discutir na frente dos outros? – Sparhawk indagou.

– Acho melhor que eles não nos ouçam brigando.

– Nós vamos brigar?

– Provavelmente.

Sephrenia abriu a porta do quarto e o conduziu para dentro. Flauta estava sentada de pernas cruzadas sobre a cama, suas sobrancelhas franzidas em concentração enquanto ela tecia uma intrincada cama de gato com um fio de lã. Era uma trama muito mais complexa do que a outra que Talen havia feito quando mostrara a ela. Erguendo os olhos, a menina sorriu para os dois, estendendo suas mãozinhas com orgulho e mostrando a eles sua obra.

– Ela vai conosco – Sephrenia declarou.

– Nem pensar! – Sparhawk contrapôs, incisivamente.

– Eu disse que iríamos brigar.

– É uma ideia absurda, Sephrenia.

– Todos nós fazemos coisas absurdas, meu querido – ela sorriu com afeição para ele.

– Não faça isso – ele disse. – Não é assim que você vai me convencer.

– Não seja cansativo, Sparhawk. Você já conviveu com Flauta tempo suficiente para saber que ela sempre faz o que quer, e ela decidiu que irá conosco para Rendor.

– Ela não vai, se eu puder dizer algo sobre isso.

– É essa a questão, Sparhawk. Você não pode dizer nada. Você está lidando com algo que não pode compreender. Ela irá conosco no final, de um jeito ou de outro; então, por que não concordar com elegância?

– Elegância não é um dos meus pontos fortes.

– Eu reparei.

– Muito bem, Sephrenia, exatamente quem ela é, afinal? – Sparhawk perguntou sem rodeios. – Você a reconheceu no primeiro instante em que a viu, não é mesmo?

– É claro.

– Por que "é claro"? Ela só tem 6 anos de idade e você vive entre os pandions há gerações. Como poderia conhecê-la?

Sephrenia suspirou.

– A lógica elena sempre turva uma questão com fatos. A criança e eu somos parentes em um sentido peculiar da palavra. Conhecemos uma à outra de maneiras que você nem conseguiria começar a compreender.

– Obrigado – ele disse com amargor.

– Não estou menosprezando sua inteligência, meu querido, mas há uma parte da vida dos styricos que você ainda não está preparado para aceitar... intelectual ou filosoficamente – ela explicou.

Sparhawk franziu ligeiramente o cenho, estreitando os olhos, pensativo.

– Muito bem, Sephrenia – ele disse –, permita-me usar a lógica elena que você tanto gosta de dispensar. Flauta é uma criança, pouco mais do que um bebê.

A garotinha fez uma careta para ele.

Ignorando-a, ele prosseguiu:

– Ela subitamente apareceu em uma região inabitada perto da fronteira de Arcium, longe de qualquer tipo de habitação humana. Tentamos deixá-la naquele convento de freiras ao sul de Darra, e ela não só conseguiu fugir como também nos ultrapassou, apesar de viajarmos a galope. Então, de alguma forma, ela persuadiu Faran a deixá-la montar nele, e Faran nunca deixa ninguém além de mim se aproximar sem que eu lhe ordene. Quando ela conheceu Dolmant, podia-se ver pela expressão em seu rosto que ele havia pressentido algo bem incomum nela. Acima de tudo, você pressiona cavaleiros veteranos como um sargento de treinamento, mas quando Flauta decide fazer alguma coisa ou ir a algum lugar, você concede sem argumentar. Concorda que tudo isso sugere que ela não é uma criança comum?

– Você é quem está exercitando sua lógica. Eu não ousaria interferir.

– Então, muito bem. Vejamos onde a lógica nos leva. Já vi uma quantidade considerável de styricos. Excetuando você e os outros magos, todos são relativamente primitivos e nada espertos... sem ofensa, é claro.

– É claro – Sephrenia aparentava estar se divertindo.

– Uma vez que estabelecemos o fato de que Flauta não é uma criança comum, para onde isso nos leva?

– Qual seria o seu palpite, Sparhawk?

– Uma vez que ela não é comum, deve ser especial. Em Styricum, isso só pode significar uma coisa: ela é uma maga. Nada mais poderia explicá-la.

Sephrenia aplaudiu ironicamente.

– Excelente, Sparhawk – ela o parabenizou.

– Mas isso é impossível, Sephrenia. Ela é apenas uma criança. Não teve tempo de aprender os segredos.

– Alguns de nós nascemos com esse conhecimento. Além disso, ela é mais velha do que aparenta.

– Quão velha?

– Você sabe que não vou responder a essa pergunta. Conhecer o momento exato do nascimento de alguém pode ser uma arma poderosa nas mãos de um inimigo.

Um pensamento preocupante ocorreu a Sparhawk.

– Você está se preparando para a morte, não é Sephrenia? Se falharmos, os doze pandions reunidos no salão do trono irão morrer, um a um, então você também sucumbirá. Está preparando Flauta para ser sua sucessora.

Ela gargalhou.

– Agora *essa*, querido Sparhawk, é uma ideia interessante. Estou surpresa de que a tenha concebido, considerando o fato de que você é eleno.

– Esse é um hábito muito irritante que você adquiriu nos últimos tempos, sabia? Não tente ser enigmática comigo, Sephrenia, e não me trate como criança só porque sou eleno.

– Tentarei me lembrar isso. E então, você concorda em deixá-la vir conosco?

– Eu tenho alguma escolha?

– Não. Na verdade, não tem.

Eles se levantaram cedo na manhã seguinte e se reuniram na frente da casa do marquês Lycien, no pátio coberto de orvalho. O sol que acabara de nascer estava muito brilhante e surgia por entre as árvores, lançando sombras de um peculiar tom azulado no começo da manhã.

– Mandarei mensagens de tempos em tempos – Sparhawk disse àqueles que ficariam para trás.

– Tome cuidado lá no sul, Sparhawk – Kalten advertiu.

– Eu sempre tomo cuidado. – Sparhawk jogou-se no dorso de Faran.

– Vá com Deus, Sir Sparhawk – Bevier se despediu.

– Obrigado, Bevier. – Olhando para os outros cavaleiros, disse: – Não fiquem tão tristes, cavalheiros. Se tivermos sorte, não demoraremos muito. – Olhando para Kalten novamente, acrescentou: – Se você encontrar Martel, mande minhas lembranças.

Kalten acenou com a cabeça e emendou:

– Com um machado na cara dele, creio eu.

O marquês Lycien, montado em um rotundo cavalo baio, abriu o caminho até a estrada que conduzia à sua casa. A manhã estava fresca, embora não exatamente fria. A primavera não deve estar longe, Sparhawk pensou. Realinhou seus ombros ligeiramente. O gibão sóbrio de um homem de negócios que Lycien havia emprestado não servia muito bem nele. Estava apertado em alguns lugares e desconfortavelmente solto em outros.

– Viraremos logo adiante – Lycien explicou a eles. – Há uma trilha por entre as árvores que leva ao meu cais e a um pequeno assentamento que cresceu ao redor dele. O senhor deseja que eu traga os cavalos de volta depois que embarcarem?

– Não, milorde – Sparhawk respondeu. – Acho que os levaremos conosco. Não sabemos exatamente o que acontecerá em Rendor. Talvez precisemos de montarias confiáveis, e sei bem o que eles chamam de cavalo em Cippria.

O que Lycien modestamente chamara de "pequeno assentamento" provou-se ser uma vila de proporções consideráveis, com estaleiros, casas, estalagens e tavernas. Uma dúzia de embarcações estava atracada no cais apinhado de estivadores.

– Uma bela base de operações, milorde – Sparhawk comentou conforme cavalgavam pela rua enlameada em direção ao rio.

– Tive certo sucesso – Lycien disse, despretensioso. – Além disso, o que economizo em taxas de atracação supera em muito os custos de manter este lugar. – Olhou ao redor e sugeriu: – Por que o senhor e eu não entramos naquela taverna logo ali, Sir Sparhawk? Os capitães independentes gostam mais dela.

– Muito bem – Sparhawk concordou.

– Eu o apresentarei como mestre Cluff – Lycien comentou enquanto desmontava de seu cavalo. – Não é um grande nome, admito, mas é consideravelmente comum, e descobri que os homens do mar adoram conversar, mas não são muito seletivos com seus ouvintes. Pelo que pude perceber, o senhor talvez prefira que seus assuntos sejam mantidos mais ou menos confidenciais.

– O senhor é muito perceptivo, milorde – Sparhawk respondeu, também desmontando. – Isso não deve demorar muito – ele disse a Kurik e Sephrenia.

– Não foi isso o que você disse da última vez que foi a Rendor? – Kurik perguntou a ele.

– Esperemos que desta vez as coisas sejam diferentes.

Lycien os conduziu para dentro de uma taverna relativamente tranquila à beira do cais. O teto era baixo, com vigas escuras e pesadas decoradas a intervalos regulares com lanternas de navios. Havia uma larga janela próxima à entrada, e a luz dourada da manhã fluía através dela, fazendo com que a palha fresca que forrava o chão brilhasse. Vários homens robustos de meia-idade estavam sentados a uma mesa próxima à janela, conversando e bebendo de canecas cheias até a borda. Ergueram os olhos quando o marquês levou Sparhawk até eles.

– Milorde – um deles cumprimentou Lycien respeitosamente.

– Cavalheiros – Lycien disse –, este é mestre Cluff, um conhecido meu. Ele me solicitou que o apresentasse aos senhores.

Todos olharam inquisidoramente para Sparhawk.

– Tenho um pequeno problema, cavalheiros – Sparhawk explicou. – Posso juntar-me aos senhores?

– Sente-se – ofereceu um dos capitães, um homem encorpado com cabelos grisalhos e encaracolados.

– Deixarei os senhores, então – Lycien murmurou. – Outros assuntos solicitam minha atenção. – Inclinou a cabeça levemente e virou-se, saindo da taverna.

– Ele provavelmente vai procurar alguma forma de aumentar a taxa de atracação – resmungou com acidez um dos capitães.

– Meu nome é Sorgi – o capitão de cabelos encaracolados se apresentou a Sparhawk. – Que problema é esse que você mencionou, mestre Cluff?

Sparhawk tossiu um pouco, como se estivesse envergonhado.

– Bem, tudo começou há alguns meses. Ouvi falar sobre uma dama que vive não muito longe daqui – ele começou, enfeitando a história conforme improvisava. – O pai dela é velho e muito rico, portanto a dama herdará um espólio considerável. Um dos meus problemas vem do fato de que sempre tive gostos caros e pouco em meu bolso para mantê-los. Ocorreu-me que uma esposa abastada poderia ser a solução desse impasse.

– Faz sentido – o capitão Sorgi comentou. – Acho que esse é o único motivo em que consigo pensar para que alguém se case.

– Concordo plenamente – Sparhawk respondeu. – De todo modo, escrevi a ela uma carta fingindo que tínhamos amigos em comum, e qual não foi minha surpresa quando a dama respondeu minha missiva de maneira muito afetuosa. Nossas correspondências ficaram cada vez mais amigáveis até que ela finalmente me convidou para visitá-la. Contraí ainda mais uma dívida com meu alfaiate e parti para a casa do pai dela, com o espírito enlevado e esplêndidas novas roupas.

– Parece que tudo estava indo de acordo com seus planos, mestre Cluff – Sorgi observou. – Qual é o seu problema?

– Estou chegando lá, capitão. A dama é de meia-idade e muito rica. Se ela fosse minimamente apresentável, alguém já a teria desposado há anos, então eu não tinha grandes esperanças nesse quesito. Assumi que ela era simples... até mesmo rústica. Entretanto, eu não esperava um horror. – Ele fingiu um calafrio. – Cavalheiros, não posso descrevê-la aos senhores. Não importa quão rica ela era. Não teria valido a pena acordar com *aquilo* todas as manhãs. Conversamos brevemente... creio que sobre o clima... em seguida pedi desculpas e parti. Ela não tem irmãos, portanto eu não estava preocupado com a possibilidade de alguém me procurar, objetando minha falta de modos. O que eu não contava, entretanto, era com seus primos. Ela tem um pelotão deles, e todos vêm me seguindo há semanas.

– Eles não querem matá-lo, querem? – Sorgi perguntou.

– Não – Sparhawk respondeu com um tom agoniado. – Eles querem me arrastar de volta e me forçar a casar com ela.

Todos os capitães riram ruidosamente, esmurrando a mesa de tanto gargalhar.

– Acho que você foi esperto demais, mestre Cluff – um deles disse, limpando lágrimas de diversão de seus olhos.

Sparhawk balançou a cabeça, abatido.

– Acho que o senhor tem razão – ele admitiu.

– Você deveria ter arranjado um jeito de vê-la antes de mandar a primeira carta – Sorgi comentou, sorrindo.

– Agora eu sei disso – Sparhawk concordou. – De qualquer forma, acho que chegou a hora de partir deste país por algum tempo até que os primos parem de me procurar. Tenho um sobrinho que vive em Cippria, em Rendor, e está se saindo bem nos últimos tempos. Tenho certeza de que posso me aproveitar de sua boa vontade até que eu consiga me recompor. Será que algum dos senhores pretende navegar até lá em breve? Gostaria de reservar uma passagem para mim e para alguns fiéis criados da minha família. Eu até poderia ir às docas principais, em Madel, mas tenho a forte impressão de que os primos as estão vigiando.

– O que me dizem, cavalheiros? – o capitão Sorgi questionou, expansivo. – Devemos ajudar este bom camarada em seu apuro?

– Estou partindo para Rendor, é bem verdade – um dos outros respondeu –, mas tenho compromissos em Jiroch.

Sorgi pensou a respeito, e ponderou:

– Eu estava indo para Jiroch e depois para Cippria, mas posso rearranjar um pouco o meu trajeto.

– Não posso ajudar – um capitão de voz rouca rosnou. – Estão raspando o casco do meu navio. Ainda assim, posso te dar um conselho. Se esses primos estão de olho no cais principal de Madel, é provável que eles estejam vigiando este aqui também. Todo mundo na cidade sabe destas docas do Lycien. – Ele parou, puxando o lóbulo de uma de suas orelhas. – Já contrabandeei algumas pessoas de alguns lugares no passado... quando pagavam bem. – Ele olhou para o capitão que iria para Jiroch. – Quando você vai partir, capitão Mabin?

– Com a maré do meio-dia.

– E você? – o capitão prestativo perguntou a Sorgi.

– Também.

– Bom. Se os primos estiverem vigiando estas docas aqui, eles vão tentar contratar um navio para seguir nosso amigo solteiro. Façam com que ele embarque à vista de todos no navio de Mabin. Então, quando vocês estiverem rio abaixo, fora do alcance da visão, transfira-o para o navio de Sorgi. Se os primos tentarem segui-los, Mabin os levará até Jiroch e o mestre Cluff estará seguro, rumo a Cippria. É assim que eu faria.

– Você tem uma mente bem engenhosa, meu amigo – Sorgi gargalhou. – Tem certeza de que a única coisa que você contrabandeou no passado foi gente?

– Todos nós já evitamos os oficiais da alfândega de tempos em tempos, não é mesmo, Sorgi? – o capitão de voz rouca comentou. – Vivemos no mar. Por que devemos pagar impostos para sustentar os reinos de terra firme? Eu pagaria meus impostos com prazer ao Rei do Oceano, mas não consigo achar o palácio dele em canto algum.

– Muito bem colocado, meu amigo – Sorgi aplaudiu.

– Cavalheiros, tenho uma dívida eterna para com os senhores – Sparhawk disse.

– Não exatamente eterna, mestre Cluff – Sorgi argumentou. – Um homem que admite abertamente ter dificuldades financeiras paga sua passagem *antes* de embarcar. Pelo menos, no meu navio.

– O senhor aceitaria metade aqui, metade quando chegarmos em Cippria? – Sparhawk contrapôs.

– Temo que não, meu amigo. Até gosto de você, mas tenho certeza de que compreende minha postura sobre esta situação.

Sparhawk suspirou.

– Temos cavalos – ele acrescentou. – Suponho que o senhor cobrará a mais para levá-los.

– Naturalmente.

– Era o que eu temia.

O embarque de Faran, do palafrém de Sephrenia e do rotundo capão de Kurik aconteceu por trás de uma tela improvisada de tecido de vela que os marinheiros de Sorgi estavam remendando ostensivamente. Pouco antes do meio-dia, Sparhawk e Kurik embarcaram no navio que seguiria para Jiroch. Ingressaram abertamente pela prancha de embarque, seguidos por Sephrenia, que carregava Flauta em seus braços.

O capitão Mabin os cumprimentou no tombadilho superior.

– Ah, aqui está nosso relutante noivo – ele sorriu amplamente. – Por que você e seus amigos não dão uma volta pelo deque até partirmos? Assim damos chance para que os primos os vejam aqui.

– Estive pensando no assunto, capitão Mabin – Sparhawk comentou. – Se os primos contratarem um navio e seguirem o senhor, e se conseguirem alcançá-lo, ficará óbvio que eu não estarei a bordo.

– Ninguém irá me alcançar, mestre Cluff – o capitão gargalhou. – Tenho o navio mais rápido do Mar Interior. Além disso, é óbvio que você não entende nada de etiqueta marítima. Ninguém sobe ao navio de outro homem no mar, a não ser que esteja preparado para uma luta. Simplesmente não acontece.

– Ah – Sparhawk disse. – Não sabia disso. Iremos passear no deque, então.

– Noivo? – Sephrenia murmurou conforme se afastavam do capitão.

– É uma longa história – Sparhawk comentou.

– Parece haver um bom número de longas histórias sendo contadas ultimamente. Um dia desses teremos de nos sentar para que você as narre para mim.

– Talvez, algum dia.

– Flauta, desça já daí – Sephrenia ordenou com firmeza.

Sparhawk olhou para cima. A garotinha estava a meio do caminho de uma escada de cordas que ia da amurada até a verga do mastro. Ela fez um biquinho por um momento, mas em seguida desceu, conforme lhe havia sido pedido.

– Você sempre sabe exatamente onde ela está, não sabe? – ele perguntou a Sephrenia.

– Sempre – ela respondeu.

A transferência de um navio para o outro aconteceu no meio do rio, a alguma distância a partir do cais de Lycien, e foi ocultada por uma grande movimentação em ambas as embarcações. O capitão Sorgi rapidamente levou os passageiros para o convés inferior, a fim de que ninguém os visse, e então os dois navios seguiram tranquilamente rio abaixo, flutuando para cima e para baixo, um ao lado do outro, como duas matronas voltando da igreja para casa.

– Estamos passando pelo cais de Madel – Sorgi os informou, gritando da escada que levava ao convés superior. – Mantenha seu rosto fora do campo de visão deles, mestre Cluff, ou meu deque ficará infestado de primos de sua noiva.

– Isso está *realmente* me deixando curiosa, Sparhawk – Sephrenia comentou. – Você não pode nos dar nem uma pequena pista?

– Inventei uma história – ele deu de ombros. – Era melodramática o suficiente para atrair a atenção de um grupo de marinheiros.

– Sparhawk sempre foi muito bom para inventar histórias – Kurik observou. – Ele costumava mentir com frequência para se meter e se livrar de confusões quando era noviço. – O escudeiro grisalho estava sentado em um beliche com Flauta adormecida, aninhada em seu colo. – Sabe, eu nunca tive uma filha – ele comentou, com a voz baixa. – Elas cheiram melhor que os menininhos, não é mesmo?

Sephrenia soltou uma sonora gargalhada.

– Não comente isso com Aslade – ela avisou. – Ela pode tentar te dar uma filha.

Kurik rolou os olhos para os céus, desanimado.

– De novo, não – ele murmurou. – Eu não me importo com bebês pela casa, mas acho que não conseguiria mais aguentar os enjoos matinais.

Cerca de uma hora depois, Sorgi desceu os degraus que levavam ao convés inferior.

– Estamos deixando para trás a boca do estuário – ele informou –, e nenhuma embarcação está nos seguindo. Ouso dizer que você conseguiu escapar, mestre Cluff.

– Graças a Deus – Sparhawk exclamou com fervor.

– Diga-me, meu amigo – Sorgi comentou, pensativamente. – Essa dama é mesmo tão feia quanto você diz?

– Capitão Sorgi, o senhor não acreditaria quão feia ela é.

– Talvez você esteja sendo muito escrupuloso, mestre Cluff. O mar está ficando cada vez mais frio, meu navio cada vez mais velho e cansado, e as tempestades invernais fazem meus ossos doerem. Acho que conseguiria tolerar uma quantidade razoável de feiura se o espólio dessa dama for tão grande quanto você diz. Posso até mesmo considerar devolver uma parte do dinheiro de sua passagem em troca de uma carta de apresentação. Talvez você tenha negligenciado alguma das boas qualidades da dama.

– Podemos pensar no assunto, creio eu – Sparhawk concedeu.

– Tenho que voltar – Sorgi disse. – Estamos longe o suficiente da cidade para que seja seguro você e seus amigos subirem ao deque. – Ele se virou e retornou novamente pelos degraus.

– Acho que você não precisa mais me contar aquela longa história que mencionou mais cedo – Sephrenia comentou com Sparhawk. – Você realmente usou a velha e batida fábula da herdeira feia?

Ele deu de ombros.

– Como Vanion sempre diz, as mais velhas são as melhores.

– Ora, Sparhawk, estou decepcionada com você. Como vai evitar fornecer ao pobre capitão o nome de sua dama imaginária?

– Vou pensar em algo. Por que não subimos até o deque antes que o sol se ponha?

– A menina está dormindo – Kurik disse num sussurro. – Não quero acordá-la. Vão vocês dois.

Sparhawk anuiu com a cabeça e conduziu Sephrenia para fora da cabine apertada.

– Sempre me esqueço do quão gentil ele é – Sephrenia comentou com ternura.

Sparhawk concordou com a cabeça.

– Ele é o melhor e mais amável homem que eu já conheci – Sparhawk falou abertamente. – Se não fosse pela distinção de classe social, ele teria sido um cavaleiro quase perfeito.

– A classe social é realmente tão importante?

– Para mim, não, mas não sou eu quem faz as regras.

Subiram ao deque com a oblíqua luz do sol do fim de tarde. A brisa que soprava da praia era fresca, e ao tocar a ponta das ondas, transformava-se em espuma banhada de sol. A embarcação do capitão Mabin, rumo a Jiroch, aproveitava essa brisa num curso quase totalmente a oeste pelo canal do Estreito Arciano. Suas velas estavam insufladas, brancas como a neve ao sol vespertino, e o navio deslizava ao vento, tal como um pássaro marinho corta o céu.

– Qual a distância estimada até Cippria, capitão Sorgi? – Sparhawk indagou assim que ele e Sephrenia pisaram no tombadilho superior.

– Cento e cinquenta léguas, mestre Cluff – Sorgi respondeu. – Três dias, se esse vento se mantiver.

– É um bom tempo, não é?

Sorgi grunhiu.

– Poderíamos fazer melhor, se essa pobre banheira velha não vazasse tanto.

– Sparhawk! – Sephrenia ofegou, tomando seu braço com urgência.

– O que foi? – ele olhou para a styrica com preocupação. Seu rosto havia empalidecido mortalmente.

– Olhe! – ela apontou.

A alguma distância de onde o gracioso navio do capitão Mabin atravessava o Estreito Arciano, uma única nuvem negra aparecera em um céu que, até então, estava imaculado. Parecia de alguma forma estar se movendo contra o vento, tornando-se maior e mais ominosamente escura a cada momento. Então, começou a girar, a princípio com esforço, mas depois cada vez mais rápido. Conforme girava, um dedo longo e escuro se contorcia e se movia para baixo a partir do centro, estendendo-se até que sua ponta retinta tocasse a superfície turbulenta do estreito. Toneladas de água subitamente foram sugadas para aquela boca em forma de turbilhão à medida que o imenso funil se deslocava erraticamente pelo mar agitado.

– Tromba d'água! – o vigia gritou do topo do mastro. Os marinheiros correram para a amurada a fim de olhar, boquiabertos de terror, para o jato que continuava a girar.

Inexoravelmente, a imensa coisa se chocou contra o impotente navio de Mabin, e a embarcação, que agora parecia ser minúscula, desapareceu no funil em ebulição. Pedaços e fragmentos de madeira saíram rodopiando da grande tromba d'água a centenas de metros pelo ar, para cair com vagareza agonizante na superfície. Um único pedaço da vela flutuou como um pássaro branco ferido.

E nesse momento, tão subitamente quanto havia aparecido, a nuvem negra e sua tromba d'água mortal desapareceram.

Assim como o navio de Mabin.

A superfície do mar estava repleta de destroços, e uma vasta nuvem de gaivotas apareceu, rodopiando e mergulhando sobre os escombros, como se marcassem a partida da embarcação.

Capítulo 18

O CAPITÃO SORGI VASCULHOU a água repleta de destroços onde o navio do capitão Mabin havia naufragado até depois do pôr do sol, mas não encontrou nenhum sobrevivente. Então, com tristeza, recolocou seu navio no trajeto, velejando rumo a sudeste, em direção a Cippria.

Sephrenia suspirou e deixou a amurada.

– Vamos descer, Sparhawk.

Ele anuiu com a cabeça e a seguiu pela escadaria que levava ao convés inferior.

Kurik havia acendido uma única lamparina a óleo, que balançava suspensa em uma viga baixa, lançando sombras vacilantes no pequeno compartimento revestido de painéis escuros. Flauta havia acordado e estava sentada à mesa pregada ao chão no centro da cabine, olhando com suspeita para uma tigela à sua frente.

– É só carne ensopada, garotinha – Kurik estava dizendo a ela. – Não vai te fazer mal.

Ela delicadamente mergulhou seus dedos no molho denso e ergueu um gotejante pedaço de carne. Cheirou-o e olhou inquiridora para o escudeiro.

– É carne de porco salgada – ele informou.

A garotinha se arrepiou, jogou o pedaço de volta no molho. Em seguida, empurrou com firmeza a tigela para longe.

– Styricos não comem carne de porco, Kurik – Sephrenia explicou ao escudeiro.

– O cozinheiro do navio disse que é isso que os marinheiros comem – ele se defendeu. Olhando para Sparhawk, perguntou: – O capitão conseguiu encontrar algum sobrevivente do outro navio?

Sparhawk balançou a cabeça em negativa.

– A tromba d'água transformou a embarcação em pedacinhos. Deve ter feito o mesmo com a tripulação.

– Tivemos sorte de não estar a bordo daquele navio.

– Muita sorte – Sephrenia concordou. – Trombas d'água são como tornados. Elas não aparecem simplesmente de um céu aberto, não se movem contra o vento nem mudam de direção, como aquela fez. Ela estava sendo direcionada com um propósito.

– Magia? – Kurik sugeriu. – Isso é realmente possível? Influenciar o clima daquela forma, quero dizer?

– Não acho que *eu* poderia fazer aquilo.

– Quem, então?

– Não tenho certeza – os olhos da styrica, entretanto, demonstravam alguma suspeita.

– Diga o que você está pensando, Sephrenia – Sparhawk disse. – Você adivinhou algo, não é?

A expressão dela ganhou um pouco mais de certeza.

– Nos últimos meses, encontramo-nos várias vezes com uma figura encapuzada usando um manto styrico. Você a viu com frequência em Cimmura, e ela tentou nos emboscar no caminho até Borrata. Styricos raramente cobrem o rosto. Vocês já repararam nisso?

– Sim, mas não consigo perceber qual a relação.

– Essa coisa tem que cobrir a face, Sparhawk. Ela não é humana.

– Você tem certeza? – ele questionou, depois de encará-la por alguns instantes.

– Não posso ter certeza absoluta até que eu lhe veja a face, mas as evidências começam a se acumular, não é mesmo?

– Annias seria capaz de fazer algo assim?

– Não é Annias. Ele pode conhecer um pouco de magia rudimentar, mas não conseguiria sequer começar a invocar algo assim. Apenas Azash poderia fazê-lo. Ele é o único que ousa fazer uso de tais seres. Os Deuses Jovens não o fariam, e mesmo os outros Deuses Anciães abandonaram essa prática.

– Por que Azash iria querer matar o capitão Mabin e sua tripulação?

– O navio foi destruído porque a criatura pensou que nós estávamos a bordo.

– Isso está indo um pouquinho longe demais, Sephrenia – Kurik objetou com ceticismo. – Se ela é tão poderosa, por que naufragou o barco errado?

– As criaturas do submundo não são muito sofisticadas, Kurik – ela respondeu. – Nosso ardil nada refinado deve ter funcionado. Poder e sabedoria nem sempre andam juntos. Muitos dos grandes magos de Styricum são burros feito portas.

– Não consigo compreender – Sparhawk admitiu com o cenho franzido. – O que estamos fazendo não está relacionado com Zemoch. Por que Azash iria se dar ao trabalho de ajudar Annias?

– Pode ser que não haja relação alguma. Azash sempre teve seus próprios motivos. É bem possível que o que ele esteja tramando não tenha qualquer ligação com Annias.

– Isso não faz sentido, Sephrenia. Se você estiver certa, essa coisa está servindo a Martel, que, por sua vez, trabalha para Annias.

– Você tem certeza de que a criatura está servindo a Martel, e não o contrário? Azash pode ver sombras do futuro. Um de nós pode ser uma ameaça para ele. Essa suposta aliança entre Martel e a criatura pode não ser nada além de conveniência.

Ele começou a roer uma unha, irrequieto.

– Isso é tudo o que eu precisava – ele resmungou –, mais uma coisa para me preocupar. – Então, um pensamento lhe ocorreu. – Espere um pouco. Você se lembra do que o fantasma de Lakus nos disse... que a escuridão espreita do portão e que Ehlana era a nossa única esperança de luz? Será que Azash é essa escuridão?

– Pode ser – Sephrenia concordou, balançando a cabeça.

– Se esse for o caso, então não seria Ehlana quem ele está tentando destruir? Ela está totalmente protegida pelo cristal que a cerca, mas, se algo acontecer conosco antes que encontremos uma maneira de curá-la, ela também morrerá. Talvez seja por isso que Azash esteja unindo suas forças com o primado.

– Vocês dois não estão conjecturando demais? – Kurik perguntou. – Toda essa especulação está se baseando em um incidente isolado.

– Não há mal nenhum em estar preparado para eventualidades, Kurik – Sparhawk retrucou. – Eu odeio surpresas.

O escudeiro grunhiu e se levantou.

– Vocês devem estar com fome – ele disse. – Vou até a cozinha buscar duas refeições. Podemos conversar mais enquanto vocês comem.

– Nada de porco – Sephrenia disse com firmeza.

– Que tal pão e queijo? – ele sugeriu. – E talvez algumas frutas?

– Seria ótimo, Kurik. Talvez seja melhor você trazer o suficiente para Flauta também. Tenho certeza de que ela não comerá esse ensopado.

– Tudo bem – ele retrucou. – Eu como por ela. Não tenho as mesmas reservas que vocês, styricos, têm.

Estava nublado quando chegaram à cidade portuária de Cippria, três dias depois. A camada de nuvens que cobria o céu estava bem alta e era diáfana, sem qualquer vestígio de umidade. A cidade era baixa, com construções brancas e atarracadas, de paredes grossas para repelir o calor do sol do sul. O cais que se projetava do porto era construído de pedras, uma vez que Rendor era um reino quase desprovido de árvores.

Sparhawk e seus companheiros subiram ao deque trajando mantos negros e encapuzados, enquanto os marinheiros estavam atracando o navio do capitão Sorgi ao cais. Subiram os três degraus que levavam ao tombadilho superior para se juntar ao marinheiro de cabelos encaracolados.

– Coloquem algumas defensas entre nossa lateral e o cais! – Sorgi rugiu para os marinheiros que estavam checando as cordas de atracação. Ele balançou a cabeça de um lado para o outro, aborrecido. – Tenho que dizer isso toda vez que vamos atracar – ele resmungou. – Tudo o que eles pensam quando chegamos a um porto é na cervejaria mais próxima. – Olhou para Sparhawk e perguntou: – Bem, mestre Cluff, você mudou de ideia?

– Temo que não, capitão – Sparhawk respondeu, ajustando o fardo no qual levava sua muda de roupas. – Gostaria de lhe conceder essa honra, mas a dama que mencionei parece ter fixado todas as esperanças em mim. Na verdade, é para seu próprio bem. Se o senhor fosse até a casa dela com uma carta de apresentação minha, os primos poderiam querer lhe arrancar a todo custo a minha localização... e ser pressionado a dar informações não é o ideal de diversão de ninguém. Além disso, acho melhor não arriscar.

Sorgi grunhiu. Então, olhou para todos eles com curiosidade, questionando:

– Onde foi que vocês conseguiram essas roupas rendorenhas?

– Barganhei um pouco em seu castelo de proa ontem – Sparhawk deu de ombros, puxando a frente do manto negro e encapuzado que vestia. – Alguns de seus marinheiros gostam de passar despercebidos quando vão à terra firme aqui em Rendor.

– Eu bem sei disso – Sorgi disse, fazendo uma careta. – Da última vez que estive em Jiroch gastei três dias à procura do cozinheiro do navio. – Virou-se para Sephrenia, que também estava vestindo um manto negro e cobrira o rosto com um espesso véu. – Onde você achou algo que coubesse nela? – ele perguntou. – Nenhum dos meus marinheiros é tão pequeno.

– Ela é bem hábil com a agulha. – Sparhawk não achou necessário explicar exatamente como Sephrenia havia mudado a cor de seu manto branco.

Sorgi roçou os cabelos encaracolados.

– Não consigo entender de maneira alguma por que a maioria dos rendorenhos veste roupas pretas – ele comentou. – Eles não sabem que fica duas vezes mais quente?

– Talvez eles ainda não tenham percebido – Sparhawk respondeu. – Para começo de conversa, os rendorenhos não são muito inteligentes, e eles estão aqui há quase cinco mil anos.

– Talvez seja isso – ele riu. – Boa sorte aqui em Cippria, mestre Cluff. – Se por um acaso eu cruzar com algum dos primos, direi que nunca ouvi falar de você.

– Obrigado, capitão – Sparhawk disse, apertando a mão de Sorgi. – O senhor não faz ideia do quanto eu lhe fico grato.

Conduziram os cavalos pela prancha de embarque até o cais. Seguindo uma sugestão de Kurik, eles haviam coberto as selas com mantas para esconder o fato de que elas não eram de fabricação rendorenha. Em seguida, amarraram seus fardos às respectivas selas, montaram e afastaram-se do porto em um passo discreto. As ruas estavam repletas de rendorenhos. Alguns habitantes da cidade usavam roupas de cores claras, mas o povo do deserto sempre trajava o monótono preto e tinham seus capuzes sobre as cabeças. Havia poucas mulheres na rua, e todas usavam véus. Sephrenia cavalgava de maneira subserviente atrás de Sparhawk e Kurik com seu capuz puxado para a frente o máximo possível, e com o véu atado firmemente sobre seu nariz e boca.

– Vejo que você conhece os costumes daqui – Sparhawk observou por sobre seu ombro.

– Estive aqui há muitos anos – ela respondeu, cobrindo os joelhos de Flauta com seu manto.

– Há quantos anos?

– Você ficaria satisfeito se eu lhe dissesse que Cippria era apenas uma vila de pescadores na época? – ela questionou com malícia. – Vinte e tantas cabanas feitas de barro?

Sparhawk se virou bruscamente na direção dela.

– Sephrenia, Cippria é uma grande cidade portuária há mil e quinhentos anos.

– Puxa – ela murmurou –, já se passaram todos esses anos? Parece que foi ontem. O tempo voa *mesmo*, não é?

– Isso é impossível!

Ela gargalhou alegremente.

– Às vezes você é tão ingênuo, Sparhawk – ela comentou. – Você sabe que eu não responderei a essa pergunta, então para que insistir?

Ele subitamente se sentiu encabulado.

– Acho que eu pedi por essa, não pedi?

– Pediu, sim.

Kurik estava com um sorriso escancarado.

– Vá em frente e diga – Sparhawk resmungou com acidez.

– Dizer o quê, milorde? – os olhos de Kurik arregalaram-se, com inocência.

Cavalgaram a partir do porto, misturando-se com os rendorenhos amantados nas ruas estreitas e sinuosas. Apesar de o sol estar encoberto, Sparhawk ainda podia sentir o calor emanando das paredes de gesso branco das casas e das lojas. Também podia captar os odores familiares de Rendor. O ar estava pesado e poeirento, e havia o cheiro penetrante de carne de carneiro fervendo lentamente em azeite e especiarias pungentes. Podia-se sentir a fragrância enjoativa de fortes perfumes e, sobrepujando a todos esses aromas, o desagradável cheiro dos currais.

Próximo ao centro da cidade, passaram pela entrada de um beco estreito. Um calafrio tocou Sparhawk e, de súbito, como se estivessem realmente badalando seu chamado, ele pôde mais uma vez ouvir o som dos sinos.

– Algo errado? – Kurik perguntou quando viu seu senhor tremer.

– Este é o beco onde vi Martel da última vez.

Kurik observou o espaço adiante.

– Lugarzinho apertado – ele comentou.

– Foi isso que me manteve vivo – Sparhawk respondeu. – Eles não conseguiram investir todos contra mim.

– Para onde estamos indo, Sparhawk? – Sephrenia perguntou da retaguarda.

– Para o monastério que me acolheu depois que fui ferido – ele informou. – Não acho que queremos ser vistos nas ruas. O abade e a maioria dos monges de lá são arcianos e sabem manter segredo.

– Eu serei bem-vinda lá? – ela perguntou, incerta. – Monges arcianos são conservadores e têm preconceitos acerca dos styricos.

– Esse abade em particular é um pouco mais cosmopolita – Sparhawk garantiu. – Além do mais, tenho minhas suspeitas a respeito desse monastério.

– Como assim?

– Não acho que esses monges sejam inteiramente o que parecem ser, e eu não ficaria surpreso se encontrasse um arsenal secreto dentro do monastério, repleto de armaduras lustrosas, sobretudos azuis e uma variedade de armas.

– Cirínicos? – ela questionou, um pouco surpresa.

– Os pandions não são os únicos que querem ficar de olho em Rendor – ele respondeu.

– Que cheiro é esse? – Kurik indagou, conforme se aproximavam da periferia oeste da cidade.

– Os currais – Sparhawk informou. – Uma grande quantidade de carne de boi é exportada a partir de Cippria.

– Precisamos passar por alguma espécie de portão para sair?

Sparhawk fez que não com a cabeça.

– A muralha da cidade foi derrubada durante a supressão da Heresia Eshandista. Os habitantes locais não se deram ao trabalho de reconstruí-la.

Saíram da rua estreita a qual haviam percorrido, chegando a acres e mais acres de cercados repletos de gado, animais raquíticos que mugiam alto. Àquela altura, já era o final da tarde e as nuvens haviam adquirido uma tonalidade prateada.

– Quanto falta para chegar ao monastério? – Kurik perguntou.

– Por volta de um quilômetro e meio.

– É uma bela distância daquele beco lá atrás, não é?

– Reparei nisso há cerca de dez anos.

– Por que você não se abrigou em algum lugar mais perto?

– Não havia nenhum lugar seguro. Ouvi os sinos do monastério, então simplesmente fui seguindo o som. Eles me deram algo com que ocupar minha mente.

– Você poderia ter sangrado até morrer.

– Esse mesmo pensamento me ocorreu algumas vezes naquela noite.

– Cavalheiros, os senhores não acham que seria melhor prosseguirmos? – Sephrenia disse. – As noites caem rapidamente aqui em Rendor, e o deserto fica frio depois que o sol se põe.

O monastério ficava além dos currais, numa colina alta e rochosa. Era cercado por uma robusta muralha e o portão estava fechado. Sparhawk desmontou diante do portão e puxou uma corda grossa que ficava pendurada logo ao lado. Um pequeno sino ressoou do lado de dentro. Após alguns instantes, a persiana de uma janela estreita e protegida por barras, entalhada nas pedras ao lado do portão, se abriu. O rosto de um monge de barba castanha perscrutou o lado de fora, cauteloso.

– Boa noite, irmão – Sparhawk o saudou. – O senhor poderia verificar se posso falar com seu abade?

– Qual é o seu nome?

– Sparhawk. Ele deve se lembrar de mim. Fiquei aqui por um tempo, alguns anos atrás.

– Espere – o monge disse bruscamente, fechando a persiana novamente.

– Ele não foi muito cordial, não é? – Kurik observou.

– Clérigos nem sempre são benquistos em Rendor – Sparhawk respondeu. – Um pouco de precaução, provavelmente, acaba sendo natural.

Esperaram conforme o crepúsculo esmaecia.

Então, a persiana abriu-se novamente.

– Sir Sparhawk! – uma voz mais apropriada para um desfile militar do que para uma comunidade religiosa soou.

– Meu senhor abade – Sparhawk respondeu.

– Espere um instante. Abriremos o portão.

Ouviu-se o estrépito de correntes e o ranger de barras deslizando por pesados anéis de ferro. Em seguida, o portão abriu-se vagarosamente e o abade saiu para cumprimentá-los. Era um homem franco e enérgico, com um rosto corado e uma barba negra imponente. Ele era bem alto e seus ombros, largos.

– É bom vê-lo novamente, meu amigo – ele comentou, esmagando as mãos de Sparhawk num forte aperto. – Você parece estar bem. Da última vez que esteve aqui, parecia um pouco pálido e abatido.

– Faz dez anos, milorde – Sparhawk o lembrou. – Nesse período de tempo, ou um homem morre, ou melhora.

– De fato, Sir Sparhawk. De fato. Entre e traga seus amigos.

Sparhawk conduziu Faran pelo portão, com Sephrenia e Kurik logo atrás. Havia um pátio do lado de dentro, e os muros que o cercavam eram tão austeros quanto aqueles que cercavam o monastério. Eles não eram revestidos pela argamassa branca que normalmente cobria as construções rendorenhas, e as janelas que os trespassavam poderiam ser consideradas mais estreitas do que a arquitetura monástica normalmente ditava. Elas serviriam, Sparhawk observou de maneira profissional, como ótimas seteiras para arqueiros.

– Como posso lhe ser útil, Sparhawk? – o abade perguntou.

– Preciso de refúgio mais uma vez, meu senhor abade – Sparhawk respondeu. – Isso está se tornando um hábito, não é?

O abade esboçou um sorriso.

– Quem o está perseguindo desta vez? – ele perguntou.

– Ninguém, até onde eu saiba, e acho que gostaria de manter as coisas assim. Há algum lugar em que possamos conversar em particular?

– É claro. – O abade virou-se para o monge de barba castanha que havia aberto a persiana da primeira vez. – Cuide dos cavalos, irmão. – Não era um pedido, tinha toda a brusquidão de uma ordem militar. O monge endireitou-se visivelmente, mas não chegou a bater continência.

– Siga-me, Sparhawk – o abade ribombou, batendo no ombro do cavaleiro com uma mão carnuda.

Kurik desmontou e foi ajudar Sephrenia. Ela lhe entregou Flauta e deslizou da sela.

O abade os conduziu pela porta principal em direção a um corredor de pedra abobadado, parcamente iluminado a intervalos regulares por lamparinas a óleo. Talvez fosse o cheiro do óleo, mas o lugar emanava um odor peculiar de santidade... e de segurança. A fragrância fez com que Sparhawk se lembrasse vividamente daquela noite, dez anos antes.

– Este lugar não mudou muito – ele observou, olhando ao redor.

– A Igreja é eterna, Sir Sparhawk – o abade respondeu sentenciosamente –, e suas edificações tentam transmitir essa qualidade.

No final do corredor, o abade abriu uma porta simples e austera, e eles o seguiram para o interior de um cômodo apinhado de livros, com um teto alto e um braseiro apagado em um canto. A sala parecia ser bem cômoda, muito mais do que os escritórios dos abades nos monastérios do norte. As janelas eram feitas de peças de vidro triangulares e grossas, unidas umas às outras com tiras de chumbo e cobertas por cortinas azul-claras. O chão era coberto por tapetes de pele de carneiro, e uma cama ainda desarrumada no canto oposto era muito mais larga do que os leitos monásticos comuns. A abarrotada estante de livros subia do chão até o teto.

– Por favor, sentem-se – o abade ofereceu, apontando para várias cadeiras que estavam na frente de uma mesa com pilhas altas de documentos.

– Ainda tentando se atualizar, meu senhor? – Sparhawk sorriu, apontando para os documentos e puxando uma cadeira.

O abade fez uma careta.

– Eu tento, algo em torno de uma vez por mês – ele respondeu. – Algumas pessoas não são feitas para burocracias. – Ele olhou acidamente para a papelada em sua escrivaninha. – Às vezes acho que fogo resolveria o problema. Tenho certeza de que os escriturários em Chyrellos nem sentiriam falta de meus relatórios. – Ele olhou com curiosidade para os companheiros de Sparhawk.

– Meu seguidor, Kurik – Sparhawk apresentou seu escudeiro.

– Kurik – o abade inclinou a cabeça.

– E a dama é Sephrenia, instrutora dos pandions nos segredos.

– A própria Sephrenia? – Os olhos do abade se arregalaram e ele se levantou, respeitosamente. – Ouço histórias a seu respeito há anos, milady. Sua reputação é grandiosa. – Ele abriu um amplo sorriso de boas-vindas.

Removendo o véu de seu rosto, ela retribuiu o sorriso.

– O senhor é muito amável, meu senhor – ela disse, colocando Flauta no colo. A garotinha se aninhou e olhou firmemente para o abade com seus grandes olhos escuros.

– Uma bela criança, lady Sephrenia – o abade disse. – Por um acaso ela é sua filha?

– Ah, não, meu senhor abade – ela riu-se. – A criança é styrica e foi abandonada. Nós a chamamos de Flauta.

– Mas que nome estranho – ele murmurou. Então, virou-se novamente para Sparhawk. – Você deu a entender que havia um assunto que gostaria de manter em segredo – ele observou com curiosidade. – Por que não me diz do que se trata?

– O senhor recebe muitas notícias do que ocorre no continente, meu senhor?

– Sim, sou mantido informado – o abade barbado respondeu, de maneira um tanto cautelosa, conforme se sentava.

– Então o senhor sabe qual a situação em Elenia?

– Sobre a doença da rainha, você quer dizer? E sobre as ambições do primado Annias?

– Isso. De qualquer forma, há algum tempo Annias tramou um plano muito complicado para desacreditar a Ordem Pandion. Conseguimos frustrá-lo. Depois de uma reunião geral no palácio, os preceptores das quatro ordens juntaram-se numa sessão privada. Annias quer o trono do arquiprelado e sabe que as ordens militantes irão se opor.

– Com espadas, se for necessário – o abade concordou com ardor. – Eu gostaria de retalhá-lo pessoalmente – acrescentou. Percebendo que talvez fora longe demais, ele concluiu de maneira esfarrapada: – Se eu não fosse membro de uma ordem monástica, é claro.

– Entendo perfeitamente, milorde – Sparhawk lhe assegurou. – Os preceptores discutiram o assunto e concluíram que toda fonte de poder do primado, e qualquer esperança que ele tenha de estendê-la até Chyrellos, se baseia em sua posição em Elenia, e ele manterá sua autoridade enquanto a rainha Ehlana continuar indisposta. – Ele fez uma careta. – Essa é uma palavra tola, não é mesmo? Ela mal está viva e eu digo que ela está *indisposta*. Bem, o senhor sabe do que estou falando.

– Todos tropeçamos de tempos em tempos, Sparhawk – o abade o perdoou. – De todo modo, conheço a maior parte dos detalhes. Semana passada recebi um informe do patriarca Dolmant sobre o que está acontecendo. O que você descobriu em Borrata?

– Conversamos com um médico e ele nos disse que a rainha Ehlana foi envenenada.

O abade levantou-se, xingando como se fosse um pirata.

– Você é o campeão da rainha, Sparhawk! Por que não voltou a Cimmura e o trespassou com sua espada?

– Fiquei tentado – Sparhawk admitiu –, mas decidi que o mais importante neste momento é encontrar um antídoto. Terei tempo de sobra para lidar com Annias no futuro, e prefiro não ser apressado quando a ocasião chegar. De qualquer forma, o médico em Borrata nos disse acreditar que o veneno é rendorenho, e nos indicou dois de seus colegas aqui em Cippria.

O abade começou a andar de um lado para o outro, seu rosto ainda repleto de raiva. Quando voltou a falar, todos os traços de humildade monástica haviam desaparecido de sua voz.

– Se conheço Annias, ele provavelmente vem tentando detê-lo a cada etapa da viagem. Estou certo?

– Certíssimo.

– E as ruas de Cippria não são os lugares mais seguros do mundo... como você descobriu naquela noite, há dez anos. Então, muito bem, faremos as coisas da seguinte forma – ele disse num tom decisivo. – Annias sabe que você está procurando por conselhos médicos, correto?

– Se não souber, é porque está dormindo no ponto.

– Exatamente. Se você chegar perto de um médico, provavelmente precisará da ajuda dele para si mesmo; portanto, não deixaremos que isso aconteça.

– Não deixará, meu senhor? – Sephrenia perguntou de maneira suave.

– Desculpe – o abade murmurou. – Talvez eu tenha me empolgado por um momento. O que quis dizer é que os desaconselho veementemente a fazer tal coisa. Em vez disso, eu pediria aos monges para que trouxessem os médicos até aqui. Dessa forma, vocês conseguiriam falar com eles sem se arriscar pelas ruas de Cippria. Depois disso, pensaríamos numa maneira de tirá-los da cidade.

– Um médico eleno realmente consentiria em visitar um paciente em domicílio? – Sephrenia perguntou a ele.

– Consentiria se ele se importar com a própria saúde – o abade respondeu, nervoso. Subitamente ele pareceu ficar um pouco encabulado. – Isso não soou muito monástico, não é mesmo? – ele se desculpou.

– Ah, eu não sei – Sparhawk comentou com leveza. – Há monges e monges.

– Enviarei alguns irmãos até a cidade para buscá-los imediatamente. Quais os nomes desses médicos?

Sparhawk pescou de um bolso interno o pedaço de pergaminho que o médico embriagado de Borrata havia lhe dado e o entregou ao abade.

O homem franco passou os olhos pelo papel.

– Você já conhece o primeiro, Sparhawk – ele comentou. – Esse é o médico que o tratou da última vez que você esteve aqui.

– Ah, é? Nunca fixei seu nome.

– Não é de se espantar. Você delirava na maior parte do tempo. – O abade estreitou os olhos em direção ao pergaminho. – O outro morreu há cerca de um mês, mas o doutor Voldi provavelmente pode responder a qualquer pergunta que você tenha. Ele é um pouco convencido de suas habilidades, mas é o melhor médico de Cippria. – O abade se levantou, foi até a porta e a abriu. Uma dupla de jovens monges estava de guarda do lado de fora. Eles eram, Sparhawk notou, muito parecidos com os dois jovens pandions que guardavam a porta de Vanion na casa capitular de Cimmura. – Você – o abade ordenou com rispidez –, vá até a cidade e traga o doutor Voldi até mim. Não aceite "não" como resposta.

– Imediatamente, meu senhor – o jovem monge respondeu. Com certo deleite, Sparhawk percebeu que os pés do monge moveram-se levemente, como se estivesse a ponto de unir os calcanhares com ímpeto.

O abade fechou a porta e retornou ao seu assento.

– Deve levar em torno de uma hora, espero. – Olhou para o sorriso de Sparhawk. – Algo engraçado, meu amigo?

– Em absoluto, meu senhor. É que seus jovens monges possuem uma conduta muito enérgica.

– É tão óbvio assim? – o abade perguntou, parecendo um pouco envergonhado.

– Sim, meu senhor. Se você souber onde procurar, fica claro.

O abade fez uma careta.

– Felizmente, a população local não tem familiaridade com esse tipo de coisa. Você tratará essa descoberta com discrição, não é, Sparhawk?

– Claro, meu senhor. Já estava quase certo sobre a natureza de sua Ordem quando os deixei há dez anos, e não contei nada a ninguém durante todo esse tempo.

– Acho que eu já deveria ter imaginado. Vocês, pandions, tendem a ter olhos bem apurados. – Ele se levantou. – Pedirei que o jantar seja trazido para cá. As perdizes que crescem nesta região são relativamente grandes, e temos um falcão que é absolutamente esplêndido. – Ele riu. – É isso o que faço em vez de escrever os relatórios que eu deveria mandar para Chyrellos. O que vocês acham de um pouco de ave assada?

– Acho que podemos conviver com isso – Sparhawk respondeu.

– Nesse meio-tempo, poderia oferecer a você e a seus amigos um pouco de vinho? Não se iguala ao vinho tinto de Arcium, mas não é nada mal. Nós o fazemos aqui mesmo. O solo não é muito bom para o plantio, exceto para o cultivo de uvas.

– Agradeço, milorde, mas poderia pedir leite para mim e para a criança? – Sephrenia solicitou.

– Temo que tudo o que posso oferecer seja leite de cabra, milady Sephrenia – ele se desculpou.

– Leite de cabra vai servir perfeitamente, milorde – Sephrenia disse, com os olhos cintilando. – Leite de vaca é suave demais, e nós, styricos, preferimos algo um pouco mais substancioso.

Sparhawk estremeceu.

O abade enviou o outro jovem monge para a cozinha a fim de providenciar o leite e o jantar; em seguida, serviu vinho para Sparhawk, Kurik e para si mesmo. Então, recostou-se em sua cadeira e começou a brincar, de modo negligente, com a haste de sua taça.

– Podemos ser francos um com o outro, Sparhawk? – ele perguntou.

– Certamente.

– Você recebeu alguma notícia em Jiroch sobre o que aconteceu aqui em Cippria depois de sua partida?

– Na verdade, não – Sparhawk respondeu. – Fiquei fora de ação naqueles dias.

– Você conhece a postura dos rendorenhos quando o assunto é magia?

Sparhawk assentiu com a cabeça.

– Eles chamam de bruxaria, se me lembro bem.

– De fato, é como eles chamam, e tendem a encará-la como um crime pior do que assassinato. De qualquer forma, logo depois de sua partida, tivemos um surto desse tipo de coisa. Acabei envolvido na investigação, já que sou o clérigo de posto mais elevado da região. – Ele sorriu com ironia. – Na maior parte do tempo, os rendorenhos cospem no chão em que piso, mas assim que alguém grita "bruxaria", todos vêm correndo atrás de mim com os rostos pálidos e os olhos esbugalhados. Em geral, as acusações são completamente falsas. Um rendorenho médio não consegue se lembrar das palavras em styrico para o feitiço mais simples, mesmo que sua vida dependa disso, mas as acusações surgem de tempos em tempos... normalmente baseadas em rancor, inveja ou ódio mesquinho. Dessa vez, entretanto, o assunto foi bem diferente. Havia evidências concretas de que alguém em Cippria estava usando magia de um grau relativamente sofisticado. – Ele olhou para Sparhawk. – Algum dos homens que o atacou naquela noite era adepto dos segredos?

– Um deles era, sim.

– Então, talvez, isso responda à pergunta. A magia parecia ser parte de uma tentativa de localizar algo... ou alguém. Quem sabe você fosse o alvo de tal busca.

– O senhor abade mencionou sofisticação – Sephrenia disse firmemente. – O senhor poderia ser um pouco mais específico?

– Havia uma aparição fosforescente à solta nas ruas de Cippria – ele respondeu. – Parecia cercada por algum tipo de descarga elétrica.

Sephrenia inspirou bruscamente.

– E o que fez exatamente essa aparição? – ela indagou.

– Ela interrogava as pessoas. Ninguém conseguia se lembrar de quais eram as perguntas, mas parecia que o interrogatório era bem severo. Vi alguns casos de queimaduras com meus próprios olhos.

– Queimaduras?

– A aparição detinha qualquer um que quisesse interrogar. Onde ela tocava, deixava uma marca de queimadura. Uma pobre mulher teve todo o antebraço crestado. Eu diria que era o formato de uma mão... mas tinha dedos demais.

– Quantos dedos?

– Nove, mais dois dedões.

– Um Damork – ela sibilou.

– Pensei que os Deuses Jovens haviam retirado de Martel o poder de invocar essas coisas – Sparhawk observou.

– Martel não o invocou – ela explicou. – A criatura foi enviada para fazer as vontades de outrem.

– Então acaba sendo a mesma coisa, não é?

– Não necessariamente. Martel tem um controle tênue sobre o Damork.

– Mas tudo isso aconteceu dez anos atrás – Kurik deu de ombros. – Que diferença isso faz agora?

– Você não percebeu a verdadeira questão, Kurik – ela retrucou com gravidade. – Pensávamos que o Damork tivesse aparecido recentemente, mas ele esteve aqui em Cippria há dez anos, antes que tudo isso em que estamos envolvidos acontecesse.

– Não estou entendendo aonde você quer chegar – ele admitiu.

Sephrenia olhou para Sparhawk.

– É você, meu querido – ela disse num tom baixo e funesto. – Não sou eu, ou Kurik, ou Ehlana; nem mesmo Flauta. Os ataques do Damork estavam direcionados a você. Tenha muito, muito cuidado, Sparhawk. Azash está tentando te matar.

Capítulo 19

O DOUTOR VOLDI ERA UM HOMENZINHO irrequieto na casa dos 60 anos de idade. Seu cabelo estava rareando na parte superior da cabeça, e ele havia cuidadosamente penteado o cabelo para a frente, tentando ocultar esse fato. Também era óbvio que ele o tingira para esconder o grisalho. O médico tirou a capa escura e Sparhawk reparou que ele usava um avental de linho branco. Tinha um odor peculiar de produtos químicos e uma enorme autoestima.

Já era tarde quando o pequeno médico foi intimado a comparecer ao escritório abarrotado do abade, e ele estava lutando, sem muito sucesso, para esconder sua irritação por ser chamado em um horário daqueles.

– Meu senhor abade – ele saudou com formalidade o clérigo de barba negra, fazendo uma mesura um pouco travada.

– Ah, Voldi – o abade disse, levantando-se. – Muita gentileza de sua parte vir até aqui.

– Seu monge disse que era um assunto urgente, meu senhor. Posso ver o paciente?

– Apenas se o senhor estiver disposto a fazer uma jornada muito longa, doutor Voldi – Sephrenia murmurou.

Voldi olhou demoradamente para ela, analisando suas feições.

– A senhora não aparenta ser rendorenha, madame – ele observou. – Styrica, creio eu, julgando suas feições.

– Seus olhos são aguçados, doutor.

– Tenho certeza de que o senhor se lembra deste camarada – o abade comentou, apontando para Sparhawk.

O médico olhou estupefato para o pandion corpulento.

– Não – ele resmungou. – Não posso dizer que... – Então ele franziu o cenho. – Não me diga – ele acrescentou, penteando inconscientemente o cabelo para a frente com a palma da mão. – Foi há cerca de dez anos, não foi? Você havia sido esfaqueado?

– O senhor tem uma boa memória, doutor Voldi – Sparhawk comentou. – Não queremos ocupá-lo por muito tempo; vamos, pois, direto ao assunto? O senhor nos foi recomendado por um médico em Borrata. Ele respeita muito a sua opinião em certas áreas. – Sparhawk avaliou rapidamente o pequeno homem e decidiu valer-se de um pouco de bajulação calculada. – É claro que, mais cedo ou mais tarde, acabaríamos apelando por sua ajuda – ele acrescentou. – Sua reputação espalhou-se muito além das fronteiras de Rendor.

– Bem – Voldi murmurou, envaidecendo-se um pouco. Em seguida, assumiu uma expressão de modéstia virtuosa. – É gratificante saber que meus esforços em prol dos adoentados recebem um pequeno reconhecimento.

– O que precisamos, bom doutor – Sephrenia interpôs –, é de seu conselho acerca do tratamento de uma amiga que foi recentemente envenenada.

– Envenenada? – Voldi exclamou. – Você tem certeza?

– O médico em Borrata tinha certeza de que sim – ela respondeu. – Descrevemos detalhadamente os sintomas de nossa amiga e ele diagnosticou sua condição como resultado dos efeitos de um raro veneno rendorenho chamado...

– Por favor, madame – ele interveio, erguendo uma mão. – Prefiro eu mesmo fazer meus diagnósticos. Descreva os sintomas para mim.

– Claro. – Pacientemente, ela repetiu o que havia dito aos médicos da Universidade de Borrata.

O pequeno médico andou de um lado para o outro enquanto Sephrenia falava, com as mãos entrelaçadas em suas costas e os olhos fixos no chão.

– Creio que possa descartar mal de terra de imediato – ele considerou assim que ela terminou sua descrição. – Algumas doenças, entretanto, apresentam convulsões como resultado. – Voldi forçou uma expressão pensativa. – É a combinação de febre e sudorese a pista crucial – o médico pontuou. – A doença de sua amiga não é de origem natural. Meu colega em Borrata estava correto em seu julgamento. Sua amiga foi, de fato, envenenada, e suponho que o veneno envolvido seja darestim. Os nômades do deserto aqui em Rendor o chamam "erva da morte". Ele mata ovelhas da mesma forma que o faz com humanos. O veneno é raro, uma vez que os nômades arrancam a planta pelas raízes toda vez que a veem. Meu diagnóstico está de acordo com o que disse meu colega cammoriano?

– Exatamente, doutor Voldi – ela admirou.

– Bem, então isso conclui o assunto. – Ele estendeu a mão para pegar sua capa. – Fico feliz em ter ajudado.

– Muito bem – Sparhawk disse. – Agora o que podemos fazer?

– Começar os preparativos para o funeral – Voldi deu de ombros.

– Mas... e o antídoto?

– Não há um antídoto. Temo que sua amiga esteja condenada. – Havia um tom irritante de convicção na maneira como ele afirmou. – Ao contrário da maioria dos venenos, darestim ataca o cérebro em vez do sangue. Uma vez ingerido... puf. – Voldi estalou os dedos. – Diga-me, sua amiga tem inimigos ricos e poderosos? Darestim é tremendamente caro.

– O envenenamento foi um atentado político – Sparhawk disse com austeridade.

– Ah, política – Voldi riu. – Esses camaradas têm todo o dinheiro ao seu dispor, não têm? – Em seguida, franziu o cenho. – Parece-me que... – ele se interrompeu, passando a palma da mão no cabelo mais uma vez. – Onde *foi* que eu ouvi isso? – Coçou a cabeça, bagunçando o cabelo que havia sido penteado para a frente com cuidado. Por fim, ele estalou os dedos novamente. – Ah, sim – exclamou triunfante. – Lembrei-me. Ouvi boatos... e apenas boatos, atentem bem... de que um médico em Dabour curou alguns membros da família real de Zand. Normalmente esse tipo de informação é disseminada de imediato entre outros médicos, mas tenho algumas suspeitas sobre o assunto. Conheço o camarada, e circularam algumas histórias estranhas a seu respeito nos círculos médicos há alguns anos. Há quem sustente que suas curas aparentemente milagrosas são resultado de certas práticas proibidas.

– Quais práticas? – Sephrenia questionou com avidez.

– Magia, madame. O que mais poderia ser? Meu amigo em Dabour perderia a cabeça de imediato caso a notícia de que ele pratica bruxaria se espalhasse.

– Compreendo – ela disse. – Esses rumores de cura chegaram ao senhor por apenas uma fonte?

– Ah, não – Voldi respondeu. – Um bom número de pessoas me contou a respeito. O irmão do rei e vários de seus sobrinhos adoeceram. Esse médico de Dabour, cujo nome é Tanjin, foi convocado a se apresentar no palácio. Ele confirmou que todos haviam sido envenenados com darestim, e ele os curou. Por gratidão, o rei suprimiu a informação de como exatamente a cura foi administrada e, só para garantir, proclamou um perdão completo ao médico. – Ele escancarou um sorriso. – Não que o perdão tenha servido de grande coisa, atentem bem, uma vez que a autoridade do rei não vai além das muralhas de seu próprio palácio em Zand. De todo modo, qualquer um com o mínimo de conhecimento sobre medicina sabe como ele o fez. – Voldi assumiu uma expressão altiva, declarando: – Eu não me prestaria a tanto, mas o doutor Tanjin é notório por ser ambicioso, e imagino que o rei o tenha pagado muito bem.

– Obrigado por sua ajuda, doutor Voldi – Sparhawk o agradeceu.

– Sinto muito por sua amiga – Voldi retrucou. – A julgar pela distância que vocês terão de percorrer para ir e voltar de Dabour, temo que ela já estará morta há um bom tempo. O darestim age de maneira relativamente vagarosa, mas sempre é fatal.

– Assim como uma espada atravessada na barriga – Sparhawk observou com crueldade. – Pelo menos, conseguiremos vingar nossa amiga.

– Mas que pensamento terrível – Voldi estremeceu. – Você sabe a extensão dos danos que uma espada pode infligir a alguém?

– Com intimidade – Sparhawk respondeu.

– Ah, está certo. Você saberia dizer, não é mesmo? Gostaria que eu desse uma olhada em seus velhos ferimentos?

– Não há necessidade, doutor, obrigado. Eles já estão bem curados.

– Esplêndido. Fico relativamente orgulhoso pela maneira como os curei, sabia? Um médico menos habilidoso o teria perdido. Bem, agora devo partir. Tenho um dia cheio, amanhã. – Colocou a capa ao seu redor.

– Obrigado, doutor Voldi – o abade disse. – O irmão irá lhe acompanhar até sua residência.

– Foi um prazer, meu senhor abade. Foi uma conversa estimulante. – Voldi fez uma mesura e deixou a sala.

– Ele acha que tem um rei na barriga, não acham? – Kurik resmungou.

– Sim, ele acha – o abade concordou. – Mas ele é muito bom.

– É incerto, Sparhawk – Sephrenia suspirou –, muito, muito incerto. Tudo o que temos são boatos, e não há tempo para buscas que podem se provar infrutíferas.

– Não vejo outra saída. Você vê? Temos de ir a Dabour. Não podemos ignorar nem a menor das possibilidades.

– Talvez não seja tão incerto quanto a senhora acha, milady Sephrenia – o abade comentou. – Conheço Voldi muito bem. Ele não confirmaria nada que não tivesse visto com os próprios olhos, mas eu mesmo ouvi boatos a respeito de alguns membros da família do rei de Rendor que adoeceram e depois se recuperaram.

– É tudo o que nos restou – Sparhawk insistiu. – Temos de seguir a pista.

– A maneira mais rápida de se chegar a Dabour é pelo mar, indo pela costa e, em seguida, pelo rio Gule – o abade sugeriu.

– Não – Sephrenia negou com veemência. – A criatura que vem tentando matar Sparhawk provavelmente já se deu conta de que falhou da última vez. Não creio que queiramos ter de vigiar nossa retaguarda a cada metro que percorrermos, temendo alguma tromba d'água.

– Vocês terão de ir a Dabour passando por Jiroch, de toda forma – insistiu o abade. – Não podem ir por terra. Ninguém cruza o deserto entre Cippria e Dabour, mesmo nesta estação do ano. É totalmente intransponível.

– Se é por Jiroch que temos de ir, é por lá que iremos – Sparhawk declarou.

– Tomem cuidado por lá – o abade acautelou-os com seriedade. – Os rendorenhos têm causado tumultos ultimamente.

– Eles sempre causam tumultos, milorde.

– A situação é um pouco diferente. Arasham está em Dabour pregando uma nova guerra santa.

– Ele tem feito isso há quase vinte anos, não é mesmo? Ele conclama os povos do deserto durante todo o inverno, e quando o verão chega, todos voltam para cuidar de seus rebanhos.

– É exatamente aí que está a diferença, Sparhawk. Ninguém presta muita atenção aos nômades, mas, de alguma forma, o velho lunático está conseguindo convencer também as pessoas que vivem nas cidades, e isso faz com que a situação seja um pouco mais séria. Arasham está eufórico, é claro, e mantém seus nômades do deserto com firmeza em Dabour. Ele tem um exército considerável.

– A população das cidades em Rendor não é *tão* estúpida. O que a está impressionando tanto assim?

– Ouvi dizer que algumas pessoas estão espalhando boatos. Estão dizendo para o povo das cidades que a simpatia dos reinos do norte para com o movimento eshandista está crescendo.

– Isso é absurdo – Sparhawk desdenhou.

– Claro que é, mas eles conseguiram persuadir um número considerável de habitantes cipprianos para que, pela primeira vez em séculos, uma rebelião contra a Igreja possa ter alguma chance de sucesso. E além disso, uma grande quantidade de armas está sendo despachada para o interior.

Uma suspeita começou a crescer na mente de Sparhawk.

– O senhor tem alguma ideia de quem está disseminando esses boatos? – ele perguntou.

– Mercadores, viajantes do norte, esse tipo de gente – o abade deu de ombros. – Todos estrangeiros. Normalmente, eles ficam nos arredores do consulado eleniano.

– Ora, *isso* não é interessante? – Sparhawk considerou. – Fui convocado a comparecer ao consulado eleniano na noite em que fui atacado na rua. Elius ainda é o cônsul?

– Sim, para dizer a verdade, ele ainda é. Aonde você quer chegar, Sparhawk?

– Só mais uma pergunta, meu senhor. Por acaso, seu pessoal viu um homem de cabelos brancos entrando ou saindo do consulado?

– Eu não saberia dizer. Não os instruí para prestar atenção nesse tipo de detalhe. Pelo que posso perceber, você tem alguém em mente.

– Ah, certamente, meu senhor abade. – Sparhawk se levantou e começou a andar de um lado para o outro. – Vamos dar mais uma chance à lógica elena, Sephrenia – ele comentou. Começou a contar itens em seus dedos. – Um: o primado Annias aspira ao trono do arquiprelado. Dois: todas as quatro ordens militantes se opõem a ele, e essa oposição poderia bloquear suas ambições. Três: para conseguir chegar ao trono, ele deve desacreditar ou distrair a atenção dos Cavaleiros da Igreja. Quatro: o cônsul eleniano aqui em Cippria é seu primo. Cinco: o cônsul e Martel já conduziram negócios juntos anteriormente; carrego evidências pessoais disso há dez anos.

– Eu não sabia que Elius é parente do primado – o abade confessou, parecendo um pouco surpreso.

– Eles não gostam de divulgar essa relação – Sparhawk comentou. – Pois bem – ele continuou –, Annias quer que os Cavaleiros da Igreja estejam longe de Chyrellos quando chegar a hora de eleger um novo arquiprelado. O que os Cavaleiros da Igreja fariam se houvesse um novo levante aqui em Rendor?

– Investiríamos contra este reino trazendo todo o aparato de batalha – o abade declarou, esquecendo que a escolha de suas palavras claramente confirmava as suspeitas de Sparhawk acerca da natureza de sua Ordem.

– E isso iria afastar de maneira efetiva as ordens militantes dos debates sobre a eleição em Chyrellos, não iria?

Sephrenia olhou para Sparhawk com curiosidade.

– Que tipo de pessoa é esse Elius?

– Um funcionário mesquinho com pouca inteligência e ainda menos imaginação.

– Ele não parece ser muito impressionante.

– Ele não é.

– Então alguém teria de estar lhe dando ordens, não é mesmo?

– Precisamente. – Sparhawk se virou mais uma vez para o abade. – O senhor abade tem como enviar mensagens ao preceptor Abriel em sua casa-mãe em Larium? Mensagens que não possam ser interceptadas?

O abade o encarou com frieza.

– Concordamos em ser francos um com o outro, meu senhor – Sparhawk o lembrou. – Não estou tentando lhe causar embaraços, mas essa é uma questão da maior urgência.

– Está certo, Sparhawk – o abade respondeu com um pouco de rudeza. – Sim, posso enviar uma mensagem ao lorde Abriel.

– Bom. Sephrenia sabe de todos os detalhes e pode informá-lo. Kurik e eu temos algo a tratar.

– O que exatamente você está planejando? – o abade exigiu saber.

– Vamos fazer uma visita a Elius. Ele sabe o que está acontecendo, e creio que eu possa persuadi-lo a compartilhar conosco essa informação. Precisamos confirmar tudo isso antes de mandar essa mensagem a Larium.

– É muito perigoso.

– Não tão perigoso quanto ter Annias como arquiprelado, não é? – Sparhawk considerou a situação. – O senhor tem uma cela segura em algum lugar?

– Temos uma cela de penitência no porão. Creio que a porta possa ser trancada.

– Bom. Acho que trarei Elius até aqui para questioná-lo. Em seguida o senhor pode trancafiá-lo. Não poderei deixá-lo partir depois que ele descobrir que estou em Cippria, e Sephrenia não aprova assassinatos desnecessários. Se ele simplesmente desaparecer, ficará alguma incerteza sobre o que lhe aconteceu.

– Ele não fará um escândalo quando vocês o capturarem?

– Não é muito provável, meu senhor – Kurik assegurou, sacando sua pesada adaga e batendo a guarda da arma com força na palma da mão. – Posso quase garantir que ele pegará no sono.

As ruas estavam silenciosas. As nuvens que haviam obscurecido o céu naquela tarde tinham se dissipado, e as estrelas estavam muito claras sobre suas cabeças.

– Sem lua – Kurik observou em voz baixa conforme ele e Sparhawk prosseguiam pelas ruas desertas. – Isso ajuda.

– Ela nasceu tarde nas últimas três noites – Sparhawk comentou.

– Quão tarde?

– Ainda temos por volta de duas horas.

– Nós conseguiremos estar de volta ao monastério nesse tempo?

– Temos que conseguir. – Sparhawk parou logo antes de alcançarem um cruzamento e espiou pelo canto de uma casa. Um homem trajando capa curta e carregando uma lança e uma pequena lamparina cambaleava de sono pela rua.

– Vigia – Sparhawk sussurrou, e ele e Kurik entraram nas sombras de um vão de porta bem recluso.

O vigia passou morosamente com a lanterna balançando em sua mão, produzindo sombras ominosas contra as paredes das construções.

– Ele deveria estar mais alerta – Kurik rosnou em desaprovação.

– Dadas as circunstâncias, seu senso do que é correto pode estar um pouco fora de contexto.

– Certo é certo, Sparhawk – Kurik insistiu com teimosia.

Depois que o vigia saiu do campo de visão, eles se esgueiraram de volta para a rua.

– Vamos simplesmente entrar pelo portão do consulado? – Kurik perguntou.

– Não. Quando chegarmos perto o suficiente, entraremos pelo telhado.

– Não sou um gato, Sparhawk. Pular de telhado em telhado não é algo que considero divertido.

– Todas as casas naquela parte da cidade são construídas umas grudadas nas outras. Os telhados são como uma estrada.

– Ah – Kurik grunhiu. – Então está bem.

O consulado do reino de Elenia era uma construção relativamente extensa, cercada por um muro alto e coberto de argamassa branca. Havia tochas colocadas em cada um dos cantos, fixadas em postes longos, e uma alameda estreita correndo ao redor do muro.

– Essa alameda dá toda a volta no prédio? – Kurik indagou.

– Da última vez em que estive aqui, sim.

– Então seu plano tem um furo considerável, Sparhawk. Não consigo pular de um desses telhados até o alto daquele muro.

– Acho que eu também não consigo. – Sparhawk franziu a testa. – Vamos dar a volta e ver do outro lado.

Prosseguiram por uma série de ruas estreitas e becos que os levaram pelos fundos das casas que faziam frente com o muro do consulado. Um cachorro apareceu e latiu para eles até Kurik jogar uma pedra no animal. O cachorro choramingou e fugiu com o rabo entre as patas.

– Agora sei como um assaltante se sente – Kurik resmungou.

– Ali – Sparhawk disse.

– Ali aonde?

– Bem ali. Algum camarada prestativo está fazendo reparos em seu telhado. Viu aquele monte de tábuas empilhadas contra a parede? Vamos ver quão compridas elas são.

Cruzaram o beco até a pilha de materiais de construção. Kurik mediu cuidadosamente as tábuas com seus pés.

– No limite – ele observou.

– Nunca vamos saber se não tentarmos – Sparhawk contrapôs.

– Muito bem. Como vamos chegar até o telhado?

– Vamos encostar as tábuas contra o muro. Se conseguirmos deixá-las inclinadas o suficiente, podemos escalá-las e puxá-las depois de subir.

– Fico contente em saber que você não constrói suas máquinas de cerco, Sparhawk – Kurik observou acidamente. – Está certo, vamos tentar.

Encostaram várias tábuas contra a parede e Kurik se precipitou para o telhado, resmungando e suando.

– Tudo certo – ele sussurrou pela beirada, lá em cima. – Suba.

Sparhawk escalou a tábua, e uma farpa se cravou em sua mão nesse processo. Então, ele e Kurik se esforçaram para puxar as tábuas atrás de si, carregando uma de cada vez pelos telhados. Quando estavam levando a última das tábuas, Kurik subitamente parou.

– Sparhawk – ele chamou suavemente.

– O quê?

– Dois telhados à frente. Tem uma mulher deitada ali.

– Como você sabe que é uma mulher?

– Porque ela está pelada.

– Ah, isso – Sparhawk murmurou. – É um costume rendorenho. Ela está esperando a lua nascer. Eles têm uma superstição por aqui: os primeiros raios da lua, quando incidem na barriga de uma mulher, aumentam a sua fertilidade.

– Ela não vai nos ver?

– Mesmo que ela veja, não dirá nada. Está muito ocupada esperando a lua surgir. Vamos logo, Kurik. Não fique parado aí olhando para ela feito um bobo.

Lutaram vigorosamente para empurrar a tábua por sobre a alameda estreita, uma tarefa dificultada pelo fato de que sua alavancagem ficava cada vez menor conforme impulsionavam a tábua para a frente. Finalmente a tábua teimosa se encostou no topo do muro do consulado. Deslizaram mais tábuas sobre aquela que haviam colocado e rolaram as outras para o lado, formando uma ponte estreita. Quando empurraram a última por sobre a alameda, Kurik subitamente parou e xingou em voz baixa.

– O que foi? – Sparhawk perguntou.

– Como subimos neste telhado, Sparhawk? – Kurik retrucou acidamente.

– Subimos pelas tábuas inclinadas.

– E aonde queríamos ir?

– No topo do muro do consulado, ali do outro lado.

– E então por que estamos construindo pontes?

– Porque... – Sparhawk parou, subitamente se sentindo um tolo. – Nós poderíamos ter encostado uma tábua contra o muro do consulado, não poderíamos?

– Parabéns, milorde – Kurik o congratulou com sarcasmo.

– A ponte era uma solução perfeita para o problema – Sparhawk tentou se defender.

– Mas totalmente desnecessária.

– Isso não invalida a solução, não é mesmo?

– Claro que não.

– Por que não passamos logo para o outro lado?

– Vá na frente. Acho que vou conversar com a senhorita pelada por algum tempo.

– Esqueça, Kurik. Ela está ocupada com outras coisas.

– Sou uma espécie de especialista em fertilidade, se é isso que a está perturbando.

– Vamos embora, Kurik.

Atravessaram a ponte improvisada para o topo do muro do consulado e se esgueiraram por sua extensão até chegarem a um local onde os galhos de uma figueira bem cuidada cresciam a partir das trevas logo abaixo. Desceram pela árvore e ficaram parados por alguns instantes enquanto Sparhawk avaliava a situação.

– Por um acaso, você não saberia dizer onde fica o quarto do cônsul, saberia? – Kurik sussurrou.

– Não – Sparhawk respondeu em voz baixa –, mas posso adivinhar. Este é o consulado eleniano, e todos os prédios oficiais elenianos são mais ou menos idênticos. Os apartamentos privados sempre ficam no andar de cima, na parte de trás.

– Muito bom, Sparhawk – Kurik disse secamente. – Isso limita bem as possibilidades. Agora só temos que procurar por um quarto no prédio.

Prosseguiram com cautela pelo jardim escuro e entraram por uma porta dos fundos destrancada. Passaram pela cozinha mergulhada em trevas até um corredor central mal iluminado. Então Kurik, subitamente, puxou Sparhawk de volta para a cozinha.

– O que... – Sparhawk começara a objetar num sussurro áspero.

– Shhh!

No corredor surgiu o brilho vacilante de uma vela. Uma mulher matronal, uma criada ou talvez uma cozinheira, seguiu até a porta da cozinha. Sparhawk se encolheu quando ela parou entre os batentes. Em seguida, a mulher puxou a maçaneta e a fechou a porta com firmeza.

– Como você sabia que ela estava vindo? – Sparhawk cochichou.

– Sei lá – Kurik murmurou de volta. – Apenas sabia. – Ele colocou a orelha contra a porta. – Ela está indo embora – ele avisou em voz baixa.

– O que ela está fazendo acordada a essa hora da noite?

– Quem sabe? Talvez ela só esteja conferindo se todas as portas estão trancadas. Aslade faz isso todas as noites. – Ele se posicionou para ouvir novamente. – Viu? Ela acabou de fechar outra porta, e não posso mais ouvi-la. Acho que foi se deitar.

– A escadaria deve ficar do lado oposto à entrada principal – Sparhawk sussurrou. – Vamos subir para o andar superior antes que alguém apareça novamente.

Dispararam pelo corredor e subiram o amplo lance de escadas que levava ao próximo andar.

– Procure por uma porta bem-ornada – Sparhawk murmurou. – O cônsul é o mestre da casa, portanto, é bastante provável que seu quarto seja o mais luxuoso. Vá por aquele lado que eu vou por este.

Separaram-se e seguiram em direções opostas, na ponta dos dedos. No final do corredor, Sparhawk encontrou uma porta decorada com entalhes bem elaborados e cobertos por uma camada de tinta dourada; abriu-a com cuidado e olhou o interior do cômodo. À luz da única chama de uma lamparina a óleo, ele viu um homem rotundo e de rosto corado, na casa dos 50 anos de idade, deitado de costas na cama. O homem roncava sonoramente. O pandion fechou suavemente a porta e foi procurar Kurik, a quem encontrou na frente da escada.

– Qual a idade do cônsul? – o escudeiro sussurrou.

– Uns 50 anos.

– Então não era o homem que eu vi. Achei uma porta entalhada do outro lado do prédio. Havia um camarada jovem, com cerca de 20 anos, na cama com uma mulher mais velha.

– Eles o viram?

– Não. Estavam ocupados.

– Ah. O cônsul está dormindo sozinho. Ele está no final deste corredor.

– Você acha que a mulher no fim do outro corredor é a esposa dele?

– Isso é problema deles, não é?

Juntos, Sparhawk e Kurik seguiram na ponta dos pés até a porta ornada com tinta dourada. O cavaleiro a abriu com cuidado e ambos entraram, aproximando-se da cama. Sparhawk esticou a mão e segurou o ombro do cônsul.

– Vossa Excelência? – ele disse suavemente, balançando o homem.

Os olhos do cônsul se abriram rapidamente, em seguida ficaram vidrados e, por fim, vazios, conforme Kurik lhe batia com brusquidão atrás da orelha usando a guarda de sua adaga. Enrolaram o homem inconsciente em um cobertor escuro e, sem cerimônias, Kurik jogou o embrulho desajeitado sobre seu ombro.

– Isso é tudo o que precisamos?

– É isso. – Sparhawk respondeu. – Vamos embora.

Voltaram sorrateiros pelas escadas e novamente pela cozinha. Sparhawk fechou com cautela a porta que levava à parte principal da casa.

– Espere aqui – ele murmurou para Kurik. – Deixe-me checar o jardim. Assobiarei se tudo estiver tranquilo.

Sparhawk mergulhou nas sombras do jardim e passou de árvore em árvore com cuidado, seus olhos alertas. De súbito, percebeu que estava se divertindo imensamente. Ele não se entretinha de maneira tão pura desde que era criança e, junto com Kalten, fugia com frequência da casa de seu pai no meio da noite, pronto para se meter em confusões.

Ele assobiou numa tentativa frustrada de imitar um rouxinol.

Depois de alguns instantes, ouviu o sussurro rouco de Kurik vindo da porta da cozinha:

– É você?

Por um momento, ele ficou tentado a sussurrar de volta "não", mas se controlou.

Tiveram um pouco de dificuldade para erguer o corpo inerte do cônsul figueira acima, mas finalmente conseguiram, usando a força física. Em seguida, cruzaram a ponte improvisada e puxaram as tábuas de volta para o telhado.

– Ela ainda está ali – Kurik murmurou.

– Quem?

– A senhorita pelada.

– É o telhado dela.

Arrastaram as tábuas de volta para o lado oposto do telhado e desceram-nas. Em seguida, Sparhawk desceu e apanhou o corpo do cônsul quando Kurik o baixou. Após alguns instantes, Kurik se reuniu a ele e juntos empilharam novamente as tábuas contra o muro.

– Tudo bem organizado – Sparhawk disse com satisfação, batendo as mãos uma na outra.

Kurik recolocou o corpo sobre seu ombro.

– Será que a esposa não vai sentir falta dele? – o escudeiro perguntou.

– Não muita, creio eu... se a mulher que você viu no outro quarto for realmente a esposa dele. Por que não voltamos para o monastério?

Os dois se revezaram para carregar o corpo do cônsul e chegaram à periferia da cidade cerca de meia hora depois, esquivando-se de vigias pelo caminho. O diplomata, enrolado sobre o ombro de Sparhawk, gemeu e começou a se mexer.

Kurik bateu em sua cabeça outra vez.

Quando entraram no escritório do abade, Kurik jogou o corpo do homem inconsciente no chão, sem cerimônias. Ele e Sparhawk se entreolharam por alguns instantes e, então, começaram a rir incontrolavelmente.

– O que é tão engraçado? – o abade perguntou.

– O senhor deveria ter nos acompanhado, meu senhor – Kurik ofegou. – Fazia anos que eu não me divertia assim. – Ele começou a gargalhar novamente. – Acho que a ponte foi a melhor parte.

– Acho que prefiro a mulher pelada – Sparhawk discordou.

– Vocês dois beberam no caminho? – o abade perguntou com desconfiança.

– Nem uma gota, meu senhor – Sparhawk respondeu. – Mas é uma boa ideia, se o senhor tiver algo à mão. Onde está Sephrenia?

– Eu a persuadi de que ela e a criança deveriam dormir um pouco. – O abade fez uma pausa. – *Que* mulher pelada? – ele indagou, seus olhos ardendo de curiosidade.

– Havia uma mulher em um telhado, passando pelo ritual de fertilização – Sparhawk explicou, ainda rindo. – Ela meio que distraiu Kurik por alguns instantes.

– Ela era bonita? – o abade perguntou, sorrindo para Kurik.

– Não sei dizer, meu senhor. Eu não estava olhando para o rosto dela.

– Meu senhor abade – Sparhawk disse então, um pouco mais sério, embora ainda se sentisse animado –, vamos interrogar Elius tão logo ele acorde. Por favor, não fique alarmado por conta de algumas coisas que iremos dizer a ele.

– Entendo, Sparhawk – o abade respondeu.

– Bom. Muito bem, Kurik, vamos acordar Sua Excelência aqui e ver o que ele tem a dizer.

Kurik arrancou a coberta do corpo inerte do cônsul e começou a beliscar as orelhas e o nariz do homem inconsciente. Depois de algum tempo as pálpebras do cônsul se moveram. Então, ele gemeu e abriu os olhos. Olhou de modo inexpressivo para eles por alguns instantes, em seguida sentou-se rapidamente.

– Quem é você? O que significa tudo isso? – ele exigiu saber.

Kurik golpeou a parte de trás de sua cabeça.

– Você vê como isto vai funcionar, Elius – Sparhawk disse em tom ameno. – Você não se importa se eu te chamar de Elius, não é mesmo? Talvez se lembre de mim. Meu nome é Sparhawk.

– Sparhawk? – o cônsul exclamou. – Pensei que você estivesse morto.

– Esse é um boato extremamente exagerado, Elius. Agora, a verdade é que você foi sequestrado. Temos algumas perguntas a lhe fazer. As coisas serão muito mais agradáveis se respondê-las livremente. Caso contrário, esta noite será muito ruim para você.

– Você não ousaria!

Kurik deu-lhe outro golpe.

– Sou o cônsul do reino de Elenia – Elius se vangloriou, tentando proteger a parte de trás de sua cabeça com as duas mãos –, e primo do primado de Cimmura. Você não pode fazer isso comigo.

Sparhawk suspirou.

– Quebre alguns dos dedos de Sua Excelência, Kurik – ele sugeriu –, só para mostrar que nós *podemos* fazer isso a ele.

Kurik colocou um pé contra o peito do cônsul, derrubando-o no chão, e segurou o pulso direito do cativo que se debatia debilmente.

– Não! – Elius guinchou. – Não faça isso! Direi o que vocês querem.

– Eu disse que ele iria cooperar, meu senhor, assim que compreendesse a seriedade da situação – Sparhawk disse ao abade em um tom coloquial, tirando seu manto rendorenho para exibir sua cota de malha e o cinturão de sua espada.

– Seus métodos são diretos, Sir Sparhawk – o abade observou.

– Sou um homem simples, meu senhor – Sparhawk explicou, coçando debaixo de um dos braços cobertos por armadura. – Sutileza não é um dos meus pontos fortes. – Ele cutucou o cativo com um pé. – Muito bem, Elius, vou facilitar as coisas para você. Tudo o que tem de fazer é confirmar algumas informações. – Puxou uma cadeira e sentou-se, cruzando as pernas. – Antes de mais nada, seu primo, o primado de Cimmura, está de olho no trono do arquiprelado, não é verdade?

– Você não tem provas disso.

– Kurik, quebre o dedão dele.

Ainda segurando o pulso do cônsul com firmeza, Kurik forçou a mão fechada do homem e agarrou o dedão.

– Em quantos lugares, milorde? – ele perguntou com educação.

– Em quantos você conseguir. Dê a ele algo em que pensar.

– Não! Não! É verdade! – Elius ofegou, com os olhos arregalados de medo.

– Estamos fazendo um bom progresso aqui – Sparhawk observou com um sorriso relaxado. – Continuando. No passado, você já tratou de alguns assuntos com um homem de cabelos brancos chamado Martel. Ele trabalha para seu primo de tempos em tempos. Estou certo?

– S-sim – Elius vacilou.

– Viu como fica mais fácil se colaborar? Na verdade, foi você quem armou para que Martel e seus capangas me atacassem naquela noite, há cerca de dez anos, não é mesmo?

– Foi ideia dele – Elius respondeu rapidamente. – Eu recebi ordens de meu primo para cooperar com Martel. Ele sugeriu que eu convocasse você naquela noite. Eu não fazia ideia de que ele queria te matar.

– Então você é muito ingênuo, Elius. Nos últimos tempos, um grande número de viajantes dos reinos do norte tem espalhado boatos aqui em Cippria de que a simpatia pelos ideais rendorenhos tem crescido naqueles reinos. Martel está, de alguma forma, ligado a essa campanha?

Elius olhou para ele, os lábios fechados com firmeza e medo.

Lentamente, Kurik começou a dobrar o dedão do cônsul.

– Sim! Sim! – Elius gritou, com a voz aguda, curvando-se de dor.

– Você estava quase retrocedendo, Elius – Sparhawk o repreendeu. – Eu prestaria mais atenção, se fosse você. O propósito dessa campanha de Martel aqui é persuadir os habitantes das cidades de Rendor a se juntar aos nômades do deserto em um levante eshandista contra a Igreja. Estou certo?

– Martel não confia em mim a esse ponto, mas creio que seu objetivo final seja esse, sim.

– E ele está fornecendo armas, correto?

– Ouvi dizer que sim.

– Essa próxima pergunta é complicada, Elius, portanto preste bastante atenção. O verdadeiro motivo de provocar essa agitação em Rendor é fazer com que os Cavaleiros da Igreja sejam obrigados a vir aqui e acalmar a situação novamente. Não é isso?

Elius concordou com a cabeça, com alguma relutância.

– O próprio Martel não chegou a dizê-lo, mas meu primo confidenciou exatamente isso em sua última missiva.

– E esse levante deve acontecer exatamente quando se iniciar a eleição do novo arquiprelado na Basílica de Chyrellos?

– Eu realmente não sei sobre isso, Sir Sparhawk. Por favor, acredite em mim. O senhor provavelmente está certo, mas não posso confirmar isso.

– Vamos deixar essa passar, por enquanto. Agora, tenho uma dúvida que está me matando de curiosidade. Onde Martel está neste exato momento?

– Ele foi a Dabour, para falar com Arasham. O velhote está tentando forçar seus seguidores a um frenesi com o objetivo de expropriar terrenos da Igreja e queimar seus templos. Martel estava bem contrariado quando ficou sabendo disso e se apressou em partir para Dabour a fim de evitar esse tipo de coisa.

– Provavelmente porque ainda é cedo demais.

– Imagino que seja isso, sim.

– Então acho que terminamos, Elius – Sparhawk disse com simpatia. – Quero lhe agradecer por sua cooperação.

– Você vai me deixar ir? – O cônsul perguntou, incrédulo.

– Não, temo que eu não possa fazer isso. Martel é um velho amigo meu. Quero lhe fazer uma surpresa quando chegar a Dabour, então não posso correr o risco de você despachar uma mensagem para ele, avisando que estou a caminho. Há uma cela de penitência nos porões deste monastério. Tenho certeza de que você está sentindo a necessidade de se penitenciar neste exato momento, e quero te dar algum tempo para refletir sobre seus pecados. Ouvi dizer que a cela é bem confortável. Tem uma porta, quatro paredes, um teto e até mesmo um piso. – Sparhawk olhou para o abade. – Ela *tem* um piso, não tem, milorde?

– Ah, sim – o abade confirmou –, de ótimas pedras frias.

– Você não pode fazer isso! – Elius gritou com a voz aguda e penetrante.

– Sparhawk, você realmente não pode confinar alguém numa cela de penitência contra a vontade – Kurik concordou. – Isso contradiz a lei canônica.

– Ah – Sparhawk resmungou irritado –, acho que você tem razão. Eu queria evitar algo mais desagradável. Vá em frente e faça da outra forma, então.

– Sim, milorde – Kurik respondeu respeitosamente, sacando sua adaga. Em seguida acrescentou: – Diga-me, meu senhor abade, seu monastério tem um cemitério?

– Sim, um bem-arranjado, na verdade.

– Que bom. Odiaria ter de arrastá-lo para o campo aberto e deixá-lo para os chacais. – Kurik agarrou o cabelo do cônsul e inclinou sua cabeça para trás. Em seguida, colocou a lâmina de sua adaga contra a garganta do homem que se encolhia. – Isso não vai demorar muito, Vossa Excelência – ele disse num tom profissional.

– Meu senhor abade! – o cativo apelou.

– Temo que esteja fora de minha jurisdição, Vossa Excelência – o abade explicou com falsa compaixão. – Os Cavaleiros da Igreja possuem suas próprias leis. Eu não ousaria interferir.

– Por favor, meu senhor abade – Elius suplicou. – Confine-me na cela de penitência.

– Você se arrepende sinceramente de seus pecados? – o abade questionou.

– Sim! Sim! Estou envergonhado, de coração.

– Então, Sir Sparhawk, temo que eu deva interceder em favor deste penitente – o abade declarou. – Não posso permitir que o mate até que ele faça as pazes com Deus.

– Essa é sua decisão final, meu senhor abade? – Sparhawk indagou.

– Temo que sim, Sir Sparhawk.

– Ora, muito bem. Avise-me tão logo ele termine sua penitência. Depois disso, nós o mataremos.

– Claro, Sir Sparhawk.

Depois que uma dupla de monges corpulentos levou embora Elius, que ainda tremia violentamente, os três homens que ficaram na sala começaram a rir.

– Isso foi maravilhoso, meu senhor – Sparhawk parabenizou o abade. – O tom de voz foi perfeito.

– Não sou exatamente um noviço nesse tipo de coisa, Sparhawk – o abade confidenciou. Olhando para o robusto pandion com astúcia, completou: – Vocês, pandions, têm uma reputação brutal... principalmente no que diz respeito a interrogar seus cativos.

– Parece-me que eu já ouvi boatos sobre isso – Sparhawk admitiu.

– Mas vocês não chegam a fazer nada às pessoas, não é mesmo?

– Na maioria das vezes, não. É nossa reputação que as persuade a cooperar. O senhor tem ideia do quão difícil é torturar alguém de fato, sem contar a bagunça que se faz? Nós mesmos espalhamos esses boatos. Afinal de contas, para que trabalhar se não há necessidade?

– Penso exatamente assim, Sparhawk. Agora – o abade disse com avidez –, por que vocês não me contam sobre a mulher pelada, sobre a ponte e qualquer outra coisa que tenham enfrentado? Não deixe nada de fora. Sou um pobre monge enclausurado e não tenho muita diversão nesta vida.

Capítulo 20

Sparhawk se retraiu e inspirou violentamente.

– Sephrenia, você tem que ir tão fundo? – ele reclamou.

– Não seja um bebê – ela retrucou, continuando a retirar a farpa da mão do cavaleiro com uma agulha. – Se eu não tirar tudo, ela vai ulcerar.

Ele suspirou e cerrou os dentes conforme ela esquadrinhava o machucado. Olhou para Flauta, que havia colocado as duas mãos sobre a boca, como se estivesse tentando abafar uma risadinha.

– Você acha que é divertido? – ele perguntou para a menina, contrariado.

Ela levou seu instrumento até a boca e soprou uma nota musical zombeteira.

– Estive pensando, Sparhawk – o abade comentou. – Se Annias tiver espiões em Jiroch como ele os tem aqui em Cippria, não seria mais seguro contornar a cidade e evitar a possibilidade de ser reconhecido?

– Creio que tenhamos de nos arriscar, meu senhor – Sparhawk argumentou. – Tenho um amigo em Jiroch com quem preciso conversar antes de seguir rio acima. – Olhou para seu próprio manto negro. – Esta roupa deve bastar para fazer com que enganemos os observadores casuais.

– Acho que é perigoso, Sparhawk.

– Não se formos cuidadosos, eu espero.

Kurik, que estava colocando as selas nos cavalos e carregando a mula de carga que o abade havia dado a eles, entrou no cômodo. Ele estava segurando uma caixa de madeira comprida e estreita.

– Você realmente tem que levar isso? – ele perguntou a Sephrenia.

– Sim, Kurik – ela respondeu com a voz triste. – Eu tenho.

– O que tem dentro dela?

– Duas espadas. São parte do fardo que devo carregar.

– É uma caixa bem grande para apenas duas espadas.

– Temo que outras virão pelo caminho – ela suspirou e, em seguida, começou a enrolar a mão de Sparhawk com uma tira de linho.

– Não precisa de uma bandagem, Sephrenia – ele objetou. – Foi só uma farpa.

Ela o encarou fixamente por um bom tempo.

– Está certo – ele desistiu. – Faça o que achar melhor.

– Obrigada. – Sephrenia terminou a bandagem com um nó.

– O senhor enviará a mensagem para Larium, milorde? – Sparhawk perguntou ao abade.

– No próximo navio que deixar o porto, Sir Sparhawk.

Sparhawk pensou por um instante.

– Não acho que iremos voltar a Madel – ele disse. – Temos alguns companheiros que estão na casa do marquês Lycien.

O abade afirmou com a cabeça, dizendo:

– Eu o conheço.

– O senhor também poderia enviar uma mensagem a eles? Diga que se tudo der certo em Dabour, nós iremos voltar para casa a partir de lá. Acho que é melhor eles também voltarem a Cimmura.

– Vou providenciar, Sparhawk.

Sparhawk cutucou pensativamente o nó de sua bandagem.

– Deixe isso em paz – Sephrenia ordenou.

Ele afastou a mão e prosseguiu:

– Não estou tentando dizer aos preceptores o que fazer – ele comentou com o abade –, mas o senhor poderia sugerir em sua mensagem que, se eles enviarem pequenos contingentes de Cavaleiros da Igreja para as ruas das cidades rendorenhas, isso ajudaria a população local a se lembrar de quão desagradáveis as coisas podem ficar se derem ouvido aos boatos que estão circulando.

– E evitaria a necessidade de deslocar exércitos inteiros mais tarde – o abade concordou. – Eu certamente mencionarei isso em meu relatório.

– Estou mais uma vez em débito com o senhor abade – Sparhawk disse, levantando-se. – Parece que o senhor está sempre disposto a ajudar quando eu mais preciso.

– Servimos ao mesmo mestre, Sparhawk – o abade retrucou. Em seguida, rindo, ele acrescentou: – Além disso, eu gosto um pouco de você. Vocês, pandions, não costumam fazer as coisas da maneira que nós faríamos, mas obtêm resultados, e é isso o que importa, não é mesmo?

– Assim esperamos.

– Tome cuidado no deserto, meu amigo, e boa sorte.

– Obrigado, meu senhor.

Desceram até o pátio central do monastério quando os sinos começaram a badalar, conclamando a congregação para as orações matutinas. Kurik amarrou a caixa de espadas de Sephrenia na sela da mula de carga e, então, todos montaram. Em seguida, deram início à cavalgada pelo portão dianteiro, com o som dos sinos pairando no ar acima deles.

Sparhawk se mostrava melancólico à medida que se aproximavam da poeirenta estrada costeira e se voltavam para o oeste, em direção a Jiroch.

– O que foi, Sparhawk? – Sephrenia perguntou.

– Aqueles sinos estiveram me chamando nos últimos dez anos – ele respondeu. – De alguma forma, sempre soube que eu acabaria voltando a este monastério. – Ele se endireitou em sua sela. – É um bom lugar – murmurou. – Fico um pouco triste por ter de ir embora, mas... – Sparhawk deu de ombros e continuou a cavalgar.

O sol da manhã estava radioso e era ofuscantemente refletido pelo deserto de pedras, areia e cascalho, que se estendia à esquerda da estrada. À direita, um aclive íngreme acabava em uma reluzente praia de areia branca e, além dela, as águas azul-escuras do Mar Interior. Em uma hora, a temperatura aumentara consideravelmente. Meia hora depois, estava muito quente.

– Não existe inverno por estas bandas? – Kurik perguntou, limpando o suor de seu rosto com a mão.

– Isto é o inverno, Kurik.

– E como fica no verão?

– Desagradável. No verão, você é obrigado a viajar à noite.

– Quanto falta para chegarmos a Jiroch?

– Cerca de dois mil e quatrocentos quilômetros.

– Três semanas, pelo menos.

– Temo que seja isso mesmo.

– Deveríamos ter ido de navio... com ou sem trombas d'água.

– Não, Kurik – Sephrenia discordou. – Nenhum de nós iria ser de muita serventia a Ehlana se estivéssemos no fundo do mar.

– Essa coisa que está nos perseguindo não pode usar magia para nos localizar de uma vez por todas?

– Aparentemente, não – a pequena styrica respondeu. – Quando ela estava atrás de Sparhawk há dez anos, teve de perguntar às pessoas. Ela não podia simplesmente farejá-lo.

– Eu tinha me esquecido disso – ele confessou.

Eles acordaram cedo todos os dias, antes mesmo de as estrelas sumirem do céu, e forçaram seus cavalos o máximo que podiam durante as horas da manhã, antes de o sol se tornar massacrante ao meio-dia. Então descansavam na insuficiente sombra provida pelas tendas que o abade lhes dera, enquanto suas montarias pastavam languidamente as moitas ressequidas no sol inclemente. Conforme o sol baixava em direção a oeste, voltavam a cavalgar, normalmente até tarde da noite. Em algumas ocasiões, chegavam a algum oásis no deserto, inevitavelmente cercado por vegetação viçosa e sombra fresca. Às vezes, demoravam-se o dia todo para descansar os cavalos e reunir forças para enfrentar o sol selvagem mais uma vez.

Foi em um desses oásis, onde água cristalina descia ululando por uma escarpa rochosa até se concentrar em uma poça cerúlea cercada por palmeiras, que o espectro de um cavaleiro pandion de armadura negra os visitou. Sparhawk, usando apenas um pano enrolado na altura da cintura, acabara de sair gotejando da água quando viu a figura montada se aproximando desde o oeste. Apesar de a luz incidir por trás da figura, ela não produzia sombras, e Sparhawk podia ver claramente as colinas fustigadas pelo sol através tanto do cavalo quanto de seu cavaleiro. Mais uma vez ele sentiu o fedor sepulcral; conforme a figura se aproximava, Sparhawk pôde ver que seu cavalo era quase um esqueleto de órbitas oculares vazias. Ele nem se esforçou para alcançar uma arma, apenas ficou parado e tremendo, a despeito do calor insuportável, enquanto o espectro montado seguia em sua direção. A alguns metros de distância, a figura puxou as rédeas de sua montaria esquelética e, com um movimento mortalmente vagaroso, sacou sua espada.

– Mãezinha – ele entoou com uma voz vazia para Sephrenia. – Fiz tudo o que estava ao meu alcance. – Ergueu o cabo de sua espada até a altura do visor de seu elmo como a saudá-la, segurou a arma pela lâmina e apoiou o cabo em seu antebraço insubstancial.

Sephrenia, pálida e vacilante, atravessou o cascalho quente até o espectro e tomou a espada com as duas mãos.

– Teu sacrifício será recordado, Sir Cavaleiro – ela disse numa voz oscilante.

– De que servem recordações na Casa dos Mortos, Sephrenia? Cumpri meu dever como o exigido de mim. Apenas isso servirá de conforto no silêncio eterno. – Dito isso, virou seu visor em direção a Sparhawk. – Salve, irmão – ele saudou com a mesma voz vazia. – Saiba que teu curso está correto. Em Dabour encontrarás a resposta para aquilo que buscas. Caso sejas bem-sucedido em tua jornada, saudar-te-emos com nossos louvores vazios a partir da Casa dos Mortos.

– Salve, irmão, e adeus – Sparhawk respondeu com a voz embargada.

Em seguida, o espectro desapareceu.

Com um longo e trêmulo lamento, Sephrenia despencou ao chão. Era como se o peso da espada que subitamente se materializara tivesse feito com que ela desabasse.

Kurik correu na direção dela, apanhou o corpo franzino da mulher em seus braços e a levou de volta para a sombra fresca ao lado da água.

Sparhawk, entretanto, seguira resoluto até onde Sephrenia havia caído, sem parecer se importar com o cascalho excessivamente quente sob seus pés descalços, e recuperou a espada de seu irmão caído.

Atrás de si, ele ouviu o som da música de Flauta. A melodia era a mesma que ele havia ouvido antes. Era questionadora e repleta de tristeza e dor por algum tipo de saudade. Virou-se com a espada em sua mão. Sephrenia jazia em um cobertor sob a sombra das palmeiras. Seu rosto parecia abatido, e olheiras haviam aparecido sob seus olhos fechados. Kurik estava ajoelhado e ansioso ao lado dela, e Flauta estava sentada de pernas cruzadas não muito distante, com seu instrumento nos lábios, enchendo o ar ao seu redor com sua música estranha que se assemelhava a um hino.

Sparhawk atravessou o cascalho e parou nas sombras. Kurik se levantou e juntou-se a ele.

– Ela não conseguirá cavalgar hoje – o escudeiro informou em voz baixa –, talvez nem amanhã.

Sparhawk anuiu com a cabeça.

– Isso a está enfraquecendo demais, Sparhawk – Kurik continuou com preocupação. – A cada vez que um desses doze cavaleiros morre, ela parece murchar um pouco mais. Não seria melhor mandá-la de volta a Cimmura quando chegarmos a Jiroch?

– Talvez sim, mas ela não iria.

– Provavelmente você tem razão – Kurik concordou com tristeza. – Mas você *sabe* que nós dois nos moveríamos mais rápido sem ela e sem a garotinha, não sabe?

– Sim, mas o que faríamos sem ela quando chegássemos ao nosso destino?

– Acho que você está certo. Você reconheceu aquele fantasma?

Sparhawk fez que sim com a cabeça.

– Sir Kerris – ele disse, conciso.

– Eu nunca cheguei a conhecê-lo muito bem – Kurik admitiu. – Ele sempre me pareceu ser um pouco formal e cerimonioso.

– Mas era uma boa pessoa.

– O que ele disse a você? Eu estava muito longe para ouvir.

– Ele disse que estamos no caminho certo e que encontraremos a resposta de que precisamos em Dabour.

– Ora, ora – Kurik murmurou. – Isso já é de alguma ajuda, não é? Eu estava meio receoso de que estivéssemos correndo atrás de sombras.

– Eu também – Sparhawk confessou.

Flauta havia colocado de lado seu instrumento e tinha se sentado ao lado de Sephrenia. Estendeu o braço e tomou a mão da mulher caída entre as suas. Sua pequena face estava séria, mas não traía nenhuma outra emoção.

Uma ideia ocorreu a Sparhawk. Ele foi até onde Sephrenia estava deitada.

– Flauta – ele chamou baixinho.

A garotinha olhou para ele.

– Você pode fazer algo para ajudar Sephrenia?

Flauta balançou a cabeça de um lado para o outro.

– É proibido – a voz de Sephrenia era pouco mais do que um sussurro, e seus olhos ainda estavam fechados. – Apenas aqueles de nós que estavam presentes podem carregar este fardo. – Ela inspirou profundamente. – Vá pôr suas roupas, Sparhawk – ela ordenou em seguida. – Não ande assim na frente da criança.

Eles permaneceram nas sombras do oásis pelo resto do dia e durante todo o dia seguinte. Na manhã do terceiro dia, Sephrenia levantou-se e, resolutamente, começou a juntar suas coisas.

– O tempo está passando, cavalheiros – ela disse decididamente –, e ainda temos um longo caminho pela frente.

Sparhawk estudou-a minuciosamente. Seu rosto ainda estava abatido e as olheiras não haviam diminuído. Quando ela se abaixou para pegar seu véu, ele notou várias mechas de cabelo grisalho em seu cabelo negro brilhante.

– Você não ficaria mais forte se descansássemos aqui por mais um dia? – ele perguntou.

– Não o suficiente, Sparhawk – ela respondeu com a voz fatigada. – Minha condição não vai melhorar com descanso. Vamos continuar. Ainda temos um longo caminho até Jiroch.

Começaram a cavalgar num passo leve, mas, após alguns quilômetros, Sephrenia argumentou com rispidez:

– Sparhawk, vamos demorar todo o inverno se continuarmos a passear dessa forma.

– Tudo bem, Sephrenia, como você achar melhor.

Pouco mais de dez dias depois, chegaram a Jiroch. Assim como Cippria, a cidade portuária na porção oeste de Rendor era baixa e plana, cercada por uma muralha espessa e repleta de casas de telhados retos cobertos por uma grossa camada de argamassa branca. Sparhawk os conduziu por uma série de becos tortuosos até uma seção da cidade não muito afastada do rio. Era o quarteirão onde os estrangeiros, se não encorajados a ficar, eram pelo menos tolerados. Ainda que a maior parte das pessoas nas ruas fosse rendorenha, havia um bom número de figuras em mantos cammorianos brilhantes, alguns lamorks e até mesmo poucos elenos na multidão. Sparhawk e os outros mantiveram seus capuzes sobre as cabeças e continuaram a cavalgar vagarosamente para evitar atrair a atenção.

Já ia o final da tarde quando chegaram a uma casa modesta, um pouco afastada da rua. O dono da casa era Sir Voren, um cavaleiro pandion, apesar de poucos em Jiroch saberem desse fato. A maioria das pessoas na cidade portuária pensava que ele era um mercador eleno moderadamente próspero. Ele estava, de fato, envolvido com o comércio; chegou mesmo a lucrar, em certos anos. Mas o verdadeiro propósito de Sir Voren em permanecer em Jiroch não era comercial. Havia uma boa quantidade de cavaleiros pandions mesclados na população comum de Rendor, e Voren era o único contato deles com a casa-mãe em Demos. Todas as mensagens e despachos passavam por suas mãos para ser escondidos em caixas e fardos de mercadorias que ele enviava pelo porto.

Um criado de lábios fartos e olhos insípidos e incuriosos conduziu Sparhawk e os outros pela casa até um jardim cercado por muros, sob a sombra de figueiras e repleto do som musical de uma fonte de mármore em seu centro. Canteiros de flores bem cuidados estavam alinhados nas paredes, e as flores desabrochavam numa exuberância de cores. Voren estava sentado num banco ao lado da fonte. Ele era um homem alto e magro, com um senso de humor sardônico. Os anos passados naquele reino do sul haviam queimado sua pele até que sua cor ficasse igual ao de couro curtido. Apesar de já estar avançado em sua meia-idade, seus cabelos não foram tocados por nenhum fio branco, mas sua face bronzeada era uma profusão de rugas. Ele não usava gibão, mas sim uma simples camisa de linho, aberta na altura do pescoço. Levantou-se quando os outros entraram no jardim.

– Ah, Mahkra – ele saudou Sparhawk com um breve olhar de relance para o criado –, que bom vê-lo novamente, meu velho.

– Voren – Sparhawk respondeu com uma mesura rendorenha, um movimento sinuoso que era quase uma meia genuflexão.

– Jintal – Voren chamou o criado –, seja um bom camarada e leve isto ao meu feitor lá nas docas – ele dobrou uma folha de pergaminho na metade e entregou ao rendorenho moreno.

– Farei como o senhor me comanda, mestre – o homem respondeu, fazendo uma mesura.

Esperaram até que o som da porta da frente se fechando anunciasse que o criado havia ido embora.

– Ele é um camarada bem simpático – Voren observou. – Claro que é totalmente estúpido. Sempre tomo o cuidado de contratar serviçais não muito espertos. Um criado dotado de inteligência costuma ser um espião. – Então, ele estreitou os olhos e complementou: – Esperem aqui um momento. Quero ter certeza de que ele deixou a casa. – Voren cruzou o jardim e entrou na casa.

– Não me lembro de ele ser tão tenso – Kurik comentou.

– Esta é uma parte do mundo bem tensa – Sparhawk retrucou.

Depois de alguns instantes, Voren retornou.

– Mãezinha – ele saudou Sephrenia com afeição, beijando as palmas das mãos da styrica. – Você poderia me abençoar?

Ela sorriu, tocou a testa de Sir Voren e falou em styrico.

– Senti falta disso – ele confessou –, mesmo que ultimamente não tenha feito muito para merecer bênçãos. – Examinando-a mais atentamente, perguntou: – Você não está bem, Sephrenia? Seu rosto parece abatido.

– Talvez seja o calor – ela argumentou, passando a mão lentamente por sobre os olhos.

– Sente-se aqui – ele disse, apontando para seu banco de mármore. – É o lugar mais fresco em toda Jiroch. – Voren sorriu sarcasticamente. – O que não significa que é fresco o bastante, devo admitir.

Ela se sentou no banco e Flauta subiu para o lado dela.

– Bem, Sparhawk, o que o traz de volta a Jiroch tão cedo? – Voren perguntou, cumprimentando o cavaleiro com um aperto de mão. – Talvez você tenha esquecido alguma coisa?

– Nada com que eu não possa viver sem – ele respondeu secamente.

– Só para mostrar quão bom amigo eu sou, não vou contar a Lillias que você disse isso – Voren riu. – Olá, Kurik. Como está Aslade?

– Ela está bem, milorde Voren.

– E seus filhos? Você tem três, não é mesmo?

– Quatro, milorde. O último nasceu depois que o senhor deixou Demos.

– Meus parabéns – Voren o congratulou –, talvez um pouco tarde demais, mas ainda assim, parabéns.

– Obrigado, milorde.

– Preciso falar com você, Voren, e não temos muito tempo – Sparhawk disse, colocando um ponto final nas amenidades.

– E eu achando que esta era uma visita social – Voren suspirou.

Sparhawk deixou esse comentário passar.

– Vanion conseguiu informá-lo sobre o que tem acontecido em Cimmura?

O sorriso levemente irônico desvaneceu do rosto de Voren, e ele concordou com a cabeça de maneira séria.

– Essa é uma das razões do porquê fiquei surpreso em vê-lo – ele comentou. – Achei que vocês estavam indo para Borrata. Tiveram alguma sorte por lá?

– Não sei se tivemos sorte, mas descobrimos algo e agora estamos atrás disso. – Sparhawk cerrou os dentes e continuou discretamente: – Voren, Ehlana foi envenenada.

Voren o encarou por alguns segundos e em seguida soltou um xingamento.

– Quanto tempo será que eu levaria para chegar a Cimmura? – ele questionou com a voz impassível. – Acho que vou rearranjar Annias um pouquinho. Ele ficaria muito melhor sem a cabeça, vocês não acham?

– Entre na fila, milorde Voren – Kurik lhe assegurou. – Conheço uma dúzia de pessoas que tiveram a mesma ideia.

– De todo modo – Sparhawk prosseguiu –, descobrimos que um veneno rendorenho foi usado e ouvimos falar sobre um médico em Dabour que talvez conheça o antídoto. É para lá que estamos indo.

– Onde estão Kalten e os outros? – Voren questionou. – Vanion comentou que ele e alguns cavaleiros das outras ordens estavam com você.

– Nós os deixamos em Madel – Sparhawk respondeu. – Eles não pareciam, nem agiam, como rendorenhos. Você já ouviu falar no doutor Tanjin, em Dabour?

– O médico que supostamente curou o irmão do rei de uma doença misteriosa? É claro. Mas talvez ele não queira falar a respeito. Algumas pessoas mais sagazes suspeitam da maneira como ele conseguiu curar aquelas pessoas, e você sabe a opinião dos rendorenhos sobre magia.

– Vou persuadi-lo a falar – Sparhawk comentou.

– Você pode acabar se arrependendo de ter deixado Kalten e os outros para trás – Voren disse. – Nos últimos tempos, Dabour se tornou um lugar nada amistoso.

– Terei de me virar sozinho. Mandei uma mensagem para eles de Cippria, falando para que voltassem para casa e me esperassem por lá.

– Quem você encontrou, em Cippria, confiável o suficiente para mandar mensagens?

– Fui até o abade daquele monastério arciano a leste da cidade. Eu o conheço há um bom tempo.

– Ele ainda está tentando esconder que é um cirínico? – Voren riu.

– Você sabe de *tudo*, Voren?

– É para isso que estou aqui. Mas ele é um bom homem. Seus métodos são um pouco prosaicos, mas ele consegue dar conta do recado.

– O que está acontecendo em Dabour ultimamente? – Sparhawk perguntou. – Não quero chegar lá às cegas.

Voren se acomodou na grama, perto dos pés de Sephrenia, e entrelaçou as mãos em volta de um de seus joelhos.

– Dabour sempre foi um lugar estranho – ele respondeu. – É a cidade natal de Eshand, e os nômades do deserto a consideram um lugar sagrado. Em qualquer época há pelo menos uma dúzia de facções religiosas lutando umas com as outras pelo controle dos lugares sagrados da cidade. – Esboçou um sorriso maldoso. – Você acreditaria se eu te contasse que existem 23 túmulos, todos assegurando que são o lugar do descanso final de Eshand? Tenho fortes suspeitas de que pelo menos alguns deles são espúrios... a não ser que tenham desmembrado o santo homem depois de sua morte e enterrado os pedacinhos em lugares diferentes.

Sparhawk se sentou na grama ao lado do amigo.

– Acaba de me ocorrer algo: será que conseguimos apoiar clandestinamente uma das facções adversárias para minar a posição de Arasham?

– É uma boa ideia, Sparhawk, mas, no momento, *não há* facções adversárias. Depois que Arasham teve a sua epifania, ele gastou quarenta anos exterminando todos os possíveis rivais. Houve uma carnificina na região central de Rendor, de proporções colossais. Pirâmides de crânios enfeitavam o deserto por lá. Finalmente ele conseguiu o controle de Dabour, onde governa com uma autoridade tão completa que faz Otha de Zemoch parecer um liberal. Arasham tem milhares de seguidores fanáticos que cumpririam cegamente qualquer um de seus caprichos. Eles vagueiam pelas ruas com seus cérebros esturricados e olhos ardentes, procurando o menor vestígio de infração de suas obscuras leis religiosas. Hordas de seres quase humanos, sujos e piolhentos, assolam as ruas em busca de uma oportunidade de queimar seus semelhantes em uma estaca.

– Isso é claro o suficiente – Sparhawk comentou. Olhou para Sephrenia. Flauta havia mergulhado um lenço na fonte e estava lavando o rosto da mulher com gentileza. De maneira peculiar, Sephrenia havia recostado sua cabeça no ombro da menininha como se *ela* fosse a criança. – Então Arasham tem um exército?

– Só um idiota chamaria aquilo de exército – Voren bufou. – Eles não conseguem marchar a lugar algum porque têm de rezar a cada meia hora e obedecer a cada uma das declarações obviamente malformadas daquele velho senil. – Ele riu com rudeza. – Às vezes Arasham tropeça na própria língua, o que não chega a surpreender porque ele deve ser metade babuíno; certa vez, em uma de suas campanhas lá no interior, ele deu uma ordem. Ele quis dizer "Caiam sobre seus adversários", mas a frase saiu de modo errado. Em vez disso, Arasham gritou "Caiam sobre suas armas", e três regimentos completos fizeram exatamente o que ele comandara. Ele voltou sozinho para casa, tentando entender o que dera errado.

– Você está aqui há muito tempo, Voren – Sparhawk riu. – Rendor está começando a azedar seu humor.

– Não suporto estupidez e imundície, Sparhawk, e os seguidores de Arasham acreditam piamente na santidade da ignorância e da sujeira.

– Em contrapartida, você está desenvolvendo um grande talento para a retórica.

– Desprezo é um poderoso tempero para as palavras – Voren admitiu. – Não posso dizer o que penso abertamente aqui em Rendor, então tenho muito tempo para polir minhas frases em particular. – Sua face ficou séria. – Tome muito cuidado em Dabour, Sparhawk – ele aconselhou. – Arasham tem uns vinte discípulos... alguns ele até conhece pessoalmente. São esses discípulos que realmente controlam a cidade, e todos são tão loucos quanto ele.

– Ruim assim?

– Talvez ainda pior.

– Você sempre foi tão animador, Voren – Sparhawk comentou com azedume.

– É um de meus defeitos. Sempre tento olhar para o lado bom das coisas. Está acontecendo algo em Cippria que eu deva saber?

– Talvez você queira ficar de olho em algo – Sparhawk disse, puxando a grama ao seu lado. – Alguns forasteiros que chegam por lá estão tentando encorajar a crença de que os camponeses nos reinos elenos do norte estão à beira de uma rebelião aberta contra a Igreja porque apoiam os ideais do movimento eshandista.

– Ouvi alguns boatos a esse respeito – Voren confessou. – Ainda não chegou a tal ponto aqui em Jiroch.

– Acho que é só uma questão de tempo até que chegue aqui. Está sendo bem orquestrado.

– Você tem ideia de quem está por trás disso?

– Martel, e todos nós sabemos para quem ele trabalha. A ideia é atiçar os habitantes das cidades para que se unam a Arasham em um levante contra a Igreja aqui em Rendor no exato momento em que a hierocracia estiver se reunindo em Chyrellos para eleger um novo arquiprelado. Os Cavaleiros da Igreja seriam obrigados a vir aqui para abafar a situação e isso daria carta branca para Annias e seus apoiadores na eleição. Já comunicamos às ordens militantes, então elas devem tomar precauções. – Sparhawk se levantou do gramado, perguntando: – Quanto tempo o seu criado irá levar para concluir sua tarefa? Talvez seja melhor já termos ido embora quando ele voltar. Ele pode não ser muito esperto, mas conheço os rendorenhos, e eles gostam de fofocar.

– Acho que ainda temos algum tempo. O mais rápido que Jintal consegue andar é como se estivesse passeando. Vocês poderão comer alguma coisa, e providenciarei suprimentos frescos.

– Há algum lugar seguro para ficarmos em Dabour? – Sephrenia perguntou ao homem sardônico.

– Nenhum lugar em Dabour é realmente seguro, Sephrenia – Voren respondeu. Em seguida, olhou para Sparhawk e perguntou: – Você se lembra de Perraine?

– Camarada magro, que quase nunca fala?

– Esse mesmo. Ele está em Dabour, se passando por comprador de gado. Atende pelo nome Mirrelek e tem um estabelecimento perto dos currais. O povo do deserto precisa dele se não quiser comer suas próprias vacas, portanto ele tem uma espécie de passe livre na cidade. Ele pode te ajudar e te manter longe de problemas. – Voren sorriu de maneira ardilosa, acrescentando: – Falando em problemas, Sparhawk, eu o aconselho a sair de Jiroch antes que Lillias descubra que você voltou.

– Ela ainda está infeliz? – Sparhawk perguntou. – Pensei que já teria encontrado alguém para consolá-la a essa altura.

– Tenho certeza de que ela encontrou... muitos, provavelmente, mas você sabe como Lillias é. Ela guarda mágoas.

– Deixei a loja inteira para ela – Sparhawk argumentou, defendendo-se. – Ela deve estar muito bem de vida se estiver cuidando dos negócios.

– Pelo que ouvi, ela está bem, mas essa não é a questão. O problema é que você se despediu, e deixou seu legado, por meio de um bilhete. Você não lhe deu a oportunidade de gritar, chorar e ameaçar que iria cometer suicídio.

– Era isso o que eu tinha em mente.

– Você foi extremamente descortês para com ela, meu amigo. Lillias adora fazer um teatro; quando fugiu no meio da noite como fez, você tirou dela uma ótima oportunidade dramática. – Voren estava sorrindo escancaradamente.

– Você realmente vai insistir nisso?

– Só estou tentando te dar um conselho de amigo, Sparhawk. Tudo o que você terá de enfrentar em Dabour são alguns milhares de fanáticos malucos. Aqui em Jiroch você terá de encarar Lillias, e ela é muito, muito mais perigosa.

Capítulo 21

Eles deixaram a casa de Voren, silenciosamente, cerca de meia hora depois. Sparhawk observou Sephrenia com atenção conforme montavam em seus cavalos. Apesar de ser pouco mais de meio-dia, ela já dava sinais de cansaço.

– Essa coisa que está atrás de nós poderia conjurar uma tromba d'água em um rio? – ele questionou.

– É difícil afirmar – ela respondeu, franzindo o cenho. – Normalmente eu diria que não, que não há água suficiente. Mas as criaturas do submundo podem contornar algumas leis naturais se quiserem. – Parou para pensar por um momento. – Quão largo é esse rio?

– Não muito – Sparhawk respondeu. – Não há água o bastante em Rendor inteiro para criar um rio largo.

– As margens do rio dificultariam o direcionamento – Sephrenia comentou, pensativa. – Você mesmo reparou na maneira errática com que se movia aquela tromba que destruiu o navio de Mabin.

– Então teremos de nos arriscar – ele declarou. – Você está exausta demais para cavalgar todo o caminho até Dabour, e vai ficar cada vez mais quente conforme prosseguirmos para o sul.

– Não corra riscos desnecessários por minha causa, Sparhawk.

– Não é só por sua causa – ele argumentou. – Já perdemos muito tempo, e seguir pelo rio será mais rápido do que a cavalo. Ficaremos perto da margem caso precisemos sair rápido do barco.

– O que você achar melhor – ela disse, curvando-se um pouco sobre sua sela.

Cavalgaram pela rua congestionada, onde nômades de mantos negros vindos do deserto se misturavam às pessoas da cidade, vestidas com roupas mais brilhantes, e a mercadores dos reinos do norte. A rua estava repleta de sons e aromas peculiarmente rendorenhos: especiarias, perfumes e o sempre presente cheiro de azeite de oliva fervente.

– Quem é essa tal de Lillias? – Kurik perguntou, cheio de curiosidade, conforme desciam uma rua em direção ao rio.

– Não é importante – Sparhawk respondeu abruptamente.

– Se ela é perigosa, eu diria que é relativamente importante saber a seu respeito.

– Lillias não é perigosa nesse sentido.

– Pelo que entendi, você era próximo dessa mulher.

Estava claro que Kurik não tinha a intenção de deixar o assunto de lado. Sparhawk fez uma careta amargurada.

– Muito bem – ele desistiu. – Estive em Jiroch por dez anos. Voren me colocou em uma lojinha onde assumi o nome Mahkra. A ideia era que eu ficasse oculto para que Martel e seus capangas não pudessem me encontrar. A fim de me ocupar de algo, eu reunia informações para Voren, mas, para fazer isso, precisava agir como todos os outros mercadores da rua. Todos eles tinham amantes, portanto, eu também precisava de uma. O nome dela era Lillias. Satisfeito?

– Essa foi rápida. Posso assumir que a dama tem um pavio curto?

– Não, Kurik. O pavio dela é bem longo. Lillias é o tipo de mulher que guarda ressentimentos.

– Ah, ela é desse tipo. Gostaria de conhecê-la.

– Não gostaria, não. Não acho que você apreciaria todo o drama e a gritaria.

– Tão ruim assim?

– Por que você acha que fugi na calada da noite? Que tal esquecermos essa história?

Kurik começou a rir e emendou:

– Desculpe-me por achar graça, milorde, mas, se bem me lembro, o senhor não foi muito condescendente quando contei a respeito de *minha* indiscrição com a mãe de Talen.

– Está certo. Estamos quites. – Sparhawk fechou a boca e continuou a cavalgar, ignorando a risada de Kurik.

O cais que se projetava na correnteza lamacenta do rio Gule era instável e estava repleto de redes de pesca. Dezenas de embarcações fluviais, feitas de tábuas largas, que transitavam entre Jiroch e Dabour estavam atracadas a ele. Marinheiros morenos, trajando apenas tangas e lenços enrolados em suas cabeças, passavam o tempo em ócio nos deques. Sparhawk desmontou e se aproximou de um homem de aspecto cruel, caolho e trajando um folgado manto listrado. O homem de um olho só estava no cais berrando ordens para um trio de marinheiros aparentemente indolentes a bordo de uma barcaça enlameada.

– Seu barco? – o cavaleiro perguntou.

– O que tem ele?

– Está disponível?

– Depende do preço.

– Podemos discutir isso. Quantos dias até chegar em Dabour?

– Três, talvez quatro; vai depender do vento. – O capitão estava avaliando Sparhawk e os outros com seu olho bom. Sua expressão mudou, esboçou um sorriso repleto de hipocrisia e sugeriu: – Que tal discutirmos o preço, nobre senhor?

Sparhawk fingiu regatear um pouco, então pescou parte das moedas da bolsa que Voren havia lhe dado e contou algumas peças de prata, entregando-as na mão engordurada do ribeirinho. O único olho do homem reluziu quando viu a bolsa de dinheiro.

Embarcaram e amarraram suas montarias na meia-nau enquanto os três marinheiros recolhiam as amarras e empurravam o barco para a correnteza, erguendo a única e oblíqua vela. O rio era moroso e a brisa forte que soprava do mar vinda do Estreito Arciano dava forças à embarcação para seguir rio acima, contra a correnteza, a uma boa velocidade.

– Prestem muita atenção – Sparhawk murmurou para seus companheiros enquanto retiravam as selas de seus cavalos. – Nosso capitão parece ser um intrépido homem de negócios com o olho aberto para novas oportunidades. – Andou até onde o homem de um olho só estava parado, ao lado da barra do leme. – Quero que você nos mantenha o mais próximos possível da margem.

– Para quê? – O único olho do capitão ganhou um aspecto preocupado.

– Minha irmã tem medo de água – Sparhawk improvisou. – Quando eu pedir, quero que você atraque para que ela desça.

– É você quem está pagando – o capitão deu de ombros. – Faremos como você preferir.

– Continuamos durante a noite? – Sparhawk questionou.

O capitão negou com um movimento de cabeça.

– Alguns seguem, mas eu, não. Tem muitos detritos e pedregulhos submersos para o meu gosto. Atracamos na margem quando começa a escurecer.

– Bom. Gosto de prudência em um marinheiro. Faz com que a viagem seja mais segura... o que me lembra de outra coisa. – Sparhawk abriu a frente de seu manto, revelando a cota de malha e sua espada larga embainhada na lateral. – Você me entendeu? – ele perguntou.

O rosto do capitão transpareceu sua decepção.

– Você não tem o direito de me ameaçar em meu próprio barco – ele explodiu.

– Como você disse antes, sou eu quem está pagando. Sua tripulação não me parece muito honesta, capitão, e sua expressão não me inspira confiança.

O capitão ficou emburrado.

– Você não precisa insultar.

– Caso o esteja julgando erroneamente, pedirei desculpas depois. Temos certos bens valiosos e preferimos mantê-los conosco. Meus amigos e eu dormiremos na proa. Você e seus marinheiros dormem na popa. Creio que isso não será um grande inconveniente.

– Você não está sendo cauteloso demais?

– São tempos turbulentos, vizinho. Tempos turbulentos. Lembre-se: quando atracarmos para passar a noite, mantenha seus homens na popa... e diga que sonambulismo não é recomendado. Um navio pode ser um lugar muito perigoso para esse tipo de coisa, e eu tenho o sono leve. – O cavaleiro virou-se e saiu andando.

Ambas as margens do rio eram cobertas por uma vegetação alta e espessa, apesar de as encostas das colinas que se erguiam para além dessas faixas estreitas de verde serem desnudas e rochosas. Sparhawk e seus amigos sentaram-se na proa atentos ao capitão e a seus marinheiros, e de olho em qualquer sinal de alterações atmosféricas suspeitas. Flauta estava sentada no gurupés tocando seu instrumento enquanto Sparhawk conversava em voz baixa com Sephrenia e Kurik. Sephrenia já conhecia os costumes daquele país, portanto os conselhos de Sparhawk eram mais voltados para seu escudeiro. Ele o acautelou sobre pequenos gestos que poderiam ser encarados como insultos pessoais e outras coisas que podiam ser consideradas sacrilégio.

– Quem inventou essas regras estúpidas? – Kurik perguntou com indignação.

– Eshand – Sparhawk respondeu. – Ele era louco, e pessoas loucas sentem-se mais seguras ao seguir rituais.

– Mais alguma coisa?

– Só mais uma. Se você deparar com um carneiro, deve dar passagem a ele.

– Como é que é? – o tom de voz de Kurik estava carregado de incredulidade.

– Isso é muito importante, Kurik.

– Você não está falando sério!

– Seríssimo. Eshand era pastor quando criança e ficava completamente revoltado quando alguém cavalgava por entre seu rebanho. Quando subiu ao poder, anunciou que Deus lhe havia revelado que carneiros eram sagrados e que todos deveriam abrir caminho para esses animais.

– Isso é loucura, Sparhawk – Kurik protestou.

– Claro que é. Mas aqui é lei.

– Não é curioso que as revelações do Deus eleno sempre coincidam precisamente com os preconceitos de Seus profetas? – Sephrenia murmurou.

– Esses eshandistas não fazem nada que se assemelhe ao comportamento de uma pessoa normal? – Kurik perguntou.

– Na verdade, não muita coisa.

Conforme o sol se punha, o capitão atracou o barco contra a margem do rio e, junto com seus marinheiros, espalharam suas enxergas na popa. Sparhawk levantou-se e foi até a meia-nau. Colocou a mão no pescoço de Faran e disse a seu corcel robusto:

– Fique acordado. Se alguém começar a se esgueirar por aí no meio da noite, me avise.

Faran arreganhou os dentes e girou até que estivesse encarando a popa de maneira resoluta. Sparhawk deu um tapinha afetuoso em sua anca e voltou para a proa.

Comeram um jantar frio, composto de pão e queijo, e logo depois estenderam seus cobertores no deque.

– Sparhawk – Kurik chamou depois que haviam se deitado para dormir.

– Sim, Kurik?

– Acabo de ter uma ideia. Em Dabour, é grande o fluxo de entrada e saída de pessoas a cavalo?

– Geralmente, sim. A presença de Arasham costuma atrair grandes multidões.

– Era o que eu tinha pensado. Não atrairíamos menos atenção se saíssemos deste barco a alguns quilômetros de distância de Dabour e nos juntássemos a um grupo de peregrinos rumando para a cidade?

– Você pensa em tudo, não é Kurik?

– É para isso que você me paga, Sparhawk. Às vezes, vocês cavaleiros não são práticos. É trabalho de um escudeiro mantê-los longe de problemas.

– Fico grato por isso, Kurik.

– Ao seu dispor – Kurik retrucou.

A noite passou sem incidentes e, logo que o sol nasceu, os marinheiros soltaram as amarras e ergueram a vela novamente. Passaram pela vila de Kodhl na metade da manhã do dia seguinte e prosseguiram a navegar rio acima em direção à cidade sagrada de Dabour. O trecho do rio entre essas duas localidades era mais movimentado. Não parecia haver um padrão reconhecível no tráfego, e as embarcações com frequência batiam umas nas outras. Tais incidentes normalmente eram seguidos de maldições e insultos.

Quando o sol estava quase a pino no quarto dia, Sparhawk seguiu até a popa para falar com o capitão caolho.

– Estamos chegando bem perto, não estamos? – ele perguntou.

– Menos de trinta quilômetros – o capitão respondeu, movendo levemente a barra do leme para evitar a colisão com um barco na direção oposta. – Cão sarnento filho de uma égua de três patas! – ele berrou para o timoneiro da outra embarcação.

– Que a verruguenta da sua mãe exploda! – o timoneiro respondeu agradavelmente.

– Acho que eu e meus amigos vamos desembarcar antes de chegar à cidade – Sparhawk disse ao capitão. – Gostaríamos de dar uma olhada nos arredores antes de topar com qualquer seguidor de Arasham, e imagino que o cais seja vigiado com rigor.

– Isso é bem sábio – o capitão concordou. – Além do mais, desconfio de que vocês vão aprontar alguma coisa, e prefiro não me envolver.

– Funciona para nós dois, não é mesmo?

No começo da tarde o capitão baixou a barra do leme e fez com que a proa de seu barco apontasse uma faixa estreita de areia na praia.

– Isso é o mais perto que consigo te deixar – ele disse a Sparhawk. – As margens ficam pantanosas mais adiante.

– Qual a distância daqui até Dabour? – Sparhawk perguntou.

– Cerca de 7 quilômetros.

– Perto o suficiente.

Os marinheiros deslizaram a prancha de embarque da meia-nau até a areia e Sparhawk e seus amigos conduziram os cavalos e a mula de carga até a praia. Tão logo desembarcaram, os marinheiros puxaram a prancha de volta e empurraram a embarcação de volta ao rio com longas varas. Em seguida, o capitão manobrou seu barco e seguiu correnteza abaixo. Não chegaram a se despedir.

– Você vai ficar bem, Sephrenia? – Sparhawk perguntou à styrica. Seu rosto ainda estava abatido, embora as olheiras sob suas pálpebras tivessem diminuído.

– Ficará tudo certo, Sparhawk – ela assegurou.

– Mas se perdermos mais cavaleiros você não ficará bem, não é mesmo?

– Eu realmente não sei – ela respondeu. – Nunca estive nessa condição específica. Vamos logo para Dabour e falar com o doutor Tanjin.

Partiram da praia a galope por meio dos arbustos raquíticos que a margeavam e logo chegaram à estrada poeirenta que levava a Dabour. Havia outros viajantes no caminho, em sua maioria nômades de mantos negros e olhos escuros ardentes de fervor religioso. Em certa ocasião, foram forçados a sair da estrada por conta de um rebanho de carneiros. Os pastores, montados em mulas, passaram de maneira arrogante e bloquearam deliberadamente a via com seus animais o quanto puderam. Suas expressões abertamente desafiavam qualquer um a contrariá-los.

– Nunca gostei muito de carneiros – Kurik murmurou –, e agora gosto ainda menos de pastores de ovelhas.

– Não deixe transparecer – Sparhawk acautelou.

– Eles comem muita carne de carneiro, não é mesmo?

Sparhawk concordou com um aceno de cabeça.

– Não é um pouco incoerente matar um animal sagrado e comer sua carne?

– Coerência não é uma das características mais notáveis do pensamento rendorenho.

Conforme os carneiros passavam, Flauta ergueu seu instrumento e tocou uma melodia peculiar e dissonante. Os olhos dos carneiros subitamente se arregalaram, os animais se moveram a esmo por alguns instantes e, então, dispararam pelo deserto, com os pastores a persegui-los de maneira desesperada. Flauta cobriu a boca e deu uma risadinha surda.

– Pare com isso – Sephrenia a repreendeu.

– O que acabou de acontecer foi o que eu acho que aconteceu? – Kurik perguntou, incrédulo.

– Eu não ficaria surpreso se fosse – Sparhawk comentou.

– Sabe de uma coisa? Eu realmente gosto dessa garotinha – Kurik escancarou um sorriso.

Prosseguiram na retaguarda de uma multidão de peregrinos. Depois de algum tempo, chegaram ao topo de uma baixa colina e viram a cidade de Dabour se desdobrando à sua frente. Havia as costumeiras casas revestidas de argamassa branca aglomeradas próximas ao rio, mas além delas, estendendo-se em todas as direções, podiam-se ver centenas de grandes tendas negras. Sparhawk protegeu os olhos do sol com uma mão e perscrutou a cidade.

– Os cercados dos animais estão logo ali – ele informou, apontando para a periferia a leste da cidade. – Devemos encontrar Perraine em algum lugar por lá.

Desceram a colina, evitando as construções e tendas no setor sul de Dabour. Quando começaram a marchar por um conjunto de tendas armadas entre eles e os cercados dos animais, um nômade barbado saiu de detrás de uma tenda para barrar-lhes o caminho; em seu pescoço ele trazia um pingente de latão, engastado com um pedaço de vidro.

– Aonde vocês acham que estão indo? – ele questionou. Fazendo um gesto rápido e imperativo com uma das mãos, cerca de uma dúzia de outros homens trajando mantos negros apareceram, portando lanças compridas.

– Temos negócios a tratar nos cercados de animais, nobre senhor – Sparhawk respondeu agradavelmente.

– Ah, é mesmo? – o homem barbado zombou. – Não vejo nenhuma vaca por aqui. – Ele olhou ao redor para seus seguidores com um sorriso autocongratulador, como se estivesse terrivelmente orgulhoso de sua esperteza.

– As vacas estão a caminho, nobre senhor – Sparhawk o informou. – Fomos mandados na frente para iniciar as negociações.

O homem com o pingente franziu as sobrancelhas, esforçando-se para achar algo de errado nessa justificativa.

– Você sabe quem eu sou? – ele por fim indagou, em um tom de voz agressivo.

– Temo que não, nobre senhor – Sparhawk se desculpou. – Não tive o prazer de ser apresentado ao senhor.

– Você se acha muito esperto, não é? – o homem petulante acusou. – Todas essas respostas melífluas não me enganam nem um pouco.

– Eu não estava tentando ser capcioso, vizinho – Sparhawk retrucou, com uma ponta de rispidez em sua voz –, estava apenas sendo cortês.

– Eu sou Ulesim, discípulo predileto do santo Arasham – o homem barbado declarou, batendo em seu próprio peito com a mão cerrada.

– Estou profundamente honrado em conhecê-lo – Sparhawk disse, curvando-se em sua sela.

– Isso é tudo o que você tem a dizer? – Ulesim exclamou, com os olhos esbugalhados diante de tamanho insulto imaginado.

– Como eu disse, lorde Ulesim, estou profundamente honrado. Não esperava ser saudado por um homem tão ilustre.

– Não estou aqui para saudá-los, vaqueiro. Estou aqui para levá-los em custódia. Desçam de seus cavalos.

Sparhawk o olhou por algum tempo, avaliando a situação. Então, desceu de Faran e ajudou Sephrenia a desmontar.

– O que tudo isso significa, Sparhawk? – ela sussurrou enquanto colocava Flauta no chão.

– Acho que ele deve ser algum bajulador inferior que está tentando consolidar sua própria importância – Sparhawk sussurrou de volta. – Não queremos começar algo desagradável agora, então vamos fazer como ele quer.

– Levem os prisioneiros até minha tenda – Ulesim ordenou majestosamente depois de hesitar um pouco. O discípulo predileto não parecia saber exatamente o que deveria fazer.

Os lanceiros deram um passo adiante de maneira ameaçadora e um deles conduziu-os pelo caminho até uma tenda em cujo topo estava uma bandeirola caída, feita de um tecido verde e imundo.

Foram rudemente empurrados para dentro da tenda e, em seguida, a entrada foi fechada com um nó.

– Amadores – Kurik resmungou, com uma expressão repleta de desdém. – Eles seguravam aquelas lanças como se fossem bordões de pastoreio, e nem nos revistaram em busca de armas.

– Eles podem ser amadores, Kurik, mas conseguiram nos fazer prisioneiros – Sephrenia disse com suavidade.

– Não por muito tempo – Kurik rosnou, buscando por sua adaga que estava debaixo do manto que trajava. – Vou cortar a parte de trás da tenda e iremos embora.

– Não – Sparhawk murmurou. – Se fizermos isso, em menos de dois minutos teremos uma horda de fanáticos desvairados em nossos calcanhares.

– Nós não vamos simplesmente ficar sentados aqui, não é? – Kurik perguntou, incrédulo.

– Deixe que eu lido com isso, Kurik.

Sentaram e esperaram na tenda sufocante conforme os minutos se arrastavam.

Depois de algum tempo, a abertura da tenda se dobrou e Ulesim entrou com mais dois de seus homens logo atrás.

– Qual é o seu nome, vaqueiro? – ele perguntou com arrogância.

– Sou chamado de Mahkra, lorde Ulesim – Sparhawk respondeu com humildade –, estes são minha irmã, a filha dela e meu servo. Posso perguntar por que fui detido?

Os olhos de Ulesim se estreitaram.

– Há aqueles que se negam a aceitar a autoridade do santo Arasham – ele declarou. – Eu, Ulesim, o mais predileto de seus discípulos, assumi a responsabilidade de erradicar esses falsos profetas e condená-los à estaca. Santo Arasham confia inteiramente em mim.

– Isso ainda acontece? – Sparhawk questionou com ar surpreso. – Pensei que toda a oposição a Arasham houvesse sido suprimida há décadas.

– Não é verdade! Não é verdade! – Ulesim exclamou, quase berrando. – Ainda existem maquinadores e conspiradores se escondendo no deserto e à espreita nas cidades. Não descansarei até que eu tenha descoberto todos esses criminosos e os tenha entregado às chamas.

– O senhor não tem o que temer de mim e de meu grupo, lorde Ulesim – Sparhawk o assegurou. – Reverenciamos o profeta de Deus e prestamos-lhe reverência em nossas orações.

– É o que você diz, Mahkra, mas você é capaz de provar sua identidade e garantir que seus negócios na cidade sagrada são legítimos? – O fanático sorriu para seus dois sequazes como se tivesse marcado um ponto irrefutável.

– Ora, é claro, lorde Ulesim – Sparhawk respondeu calmamente –, creio que posso provar. Estou aqui para falar com um comprador de gado chamado Mirrelek. Talvez o senhor o conheça.

– O que teria eu, o discípulo predileto do santo Arasham, a tratar com um mero comprador de gado?

Um dos aduladores do discípulo se inclinou para a frente e sussurrou por um bom tempo no ouvido de Ulesim, cuja expressão se tornou cada vez menos segura de si até que, finalmente, ficou apavorada.

– Vou pedir para que esse comprador de gado que você mencionou se apresente – ele declarou, contrariado. – Se ele confirmar sua história, muito bem; caso contrário, levarei vocês diretamente ao santo Arasham para que ele mesmo os julgue.

– Como o senhor preferir, lorde Ulesim – Sparhawk fez uma mesura. – Se o senhor pedir a seu mensageiro para dizer a Mirrelek que Mahkra está aqui, mandando lembranças de sua mãezinha, tenho certeza de que ele virá imediatamente e esclarecerá toda essa questão.

– É melhor para você que isso aconteça, Mahkra – o discípulo barbado disse de maneira ameaçadora. Ele se virou para o adulador que havia sussurrado em seu ouvido. – Vá buscar esse tal de Mirrelek. Repita as palavras deste vaqueiro e diga que eu, Ulesim, discípulo predileto do santo Arasham, ordeno que ele se apresente de imediato.

– Não tardarei, discípulo predileto – o homem respondeu e se apressou para fora da tenda. Ulesim mirou furiosamente Sparhawk por algum tempo e então saiu da tenda, seguido pelo sicofanta que havia ficado para trás.

– Você ainda está com sua espada, Sparhawk – Kurik comentou. – Por que não trespassou esse tagarela? Eu poderia ter lidado com os outros dois.

– Não era necessário – Sparhawk deu de ombros. – Conheço Perraine suficientemente bem para saber que ele conseguiu se tornar indispensável para Arasham. Ele logo estará aqui e colocará Ulesim-discípulo-favorito-do-santo--Arasham em seu devido lugar.

– Você não está se arriscando, Sparhawk? – Sephrenia perguntou. – O que acontecerá se Perraine não reconhecer o codinome Mahkra? Pelo que me lembro, você ficou em Jiroch e ele está aqui em Dabour há anos.

– Ele pode não reconhecer o nome que uso aqui em Rendor, mas tenho certeza de que vai reconhecer o seu, mãezinha. É uma contrassenha antiga. Os pandions a têm usado há anos.

Ela piscou.

– Sinto-me lisonjeada, mas por que ninguém me avisou?

Sparhawk virou-se para ela, surpreso.

– Todos nós achávamos que você soubesse.

Passou-se talvez um quarto de hora até que Ulesim conduziu para dentro da tenda um homem magro e taciturno num manto listrado. Ulesim tornara-se obsequioso e sua expressão transparecia preocupação.

– Esta é a pessoa da qual lhe falei, honrado Mirrelek – ele adulou.

– Ah, Mahkra – o homem magro saudou, dando um passo à frente e tomando a mão de Sparhawk afetuosamente. – Que bom vê-lo novamente. O que está acontecendo aqui?

– Um pequeno mal-entendido, Mirrelek – Sparhawk respondeu, fazendo uma mesura para seu colega pandion.

– Bem, agora tudo está resolvido. – Sir Perraine virou-se para o discípulo predileto. – Não é mesmo, Ulesim?

– C-claro, honrado Mirrelek – Ulesim gaguejou, visivelmente pálido.

– O que aconteceu para justificar a detenção de meus amigos? – o tom de voz de Perraine era suave, mas havia uma ponta de irritação.

– E-eu estava apenas tentando proteger o santo Arasham.

– Ah, é? E por acaso ele pediu sua proteção?

– Bem... não com todas as palavras.

– Entendo. Isso foi muito corajoso de sua parte, Ulesim. Certamente você sabe o que pensa o santo Arasham sobre aqueles que agem de maneira independente de suas instruções. Muitos perderam a cabeça por assumir responsabilidades por conta própria.

Ulesim estremeceu visivelmente.

– Mas tenho certeza de que ele o perdoará quando eu lhe fizer o relato deste incidente. Um homem de menor importância seria enviado diretamente ao cadafalso, mas você é o discípulo predileto dele, não é mesmo? Precisa de mais alguma coisa, Ulesim?

Calado, com o rosto mais pálido que antes, Ulesim balançou a cabeça de um lado para o outro.

– Sendo assim, eu e meus amigos vamos embora. Vamos, Mahkra? – Sir Perraine os conduziu para fora da tenda.

Conforme cavalgavam pelo mar de tendas que crescera além da periferia de Dabour, Perraine comentou extensivamente sobre como o mercado de gado estava retraído naqueles dias. As tendas pelas quais eles passavam pareciam ter sido montadas a esmo e não havia nada que lembrasse uma rua. Uma multidão de crianças imundas corria e brincava na areia, cachorros desconsolados levantavam-se das sombras ao lado das tendas para latir apaticamente algumas vezes antes de retornar a seus lugares para fugirem do sol.

A casa de Perraine era uma estrutura quadrada e nada atrativa que ficava no centro de um jardim repleto de ervas daninhas, logo depois das tendas.

– Entrem – o cavaleiro os convidou em voz alta quando chegaram à porta. – Quero ouvir mais sobre essas cabeças de gado trazidas por vocês.

Prosseguiram para dentro da casa e o anfitrião fechou a porta. Estava escuro e fresco. A moradia era composta de um único cômodo. Havia uma cozinha rudimentar em uma das laterais e uma cama desarrumada do outro lado. Uma variedade de jarras grandes e porosas estava pendurada nas vigas, e cada uma gotejava umidade que caia em poças no chão. Uma mesa e dois bancos ocupavam o centro do recinto.

– Não é muito luxuoso – Perraine se desculpou.

Sparhawk mirou desconfiado para a única janela que ficava na parede traseira da construção, que parecia precariamente coberta por uma veneziana.

– É seguro para conversarmos? – ele questionou em voz baixa.

– Ah, sim, Sparhawk – Perraine riu. – Em meu tempo livre, tenho cultivado uma espinheira debaixo daquela janela. Você ficaria surpreso quanto ela cresceu e quão afiados são seus espinhos. Você parece estar bem, meu amigo. Não o vejo desde a época em que éramos noviços. – Perraine falava com um leve sotaque. Ao contrário da maioria dos pandions, ele não era eleniano, mas vinha de algum lugar das vastidões de Eosia central. Sparhawk sempre gostara dele.

– Parece que você aprendeu a falar, Perraine – Sephrenia comentou. – Você sempre foi tão calado.

Ele sorriu e explicou:

– Era meu sotaque, mãezinha. Não queria que os outros fizessem troça. – Ele tomou os pulsos da styrica e beijou as palmas de suas mãos na costumeira saudação e pediu sua bênção.

– Você se lembra de Kurik? – Sparhawk perguntou.

– Claro – Perraine respondeu. – Ele me ensinou a usar a lança. Olá, Kurik. Como vai Aslade?

– Muito bem, Sir Perraine – Kurik disse. – Direi a ela que o senhor se lembrou dela. O que foi todo aquele negócio agora há pouco? Com Ulesim, quero dizer.

– Ele é um dos bajuladores intrometidos que orbitam Arasham.

– E ele é mesmo um discípulo?

– Duvido que Arasham saiba qual é o nome dele – Perraine bufou. – Claro que há dias em que Arasham não se lembra do próprio nome. Existem dezenas de pessoas como Ulesim... discípulos autoproclamados que saem por aí atazanando a vida de pessoas honestas. A essa altura, ele deve estar 8 quilômetros deserto adentro, no mínimo, e ainda cavalgando furiosamente para mais longe. Arasham é bem rigoroso com aqueles que abusam da pouca autoridade com que ele os investe. Por que não nos sentamos?

– Como você conseguiu reunir tanto poder, Perraine? – Sephrenia questionou. – Ulesim se portou como se você fosse um rei.

– Na verdade, não foi muito difícil – ele explicou. – Arasham só tem dois dentes em sua boca, e eles não se encontram. Forneço a ele uma peça de vitela macia e suculenta a cada duas semanas como demonstração do meu apreço incomensurável por sua figura. Pessoas idosas têm muito apreço pelo próprio estômago, então Arasham me agradece profundamente. Seus discípulos não são cegos, portanto, eles me respeitam por causa da gratidão de Arasham. Agora, o que os traz a Dabour?

– Voren sugeriu que nós o procurássemos – Sparhawk disse. – Temos que falar com uma pessoa aqui e não queríamos atrair muita atenção.

– Minha casa é sua casa – Perraine falou ironicamente –, do jeitinho que ela está. Quem é essa pessoa com quem vocês precisam falar?

– Um médico chamado Tanjin – Sephrenia respondeu, retirando o véu.

– Você *realmente* parece estar indisposta, Sephrenia – ele comentou –, mas vocês não acharam nenhum médico em Jiroch?

– Não é para mim, Perraine – ela esboçou um sorriso. – É para outra pessoa. Você conhece esse Tanjin?

– Todos em Dabour o conhecem. Ele está alojado nos fundos de uma farmácia na praça central. Mas está sendo vigiado. Há boatos espalhados por aí de que por vezes ele utiliza magia, e os zelotes querem pegá-lo em flagrante.

– Você acha que é melhor ir a pé até a praça?

Perraine concordou com um aceno de cabeça.

– E acho melhor esperarmos para sairmos pouco antes do pôr do sol – Sparhawk acrescentou –, assim contamos com a escuridão na hora de voltar... só por precaução.

– Quer que eu os acompanhe?

– Acho melhor irmos só Sephrenia e eu – Sparhawk argumentou. – Você mora aqui e terá de ficar, mas nós não. Se Tanjin está sob suspeita, visitá-lo pode comprometer sua posição em Dabour.

– Fique longe de becos, Sparhawk – Kurik rosnou.

Sparhawk chamou Flauta com um gesto e a menina veio, obediente. Ele colocou suas mãos nos ombrinhos dela e mirou diretamente em seus olhos.

– Quero que você fique aqui com Kurik – ele disse.

Ela devolveu o olhar com gravidade, então virou o rosto descaradamente.

– Pare com isso – ele a repreendeu. – Escute aqui, mocinha, estou falando sério.

– Apenas peça a ela, Sparhawk – Sephrenia aconselhou. – Não tente lhe dar ordens.

– Por favor, Flauta – ele implorou. – Você poderia, *por favor*, ficar aqui?

Ela sorriu com doçura, juntou as mãos à frente do corpo e fez uma mesura.

– Viu como é fácil? – Sephrenia murmurou.

– Já que temos algum tempo, vou preparar algo para vocês comerem – Perraine disse, levantando-se.

– O senhor reparou que suas garrafas estão vazando, Sir Perraine? – Kurik observou, apontando para os recipientes pendurados nas vigas, que continuavam a pingar.

– Sim – Perraine respondeu. – Fazem sujeira no chão, mas ajudam a manter o ar aqui dentro mais fresco. – Ele foi até o forno e manuseou por algum tempo sua pederneira, aço e isqueiro. Fez um pequeno fogo com alguns ramos e pedaços de galhos retorcidos de arbustos do deserto. Em seguida, colocou uma chaleira no fogo, pegou uma frigideira e untou-a com óleo. Repousando a frigideira na brasa, apanhou vários pedaços de carne de uma tigela tampada. Quando o óleo começou a ferver, deitou a carne na frigideira. – Temo que só tenha carne de cordeiro – ele se desculpou. – Não estava esperando companhia. – Temperou generosamente a carne que chiava ao fogo para disfarçar seu sabor, então trouxe pratos pesados para a mesa. Voltou ao fogão e abriu um recipiente de barro. Tirou um punhado de chá da vasilha, depositou-o em uma caneca e nela despejou água quente da chaleira. – Para você, mãezinha – ele disse, entregando a caneca para Sephrenia com um floreio.

– Que simpático – ela comentou. – Você é um amor, Perraine.

– Vivo apenas para servir – ele replicou com pompa. Trouxe figos frescos e uma tábua de queijos, e logo depois colocou a frigideira fumegante no centro da mesa.

– Você errou em sua vocação, meu amigo – Sparhawk observou.

– Aprendi a cozinhar para mim mesmo há muito tempo. Eu poderia contratar um serviçal, mas não confio em estranhos. – Ele se sentou à mesa. – Tome cuidado lá fora, Sparhawk – ele acautelou enquanto começavam a comer. – Os seguidores de Arasham são meio cabeças-ocas, e são obcecados pela ideia de pegar algum vizinho no flagra cometendo a menor transgressão. Arasham vai fazer uma pregação esta noite, logo depois de o sol se pôr, e ele consegue inventar uma nova proibição a cada noite.

– Qual foi a última? – Sparhawk perguntou.

– Matar moscas. Ele diz que elas são mensageiras de Deus.

– Você não está falando sério.

Perraine deu de ombros.

– Acho que seu repertório de coisas a proibir está acabando, e sua imaginação é severamente limitada. Você vai querer mais carne?

– Não, muito obrigado, Perraine, mas um pedaço de cordeiro é o meu limite – Sparhawk agradeceu, pegando um figo.

– Um pedaço por dia?

– Não. Um por ano.

Capítulo 22

O SOL ESTAVA TINGINDO O HORIZONTE ocidental com a coloração de ferrugem quando Sparhawk e Sephrenia chegaram à praça próxima ao centro de Dabour, e a luz que refletia do céu vespertino banhava os muros das construções e os rostos das pessoas com um brilho rubro. Sephrenia havia envolvido seu braço esquerdo em uma tipoia improvisada, e Sparhawk segurava seu outro cotovelo de modo solícito conforme caminhavam.

– É logo ali – ele disse em voz baixa, indicando com a cabeça para o outro lado.

Sephrenia apertou um pouco mais o véu em torno de seu nariz e de sua boca, então os dois atravessaram por entre a multidão que se movia pelo centro da praça.

Em alguns lugares, junto às paredes das construções, nômades de mantos negros e encapuzados se recostavam, seus olhos alertas e cheios de suspeita enquanto observavam os rostos de todos que passavam.

– Crentes fervorosos, atentos para os pecados de seus vizinhos – Sparhawk resmungou, com sarcasmo.

– É sempre assim, Sparhawk – ela respondeu. – Intransigência é uma das características mais comuns dos homens, e a menos atrativa. – Passaram por um dos vigilantes e entraram na loja de odor desagradável.

O farmacêutico era um homenzinho rechonchudo com uma expressão apreensiva em seu rosto.

– Não sei se o doutor Tanjin concordará em atendê-los – ele disse quando pediram para falar com o médico. – Ele está sendo vigiado, vocês sabem.

– Sim – anuiu Sparhawk. – Vimos vários vigilantes lá fora. Por favor, avise-o de que estamos aqui. O braço de minha irmã precisa de cuidados.

O receoso farmacêutico passou rapidamente por uma cortina que cobria o batente de uma porta que levava aos fundos da loja. Alguns instantes depois ele retornou.

– Perdoem-me – o homem se desculpou. – Ele disse que não atenderá nenhum novo paciente.

– Como pode um homem que se dedica à medicina se negar a atender uma pessoa ferida? – Sparhawk retrucou, erguendo a voz. – O juramento que ele fez significa tão pouco aqui em Dabour? Em Cippria, os médicos são mais honrados. Meu bom amigo, o doutor Voldi, nunca se recusaria a atender doentes ou feridos.

A situação ficou em suspenso por algum tempo, mas logo em seguida as cortinas se abriram no meio. O homem que enfiou a cabeça por entre as duas metades tinha um nariz muito comprido, o lábio inferior vacilante, orelhas de abano e olhos aquosos e fracos. Ele vestia um avental branco próprio dos médicos.

– Você mencionou Voldi? – ele perguntou num tom de voz anasalado e agudo. – Você o conhece?

– É claro – Sparhawk respondeu. – Um homem pequeno que está ficando careca e tinge o cabelo. Tem sua própria pessoa em alta conta.

– Esse é o Voldi, sim, senhor. Traga sua irmã aqui atrás... e se apresse. Não deixe que ninguém lá do lado de fora veja vocês. – Sparhawk tomou o cotovelo de Sephrenia e a conduziu pelas cortinas.

– Alguém os viu entrando? – o homem narigudo perguntou com nervosismo.

– Várias pessoas, creio eu – Sparhawk deu de ombros. – Elas estão enfileiradas pelos muros da praça como um bando de abutres, tentando farejar pecados.

– Não é seguro falar desse modo em Dabour, meu amigo – Tanjin acautelou.

– Talvez. – Sparhawk olhou ao redor. O cômodo era desalinhado e um dos cantos estava repleto de caixas de madeira e pilhas de livros. Um abelhão persistente batia de cabeça contra a única e imunda janela, tentando sair. Havia um sofá baixo encostado contra uma das paredes, várias cadeiras com encostos retos e uma mesa no centro. – Vamos direto aos negócios, doutor Tanjin? – ele sugeriu.

– Certo, sente-se aqui e vou ver como está seu braço – o médico disse para Sephrenia.

– O senhor pode fazê-lo, se isso for de seu agrado, doutor – ela respondeu, arrastando a cadeira e tirando o braço da tipoia. Sephrenia puxou a manga de seu manto e revelou um braço surpreendentemente jovem e delicado.

O doutor olhou com hesitação para Sparhawk.

– Você obviamente compreende que não estou abusando de sua irmã, mas devo examiná-la.

– Entendo o procedimento, doutor.

Tanjin inspirou fundo e dobrou o pulso de Sephrenia para a frente e para trás diversas vezes. Em seguida, correu os dedos delicadamente pelo antebraço e dobrou o cotovelo. Ele engoliu em seco e passou para a porção superior do braço. Então, moveu o braço de Sephrenia para cima e para baixo enquanto seus próprios dedos tocavam com gentileza o ombro da styrica.

– Não há nada de errado com este braço – ele acusou.

– Que bom saber disso – ela murmurou, removendo o véu de seu rosto.

– Madame! – ele exclamou, chocado. – Cubra-se!

– Ora, seja razoável, doutor – ela retrucou. – Não estamos aqui para falar de braços e pernas.

– Vocês são espiões! – ele ofegou.

– De certo modo, sim – ela concordou calmamente. – Mas até mesmo espiões têm motivos para se consultar com médicos de vez em quando.

– Vão embora agora mesmo! – ele ordenou.

– Nós acabamos de chegar – Sparhawk contrapôs, tirando o capuz. Virando-se para Sephrenia, emendou: – Vá em frente, irmã querida, e diga a ele por que estamos aqui.

– Diga-me, Tanjin, a palavra "darestim" lhe é familiar? – ela perguntou.

A expressão do médico mudou, denunciando um sentimento de culpa, e ele olhou para a cortina da passagem, afastando-se da styrica.

– Não seja modesto, doutor – Sparhawk disse. – As notícias se espalharam sobre como você curou o irmão e vários sobrinhos do rei depois de eles terem sido envenenados com darestim.

– Não há provas disso.

– Não preciso de provas. Preciso de uma cura. Uma amiga nossa sofre do mesmo problema.

– Mas não existe cura ou antídoto para o darestim.

– Então, como o irmão do rei ainda vive?

– Você está trabalhando para eles – o médico acusou, apontando vagamente para a praça. – Você está tentando me enganar para que eu confesse.

– "Eles" quem? – Sparhawk questionou.

– Os fanáticos que seguem Arasham. Eles estão tentando provar que uso bruxaria em meu trabalho.

– E você usa?

O médico se retraiu, pedindo:

– Por favor, vão embora. Vocês estão colocando minha vida em grave perigo.

– Como o senhor já deve ter notado, doutor, não somos rendorenhos – Sephrenia insistiu. – Não temos os mesmos preconceitos que seus conterrâneos, portanto o uso de magia não nos ofende. É algo bem comum no lugar de onde viemos.

Ele piscou, um pouco incerto.

– Essa nossa amiga, aquela que mencionei há pouco, nos é muito cara – Sparhawk prosseguiu –, e faremos qualquer coisa para achar uma cura para esse veneno. – Para enfatizar suas palavras, ele abriu seu manto. – Qualquer coisa.

O doutor olhou boquiaberto para a cota de malha e a espada embainhada.

– Não há necessidade de ameaçá-lo, irmão querido – Sephrenia argumentou. – Tenho certeza de que o doutor ficará mais do que satisfeito em descrever o tratamento que ele descobriu. Afinal, ele é um mestre na arte da cura.

– Madame, não sei do que a senhora está falando – Tanjin contrapôs em completo desespero. – Não há cura para o darestim. Não sei onde vocês ouviram esses boatos, mas posso lhes assegurar que eles são absolutamente falsos. Eu *não* uso bruxaria em minha profissão. – Ele lançou outro olhar rápido e nervoso para as cortinas da entrada.

– Mas o doutor Voldi de Cippria nos disse que o senhor *de fato* curou membros da família do rei.

– Bem... sim, creio que curei, mas o veneno não era darestim.

– Qual era, então?

– Hmmm... porgutta, eu acho. – Era óbvio que ele estava mentindo.

– Então, por que o rei o convocou, doutor? – ela pressionou. – Um simples purgante purificaria o corpo de porgutta. Qualquer aprendiz de médico sabe disso. Certamente não pode ter sido um veneno tão inofensivo.

– Uh... bem, deve ter sido algum outro. Não me lembro com precisão.

– Creio, irmão querido, que o bom doutor precisa de uma garantia... alguma prova categórica de que ele pode confiar em nós e de que somos quem dizemos ser – Sephrenia comentou para Sparhawk. Ela olhava para o abelhão irritante que ainda tentava, com teimosia, atravessar a janela à força. – O senhor já se perguntou por que nunca se vê um abelhão durante a noite, doutor? – ela indagou ao médico assustado.

– Nunca considerei essa questão.

– Talvez o senhor devesse. – Ela começou a murmurar em styrico enquanto seus dedos começavam a traçar os padrões do feitiço.

– O que você está fazendo? – Tanjin exclamou. – Pare com isso! – Ele começou a se mover em direção a Sephrenia com uma mão estendida, mas Sparhawk o deteve.

– Não interfira – o cavaleiro robusto disse.

Então, Sephrenia esticou um dedo e soltou o feitiço.

O zumbido das asas do inseto subitamente começou a ser acompanhado por uma voz fina e vibrante que cantava com alegria em um idioma desconhecido para o homem. Sparhawk virou-se rapidamente para a janela imunda. O abelhão havia desaparecido e, em seu lugar, flutuava uma diminuta figura feminina saída diretamente do folclore. Seu cabelo claro descia como uma cascata por suas costas e entre as asas finas e translúcidas que batiam com agilidade. Seu pequeno corpo nu era bem formado, e o rosto minúsculo era tão adorável que tirava o fôlego.

– É assim que os abelhões imaginam que são – Sephrenia comentou com calma –, e talvez seja assim que eles realmente sejam... de dia, insetos comuns, mas à noite, criaturas maravilhosas.

Tanjin despencara em seu sofá desgastado, boquiaberto e com os olhos esbugalhados.

– Venha aqui, irmãzinha – Sephrenia cantarolou para a fada, esticando a mão.

A fada voou pelo cômodo, suas asas transparentes zumbindo e sua vozinha cada vez mais alta. Então, com delicadeza, pousou na palma esticada de Sephrenia, suas asas ainda agitando o ar. A styrica se virou, estendendo a mão em direção ao trêmulo médico. – Se o senhor quiser, pode segurá-la... só tome cuidado com o ferrão. – Ela apontou para a pequena rapieira na mão da fada.

Tanjin se retraiu, com as mãos em suas costas.

– Como foi que você fez isso? – ele questionou com a voz trêmula.

– Quer dizer que o senhor não consegue? As acusações contra o senhor *devem* ser falsas, afinal. Este feitiço é bem simples... na verdade, rudimentar.

– Como você pode ver, doutor, não temos reservas quanto ao uso de magia – Sparhawk observou. – Você pode falar abertamente conosco, sem temer ser denunciado para Arasham ou seus seguidores fanáticos.

Tanjin fechou os lábios com firmeza enquanto encarava a fada sentada com serenidade, mas com as asas ainda em movimento, na palma de Sephrenia.

– Não seja tedioso, doutor – Sephrenia suspirou. – Apenas nos conte como o senhor curou o irmão do rei e, logo em seguida, iremos embora.

Tanjin começou a se afastar dela.

– Creio, irmão querido, que estejamos perdendo nosso tempo aqui – ela disse a Sparhawk. – O bom doutor se recusa a cooperar. Pode voar, irmãzinha – ela disse para a fada, e a pequena criatura se elevou mais uma vez no ar. Virando-se para Tanjin, ela concluiu – Estamos indo embora, Tanjin.

Sparhawk começou a objetar, mas ela colocou uma mão em seu braço e seguiu para a porta.

– O que vocês farão com aquilo? – Tanjin bradou, apontando para a fada que voava em círculos pelo cômodo.

– O que faremos? – Sephrenia questionou. – Ora, nada, doutor. Ela está feliz de estar aqui. Alimente-a com açúcar, de tempos em tempos, e deixe um pires com água para ela. Em troca, ela cantará para o senhor. Mas não tente pegá-la. Isso a deixaria zangada.

– Você não pode deixá-la aqui! – ele exclamou em desespero. – Se alguém a vir, serei queimado na estaca, acusado de bruxaria.

– Ele enxerga diretamente o âmago do problema, não é mesmo? – Sephrenia comentou com Sparhawk.

– É uma das características marcantes de uma mente científica – Sparhawk sorriu. – Vamos embora?

– Esperem! – Tanjin apelou.

– Há mais alguma coisa que o senhor queira nos contar, doutor? – Sephrenia perguntou com suavidade.

– Está bem. Está bem. Mas vocês devem jurar manter segredo sobre o que eu revelar.

– É claro. Nossas bocas são túmulos.

Tanjin inspirou fundo e correu até a cortina para se certificar de que ninguém estava à escuta. Então ele voltou e os conduziu ao canto oposto, onde começou a falar em um sussurro rouco:

– Darestim é tão virulento que não há um remédio natural ou antídoto.

– Foi isso o que o doutor Voldi nos disse – Sparhawk anuiu.

– Vocês notaram que eu disse nenhum remédio *natural* ou antídoto – Tanjin prosseguiu. – Há alguns anos, seguindo o caminho que meus estudos me revelaram, encontrei um livro muito velho e interessante. Ele pré-datava a época de Eshand e fora escrito antes que suas proibições entrassem em vigor. Parece que os curandeiros primitivos aqui em Rendor utilizavam magia com frequência ao tratar seus pacientes. Por vezes, eram bem-sucedidos; outras, não... mas eles conseguiram realizar algumas curas impressionantes. As práticas tinham um elemento em comum. Existem alguns objetos neste mundo que possuem enorme poder. Os médicos de antigamente usavam esse tipo de coisa para curar seus pacientes.

– Entendo – Sephrenia murmurou. – Os curandeiros styricos às vezes recorrem a essas medidas desesperadas.

– Essa prática é bem comum no Império Tamul, no continente de Daresia – Tanjin retomou –, mas caiu em desuso aqui em Eosia. Os médicos eosianos preferem métodos científicos. Eles são mais confiáveis, para começo de conversa, e os elenos sempre tiveram suas dúvidas sobre o uso de magia. Mas darestim é tão potente que nenhum dos antídotos convencionais tem efeito. Objetos mágicos são a única cura possível.

– E o que o senhor usou para curar o irmão do rei e seus sobrinhos? – Sephrenia indagou.

– Era uma gema bruta, de cor peculiar. Creio que tenha vindo originalmente de Daresia, mas não posso afirmar. Acredito que os Deuses Tamuls infundiram seu poder naquela pedra.

– E onde se encontra essa gema? – Sparhawk perguntou com avidez.

– Ela foi destruída, temo dizer. Tive de triturá-la e misturar o pó em vinho para administrar a cura aos parentes do rei.

– Seu idiota! – Sephrenia explodiu. – Não é *assim* que se usa tal objeto. Basta encostá-lo no corpo do paciente e invocar o poder contido nele.

– Madame, sou um médico estudado – ele respondeu com arrogância. – Não posso transformar insetos em fadas, nem levitar meu corpo, muito menos lançar feitiços sobre meus inimigos. Apenas posso seguir as práticas comuns à minha profissão, e isso requer que o paciente ingira a medicação.

– Você destruiu uma pedra que poderia ter curado milhares de pessoas em favor de apenas alguns! – Com esforço, ela controlou sua raiva e perguntou: – O senhor conhece algum objeto semelhante?

– Alguns. – Ele deu de ombros. – Há uma grande lança no palácio imperial em Tamul, vários anéis em Zemoch, embora eu duvide de que eles seriam apropriados para curar alguém. Existem boatos acerca de um bracelete adornado com joias em algum lugar de Pelosia, mas poderia ser apenas um mito. Dizem que a espada do rei da ilha de Mithrium é dotada de grande poder, mas Mithrium afundou no mar muito tempo atrás. Também ouvi dizer que os styricos possuem algumas varinhas mágicas.

– Isso também é mito – ela retrucou. – Madeira é frágil demais para esse tipo de poder. Algum outro?

– Até onde sei, o único que restou é a joia na coroa real de Thalesia, mas ela está perdida desde a época da invasão zemoch. – Ele franziu o cenho e acrescentou: – Não sei se isso é de alguma ajuda, mas Arasham tem um talismã que ele diz ser o objeto mais sagrado e poderoso em todo mundo. Eu nunca o vi com meus próprios olhos, então não posso garantir; além disso, discernimento nunca foi uma qualidade de Arasham, portanto ele não pode ser considerado qualquer tipo de autoridade no assunto. E, de todo modo, vocês nunca conseguiriam pegar esse objeto.

Sephrenia recolocou o véu ao redor da porção inferior de seu rosto.

– Obrigada por sua franqueza, doutor – ela agradeceu. – Fique tranquilo, ninguém ouvirá seu segredo de nossos lábios. – Ela pensou por um momento. – Acho melhor o senhor colocar talas aqui – ela levantou o braço. – Isso servirá de prova aos curiosos de que tivemos um motivo legítimo para visitá-lo, e deve proteger tanto o senhor quanto a nós.

– É uma ótima ideia, madame – Tanjin apanhou duas talas de madeira e uma longa tira de pano.

– Você aceitaria um conselho de amigo, Tanjin? – Sparhawk perguntou enquanto o médico começava a imobilizar o braço de Sephrenia.

– Vou considerar.

– Faça isso. Se eu fosse você, começaria a juntar minhas coisas e iria para Zand. O rei pode protegê-lo lá. Saia de Dabour enquanto ainda pode. Os fanáticos fazem com que suspeitas se tornem certezas rapidamente, e não te ajudaria muito se sua inocência fosse provada *após* você ser queimado na estaca.

– Mas tudo o que tenho está aqui.

– Tenho certeza de que isso lhe será bem reconfortante quando seus pés estiverem pegando fogo.

– Você realmente acha que corro tanto perigo assim? – Tanjin questionou com a voz fraca, desviando sua atenção do braço de Sephrenia.

Sparhawk anuiu com a cabeça.

– Talvez até mais. Estimo que você terá sorte de sobreviver até o final da semana se ficar aqui em Dabour.

O médico começou a tremer violentamente enquanto Sephrenia colocava o braço imobilizado de volta na tipoia.

– Espere um pouco – Tanjin disse conforme os outros se dirigiam à porta. – E aquilo? – Ele apontou para a fada que cruzava o ar perto da janela.

– Ah – Sephrenia disse. – Desculpe. Quase me esqueci dela. – A styrica murmurou algumas palavras e fez um gesto vago.

O abelhão voltou a bater sua cabeça contra a janela.

Estava escuro quando eles emergiram da farmácia para a praça quase deserta.

– Não é muito – Sparhawk comentou, incerto.

– É mais do que tínhamos antes. Pelo menos sabemos como curar Ehlana. Tudo o que nos resta fazer é encontrar um desses objetos.

– Você conseguiria determinar se o talismã de Arasham tem algum tipo de poder?

– Creio que sim.

– Bom. Perraine nos disse que Arasham prega toda noite. Vamos encontrá-lo. Posso ouvir uma dúzia de sermões se isso nos colocar mais próximos de uma cura.

– Como você propõe tirar o talismã dele?

– Vou pensar em algo.

Um homem de manto negro subitamente se pôs no caminho dos dois.

– Parem bem aí – ele comandou.

– Qual o seu problema, vizinho? – Sparhawk perguntou.

– Por que vocês não estão aos pés do santo Arasham? – o homem de manto interpelou-os num tom acusatório.

– Estávamos a caminho – Sparhawk respondeu.

– Toda a Dabour sabe que o santo Arasham fala às multidões ao pôr do sol. Por que vocês estão deliberadamente se esquivando?

– Chegamos hoje à cidade – Sparhawk explicou –, e tive de procurar atenção médica para o braço ferido de minha irmã.

O fanático olhou torto para a tipoia de Sephrenia.

– Certamente vocês não se consultaram com o mago Tanjin! – ele disse num tom ultrajado.

– Quando se sente dor, não se pede para ver as credenciais do médico – Sephrenia retrucou. – Posso assegurá-lo, todavia, de que ele não usou bruxaria. Ele recolocou o osso quebrado no lugar e o imobilizou da mesma forma como qualquer outro profissional o faria.

– Os virtuosos não lidam com magos – o zelote declarou com teimosia.

– Façamos o seguinte, vizinho – Sparhawk sugeriu tranquilamente. – Por que eu não quebro o *seu* braço? Então você mesmo pode visitar o doutor. E se prestar bastante atenção, será capaz de dizer se ele usa bruxaria ou não.

O fanático deu um passo para trás, apreensivo.

– Ora, amigo, seja corajoso – Sparhawk falou, entusiasmado. – Não vai doer tanto assim, e pense como o santo Arasham vai apreciar seu zelo em desmascarar a abominação da bruxaria.

– Você poderia nos informar o local onde o santo Arasham se dirige às multidões? – Sephrenia interrompeu. – Nossas almas estão sedentas e famintas por suas palavras.

– É por ali – o homem receoso apontou. – Vocês podem ver as luzes das tochas.

– Obrigado, amigo – Sparhawk disse, fazendo uma mesura curta. Então franziu o cenho e perguntou: – Por que você mesmo não está no ofício desta noite?

– Eu... hmmm... Eu tenho uma tarefa mais importante – o homem declarou. – Tenho de buscar aqueles que se ausentam sem motivos e entregá-los para que sejam julgados.

– Ah, compreendo – Sparhawk murmurou. Começou a ir embora, mas voltou-se mais uma vez. – Você tem certeza de que não quer que eu quebre seu braço? Só vai levar um minutinho.

O fanático saiu correndo de lá.

– Você realmente tem que ameaçar a todos que encontra, Sparhawk? – Sephrenia perguntou.

– Ele me irritou.

– Você se irrita com facilidade, não é mesmo?

Ele considerou a questão.

– Sim, acho que sim – ele admitiu. – Vamos?

Seguiram pelas ruas escuras de Dabour até chegarem às tendas armadas nos arredores da cidade. A alguma distância para o sul, um brilho alaranjado pulsava em direção às estrelas cintilantes. Caminharam silenciosamente pelas tendas em direção à luz.

Tochas vacilantes foram colocadas em postes altos ao redor de uma espécie de anfiteatro natural, situado na extremidade sul da cidade, como uma depressão entre duas colinas. A concavidade estava tomada pelos seguidores de Arasham, e o santo louco estava ele próprio no alto de uma rocha a meia altura, em uma das colinas. Era alto e cadavérico, usando longos cabelos grisalhos e bastas sobrancelhas negras. Sua voz era estridente conforme discursava para seus seguidores, mas era difícil entender suas palavras por conta da falta de dentes. Quando Sparhawk e Sephrenia se juntaram à multidão, o velho estava discorrendo, de maneira extensa e completamente tortuosa, sobre uma prova do favor especial de Deus que, segundo ele, lhe fora concedida por meio de um sonho. Havia inúmeras falhas de lógica em seus argumentos, e grandes saltos no escuro baseados naquilo que, ali em Rendor, se passava por fé.

– O que ele está dizendo faz algum sentido? – Sephrenia sussurrou para Sparhawk num tom intrigado conforme ela removia as talas e a tipoia.

– Não que eu seja capaz de identificar – ele murmurou de volta.

– Era o que eu imaginava. O Deus eleno realmente encoraja esse tipo de baboseira histérica?

– A mim, pelo menos, não encorajou a tanto.

– Podemos nos aproximar mais?

– Acho que não. A multidão está bem densa perto de onde ele se encontra.

Arasham, então, se voltou para um de seus tópicos favoritos: a denunciação da Igreja. A religião organizada dos elenos, ele sustentava, fora amaldiçoada por Deus por não reconhecer a posição eminente que ele próprio ocupava como arauto escolhido e bem-amado do Altíssimo.

– Mas os perversos serão castigados! – ele proclamou num grito ceceante enquanto a saliva voava a partir de sua boca sem dentes. – Meus seguidores são invencíveis! Mas sejam pacientes por mais algum tempo, e eu erguerei meu santo talismã e os conduzirei para guerrear contra eles! Os Cavaleiros da Igreja serão enviados contra nós, mas não os temam! O poder desta santa relíquia os ceifará diante de nós como palhiça contra o vento! – Ele segurou algo acima de sua cabeça, em sua mão cerrada. – O próprio espírito do abençoado Eshand confirmou isto para mim!

– E então? – Sparhawk sussurrou para Sephrenia.

– Ele está muito distante – ela murmurou. – Não posso confirmar nem refutar. Temos de chegar mais perto. Não consigo nem distinguir o que ele está segurando.

A voz de Arasham baixou para um tom de quem fazia confidências conspiratórias.

– Eu vos digo isso, ó fiéis, e minhas palavras são verdadeiras. A voz de Deus revelou a mim que mesmo agora nosso movimento está se espalhando pelos campos e florestas dos reinos do norte. As pessoas comuns de lá, nossos irmãos e irmãs, estão ficando cansadas do jugo da Igreja e se juntarão a nós em nossa santa causa.

– Foi Martel quem falou isso – Sparhawk resmungou –, e se Arasham acha que Martel é a voz de Deus, ele é mais louco do que eu imaginava. – Ergueu-se na ponta dos pés e olhou por sobre as cabeças na multidão. Um grande pavilhão havia sido erigido a alguma distância da colina onde Arasham estava pregando; era cercado por uma paliçada de troncos espessos. – Vamos contornar a turba – ele sugeriu. – Acho que encontrei a tenda do velho.

Retrocederam devagar até saírem do aglomerado de pessoas. Arasham continuava com sua tagarelice, mas suas palavras arrastadas se perdiam pela distância e pelos comentários de seus seguidores. Sparhawk e Sephrenia seguiram ao redor da multidão até a paliçada e o pavilhão escuro que ela guardava. Quando estavam a cerca de 30 metros do local, Sparhawk tocou o braço de Sephrenia e ambos pararam ali. Alguns homens armados guardavam a abertura na parte dianteira da paliçada.

– Vamos esperar até que ele termine a pregação – Sparhawk murmurou.

– Você poderia me contar o que está tramando? – ela disse. – Odeio surpresas.

– Estou pensando em uma forma de nos colocar no interior da tenda de Arasham. Se aquele talismã realmente tiver algum tipo de poder, será difícil tirá-lo dele e fugir pelo meio da multidão.

– Como você vai conseguir isso, Sparhawk?

– Pensei em bajulação.

– Isso não é um pouco perigoso... e muito óbvio?

– Claro que é óbvio, mas temos de ser óbvios quando estamos lidando com pessoas desajustadas. Elas não têm o grau de concentração necessário para captar sutilezas.

A voz de Arasham estava se erguendo até um clímax agudo e ruidoso, e seus seguidores aplaudiram ao fim de cada um de seus pronunciamentos balbuciados. Quando ele finalmente abençoou a multidão, as pessoas começaram a se dispersar. Cercado por um grupo compacto de discípulos invejosos, o santo homem começou a caminhar com vagareza rumo à sua tenda em meio a aglomeração. Sparhawk e Sephrenia se posicionaram diretamente em seu caminho.

– Saiam da frente! – um dos discípulos ordenou com rispidez.

– Perdoe-me, sublime discípulo – Sparhawk exclamou alto o suficiente para que suas palavras chegassem aos ouvidos do velho titubeante –, mas trago uma mensagem do rei de Deira para o santo Arasham. Sua Majestade envia seus cumprimentos para o verdadeiro líder da Igreja Elena.

Sephrenia suprimiu um protesto abafado.

– O santo Arasham não recebe mensagens de reis – o discípulo desdenhou com arrogância. – Agora, saiam da frente.

– Um momento, Ikkad – Arasham murmurou num tom de voz surpreendentemente fraco. – Gostaríamos de ouvir mais sobre a mensagem de nosso irmão de Deira. Pode ser que esta seja a comunicação mencionada por Deus na última vez que Ele falou conosco.

– Santíssimo Arasham – Sparhawk o cumprimentou, com uma mesura formal. – Sua Majestade, o rei Obler de Deira, o saúda como a um irmão. Nosso rei é muito idoso, e a idade sempre traz sabedoria.

– Verdade – Arasham concordou, afagando sua longa barba grisalha.

– Sua Majestade tem contemplado há muito os ensinamentos do abençoado Eshand – Sparhawk continuou –, bem como tem acompanhado o vosso trabalho aqui em Rendor. Ele vê com crescente desagrado as atividades da Igreja, percebendo os clérigos como pessoas hipócritas que visam apenas o próprio bem.

– São estas as minhas palavras – Arasham disse, extasiado. – Tenho dito isso centenas de vezes, talvez até mais.

– Sua Majestade o reconhece como fonte e manancial de seus pensamentos, santo Arasham.

– Ora – Arasham murmurou, envaidecendo-se um pouco.

– Sua Majestade acredita que chegou a hora de uma purificação na Igreja Elena e, sobretudo, crê que o senhor foi o escolhido de Deus para purgar a Igreja de seus pecados.

– Você ouviu meu sermão desta noite? – o velho perguntou com avidez. – Preguei sobre esse mesmo tópico.

– De fato – Sparhawk disse. – Fiquei espantado em perceber que suas palavras coincidem com aquelas que Sua Majestade proferiu quando me encarregou desta mensagem. Saiba, entretanto, santo Arasham, que Sua Majestade pretende lhe oferecer mais do que o mero conforto de suas saudações e de sua afeição respeitosa. Os detalhes de seu verdadeiro intento, todavia, são apenas para seus ouvidos. – Ele lançou um olhar desconfiado sobre a multidão que os cercava. – Em uma reunião tão grande quanto esta, pode haver várias pessoas que não são o que aparentam ser, e caso o que eu tenho a revelar alcance Chyrellos, a Igreja iria voltar todos os seus esforços para deter os desígnios de Sua Majestade.

Arasham tentou, sem muito sucesso, parecer sagaz.

– Sua prudência o precede, meu jovem – ele concordou. – Vamos ao meu pavilhão para que você possa revelar mais claramente o que se passa na cabeça de meu querido irmão Obler.

Empurrando os discípulos intrometidos, Sparhawk abriu caminho entre eles para oferecer seu braço e seu ombro como apoio para o zelote ancião.

– Ó santo – ele disse num tom adulador –, não tema em se apoiar em mim, pois como o abençoado Eshand comandou, é a tarefa dos mais jovens e mais fortes servir aos idosos e sábios.

– Com que propriedade você fala, meu filho.

Passaram assim pelo portão da paliçada e pelo trecho de areia infestado de estrume de carneiro.

O interior do pavilhão de Arasham era muito mais luxuoso do que se poderia esperar, baseando-se no aspecto severo de seu exterior. Uma única lâmpada queimava um tipo caro de óleo no centro do local, e tapetes de valor inestimado cobriam o chão rude e arenoso. Cortinas sedosas separavam a parte de trás do pavilhão, e detrás dessas divisórias podia-se ouvir o som de risadinhas de garotos adolescentes.

– Por favor, sente-se e relaxe – Arasham convidou de maneira expansiva, afundando em um amontoado de almofadas de seda. – Vamos nos refrescar, e então você pode me transmitir os intentos de meu querido irmão Obler de Deira. – Ele bateu as mãos, produzindo um som agudo, e um jovem de olhos inocentes saiu de detrás de uma das divisórias de seda.

– Traga-nos alguns melões frescos, Saboud – Arasham pediu.

– Como o senhor comanda, santíssimo – o garoto fez uma mesura e se retirou por uma das divisórias de seda.

Arasham recostou-se em suas almofadas.

– Não fico de todo surpreso com o comunicado que você trouxe sobre a onda crescente de simpatia por nossa causa em Deira – ele ceceou para Sparhawk. – Notícias desse tipo de sentimento não são incomuns nos reinos do norte. De fato, uma notícia semelhante chegou recentemente. – Ele fez uma pausa, pensativo. – Ocorre-me, talvez segundo a própria vontade de

Deus, que sempre alia Seus pensamentos com os meus, que você e o outro mensageiro podem se conhecer. – Ele se virou para uma das divisórias de seda que cobria uma porção parcamente iluminada da tenda. – Aproxime-se, meu amigo e conselheiro. Venha cumprimentar nosso nobre visitante de Deira e diga-me se você o conhece.

Uma sombra se moveu atrás na divisória. Pareceu hesitar por um instante, e então a figura encapuzada se dirigiu para a luz da lâmpada. O homem encoberto era pouco menor que Sparhawk e tinha os ombros maciços de um guerreiro. Ele levantou as mãos e tirou o capuz, revelando agudos olhos negros e uma densa juba de cabelos brancos como a neve.

De uma maneira curiosa e imparcial, Sparhawk se perguntou o que exatamente o estava impedindo de sacar sua espada instantaneamente.

– De fato, santíssimo Arasham – Martel disse numa voz profunda e ressonante –, Sparhawk e eu nos conhecemos há um bom tempo.

Capítulo 23

– Faz um bom tempo, não é mesmo, Sparhawk? – Martel comentou, num tom de voz neutro. Seus olhos, entretanto, estavam alertas.

Com algum esforço, Sparhawk relaxou seus músculos tensos e retesados.

– Sim, faz tempo – ele respondeu. – Pelo menos uns dez anos. Deveríamos tentar nos reunir com mais frequência.

– Temos de marcar algo nesse sentido.

A conversa ficou em suspensão. Ambos continuavam a se encarar fixamente. O ar ao redor parecia crepitar por conta da tensão conforme um esperava que o outro tomasse a iniciativa.

– Sparhawk – Arasham considerou –, um nome muito incomum. Parece-me que já ouvi falar nele em algum lugar.

– É um nome muito antigo – Sparhawk explicou –, passado de geração a geração entre os de minha família. Alguns de meus ancestrais foram pessoas dignas de nota.

– Talvez seja por isso que não me seja de todo estranho – Arasham murmurou com complacência. – Fico feliz de ter sido capaz de reunir dois amigos de longa data e tão queridos.

– Ficaremos em débito com o senhor, santíssimo – Martel respondeu. – O senhor não imagina quanto eu ansiava ver o rosto de Sparhawk novamente.

– Não mais do que eu ansiava pela oportunidade de vê-lo – Sparhawk retrucou. Virando-se para o ancião lunático, acrescentou: – Certa vez, Martel e eu fomos próximos como irmãos, santíssimo. É uma pena que os anos tenham nos mantido separados.

– Tentei encontrá-lo, Sparhawk – Martel observou friamente. – Várias vezes.

– Sim, ouvi dizer. Eu sempre voltava para o local onde você havia sido visto, mas, quando chegava, você já havia partido.

– Negócios urgentes – Martel murmurou.

– É sempre assim – Arasham ceceou, judicioso, enquanto sua boca em ruínas desabava sobre as palavras. – Os amigos de nossa juventude partem, e ficamos solitários em nossa idade avançada. – Seus olhos se fecharam em um devaneio melancólico. Ele não os reabriu; depois de algum tempo, começou a roncar.

– Ele se cansa com facilidade – Martel disse baixinho e se virou para Sephrenia, ainda com um olho cauteloso em Sparhawk. – Mãezinha – ele a saudou com um tom que ficava entre a ironia e o arrependimento.

– Martel. – Ela inclinou a cabeça, aquiescendo em sua direção da maneira mais breve possível.

– Ah – ele murmurou. – Parece que eu a desapontei.

– Não tanto quanto você desapontou a si mesmo, creio eu.

– Punição, Sephrenia? – ele perguntou sardonicamente. – Você não acha que já fui punido o suficiente?

– Não é meu costume punir as pessoas, Martel. A natureza não oferece recompensas nem punições... apenas consequências.

– Então, muito bem. Aceito as consequências. Você, pelo menos, me permitirá cumprimentá-la... e buscar sua bênção? – Ele tomou os pulsos da styrica, virando suas palmas para cima.

– Não, Martel – ela respondeu, fechando as mãos. – Acho que não. Você não é mais meu pupilo. Você encontrou outro a quem seguir.

– Isso não foi de todo ideia minha, Sephrenia. Você me rejeitou, se lembra? – Ele suspirou e soltou os pulsos dela. Então, olhou de volta para Sparhawk. – Estou realmente surpreso em vê-lo, irmão meu – ele comentou –, levando em consideração todas as vezes que mandei Adus atrás de você. Terei de conversar seriamente com ele... isso se você não o matou, é claro.

– Ele estava sangrando um pouco da última vez que o vi – Sparhawk disse –, mas nada sério.

– Adus não liga muito para sangue... nem mesmo para o seu próprio.

– Você poderia nos dar um pouco de espaço, Sephrenia? – Sparhawk pediu, abrindo a parte da frente de seu manto e mudando de posição o punho de sua espada. – Martel e eu estávamos tendo uma pequena discussão da última vez que nos vimos. Acho que chegou a hora de continuá-la.

Os olhos de Martel se estreitaram, e ele abriu seu próprio manto. Assim como Sparhawk, ele trajava uma cota de malha e portava uma espada larga.

– Uma excelente ideia, Sparhawk – ele retrucou, sua voz profunda se desvanecendo em um mero sussurro.

Sephrenia se posicionou entre ambos.

– Parem com isso, vocês dois – ela ordenou. – Esta não é a hora nem o local. Estamos bem no meio de um exército. Se vocês decidirem resolver suas diferenças na tenda de Arasham, terão metade de Rendor aqui dentro antes que terminem.

Sparhawk sentiu uma onda de decepção ardente, mas sabia que ela estava certa. Cheio de arrependimento, ele tirou a mão do cabo da espada.

– Em breve, Martel – ele comentou numa voz terrivelmente baixa.

– Será um prazer, querido irmão – Martel respondeu com uma mesura irônica. Seus olhos se estreitaram, especulativos. – O que vocês dois estão fazendo aqui em Rendor? – ele perguntou. – Pensei que ainda estavam em Cammoria.

– É uma viagem de negócios.

– Ah, vejo que descobriram sobre o darestim. Odeio ter de dizer isso, mas vocês estão perdendo o seu tempo. Não há antídoto. Conferi cuidadosamente antes de recomendá-lo a certo amigo em Cimmura.

– Você está abusando da sorte, Martel – Sparhawk o advertiu, ominoso.

– Sempre abuso, irmão meu. Como diz o ditado, "sem riscos, sem lucro". Temo que Ehlana vá morrer. Lycheas irá sucedê-la e Annias se tornará arquiprelado. Espero embolsar um ótimo lucro dessa transação.

– Isso é tudo em que você pensa?

– O que existe além disso? – Martel deu de ombros. – Todo o resto é uma ilusão. Como anda Vanion?

– Está bem – Sparhawk respondeu. – Direi a ele que você perguntou.

– Isso se você viver o suficiente para vê-lo outra vez. Sua situação aqui é precária, meu velho amigo.

– A sua também, Martel.

– Eu sei, mas já estou acostumado. Você está sobrecarregado com escrúpulos e coisas do gênero. Deixei tudo isso para trás há muito tempo.

– Onde está o seu Damork de estimação, Martel? – Sephrenia perguntou subitamente.

Ele pareceu um pouco surpreso, mas recuperou-se de imediato.

– Eu realmente não faço a menor ideia, mãezinha – ele respondeu. – Ele vem até mim sem ser convocado, portanto nunca sei quando irá aparecer. Talvez tenha retornado para o lugar de onde veio. Ele tem que fazer isso com alguma frequência, você sabe.

– Nunca tive curiosidade sobre as criaturas do submundo.

– Talvez isso tenha sido um descuido de sua parte.

– Talvez.

Arasham se mexeu em suas almofadas e abriu os olhos.

– Eu cochilei? – ele perguntou.

– Apenas por um instante, santíssimo – Martel informou. – O senhor deu uma oportunidade para que Sparhawk e eu renovássemos nossa amizade. Tínhamos muito a discutir.

– Muito mesmo – Sparhawk concordou. Hesitou um pouco, mas acabou se convencendo de que Martel estava tão seguro de si que perderia o verdadeiro significado da pergunta. – O senhor mencionou um talismã durante seu sermão, ó santo – ele se dirigiu a Arasham. – Poderíamos vê-lo?

– A relíquia sagrada? Mas é claro. – O velho vasculhou dentro de seu manto e retirou algo que parecia um pedaço de osso retorcido. Erguendo-o com orgulho, ele perguntou: – Você sabe o que é isso, Sparhawk?

– Não, santíssimo. Temo que não.

– Você bem sabe que o abençoado Eshand começou a vida como pastor de carneiros.

– Sim, ouvi dizer.

– Certo dia, quando ele era bem jovem, uma ovelha em seu rebanho deu à luz um cordeiro completamente branco, diferente de todos os outros que Eshand já havia visto. Diferentemente de todos os outros animais daquela ninhada, esse pequeno carneiro trazia chifres na cabeça. Era, decerto, um sinal de Deus. O cordeiro branco, obviamente, simbolizava o próprio abençoado Eshand, e o fato de que ele tinha chifres só poderia significar uma coisa: que Eshand havia sido escolhido para castigar a Igreja por sua iniquidade.

– Deus age de formas misteriosas – Sparhawk admirou.

– É verdade, meu filho. É verdade. Eshand cuidou do carneiro com muito zelo, e com o tempo o animal passou a falar com ele, e sua voz era a voz do próprio Deus. E assim Deus instruiu Eshand naquilo que deveria fazer. Esta relíquia sagrada é um pedaço do chifre desse mesmo carneiro. Agora você entende porque ele carrega poderes enormes.

– Claramente, santíssimo – Sparhawk concordou com um tom de reverência em sua voz. – Aproxime-se, irmãzinha – ele disse para Sephrenia. – Admire esta relíquia milagrosa.

Ela deu um passo adiante e olhou com atenção para o pedaço de chifre retorcido na mão de Arasham.

– Notável – ela murmurou. Relanceando para Sparhawk, ela balançou a cabeça em uma negativa quase imperceptível.

O gosto amargo da decepção encheu a boca do cavaleiro.

– O poder deste talismã irá sobrepujar toda a força conjunta dos malditos Cavaleiros da Igreja e de sua corrupta bruxaria – Arasham declarou. – O próprio Deus me garantiu. – Ele sorriu de maneira quase tímida. – Descobri uma coisa verdadeiramente extraordinária – ele confidenciou. – Quando estou sozinho, posso erguer esta relíquia sagrada até minha orelha e ouvir a voz de Deus. Ele me instrui da mesma forma que o fazia com o abençoado Eshand.

– Um milagre! – Martel exclamou, fingindo um tom de estupefação.

– Não é mesmo? – Arasham maravilhou-se.

– Estamos tomados de gratidão pelo senhor ter consentido que víssemos o talismã, santíssimo – Sparhawk declarou –, e iremos divulgar relatos por todos os reinos do norte, não é mesmo, Martel?

– Mas é claro, é claro – o rosto de Martel estava um pouco intrigado, e olhava com suspeita para Sparhawk.

– Percebo agora que ter vindo até aqui foi parte do desígnio de Deus – Sparhawk continuou. – É nossa missão contar a todos os reinos do norte sobre esse milagre: a todas as vilas e em todas as encruzilhadas. Agora mesmo posso sentir o espírito de Deus infundindo em minha língua uma eloquência capaz de descrever melhor o que testemunhei. – Ele esticou a mão e deu um tapa no ombro esquerdo de Martel, com muita firmeza. – Você não sente o mesmo, querido irmão? – ele perguntou, com entusiasmo.

Martel contraiu-se levemente, e Sparhawk pôde sentir o ombro dele se retraindo sob sua mão.

– Ora, sim, para falar a verdade, creio que sinto – Martel admitiu com um traço de dor em sua voz.

– Magnífica é a força de Deus! – Arasham exultou.

– Sim – Martel concordou, passando a mão em seu ombro –, magnífica.

A ideia havia surgido devagar, em parte, talvez, por conta da surpresa de ver Martel mais uma vez, mas agora seus contornos estavam mais delineados. Sparhawk sentiu-se subitamente feliz por Martel estar ali.

– E agora, santíssimo, deixe-me terminar de transmitir a mensagem de Sua Majestade para o senhor – ele disse.

– É claro. Sou todo ouvidos.

– Fui ordenado que implorasse ao senhor por mais tempo, para que Sua Majestade consiga reunir forças contra a corrupta Igreja aqui em Rendor. O rei deve agir com cautela em sua mobilização, uma vez que a hierocracia em Chyrellos possui espiões em todos os cantos. Sua Majestade deseja ardentemente auxiliar o senhor, mas a Igreja é poderosa, e o rei deve reunir uma força considerável para que possa vencer a força eclesiástica em Deira em um único ataque; caso contrário, a Igreja pode se recuperar e esmagar as tropas de Sua Majestade. O rei acredita que, se o senhor deflagrar sua campanha aqui no sul ao mesmo tempo que as forças deiranas iniciarem sua investida no norte, a Igreja será pega de surpresa, sem saber para onde se virar; e se o senhor atacar rapidamente, poderá tirar vantagem da confusão de sua inimiga, conquistando vitórias atrás de vitórias. O impacto desse resultado irá abater e desmoralizar as forças da Igreja, e ambos poderão marchar triunfantes sobre Chyrellos.

– Deus seja louvado! – Arasham exclamou, levantando-se e brandindo seu chifre de carneiro como uma arma.

– *Mas* – Sparhawk acautelou, erguendo uma mão –, este grande estratagema, que só pode ter sido emanado do próprio Deus, não terá a mínima chance de sucesso a não ser que o senhor e Sua Majestade ataquem simultaneamente.

– Posso compreender isso, é claro. A voz de Deus me instruiu sobre essa estratégia.

– Eu tinha certeza de que seria o caso – Sparhawk fez com que seu rosto assumisse uma expressão de astúcia extrema. – Agora, a Igreja é tão ardilosa quanto uma serpente, e ela possui ouvidos em todos os cantos. Apesar de todos os nossos esforços para manter segredo, ela pode desvendar nosso plano. Seu primeiro recurso sempre foi a falsidade.

– Eu já percebi isso – Arasham admitiu.

– Pode acontecer, caso nosso plano seja descoberto, de ela tentar nos enganar, e haveria maneira mais fácil para tanto do que enviar falsos mensageiros ao senhor para declarar que Sua Majestade está pronto quando, na verdade, não está? Dessa forma, a Igreja poderia derrotar o senhor e seus discípulos um a um.

Arasham franziu o cenho.

– Isso é verdade, não é mesmo? – ele disse. – Mas como podemos evitar que sejamos enganados?

Sparhawk fingiu pensar no assunto. Em seguida, estalou os dedos de súbito.

– Já sei! – ele exclamou. – Nada melhor do que palavras para confundir a falsidade da Igreja. Palavras que apenas o senhor, eu e o rei Obler de Deira conhecêssemos. Seria uma maneira de o senhor saber que a mensagem é genuína. E caso alguém lhe procurasse com um aviso de que é chegada a hora, mas não fosse capaz de repetir as palavras, esse homem certamente seria uma serpente enviada pela Igreja para enganá-lo, e o senhor deverá lidar com ele de forma adequada.

Arasham levou a ideia em consideração.

– Ora, sim – ele finalmente murmurou. – Creio que isso pode enganar a Igreja. Mas que palavras podem se pender de tal forma em nossos corações que ninguém seja capaz de perscrutá-las?

Sparhawk lançou um olhar dissimulado para Martel, que estava com o rosto repleto de desgosto.

– Devem ser palavras de poder – ele disse, olhando para o teto da tenda, como se estivesse perdido em pensamentos. Seu plano era óbvio... chegava a ser infantil, mas era o tipo de coisa que teria um forte apelo para o senil

Arasham, e dava uma maravilhosa oportunidade de acertar algumas contas com Martel, pelos velhos tempos.

Sephrenia suspirou e ergueu os olhos em resignação. A essa altura, Sparhawk se sentiu um pouco envergonhado. Olhou para Arasham, que estava inclinado para a frente, ansioso, mascando o nada com sua boca desdentada, fazendo com que sua longa barba balançasse.

– Irei, é claro, aceitar seu voto de silêncio sem questioná-lo, santíssimo – Sparhawk fingiu humildade. – Eu, entretanto, juro pela minha vida que as palavras que estou prestes a revelar ao senhor nunca serão repetidas até que eu as pronuncie para o rei Obler, em Acie, a capital de seu reino.

– E eu também lhe dou meu juramento, nobre amigo Sparhawk – o velho exclamou num excesso de entusiasmo. – Tortura não poderá arrancar tais palavras de meus lábios. – Ele tentou se aprumar e parecer majestoso.

– Seu juramento me honra, santíssimo – Sparhawk respondeu, com uma respeitosa mesura rendorenha. Ele se aproximou do velho, reclinou-se e sussurrou: – Chifre de carneiro. – Arasham, ele notou, não cheirava muito bem.

– As palavras perfeitas! – Arasham exultou. Ele agarrou a cabeça de Sparhawk com os dois braços esqueléticos e beijou-o diretamente nos lábios.

Martel, com o rosto pálido e repleto de raiva, tentou se aproximar o suficiente para ouvir, mas Sephrenia se colocou em sua frente. Os olhos do renegado faiscaram de ódio e ele fez um esforço óbvio para controlar seu primeiro impulso de jogá-la para longe de seu caminho.

Ela ergueu o queixo, olhou diretamente em seu rosto e o desafiou:

– E então?

Ele resmungou algo, se virou e saiu batendo os pés para o canto oposto da tenda, onde ficou de pé, mordendo os nós dos dedos, frustrado.

Arasham, ainda preso ao pescoço de Sparhawk e com seus olhos remelentos cheios de lágrimas, exclamou:

– Meu querido filho e libertador! Você certamente foi enviado a mim pelo próprio Deus. Agora não podemos falhar. Deus está ao nosso lado. Que os perversos tremam diante de nós.

– De fato – Sparhawk concordou, desvencilhando-se gentilmente dos braços do velho que ainda agarravam seu pescoço.

– Ocorreu-me algo, ó santo – Martel acrescentou com perspicácia, apesar de seu rosto ainda estar lívido de raiva. – Sparhawk é apenas humano, portanto, mortal. O mundo está cheio de infortúnios. Não seria mais sábio se...

– Infortúnios? – Sparhawk o interrompeu depressa. – Onde está sua fé, Martel? Este plano é de Deus, não meu. Deus não permitirá que eu morra até que eu tenha cumprido esta tarefa em Seu nome. Tenha fé, querido irmão.

Deus irá prover e me guardar contra todos os perigos. É meu destino cumprir este dever, e Deus irá garantir que eu não falharei.

– Deus seja louvado! – Arasham exclamou, extático, finalizando a discussão.

A essa altura, o garoto de olhos inocentes voltou trazendo os melões, e a conversa acabou migrando para assuntos mais genéricos. Arasham fez mais uma diatribe desconexa contra a Igreja enquanto Martel ficou sentado e carrancudo, olhando para Sparhawk; este, por sua vez, manteve os olhos em seu melão, que estava surpreendentemente delicioso. De alguma forma, tudo tinha sido muito fácil, e isso o preocupou um pouco. Martel era esperto e astuto demais para ser ludibriado de um modo tão simples. O pandion voltou sua atenção para o outro lado da tenda, para o homem de cabelos brancos que havia odiado por tanto tempo. A expressão de Martel era de perplexidade, de frustração... e isso não era de seu feitio. O cavaleiro que Sparhawk havia conhecido quando jovem nunca teria revelado tais emoções. O campeão da rainha começou a se sentir menos seguro de si.

– Uma ideia acaba de me ocorrer, santíssimo – Sparhawk disse. – O tempo é um fator crucial neste plano, e é essencial que eu e minha irmã retornemos a Deira imediatamente para comunicar à Sua Majestade de que tudo aqui em Rendor está pronto, e para transmitir aos ouvidos do rei as palavras que estão trancadas em nossos corações. Temos bons cavalos, é claro, mas um barco rápido poderia nos levar rio abaixo e nos deixar no porto de Jiroch com dias de antecedência. Talvez o senhor, ou um de seus discípulos, conheçam o proprietário de alguma embarcação aqui em Dabour que eu pudesse contratar.

Arasham piscou em sua direção de um modo incerto.

– Um barco? – ele murmurou.

Sparhawk captou um movimento vago de canto de olho, e viu que Sephrenia estava movendo o braço como se estivesse apenas balançando a manga de seu manto. Ele soube de imediato o que ela estivera fazendo o tempo todo.

– Contratar, meu filho? – Arasham falou com amabilidade. – Não vamos falar sobre contratações. Tenho um barco esplêndido à minha disposição. Enviarei homens armados com você e um regimento... não, uma legião, para patrulhar as margens dos rios a fim de garantir que você chegue a Jiroch em segurança.

– Como o senhor ordenar, santíssimo – Sparhawk anuiu. Olhou para o outro lado da tenda, abrindo um sorriso exultante para Martel. – Não é incrível, querido irmão? Certamente, tamanha sabedoria e generosidade só podem ser provenientes de Deus.

– Sim – Martel respondeu com amargor. – Tenho certeza disso.

– Devo me apressar, santo Arasham – Sparhawk prosseguiu, levantando-se. – Deixamos nossos cavalos e pertences aos cuidados de um servo em uma casa na periferia da cidade. Minha irmã e eu iremos buscá-los imediatamente e retornaremos em uma hora.

– Conforme você achar melhor, meu filho, e instruirei os meus discípulos para que preparem o barco e os soldados para sua jornada rio abaixo – Arasham disse com avidez.

– Permita-me que eu o acompanhe até o portão, querido irmão – Martel resmungou entre dentes cerrados.

– Com prazer, querido irmão – Sparhawk rebateu. – Sua companhia, como sempre, enche meu coração de alegria.

– Volte logo, Martel – Arasham instruiu. – Devemos discutir esta fascinante reviravolta em nossa sorte e agradecer a Deus pela graça que Ele nos deu.

– Sim, santíssimo – Martel concordou, com uma mesura. – Voltarei o mais breve possível.

– Até daqui a uma hora, Sparhawk – Arasham se despediu.

– Até daqui a uma hora, santíssimo – Sparhawk repetiu, fazendo uma reverência formal. – Vamos, Martel – ele disse, batendo mais uma vez no ombro do renegado.

– É claro – Martel se contorceu, retraindo-se novamente do gesto amigável de Sparhawk.

Do lado de fora do pavilhão, Martel virou-se para Sparhawk, o rosto lívido de ódio.

– O que você acha que estava fazendo? – ele exigiu saber.

– Ora essa, você não está um pouco irritado hoje, meu velho? – Sparhawk comentou com suavidade.

– O que você está aprontando, Sparhawk? – Martel rosnou, olhando ao redor para se assegurar de que ninguém na multidão de discípulos estava prestando atenção.

– Eu só preguei seus pés no chão, Martel – Sparhawk respondeu. – Arasham vai ficar sentado aqui até petrificar, a menos que alguém lhe traga as palavras secretas. Posso lhe garantir que os Cavaleiros da Igreja estarão em Chyrellos quando chegar a hora de eleger um novo arquiprelado, porque nada estará acontecendo em Rendor para tirá-los de lá.

– Muito esperto, Sparhawk.

– Fico feliz de que tenha gostado.

– Essa é mais uma que você fica me devendo – Martel rangeu entre os dentes.

– Fique à vontade para cobrar a qualquer momento, querido irmão – Sparhawk se ofereceu. – Ficarei mais do que contente em atendê-lo. – Tomou o cotovelo de Sephrenia e a conduziu para longe dali.

– Você perdeu completamente o juízo, Sparhawk? – ela questionou, depois de se afastarem a uma distância razoável do encolerizado Martel.

– Acho que não – ele respondeu. – Mas, pensando bem, os loucos nunca sabem se perderam o juízo, não é mesmo?

– O que você estava *fazendo* lá dentro? Tem ideia de quantas vezes tive de interferir para te livrar de problemas?

– Percebi isso. Eu não teria conseguido fazer tudo aquilo sem sua ajuda.

– Quer parar de sorrir e me dizer o que está por trás de toda aquela encenação?

– Martel estava chegando perto demais do verdadeiro propósito de nossa visita – ele explicou. – Tive de jogar algo diferente em seu caminho para impedi-lo de adivinhar que descobrimos um possível antídoto para o veneno. Tudo funcionou relativamente bem, modéstia à parte.

– Se você sabia que iria fazer aquilo tudo antes de entrar na tenda, por que não me avisou?

– Como eu poderia saber, Sephrenia? Eu nem sabia que Martel estaria por lá até ele aparecer.

– Você quer dizer... – os olhos dela se arregalaram.

Ele assentiu com a cabeça.

– Eu fui dançando conforme a música – ele confessou.

– Ora, Sparhawk, você não fez isso – ela reclamou, enojada.

– Foi o melhor que pude fazer em tão pouco tempo – ele deu de ombros.

– Por que você insistia em bater no ombro de Martel daquela forma?

– Ele quebrou aquele ombro quando tinha cerca de 15 anos de idade. O local sempre foi meio sensível.

– Que crueldade – ela acusou.

– O que aconteceu naquele beco em Cippria há dez anos também foi. Vamos buscar Kurik e Flauta. Acho que terminamos tudo o que tínhamos a fazer aqui em Dabour.

O barco de Arasham lembrava mais uma balsa do que a barcaça que os havia levado rio acima, e era, talvez, quatro vezes maior. Bancos repletos de remadores estavam alinhados nas laterais, e zelotes trajando mantos negros e portando espadas e azagaias guardavam a proa e a popa. Martel os havia precedido até o cais vacilante e lá permaneceu isolado, a certa distância dos discípulos de olhos vidrados na praia, enquanto Sparhawk, Sephrenia, Kurik e Flauta embarcavam. O rosto do renegado estava quase tão pálido quanto seus cabelos brancos, que reluziam à luz das estrelas.

– Você não vai se sair bem dessa, Sparhawk – ele murmurou.

– Ah, é? – Sparhawk exclamou. – Acho melhor você abrir os olhos, Martel. Parece que já estou me saindo bem. Você pode tentar me seguir, é claro, mas provavelmente toda essa tropa às margens do rio vai ficar no seu caminho. Além disso, quando você se recompuser, acho que vai perceber que a única coisa que realmente pode fazer é ficar aqui e tentar arrancar aquelas palavras mágicas de Arasham. Tudo o que você armou aqui em Rendor vai ficar estagnado até que consiga ter êxito.

– Você vai me pagar por isso, Sparhawk – Martel prometeu com rancor.

– Pensei que já tivesse pagado, meu velho – Sparhawk retrucou –, em Cippria, se me lembro bem. – Ele estendeu a mão e Martel retraiu o ombro para fora de seu alcance. Em vez disso, porém, Sparhawk deu um tapinha ofensivo na bochecha do renegado. – Cuide-se Martel – ele se despediu. – Quero vê-lo novamente... em breve... e quero que você esteja bem e em plena posse de suas habilidades. Acredite, vai precisar delas. – Virou-se e subiu pela prancha de embarque da balsa que o aguardava.

Os marinheiros soltaram as amarras e empurraram a balsa para a lenta correnteza. Deslizaram os remos para fora e começaram a usá-los para prosseguir vagarosamente rio abaixo. O cais ficara para trás, e o homem solitário, que ainda estava em sua extremidade, diminuía de tamanho até desaparecer de vista.

– Oh, Deus! – Sparhawk exultou em voz alta. – Adorei isso!

A viagem rio abaixo levou um dia e meio, e a fim de despistar eventuais vigias enviados por Martel para o cais, os quatro desembarcaram faltando menos de seis quilômetros para chegar em Jiroch. Essa precaução era, provavelmente, desnecessária, Sparhawk admitiu, mas não fazia sentido arriscar. Eles adentraram a cidade pelo portão oeste e se misturaram à multidão conforme prosseguiam mais uma vez até a casa de Voren. Já ia o fim da tarde quando chegaram.

Voren parecia um pouco surpreso com o ressurgimento deles.

– Isso foi rápido – ele comentou quando os outros entraram em seu jardim.

– Tivemos sorte – Sparhawk deu de ombros.

– Mais do que sorte – Sephrenia disse, carrancuda. O humor da pequena mulher não tinha melhorado perceptivelmente desde que deixaram Dabour, e ela até mesmo se recusava a falar com Sparhawk.

– Algo deu errado? – Voren questionou de maneira suave.

– Não que *eu* tenha percebido – Sparhawk respondeu com displicência.

– Pare de se autocongratular, Sparhawk – ela redarguiu. – Estou aborrecida com você, muito aborrecida.

– Sinto muito, Sephrenia, mas fiz o melhor que pude. – Virando-se para Voren, ele explicou: – Encontramos Martel, e consegui detê-lo por lá. Todo o esquema que ele havia planejado desmoronou ao seu redor.

Voren assoviou.

– Não vejo nada de errado com isso, Sephrenia.

– O problema não é o que ele fez, Voren, mas sim como ele fez.

– Hmmm?

– Não quero falar a respeito. – Ela pegou Flauta no colo, foi até o banco perto da fonte e sentou-se, resmungando irritada em styrico com a menininha.

– Precisamos encontrar uma maneira de embarcar em um navio rápido para Vardenais, sem sermos vistos – Sparhawk falou para Voren. – Você pode viabilizar isso?

– Com facilidade – Voren respondeu. – De tempos em tempos a verdadeira identidade de um de nossos irmãos é descoberta. Arquitetamos uma forma de tirá-los de Rendor em segurança. – Ele esboçou um sorriso irônico. – Na verdade, foi a primeira coisa que fiz quando cheguei em Jiroch. Tinha certeza de que eu mesmo precisaria disso quase de imediato. Disponho de um cais lá no porto e, não muito longe dele, há uma estalagem à beira-mar. Ela é administrada por um de nossos irmãos, e possui todas as coisas que uma estalagem normalmente tem: um salão comunal, estábulos, quartos para dormir no andar superior e coisas do gênero. Ela também tem um porão, e nele há uma passagem que vai de lá até o porão do meu armazém principal. Na maré baixa, você pode embarcar em um navio diretamente daquele porão sem que ninguém em terra firme o veja.

– Isso enganaria o Damork, Sephrenia? – Sparhawk indagou a ela.

Ela o encarou por algum tempo, então se acalmou. Sephrenia tocou levemente a própria testa com as pontas dos dedos de uma mão. Sparhawk percebeu que havia mais fios de cabelo prateado do que antes.

– Acho que enganaria – ela respondeu. – Não sei nem dizer se o Damork está aqui. Martel até mesmo poderia ter falado a verdade.

– Eu não contaria com isso – Kurik grunhiu.

– Mesmo assim – ela continuou –, o Damork provavelmente não conseguiria compreender o conceito de porão... muito menos o de passagem subterrânea.

– O que é um Damork? – Voren perguntou.

Sparhawk contou a ele e descreveu o que acontecera com o navio do capitão Mabin no Estreito Arciano, logo depois de partirem de Madel.

Voren se levantou e começou a andar de um lado para o outro.

– Nossa rota de fuga não foi projetada para lidar com algo desse tipo – ele admitiu. – Acho melhor tomar algumas precauções adicionais. Atualmente, tenho seis navios no porto. Por que não faço com que todos zarpem ao mesmo tempo? Se vocês partirem no meio de uma flotilha, vai acrescentar mais um elemento para confundi-lo.

– Isso não é complicado demais? – Sparhawk questionou.

– Sparhawk, sei quanto você é modesto, mas é provável que, neste momento, você seja o homem mais importante do mundo... pelo menos até chegar a Cimmura e relatar tudo a Vanion. Não vou deixar que você corra quaisquer riscos se eu puder evitar. – Ele foi até o muro do jardim, estreitou os olhos em direção ao sol poente e então disse: – Teremos de nos apressar. A maré baixa virá esta noite, logo após o crepúsculo, e quero vocês naquele porão quando a amurada do navio chegar abaixo do nível do cais. Irei junto para ter certeza de que vocês embarcarão com segurança.

Eles cavalgaram juntos até a beira do porto. O caminho que tomaram passava pelo quarteirão familiar onde Sparhawk mantivera sua loja durante o período que se escondera ali. As construções de cada um dos lados pareciam quase como velhos amigos, e ele pensou reconhecer algumas pessoas que se apressavam para chegar em suas casas a partir das ruas estreitas conforme o sol afundava em direção ao horizonte ocidental.

– Bárbaro! – A voz atrás deles provavelmente pôde ser ouvida até o Estreito Arciano, e era dolorosamente familiar. – Assassino!

– Ah, não! – Sparhawk suspirou, puxando as rédeas de Faran. – E estávamos tão perto. – Ele olhou com avidez para a estalagem à beira do porto para a qual Voren os estava conduzindo, a menos de uma rua de distância.

– Monstro! – A voz prosseguiu em um tom estridente.

– Hmmm... Sparhawk, é impressão minha ou aquela dama está tentando chamar a sua atenção? – Kurik o alertou com suavidade.

– Deixe isso para lá, Kurik.

– Como queira, milorde.

– Assassino! Bárbaro! Monstro! Desertor!

Houve uma breve pausa, e então a mulher acrescentou:

– Homicida!

– Eu nunca fiz isso – Sparhawk murmurou. Suspirando, ele virou Faran. – Olá, Lillias – ele disse para a mulher envolta em um manto e com o rosto coberto por um véu, que estava gritando em sua direção. Ele falou no tom mais suave e inofensivo de que foi capaz.

– "Olá, Lillias"? – ela guinchou. – "*Olá, Lillias*"! Isso é tudo o que você tem a dizer em sua defesa, bandoleiro?

Sparhawk teve de se esforçar para não sorrir. De uma maneira peculiar, ele amava Lillias, e estava feliz em ver que ela estava se divertindo tanto.

– Você parece estar bem, Lillias – ele disse como quem joga conversa fora, sabendo que seu comentário, dito daquela forma, faria com que ela se enfurecesse.

– Bem? *Bem*? Quando você me assassinou? Quando você arrancou meu coração? Quando você me afundou no atoleiro mais profundo do desespero? – Ela se reclinou para trás em uma postura trágica, lançou o rosto para os céus e abriu os braços. – Desde aquele dia odioso em que você me abandonou na sarjeta, sem uma moedinha sequer, mal pude experimentar um bocado de comida.

– Deixei a loja para você, Lillias – Sparhawk protestou. – Ela nos provia de todo alimento de que precisávamos. Tenho certeza de que provê o suficiente só para você.

– A loja! De que me importa a loja? Foi meu coração que você despedaçou, Mahkra! – Ela tirou o capuz da cabeça e arrancou o véu de sua face. – Assassino! – ela gritou. – Olhe o que você fez! – Ela começou a puxar os cabelos e a arranhar o rosto moreno e de lábios carnudos com suas próprias unhas.

– Lillias! – Sparhawk rosnou para ela em um tom que usara poucas vezes durante os anos que passaram juntos. – Pare já com isso! Você vai se ferir.

Mas, àquela altura, Lillias estava berrando a plenos pulmões e não havia como pará-la.

– Ferir? – ela protestou tragicamente. – De que me importa que eu fique ferida? Como uma mulher morta pode ser ferida? Quer ver o que é ser ferido, Mahkra? Olhe meu coração! – Ela abriu a parte da frente de seu manto. Porém, o que ela revelou não era o coração.

– Puxa vida – Kurik observou transparecendo admiração em sua voz, encarando os atributos subitamente revelados da mulher. Voren desviou o rosto para o outro lado, escondendo um sorriso. Sephrenia, contudo, olhou para Sparhawk com uma expressão bem diferente.

– Por Deus – Sparhawk se lamentou. Descendo de sua sela, bradou com severidade para a mulher: – Lillias! Cubra-se. Pense nos vizinhos... todas as crianças olhando.

– E de que me importa o que os vizinhos pensam? Deixe que vejam! – Ela revelou os seios a todos. – O que significa vergonha para uma mulher cujo coração está morto?

Austero, Sparhawk caminhou em sua direção. Quando ele chegou perto o suficiente, falou a ela em voz baixa por entre os dentes cerrados.

– Muito bom, Lillias – ele comentou –, mas não acho que eles sejam uma novidade para qualquer homem num raio de seis ruas em qualquer direção. Você realmente quer continuar com isso?

De repente, ela não parecia tão segura de si, mas não fechou a frente de seu manto.

– Como preferir – ele deu de ombros. Então Sparhawk também elevou a voz, declarando para os espectadores apreensivos que haviam se reunido nas varandas dos andares superiores das construções ao redor: – Seu coração não está morto, Lillias. Longe disso, creio eu. O que diria Georgias, o padeiro? E Nendan, o salsicheiro? – Ele escolheu nomes ao acaso.

O rosto da mulher empalideceu e ela se encolheu, cobrindo o busto generoso com o manto.

– Você sabia? – ela hesitou.

Aquilo o magoou um pouco, mas ele dissimulou.

– É claro – ele declarou, ainda interpretando para o público nas varandas –, mas eu a perdoo. Você é muito mulher, Lillias, e não foi feita para ficar sozinha. – Esticando a mão, cobriu o cabelo dela com o capuz outra vez. – Você tem passado bem? – ele perguntou com a voz muito suave.

– Tenho levado as coisas – ela sussurrou.

– Bom. Já terminamos tudo isso?

– Acho que precisamos de algo para dar um fechamento, você não acha? – seu rosto transparecia esperança.

Ele teve de se esforçar muito para não rir.

– Isso é sério, Mahkra – ela sibilou. – Minha posição na comunidade depende disso.

– Confie em mim – ele murmurou. Elevando a voz para os espectadores nas varandas, ele exclamou: – Você me traiu, Lillias, mas eu a perdoo, porque não estive por perto para mantê-la longe da tentação.

Ela considerou o que Sparhawk disse por um instante, então começou a chorar, atirando-se em seus braços e enterrando o rosto no peito do cavaleiro.

– É que senti tanto sua falta, meu Mahkra. Acabei fraquejando. Sou uma mulher pobre e ignorante... uma escrava de minhas paixões. Você realmente pode me perdoar?

– O que há para perdoar, minha Lillias? – ele retrucou, magnânimo. – Você é como a terra, como o mar. Entregar-se é parte de sua natureza.

Ela se desvencilhou de Sparhawk.

– Castigue-me! – ela suplicou. – Mereço ser castigada! – Uma cascata de lágrimas, genuínas até onde ele podia dizer, saíam dos brilhantes olhos negros de Lillias.

– Ah, não – ele recusou, sabendo exatamente para onde *aquilo* os levaria. – Nada de castigos, Lillias. Apenas isto – e ele deu um único beijo casto na boca da mulher. – Fique bem, Lillias – ele murmurou com suavidade. Em seguida, afastou-se rapidamente antes que ela conseguisse lançar os braços ao redor de seu pescoço. E ele sabia exatamente quão fortes os braços dela eram. – E agora, apesar de doer-me na alma, devo abandoná-la mais uma vez – ele declamou. Estendeu a mão e recolocou o véu novamente no rosto dela. – Pense em mim vez por outra, enquanto busco aquilo que o destino me reservou. – Ele conseguiu resistir ao impulso de colocar a mão sobre o coração.

– Eu sabia! – ela exclamou, mais para os espectadores do que para Sparhawk. – Sempre soube que você era um homem de grandes feitos! Carregarei nosso amor em meu coração por toda a eternidade, meu Mahkra, e permanecerei fiel a você até o túmulo. E se você sobreviver, volte para mim. – Ela abriu os braços novamente. – E caso pereça, faça com que seu fantasma me visite em meus sonhos, e eu confortarei sua pálida aparição da melhor forma que puder.

Sparhawk se afastou dos braços estendidos da rendorenha. Em seguida, fez com seu manto um volteio dramático (ele devia isso a ela) e saltou para a sela de Faran.

– Adeus, minha Lillias – ele se despediu de maneira melodramática, puxando as rédeas, fazendo com que Faran empinasse e golpeasse o ar à sua frente com as patas dianteiras. – E caso não nos encontremos novamente neste mundo, que Deus permita nos encontrarmos mais uma vez no próximo. – Então golpeou os flancos de Faran com os calcanhares e passou ao lado da mulher a pleno galope.

– Você fez tudo aquilo de propósito? – Sephrenia perguntou, conforme desmontavam no pátio da estalagem à beira do porto.

– Posso ter me deixado levar um pouco – Sparhawk admitiu. – Lillias faz isso com os homens de vez em quando. – O cavaleiro sorriu um pouco amargurado. – Ela fica de coração partido cerca de três vezes por semana – ele observou friamente. – Ela sempre foi invariavelmente infiel e um pouco desonesta no que diz respeito ao caixa da loja. Ela é presunçosa, vulgar e permissiva. Ela é falsa, avarenta e totalmente melodramática. – Sparhawk parou para pensar nos anos passados. – Ainda assim, eu gosto dela. Lillias é uma boa garota, apesar de seus defeitos, e viver a seu lado nunca era maçante. Eu lhe devia aquele espetáculo. Agora ela poderá andar pelo quarteirão como uma rainha, e não me custou tanto assim, não é verdade?

– Sparhawk – Sephrenia disse com seriedade –, eu nunca vou te entender.

– Isso faz com que tudo seja mais divertido, não é mesmo, mãezinha? – ele escancarou um sorriso para ela.

Flauta, ainda sentada no palafrém branco de Sephrenia, tocou uma pequena melodia jocosa em seu instrumento.

– Converse com ela – Sparhawk sugeriu para Sephrenia. – Ela entende.

Flauta rolou os olhos para ele e, em seguida, estendeu as mãos de maneira generosa, permitindo que ele a ajudasse a descer.

Capítulo 24

A VIAGEM PELA BOCA DO ESTREITO Arciano transcorreu sem incidentes. Rumaram para o nordeste sob um céu claro, seguindo uma brisa favorável e com os outros navios da flotilha de Voren ao redor deles, protegendo-os.

Por volta do meio-dia do terceiro dia, Sparhawk subiu ao convés para se juntar a Sephrenia na proa, onde ela e Flauta estavam de pé, olhando para as ondas fulgurantes.

– Você ainda está zangada comigo? – ele perguntou à styrica.

– Não – ela suspirou. – Acho que não.

Sparhawk não tinha certeza de como expressar com palavras sua vaga sensação de desconforto, então resolveu abordar a questão de maneira oblíqua.

– Sephrenia – ele começou –, não pareceu a você que tudo em Dabour ocorreu de uma maneira um pouco fácil demais? Tenho, de alguma forma, a sensação de que estou sendo manipulado novamente.

– O que você está querendo dizer, exatamente?

– Sei que, naquela noite, você interferiu algumas vezes com Arasham, mas você fez algo com Martel?

– Não. Ele teria percebido se eu tivesse tentado, e ele teria como intervir.

– Foi o que pensei. Então o que havia de errado com ele?

– Não sei se entendi o que você quer dizer.

– Ele agiu quase como um garotinho. Nós dois conhecemos Martel. Ele é inteligente e pensa bem rápido quando está em apuros. O que fiz foi tão óbvio que ele deveria ter sido capaz de perceber quase de imediato, mas não fez absolutamente nada; só ficou parado feito um idiota e deixou que eu arruinasse completamente seu plano enquanto ele assistia a tudo. Foi fácil demais, e isso me preocupa.

– Ele não esperava nos ver na tenda de Arasham, Sparhawk. Talvez a surpresa o tenha desestabilizado.

– Martel não se surpreende com tão pouco.

– Não – ela admitiu, franzindo a testa –, isso não costuma acontecer com ele, não é mesmo? – Considerou o assunto. – Você se lembra do que disse lorde Darellon antes de deixarmos Cimmura?

– Não de algo específico.

– Ele disse que Annias se portou como um simplório quando apresentou seu caso para os reis elenos. Ele anunciou a morte do conde Radun sem sequer confirmar se o conde realmente havia sido assassinado.

– Ah, sim, agora eu me lembro. E você disse que todo o esquema, desde a tentativa de assassinato do conde até culpar os pandions, poderia ter vindo de um mago styrico.

– Talvez vá um pouco mais longe do que isso. Sabemos que Martel travou contato com um Damork, e isso significa que Azash está envolvido de alguma forma. Azash sempre lidou com styricos, então ele tem pouca experiência com as sutilezas da mente elena. Os Deuses de Styricum são muito diretos e raramente se preparam para contingências... provavelmente porque falta sofisticação a seu povo. Agora, o verdadeiro propósito dos estratagemas em Arcium e em Rendor era manter os Cavaleiros da Igreja fora de Chyrellos durante a eleição. No palácio, em Cimmura, Annias se portou como um styrico se comportaria, e Martel agiu da mesma forma na tenda de Arasham.

– Você está sendo um pouco inconsistente, Sephrenia – ele objetou. – Primeiro tenta me convencer de que os styricos não são sofisticados, então inventa uma explicação tão complicada que não consigo nem acompanhar. Por que você simplesmente não fala o que quer dizer?

– Azash sempre dominou as mentes de seus seguidores – ela respondeu –, e, em sua grande maioria, eles eram styricos. Se tanto Annias quanto Martel começaram a se portar como styricos, isso começa a levantar uma série de possibilidades interessantes, não é mesmo?

– Desculpe-me, Sephrenia, mas não posso aceitar isso. Apesar de todos os seus defeitos, Martel ainda é eleno; e Annias é um clérigo. Nenhum dos dois daria suas almas para Azash.

– Talvez não de forma consciente, mas Azash tem recursos para subverter a mente daqueles que ele considera úteis.

– E para onde tudo isso aponta?

– Não estou inteiramente certa, mas parece que Azash tem algum motivo para querer que Annias seja o novo arquiprelado. Isso é algo que temos de nos lembrar. Se Azash está controlando Annias e Martel, os dois estarão pensando como styricos, e styricos não reagem bem quando são surpreendidos. É uma característica racial. A surpresa pode ser nossa melhor arma.

– Então é por isso que você estava tão brava comigo? Por que eu te surpreendi?

– É claro. Pensei que você soubesse disso.

– Da próxima vez, tentarei te alertar.

– Eu agradeceria.

Dois dias depois, o navio entrou pelo estuário do rio Ucera e navegou em direção a Vardenais, cidade portuária elena. Conforme se aproximavam do cais, entretanto, Sparhawk percebeu que teriam problemas. Homens em túnicas vermelhas estavam patrulhando a beira do porto.

– E agora? – Kurik perguntou, enquanto os dois estavam agachados atrás do baixo casario, situado no convés do navio, para não serem vistos.

– Acho que poderíamos navegar ao redor da baía e seguir por terra do lado arciano. – Sparhawk sugeriu, franzindo o cenho.

– Se eles estão vigiando as cidades portuárias, é capaz de estarem patrulhando as fronteiras também. Use a cabeça, Sparhawk.

– Talvez pudéssemos nos esgueirar à noite.

– O que estamos fazendo não é importante demais para arriscar tudo num *talvez*? – Kurik perguntou incisivamente.

Sparhawk começou a xingar.

– Nós *temos* que chegar a Cimmura – o pandion argumentou. – A morte de outro dos doze cavaleiros não deve demorar, e não sei quanto peso Sephrenia ainda consegue carregar. Pense, Kurik. Você sempre foi melhor em tática do que eu.

– É porque não visto armadura. A sensação de invencibilidade faz coisas estranhas com o cérebro de um homem.

– Obrigado – Sparhawk comentou com secura.

Kurik franziu o cenho, concentrando-se.

– E então? – Sparhawk questionou, impaciente.

– Ainda estou pensando no assunto. Não me apresse.

– Estamos chegando perto do cais, Kurik.

– Estou vendo. Você sabe dizer se eles estão vasculhando algum dos navios?

Sparhawk ergueu a cabeça e olhou por sobre o casario.

– Não é o que parece.

– Bom. Assim não temos que tomar decisões precipitadas. Podemos voltar lá para baixo e pensar com calma.

– Teve alguma ideia?

– Você está forçando a barra, Sparhawk – Kurik resmungou, desaprovando-o. – Esse é um de seus defeitos, sabia? Você sempre quer partir para cima antes de levar tudo o que está prestes a fazer em consideração.

O navio em que estavam deslizou ao lado de um cais que fedia a alcatrão, e os marinheiros começaram a lançar amarras para os estivadores aglomerados no píer. Em seguida, os marujos saíram correndo pela prancha de embarque e começaram a carregar caixas e fardos para o cais.

Ouviu-se um estrépito do porão de carga do navio, e Faran apareceu trotando no convés. Sparhawk ficou olhando para seu cavalo de guerra, estupefato. Flauta estava sentada de pernas cruzadas no dorso amplo do corcel, tocando seu instrumento. A melodia que ela tocava era peculiar e sonolenta, quase como uma canção de ninar. Antes que Sparhawk e Kurik pudessem correr para interceptá-la, ela golpeou de leve o dorso de Faran com a lateral de seu pé, e o animal atravessou a prancha de embarque serenamente, em direção ao cais.

– O que ela está *fazendo*? – Kurik exclamou.

– Não faço a mínima ideia. Vá buscar Sephrenia... rápido!

No cais, Flauta cavalgava diretamente para um pelotão de soldados da Igreja a postos na extremidade contrária. Os soldados estavam examinando cuidadosamente todos os passageiros e marinheiros que desembarcavam, mas não deram a menor atenção a Flauta e ao cavalo ruano. Ela passeou diversas vezes sem pudor, para a frente e para trás, bem diante de todos, em seguida se virou. Flauta parecia estar olhando diretamente para Sparhawk e, ainda soprando seu instrumento, ergueu uma mãozinha e acenou para ele.

Ele arregalou os olhos em sua direção.

A menina fez uma careta e então, de maneira deliberada, forçou o cavalo sobre a fileira de soldados. Distraídos, eles lhe abriram caminho, mas nenhum sequer olhou para ela.

– O que está acontecendo lá embaixo? – Sparhawk perguntou conforme Sephrenia e Kurik se juntavam a ele atrás do casario.

– Não tenho certeza – Sephrenia respondeu, franzindo o cenho.

– Por que os soldados não estão prestando a menor atenção nela? – Kurik perguntou enquanto Flauta atravessava a cavalo a fileira dos homens em túnicas vermelhas mais uma vez.

– Acho que eles não podem vê-la.

– Mas ela está bem na frente deles.

– Isso parece não importar. – O rosto de Sephrenia vagarosamente assumiu uma expressão de perplexidade. – Eu já havia ouvido falar disso – ela murmurou. – Pensei que fosse apenas folclore, mas talvez eu estivesse errada. – A styrica se virou para Sparhawk. – Flauta olhou de volta para o navio alguma vez desde que ela desceu para o cais?

– Ela fez um gesto que parecia indicar que era para segui-la.

– Você tem certeza?

– Foi o que me pareceu.

Sephrenia inspirou fundo.

– Bem – ela disse –, creio que só há uma forma de descobrirmos. – Antes que Sparhawk pudesse contê-la, ela se ergueu e saiu de trás do casario.

– Sephrenia! – ele a chamou, mas a styrica seguiu pelo convés como se não o tivesse ouvido. Chegou à amurada e deteve-se.

– Ela está à vista de todos – Kurik observou, com a voz sufocada.

– Estou vendo.

– Tenho certeza de que os soldados receberam descrições dela. Ela perdeu a cabeça?

– Duvido. Olhe só. – Sparhawk apontou para os soldados no cais. Apesar de Sephrenia estar bem à vista, parecia que eles nem chegaram a reparar nela.

Flauta, entretanto, a havia avistado e fez um de seus pequenos gestos imperiosos.

Sephrenia suspirou e olhou para Sparhawk, dizendo:

– Espere aqui.

– Aqui aonde?

– Aqui... a bordo do navio. – Virou-se, seguiu até a prancha de embarque e desceu no cais.

– Já chega – Sparhawk disse com frieza, levantando-se e sacando sua espada. Contou rapidamente os soldados no cais. – Não são muitos – ele falou para Kurik. – Se os pegarmos de surpresa, temos uma boa chance.

– Não muito boa, Sparhawk. Vamos esperar mais um pouco e ver o que acontece.

Sephrenia chegou ao cais e parou bem na frente dos soldados.

Eles a ignoraram.

Ela dirigiu-lhes a palavra.

Eles não prestaram atenção.

Então, ela se virou na direção do navio.

– Está tudo bem, Sparhawk – ela gritou. – Eles não podem nos ver... nem nos ouvir. Traga os outros cavalos e nossas coisas.

– Magia? – Kurik perguntou com a voz repleta de espanto.

– Não é nenhum tipo de magia de que *eu* tenha ouvido falar antes – Sparhawk respondeu.

– Então acho melhor fazer como ela mandou – Kurik aconselhou –, e rapidinho. Eu odiaria estar no meio daqueles soldados quando o feitiço acabar.

Foi perturbador descer pela prancha de embarque sob os olhos dos soldados da Igreja e passar tranquilamente pelo cais até que todos estivessem cara a cara com eles. As expressões dos soldados revelavam tédio, e não deixavam transparecer qualquer anormalidade. Eles faziam inspeções de rotina em todos os marinheiros e passageiros que deixavam o cais, mas não prestavam a menor atenção em Sparhawk, Kurik e nos cavalos. Os soldados abriram caminho sem que houvesse a necessidade de ordens de seu superior e voltaram às suas posições depois que Sparhawk e Kurik conduziram os cavalos para fora do cais, em direção às ruas de paralelepípedo.

Sem dizer uma palavra, Sparhawk tirou Flauta do lombo de Faran e colocou a sela no grande corcel.

– Muito bem – ele perguntou a Sephrenia quando terminou a tarefa –, como foi que ela fez isso?

– Da maneira de costume.

– Mas ela não sabe falar... pelo menos ela não fala. Como lançou o feitiço?

– Com seu instrumento, Sparhawk. Pensei que você soubesse. Ela não formula o feitiço, ela o toca em seus tubos.

– Isso é possível? – O tom de voz do cavaleiro era de incredulidade.

– Você acabou de vê-la fazer isso.

– Você conseguiria lançá-lo dessa maneira?

Sephrenia balançou a cabeça em uma negativa.

– Não tenho ouvido para a música, Sparhawk – ela confessou. – Não consigo distinguir uma nota da outra, exceto de uma maneira genérica, e a melodia deve ser precisa. Podemos prosseguir?

Eles cavalgaram pelas ruas de Vardenais a partir do porto.

– Ainda estamos invisíveis? – Kurik perguntou.

– Na verdade, não estamos invisíveis, Kurik – Sephrenia respondeu, envolvendo Flauta com seu manto enquanto a menina ainda tocava a melodia sonolenta em seu instrumento. – Se estivéssemos, não seríamos capazes de nos ver uns aos outros.

– Não consigo entender.

– Os soldados sabiam que estávamos lá, Kurik. Eles abriram caminho para nós, não se lembra? Eles apenas decidiram não prestar atenção em nós.

– Decidiram?

– Talvez eu tenha usado a palavra errada. Vamos dizer que eles foram encorajados a não prestar atenção.

Os quatro atravessaram o portão norte de Vardenais sem ser parados pelos guardas de vigia, e logo estavam na estrada em direção a Cimmura. O tempo mudara desde que deixaram Elenia, muitas semanas antes. O gélido vento invernal havia ido embora e os primeiros brotos de folhas da primavera surgiam nos galhos das árvores nas laterais da estrada. Camponeses labutavam em seus campos com seus arados, revirando o rico solo negro. As chuvas haviam passado e o céu estava azul-claro, povoado em locais esparsos por nuvens brancas e fofas. A brisa estava fresca e agradável, e o cheiro da terra transmitia a ideia de crescimento e renovação. Haviam descartado os mantos rendorenhos antes de deixar o navio, mas Sparhawk ainda achava sua cota de malha e a túnica reforçada desconfortavelmente quentes.

Conforme avançavam, Kurik olhava para os campos recém-lavrados, avaliando-os.

– Espero que os garotos já tenham terminado de arar nossas terras – Ele murmurou. – Odiaria ter de assumir essa tarefa quando voltar para casa.

– Aslade vai fazer com que eles terminem logo – Sparhawk assegurou.

– Você provavelmente está certo – Kurik fez uma careta amarga. – Se formos francos, ela cuida bem melhor da fazenda do que eu.

– As mulheres sempre cuidam melhor – Sephrenia observou. – Elas são muito mais ligadas com a lua e com as estações. Em Styricum, as mulheres sempre administram os campos.

– O que os homens fazem?

– O mínimo possível.

Levaram quase cinco dias para chegar a Cimmura, e quando se aproximaram de seu destino, já era o começo de uma tarde de primavera. Sparhawk puxou as rédeas de Faran no topo de uma colina a cerca de 1,5 quilômetro a oeste da cidade.

– Ela pode fazer aquilo de novo?

– Quem pode fazer o quê?

– Flauta. Ela pode fazer com que as pessoas nos ignorem mais uma vez?

– Não sei. Por que você não pergunta a ela?

– Por que *você* não pergunta a ela? Acho que ela não gosta de mim.

– O que te deu essa ideia? Ela te adora. – Sephrenia se reclinou um pouco para a frente e falou em styrico com a garotinha que se aninhara contra ela.

Flauta concordou com um aceno de cabeça e traçou um círculo de maneira obscura com uma das mãos.

– O que ela disse? – Sparhawk perguntou.

– Que a casa capitular está do outro lado de Cimmura, ou algo próximo disso. Ela sugere que contornemos a cidade em vez de atravessá-la a cavalo.

– Algo próximo disso?

– Uma boa parte se perde na tradução.

– Muito bem. Faremos do jeito dela, então. Eu definitivamente não quero que Annias descubra que estamos de volta a Cimmura.

Cavalgaram ao redor da cidade, passando por campos abertos e bosques com árvores esparsas, e mantendo-se a cerca de 1,5 quilômetro de distância das muralhas urbanas. Sparhawk decidiu que Cimmura não era uma cidade atrativa. A combinação peculiar de sua localização e do clima predominante parecia capturar a fumaça de suas milhares de chaminés e concentrá-la acima de seus telhados, como uma mortalha perpétua. Aquela nuvem de fumaça ameaçadora fazia com que o local parecesse sempre encardido.

Eles finalmente chegaram a uma mata a cerca de 600 metros dos muros da casa capitular. As terras estavam mais uma vez repletas de camponeses trabalhando, e a estrada que levava até o portão leste estava apinhada de viajantes trajando roupas alegres.

– Diga a ela que chegou a hora – Sparhawk falou para Sephrenia. – Imagino que um bom número dessas pessoas ali adiante esteja trabalhando para Annias.

– Ela sabe, Sparhawk. Ela não é tola.

– Não. Apenas distraída.

Flauta fez uma careta para ele e começou a soprar seu instrumento. Era a mesma melodia letárgica, quase sonolenta, que ela havia tocado em Vardenais.

Começaram, então, a seguir pelo campo em direção a algumas casas aglomeradas do lado de fora da casa capitular. Apesar de estar certo de que as pessoas pelas quais eles passavam não prestariam atenção, Sparhawk ficava instintivamente tenso a cada encontro.

– Relaxe, Sparhawk – Sephrenia ordenou bruscamente. – Você está dificultando as coisas para Flauta.

– Desculpe – ele murmurou. – Acho que é uma questão de hábito. – Com certo esforço, ele conseguiu se acalmar parcialmente.

Um grupo de trabalhadores estava consertando a estrada que levava aos portões da fortaleza.

– Espiões – Kurik grunhiu.

– Como você sabe? – o cavaleiro perguntou.

– Olhe como estão assentando os paralelepípedos, Sparhawk. Eles não têm a menor ideia do que estão fazendo.

– Parece um pouco desleixado, não é mesmo? – Sparhawk concordou, observando criticamente uma seção de pedras recém-colocadas conforme eles cavalgavam sem ser vistos pelos homens que reparavam a estrada.

– Annias deve estar ficando velho – Kurik comentou. – Ele não costumava ser tão óbvio assim.

– Acho que ele está de cabeça cheia.

Continuaram com estrépito pela estrada até a ponte levadiça, e então prosseguiram por ela até o pátio central, passando pelo indiferente quarteto de cavaleiros de armadura que guardavam o portão.

Um jovem noviço tirava água do poço no centro do pátio, girando com vigor a manivela que rangia, instalada na boca do poço. Com um floreio final, Flauta afastou o instrumento de seus lábios.

O noviço engoliu uma imprecação assustada e colocou a mão no cabo de sua espada. A manivela retiniu conforme o balde mergulhou de volta ao fundo do poço.

– Acalme-se, irmão – Sparhawk falou ao jovem, desmontando.

– Como vocês passaram pelo portão? – o noviço exclamou.

– Você não acreditaria se eu dissesse – Kurik retrucou, descendo da sela de seu capão.

– Perdoe-me, Sir Sparhawk – o noviço gaguejou. – O senhor me assustou.

– Está tudo certo – Sparhawk assegurou. – Kalten já voltou?

– Sim, milorde. Ele e os cavaleiros das outras ordens chegaram há algum tempo.

– Bom. Você sabe onde posso encontrá-los?

– Creio que eles estejam com lorde Vanion em seu escritório.

– Obrigado. Você poderia cuidar de nossos cavalos?

– Claro, Sir Sparhawk.

Entraram na casa capitular e seguiram pelo corredor central em direção à extremidade sul da construção. Em seguida, subiram os degraus estreitos da torre.

– Sir Sparhawk – um dos jovens cavaleiros de guarda no alto das escadas o saudou respeitosamente. – Vou comunicar a lorde Vanion que o senhor chegou.

– Obrigado, irmão – Sparhawk disse.

O cavaleiro bateu na porta e a abriu em seguida.

– Sir Sparhawk está aqui, milorde – ele anunciou a Vanion.

– Já não era sem tempo – Sparhawk ouviu a voz de Kalten vir de dentro do cômodo.

– Por favor, entre, Sir Sparhawk – o jovem cavaleiro falou, abrindo passagem e fazendo uma mesura.

Vanion estava à mesa. Kalten, Bevier, Ulath e Tynian haviam se levantado de suas cadeiras e se adiantaram para saudar Sparhawk e os outros. Berit e Talen estavam sentados em um banco no canto.

– Quando vocês chegaram? – Sparhawk perguntou enquanto Kalten apertava bruscamente sua mão.

– No começo da semana passada – o homem loiro respondeu. – Por que demoraram tanto?

– Tivemos um longo caminho, Kalten – Sparhawk explicou. Sem palavras, apertou as mãos de Tynian, Ulath e Bevier. Então curvou-se diante de Vanion. – Milorde.

– Sparhawk – Vanion aquiesceu com a cabeça.

– Recebeu minhas mensagens?

– Se foram só duas, então recebi.

– Bom. Sendo assim, vocês estão relativamente atualizados sobre o que aconteceu lá em Rendor.

Vanion, entretanto, estava observando Sephrenia com atenção.

– Você não parece estar muito bem, mãezinha – ele comentou.

– Ficarei bem – ela disse, passando uma mão cansada sobre os olhos.

– Sente-se – Kalten ofereceu, puxando uma cadeira para ela.

– Obrigada.

– O que aconteceu em Dabour, Sparhawk? – Vanion perguntou, com os olhos atentos.

– Encontramos o tal médico – Sparhawk relatou. – Segundo o que nos falou, ele *de fato* curou algumas pessoas que haviam sido envenenadas com a mesma substância que Annias deu à rainha.

– Graças a Deus! – Vanion exclamou, deixando o ar sair de seu pulmão de uma só vez.

– Não fique animado tão rápido, Vanion – Sephrenia interrompeu. – Sabemos qual é a cura, mas temos de encontrá-la antes de sermos capazes de administrá-la.

– Não consegui acompanhar seu raciocínio.

– O veneno é extremamente forte. A única forma de neutralizá-lo é por meio de magia.

– O médico revelou o feitiço que ele usou?

– Aparentemente, não houve feitiço envolvido. Existe uma série de objetos no mundo que possuem enorme poder. Temos de encontrar um deles.

– Isso pode levar tempo – ele disse, franzindo o cenho. – As pessoas normalmente escondem essas coisas para evitar que elas sejam roubadas.

– Eu sei.

– Você tem certeza absoluta de que identificou o veneno correto? – Kalten perguntou.

Sparhawk fez que sim com a cabeça.

– Recebi a confirmação de Martel – ele respondeu.

– Martel? É sério que você deu a ele a chance de falar antes de matá-lo?

– Eu não o matei. Não era o momento certo.

– Qualquer momento é certo para matá-lo, Sparhawk.

– Senti exatamente isso na primeira vez que o vi, mas Sephrenia nos persuadiu a guardar nossas espadas.

– Estou terrivelmente desapontado com você, Sephrenia – Kalten resmungou.

– Você tinha de estar lá para entender – ela retrucou.

– Por que vocês não pegaram o que quer que aquele médico usou para curar as outras pessoas? – Tynian perguntou a Sparhawk.

– Porque ele triturou o objeto até virar pó, misturou-o com vinho e deu de beber aos pacientes.

– E era assim que tinha de ser feito?

– Não, na verdade, não. Sephrenia o repreendeu de forma bem veemente a esse respeito.

– Acho melhor você começar do princípio – Vanion sugeriu.

– Certo – Sparhawk concordou, puxando uma cadeira. Brevemente, ele contou aos outros sobre o "talismã sagrado" de Arasham e o estratagema que havia permitido que eles entrassem na tenda do velho.

– Você tomou muitas liberdades com o nome do meu rei, Sparhawk – Tynian objetou.

– Não temos necessariamente que contar isso a ele, temos? – Sparhawk retrucou. – Precisava usar o nome de um reino bem distante de Rendor. Arasham provavelmente só tem uma ideia vaga de onde Deira fica.

– Então por que você não disse que era de Thalesia?

– Duvido que Arasham já tenha ouvido falar de Thalesia. De qualquer modo, o tal "talismã sagrado" provou-se falso. Martel estava lá e tentava persuadir o velho lunático a adiar o levante até quando as eleições para o novo arquiprelado começassem. – Em seguida, Sparhawk descreveu como havia virado de pernas para o ar o plano do renegado de cabelos brancos.

– Meu amigo – Kalten comentou com admiração –, estou orgulhoso de você.

– Obrigado, Kalten – Sparhawk agradeceu com modéstia. – Sem querer soar pretensioso, diria que as coisas acabaram muito bem.

– Ele tem se dado tapinhas nas costas desde que saímos da tenda de Arasham – Sephrenia reclamou. Ela olhou para Vanion. – Kerris morreu – ela contou com tristeza.

Vanion anuiu, sua face estava sombria.

– Eu sei – ele comentou. – Como você ficou sabendo?

– Seu fantasma veio até nós para entregar sua espada para Sephrenia – Sparhawk disse. – Vanion, temos de fazer algo a esse respeito. Ela não pode continuar carregando todas essas espadas e tudo o que elas simbolizam. Ela enfraquece a cada espada que recebe.

– Estou bem, Sparhawk – ela insistiu.

– Odeio contradizê-la, mãezinha, mas você definitivamente *não* está bem. Você mal consegue ficar com a cabeça ereta. Mais uma ou duas daquelas espadas vão te deixar de joelhos.

– Onde estão as espadas agora? – Vanion perguntou.

– Nós as trouxemos conosco em uma mula – Kurik respondeu. – Elas estão em uma caixa.

– Você poderia ir buscá-las para mim, por favor?

– Imediatamente – Kurik respondeu, indo até a porta.

– O que você tem em mente, Vanion? – Sephrenia perguntou com suspeita.

– Vou pegar as espadas – ele deu de ombros. – E tudo o que elas representam.

– Você não pode.

– Ah, posso sim, Sephrenia. Eu também estava no salão do trono e sei qual feitiço usar. Não tem que ser você a carregá-las por aí. Qualquer um de nós que estava presente pode.

– Você não é forte o suficiente, Vanion.

– Para dizer a verdade, eu poderia carregar não só você, minha tutora, mas também todas as espadas, e neste exato momento você é mais importante do que eu.

– Mas... – ela começou a protestar.

– A discussão está encerrada, Sephrenia – ele a interrompeu, levantando uma mão. – Eu sou o preceptor. Com ou sem sua permissão, vou tirar essas espadas de você.

– Você não sabe o que isso significa, meu queridíssimo. Não vou permitir. – O rosto dela estava subitamente encharcado de lágrimas, e ela torceu as mãos em uma demonstração nada característica de sentimentos humanos. – Não vou permitir.

– Você não pode me impedir – ele disse com a voz gentil. – Posso lançar o feitiço sem a sua ajuda, se for necessário. Se você quisesse manter seus feitiços em segredo, mãezinha, não deveria formulá-los em voz alta, sabia? Você deveria saber, a essa altura, que tenho uma memória muito retentiva.

– Estou chocada com você, Vanion – ela declarou, encarando-o. – Você não era tão descortês quando mais jovem.

– A vida é repleta de pequenas decepções, não é mesmo? – ele comentou de maneira afável.

– Eu posso impedi-lo – ela gritou, ainda retorcendo as mãos. – Você se esquece de que sou muito mais forte do que você. – Havia um triunfo esganiçado em sua voz.

– Claro que é. Por isso, eu teria de chamar ajuda. Você conseguiria lidar com dez cavaleiros, todos recitando em uníssono? Ou cinquenta? Ou quinhentos?

– Isso não é justo! – ela exclamou. – Não sabia que você iria tão longe, Vanion... e eu confiei em você.

– E bem deveria, minha querida – ele disse, subitamente assumindo o papel de superior –, pois não permitirei que você faça esse sacrifício. Eu a forçarei a se submeter a mim, porque você sabe que estou certo. Você irá me entregar esse fardo, pois sabe que o que você deve fazer é muito mais importante do que qualquer outra coisa que esteja acontecendo neste exato momento, e você sacrificará o que for necessário para fazer o que nós dois sabemos que deve ser feito.

– Meu querido – ela começou em uma voz agoniada. – Meu queridíssimo...

– Como eu disse – ele a interrompeu –, a discussão está encerrada.

Houve um silêncio longo e constrangedor enquanto Sephrenia e Vanion ficaram se encarando, um com os olhos cravados no rosto do outro.

– O médico em Dabour deu alguma dica sobre quais objetos poderiam curar a rainha? – Bevier perguntou a Sparhawk, um pouco desconfortável.

– Ele mencionou uma lança em Daresia, vários anéis em Zemoch, um bracelete em algum lugar de Pelosia e uma joia na coroa real de Thalesia.

– A Bhelliom – Ulath grunhiu.

– Então isso resolve tudo – Kalten disse. – Vamos até Thalesia, pegamos a coroa de Wargun emprestada e voltamos aqui com ela.

– Wargun não está com ela – Ulath informou.

– Como assim, "Wargun não está com ela"? Ele é o rei de Thalesia, não é?

– A coroa foi perdida quinhentos anos atrás.

– E nós poderíamos encontrá-la?

– Qualquer coisa é possível, eu acho – o gigante thalesiano respondeu –, mas as pessoas a tem procurado nos últimos quinhentos anos sem grande sucesso. Temos esse tempo todo?

– O que é essa Bhelliom? – Tynian perguntou.

– As lendas dizem que é uma safira de grandes proporções, entalhada na forma de uma rosa. Diz-se que ela guarda o poder dos Deuses Trolls dentro dela.

– E guarda?

– Eu não saberia dizer. Nunca a vi. Ela foi perdida, se lembra?

– Deve haver outros objetos – Sephrenia declarou. – Vivemos em um mundo onde a magia está em todos os lugares à nossa volta. Em todas as eras, desde o começo dos tempos, imagino que os Deuses tenham achado propício criar um bom número de coisas que contêm o tipo de poder que estamos procurando.

– Por que simplesmente não criamos um? – Kalten perguntou. – Juntamos um grupo de pessoas e fazemos com que elas lancem um feitiço em alguma coisa... uma joia ou pedra ou anel ou qualquer coisa?

– Agora entendo por que você nunca se tornou proficiente nos segredos, Kalten. – Sephrenia suspirou. – Você nem entende os princípios básicos. Toda magia vem dos Deuses, não de nós. Eles permitem que a tomemos emprestada, se pedirmos da maneira apropriada, mas não nos irão permitir criar o tipo de coisa que estamos procurando neste caso. O poder que é instilado nesses objetos faz parte do poder dos próprios Deuses, e eles não os oferecem com tanta facilidade.

– Ah, eu não sabia disso – o homem loiro comentou.

– Pois deveria. Ensinei isso quando você tinha 15 anos de idade.

– Devo ter me esquecido.

– Tudo o que podemos fazer é começar a procurar – Vanion observou. – Vou mandar mensagens para os outros preceptores. Faremos com que todos os Cavaleiros da Igreja, de todas as quatro ordens, trabalhem nisso.

– E eu vou entrar em contato com os styricos nas montanhas – Sephrenia acrescentou. – Há muitas coisas sobre esse assunto que são conhecidas apenas em Styricum.

– Aconteceu algo de interessante em Madel? – Sparhawk perguntou a Kalten.

– Na verdade, não – Kalten respondeu. – Vimos Krager de relance algumas vezes, mas sempre a distância. Quando chegávamos perto o suficiente de onde estava, o tratante já tinha se mandado. Ele é uma cobra ardilosa, não é mesmo?

Sparhawk concordou com um aceno de cabeça.

– Foi isso que finalmente me fez perceber que ele estava sendo usado de isca. Vocês conseguiram descobrir alguma pista sobre o que ele estava fazendo?

– Não. Nunca conseguíamos nos aproximar o bastante. Mas ele estava aprontando alguma coisa; corria Madel de cima a baixo como um rato numa fábrica de queijos.

– Adus desapareceu, mesmo?

– Mais ou menos. Talen e Berit o viram uma vez... quando ele e Krager saíram da cidade.

– Para onde eles foram? – Sparhawk perguntou ao garoto.

– Eles seguiram pela estrada que leva a Borrata da última vez que os vimos – Talen deu de ombros. – Eles podem ter trocado de direção depois de sumir de vista.

– O grandalhão tinha algumas bandagens na cabeça, Sir Sparhawk, e o braço estava numa tipoia – Berit informou.

– Parece que você tirou um pedaço maior do que imaginávamos, Sparhawk – Kalten riu.

– Era o que eu estava tentando – Sparhawk disse com seriedade. – Me livrar de Adus é um dos objetivos principais da minha vida.

A porta se abriu e Kurik apareceu, carregando a caixa que continha as espadas dos cavaleiros caídos.

– Você vai insistir nisso, Vanion? – Sephrenia perguntou.

– Não vejo outra solução – ele respondeu. – Você tem de estar apta a se mover pelo mundo. Posso fazer meu trabalho sentado, ou deitado numa cama, ou provavelmente morto, se chegar a esse ponto.

O movimento de olhos de Sephrenia foi tênue. Ela olhou por um breve instante para Flauta, e a menininha anuiu gravemente com a cabeça. Sparhawk tinha certeza de que apenas ele havia testemunhado essa troca de olhares; por algum motivo, isso o deixou profundamente confuso.

– Pegue apenas uma espada por vez – Sephrenia instruiu Vanion. – O peso delas é considerável, e você vai precisar de tempo para se acostumar a ele.

– Eu já carreguei espadas antes, Sephrenia.

– Não como essas, e não é ao peso das espadas que estou me referindo. É toda a carga que elas trazem consigo. – Ela abriu a caixa e tirou a espada de Sir Parasim, o jovem cavaleiro que Adus havia matado em Arcium. Sephrenia tomou a lâmina e estendeu com gravidade o cabo por sobre seu antebraço para Vanion.

Ele se levantou e tomou a arma da styrica.

– Corrija-me se eu cometer algum erro – ele disse e começou a recitar em styrico. Sephrenia ergueu a voz para se juntar a ele, apesar de seu tom ser mais suave e mais incerto, e seus olhos estarem tomados de dúvida. O feitiço chegou ao clímax e Vanion subitamente arqueou, sua face adquirindo um tom cinzento.

– Deus! – ele ofegou, quase derrubando a espada.

– Você está bem, meu querido? – Sephrenia perguntou atenciosamente, esticando a mão e tocando o preceptor.

– Deixe-me recuperar o fôlego por um instante – Vanion disse. – Como você aguenta isso, Sephrenia?

– Fazemos o que é necessário – ela respondeu. – Já me sinto melhor, Vanion. Não há necessidade de levar as outras duas.

– Há necessidade, sim. Vamos perder outro dos doze em breve, e seu fantasma irá entregar uma nova espada para você. Quero garantir que suas mãos estejam livres para recebê-la. – Ele se endireitou e continuou com austeridade: – Muito bem. Dê-me a próxima.

Capítulo 25

Sparhawk descobriu que estava surpreendentemente cansado naquela noite. Os rigores de tudo o que havia acontecido em Rendor parecia tê-lo alcançado de uma só vez, mas, apesar de sua fadiga, ele se revirava e se remexia irrequieto no leito de sua cela. A lua estava cheia e lançava uma luminosidade pálida pela janela estreita diretamente no rosto de Sparhawk. Ele resmungou um xingamento ácido e cobriu a cabeça com o lençol para proteger seus olhos da luz.

Talvez ele tenha cochilado; talvez não. Ele flutuou pela fronteira do sono durante o que lhe pareceram horas; mas, apesar de tentar deslizar por aquela porta suave, ele não era capaz. Lançou longe seu lençol e se sentou.

Era primavera, ou ela estava bem próxima. Parecia que o inverno tinha sido interminável, mas o que ele havia feito, de fato? Os meses haviam se escoado e, com eles, a vida de Ehlana. Estaria ele realmente mais próximo de libertá-la de sua tumba de cristal? Na fria luz da meia-noite, Sparhawk subitamente deparou com um pensamento arrepiante. Seria possível que todos os esquemas e planos complicados de Annias e Martel tivessem apenas um objetivo: atrasá-lo, consumir o tempo que restava a Ehlana com atividades sem sentido? Ele havia se lançado de uma crise a outra desde que retornara a Cimmura. Talvez os planos de seus inimigos não tenham sido criados para ser bem-sucedidos. Talvez o único objetivo fosse detê-lo. Sparhawk sentiu que estava sendo manipulado de alguma forma, e que a pessoa ou coisa responsável por tudo o que estava acontecendo se deliciava com a raiva e a frustração que ele sentia, divertindo-se com crueldade à sua custa. O cavaleiro se recostou novamente para considerar essa ideia.

Foi um arrepio repentino que o acordou, um frio que parecia chegar a seus ossos; ele soube, antes mesmo de abrir os olhos, que não estava só.

Uma figura trajando armadura estava de pé ao lado de seu leito, com a luz da lua brilhando no metal negro e esmaltado. O costumeiro odor sepulcral havia enchido o cômodo.

– Acorde, Sir Sparhawk – a figura ordenou num tom enregelante e vazio. – Tenho de lhe transmitir uma mensagem.

Sparhawk se sentou.

– Estou acordado, irmão – ele respondeu. O espectro ergueu o visor e Sparhawk viu um rosto familiar. – Sinto muito, Sir Tanis.

– Todos os homens morrem – o fantasma entoou –, e minha morte não se deu sem um propósito. Só este pensamento me conforta na Casa dos Mortos. Preste atenção, Sparhawk, pois meu tempo contigo deve ser curto. Trago-lhe instruções. Este é o propósito de minha morte.

– Escutar-te-ei, Tanis – Sparhawk prometeu.

– Sendo assim, dirija-se esta mesma noite até a cripta que jaz sob a catedral de Cimmura. Lá tu irás encontrar outra sombra desassossegada que lhe dará novas instruções sobre o rumo que deverás tomar.

– A sombra de quem?

– Tu irás reconhecê-la, Sparhawk.

– Farei como tu me ordenaste, irmão.

O espectro ao pé do leito sacou sua espada.

– E agora devo deixar-te, Sparhawk – ele declarou. – Devo entregar minha espada antes de retornar ao silêncio eterno.

– Eu sei – Sparhawk suspirou.

– Então, salve, irmão, e adeus – o fantasma concluiu. – Lembra-te de mim em tuas orações. – Em seguida, a figura de armadura se virou e saiu silenciosamente da cela.

As torres da catedral de Cimmura ocultavam as estrelas, e a lua pálida jazia baixa no horizonte ocidental, banhando as ruas com luz prateada e sombras negras como o breu. Sparhawk se movia sem fazer ruídos por um beco estreito e parou na obscuridade que se adensava em sua entrada. Estava do lado oposto da rua que levava às portas principais da catedral. Por baixo de sua capa de viagem ele usava uma cota de malha, e sua espada estava embainhada na cintura.

Sentiu uma indiferença curiosa conforme olhava pela rua para o par de soldados da Igreja que estava a postos na porta da catedral. Suas túnicas vermelhas pareciam desprovidas de toda cor por conta da luz da lua, e eles estavam recostados nas pedras do muro do templo.

Sparhawk considerou a situação. A porta guardada era a única entrada para a catedral. Todas as outras estariam trancadas. Entretanto, por tradição, se não por lei canônica, era proibido trancar a entrada principal de qualquer igreja.

Os guardas estariam sonolentos e nada alertas. A rua não era larga. Uma investida rápida eliminaria o problema. Sparhawk se endireitou e levou a mão em direção à sua espada. Então parou. Algo parecia errado com esse plano. Ele não era escrupuloso, mas sentia, de alguma forma, que não deveria ir a esse encontro com sangue nas mãos. Em seguida, decidiu também que dois corpos jazendo às portas da catedral anunciariam mais alto do que qualquer palavra que alguém tinha se dado muito trabalho para entrar.

O que ele realmente precisava era de cerca de um minuto para atravessar a rua e se esgueirar pelas portas. Pensou no assunto. O que faria com que os soldados deixassem seus postos? Meia dúzia de possibilidades lhe saltou à mente antes de finalmente escolher uma. Sorriu quando a ideia lhe ocorreu. Repassou o feitiço em sua mente, garantindo que todas as palavras estavam corretas, então começou a murmurar baixinho em styrico.

O feitiço era relativamente longo. Havia certo número de detalhes que ele queria que saíssem exatamente como o planejado. Quando tudo estava pronto, Sparhawk estendeu a mão e soltou-o.

A figura que apareceu no final da rua era a de uma mulher. Ela vestia uma capa de veludo com um capuz jogado para trás, e seu longo cabelo loiro caía por suas costas. Sua face era inacreditavelmente adorável. Ela caminhou até as portas da catedral com uma graça sedutora e, quando chegou aos degraus, parou, olhando diretamente para os guardas que, a essa altura, já estavam bem despertos. Ela não disse nada. Falar teria complicado desnecessariamente o feitiço, e ela não precisaria dizer coisa alguma. Bem devagar, a mulher desatou a gola da capa e a abriu. Ela estava nua sob a peça de roupa.

Sparhawk pôde ouvir com clareza a respiração dos dois soldados se tornando mais ofegante.

Então, com um olhar convidativo por sobre o ombro, ela caminhou de volta pela rua. Os dois guardas seguiram-na com os olhos, entreolharam-se, e depois esquadrinharam a rua de cima a baixo para ter certeza de que ninguém os estava observando. Recostaram suas lanças contra as paredes de pedra ao lado e desceram os degraus correndo.

A mulher havia parado sob uma tocha que brilhava em uma esquina. Ela acenou novamente e então saiu da área iluminada e desapareceu pela rua lateral.

Os guardas dispararam atrás dela.

Sparhawk já havia saído das sombras na entrada do beco antes mesmo de a dupla virar a esquina. Atravessou a rua em questão de segundos e subiu dois degraus por vez; estendeu a mão em direção à pesada barra em uma das portas arqueadas e empurrou. Estava do lado de dentro. Ele sorriu levemente consigo mesmo, imaginando por quanto tempo os soldados procurariam pela aparição que ele havia criado, a essa altura já desfeita.

O interior da catedral estava escuro e fresco, com o odor de incenso e cera de velas. Dois círios solitários, um de cada lado do altar, queimavam de maneira vacilante, tremeluzindo na leve brisa noturna que seguira Sparhawk até a nave. Suas luzes eram pouco mais do que dois pontos oscilantes que refletiam apenas superficialmente nas gemas e no ouro que decorava o altar.

Sparhawk se moveu silenciosamente pela nave central, com os ombros tensos e os sentidos alertas. Apesar de ser tarde da noite, sempre havia a possibilidade de um dos vários clérigos que viviam confinados na catedral estar desperto e de pé, e Sparhawk preferia manter sua visita um segredo e evitar confrontos barulhentos.

Ajoelhou-se automaticamente diante do altar, levantou-se e deixou a nave em direção ao corredor escuro e ladeado por treliças que levava ao presbitério.

Havia uma luz adiante, fraca mas constante. Sparhawk se moveu sem fazer ruídos, mantendo-se perto da parede. Uma arcada acortinada estava à sua frente, e ele abriu cuidadosamente um dos feixes de tecido grosso e roxo, e espreitou.

O primado Annias, trajado não em cetim, mas em um simples hábito de monge, estava ajoelhado diante de um pequeno altar de pedra dentro do santuário. Seus traços emaciados estavam distorcidos em uma agonia autodestrutiva, e ele havia unido as mãos como se fosse arrancar os dedos de seus lugares. Lágrimas escorriam abertamente por sua face e sua respiração reverberava de modo áspero na garganta.

O rosto de Sparhawk ganhou um aspecto severo, e sua mão foi em direção ao cabo da espada. Os soldados da catedral eram uma coisa. Matá-los não teria servido a propósito algum. Annias, entretanto, era uma questão totalmente diferente. O primado estava sozinho. Uma rápida investida e um único golpe removeriam esta infecção imunda de Elenia de uma vez por todas.

Por um momento a vida do primado de Cimmura pendeu na balança enquanto Sparhawk, pela primeira vez em toda a sua vida, contemplava o assassinato deliberado de um homem desarmado. Mas então ele pensou ouvir uma voz leve e juvenil de garota, e viu diante de si uma profusão de cabelos loiros bem claros e um par de olhos acinzentados e decididos. Pesaroso, deixou a cortina se fechar novamente e preferiu atender à sua rainha, que, mesmo em seu repouso, havia estendido sua gentil mão para salvar a alma do cavaleiro.

– Fica para a próxima, Annias – ele disse com um sussurro. Então seguiu pelo corredor que passava pelo presbitério em direção à entrada da cripta.

A cripta ficava sob a catedral e entrava-se nela descendo um lance de degraus de pedra. Uma única vela de sebo tremeluzia no topo da escada, afixada em uma arandela engordurada. Tomando cuidado para não fazer barulho, Sparhawk quebrou a peça em dois pedaços, reacendeu o fragmento que ficara na arandela e desceu, erguendo sua meia vela.

A pesada porta no final da escada era de bronze. Sparhawk fechou sua mão ao redor do trinco e o girou bem devagar, até que ele se moveu. Então, uma fração de centímetro por vez, o cavaleiro abriu a espessa porta. O suave ranger das dobradiças parecia muito alto no silêncio, mas Sparhawk sabia que o som não repercutiria no andar principal da igreja, e, de qualquer modo, Annias estava muito concentrado em seu sofrimento para ouvir.

O interior da cripta era amplo e baixo, frio e bolorento. O círculo amarelo gerado pelo pedaço de vela de Sparhawk não se estendia muito longe e, além desse círculo, uma vastidão se perdia na escuridão. Os contrafortes arqueados que suportavam o teto estavam drapeados com teias de aranhas, e sombras densas povoavam cantos irregulares. Sparhawk apoiou suas costas contra a porta de bronze e a fechou novamente com muito cuidado. O som produzido pelo fechamento ecoou pela cripta como se fosse um sinal do fim dos tempos.

A cripta sombria se estendia em uma treva monótona bem além da nave da catedral. Sob o teto abobadado e os contrafortes enfeitados por teias de aranha jaziam os antigos governantes de Elenia, silenciosos, fileira após fileira, cada qual encerrado em uma tumba de mármore desgastado com uma empoeirada efígie de chumbo repousando em seu topo. Dois mil anos de história eleniana jaziam ali, acumulando lentamente bolor e poeira no porão úmido. Os pecadores repousavam ao lado dos virtuosos. Os estúpidos ao lado dos sábios. O nivelador universal trouxera todos ao mesmo local. As esculturas funerárias de costume decoravam as paredes de pedra e os cantos de muitos sarcófagos, colaborando ainda mais com o ar lúgubre da tumba silenciosa.

Sparhawk estremeceu. A confluência acalorada de sangue, ossos e carne com aço brilhante e afiado lhe era familiar, mas não esse silêncio frio e poeirento. Ele não estava certo sobre como proceder, uma vez que o espectro de Sir Tanis lhe havia fornecido poucos detalhes. Incerto, ficou parado perto da porta de bronze, aguardando. Apesar de saber que era uma tolice, levara a mão ao cabo de sua espada, mais para se reconfortar do que por acreditar que a arma em sua bainha iria ser de alguma valia naquele lugar terrível.

No princípio, o som não parecera mais que um sopro, um movimento errático do ar dentro da cripta. Então surgiu novamente, um pouco mais alto desta vez.

– Sparhawk – um murmúrio vazio sussurrou.

O cavaleiro ergueu sua vela gotejante, esquadrinhando as sombras.

– Sparhawk – o murmúrio emergiu outra vez.

– Estou aqui.

– Aproxime-se.

O murmúrio parecia vir de algum lugar próximo aos túmulos mais recentes. Sendo assim, Sparhawk seguiu adiante, sua confiança crescendo a cada passo. Finalmente parou diante do último sarcófago, que levava o nome do rei Aldreas, pai da rainha Ehlana. Ele ficou imóvel defronte da efígie de chumbo do finado soberano, um homem a quem Sparhawk havia jurado servir, mas a quem tinha pouco respeito. O escultor que criara a efígie tinha se esforçado para fazer com que as feições de Aldreas transmitissem majestade, mas sua fraqueza continuava ali, na expressão levemente transtornada e no queixo incerto.

– Salve, Sparhawk. – O murmúrio não veio da escultura sobre o tampo de mármore, mas de dentro da própria tumba.

– Salve, Aldreas – Sparhawk respondeu.

– E tu não nutres inimizade por mim, nem me considera com desdém, meu campeão?

Uma centena de insolências e insultos saltaram à mente de Sparhawk, uma década de humilhação e desonras vindas do homem cuja sombra amargurada agora lhe falava dos confins de seu sepulcro de mármore. Mas de que lhe adiantaria retorcer a faca em um coração já morto? Em silêncio, Sparhawk perdoou seu rei.

– Eu nunca o considerei dessa forma, Aldreas – ele mentiu. – Tu foste meu rei. Isto era o que eu precisava saber.

– Tu és gentil, Sparhawk – a voz vazia suspirou –, e tua gentileza despedaça meu coração insubstancial mais do que qualquer reprimenda.

– Sinto muito, Aldreas.

– Eu não era digno de portar a coroa – a voz sepulcral admitiu com arrependimento melancólico. – Havia tantas coisas acontecendo as quais não compreendia, e pessoas ao meu redor as quais eu pensava ser amigas, mas não eram.

– Nós sabíamos, Aldreas, mas não havia maneira de lhe proteger.

– Eu não tinha como saber dos estratagemas que me cercavam, Sparhawk, não é mesmo? – O fantasma parecia ter a necessidade desesperada de se explicar e justificar as coisas que Aldreas havia feito em vida. – Fui criado para reverenciar a Igreja, e eu confiava no primado de Cimmura acima de todos os outros. Como eu poderia saber que era seu intento me ludibriar?

– Tu não podias, Aldreas. – Não era difícil dizer essas coisas. Aldreas já não era mais um inimigo, e se algumas palavras fossem capazes de confortar seu fantasma cheio de culpa, elas não custariam mais do que o fôlego necessário para expressá-las.

– Mas eu nunca deveria ter me voltado contra minha única filha – Aldreas disse em uma voz repleta de dor. – É este arrependimento que mais me dói. O primado me jogou contra ela, mas eu nunca deveria ter dado ouvidos ao seu falso conselho.

– Ehlana sabia disso, Aldreas – Sparhawk falou. – Ela sabia que Annias era o inimigo, e não o senhor.

Houve uma longa pausa.

– E o que sucedeu com minha querida, querida irmã? – As palavras do finado rei foram ditas como se por entre dentes travados de ódio.

– Ela ainda está no convento em Demos, Vossa Majestade – Sparhawk informou no tom mais neutro que conseguiu. – Onde morrerá.

– Então a enterre lá, meu campeão – Aldreas comandou. – Não perturbe meu descanso colocando minha assassina ao meu lado nesta cripta.

– Assassina? – Sparhawk estava atordoado.

– Minha vida se tornara um estorvo para ela. Seu sicofanta e amante, o primado Annias, arranjou uma forma para que ela me visitasse em segredo. Ela me seduziu sem qualquer embaraço, mais do que em qualquer outra vez anterior. Exausto, tomei uma taça de suas mãos e bebi, e o líquido era a morte. Ela me escarneceu com aquilo, de pé sobre meu corpo inerte com sua nudez flagrante e o rosto contorcido de ódio e desdém enquanto me insultava. Vingue-me, meu campeão. Faça com que a vingança recaia sobre minha pérfida irmã e seu amante corrupto, pois foram eles que me fizeram cair tão baixo e despossuíram minha verdadeira herdeira, a filha que ignorei e detestei durante toda a sua infância.

– Enquanto Deus me permitir viver, farei como tu me ordenas, Aldreas – Sparhawk jurou.

– E quando minha pálida filha ascender a seu lugar de direito em meu trono, diga a ela, lhe imploro, que eu a amei de verdade.

– Se isso, Deus queira, vier a acontecer, direi a ela, Aldreas.

– Assim deve ser, Sparhawk. Deve ser... do contrário, tudo o que Elenia já foi um dia será reduzido a ruínas. Apenas Ehlana é a verdadeira herdeira do trono de Elenia. Eu lhe ordeno, não permita que meu trono seja usurpado pelo fruto impuro da união de minha irmã com o primado de Cimmura.

– Minha espada irá impedir que isso ocorra, meu rei – Sparhawk prometeu com fervor. – Todos os três estarão mortos, jazendo em seu próprio sangue antes que esta semana termine.

– E tua vida também será perdida em tua sede por vingança, Sparhawk? Como teu sacrifício irá restaurar minha filha a seu lugar de direito?

Aldreas, Sparhawk concluiu, era muito mais sábio morto do que havia sido em vida.

– A hora da vingança irá chegar em seu próprio tempo, meu campeão – o fantasma lhe disse. – Antes disso, ordeno que devolvas a saúde a Ehlana. E para que isso seja possível, recebi a permissão de revelar certas verdades a ti. Nenhuma panaceia ou talismã de poder inferior irá curar minha filha, pois apenas a Bhelliom pode restituir-lhe a saúde.

O coração de Sparhawk afundou.

– Não se desalente, Sparhawk, pois é chegada a hora da Bhelliom emergir do local de onde jaz escondida e mais uma vez abalar o mundo com seu poder. Ela se move de acordo com seu próprio tempo e propósito, e este é o tempo, pois eventos levaram a humanidade ao lugar onde o propósito da Bhelliom possa ser cumprido. Nenhuma força em todo o mundo pode evitar que ela ressurja à luz do sol novamente, e nações inteiras aguardam sua chegada. Que sejas *tu*, porém, aquele que a encontre, pois apenas *tuas* mãos podem libertar o potencial completo da joia para que ela varra para longe as trevas que agora mesmo assolam as terras. Tu não és mais meu campeão, Sparhawk, mas o campeão de todo este mundo. Se sucumbires, tudo sucumbirá.

– E onde eu devo procurar, meu rei?

– Fui proibido de revelar essa informação a ti. Posso dizer-te, entretanto, como libertar o potencial da gema uma vez que ela esteja em tuas mãos. O anel vermelho-sangue que adorna teu dedo e o outro que, em vida, adornou o meu são muito mais antigos do que imaginávamos. Aquele que confeccionou a Bhelliom também fez os anéis, e eles são a chave para liberar o poder da joia.

– Mas seu anel foi perdido, Aldreas. O primado de Cimmura revirou o palácio por vezes sem conta à procura dele.

Uma risada fantasmal subiu de dentro do sarcófago.

– Eu ainda o tenho, Sparhawk – Aldreas disse. – Após minha querida irmã me dar o beijo fatal e retirar-se, tive momentos de lucidez. Escondi o anel para frustrar meus inimigos. Apesar de todos os esforços desesperados do primado de Cimmura, a joia foi enterrada comigo. Pense no passado, Sparhawk. Lembre-se das lendas antigas. Na época em que a minha família e a tua foram unidas por estes anéis, teu ancestral deu ao meu sua própria lança de guerra como símbolo de fidelidade. Dessa mesma forma eu a devolvo.

Uma mão espectral emergiu do sarcófago segurando uma lança de cabo curto e lâmina larga. A arma era muito antiga, e sua importância simbólica havia sido esquecida com o passar dos séculos. Sparhawk estendeu o braço e a tomou da mão fantasmal de Aldreas.

– Eu a carregarei com orgulho, meu rei.

– Orgulho é uma coisa vazia, Sparhawk. A significância da lança vai muito além disso. Separe a lâmina do cabo e procure dentro da cavidade.

Sparhawk abaixou a vela, levou a mão até a lâmina e girou a madeira maciça do cabo. Com um protesto seco, as duas partes se separaram. Ele olhou dentro da antiga cavidade de aço da lâmina. O brilho vermelho-sangue de um rubi refulgiu de volta para ele.

– Tenho apenas mais uma instrução para ti, meu campeão – o fantasma continuou. – Caso só concluas tua jornada depois de minha filha ter se juntado a mim na Casa dos Mortos, caberá a ti destruir a Bhelliom, ainda que isso certamente custe tua vida.

– Mas como posso destruir algo de tamanho poder? – Sparhawk protestou.

– Mantenha o anel no local onde eu o escondi. Caso tudo corra bem, devolva-o à minha filha quando ela se sentar novamente, em esplendor, no meu trono; mas se Ehlana morrer, continua a busca pela Bhelliom durante todos os dias de tua vida. E quando tu a encontrares, toma a lança com a mão em que tu portas o anel e enterra-a no coração da gema com toda a tua força. A joia será destruída, assim como os anéis... e com isso tu perderás tua vida. Não falhes nessa tarefa, Sparhawk, pois um poder negro está à solta na terra, e a Bhelliom não deve cair em suas mãos.

Sparhawk fez uma mesura.

– Será feito como tu ordenas, meu rei – ele jurou.

Um suspiro saiu de dentro do sarcófago.

– Então, está feito – Aldreas sussurrou. – Fiz tudo o que estava ao meu alcance para te auxiliar, e isto completa a tarefa que deixei inacabada. Não falhes em tua promessa para comigo. Salve, então, Sparhawk, e adeus.

– Salve e adeus, Aldreas.

A cripta ainda estava fria e erma, exceto pelas fileiras de mortos reais. O sussurro vazio havia se silenciado. Sparhawk reencaixou as duas partes da lança, estendeu uma das mãos e a colocou sobre o coração da efígie de chumbo.

– Durma bem, Aldreas – ele disse com suavidade. Então, segurando a lança ancestral, virou-se e deixou a tumba em silêncio.

Assim é concluído *O Trono de Diamante*,
Livro Um do *Elenium*.
O Livro Dois, *O Cavaleiro de Rubi*,
narrará a busca desesperada
pela Bhelliom, perdida há muito,
por terras distantes, e aventuras extraordinárias.

TIPOLOGIA: Calisto 10x13.5 [texto]
Hoefler 10x13.5 [entretítulos]

PAPEL: Pólen Soft 80g/m² [miolo]
Cartão Supremo 250g/m² [capa]

IMPRESSÃO: Intergraf [julho de 2015]